Petites confidences et grandes confessions à Martha's Vineyard

SARAH MORGAN

Petites confidences et grandes confessions à Martha's Vineyard

ROMAN

Traduit de l'anglais (États-Unis) par
JEANNE DESCHAMP

H&

Titre original:

HOW TO KEEP A SECRET

Ce livre est publié avec l'aimable autorisation de HARLEQUIN BOOKS S.A.

83-85, boulevard Vincent-Auriol, 75646 PARIS CEDEX 13.

www.harlequin.fr

ISBN 978-2-2803-9415-4 — ISSN 2271-0256

« Car il n'y a pas de meilleure amie qu'une sœur,
Dans le calme ou dans la tempête,
Pour encourager qui peine à une tâche,
Pour aller chercher qui se fourvoie,
Pour soutenir qui chancelle,
Pour conforter qui se tient droit. »

Christina Georgina ROSSETTI
Traduction : Bruce Demaugé-Bost

Prologue

Sœurs

— Et comment on va faire, maintenant ? Je t'avais dit qu'il ne fallait pas qu'on vienne ici !

Je tirai nerveusement sur l'ourlet de la jupe de ma sœur pour qu'elle s'écarte de la fenêtre.

— Allez viens ! Grouille ! Si quelqu'un nous voit, on est mortes.

Et je n'avais pas l'intention d'attendre sur place que le couperet tombe.

J'entendais la respiration saccadée qui, chez ma sœur, annonçait toujours une grosse crise de larmes.

Une dernière fois, je tirai un coup sec sur sa jupe avant de tomber à quatre pattes pour détaler par le chemin qu'on avait pris pour venir. Par chance, la nuit était tombée. J'aurais bien voulu me redresser pour pouvoir courir. Mais si on se relevait, on se ferait repérer à tous les coups. Alors je restai à ras du sol, cachée par les buissons. Après un été long et chaud, la terre était sèche et grumeleuse. Quelque chose de tiède et d'humide me coulait sur les mains et je compris que ma sœur n'était pas la seule à pleurer. Des petits cailloux se plantaient dans mes paumes et mes genoux, et je serrai les dents pour ne pas crier. En traversant la jungle serrée des chèvrefeuilles, leur odeur tendre, entêtante, me prit à la gorge et j'eus l'impression d'étouffer. Il n'y avait rien de tendre dans le spectacle que nous venions de surprendre.

Je me jurai alors que lorsque je serais grande et que j'aurais ma maison à moi il n'y aurait jamais, jamais, jamais de chèvrefeuille dans le jardin.

Derrière moi, j'entendis un bruit de feuillages froissés et je priai pour que ce soit bien ma sœur et pas une dangereuse créature de la nuit avec des dents acérées et un ventre creux cherchant de la nourriture.

Je ne voyais pas la barrière, mais je savais qu'elle ne devait pas être loin. Au-delà de la grille débutait l'étroite route goudronnée et je savais qu'on serait protégées des regards par la haie. À travers le fracas du sang bourdonnant à mes oreilles, j'entendais le roulement régulier des vagues. Le ressac me paraissait plus proche que d'habitude. Et plus sonore aussi, comme si la marée complice se portait à notre secours en couvrant les sons produits par notre fuite désordonnée. La brise de mer vint me sécher les joues, comme une caresse fraîche sur la peau.

Enfin, j'atteignis la grille et je me faufilai par la minuscule ouverture sur le côté, indifférente aux branches aiguës qui me griffaient le dos. Là, juste devant moi, débutait le chemin carrossable. Et nos deux vélos nous attendaient, appuyés contre la haie. Mon premier réflexe aurait été d'enfourcher le mien et de pédaler de toutes mes forces dans la nuit, sans un regard en arrière. Mais il n'était pas question de m'enfuir de là sans ma sœur.

Jamais, jamais, *je n'abandonnerais ma sœur, quelle que soit la nature du danger.*

De nouveau, j'entendis bruisser le chèvrefeuille et je la vis franchir la grille à son tour, hagarde et échevelée après avoir rampé entre les buissons.

À présent que le danger s'éloignait, ma colère éclata, dominant la peur.

— C'est toi qui as voulu venir ici !

J'étais si furieuse que je m'en étranglais presque.

— Pourquoi il faut toujours qu'on fasse des trucs interdits, avec toi ?

— Parce que c'est beaucoup plus rigolo.

Le tremblement dans sa voix m'indiqua que, pour elle pas plus que pour moi, la scène que nous avions surprise n'avait été « rigolote ».

Elle glissa sa main dans la mienne et je lui pardonnai sur-le-champ. Pendant quelques secondes, on resta comme ça, toutes les deux, accrochées l'une à l'autre. Puis elle me chuchota :

— Si on avait le droit de choisir la sœur qu'on veut, c'est toi que je prendrais.

Moi aussi, je l'aurais choisie elle sans hésiter. Même si, pour l'occasion, j'aurais préféré qu'elle canalise un peu son insatiable esprit d'aventure.

— Je regrette d'avoir regardé.

— Moi aussi.

Pour une fois, ma sœur n'en menait pas large.

— On n'en parle pas, hein ? À personne. Tu te souviens de ce qui est arrivé à Meredith ?

Naturellement qu'elle se souvenait. Le drame provoqué par Meredith leur avait servi de leçon à tous.

— Je n'aime pas les secrets. Je les déteste, même !

— Tu n'as pas besoin de mentir. Juste on se tait et on n'y pense plus. Plus jamais. C'est un tout petit secret de rien.

Je déglutis avec peine. Ma gorge était douloureusement sèche. Ma sœur savait comme moi que ce secret-là était énorme, au contraire — bien plus terrible que ceux qu'on gardait d'habitude. Ce n'était pas comme sortir en douce après dîner pour aller jouer sur la plage. Ou piquer des fleurs dans le jardin de Mme Hill. Ni même faucher les fraises du potager de Mme Maxwell. Ce qui nous était arrivé ce soir-là était d'un autre ordre. L'équivalent d'un gros sac de patates qu'on se serait pris sur la tête. Nos deux enfances s'étaient envolées en fumée devant cette fenêtre et il n'y aurait plus jamais moyen de les retrouver.

— C'est bon, t'inquiète, je ne dirai rien. Je te couvre puisque tu es ma sœur. « On est sœurs, à la vie, à la mort. » C'est notre pacte.

Un pacte qui aurait sans doute été plus simple à respecter si j'avais eu une sœur un peu moins casse-cou que la mienne.

PREMIÈRE PARTIE

Chapitre 1

Lauren

Prémonition : pressentiment qu'un événement est sur le point de se produire — généralement de nature négative.

Il aurait été faux d'affirmer que tout avait mal tourné à cause de la fête. Mais en y repensant par la suite, Lauren s'était reproché d'avoir voulu faire les choses en grand pour cette réception d'anniversaire. Si elle n'avait pas été aussi absorbée par les détails de l'organisation, elle aurait peut-être vu le désastre venir. Quoique… Pour noter les signes avant-coureurs, encore aurait-il fallu qu'elle y soit attentive. Ce qui n'avait pas été le cas. Elle n'avait pensé qu'au grand jour et à la perspective des festivités.

Et la journée avait débuté de bonne heure.

Avant même que le réveil ne se déclenche, elle avait roulé sur le côté pour embrasser Ed au lit.

— Joyeux anniversaire, mon chéri !

Devait-elle prononcer le mot « quarante » ? Comment Ed vivait-il ce grand passage ? Et elle ? Que ressentait-elle au juste ?

À trente-cinq ans, il lui restait encore cinq belles années en perspective avant de passer ce cap, donc il n'était pas encore temps de s'en inquiéter. Et puis quarante ans, c'était jeune, non ?

Dans l'absolu, oui. Mais quand même…

Lorsqu'elle avait réceptionné le gâteau d'anniversaire livré la veille et qu'elle avait pensé aux quarante bougies à caser dessus, elle s'était demandé si elle n'aurait pas dû choisir une pâtisserie d'un plus grand format.

Ed somnolait encore et Lauren en profita pour rester allongée un moment de plus, confortablement nichée dans le cocon protecteur de leur chambre à coucher. C'était la première pièce qu'elle avait aménagée et décorée lorsqu'ils avaient pris possession de leur maison londonienne. Et elle l'avait conçue comme un sanctuaire, un havre de paix et de blancheur, juste souligné par quelques accents de gris et d'argent. En été, la chambre était inondée de soleil dès le matin et elle dormait avec la fenêtre ouverte pour entendre chanter les oiseaux. Mais en ce jour gris de janvier, Londres, pétrifiée, grelottait au cœur d'une vague de froid. Malgré les vitres closes, pourtant, la présence des arbres restait sensible. Leur maison, située dans un des coins les plus recherchés de Notting Hill, donnait sur des jardins privés à l'arrière. Des jardins que depuis une semaine elle découvrait blancs de givre chaque matin. Impossible d'ouvrir sa porte sans que le froid ne vous claque au visage, comme pour vous mettre au défi de sortir du confort feutré de votre maison.

Mais Lauren qui avait grandi à Martha's Vineyard, une petite île au large des côtes du Massachusetts, ne se laissait pas impressionner par les aléas de la météo.

Elle écarta les couvertures et passa la main dans les cheveux de son mari.

— Pas une seule trace de gris dans ta tignasse. Si c'est une consolation, tu ne fais pas tes soixante ans.

Comme aucune réaction ne venait, elle se pencha pour l'embrasser encore.

— Je plaisante. C'est à peine si tu as l'air d'en avoir quarante.

Sauf depuis quelque temps, à certaines heures du jour, lorsque la lumière du soleil se montrait féroce. Ces jours-là, Ed faisait largement son âge. Parce qu'il s'épuisait dans sa profession ? Ed avait toujours fait de grosses journées, mais ces derniers mois il rentrait de plus en plus tard et souffrait d'une fatigue inhabituelle. Elle avait discrètement suggéré qu'il prenne rendez-vous chez leur médecin traitant, mais son mari avait fait la sourde oreille. C'était plus facile de persuader un enfant de quatre ans de manger son assiette de brocolis que de convaincre Ed d'aller faire un check-up.

Son téléphone indiquait 6 heures passées. Et Ed ne remuait toujours pas une oreille.

Lauren lui effleura l'épaule. Sa journée était planifiée à la minute près et débutait à 6 h 15 précises.

Elle soupira en entendant des pas bruyants résonner dans l'escalier.

— Mack est levée, on dirait. Je me demande comment une seule adolescente se débrouille pour faire autant de vacarme qu'un troupeau d'éléphants.

Un instant, elle espéra que leur fille viendrait frapper à la porte de leur chambre, mais le son de ses pas allait decrescendo et elle entendit la porte de la cuisine claquer.

Pourquoi Mack ne prenait-elle pas au moins la peine de passer la tête par l'entrebâillement de la porte pour souhaiter un bon anniversaire à son père ?

Une sourde angoisse parentale vint jeter une ombre sur le début de cette journée festive. Il n'y avait pas si longtemps encore, Mack serait entrée spontanément dans leur chambre en brandissant la carte d'anniversaire qu'elle aurait fabriquée elle-même. D'un bond, elle se serait jetée entre eux deux dans le lit et ils se seraient pelotonnés joyeusement les uns contre les autres. Jusqu'à récemment, Mack avait été une adolescente gaie et facile à vivre.

Mais son attitude avait changé du tout au tout un mois plus tôt. Du jour au lendemain, elle s'était transformée en une caricature d'ado ombrageuse en état de grogne permanent. Et Lauren n'avait toujours pas réussi à mettre le doigt sur ce qui avait provoqué ce changement.

L'ambiance s'en était ressentie durant les congés de fin d'année. Ed qui ne s'accordait que rarement des vacances avait mal supporté la tension et Lauren s'était retrouvée parachutée dans le rôle ingrat de médiatrice. Résultat : elle avait passé la période entière des fêtes avec la boule au ventre.

— Tu crois que c'est juste une phase ou que c'est parti pour la vie ?

Ed parut se réveiller vaguement.

— Qu'est-ce qui est parti pour la vie ?

Notre fille irritable et mal lunée.

Mais elle garda cette réponse pour elle.

C'était l'anniversaire des quarante ans d'Ed et elle avait une fête à mettre au point.

Penser à tout ce qu'elle devait encore accomplir pour que la soirée soit une réussite lui procurait des sueurs froides.

Comme on était vendredi, elle retrouvait ses amies Ruth et Helen à 10 heures dans leur coffee-shop préféré, qui se situait très exactement à trente-cinq pas de chez son coiffeur où elle avait rendez-vous quarante-cinq minutes plus tard. À 11 h 30, elle serait chez la fleuriste, et après un quart d'heure de marche pour rentrer à la maison — ce qui lui permettrait à la fois de s'aérer et de faire de l'exercice — elle consacrerait le reste de sa journée aux derniers préparatifs.

— Ed ?

Elle le secoua de nouveau.

— Réveille-toi, mon chéri. Je veux te faire ton cadeau tout de suite, avant de descendre. Après cela, ma journée est programmée à la minute près.

Ed ouvrit enfin les yeux.

— Comme s'il t'arrivait d'avoir des moments dans la vie qui ne soient *pas* programmés à la seconde près. Si un jour j'invente une appli pour aider à organiser ses journées, je l'appellerai « La Lauren ».

Était-ce une critique ?

— Il est important de bien prévoir son timing, sinon le temps se dilue et on ne fait pas le quart de ce qu'on voudrait faire.

Lauren avait d'autres raisons de s'astreindre en permanence à une stricte autodiscipline. Mais Ed et elle n'abordaient jamais ce sujet. Il lui arrivait de se demander s'il s'en souvenait encore. Le passage du temps avait l'art d'estomper les événements jusqu'à les rendre distants et imprécis. Comme lorsqu'on accrochait un tableau en l'exposant à la lumière du soleil. Les contours se diluaient et les couleurs perdaient leur acuité.

Il arrivait encore que ses pensées dérivent vers le passé mais, la plupart du temps, elle se cantonnait sans difficulté dans le présent.

Dans l'espoir d'inciter Ed à s'activer, elle repoussa les couvertures et s'extirpa du lit. D'habitude, elle commençait sa journée par quelques étirements de yoga, mais la pensée que Mack était en bas dans la cuisine la distrayait de son rituel matinal.

Pourquoi leur fille s'était-elle levée si tôt ?

Pour préparer un petit déjeuner surprise en l'honneur de l'anniversaire de son père ?

Rien n'était moins sûr.

Lauren déambula jusqu'à la fenêtre pour jeter un coup d'œil dehors. Si la chance était de leur côté, ils bénéficieraient d'une journée d'hiver idéale : calme, claire et ensoleillée. Mais le climat anglais étant ce qu'il était, elle ne comptait pas trop sur ce miracle météorologique. Tant que leurs invités ce soir n'auraient pas à affronter la neige, ils pourraient s'estimer heureux. Car les Anglais, avait-elle découvert, perdaient tous leurs moyens dès que les conditions de circulation devenaient un tant soit peu hivernales. Dix gros flocons suffisaient à plonger le pays tout entier dans un état de panique avancée.

Ed se décida enfin à s'extirper à son tour de sous la couette.

Lauren examina sa silhouette tassée sur le bord du matelas.

— Ça va ?

Il tourna la tête pour lui jeter un regard distrait.

— Quoi ?

— Tu as l'air fatigué.

— Je *suis* fatigué. Je pourrais passer un mois au lit sans bouger et je serais *encore* fatigué.

Elle estima que le temps des suggestions discrètes était révolu.

— Il faut que tu ailles voir un médecin, Ed. Tu ne peux pas continuer comme ça.

Était-ce typiquement masculin de ne pas être capable de faire ce constat simple par soi-même ?

— Parce que je suis crevé ? Il me conseillera de dormir plus et de me reposer. Je n'ai pas de temps à perdre à l'écouter énoncer ce genre d'évidences.

— Pas lui. *Elle*.

— Pardon ?

— Notre médecin traitant est une femme. Eleanor Baxter. Si tu refuses de la voir, essaie au moins de ralentir un peu. Et de sortir de ton bureau à des heures plus raisonnables.

— *Ralentir ?* Mais, putain, Lauren, as-tu idée au moins du genre de boulot que je fais ?

Il ferma les yeux, se passa la main sur la mâchoire.

— Désolé, ma chérie. Je ne voulais pas te... Excuse-moi. Ce n'est pas vraiment la grande forme en ce moment.

— Ne t'inquiète pas.

Il y avait tout lieu de s'inquiéter, pourtant. Ed ne jurait jamais — en tout cas, pas en sa présence. Il était toujours d'une courtoisie sans faille, avec leurs amis, avec les enseignants du lycée de Mack, et même avec le facteur lorsqu'il leur arrivait de se rencontrer. C'était son calme imperturbable et la stabilité de son caractère qui l'avaient attirée chez lui. Ed était fiable. Avec lui, elle n'avait jamais eu peur que son cœur puisse se briser ou sa respiration s'arrêter. La part d'elle-même qui avait aspiré à autre chose qu'à la fiabilité était devenue, avec le temps, un grain de poussière minuscule, à peine visible à l'œil nu.

— Je sais que tu travailles beaucoup, mais cela ne te ressemble pas d'être aussi tendu.

Ed avait été un de ces jeunes surdoués de la finance qui avait fait la fortune d'un fonds d'investissement privé. Au bout de quelques années, il avait quitté cette société pour gérer son propre portefeuille. James, son copain de fac qui partageait ses bureaux, affirmait qu'Ed était un génie du placement. Et Lauren n'avait jamais eu la moindre raison de mettre cet avis en doute.

La belle maison de Notting Hill, l'école privée de Mackenzie, leur vie confortable — tout cela, ils le devaient aux heures sans fin qu'Ed passait devant ses écrans à se livrer à d'inlassables opérations financières.

Fut un temps, elle avait eu ses propres ambitions, elle aussi. Mais ça, c'était avant l'épisode où elle s'était retrouvée enceinte après avoir fait l'amour sur la plage. Ce qui ne voulait pas dire qu'elle sous-estimait sa contribution à l'équilibre familial. Être une maman-à-la-maison avait été un choix librement assumé. Et dès le premier instant où Mackenzie était née, elle avait adoré être mère. Elle se considérait comme l'égale d'Ed sur tous les plans et savait que son rôle dans la famille comptait autant que le sien. Là où lui était le roast-beef, elle était le pudding, pour utiliser une analogie cent pour cent *british* — ce à quoi elle s'employait régulièrement dans l'espoir d'entrer enfin dans les bonnes grâces de sa redoutable belle-mère qui, même après plus de seize années de mariage, restait toujours aussi horrifiée que son précieux fils unique ait épousé une Américaine.

Ed était toujours assis sur le bord du lit, le regard rivé au sol. Lauren ouvrit le tiroir de son chevet et sortit un paquet dont elle avait tout particulièrement soigné l'emballage.

Elle le lui tendit, le cœur battant du plaisir anticipé de la surprise qu'elle s'apprêtait à lui faire.

— Joyeux anniversaire, Ed... Je préfère te donner ton cadeau maintenant. Quand tu rentreras tout à l'heure, la maison sera pleine de monde et tout le monde s'arrachera ta compagnie.

Ed défit l'emballage et examina le contenu en fronçant les sourcils.

— Tu m'as acheté une *forêt tropicale* ?

— Pas une forêt entière, non. Juste une parcelle. Je sais que la cause environnementale te tient à cœur. Tu ne te déplaces qu'à vélo et tu es inquiet pour l'avenir de la planète. J'ai pensé que...

Il la coupa d'une voix lasse.

— C'est une arnaque, Lauren. Je n'arrive pas à croire que tu aies pu tomber dans ce piège à gogo. J'espère que tu réalises que tu as probablement financé les cartels de la drogue ou un truc de ce style ?

— Ce n'est absolument pas une arnaque ! Je ne suis pas idiote.

Il était censé le savoir, pourtant. Elle avait terminé brillamment ses études secondaires et avait été admise dans une université prestigieuse juste avant l'été où son univers s'était effondré. C'était Ed qui l'avait poussée à rassembler les lambeaux de son rêve perdu lorsque Mack avait commencé à chercher de l'indépendance. Elle avait repris ses études, était certifiée depuis peu en tant que décoratrice d'intérieur, et se préparait à démarrer sa propre carrière. Le jour où elle avait réussi ses examens haut la main, Ed avait sorti une bouteille de champagne et deux verres.

— J'ai fait des recherches poussées et je me suis assurée du sérieux du projet. On peut aller se rendre compte sur place quand tu veux.

— Oui, c'est ça. Brillante idée. Chacun sait qu'un aller-retour au Brésil par la voie des airs est le moyen le plus sûr de doubler ou tripler son empreinte carbone.

Lorsqu'il jeta la boîte sur le lit, la gorge de Lauren se noua.

— Je voulais t'offrir quelque chose d'original. Quelque chose qui ait du sens.

— Ton cadeau en a.

Il se frotta le torse avec les mains.

— Le problème, ce n'est pas toi, c'est moi. Ne fais pas attention à mes réactions. Je vais essayer de redémarrer la journée de zéro.

Il se leva pesamment, partit en direction de la salle de bains et ferma la porte derrière lui.

Quelques instants plus tard, elle entendit couler l'eau de la douche.

Lauren demeura confondue, sans bouger.

Le lopin de forêt tropicale n'était pas seul en cause. Ed était-il à l'orée d'une crise de la quarantaine ? Allait-elle bientôt le voir porter des jeans d'ado en s'affichant avec des filles tout juste plus âgées que Mackenzie ?

Elle fit un effort pour se ressaisir. Refusant de dramatiser à l'avance, elle partit à la recherche de sa fille, qu'elle trouva assise devant l'îlot de cuisine, les épaules rentrées et le nez collé sur son téléphone. Avec d'énormes écouteurs roses sur les oreilles.

Mack *détestait* le rose. Si elle s'infligeait cette couleur, c'était uniquement dans l'espoir de se voir acceptée au sein d'un groupe d'élèves qui lui reprochaient de ne pas être assez girly. Mack les appelait « les princesses » et ces filles lui menaient la vie dure.

Si elle l'avait entendue entrer dans la cuisine, sa fille n'en laissa en tout cas rien paraître.

Pas de plateau en vue pour un petit déjeuner festif. Rien qui indiquait que Mack avait pensé à l'anniversaire de son père. Juste un gros bol plein de céréales dans lequel l'adolescente piochait d'une cuillère machinale tout en pianotant sur son téléphone.

Lauren tenta de trouver une entrée en matière diplomatique qui parerait au risque d'explosion.

— Bonjour, ma chérie. Tu n'as pas oublié l'anniversaire de papa ?

Mack leva les yeux de son téléphone et retira ses écouteurs d'un geste mi-excédé, mi-résigné.

— Quoi ? Qu'est-ce qu'il y a ?

— L'anniversaire de papa. Aujourd'hui.

— Ouais et alors ?

— Tu n'as pas l'intention de le lui souhaiter ?

— Oh ça va, c'est bon. Tu crois qu'il a envie qu'on lui rappelle son âge ? C'est vieux, quarante ans. Il n'est pas encore en catégorie senior, mais ça commence à sentir le déclin.

Mack reprit une cuillerée de céréales.

— J'ai pensé qu'il préférerait ne pas y penser. Et puis il est tôt, le jour n'est même pas encore levé et je ne suis pas du genre communicative le matin. J'aurais pu lui préparer son thé mais il déteste quand c'est moi qui le fais. Il dit toujours qu'il est imbuvable.

Sur ce constat sans appel, Mack replaça les écouteurs sur ses oreilles et retourna sur Snapchat. Dans son grand T-shirt de nuit, elle faisait à peine ses seize ans. Sa fille avait hérité d'elle ses cheveux d'un blond lumineux, mais Mack les laissait systématiquement tomber devant ses yeux pour essayer de cacher les deux ou trois boutons qui lui poussaient sur le front. Depuis quelques mois, elle ne portait plus son appareil dentaire mais elle avait gardé l'habitude de ne sourire qu'à moitié, en desserrant à peine les lèvres.

Ce ne fut que lorsque sa fille se leva pour porter son bol vide dans le lave-vaisselle que Lauren remarqua les deux mèches rose vif dans ses cheveux.

— Oh non ! Qu'est-ce que tu as fait ?

— Je me suis réveillée comme ça ce matin. Bizarre, hein ? Probablement des lutins ou des fées.

— Mack...

Sa fille soupira.

— Ouais, OK. C'est une teinture. Et avant que tu piques ta crise : tout le monde le fait. Les autres mères trouvent ça trop cool. Celle d'Abigail l'a même aidée à faire ses mèches.

Sous-entendu : « Une fois dans ta vie, sois une mère comme les autres et range-toi à l'avis général. » C'était l'occasion ou jamais de faire ses preuves en tant que parent cool. Lauren sut d'emblée qu'elle allait échouer.

— Pourquoi tu ne m'en as pas parlé avant de te lancer, Mack ?

— Parce que tu penses toujours tout savoir mieux que les autres, alors tu aurais dit non, de toute façon.

— Tu as de très beaux cheveux. C'est pour te sentir mieux intégrée ?

— Je m'en fous d'être intégrée.

Elles savaient l'une et l'autre que c'était faux.

Lauren choisit ses mots avec soin.

— Je comprends que ce soit difficile, Mack, que les autres se montrent parfois très critiques envers toi. Mais cela arrive à plein d'autres jeunes et...

— Et alors ? Tu crois que c'est une consolation ? Qu'est-ce que tu veux que ça me fasse que ça arrive à d'autres qu'à moi ? Ça fait quoi, comme différence ?

La nonchalance affectée masquait mal la détresse sous-jacente. Lauren ressentait la douleur de sa fille comme si c'était la sienne.

— Ce sont nos particularités et nos différences qui nous rendent uniques en tant que personnes. Et il ne faut jamais oublier que les autres sont bien trop occupés à s'inquiéter d'eux-mêmes pour avoir le temps de nous observer et de nous juger aussi attentivement qu'on le croit.

Elle décida que ce n'était pas le moment de mettre les résultats scolaires de Mack sur le tapis.

— Je vois bien que ça ne va pas, ces derniers temps, Mack. Il s'est passé quelque chose ?

— À part le fait que j'ai ma mère sur le dos du matin au soir ?

— J'essaie de t'aider. Jusqu'à très récemment, on a toujours pu tout se dire toi et moi.

Mack prit son téléphone.

— Ouais, c'est ça. Il n'y a pas de secrets, dans cette maison, c'est bien connu.

Son ton mit Lauren mal à l'aise.

— Mack…

— Il faut que je monte me préparer pour aller au lycée. Ma mère avait sa place réservée dans une des plus grandes universités américaines. Donc pour moi, ce sera Oxford ou Cambridge, sinon rien. Il y a une réputation familiale à maintenir. Et les études, ça fait toute la différence, n'est-ce pas ?

Six heures et demie du matin, c'était trop tôt dans la journée pour gérer les attaques narquoises d'une ado en rébellion permanente. Lauren ouvrit la bouche pour lui rappeler de souhaiter un bon anniversaire à son père. Mais Mack avait déjà quitté la pièce.

Une autre porte claqua. À croire qu'aujourd'hui toutes les portes se fermaient sous son nez.

« Il n'y a pas de secrets dans cette maison, c'est bien connu. »

Un nœud de tension lui enserrait la poitrine. Elle descendit au sous-sol, où ils avaient installé une salle de sport, et tenta de dissiper son angoisse sur le tapis de course. Attrapant la télécommande, elle choisit la chaîne CNN pour pimenter son quotidien londonien de quelques news made in US.

Une tempête dans l'Alabama. Un alligator géant repéré en Floride. Une fusillade à Brooklyn.

La vague de nostalgie monta d'un coup et lui scia les jambes. Un instant, ce fut comme si elle sentait sous la plante de ses pieds la douceur du sable lorsqu'elle courait sur South Beach tous les matins. Elle retrouvait l'odeur de l'océan dans ses narines, le goût du poisson frais pêché du jour sur ses papilles, voyait le soleil se coucher près de la maison de sa sœur à Menemsha.

Vingt minutes plus tard, Ed la rejoignit au sous-sol. Il portait sa tenue de cycliste et tenait son téléphone à la main.

Lauren poussa un discret soupir de soulagement. Les choses, apparemment, revenaient à la normale. Ed partait à vélo chaque matin et se changeait une fois arrivé au bureau. Il se comportait comme d'habitude, à part qu'il avait pris un peu de retard.

— À ce soir, beau gosse. Passe une belle journée d'anniversaire.

Comme il ne répondait pas, elle baissa le son de CNN et ralentit le tapis de course jusqu'à arriver à l'arrêt complet.

— Je te trouve très absent aujourd'hui, Ed. C'est le fait d'avoir quarante ans qui te perturbe ?

— Quoi ?

Il leva les yeux de ses mails.

— Je te parle de tes quarante ans.

Elle avait peut-être pris la situation un peu trop à la légère. Quarante ans, c'était un gros cap à passer. Il était important de lui montrer qu'elle le trouvait encore beau et désirable. Un petit coup d'accélérateur sur le sexe ne leur ferait pas de mal non plus. Parfois les journées s'enchaînaient et elle s'apercevait que la dernière fois qu'ils avaient fait l'amour remontait à une semaine. Quand ce n'était pas au-delà. La vérité, c'était que le sexe entre eux avait toujours été plutôt du genre plaisant/confortable qu'urgent/haletant.

Était-il normal que la sexualité d'un couple s'étiole et devienne plus paresseuse au fil des ans ? Elle n'en avait aucune idée, à vrai dire. Ce n'était pas un sujet qu'elle abordait avec ses amies.

Et si Ed avait rencontré quelqu'un d'autre ?

Même si le tapis de course s'était arrêté, son rythme cardiaque poursuivit son accélération. Non. Ce n'était pas le style d'Ed. Elle et lui avaient choisi de ne jamais se mentir. Ils se l'étaient promis le soir même où ils s'étaient rencontrés. S'il y avait quelqu'un au monde en qui elle avait une entière confiance, c'était bien Ed.

Et ils étaient heureux, surtout. Les couples heureux n'avaient pas de problèmes d'infidélité.

Elle fit un autre essai.

— Tu te fais du souci pour Mack ? Elle est un peu difficile à vivre, en ce moment.

Elle décida de garder le silence sur les cheveux roses. Il aurait l'occasion de s'en apercevoir par lui-même en temps utile.

— C'est la marque de fabrique de l'adolescent, d'être difficile à vivre. Je me souviens d'avoir entendu ta mère dire que ta sœur était un cauchemar au même âge.

Lauren réalisa qu'elle avait oublié d'appeler Jenna la veille. Les préparatifs pour l'anniversaire d'Ed avaient oblitéré tout le reste.

— Ma mère n'avait qu'une obsession dans la vie et c'était de peindre. Tout ce qui venait s'interposer entre ses tableaux et elle l'exaspérait.

Cela dit, lorsqu'elle repensait à toutes les redoutables bêtises qu'elle avait faites avec Jenna, elle en avait des sueurs froides a posteriori.

Elles avaient eu de la chance d'être ressorties de leur enfance indemnes. Ou *presque* indemnes, en tout cas.

— Mack grandit, commenta Ed calmement. Elle n'est plus à un âge où on raconte chaque détail de sa vie à ses parents. Elle réclame plus d'indépendance et nous l'avons toujours éduquée dans ce sens. Quant à ses humeurs exécrables du moment... La nature est bien faite, non ? Elle aide les ados à prendre leur envol loin du domicile familial et les parents à se sentir tout à fait mûrs pour pousser les oisillons hors du nid.

— Elle a seize ans, Ed. Son départ de la maison n'est pas

pour demain. Et tu sais ce que ses profs ont dit. Mack bâcle ses devoirs et ses notes en anglais sont en chute libre. Alors qu'elle a toujours été brillante. Et que l'anglais était sa meilleure matière.

Ed fronça les sourcils.

— C'est la physique, sa matière forte. L'année dernière, elle voulait devenir ingénieur aéronautique.

— Elle a changé d'avis dès le moment où ce petit groupe d'idiotes a commencé à se moquer d'elle en la traitant de garçon manqué. Tu te souviens de l'horrible page Facebook qu'elles avaient publiée ? « Mack-le-Mec ».

Elle avait été tellement furieuse qu'elle avait été prête à se ruer au lycée et à couper leurs longs cheveux de pseudo-princesses avec une vieille paire de ciseaux rouillés. Obtenir la suppression de la page sur le réseau social avait été long et compliqué. Et Mack était ressortie de l'épreuve avec quelques plumes en moins.

— Mack est intelligente. Elle peut choisir n'importe quelle voie à condition qu'elle y mette du sien et qu'elle bosse. Mais le problème, c'est qu'elle relâche tous ses efforts. Et si elle continue comme ça, ce sera la dégringolade.

Sauf si l'art du sarcasme devenait une matière obligatoire à fort coefficient. Là, Mack aurait toutes ses chances.

— Il y a d'autres buts dans la vie que celui d'être à tout prix le premier de sa classe, Lauren.

— Je sais. Mais je sais aussi que nous vivons dans un monde de plus en plus compétitif. Si tu ne décroches pas de mention au bac, tu n'as aucune chance d'intégrer une grande école ensuite. Et tu as tout intérêt à faire les bonnes études au bon endroit, sinon tu n'obtiens aucun stage intéressant car la concurrence est trop sévère. La fille aînée de Sue Miller est diplômée depuis l'été dernier. Elle a envoyé cent cinquante lettres de candidature et n'a pas obtenu un seul entretien. *Cent cinquante* lettres de candidature, Ed.

— Calme-toi. Tout ira bien pour Mack, Lauren.

Elle était irritée qu'il ne lève même pas les yeux de son téléphone.

— Qu'est-ce qui te dit que ça va aller si bien que ça ? Sa prof principale nous signale qu'elle ne s'exprime plus du tout en cours.

Et cela ne ressemblait pas à sa fille de garder le silence. Depuis qu'elle était capable d'aligner deux mots, Mack avait toujours su se faire entendre. Et elle n'avait jamais eu peur de participer en cours.

— Et puis il y a eu cet incident il y a un mois.

Ed tourna la tête pour la regarder.

— Qui ne s'est plus jamais répété depuis.

— Elle était *ivre*, Ed. C'est encore une enfant ou presque et elle a bu ! En quantités telles que la mère de Tanya a dû la raccompagner ici.

Le pire, c'était que Mack avait refusé de lui fournir la moindre explication. Elle s'était fermée comme une huître. Et c'était peut-être son mutisme obstiné qui l'avait affolée le plus. Son changement d'attitude radical coïnciderait-il avec son accès inattendu de *binge drinking* ?

— Un adolescent a besoin de faire ses propres expériences, Lauren. La vie ne s'apprend pas que dans les livres. La mère de Tanya aurait dû surveiller sa bouteille de vodka de plus près.

— Ce n'était pas un incident unique. Souviens-toi qu'elle a pris de l'argent dans mon porte-monnaie. Notre fille a *volé*.

Et si Mack « expérimentait » aussi la drogue ? Plus Lauren songeait à la liste de toutes les horreurs possibles, plus elle se demandait comment les adolescents d'aujourd'hui parvenaient encore à survivre jusqu'à l'âge adulte.

— Je crois qu'elle nous cache quelque chose.

Elle reconnaissait les signes et ce constat l'inquiétait. Les secrets, elle connaissait. Elle savait qu'ils pouvaient vous dévorer petit à petit de l'intérieur. Qu'ils s'élevaient comme une barrière infranchissable entre soi et ceux que l'on aimait.

— Tu en connais beaucoup, toi, des ados qui se confient à leurs parents ? On ne fait pas plus mutique qu'un gamin ou une gamine de seize ans. Essaie de te décrisper un peu avec elle. Mack s'en sortira. Ce n'est pas elle le problème.

Elle le regarda, sidérée.

— Comment ça ?

— Comment ça, quoi ?

— Tu as dit « Ce n'est pas elle le problème. » Autrement dit, il y a un autre problème ailleurs.

— Arrête de couper les cheveux en quatre, Lauren.

Il avait déjà reporté son attention sur son téléphone.

— Je risque de rentrer tard, ce soir.

— Tu veux rire ? Et la fête ?

— La fête ?

Il parut un instant perplexe puis ferma brièvement les yeux et marmonna quelque chose d'inaudible.

— Ta fête d'anniversaire. Tu l'avais oubliée ?

Il laissa passer un temps de silence infinitésimal, mais elle perçut l'hésitation quand même.

— Évidemment que non.

Ed mentait.

Ed qui, par principe, ne mentait jamais.

Comment pouvait-on oublier sa propre fête d'anniversaire le jour de ses quarante ans ?

Qu'est-ce qui lui occupait l'esprit à ce point ?

— Nous avons trente personnes ici ce soir, Ed. Des amis, des relations de travail, ta mère…

Elle réussit à ne pas faire la grimace en prononçant ce dernier mot.

Ed hocha la tête.

— J'y serai. À ce soir.

Il se pencha pour sortir une bouteille d'eau du petit réfrigérateur de leur espace d'entraînement. Lauren l'examina de dos, perplexe. Un cycliste en Lycra serré restait-il la tenue idéale pour un homme de quarante ans ?

Il fit claquer la porte du frigo et se redressa.

— Merci pour la parcelle de forêt tropicale. L'idée est intéressante et généreuse, et je suis désolé d'avoir mal réagi.

Il l'embrassa sur la joue. Un baiser machinal et asexuel.

— Je t'aime. Tu es une chouette fille, Lauren.

Une chouette fille ? Qu'entendait-il par là ?

— Tu ne crois pas que tu as besoin de vacances, tout simplement ? Mackenzie a trois semaines à Pâques. Pourquoi on n'irait pas au soleil tous les trois, quelque part ?

— On en reparle demain, OK ?

Lauren le suivit des yeux.

« Ce n'est pas elle le problème. »

En sortant de la maison à son tour, deux heures plus tard, Lauren avait réussi à se convaincre qu'Ed était juste dans un de ses mauvais jours et qu'elle traversait une crise aiguë de parano. Elle se sentait regonflée à bloc par son entraînement, heureuse que tout roule pour la fête et rassurée par le fait que Mackenzie avait prononcé au moins huit mots avant de partir au lycée. Par chance, son établissement privé était proche de leur domicile. Une des amies de Mack vivait à quelques pâtés de maisons de là et les deux filles faisaient le trajet à pied ensemble.

La plupart du temps, Lauren réussissait à résister à la tentation de pister le téléphone de Mack pour s'assurer que sa fille était arrivée en classe saine et sauve.

En sortant, elle boutonna son manteau pour se protéger du froid et partit d'un pas vif le long des belles rues résidentielles bordées d'arbres. Pour elle qui avait vécu jusqu'à ses dix-huit ans sur une île plutôt sauvage, la grande ville avait forcément des côtés intimidants. Mais elle était tombée amoureuse de ce quartier de Londres dès le premier jour où Ed le lui avait fait visiter. Elle adorait les jardins privés partagés, l'élégance des demeures bourgeoises avec leurs façades en stuc et les couleurs de bonbon anglais des immeubles de Portobello Road. À Notting Hill, elle ne se lassait pas de flâner sur les marchés d'antiquaires pour dénicher mille trésors et multipliait les découvertes de nouveaux restaurants cachés dans le dédale des rues secondaires. Les premières années, elle avait exploré Londres de fond en comble avec son porte-bébé ou sa poussette, enchaînant les galeries de peinture et les promenades dans les parcs. Elle ne comptait plus les heures qu'elle avait passées à la Tate Modern et à la Royal Academy of Arts, mais son grand favori était le musée V & A, source d'inspiration pour les designers et les artistes depuis plus d'un siècle et demi.

Lauren n'aurait pas demandé mieux que d'y poser ses valises pour y passer ses journées et ses nuits.

Elle atteignit le *coffee shop* en même temps que ses amies et se chargea de passer la commande au comptoir pendant que Ruth et Helen se dépêchaient de réquisitionner leur table préférée près de la fenêtre. Elles avaient commencé à se retrouver le matin pour boire un café depuis que leurs enfants fréquentaient la même école et que les longues conversations devant la grille étaient devenues impossibles.

Elle commanda trois cafés et une viennoiserie pour Helen et Ruth, introduisit sa carte bleue dans l'appareil et essuya un refus immédiat.

Avec un murmure d'excuse, Lauren fit un nouvel essai suivi d'un nouveau refus.

— Oups. Désolée. Je vais vous régler en liquide.

Elle glissa la carte dans son porte-monnaie et rassembla la somme nécessaire en fouillant nerveusement dans son sac. Les joues en feu, elle porta le plateau jusqu'à leur table.

— Ah, nickel. Merci, Lauren !

Ruth prit le cappuccino devant elle.

— Merci. La prochaine fois, c'est moi qui paye ma tournée. Il fait un froid de canard, vous ne trouvez pas ? J'ai entendu qu'il pourrait même neiger.

Lauren se laissa tomber sur la chaise restée vacante et déroula son écharpe.

L'obsession britannique pour le temps l'avait fascinée dès les premiers mois de son installation à Londres. Des conversations entières tournaient autour de la météo. Un sujet qui, aux yeux de Lauren, méritait rarement de faire l'actualité. Sur Martha's Vineyard, quand les tempêtes hivernales se déchaînaient, l'île pouvait être coupée du continent des jours durant. Et que diraient ses amis anglais s'ils devaient essuyer un des ouragans qui sévissaient de temps en temps sur les côtes du Massachusetts ? L'ampleur climatique de l'événement alimenterait sans doute les conversations pendant des mois.

— Tu veux qu'on partage le croissant ?

Helen le rompit en deux mais Lauren secoua la tête.

— Non, merci. Pas pour moi. Le café me suffira.

Elle sortit son téléphone et envoya un rapide texto à Ed.

La carte de crédit ne fonctionne pas. Un problème ?

La banque l'avait peut-être bloquée après avoir repéré une transaction anormale. Le mieux serait peut-être qu'elle passe un coup de fil à son agence.

Ruth s'octroya la seconde moitié du croissant de Helen.

— Je t'envie ta volonté de fer pour résister à tous ces délices, Lauren. Cela ne t'arrive jamais de commettre un acte purement impulsif ?

Lauren replaça son téléphone dans son sac.

— Céder à ses impulsions peut mener au désastre.

— Carrément !

Ses deux amies fixaient sur elle un même regard surpris. Elle regretta aussitôt d'en avoir trop dit.

Ruth cligna des yeux.

— Quel genre de désastre ? Ne plus rentrer dans ton jean, par exemple ?

— Non. Je pensais à...

Elle secoua la tête.

— Ne faites pas attention à ce que je raconte. La matinée a été agitée. J'ai un emploi du temps surchargé, aujourd'hui.

C'était à cause de l'attitude étrange d'Ed que ses pensées partaient dans des directions incontrôlées.

— Mais oui, c'est vrai ! La fête d'anniversaire ! Ed était comment, ce matin ? Il tient le choc ?

Helen prit sa petite cuillère et traça des cercles dans la mousse de son capuccino.

— Le jour même de ses quarante ans, Martin s'est offert une

voiture de sport ultra-rapide. On ne fait pas plus stéréotypé, comme lot de consolation, non ? Mais comme je la conduis aussi, j'ai renoncé à l'inonder de sarcasmes.

Lauren prit une gorgée de son café.

— Ed n'a pas eu l'air trop préoccupé par son âge, ce matin.

« Ce n'est pas Mack le problème. »

— Moi, j'ai fait une vraie, méga crise de la quarantaine, admit Ruth. Avoir une fille de seize ans, ça t'expose frontalement à ton propre vieillissement. Je n'en suis pas encore à piquer les vêtements de ma fille en imitant son style, mais je commence à comprendre qu'on puisse être tentée de le faire.

Ruth s'interrompit pour l'examiner.

— Tu n'as pas ce problème, toi, Lauren. Tu as eu Mack quand tu étais encore toi-même en poussette.

Lauren éclata de rire.

— J'avais dix-neuf ans. C'est jeune, mais je n'étais plus un bébé !

Elle n'en était pas moins tombée enceinte à dix-huit ans. L'âge qu'aurait Mack dans deux ans…

— Et tu as toujours l'air d'avoir vingt ans, ce qui me donne envie de t'étrangler, commenta Ruth avec un geste expressif des deux mains. Toi, au moins, ta fille ne te balance pas à la figure toutes les deux secondes que « de toute façon, tu es trop vieille pour comprendre quoi que ce soit à la vie ».

Lauren songea à ses conversations récentes avec Mack et son sourire se crispa.

— C'est là que tu te trompes, justement.

— Mais au moins, tu as l'énergie de la jeunesse pour faire face. Moi, je fatigue. Je pensais que le pire du pire, c'était la phase des deux ans. Et là je découvre que l'âge *réellement* atroce, c'est quand ils en ont seize. La pression pour être conforme à leurs normes, la puberté, le sexe…

Lauren faillit en lâcher sa tasse.

— Abigail a une vie sexuelle ?

— Cela ne me surprendrait pas. Elle a un « copain ».

Ruth dessina les guillemets dans l'air.

— Le téléphone bipe sans arrêt et les messages pleuvent.

Ce serait ça alors, le problème de Mack ? Et si elle était tout simplement amoureuse ?

Helen hocha la tête.

— Phoebe passe aussi tout son temps sur son téléphone. Bizarrement, ils sont toujours trop fatigués pour ranger leur chambre, mais ils peuvent pianoter sur leur écran tactile à toute heure du jour et de la nuit. Hier soir, quand j'ai fini par arracher son mobile de ses petites mains avides et que j'ai décrété que tous les appareils électroniques étaient bannis de la chambre à coucher, elle a hurlé qu'elle me détestait. C'est la joie dans les foyers.

Une pointe de soulagement accompagna la réaction de compassion de Lauren. Même au cours de leurs discussions les plus virulentes, Mack ne lui avait jamais dit qu'elle la haïssait. La situation aurait pu être pire.

Ruth posa la main sur le bras de Helen.

— Ils le disent, mais ils ne le pensent pas. C'est juste une de leurs formules standard, comme « Je hais la vie » et « Ma *life*, c'est trop de la merde. »

— Sans parler de : « Toutes mes amies, *elles*, ont le droit de le faire. »

— Et : « *Personne* ne fait plus ça, maman. » Pour moi, le plus dur, c'est leur humeur constamment grinçante. Je sais que c'est hormonal, mais c'est juste insupportable quand même.

Helen termina son café.

— Et le pire, c'est que je me sens coupable en réalisant que j'étais tout aussi odieuse avec ma mère à leur âge. Pas vous ?

Ruth hocha la tête. Lauren ne dit rien.

Tant qu'elles ne la dérangeaient pas dans son atelier, leur mère les avait laissées plus ou moins libres de faire tout ce qu'il leur passait par la tête. C'était une des raisons pour lesquelles Jenna et elle étaient aussi proches.

— Le seul de la maison à avoir un tempérament à peu près placide, c'est le chien.

Une lueur amusée brilla soudain dans le regard de Ruth.

— Vous vous êtes déjà demandé ce qu'aurait été votre vie si vous aviez épousé votre premier petit ami ?

Helen haussa les épaules.

— J'aurais divorcé dans les six mois. Mon premier copain était un cauchemar.

Lorsque ses deux amies tournèrent un regard interrogateur vers elle, Lauren rougit.

— Mon premier petit ami, c'était Ed.

Ce n'était pas un mensonge à proprement parler. Un « petit ami », c'était quelqu'un avec qui on nouait une relation officielle. Le mot appelait des images de baisers maladroits, de sorties au cinéma et de caresses tâtonnées dans le noir. Le « petit ami » était publiquement assumé. « Je sors avec mon copain, ce soir. »

Si on se basait sur cette définition, Ed avait été le premier avec qui elle était sortie au vu et au su de tous.

— Tu n'as connu qu'un seul mec dans toute ta vie d'adulte ? Pas de *crush* adolescent ? Pas de folles aventures sexuelles ? Rien ?

Le cœur de Lauren battait trop vite. *Ce qui s'était passé avant Ed n'avait pas compté.*

— Pour moi, non. Ça a toujours été Ed, et rien qu'Ed.

Helen se mordit la lèvre.

— En ce qui me concerne… Bon, il vaut mieux que j'évite de m'étendre. Je n'ai pas été un modèle de constance avant Martin.

— Moi, j'ai auditionné pas mal de candidats avant de confier le rôle de Partenaire Officiel de ma Vie à Pete.

Ruth termina son croissant et regarda l'heure.

— Hou là. Il faut que je file. J'ai laissé ma maison dans un état épouvantable en partant.

Elle prit son sac.

— À ce soir chez toi, Lauren. Tu es sûre que tu n'as pas besoin d'aide ? Je peux venir avant, si tu veux.

— Merci, mais c'est bon. Je gère.

— Ta sœur va venir ?

— Pas cette fois-ci, non. Elle ne peut pas s'absenter en ce moment.

Une pincée de culpabilité vint s'ajouter au malaise de Lauren. La dernière fois qu'elles s'étaient parlé au téléphone, Jenna avait mentionné un retard de règles. Elle avait perçu l'excitation dans la voix de sa sœur et avait partagé son espoir fébrile. Jenna avait un désir de maternité très fort et vivait mal sa déception chaque mois, lorsqu'elle constatait que ce n'était pas encore pour cette fois. Lauren avait eu l'intention d'appeler pour prendre de ses nouvelles, mais avec l'organisation de la fête le coup de fil lui était sorti de la tête.

— Et ta mère ? Elle ne vient pas non plus ?

Lauren garda soigneusement son sourire en place.

— Non.

L'absence de sa mère ce soir aurait tout à voir, bien sûr, avec le fait qu'elle avait omis de l'inviter.

Lauren n'avait jamais été très proche de sa mère, mais leur relation s'était encore distendue la dernière fois qu'elle était retournée la voir sur l'île. Sa mère lui avait paru distraite, préoccupée, et encore plus distante qu'à l'ordinaire.

Au moment du décès de son père, cinq ans auparavant, Lauren s'était attendue à trouver celle-ci effondrée lorsqu'elle était arrivée à Martha's Vineyard pour assister aux funérailles. Mais elle avait été impressionnée par la force dont sa mère avait fait preuve. Sur l'île, tout le monde avait adoré son père, et plusieurs personnes avaient éclaté en sanglots durant la cérémonie. Sa mère, elle, n'avait pas bronché. Nancy Stewart était restée debout, le dos aussi droit que le mât d'un bateau, les yeux secs, l'expression absente, comme si une part d'elle-même avait déserté la scène. Lauren en avait conclu que sa mère vivait son deuil comme elle gérait tout le reste : murée dans son atelier avec son chevalet et ses pinceaux.

Lauren scruta le fond de sa tasse de café.

C'était leur père qui s'était octroyé le rôle du « parent sympa » lorsque Jenna et elle étaient petites.

« Et si on se faisait un tour à la plage, les enfants ? »

Son père n'avait jamais eu d'heure pour prendre ce genre d'initiative. Bousculant le timing, il les embarquait en riant vers de nouvelles aventures et les ramenait à la maison bien après l'heure officielle du coucher, avec du sable collé aux pieds, du sel dans les cheveux et des coups de soleil partout. Il revenait alors à leur mère de gérer les conséquences et de se dépatouiller avec deux petites filles affamées, grognonnes et épuisées.

Ces jours-là, elle les attendait, les lèvres serrées, devant son dîner refroidi. Elle leur servait en silence les restes desséchés du repas avant de les fourrer d'autorité dans la baignoire. Lauren se souvenait des hurlements de Jenna lorsque le jet de la douche venait cingler sa peau brûlée par le soleil.

À la fin de l'été, leurs cheveux blonds étaient si clairs qu'ils paraissaient presque blancs et les taches de rousseur se multipliaient à l'infini sur le visage de Jenna. Pour Lauren, elles étaient comme de jolis grains de sable projetés sur sa peau. Mais Jenna les trouvait « cracra » et les frottait fort pour les faire disparaître jusqu'à ce que les taches viennent à se confondre avec sa peau rougie.

— Tu aurais au moins pu faire l'effort de leur mettre de la crème solaire, avait reproché leur mère à leur père, un soir.

Lauren se souvenait que ce dernier avait éclaté de rire.

— Zut, c'est vrai. J'oublie à chaque fois. Allez, détends-toi. Il n'y a pas de quoi en faire un fromage.

Lauren avait l'impression que plus son père conseillait à sa mère de se détendre, plus cette dernière se raidissait.

Pour sa part, elle avait renoncé depuis longtemps à tout espoir d'amélioration dans ses relations avec celle-ci.

Ed et elle retournaient sur l'île pendant dix jours chaque été mais elle restait à cran pendant l'entière durée du séjour. C'était une part de sa vie qu'elle avait laissée derrière elle et, pendant ces courtes vacances d'été sur l'île, elle éprouvait une sensation d'inconfort, comme si elle était habillée avec de vieux vêtements qui n'étaient plus à sa taille. Depuis qu'il n'y avait plus son père, avec son énergie débordante et son stock inépuisable de blagues, les vacances à Martha's Vineyard étaient devenues encore plus pesantes.

Le seul côté positif, c'est qu'elles lui offraient l'occasion de passer du temps avec sa sœur.

Lauren vit Helen se lever et réalisa qu'elle avait manqué la moitié de la conversation.

Son amie attrapa son sac.

— Vos filles s'en sont sorties, au fait, de cet horrible projet de recherche généalogique sur les ancêtres de la famille ? Martin en regrettait presque qu'on ait choisi de l'inscrire dans un établissement où on prend l'éducation autant au sérieux.

Lauren récupéra son manteau.

— Quel projet de recherche généalogique ?

Helen et Ruth échangèrent un regard.

— Tu vois, c'est ça que j'envie chez toi, soupira Ruth. Mack est tellement intelligente qu'elle fait tous ces trucs-là sans réclamer ton aide.

— C'est vrai qu'elle a tendance à être assez autonome.

Elle n'en prit pas moins note mentalement de poser la question à sa fille pour plus de sécurité.

Helen leur tint la porte ouverte et elles troquèrent la douce chaleur odorante du *coffee shop* contre l'air glacé et brouillardeux du dehors.

— Mack va mieux ? demanda-t-elle. Elle n'a plus de problème avec ces garces en première ?

Lauren fut tentée de mentionner les mèches roses et son impression que sa fille lui cachait quelque chose, mais à quoi bon ? Elle continuait d'espérer que tout rentrerait dans l'ordre.

— Ça s'est tassé, apparemment.

— Abigail ne m'en parle plus. Et c'est elle qui était tombée sur la page Facebook lorsque ces idiotes l'ont publiée.

Ruth lui posa la main sur le bras.

— Je suis sûre que c'est un épisode oublié et enterré.

C'était aussi ce que Lauren espérait. Elle savait qu'elle avait tendance à faire une montagne d'un grain de sable. D'après Ed, elle était la reine absolue du scénario-catastrophe.

Si c'était le cas, la réflexion qu'il avait faite avant de partir était probablement dénuée de signification, n'est-ce pas ?

D'ailleurs s'il y avait eu un vrai problème, ils en auraient parlé.

Elle vérifia sur son téléphone qu'elle était à l'heure pour son rendez-vous chez le coiffeur, puis salua ses amies d'un sourire.

— Bon, à tout à l'heure, vous deux ! Arrivez en forme ce soir.

Avec un peu de chance, Ed et Mack auraient recouvré leur bonne humeur d'ici là. Leur fille avait un comportement bizarre depuis quelque temps, mais c'était probablement juste une mauvaise phase.

Cela ne voulait pas forcément dire qu'elle leur cachait quelque chose.

Lauren fit taire la petite voix dans sa tête qui lui murmurait que sa sœur et elle avaient passé toute leur enfance à garder les pires secrets tout le temps.

Chapitre 2

Sœurs

Loyauté : qualité qui consiste à rester ferme dans ses engagements ou dans son soutien à une personne ou à une cause.

— S'il te plaît, non. N'y va pas !

Je la regardai escalader la rambarde.

En dessous, les eaux étaient profondes et noires.

Le jour avait à peine commencé à se lever et la plage était déserte. Plus tard dans la saison, les touristes feraient la queue pour sauter de « Jaws[1] Bridge » — le pont ainsi baptisé depuis que le film Les Dents de la mer *avait été tourné sur l'île. Mais à cette heure et cette période de l'année, il n'y avait personne d'autre que nous dans les parages.*

Et nous, on n'aurait jamais dû être là.

Nos bicyclettes gisaient, abandonnées sur le bord du chemin. Pas une âme sur les deux plages de part et d'autre du pont. Aucune voiture n'était passée depuis notre arrivée ici cinq minutes plus tôt.

— Si tu as peur, retourne à la maison.

Elle lança ces paroles avec un éclat de défi dans les yeux et un mouvement décidé de la tête.

1. *Jaws* est le titre original du film *Les Dents de la mer.*

Ma sœur, la rebelle.

Elle avait raison. J'aurais pu rentrer. Mais si je m'en allais, qui veillerait sur elle ? Qu'adviendrait-il si elle s'assommait en tombant ou si elle était emportée vers le large ? Le courant était assez puissant et il fallait nager de toutes ses forces pour s'éloigner du pont une fois qu'on avait sauté. J'avais pris position en bas, sur la plage, en me disant que ce serait l'endroit le plus stratégique si un sauvetage s'avérait nécessaire.

Mes semelles dérapaient sur les algues gluantes et le vent était mordant.

Je tremblais, sans bien savoir si c'était de peur ou de froid. J'aurais voulu être n'importe où sauf là.

Comme toutes les familles, nous avions nos règles et nos interdits.

Ma sœur les transgressait tous, *un à un.*

J'aurais pu la laisser faire et m'en laver les mains.

Mais je n'aurais pas eu la force de me soustraire à mes fonctions d'ange gardien autoproclamé. Je l'adorais. On se disait tout. C'était l'être que j'aimais le plus au monde. Je serais allée jusqu'à mourir pour elle — même si j'aurais autant aimé que ce soit en dernier recours.

Je fis une nouvelle tentative.

— Regarde, c'est écrit là : « Ne pas sauter du pont ».

Elle tourna la tête vers le panneau et haussa les épaules.

— Si on te pose la question, tu diras qu'on ne l'a pas vu.

— Maman va nous tuer.

— Elle ne saura pas. Elle ne sait jamais rien de ce qu'on fait. Et puis elle s'en fout. C'est sa peinture qui l'intéresse.

— Si elle l'apprend par quelqu'un, elle ne s'en foutra pas, crois-moi.

— Et pourquoi voudrais-tu que quelqu'un lui dise ?

C'était ce que ma sœur me répondait à chaque fois.

Pendant les repas, je ne savais pas où me mettre, tellement j'avais peur que notre mère nous interroge sur nos activités. La couche de culpabilité qui me collait à la peau était si épaisse qu'elle me paraissait visible à l'œil nu. J'avais l'impression d'avoir le mot « coupable » inscrit sur le front, aussi brillant qu'une enseigne lumineuse.

Par chance pour moi, notre mère avait d'autres soucis en tête que de se demander ce qu'on fabriquait.

— C'est trop risqué de sauter maintenant. On reviendra cet été quand il y aura du monde.

— Je déteste quand il y a du monde.

Elle grimpa sur la rambarde et oscilla un instant en équilibre instable, comme une funambule de cirque, les bras étirés vers le ciel.

— À trois, j'y vais. Une… Deux…

Avec un dernier sourire de pure jubilation dans ma direction, elle s'élança dans le vide.

Je vis le corps frêle de ma sœur fendre l'air puis heurter l'eau avec un grand bruit et disparaître sous la surface. Je connus alors un instant de terreur absolue. Si elle ne resurgissait pas, aurais-je la force de la sauver ? Les images cauchemardesques dans ma tête étaient si réelles qu'un instant ce fut comme si je sentais son corps inerte m'échapper des mains. Lorsque sa tête réapparut enfin et que je lâchais un grand ouf, *je m'aperçus que je n'avais pas cessé de retenir mon souffle. Mes pieds me faisaient mal tant mes orteils étaient crispés alors que je me tenais prête à me jeter à l'eau.*

Elle se mit à nager dans ma direction en luttant contre le courant qui cherchait à la tirer vers le large.

— J'ai cru que je faisais une crise cardiaque.

Je lui jetai un drap de bain, les jambes coupées par la peur. Une fois encore, ma sœur avait réussi à mener à bien un de ses projets insensés. Et on était encore en vie l'une et l'autre. Il y avait des jours où j'avais l'impression d'être sa mère plus que sa sœur.

— Il faut vite qu'on rentre avant que quelqu'un voie tes cheveux mouillés.

— Personne ne verra rien.

Elle sortit de l'eau, ses vêtements dégoulinants plaqués sur ses bras maigres et ses jambes fines comme des allumettes.

— Papa n'est pas là et maman est enfermée dans son atelier.

— Et qu'est-ce qu'on lui dit si elle demande ce qu'on a fait aujourd'hui ?

— Elle ne demandera rien.

Ma sœur se frotta les cheveux avec la serviette et les rejeta dans son dos. Elle exultait, comme chaque fois qu'on faisait un truc interdit.

— Mais si jamais elle veut savoir, on lui dira qu'on est parties tôt faire une balade panoramique à vélo.

Cela faisait partie de notre pacte. Elle et moi, on s'assurait toujours que nos mensonges tenaient debout, que nos scénarios ne comportaient pas d'accroc.

Et elle savait que je la couvrirais, quel que soit le prix à payer.

C'était ma sœur et pour elle j'étais prête à tout.

Chapitre 3

Jenna

Désir : envie, aspiration irrésistible.

PAS ENCEINTE.

Existait-il deux mots plus déprimants que ceux-là ?

Dans la salle de bains de leur petit cottage sur l'île de Martha's Vineyard, Jenna jeta le test de grossesse sur le sol carrelé et résista à la tentation de l'écraser sous son talon.

Jurer l'aurait soulagée mais elle surveillait son langage, par principe, y compris dans l'intimité de sa propre salle de bains. Elle avait une peur bleue qu'un gros mot ne lui échappe en salle de classe, devant ses petits de CP tout particulièrement impressionnables. Si cela arrivait, elle voyait les réactions d'ici.

« Mme Sullivan a dit *merde*, maman ! M-E-R-D-E. C'était son mot du jour. Il a d'abord fallu l'épeler et puis on a tous dû l'utiliser en faisant une phrase. »

Non, jurer était hors de question et elle refusait de pleurer. Avoir des taches de rousseur était déjà assez vexant comme cela. Inutile de rajouter des rougeurs et des yeux gonflés au tableau.

— Jenna ?

La voix de Greg s'éleva de l'autre côté de la porte.

— Tout va bien, ma chérie ?

— Oui, oui, impeccable. Je sors de là dans cinq minutes.

Elle fixa son reflet dans le miroir d'un œil hostile, s'interdisant de verser ne serait-ce qu'une seule des larmes qui lui brûlaient les paupières.

Tout n'allait pas bien, non.

Son corps refusait de faire son boulot. Elle aurait dû tomber enceinte dès le premier essai. À la rigueur, au second. Puis faire évoluer doucement le fœtus en elle pendant neuf mois. Et mettre son bébé au monde, bien gentiment, sans drame et sans crise.

Elle songea à toutes les occasions où elle avait paniqué ferme en faisant pipi sur la tige du test, tremblant de peur à l'idée qu'il puisse virer positif. La première fois que Greg et elle avaient fait l'amour sur le sable, aussi tâtonnants et maladroits l'un que l'autre, elle avait été plus angoissée qu'excitée. *Au secours, faites que ça ne se traduise pas par une grossesse.*

Et maintenant qu'elle faisait tout le nécessaire pour que le test affiche +++, rien ne marchait.

Greg et elle avaient passé quasiment tout leur temps libre cet hiver à faire l'amour. Cela dit, pour être franche, Martha's Vineyard n'offrait pas beaucoup d'autres distractions après le départ automnal des touristes. Le sexe était une alternative raisonnable à l'utilisation des énergies fossiles. Ce serait peut-être un bon principe d'écologie domestique à enseigner à ses élèves. « Alors voilà, les enfants: pour nous chauffer, nous avons l'énergie solaire, la géothermie, l'énergie du vent et le sexe. Si vous voulez en savoir plus là-dessus, demandez à vos parents. »

Elle brûlait plus de calories dans la chambre à coucher que sur le tapis de course.

Elle avait trente-deux ans.

Sa mère, à cet âge, avait déjà mis Lauren au monde.

Lauren, sa sœur aînée, qui *elle* avait conçu sa fille à dix-huit ans à peine. Ed et elle venaient tout juste d'échanger leurs consentements et déjà l'annonce était tombée qu'ils attendaient un enfant. Jenna avait toujours eu l'impression qu'il avait suffi que sa sœur effleure son mari du regard pour se voir fécondée dans le quart d'heure.

D'ailleurs, inutile d'essayer de se le cacher : elle était jalouse.

Ce n'était pas faute d'aimer sa sœur, pourtant. Mais elle avait découvert que l'amour ne suffisait pas à empêcher certains sentiments négatifs d'émerger.

Son envie de devenir professeur des écoles remontait à l'anniversaire de ses six ans, lorsque sa mère lui avait acheté un tableau et des craies et qu'elle avait tyrannisé sa sœur pour qu'elle joue avec elle à la maîtresse.

Il avait été d'emblée évident pour tout le monde que les enfants étaient sa vocation et que ce n'était qu'une question de temps avant qu'elle ne mette en route une famille.

Au début, elle avait pris les choses avec décontraction, mais à chaque mois qui passait, son désarroi montait d'un cran. Elle avait essayé toutes les techniques possibles et imaginables pour améliorer leurs chances. De la prise de température quotidienne à l'obligation pour Greg de renoncer à ses boxers pour porter des caleçons. Ils pratiquaient une sexualité intensive dans toutes les positions concevables. Et même dans certaines positions inconcevables qui s'étaient soldées par une lampe de chevet cassée et un Greg marmonnant tout haut qu'ils étaient passés à côté de leur vocation d'artistes de cirque.

Rien n'avait marché.

L'injustice de la situation était comme une plaie ouverte dans son cœur. Mais pire encore était le sentiment de vide sidéral qui l'habitait. C'en était même gênant, alors qu'elle avait conscience que tout lui souriait par ailleurs. Il y avait tant de choses positives dans sa vie. À commencer par *Greg*, bon sang ! Greg Sullivan que tout le monde, et elle la première, adorait sur l'île. Greg qui avait toujours été brillant dans tous les domaines et qui excellait dans tout ce qu'il entreprenait.

Elle était tombée amoureuse de lui à l'âge de cinq ans, lorsqu'il l'avait tirée du fossé dans lequel elle s'était aplatie en un petit tas disgracieux. Greg était son héros. Ils avaient passé toute l'année de terminale assis côte à côte en cours et s'étaient chargés ensemble de la rédaction du journal du lycée. Les gens parlaient d'eux comme s'ils formaient une entité. Ils étaient Jenna-et-Greg. Ils étaient deux en un.

Jusqu'à peu, partager sa vie avec Greg avait été l'alpha et l'oméga du bonheur tel qu'elle l'entendait.

À quel moment en était-elle venue à penser qu'être avec Greg ne suffisait plus tout à fait ?

Le pire, c'était qu'elle n'avait personne autour d'elle à qui parler de son problème. Ce silence auto-imposé compliquait ses relations sociales, car elle n'avait jamais eu l'habitude de garder ses préoccupations pour elle.

« Bavarde » était le terme qui, au grand dam de sa mère, revenait le plus souvent dans les appréciations des profs sur ses bulletins scolaires. « Tu es à l'école pour apprendre, pas pour discuter avec tes copines, Jenna. »

Elle avait peut-être le verbe facile, mais pas au point de parler de sa vie sexuelle avec ses ex-copines de classe lorsqu'elle les croisait dans les rayons de la supérette.

« Salut, Mary, ça me fait plaisir de te voir ! Au fait, vous avez eu combien de rapports sexuels avec Pete avant que tu conçoives ton premier enfant ? »

« Coucou, Kelly ! Désolée, j'aurais aimé prendre le temps de papoter avec toi un moment, mais je suis en pleine ovulation et il faut que je me dépêche de rentrer pour qu'on s'envoie en l'air avec Greg. À la prochaine, d'accord ? »

— Jenna ?

Greg secoua la poignée.

— Je sais que ça ne va pas. Alors ouvre cette porte pour qu'on en parle.

Parler de quoi ?

Elle voulait désespérément un bébé. Et ils pourraient parler tant qu'ils voudraient, cela ne changerait rien au problème.

Elle n'en ouvrit pas moins la porte. Elle était Jenna-la-Joie. La fille qui souriait tout le temps. Celle qui avait eu pour philosophie que, dans la vie, il fallait accepter ce qu'on ne pouvait pas changer. Elle avait des taches de rousseur sur le nez, des cheveux qui frisaient quoi qu'elle fasse et un corps qui refusait de fabriquer des bébés.

Greg se tenait devant elle, arborant ce qu'elle appelait sa « tête d'écoutant ».

— Il est négatif ?

Elle fit oui de la tête et enfouit son visage dans sa chemise. Il sentait bon. Des accents citronnés mâtinés d'iode et de grand air.

— Ne dis rien, OK ?

Greg était thérapeute. Un aidant qui savait s'y prendre comme personne pour écouter, soutenir, relancer l'espoir. Mais rien de ce qu'il serait susceptible de lui dire en cet instant ne soulagerait sa peine. Et la plus petite marque de compassion risquait de provoquer la crise de larmes qu'elle voulait à tout prix éviter.

Il l'entoura de ses bras.

— Et si je te dis que je t'aime, par exemple ?

— Ça, oui. Je veux bien l'entendre.

Elle aimait tout particulièrement la façon dont Greg la tenait dans ses bras. Son étreinte franche semblait lui dire qu'il y croyait. Il la serrait comme pour lui signifier que rien de grave, jamais, ne pourrait venir se glisser entre eux.

— On est encore jeunes. Et ça ne fait pas si longtemps que ça qu'on essaie, Jenna.

— Dix-sept mois, une semaine et deux jours. Tu ne crois pas qu'il faudrait qu'on aille consulter ?

Il desserra son étreinte.

— À mon avis, ça ne s'impose pas. Pense à tous les moments géniaux qu'on passe au lit pour mettre ce bébé en route.

Le seul problème, c'est que ça ne marche pas.

— Ça me ferait du bien d'en parler à quelqu'un.

Il soupira.

— Tu es tellement tendue, Jenna. Nerveuse. Nouée. À cran.

Parce qu'il s'attendait à quoi ? À ce qu'elle plane en état de zenitude absolue alors qu'ils n'arrivaient pas à avoir d'enfants ?

— Si tu as le malheur de me dire de me détendre, je cogne.

Il la prit de nouveau dans ses bras.

— Ton boulot te bouffe. Tu te démènes pour les gamins de ta classe au point de leur donner tout ce que tu as dans le ventre.

— J'aime mon métier.

— Et si tu essayais le yoga ?

— Ça me rend folle au bout de cinq minutes d'avoir à rester assise dans une position bizarre.

— Autre chose, alors. Tu pourrais…

Cette fois, ce fut elle qui se détacha de ses bras.

— Gare à tes fesses, Sullivan. Si tu oses m'acheter un bouquin sur la méditation de pleine conscience…

— Diable ! Moi qui avais prévu de t'offrir dix volumes complets pour Noël.

Il lui prit le visage entre les mains et l'embrassa tendrement.

— Accroche-toi, d'accord ?

Ce qu'elle lut dans son regard lui donna envie de pleurer.

— On va être en retard au boulot.

Vingt gamins hyperactifs de six ans l'attendaient de pied ferme. Des enfants mis au monde par d'autres. Elle arbitrait les conflits, séchait les larmes, affûtait les intelligences. Et faisait tout son possible pour ne pas essayer d'imaginer comment il en irait si l'un de ces enfants était le sien.

Chaque jour, elle enseignait un mot nouveau à sa classe. Elle avait une passion pour les définitions qui tendaient à s'afficher d'elles-mêmes dans sa tête — y compris quand elle ne les cherchait pas. Comme maintenant, par exemple.

Déçue : attristée par l'échec d'une attente.

Être frustrée : éprouver un sentiment d'insatisfaction ou ressentir une absence d'épanouissement.

— Si seulement je pouvais cesser d'entendre les : « Alors, c'est quand que vous vous décidez à nous faire un petit, Greg et toi ? »

— Les gens te disent ça ?

— Tout le temps.

Elle prit son maquillage sur l'étagère de salle de bains.

— Certaines femmes, surtout, ont tendance à me harceler avec ces questions. Le mieux serait peut-être que j'arrête d'être évasive. Au prochain qui aborde le sujet, je réponds qu'on baise déjà du matin au soir comme des lapins.

— Tout le monde le sait déjà.

— *Hein ?* Comment ça ?

Greg sourit.

— Il y a quinze jours, tu m'as envoyé un SMS à mon cabinet.

— Je connais plein de femmes qui textotent à leur mari quand ils bossent. Et vice versa.

— Certes. Mais il est déjà plus rare d'écrire « Hé, gueule d'amour, je suis déshabillée, au lit, et dans le *mood* pour une partie de sexe. »

— Et ça t'a choqué ?

— Moi non. Mais j'avais confié mon téléphone à Pamela.

— Non, c'est pas vrai ! Sérieux ?

Elle se sentait mortifiée.

— Mais comment ça se fait ?

— C'est ma réceptionniste et j'étais en séance. Je lui avais laissé mon mobile au cas où un de mes patients passerait un appel en urgence. Je ne pouvais pas deviner que l'urgence viendrait de toi.

Jenna se plaqua la main sur la bouche.

— D'un côté, je trouve ça comique et de l'autre, j'ai envie de me cacher sous la table. Pamela a été ma baby-sitter quand j'étais petite. Et elle me traite toujours comme si j'avais six ans.

— Je crois qu'elle a clairement compris maintenant que tu es devenue une grande fille.

— Qu'est-ce qu'elle t'a dit ?

— Rien. Elle m'a juste rendu mon téléphone. Mais il ne fait aucun doute que notre vie sexuelle sera dûment commentée à l'occasion des après-midi tricot, des soirées lecture et de la réunion du comité de conservation du littoral. On aura déjà de la chance si ce texto ne figure pas à l'ordre du jour de la réunion publique annuelle à la mairie.

— Tu crois que ça arrivera aux oreilles de ma mère ?

— Vu que ta mère participe à la fois au club de lecture et à la préservation du patrimoine, sans parler de je ne sais combien d'autres associations sur l'île, je pense que la réponse est oui. Mais qu'est-ce que ça peut faire ?

— Ce sera une transgression de plus ajoutée à une liste déjà longue.

Jenna avait entendu une fois sa mère confier à une amie : « Avec Lauren, je n'ai jamais eu de problèmes, mais avec Jenna, mon Dieu... » Elle n'était pas entrée dans les détails, mais son silence en avait dit long sur la nature quasi infernale de sa fille cadette.

— Chaque fois que je me retrouve en présence de ma mère, j'ai l'impression qu'il ne me reste plus qu'à aller me mettre au coin.

Un sourire sensuel glissa sur les lèvres de Greg.

— Il se passe quoi dans le coin en question ? On peut y aller à deux ?

— Avec toi ? Elle considère que tu es la perfection même. À ses yeux, la seule chose bien que j'aie faite dans ma vie, c'est de t'épouser. Ça me donne envie de la piler menu.

— « Je pile ma mère », « tu piles ta mère », « il ou elle pile sa mère »... Ce sera ta leçon de conjugaison de la journée ?

— Toi, fais attention, sinon je cafte et elle saura quelle influence délétère tu exerces sur moi, sous tes airs de gendre idéal.

— Nous sommes mariés, Jenna. Rien ne nous interdit de faire l'amour quand on veut et où on veut, tant qu'on ne se fait pas prendre sur la voie publique en train de tester la position de la brouette.

— Tu connais ma mère. Elle soupirera qu'elle désespère de moi. Et regrettera une fois de plus que je ne ressemble pas un peu plus à Lauren.

Même si elle adorait sa sœur, elle n'avait jamais souhaité être comme elle.

— Ma mère est la femme de cœur par excellence. Dès que quelqu'un sur l'île a le moindre problème, elle se précipite à son secours avec un gâteau fait maison et son soutien inconditionnel en prime. Elle est plus proche de Betty, la gérante de la supérette, que de moi.

Ne jamais avoir réussi à établir une meilleure relation avec sa mère était pour elle une source permanente de frustration et de tristesse.

Elle se considérait comme quelqu'un de facile à vivre et s'entendait avec à peu près tout le monde sur l'île. Alors pourquoi cette difficulté de toujours à se rapprocher de sa propre mère ?

— Dans la relation parent-enfant, rien n'est jamais simple, crois-moi.

Dysfonctionnel : relation ou comportement différent de ce qui est considéré comme étant la norme.

— Oui, OK, ça je l'ai intégré. Ce que j'ai plus de mal à saisir, c'est pourquoi notre mésentente continue de m'affecter autant. Pourquoi ne pas accepter que les choses soient ce qu'elles sont ? C'est épuisant.

— Mmm...

Greg jeta un coup d'œil à sa montre.

— Je te ferais volontiers une conférence sur les heurs et malheurs de la relation mère/fille, du berceau à l'âge adulte, mais je facture à la demi-heure et mes tarifs dépasseraient ton budget.

Il l'embrassa de nouveau.

— Et maintenant habille-toi ou le sujet à l'ordre du jour de la prochaine réunion de mairie sera : « Comment la maîtresse de CP fit classe toute une journée dans son pyjama à motifs de dinosaures... » Tu veux que je me charge du repas, ce soir ?

— Non, c'est mon tour. Et, parlant de ma mère, je vais passer la voir tout à l'heure en sortant.

— Merci pour l'avertissement. Au cas où tu aurais besoin de te remonter le moral, pense à acheter une bouteille d'alcool fort en passant chez le caviste.

— C'était nettement moins pesant d'aller faire un saut à la maison quand mon père vivait encore.

Greg haussa un sourcil.

— Neuf fois sur dix, il était sur le terrain de golf, ton père.

— Mais il finissait en général par faire une petite apparition. Et il était toujours content de me voir. Maman, tout ce qu'elle voit en moi, c'est une gamine à l'état sauvage. Une indisciplinée chronique.

— C'est pour l'enfant sauvage en toi que je t'ai épousée. À ce soir, alors. Et je t'invite à être aussi sauvage que tu le voudras avec moi.

Il glissa une mèche de cheveux derrière son oreille.

— Tu m'envoies un texto tout à l'heure pour me dire si ça va ?

— Seulement si tu me jures de ne pas confier ton téléphone à Pamela.

— Tu pourrais aussi renoncer à m'envoyer des sextos au boulot.

Il l'attira dans ses bras.

— Non, oublie ce que j'ai dit. Continue à sextoter. J'aime bien tes petits textes *hot* et c'est bon pour ma réputation.

— Comme si ta cote de popularité sur l'île n'était pas déjà assez scandaleusement élevée comme ça.

Elle le repoussa en souriant.

— Allez, dégage. Tu vas être en retard.

— À ce soir, ma sauvage.

Il enfila sa parka, attrapa ses clés de voiture et partit en direction de la porte d'entrée.

— Ah oui, encore une chose, Jenna…

— Quoi ?

— Essaie de te détendre.

Il lui fit un clin d'œil et disparut avant qu'elle ait eu le temps de lui jeter quelque chose à la figure.

Frissonnant dans la bourrasque d'air glacé qui venait de s'engouffrer dans la maison, elle regagna la chambre à coucher et s'avança vers la fenêtre.

Malgré tout ce qu'ils traversaient en ce moment, Greg avait réussi à lui arracher un sourire. Il avait toujours su booster sa bonne humeur.

Elle l'aperçut juste à ce moment-là. Il se tenait debout à côté de sa voiture, les épaules rentrées, la tête basse. Le sourire de Jenna s'évanouit.

Greg affichait un optimisme imperturbable depuis le début.

Mais en ce moment, il n'avait pas l'air si joyeux et si confiant que cela. Et s'il faisait semblant pour elle ?

Elle attendit qu'il soit parti avant de troquer son pyjama contre un pantalon noir habillé. L'année dernière, il lui allait encore à la perfection, mais cette année il la serrait un peu à la taille. Si son ventre gagnait en volume, ce n'était pas parce qu'un bébé était venu s'y loger, mais parce qu'elle avait pris l'habitude de grignoter pour se consoler.

Greg avait laissé une cafetière presque pleine. Elle remplit un mug, tendit la main vers le paquet de flocons d'avoine puis changea d'avis et choisit un des cupcakes qu'elle avait faits pour sa mère, en gage de réconciliation. Elle en avait prévu de larges quantités pour que celle-ci puisse les emmener à son cercle de lecture. Un de plus ou un de moins ne ferait pas de différence.

Ce n'était pas le petit déjeuner *healthy* par excellence, mais un test de grossesse négatif avait pour effet immédiat de la précipiter tête la première dans la source de glucides la plus proche.

Lorsque ses dents s'enfoncèrent dans le gâteau spongieux et aéré, elle ferma les yeux.

Faire de la pâtisserie l'apaisait.

Si elle avait eu des enfants, ils auraient fait des gâteaux ensemble. Elle aurait eu la crème au beurre la plus onctueuse, les gâteaux au yaourt les plus légers. Et ses cookies auraient fait l'envie de tous. Elle entendait d'ici leurs petits camarades s'exclamer « Je voudrais trop que ma maman elle cuisine comme la tienne ! »

Faute d'avoir un enfant pour se jeter avec gourmandise sur ses cupcakes, elle finissait par les engloutir elle-même. Elle mangeait pour combler un grand vide à l'intérieur d'elle. Mais toutes ces sucreries la remplissaient aussi d'autres choses. De cellules adipeuses, par exemple.

Accablée et dégoûtée de soi, Jenna contempla fixement les miettes restées sur son assiette.

Pourquoi avait-elle fait ça ? Elle était parfaitement consciente de ce qui se jouait chaque fois qu'elle se ruait ainsi sur les aliments gras et sucrés. Elle n'était pas femme de psy pour rien. Une vague de frustration la saisit. C'était nul de manquer à ce point d'autodiscipline. Ensevelir ses émotions sous le sucre l'entraînait dans une spirale négative. Elle le savait mais continuait quand même. Son désir éperdu d'enfant avait brisé quelque chose en elle.

Elle avait l'impression de perdre pied, comme si sa vie lui glissait entre les mains. Et c'était terrifiant. Jenna n'avait qu'une envie, soudain, et c'était de téléphoner à sa sœur. Mais si elle appelait Lauren maintenant, elle arriverait en retard à l'école.

Lauren comprendrait-elle son désarroi, seulement ? Sa sœur menait une vie parfaite, avec une belle maison, une totale absence de problèmes d'argent, un mari fantastique et une fille superbe.

Mais à qui se confier, sinon ? À leur mère ?

Cette dernière était le genre de personne capable de consacrer du temps et de l'attention à la terre entière. Sauf à qui avait le malheur d'être sa fille.

Jenna fit le trajet jusqu'à l'école en ne croisant que quelques rares voitures en route. Pendant les mois d'été, elle mettait deux fois plus de temps pour aller travailler qu'en hiver. De fin mai jusqu'à début septembre, « le Vineyard », comme ses habitants appelaient l'île, bourdonnait de visiteurs — certains venus pour la journée, d'autres pour des séjours plus prolongés. Ils affluaient sur l'île pour échapper au rush du quotidien, mais débarquaient en si grand nombre qu'ils la transformaient sans le vouloir en une nouvelle version à peine modifiée des lieux qu'ils croyaient laisser derrière eux.

Jenna se gara sur le parking de l'école — juste avant d'être interceptée près de la grille par Andrea Corren qui voulait lui parler de sa fille, Daisy.

Andrea lui adressa un sourire vacillant.

— Salut, Jenna. Tu as passé un bon week-end ?

Pas top. J'ai appris que je n'étais pas enceinte.

— Excellent, je te remercie. Et toi ?

— Pas super.

Le tremblement déjà présent dans le sourire passa aussi dans la voix.

— Tu as une seconde à m'accorder ?

Pas vraiment, non. Vingt gamins surexcités l'attendaient et il lui appartenait de les occuper, de les intéresser, de canaliser leur inépuisable énergie — le meilleur moyen, avait-elle découvert, pour avoir une classe vivante et chaleureuse.

La chose à ne pas faire, en revanche, était d'arriver en retard et de laisser un début de chaos s'installer.

Mais l'inquiétude pour Daisy l'emporta lorsqu'elle vit les yeux de sa mère se remplir de larmes.

— Juste une minute, alors. Allez, viens, on va essayer de trouver un endroit plus calme.

Elle opta pour la salle de gym, où personne a priori ne mettrait les pieds avant au moins une demi-heure.

— Que se passe-t-il, Andrea ?

Elle prit place sur une des petites chaises et se retrouva avec les genoux soulevés à un angle bizarre — une des raisons pour lesquelles elle mettait rarement une jupe ou une robe pour travailler. Quand on faisait la classe à des enfants de six ans, il convenait de laisser sa dignité au placard. Assise dans cette posture incommode, elle était péniblement consciente de la façon dont son pantalon lui comprimait la taille.

Pourquoi, mais *pourquoi* avait-elle boulotté ce cupcake ?

Andrea s'assit à côté d'elle.

— À la maison, ça ne va pas fort, en ce moment. C'est une période très tendue. Nous... Enfin, entre le papa de Daisy et moi, il y a de grosses turbulences.

Jenna cessa de penser à ses problèmes d'alimentation émotionnelle. Qu'entendait Andrea par « grosses turbulences » ? Sur une île, la population vivait forcément en cercle restreint. Tout le monde à Martha's Vineyard savait que Todd Corren avait perdu son emploi en décembre dernier et qu'il n'avait rien retrouvé depuis. Le bruit avait couru aussi que Todd avait frappé Lyle Carpenter au cours d'une dispute, le soir du réveillon du Nouvel An.

— Tu as l'impression que vos problèmes de couple ont un impact sur Daisy ?

— Todd a quelqu'un d'autre dans sa vie, lui confia Andrea dans un souffle. Il ne veut pas l'admettre mais je sais que c'est vrai.

— Je suis désolée.

Et elle l'était bel et bien. Un mariage qui tournait au naufrage était souvent source de souffrance pour la famille tout entière. Blessés collatéraux, les enfants débarquaient comme des zombies dans sa salle de classe, avec tous leurs repères envolés et hantés par des questions qu'ils n'osaient pas poser à voix haute. Tout ce qu'elle pouvait faire de son côté était d'essayer de leur offrir un environnement stable et rassurant à l'école.

— J'essaie de ne pas montrer à mes enfants que ça ne va pas, parce que je ne veux pas que ça leur retombe dessus. Ils ne savent rien, a priori. D'ailleurs, si je dis quoi que ce soit, Todd le retournera contre moi en me faisant passer pour une emmerdeuse. Genre « Maman nous fait encore une de ses crises. » Tout ce que je demande, c'est que nos enfants ne pâtissent pas de la situation. Tu as remarqué un changement chez Daisy en classe ?

— Elle est un peu plus silencieuse, ces derniers temps. Mais elle n'a rien dit de particulier.

Jenna émit quelques suggestions en veillant à garder la conversation centrée sur l'enfant. Ce n'était pas son rôle de faire du conseil conjugal ou de commenter le comportement de Todd, même si, en tant qu'enseignant, on se trouvait immanquablement mêlé aux drames intimes dans chaque famille. Le fait qu'elle ait fait sa scolarité avec les parents de la moitié des enfants de sa classe contribuait aussi à compliquer les choses à l'occasion.

Andrea sortit un mouchoir en papier de son sac.

— Je veux faire l'impossible pour que mes enfants ne subissent pas les conséquences de cette crise entre nous. S'il arrête tout avec l'autre immédiatement, on la surmontera peut-être et c'est aussi bien que nos petits ne sachent rien. Mais je déteste les secrets. De nature, je suis plutôt ouverte et j'élève mes enfants en mettant en avant des valeurs de loyauté et de franchise. C'est notre famille tout entière qui est contaminée par le mensonge. Todd me dissimule des choses, mais je suis dans la dissimulation aussi, puisque je cache la vérité à mes enfants.

Jenna comprenait. Un secret gardé pour soi pesait comme du plomb, surtout lorsqu'on le portait depuis longtemps.

— J'espère de tout cœur que ton mari et toi vous trouverez une solution, Andrea.

— On était tellement proches avec Todd. Depuis l'enfance, en fait. Comme toi et Greg. C'est peut-être le fond du problème. On est ensemble depuis toujours ou presque, et il n'a jamais eu l'occasion de faire les quatre cents coups.

Jenna songea qu'elle ne les avait pas faits non plus. Pas plus que Greg, d'ailleurs — d'après ce qu'elle en savait, en tout cas.

— Tu ne penses pas que tu devrais aller voir quelqu'un ?

Les larmes montèrent de nouveau aux yeux d'Andrea.

— J'ai vu Greg en séance.

Jenna n'en fut pas surprise. La moitié de l'île était déjà allée consulter Greg pour des raisons diverses et variées. L'autre moitié s'était tournée vers Alison, sa collègue, qui partageait le même cabinet.

— Je suis contente que tu aies trouvé une écoute.

— Greg a une écoute formidable. Tu as de la chance d'être mariée avec lui.

Andrea se prépara à partir.

— J'aime bien la façon dont il aborde les problèmes, dit-elle. Il est calme mais il ne te laisse pas mariner dans ton auto-apitoiement. En parlant avec lui, tu te dis que tout n'est pas perdu, que tu as les ressources en toi pour trouver tes propres solutions.

Et moi ? songea Jenna. *De quelles ressources est-ce que je dispose pour trouver « mes propres solutions » ?* Greg avait beau être le plus compétent des thérapeutes, il n'avait rien à lui offrir pour le problème qui la minait.

— Greg est compétent, oui.

Et il aimait son métier. En aidant les gens de l'île à traverser leurs difficultés, il apportait sa pierre à l'édifice. Tout comme elle se rendait utile en tant qu'institutrice. Ils étaient attachés l'un et l'autre à la collectivité dont ils faisaient partie. Jenna se demandait souvent comment sa sœur pouvait vivre dans l'anonymat d'une grande capitale. Elle-même n'en aurait pas été capable. À l'exception des vacances et de ses années d'études, Jenna avait vécu au Vineyard toute sa vie. Elle avait épousé Greg dans la Old Whaling Church d'Edgartown en présence de toute l'île ou presque. Une de ses plus anciennes amies avait confectionné le gâteau de mariage et Lauren s'était chargée de la maquiller. Quant à leurs invités, pour la plupart, elle les avait connus depuis le berceau.

Jenna se leva.

— Je garderai un œil sur Daisy.

— Merci. Ma fille t'adore. Tu es son grand sujet de conversation : c'est Mme Sullivan a dit ci et Mme Sullivan a dit ça.

Dieu merci, Mme Sullivan n'avait pas dit de gros mots en classe.

— Daisy est très intelligente.

— Trop, parfois. J'ai peur qu'elle voie des choses qu'elle ne devrait pas voir.

Andrea se leva à son tour.

— Tu es une enseignante merveilleuse, Jenna. Tout comme tu seras une excellente mère lorsque vous finirez par vous décider à avoir des enfants, Greg et toi.

Jenna réussit à garder son sourire fermement en place.

Elle raccompagna Andrea jusqu'à la grille, promit d'être attentive à Daisy, puis se hâta vers sa salle de classe.

Le ciel était gris et le vent mordant. La plupart des gens sur l'île attendaient le printemps avec impatience. Elle, non. Le printemps se traduirait par de délicats bourgeons aux arbres et des agneaux nouveau-nés dans les prés. Partout autour d'elle, ce serait une explosion de naissances et de renouveau. Un an plus tôt à la même époque, elle s'était projetée en congé maternité pour le printemps de l'année suivante, déambulant avec sa poussette dans les rues de la petite ville. Au lieu de quoi elle continuait à s'occuper des enfants des autres.

Le printemps, cela dit, serait peut-être aussi un moment faste pour elle.

Si Greg et elle faisaient l'amour non-stop au cours des semaines à venir, elle pourrait tomber enceinte en avril ou en mai. Et le bébé naîtrait pile à Noël, qui sait ?

Elle s'autorisa à laisser vagabonder son imagination quelques instants, puis s'arracha à ses rêveries couleur layette.

Les bébés étaient devenus une idée fixe, ces derniers temps. Elle ne pensait plus à rien d'autre.

Obsession : préoccupation constante et pathologique.

Et l'obsession en question avait même fait son entrée dans la chambre à coucher. Chaque fois que Greg et elle faisaient l'amour, elle se surprenait à penser « Faites que ça marche, faites que ça marche, faites que ça marche… »

Peut-être qu'elle cuisinerait un repas gourmand ce soir. Ce serait l'occasion d'ouvrir une bonne bouteille de vin. D'essayer de se détendre un peu. Elle pourrait accueillir Greg avec rien d'autre sur elle que son sourire et l'espoir que Mme Pardew de la maison d'en face ne regarderait pas par sa fenêtre au moment précis où elle surgirait en tenue d'Eve dans l'encadrement de la porte.

En atteignant sa salle de classe, elle fit la grimace en entendant le vacarme qui résonnait à l'intérieur. Rassemblant son courage, elle poussa la porte. Le boucan diminua aussitôt comme par magie.

— Bonjour, maîtresse !

Le chœur de voix enfantines chassa les nuages qui s'étaient accumulés au-dessus de sa tête.

Elle n'avait peut-être pas de bébé à elle, mais elle les avait eux. Et elle aimait leur spontanéité et leur innocence, leurs yeux brillants et leurs éclats de rire. Elle aimait même les fortes têtes qui faisaient aussi partie du lot. Comme Billy Grant qui s'était juché debout sur son bureau et guettait sa réaction.

Billy était un rebelle, avec un goût marqué pour l'aventure

et une façon très cavalière de traiter le risque par-dessus la jambe. Par chance, elle était familière de ce genre d'attitude face à la vie.

— Billy, une des règles dans cette classe, c'est qu'on ne se met pas debout sur les tables.

Billy croisa les bras et ne bougea pas d'un millimètre.

— D'abord, c'est pas toi qui commandes.

Jenna haussa un sourcil et attendit.

Billy tint bon deux secondes puis se hâta de dégringoler de son perchoir et de prendre place sagement sur sa chaise.

Tous les élèves savaient que lorsque Mme Sullivan vous regardait de cet œil-là il valait mieux s'écraser avant que ça se termine par une sanction sérieuse. Billy tenta de se tirer d'affaire en se défaussant sur son copain.

— C'est Bradley qui m'a dit de le faire !

— Si Bradley te dit de sauter du haut d'un pont, tu lui obéis ?

Elle se redressa de toute sa hauteur et fit face à la classe.

— Vous vous souvenez, tous, que nous avons des règles de vie de classe : on respecte le matériel, on respecte les autres et on se respecte soi-même. Donc personne ne se met debout sur son bureau.

— C'est trop nul, les règles, marmonna Bradley. Ça sert à quoi ?

À être transgressées.

— Bradley veut savoir pourquoi nous avons des règles, ici. Qui peut lui donner la réponse ?

Une foule de petites mains excitées se levèrent. Jenna choisit une fillette du premier rang : la petite Stacy Adams dont le papa avait récemment quitté la maison pour vivre avec un autre homme, événement qui continuerait de susciter des commérages dans l'île pendant encore une bonne décennie.

— Les règles, c'est fait pour qu'on soit tous en sécurité !

Jenna sourit.

— C'est tout à fait ça. Certaines de ces règles servent à nous protéger.

Et lorsqu'on les bravait, on pouvait se retrouver avec un secret sur la conscience et des tonnes de culpabilité en prime.

Au fond, c'était peut-être sa faute si sa mère et elle n'avaient jamais été proches. Elle connaissait certains faits dont elle était censée ne rien savoir, et ce secret inavoué pesait lourdement sur leur relation.

Gardant cette pensée pour elle, Jenna alla prendre sa place face à la classe.

— OK. Tout le monde s'assoit en cercle.

Avec des rires excités et dans le capharnaüm général, chacun trouva sa place en tailleur sur le sol.

— Maîtresse, maîtresse, tu nous racontes une histoire ? Une que tu inventes ?

Tandis qu'ils s'installaient autour d'elle, les yeux luisants d'attente, elle ressentit un élan de fierté et d'affection. Bientôt l'hiver laisserait la place au printemps et le printemps à l'été. Et ce groupe d'enfants quitterait pour la dernière fois sa salle de classe.

Lorsqu'elle les avait accueillis en septembre, ils n'étaient encore qu'un rassemblement désordonné d'éléments disparates, mais en ce début de second trimestre ils formaient un groupe soudé. Des amitiés s'étaient nouées dont certaines dureraient jusqu'à l'âge adulte, comme pour Greg et elle. D'autres se dilueraient avec les années.

Certains liens étaient plus simples à maintenir que d'autres...

Oubliant tout le reste, elle s'immergea dans ses activités du jour, passant de sa petite histoire du matin à la fiche de calcul, puis à l'ouverture du cahier du jour pour un exercice d'écriture. Contrairement à certains de ses collègues, elle adorait enseigner aux CP. Ils étaient curieux et enthousiastes, venaient à l'école avec plaisir et ils l'aimaient *elle*. Dès l'instant où elle mettait un pied dans sa salle de classe, elle se sentait portée par leur affection.

Plus que tout encore, elle se réjouissait de les voir aller de découverte en découverte, en cette année décisive pour eux où débutaient tant de grands apprentissages.

D'habitude, elle s'attardait à l'école après le départ des enfants pour ranger un peu, travailler sur ses fiches et préparer les activités du lendemain. Mais aujourd'hui, elle fila sitôt son dernier élève parti et prit la direction d'Edgartown pour rendre visite à sa mère.

Il faisait froid, le temps était au brouillard, et elle avait la route quasiment pour elle toute seule.

Pittoresque jusqu'à la caricature, Edgartown, avec son petit port et son front de mer, était la principale agglomération de Martha's Vineyard. Jenna, pour sa part, avait choisi de s'installer au nord de Chilmark, dans un recoin moins peuplé de l'île, là où les vastes plages balayées par les vents offraient les couchers de soleil les plus spectaculaires.

Même si Edgartown était paisible en hiver, elle gardait une préférence marquée pour son propre coin d'île sauvage. Elle roulait au cœur du paysage agricole, avec de grands champs endormis sous le ciel hivernal, des murs en grosses pierres, et des plages, des plages, et encore des plages. Où qu'on soit au Vineyard, on n'était jamais très loin de la mer. Et les rares fois où on ne pouvait pas la voir, il restait généralement toujours possible de la sentir.

Arrivée à Edgartown, elle sillonna sans encombre le lacis de ruelles étroites qui formait le centre de l'ancien port baleinier.

La « Captain's House » où vivait sa mère dressait sa haute silhouette orgueilleuse en bord de mer, à proximité du port et du phare. La maison était restée dans sa famille depuis le jour lointain où le capitaine baleinier William Stewart avait choisi d'ériger sa demeure sur ce qui était considéré alors — et à juste titre — comme le plus bel emplacement de l'île. Même lorsque ses grands-parents maternels étaient morts prématurément dans un accident, laissant leur fille orpheline à huit ans, la famille ne s'était pas résignée à vendre. Nancy, sa mère, avait grandi dans la maison familiale, élevée sous la houlette austère de sa propre grand-mère. Avec des ressources si limitées, toutefois, qu'il avait fallu prendre des pensionnaires pour couvrir les frais de fonctionnement. La Captain's House, monument historique, était considérée comme une des richesses du patrimoine de l'île. À l'occasion, sa mère acceptait d'ouvrir sa maison pour une visite privée et servait elle-même de guide à des étudiants ou à des passionnés d'histoire à qui elle parlait longuement du rôle jadis tenu par Martha's Vineyard dans l'industrie baleinière.

Jenna se souvenait d'avoir entendu son père observer à de multiples reprises — généralement quand il grelottait de froid avec trois pulls sur le dos devant un feu de cheminée ronflant — qu'on pouvait s'intéresser au passé sans être obligé pour autant d'en subir les rigueurs au quotidien. Aux yeux de ce dernier, l'antique chaudière de la maison aurait dû être reléguée depuis longtemps au rang d'objet de musée. Jenna ne comptait plus les hivers où elle s'était glissée dans le lit de sa sœur en se pelotonnant contre elle pour essayer de trouver un peu de chaleur.

Depuis deux ans, le chauffage et l'électricité avaient été rénovés dans un souci de conformité avec les standards de la vie moderne.

Jenna s'était demandé à l'époque pourquoi sa mère avait attendu le décès de son père avant de se décider enfin à rendre la Captain's House plus vivable.

Trouvant la porte ouverte, elle s'engagea dans l'entrée lambrissée avec son parquet sombre à larges lattes. De chaque côté se dressaient des bibliothèques pleines à craquer, avec des piles de livres posées à même le sol. Chaque surface disponible était monopolisée et disparaissait sous les reliques familiales accumulées au fil des générations.

Sa mère était une entasseuse compulsive. Jamais Jenna ne l'avait vue jeter quoi que ce soit.

De son arrière-grand-mère, par exemple, il restait tout un bric-à-brac ménager qui n'avait jamais été utilisé. Avec tout un tas d'éléments laids et sans valeur dont sa mère n'envisageait pourtant pas de se séparer. Cette dernière se considérait comme la dépositaire et gardienne inconditionnelle de l'héritage familial dans son ensemble.

Une chambre à coucher complète à l'étage était dévolue

au stockage des affaires de feu son mari : les trophées que ce dernier avait remportés sur le terrain de golf, sa collection de maquettes de bateaux, sa garde-robe au grand complet. Jenna se demandait si sa mère entrait régulièrement dans la pièce pour contempler un à un les objets du défunt. Était-ce un genre de sanctuaire où elle venait se recueillir et pleurer ?

Elle trouva celle-ci dans sa cuisine, en train d'ouvrir son courrier.

— Salut, maman. Je suis passée t'apporter des cupcakes que j'ai faits pour ton cercle de lecture. Ils sont jolis, non ?

Elle retira le couvercle d'un geste théâtral.

— Oh ! ils sont superbes ! Merci beaucoup. C'est très gentil.

Sa mère prit la boîte en métal contenant les gâteaux et la posa sur la table, à côté de ses papiers.

— Comment s'est passée ta journée ?

L'espace d'un fol instant, Jenna envisagea de donner une vraie réponse à cette question. *Pas enceinte. Triste. Il n'y aurait pas moyen d'avoir un câlin ?*

Elle aurait été incapable de définir à quand remontait la dernière fois où sa mère l'avait prise dans ses bras.

— Ma journée ? Bien. Impeccable.

Gardant son lourd chagrin pour elle, Jenna déambula jusqu'à la fenêtre et scruta la mer, au-delà du jardin dénudé par l'hiver.

— C'est glacial et il y a un sacré vent dehors, aujourd'hui.

En étaient-elles réellement réduites à commenter la météo ? Sa mère hocha la tête.

— Comment va Greg ?

— Bien.

Elle se retourna. Était-ce une idée ou sa mère avait-elle pris un coup de vieux ? Les rides autour de ses yeux étaient plus prononcées et ses cheveux avaient perdu leur éclat.

Enfant, Jenna avait passé des heures à regarder des photos de sa mère lorsqu'elle était encore jeune. Avec son visage taillé à la serpe, Nancy n'avait jamais été « jolie » au sens classique du terme. Mais elle avait de la gueule, avec un physique frappant et un style très personnel.

C'était ce style que sa mère semblait avoir perdu depuis pas mal d'années. Celle-ci ne portait plus jamais les tenues audacieuses et colorées qui avaient fait tourner les têtes les rares fois où elle était venue la chercher à la sortie de l'école. Ces derniers temps, elle s'habillait presque toujours en noir ou en bleu marine, comme si la vie, petit à petit, lui avait volé toutes ses couleurs.

Nancy signa une lettre et la glissa dans une enveloppe.

— Greg est quelqu'un de solide et fiable. Je me réjouis de vous voir si heureux ensemble, lui et toi, Jenna.

La réflexion de sa mère la surprit. Elle était presque de nature personnelle — et le personnel était un territoire que sa mère ne foulait que rarement avec elle.

Elle faillit demander s'il y avait un souci quelque part, mais décida que cela ne servirait à rien. Elles se lancèrent donc dans une conversation neutre sur des projets immobiliers à loyer modéré et sur le défi que représentait le maintien du caractère rural de l'île malgré la nécessité d'accueillir un nombre croissant de visiteurs chaque été.

— L'école est à la limite de ses capacités. On ne peut plus prendre d'enfants supplémentaires sous peine de mettre en danger la qualité de notre enseignement.

Jenna s'assit à la grande table de cuisine en bois sombre. Elle avait appartenu à son arrière-grand-mère et portait beau les marques du grand âge. Quelque part, au milieu de toutes ces cicatrices, son prénom devait être gravé sur le bois usé.

— Tu n'as rien d'amusant à me raconter au sujet de tes élèves ? Un peu de légèreté ne me ferait pas de mal.

Jenna faisait souvent profiter sa mère des anecdotes drôles survenues dans sa classe, même si elle avait appris à ne rien révéler de personnel au sujet des enfants.

La plupart des parents auraient été horrifiés de découvrir tout ce que leurs bambins de six ans étaient susceptibles de révéler à leur maîtresse.

Elle parla à sa mère de la sortie scolaire prévue dans la réserve naturelle. Et de sa leçon sur les différents états de la matière où elle avait entrepris de fabriquer de la crème glacée pour démontrer qu'un liquide pouvait se transformer en solide dans certaines conditions. Mais deux enfants avaient trouvé le moyen de se couvrir de crème de la tête aux pieds.

— Et Lily Baker a fabriqué une très belle carte pour moi.

Elle la sortit de son sac et la fit glisser sur la table.

— Elle est à manier avec précaution. Lily a eu la main lourde sur les paillettes.

— Ça y est ? La petite est retournée en classe ?

Sa mère chaussa ses lunettes pour examiner la carte.

— Je suis allée voir Lily à l'hôpital, l'autre jour. Je lui ai apporté un exemplaire de *Peindre avec Nancy* et une boîte de crayons de couleur.

Du temps où sa mère jouissait encore d'une renommée mondiale en tant que peintre, quelqu'un lui avait suggéré de mettre au point un support pédagogique haut de gamme — « en d'autres termes : un livre de coloriage », avait murmuré Jenna à Lauren — destiné à favoriser l'éclosion des jeunes vocations artistiques. L'idée à la base étant de donner aux enfants le sentiment d'avoir reçu une opportunité de peindre en compagnie de Nancy Stewart.

Le projet n'avait jamais décollé et les cartons pleins de livres de coloriage ramassaient désormais la poussière dans une des chambres inoccupées de la Captain's House.

— Comment as-tu appris que Lily était hospitalisée ?

— Sa grand-mère fait partie de mon club de lecture.

— Ah oui, bien sûr. Ils l'ont gardée quelques jours car sa fièvre ne baissait pas. Mais elle est tout à fait rétablie, heureusement.

Elles bavardèrent encore un moment, puis Jenna se leva pour aller aux toilettes et remarqua un changement en chemin. Elle s'immobilisa net pour appeler sa mère.

— Maman ? Qu'est-ce que tu as fait du tableau qui était accroché à ce mur ?

C'était un très beau paysage marin que sa mère avait peint dans les premières années de sa carrière. Une des rares toiles, d'ailleurs, que celle-ci avait toujours refusé de mettre en vente.

La production artistique de sa mère se divisait en deux phases nettement distinctes. Toutes ses toiles dans les premières années avaient été lumineuses, colorées, ardentes. Puis il y avait eu un point de bascule quelque part, et elle avait commencé à peindre des motifs tourmentés dans des teintes sombres. Lauren l'appelait sa « période noire ». Le tableau manquant faisait partie des œuvres de la première période et précédait même l'époque où leur mère avait commencé à être célèbre. Jenna avait toujours aimé les bleus et les verts tourbillonnants qui restituaient le mouvement des vagues.

Sa mère ne l'aurait tout de même pas vendu ?

Cette dernière émergea de la cuisine.

— Quel tableau ?

Elle s'immobilisa pour fixer le rectangle plus clair sur le mur.

— Je l'ai retiré pour le moment. Je pensais que je pourrais… que je pourrais changer un peu la déco.

— Tu veux que je t'aide ? Je peux venir ce week-end te donner un coup de main.

Sa mère ne chercha même pas à dissimuler son mouvement de recul horrifié.

— Merci, c'est gentil. Mais je préfère éviter de te confier un pinceau. Je me souviens encore du bazar que tu as mis lorsque tu as décidé de refaire la chambre de Lauren en bleu vif. Je sortais d'une longue journée enfermée dans mon atelier et, quand je suis rentrée, j'ai dû passer deux jours à repeindre la maison au lieu de me remettre à mon chevalet.

Jenna se souvenait elle aussi de cet incident.

Lauren avait passé toute son adolescence à refaire sa chambre de fond en comble, au minimum une fois par trimestre. Elle passait l'intégralité de son argent de poche en magazines de design, s'y plongeait pendant des heures, puis en retirait des idées qu'elle mettait aussitôt en application. Réquisitionnée d'office comme assistante, Jenna avait aidé sa sœur à déplacer les meubles, à peindre les murs et à jongler avec les tissus.

Aussi rêveuse qu'elle était maladroite, elle avait trébuché un jour sur un pot de peinture bleu vif qui s'était répandu sur le sol. Avec son inventivité artistique, leur mère avait transformé le sol souillé en une surface bleu océan. Puis elle s'était attaquée aux murs en diluant les couleurs et avait fini par faire de la chambre un aquarium complet avec plantes et poissons.

Jenna avait adoré l'ambiance sous-marine, au point de venir se glisser toutes les nuits dans la chambre de sa sœur pour s'installer à même le sol entre un poulpe à l'allure sympathique et un hippocampe. Avec Lauren, elles avaient ri et chuchoté tous les soirs, dans ce rassurant cocon aquatique. Et lorsque sa sœur avait tout remis en chantier trois mois plus tard, Jenna s'était sentie triste et dépossédée des jours durant.

Deux décennies s'étaient écoulées depuis qu'elle avait malencontreusement renversé ce pot de peinture, mais leur mère parlait toujours de cet épisode comme s'il avait eu lieu la veille.

— Je me suis beaucoup améliorée avec l'âge, maman. La déco chez moi, je l'ai quasiment toute faite moi-même. Et ça n'a pas donné lieu à des drames majeurs.

Mais sa mère regagnait déjà la cuisine — sans même l'écouter, à l'évidence.

Irritée, Jenna poursuivit son chemin jusqu'à la salle de bains et la rejoignit quelques minutes plus tard.

Sa mère examinait des papiers, sourcils froncés. Mais elle se hâta de les pousser de côté à son entrée.

— Tu as eu ta sœur au téléphone, récemment ?

— La semaine dernière. Je pensais l'appeler ce soir mais je me suis souvenue qu'ils organisaient une grande fête chez eux pour les quarante ans d'Ed. Elle a fait appel à un traiteur et un quatuor à cordes se produira durant la soirée.

Jenna tenta de déchiffrer les documents qu'étudiait sa mère, mais celle-ci les avait retournés face contre la table.

— Si elle vivait ici sur l'île, j'aurais pu lui prêter ma sono. Ils en auraient pris plein les oreilles.

Mais l'attention de sa mère était ailleurs, décidément.

— Maman ?

Cette dernière tressaillit.

— Excuse-moi. Qu'est-ce que tu disais ?

— Je parlais de la fête organisée par Lauren. Elle était stressée à l'idée qu'il pourrait y avoir des ratés.

— Connaissant Lauren, tout se déroulera à la perfection. Je me suis toujours demandé comment elle arrivait à tout concilier comme elle le fait.

Jenna s'abstint de lui faire remarquer qu'Ed gagnait des fortunes et que Lauren et lui avaient largement les moyens de se faire aider.

Au cours des deux années écoulées, Lauren avait repris ses études et passé son diplôme de designer d'intérieur. Aux yeux de Jenna, étudier pour apprendre un métier qu'on adorait était idyllique comparé à la vie d'enseignante où il fallait s'arracher du lit chaque matin pour gérer une classe entière de gamins remuants et généreusement pourvus en bobos divers et variés.

La vie de sa sœur lui donnait l'impression de couler tout en douceur, sans jamais rencontrer ni obstacles ni aspérités.

— Mack passe son bac cette année, observa-t-elle pensivement.

— Mack fera comme Lauren et réussira les doigts dans le nez.

— C'est probable, oui.

Fallait-il vraiment que sa sœur soit si parfaite ? Elle avait beau adorer Lauren, il y avait des jours où elle l'aurait volontiers étranglée. Elle se sentait d'autant plus coupable de ces accès envieux qu'en plus d'être parfaite en tout Lauren était aussi une sœur idéale et l'avait toujours été.

Ce n'était pas la faute de l'aînée si la cadette ne parvenait pas à tomber enceinte.

Happée de nouveau par une sensation de vide, Jenna tendit la main vers la boîte à gâteaux. Ces dames du club de lecture n'étaient pas à un cupcake près, n'est-ce pas ?

Entre tentation et volonté, le combat faisait rage en elle.

La volonté aurait pu l'emporter, mais juste au moment où elle s'apprêtait à refermer la boîte, sa mère fronça les sourcils.

— Tu es sûre d'avoir besoin de ça ?

Non, elle n'en avait pas besoin. Mais elle en avait envie. Et dans la mesure où elle en avait envie, elle ne laisserait personne s'interposer. Surtout pas sa mère. À trente-deux ans, elle n'avait pas besoin de sa permission pour décider de ce dont elle avait « besoin » ou non.

Elle s'octroya donc un cupcake, tellement irritée à ce stade qu'elle prit une plus grosse bouchée que prévu. *Et merde.* Elle en avait tellement plein la bouche qu'elle ne pouvait même plus parler. Pour libérer sa dentition prisonnière, elle mâcha lentement, avec l'impression de ressembler à un python en train d'engloutir sa proie tout entière d'un coup.

Sa mère recommença à trier ses papiers.

— Mack a de bons résultats scolaires. Elle est très disciplinée, comme sa mère.

Sous-entendu : elle, Jenna, n'avait aucune maîtrise d'elle-même et vivait au ras de ses instincts les plus primitifs.

Elle réussit à avaler.

Ouf. Du combat entre le cupcake et la femme, elle sortait victorieuse.

— Je suis ravie de l'apprendre.

— Lauren a de la chance que Mack ne soit pas devenue une enfant rebelle comme…

Sa mère eut un geste vague de la main.

— … comme certaines personnes.

— Comme moi, tu veux dire, compléta Jenna en gardant un ton léger. Merci, maman.

— Tu reconnaîtras que tu ne passais pas tes journées assise à attendre que les ennuis te tombent dessus d'eux-mêmes. Tu partais résolument à leur rencontre, en recherche permanente de la pire bêtise à commettre. Et tu entraînais ta pauvre sœur dans l'aventure. À toi seule, Jenna Elizabeth Stewart, tu donnais des cheveux gris à ta pauvre mère…

— Cela fait dix ans que je ne suis plus une Stewart mais une Sullivan, maman.

L'expression de celle-ci se radoucit.

— Je sais. C'est une chance que tu aies cet homme-là dans ta vie.

Horripilée : en état d'irritation extrême.

— Lui aussi a de la chance de m'avoir.

— Je sais. Mais soyons réalistes : dès l'instant où tu as épousé Greg, tu t'es tellement assagie !

Sa mère tourna les yeux vers l'horloge.

— Il va bientôt faire nuit. Tu ne crois pas que tu devrais rentrer chez toi ?

— Je peux rouler de nuit, maman. Imagine-toi qu'ils ont inventé ce truc formidable appelé « les phares »…

— Je n'aime pas que tu conduises dans le noir. Tu te rappelles lorsque tu as atterri dans un fossé ?

Elle se rappelait, oui. Mais même le fait de se cogner la tête contre le pare-brise avait été moins violent que cette charmante séquence souvenir que venait de lui orchestrer sa mère.

— J'avais vingt et un ans. J'ai eu le temps d'améliorer ma conduite depuis.

Jenna se leva.

— Mais tu as raison, je ferais mieux d'y aller. J'ai quelques courses à faire au passage pour le dîner. Prends soin de toi, maman. Et passe un bon moment à ton cercle de lecture.

— Ce sera le cas. Merci pour ta visite.

Comme si elle était une étrangère. Pas un membre de sa famille proche.

Il y avait des jours où Jenna se demandait si la seule façon pour elle de se rapprocher de sa mère ne serait pas d'adhérer à son foutu club de lecture.

Chapitre 4

Nancy

Secret : ce qui n'est connu que d'un nombre restreint de personnes.

La porte d'entrée claquait à peine derrière sa fille et déjà Nancy était debout et décrochait son manteau d'une main tremblante.

Elle avait eu tellement hâte de voir Jenna s'en aller qu'elle avait failli la pousser dehors. Glissant les bras dans les manches, elle sortit dans son jardin.

À cette période de l'année, il avait l'air triste et vaincu par les éléments. Entretenir un jardin côtier avait toujours été un art exigeant et le sien était particulièrement exposé aux tempêtes et aux embruns.

L'étroite bande de terre battue par les vents était tout ce qui séparait la Captain's House de l'océan. Rien ne lui était plus familier que cette vue qu'elle avait contemplée, par tous les temps, toutes les saisons et à travers le filtre des humeurs les plus contrastées. Pour le moment, la surface de la mer était si lisse qu'elle ressemblait à du verre. Mais à tout instant ce calme trompeur pouvait céder la place à une colère bouillonnante. Ses ancêtres marins auraient dit qu'il ne fallait jamais faire confiance à l'océan.

Pas plus qu'on ne pouvait faire confiance aux humains.

C'était la confiance qui l'avait menée à ce tournant qu'elle s'apprêtait à prendre. Sa confiance qui l'avait conduite à ce moment qu'elle redoutait.

Elle se préparait à les décevoir tous, ses ascendants comme ses descendants.

Et si elle lui opposait une porte close ? songea-t-elle en se tordant les mains. Elle pouvait faire semblant d'être absente. Mais à quoi bon ? Cela ne servirait qu'à repousser l'inéluctable. Sachant que c'était elle qui avait fait appel à lui, il serait d'autant plus ridicule de sa part de se cacher comme une gamine.

Sa plus grande terreur avait été qu'il arrive pendant la visite de Jenna. Mais sa fille cadette ne s'était pas trop attardée, par chance. Et n'avait même pas paru remarquer à quel point elle avait été pressée de la mettre dehors.

Pour une fois dans sa vie, elle s'était félicitée de ne pas être proche de ses enfants.

Tôt ou tard, elle serait obligée de dire la vérité à ses filles, bien sûr. Mais pas tout de suite.

Le plus difficile encore, c'était l'attente. Même si une patience immémoriale aurait dû s'inscrire dans ses gènes. Son arrière-arrière-grand-mère s'était probablement tenue exactement à ce même endroit, deux siècles plus tôt, à guetter le retour de son mari après des mois et des mois passés en mer. Quelles terreurs avaient dû traverser l'esprit de son aïeule alors qu'elle se représentait les grands navires gréés au carré affrontant les vagues hautes comme des montagnes et sillonnant entre les glaces arctiques ? Et qu'avait éprouvé le capitaine Stewart en regagnant enfin les côtes familières après ces mois interminables passés à combattre les éléments ?

Avant même de toucher au port, il avait dû voir la Captain's House se dresser face à la mer. Et sentir sa poitrine se gonfler de joie, d'impatience et de fierté.

Que penserait-il de son arrière-arrière-petite-fille maintenant ?

Portant les mains à ses joues glacées, Nancy fut surprise de les découvrir trempées. Il y avait une éternité qu'elle avait renoncé à pleurer, pourtant. Elle avait toujours eu la peau dure, mais peut-être que l'impitoyable vent de la mer lui avait érodé le cuir, mettant au jour petit à petit ce qu'il y avait de vulnérable dessous. Elle se délitait, perdait tout courage, et n'était même plus certaine d'avoir la force d'affronter ce qui l'attendait.

En soixante-sept années d'existence, elle avait eu le temps d'accumuler savoir, force et sagesse, pourtant. Mais face à ce qui l'attendait elle se sentait de nouveau comme la petite fille qu'elle avait été après la mort brutale de ses parents : seule, perdue et profondément malheureuse. Une peur mêlée de honte lui vrillait l'estomac et lui glaçait la peau. La peur, c'était le sol qui se dérobait sous les pieds, comme le pont d'un bateau qui s'incline sous les bourrasques et qui vous fait vous cramponner à n'importe quoi, n'importe qui, pour ne pas vous effondrer.

Elle posa la main sur le dossier en bois du beau fauteuil Adirondack que ses filles lui avaient offert pour son anniversaire. Pendant la belle saison, elle venait s'y asseoir avec son café du matin et observait les voiles au loin, les mouettes et les mouvements de la marée.

Mais en cet après-midi glacial de janvier la nuit menaçait de tomber et il faisait trop froid pour s'asseoir. Déjà ses mains s'ankylosaient et elle ne sentait plus qu'à peine le bout de ses doigts. Elle aurait dû enfiler ses gants, mais elle n'avait pas prévu de s'attarder, juste de respirer un peu d'air pur, avec le fol espoir de puiser dans la vue familière une inspiration de dernière minute qui lui avait fait défaut jusqu'à présent.

Elle aurait tout donné en cet instant pour que quelqu'un soit là et lui dise calmement ce qu'elle devait faire. Quelqu'un qui la tiendrait dans ses bras et lui assurerait que tout allait s'arranger.

Tu sais que tu es pathétique, Nancy ?

Il n'y avait personne. Strictement personne. Et la responsabilité pesait sur ses seules épaules.

— Nancy !

Elle vit Alice, sa voisine de toujours, glisser tant bien que mal sa silhouette plantureuse à travers un trou de la haie qui séparait leurs deux jardins. Une paire de hanches raidies par l'arthrose et un faible pour les donuts l'avaient rembourrée au point de lui rendre la marche difficile, même sur de petites distances.

Alice et elle avaient été voisines toute leur vie et amies depuis presque tout aussi longtemps. Sa voisine finit par la rejoindre, hors d'haleine, après avoir traversé la pelouse d'un pas pesant.

— J'ai vu la voiture de Jenna devant ta porte. J'en déduis que tu lui as tout raconté ?

— Non. Je n'ai rien dit du tout.

— Ben alors… Mais si tu ne lui as rien dit, de quoi avez-vous parlé toutes les deux pendant une heure ?

Alice glissa son bras sous le sien, comme elles l'avaient fait à l'époque où elles partaient ensemble à pied à l'école tous les matins.

Nancy lutta contre l'envie réflexe de se dégager. Elle avait cru vouloir du soutien mais s'apercevait maintenant qu'il n'en était rien.

— Je ne sais pas. Parfois je me demande comment on peut échanger des propos pendant une heure d'affilée sans jamais rien se dire.

— Il faudra bien le lui annoncer à un moment ou à un autre, Nancy. Le problème, c'est que nos enfants n'imaginent même pas qu'on puisse encore avoir une vie après leur départ de la maison. Lorsque Marion vient me voir, c'est pour me parler de ses enfants et rien d'autre. L'idée ne lui traverse même pas l'esprit que sa mère pourrait avoir d'autres centres d'intérêt dans la vie que de parler de la chute des dents de lait de son petit dernier. Mes *Rosa rugosas* ne la passionnent peut-être pas, mais mes fleurs, pour moi, c'est toute ma vie !

Nancy et Alice partageaient un même amour du jardinage. Pendant des années, avant que Nancy n'embauche Ben, elles s'étaient aidées mutuellement et avaient échangé leurs trucs et leurs secrets pour jongler avec les espèces botaniques les plus résistantes aux embruns, aux vents cinglants de la mer et aux hivers glacés.

— Je n'ai pas été une mère très présente pour mes filles, murmura Nancy. Je ne peux pas attendre d'elles qu'elles me soutiennent maintenant.

— Nancy Lilian Stewart, tu t'entends parler, au moins ? Lorsque tu dis des choses pareilles après avoir consenti à tous ces sacrifices, je te jure que j'ai envie de te frapper. Tu devrais tout leur dire.

Tout ?

Même Alice ne savait pas tout.

— Il est trop tard maintenant pour changer la situation.

— N'importe quoi !

— J'ai l'impression d'avoir tout raté.

— Tu t'es battue comme une lionne et tu as fait ce que tu as pu. Si ça n'a pas suffi, ce n'est pas parce que tu es faible ou que tu as commis des erreurs, mais parce que la vie balance parfois des coups qui te faucheraient n'importe qui sur place.

Elles demeurèrent un instant silencieuses, le visage tourné vers l'horizon qui grisaillait.

— Ce lieu, je l'ai trahi.

— Ce n'est qu'une maison, Nancy.

— Pour moi, c'est beaucoup plus que cela.

La Captain's House était aussi une mission que ses ancêtres lui avaient transmise. C'était le lieu où elle avait grandi ; le lieu aussi où elle était tombée amoureuse. La demeure était grande, mais Tom l'avait remplie avec sa personnalité et sa nature solaire et expansive. Sa présence avait inondé de lumière jusqu'aux recoins les plus obscurs, et le souffle de son rire avait chassé la poussière et les toiles d'araignée. Et c'était là que leurs deux filles avaient vu le jour à leur tour. La valeur de la maison ne résidait pas que dans ses murs. Chaque pièce contenait son lot de meubles et d'objets anciens que des générations de Stewart s'étaient transmis en héritage. Ces objets-témoins du passé parlaient une langue qui leur était propre. Ils avaient un sens. Une valeur patrimoniale et sentimentale forte. Toute sa vie, elle avait été leur gardienne.

Une bien piètre gardienne, comme son échec présent en témoignait.

Alice lui donna un petit coup de coude.

— J'ai hâte d'être à notre réunion du club de lecture.

Malgré ses tourments, Nancy se surprit à sourire.

— Pourquoi ? Tu ne lis jamais le livre qui fait l'objet de la discussion.

— Je sais. Je viens pour les gâteaux et pour la qualité de la compagnie. Les deux choses dans la vie que j'aime le plus. Tu as toujours été une amie véritable pour moi.

Nancy ne répondit rien.

Alice soupira.

— Tu m'as soutenue lorsque j'ai perdu Adam et quand ma mère est morte. Si je pouvais résoudre ce problème pour toi, je le ferais, et les autres membres du club de lecture aussi. Certaines de ces bonnes femmes sont si insupportables que parfois je les étranglerais à mains nues. Mais je sais aussi que si elles étaient au courant de ce qui t'arrive, elles lâcheraient tout ce à quoi elles sont occupées pour voler à ton secours.

Nancy sentit un nœud se former dans sa gorge.

— Il faut que je rentre maintenant, Alice. Merci d'avoir fait le tour pour venir me remonter le moral.

— Je n'ai pas fait le tour, je me suis faufilée par ta haie, comme quand j'avais quatre ans. Mais si tu veux que je m'en aille, je m'en vais. Tu sais où me trouver si tu as besoin de moi.

Nancy resta plongée dans ses pensées longtemps après qu'Alice eut disparu de sa vue. Il y avait tant de décisions concrètes à prendre. Tant d'aspects pratiques à régler.

Tant de regrets avec lesquels composer.

Elle se retourna pour contempler sa maison.

La demeure en bois blanc datait de 1830 et des générations de Stewart s'y étaient succédé depuis. Elle connaissait par cœur chaque latte de bois, chaque bardeau, chaque panneau.

Cette maison avait vu passer beaucoup de choses et elle aussi.

Son arrière-arrière-grand-père avait été une des grandes figures locales de la pêche au cachalot, seul maître à bord après Dieu dans son navire baleinier. D'après ce que l'on savait de lui, le capitaine Stewart avait été un homme difficile et autoritaire. Et certains disaient qu'elle avait hérité de son caractère.

À sa manière, elle avait été capitaine aussi, mais son vaisseau avait été sa famille. Et elle ne parvenait pas à se défaire de la pensée qu'elle avait fracassé son embarcation sur les rochers.

Qu'est-ce qui tenait encore debout ? Tom était mort. Ni l'une ni l'autre de ses deux filles n'avaient encore besoin d'elle et elle avait cessé d'espérer qu'un rapprochement puisse encore se produire entre elles. Ce qui ne l'empêchait pas de se ronger les sangs à leur sujet.

Elle avait trouvé inquiétant qu'à dix-huit ans à peine Lauren ait choisi Ed, la maternité et l'Angleterre, plutôt que les brillantes études auxquelles elle semblait avoir été promise. Sa vie de mère au foyer lui avait paru tellement en contradiction avec les capacités et les ambitions de sa fille aînée. Mais l'amour opérait parfois des transformations étonnantes. Nancy s'était souvent demandé si Lauren n'avait pas épousé Ed en étant déjà enceinte. Mais ils paraissaient heureux ensemble, alors quelle importance ?

Sa fille cadette lui avait procuré plus de soucis encore. Jenna dansait sa vie avec un enthousiasme presque épuisant. Enfant, elle avait entraîné Lauren dans les frasques les plus échevelées. Encore une chance qu'ensemble elles aient toujours réussi à se tirer indemnes de leurs folles équipées. Nancy supposait que c'était grâce à sa fille aînée qui avait toujours gardé un œil sur sa jeune sœur.

Frissonnant dans l'air glacé, elle pivota sur ses talons et regagna lentement sa maison. Chaque pas était un effort. Comme si elle sentait le regard accusateur de la Captain's House posé sur elle. Avec l'odeur de la mer dans les narines, elle sentait la panique se refermer sur elle et se demanda si la noyade procurait ce genre de sensation.

Passant le pas de la porte, elle posa sur les lieux un regard neutre d'étrangère. Et vit une habitation usée et fatiguée, révélant ses cicatrices et ses blessures. Chaque pièce était bourrée à craquer, étouffant sous trop de meubles, trop d'objets décoratifs, trop de vieux livres et d'anciennes cartes marines.

Elle n'avait jamais réussi à se décider à jeter la moindre de ses vieilleries.

Les boiseries de certaines fenêtres étaient pourries, la peinture de l'entrée s'écaillait et on voyait la marque laissée sur le mur par cette foutue marine qu'elle avait retirée.

Elle avait dit à Jenna qu'elle avait l'intention de se remettre à peindre. La vérité, c'était qu'elle avait cette toile en horreur. Ou peut-être aurait-il été plus juste de dire qu'elle détestait ce que ce tableau symbolisait. Elle l'aurait brûlé si elle n'avait pas eu le sentiment qu'il pouvait encore servir à quelque chose.

Elle ouvrit sa porte et leva les yeux vers l'homme qui se tenait sur le perron. Il était si grand qu'il lui fallait presque renverser la tête dans la nuque pour le regarder.

La première fois qu'elle lui avait adressé la parole remontait à cinq ans. Ils s'étaient rencontrés à l'occasion de ce qu'elle pouvait décrire sans exagérer comme la nuit la plus atroce de sa vie. Les années qui s'étaient écoulées depuis avaient imprimé leur marque sur elle.

Mais pas sur lui, de toute évidence.

Elle n'avait aucune idée de son âge, d'ailleurs. Entre trente-cinq et quarante ans, peut-être ?

Son regard d'un bleu froid était comme habité par des ombres secrètes. Ses lèvres fermes, bien dessinées, ne souriaient que rarement. Une barbe de quelques jours lui assombrissait la mâchoire, et son pull qui avait dû être un jour bleu marine avait pris une teinte d'un gris délavé.

À quoi s'était-elle attendue ? À ce qu'il arrive en costume-cravate ? Non. Son aspect était exactement tel qu'elle l'avait anticipé. Pourquoi aurait-il pris la peine de se raser avant de frapper à sa porte ? Cet homme-là était indifférent aux convenances sociales, imperméable aux critiques acerbes des bien-pensants de tous bords. Il vivait sa vie selon des règles qui lui étaient propres. Ce qui, pour elle, avait été une chance, car il l'avait aidée cinq ans plus tôt, là où personne d'autre n'aurait accepté de le faire.

Elle ressentit une pointe d'envie. Aurait-elle réussi à donner un autre visage à sa vie si elle avait été de la même trempe que lui ? Et si, tout simplement, elle avait manqué de courage ?

— Merci d'être venu.

Il y avait une certaine ironie à attendre de nouveau de lui qu'il lui vienne en aide dans les circonstances actuelles de sa vie. Elle avait besoin de lui et, en même temps, elle le haïssait d'être susceptible de lui prendre la dernière chose qu'il lui restait encore au monde. A vrai dire, elle n'avait aucune idée de la façon dont il réagirait à l'annonce qu'elle s'apprêtait à lui faire. Il était imprévisible et on ne savait jamais vraiment sur quel pied danser avec cet homme.

La pensée faillit la faire rire tout haut. De quel homme, au fond, pouvait-on être *sûre* ?

— Bonsoir.

Sa voix rauque, très sexuelle, évoquait à la fois l'ambiance nocturne d'un bar à whisky et le grondement d'un fauve. Il lui vint à l'esprit que, n'eût été la confiance qui s'était installée entre eux, elle aurait pu se sentir menacée par cette voix râpeuse, un rien traînante, ce regard plissé et attentif.

— Merci d'être venu.

— Votre appel m'a surpris. J'ai pensé que c'était peut-être une erreur.

Sa poignée de main était énergique mais elle n'en fut pas étonnée. C'était sa force physique, entre autres, qui les avait sauvés l'un et l'autre, cette nuit-là, cinq ans plus tôt.

— Ce n'était pas une erreur, non.

Les erreurs, songea-t-elle, avaient été commises bien des années auparavant.

— Entrez, cela vaudra mieux. J'ai quelque chose à vous dire.

Chapitre 5

Lauren

Fête : un rassemblement pour le plaisir, souvent organisé pour célébrer un événement.

Lauren vérifia sa liste et balaya la maison d'un dernier regard critique.

Rien à redire sur le décor. De ce côté-là, au moins, elle n'avait pas l'ombre d'une inquiétude.

Son intérêt pour le design d'intérieur, elle l'avait mis en pratique chez elle à large échelle. Pendant les heures de classe de Mack, elle avait acquis des compétences professionnelles utiles, comme la restauration de vieux fauteuils et la technique des effets de peinture. Elle remplissait des carnets entiers avec des photos et des croquis, et chinait sans relâche pour trouver des tissus rares et des inspirations inattendues. Petit à petit, elle avait transformé leur maison londonienne classique en un espace élégant, idéal pour la vie de famille mais conçu aussi pour recevoir.

À l'occasion, ses amis lui demandaient conseil lorsqu'ils décidaient de revoir leur déco. Lauren s'acquittait de la tâche avec plaisir, toujours ravie de se pencher sur un nouveau projet. Elle avait le sens des volumes et des couleurs. On lui prêtait un œil infaillible pour repérer du potentiel dans les surfaces d'habitations les plus ingrates à première vue. Sa capacité à discerner ce qui échappait aux autres n'était pas à proprement parler le fruit d'un apprentissage. Elle se reconnaissait un talent d'artiste qu'elle avait dû hériter de sa mère. Peut-être un des seuls traits, d'ailleurs, qu'elle tenait de cette dernière…

Et maintenant qu'elle avait sa qualification professionnelle en poche, l'heure était venue de commencer à facturer ses services.

Sa maison de Notting Hill lui servait de vitrine, de lieu d'exposition et de catalogue grandeur nature. Or, plusieurs personnes invitées ce soir à la fête d'Ed seraient susceptibles d'avoir recours à ses prestations dans les mois à venir.

Elle avait déjà décidé de travailler pour son propre compte et cherchait encore un nom pour sa future agence de design d'intérieur.

City Chic ?

Urban Chic ?

Elle jeta un dernier coup d'œil sur le living et s'assura que tout était en place.

La porte d'entrée claqua, annonçant à grand bruit le retour de Mack. Lauren se blinda au choc.

Sa fille fendit le séjour d'un pas désinvolte. Mack était grande et faisait l'impossible pour masquer cette réalité. Elle était à l'âge où tout ce qui attirait l'attention était considéré comme gênant et à dissimuler à tout prix. Elle traînait donc en permanence une posture un peu tassée, devenue caractéristique de son allure d'ado empêtrée d'elle-même.

Si les yeux de Lauren étaient verts, ceux de sa fille étaient d'un bleu qui semblait venir d'ailleurs. Ses cheveux couleur de miel et de caramel formaient le meilleur atout de Mack — même lorsque d'infectes mèches roses venaient s'y mêler malencontreusement.

Lauren eut une soudaine vision de sa fille encore bébé dans son berceau, levant ses petits bras potelés au réveil en regardant sa mère avec de grands yeux adorateurs.

— Tu as raccourci ta jupe ?

S'avisant d'une présence dans la pièce, Mack écarta ses écouteurs.

— Quoi ?

— Je te demandais si tu avais raccourci ta jupe d'uniforme.

Elle regretta aussitôt la maladresse de son entrée en matière. Mack lui jeta un regard noir.

— Non. J'ai grandi. Ce sont des choses qui arrivent. Je pourrais arrêter de m'alimenter, mais tu me harcèlerais aussi là-dessus.

Mack ouvrit le réfrigérateur et scruta le contenu d'un air offensé.

— Il n'y a strictement rien à bouffer là-dedans !

Comment un réfrigérateur bourré à craquer de nourriture pouvait-il être considéré comme ne contenant « rien à bouffer » ?

— Les traiteurs sont en train de tout installer. Il y a des bagels, si tu veux.

Lauren rouvrait la bouche pour dire à Mack de ne pas laisser la porte du frigo ouverte, mais elle se ravisa juste à temps. Etait-elle en permanence sur le dos de sa fille comme celle-ci le laissait entendre ?

— Comment s'est passée ta journée, ma chérie ?

— Elle s'est passée au lycée. Ça dit déjà tout ce qu'il y a à en dire.

Mack lui tourna le dos pour trancher un bagel en deux et le passer au toaster. Lauren s'arma de patience.

— J'ai pris un café avec Ruth et Helen aujourd'hui. Elles m'ont parlé d'un projet de généalogie sur lequel vous travaillez cette année. Ça a l'air intéressant.

Mack tartina du fromage crémeux sur son bagel.

— *Intéressant ?* C'est une façon de voir les choses.

Qu'était-il arrivé à sa fille toujours si vivante et débordante d'enthousiasme ?

— Tu as besoin d'aide ? Tu sais que de mon côté de la famille nos ancêtres couraient les mers sur des navires baleiniers ? Martha's Vineyard a joué un rôle important dans l'industrie baleinière. Nantucket fournissait la plupart des bateaux, mais c'est au Vineyard qu'on trouvait les capitaines et les équipages.

Voyant que Mack ne réagissait pas, Lauren se tut. Elle était consciente d'en faire trop, par moments. Peut-être qu'elle devrait aborder le sujet sous un angle plus personnel.

— Edgartown où vit Grams est un des ports les plus importants de la côte. La Captain's House date du XIXe siècle. Tes grands-parents qui en ont hérité ont passé beaucoup de temps à la restaurer...

Elle s'interrompit en constatant que Mack ne l'écoutait pas. Même son congélateur aurait été un interlocuteur plus bavard que sa fille en ce moment.

Mack engloutissait mécaniquement son bagel, le regard rivé droit devant elle. Lauren se percha sur le tabouret à côté du sien.

— Il s'est passé quelque chose aujourd'hui ?

— Non.

À la montée de frustration chez Lauren vint se mêler une profonde tristesse. Les temps paraissaient si proches encore où Mack rentrait à la maison en courant, avec un sourire jusqu'aux oreilles, pressée de lui faire partager ses expériences du jour « Maman, maman, faut que je te dise ! »

Ces temps bénis étaient bel et bien révolus.

— Mme Hallam a appelé hier.

— Ah ouais ? Ça a dû être passionnant, comme conversation.

Même si Mack affichait la plus totale indifférence, Lauren nota qu'elle rougissait.

— Elle s'inquiète pour toi. Et pour tes notes. Elle a proposé qu'on se rencontre.

— Ah oui, d'accord. C'est une histoire de résultats scolaires, encore. Je comprends mieux, maintenant.

— Tu comprends mieux quoi ?

— Quand tu me prends en otage dans la cuisine, il y a toujours une raison derrière. Tu pourrais le dire directement au lieu de tourner autour du pot.

Mack posa son couteau sur le plan de travail, le maculant de graisse au passage. Lauren plaça ses mains sous elle pour s'empêcher de prendre le couteau et de nettoyer le bazar.

— Je ne t'ai pas prise en otage. Je veux que tu saches que tu peux me parler, c'est tout.

— Non, ce que tu veux, c'est que je te parle de sujets que tu choisis *toi*. Ce n'est pas tout à fait pareil.

Etre parent d'un adolescent, c'était un peu comme traverser un marécage. Tu faisais un pas en espérant poser le pied sur la terre ferme, mais tu pouvais aussi bien t'enliser et te voir aspiré vers le fond.

— Je me fais du souci pour toi, Mack. Mme Hallam dit que tu ne t'exprimes plus du tout en cours. Alors que tu as toujours fait partie de ceux qui participaient le plus. Et tes notes baissent alors que tu es brillante.

— Mes notes baissent parce que je m'emmerde, OK ? J'en ai marre des cours de littérature anglaise. Et d'histoire. Ça ne me servira jamais à rien, ces matières à la con ! Et comme par hasard, je suis dans un établissement où on n'apprend pas à coder ou quelque chose d'un peu intéressant qui pourrait mener à un boulot plus tard.

Lauren garda son calme.

— Pour ce qui est d'apprendre à coder, on pourra peut-être te trouver des cours le week-end, si c'est ce que tu as envie de faire. Mais ce qu'on t'enseigne au lycée est très important aussi. Les études, la culture générale, ça compte. Nos choix ont toujours des conséquences, Mack.

— Ah oui ?

Mack planta son regard dans le sien pour lui assener froidement :

— Pour avoir des conséquences, nos choix ont des conséquences, oui.

Lauren fut alarmée par la façon dont sa fille se comportait.

— Mack...

Cette dernière se laissa glisser de son tabouret et hissa son sac sur une épaule.

— Ça y est ? La fin de l'interrogatoire a sonné ? Parce que j'ai une tonne de devoirs à faire, là.

— Nous en reparlerons plus tard, alors.

— Super. Je m'en réjouis d'avance.

Lauren fit un effort démesuré sur elle-même pour rester

calme tout en se disant qu'elle n'avait pas la patience nécessaire pour affronter ce genre de situation.

— Les invités arrivent à 20 heures. Papa sera là à 19 heures et j'ai pensé qu'on pourrait lui faire son anniversaire entre nous avant que la soirée commence.

— J'ai trop de boulot. Et de toute façon, il ne sera pas là à 19 heures. Il ne rentre jamais si tôt.

— Il ne travaillera pas aussi tard que d'habitude le jour de l'anniversaire de ses quarante ans ! protesta-t-elle avec une conviction qu'elle était loin de ressentir.

Mack haussa les épaules.

— Si tu le dis...

Sa fille s'éloigna, l'air très cool et très indifférente. À son âge, jamais elle n'aurait réussi à afficher tant de suprême nonchalance, songea Lauren. Même maintenant, en fait, elle n'en aurait pas été capable.

Une seule ado à gérer. Cela ne devait tout de même pas être insurmontable d'élever une fille de seize ans ?

Lauren monta se changer dans sa chambre et essaya de ne pas s'attarder sur l'idée que, quelques mois auparavant encore, Mack se serait assise au milieu du lit et l'aurait regardée se maquiller avec de grands yeux admiratifs.

La phase « j'idolâtre ma maman » avait clairement passé sa date de péremption.

Avant de quitter la chambre, Lauren examina son reflet dans le miroir en pied.

Sa nouvelle robe mettait en valeur sa silhouette restée gracile. Depuis ses dix-huit ans, elle n'avait pas pris un gramme. Elle allait courir quatre fois par semaine, qu'il pleuve ou qu'il vente, et suivait religieusement ses cours de yoga et de Pilates, tout en surveillant son alimentation.

Pour arriver à quelque chose, dans la vie, il s'agissait de fixer clairement ses objectifs et de s'y tenir. C'était une philosophie qu'elle aurait aimé transmettre à Mack.

Une voix timide s'éleva dans sa tête, lui rappelant quel genre d'ado elle avait elle-même été à seize ans. Mais elle se refusa à l'entendre.

Elle ne devait avoir qu'une priorité en ce moment et c'était la réception de ce soir.

Naturellement, s'il y avait un élément dont on ne pouvait se passer pour une fête d'anniversaire, c'était de l'heureux quadragénaire dont on s'apprêtait à célébrer l'entrée dans une nouvelle décennie. À 19 h 30, pourtant, Ed n'avait toujours pas donné signe de vie.

— Alors ? Je te l'avais bien dit, non ?

Mack sortait de sa chambre en jean skinny, chaussée de ses boots massives dont Ed disait qu'elles auraient pu faire office de chaussures de chantier.

Pas un mot, Lauren, tu entends ? Tu laisses faire et tu ne dis rien.

Elle adressa donc un sourire serein à sa fille.

— Ton père a dû être retardé à son bureau.

Mais dès que Mack eut disparu dans le salon TV pour regarder un film, elle envoya un texto à Ed.

Tu arrives bientôt ?

La sonnette de l'entrée tinta et elle poussa un soupir de soulagement. Distrait comme il l'était ces derniers temps, Ed avait dû oublier de prendre ses clés

Mais elle avait crié victoire trop tôt. Ce n'était pas son mari mais le quatuor à cordes qui débarquait en avance.

Elle les fit entrer, leur montra où s'installer, puis retourna à la cuisine où les traiteurs avaient presque terminé la mise en place.

Bon. Le champagne était au frais. Les verres alignés. Les bouchées apéritives dans le four. Tout se déroulait à la perfection.

On sonna de nouveau. Lauren se précipita pour ouvrir et se trouva nez à nez avec sa belle-mère.

Peut-être pas à la perfection, tout compte fait.

S'il y avait bien un accessoire dont elle aurait volontiers fait l'économie pour cette fête, c'était sa belle-mère. Mais comment aurait-elle pu omettre de l'inviter pour les quarante ans de son fils chéri ?

— Gwen ! C'est merveilleux que vous soyez arrivée si tôt !

Lauren la saluait toujours avec de grands débordements d'enthousiasme, comme pour contrebalancer les sentiments réels que lui inspirait cette femme hostile et négative. Une fois, dans un élan spontané, elle s'était penchée pour embrasser Gwen sur la joue, mais sa belle-mère avait tourné la tête si vite qu'elle s'était retrouvée en train de lui picorer le cou comme un poulet ivre.

Gwen, cela dit, aimait passionnément son fils, ce qui pouvait quand même être considéré comme une qualité rédemptrice.

Sa belle-mère avait la main crispée sur un paquet.

— Et où est-il donc, mon beau garçon, que je le félicite ?

Ton fils a quarante ans, Gwen. Ce n'est plus un « garçon ».

— Ed ne devrait pas tarder.

Gwen lui tendit son manteau.

— Ne me dis quand même pas qu'il est *encore* au bureau ! Pas le jour de son anniversaire, tout de même !

Le ton de sa voix était urticant comme une piqûre de méduse. Lauren sentit ses joues s'enflammer.

Gwen la tenait clairement pour responsable du fait que son fils travaillait trop. Jamais elle n'avait prononcé cette accusation à voix haute, mais les lèvres pincées, les soupirs et regards levés au ciel véhiculaient distinctement le message.

Ed adorait faire remarquer que s'il y avait une langue dans laquelle sa mère s'exprimait couramment c'était le langage corporel.

Dans son for intérieur, Lauren s'était souvent demandé dans quelle mesure elle aurait été prête à épouser Ed si elle avait d'abord connu sa mère…

— Venez donc papoter un moment avec Mack, elle sera contente de vous voir. Elle est en bas, dans le salon TV.

Lauren descendit au sous-sol et Gwen lui emboîta le pas.

— Ma petite-fille regarde les chaînes télé *américaines* ?

Le ton de Gwen n'aurait pas été plus horrifié si elle avait constaté que Mack se droguait ou couchait avec des garçons. Pourquoi sa belle-mère était-elle viscéralement incapable d'émettre le moindre commentaire positif ?

« Quelle jolie robe, Lauren. » « Ta maison est aménagée avec un goût exquis. Tu as réussi à faire tout ça toi-même ? » « Mon fils a de la chance d'avoir épousé une femme comme toi. »

— Je ne sais pas ce que Mack regarde.

— Je ne serais pas étonnée que ce soit du porno. J'ai lu que tous les adolescents d'aujourd'hui en consommaient.

— Mack n'est pas en train de regarder du porno, Gwen !

Ed, si tu ne rappliques pas à la maison dans les cinq minutes, je t'assassine.

Mack apparut dans l'encadrement de la porte, l'air angélique.

— Au fait, maman, ce film porno américain que tu m'as conseillé est…

Elle s'interrompit et décocha un sourire étincelant à sa grand-mère.

— Ah, tiens, Nana ! Je ne savais pas que tu étais déjà dans les parages !

Gwen vacilla et dut se raccrocher au mur pour recouvrer son équilibre.

Lauren fut saisie d'une envie de rire des plus inconvenantes. Il y avait eu une époque dans sa vie où elle aurait pouffé sans retenue, mais elle avait mis toute sa force de volonté en œuvre pour refouler cet aspect d'elle. Malgré tous ses efforts, son côté indiscipliné faisait parfois des réapparitions occasionnelles.

Elle évita de croiser le regard de Mack — même si elle n'était pas en danger de chuter plus bas dans l'estime de Gwen, qui la considérait déjà comme la mère la plus déplorable de la création.

— Mack, tu viens m'aider à accueillir nos invités ?

Sa fille n'aurait pas eu l'air plus accablée si elle lui avait demandé de lui faire don d'un de ses reins.

— Vous ne pouvez pas gérer ça entre vous, papa et toi ?

— Ton père n'est pas encore rentré.

Pourquoi Ed lui faisait-il le coup d'être en retard un jour

comme aujourd'hui ? À force de tendre l'oreille et d'anticiper le bruit de sa clé tournant dans la serrure, elle commençait à être vraiment à cran. À son irritation venait se mêler une pointe d'inquiétude. Cela ne lui ressemblait pas d'oublier de rentrer alors qu'ils avaient des engagements. Il n'était pas non plus dans ses habitudes de décrocher son téléphone et de laisser ses messages sans réponse. Peut-être que la batterie de son portable était morte ?

Elle tourna les yeux vers sa fille.

— J'apprécierais que tu me donnes un coup de main, ma chérie.

— OK. *Great.* Cool, m'man.

Lauren frémit. Gwen détestait qu'elle s'exprime « à l'américaine » et Mack le savait. Elle nota le pétillement dans les yeux de sa fille et ce fut un instant comme si leur complicité de toujours avait miraculeusement refait surface.

Puis la sonnette tinta, annonçant les premières arrivées et Mack se referma de nouveau comme une huître. Laura ouvrit la porte à leurs voisins armés de bouteilles de champagne et de ballons gonflés à l'hélium avec le chiffre quarante inscrit en gros caractères.

Le reste des invités suivit en un flux presque continu. Le quatuor à cordes lutta vaillamment pour dominer ici et là le bruit des rires et des conversations. On entendait tinter les flûtes de champagne qui scintillaient sous les lumières. La maison entière souriait, bourdonnant d'une atmosphère festive. Il ne manquait plus qu'un seul élément.

Ed.

À 21 heures, il ne restait plus trace d'irritation chez Lauren et l'anxiété avait pris toute la place.

Elle avait laissé huit messages sur le téléphone d'Ed, chacun un peu plus paniqué que le précédent. Leur conversation de la matinée tournait en boucle dans sa tête.

« Ce n'est pas Mack le problème. »

Et si le *vrai* problème avait un rapport direct avec son retard ?

Une image en mouvement vint soudain lui assaillir l'esprit :

Ed, le pantalon baissé, en train de pénétrer une femme inconnue, allongée cuisses ouvertes sur son bureau. Pourquoi fallait-il qu'elle pense à cela maintenant ? Pressant les doigts sur son front, elle ferma les yeux et s'obligea à chasser la vision.

Elle en était à se demander s'il convenait ou non d'entamer le gâteau d'anniversaire en l'absence du souffleur de bougies attitré lorsqu'on sonna de nouveau à la porte.

Tous les invités étaient arrivés, donc cela ne pouvait qu'être Ed, cette fois-ci.

Si soulagée qu'elle en avait les jambes coupées, elle courut ouvrir et se trouva face… à deux policiers.

Quoi encore ?

Il y avait eu quelques voitures vandalisées dans la rue et la famille Wright, qui vivait un peu plus loin, avait été cambriolée durant l'été précédent, mais le quartier, dans l'ensemble, était tranquille et sûr, apprécié à la fois des Londoniens et des touristes. C'était la première fois, en tout cas, qu'elle trouvait une personne en uniforme sur le pas de sa porte.

— Madame Hudson ?

— C'est moi, oui.

Lauren leur adressa son plus beau sourire d'hôtesse.

— Que puis-je pour vous ?

Le plus jeune des deux agents avait le teint blême et semblait mal à l'aise, comme s'il regrettait d'avoir choisi ce métier. Elle sut soudain que ces deux visiteurs inattendus n'étaient pas venus lui parler d'un acte de délinquance commis dans le voisinage.

Ses jambes se dérobèrent sous elle.

— Que s'est-il passé ?

L'aîné des deux agents prit les choses en main, avec une gentillesse désolée dans le regard.

— Y a-t-il un endroit où nous puissions parler tranquillement, madame Hudson ?

Tranquillement ? Lauren partit d'un rire hystérique.

— J'ai trente personnes à la maison qui font la fête pour l'anniversaire de mon mari, donc, pour la tranquillité, c'est un peu fichu. J'attends son arrivée d'un instant à l'autre.

L'expression de leurs deux visages lui dit tout ce qu'elle avait besoin de savoir.

Ed ne rentrerait pas ce soir, ni aucun autre soir. Il ne goûterait pas à son gâteau d'anniversaire et ne trinquerait pas au champagne pour ses quarante ans.

Ed n'était pas en retard.

Ed était mort.

Chapitre 6

Jenna

Envie : le désir d'avoir pour soi ce qui est en la possession de quelqu'un d'autre.

Avec le projet de cuisiner un dîner romantique, Jenna s'arrêta en route pour faire quelques courses. Dans la supérette, elle fit un crochet par le rayon presse et jeta un coup d'œil sur les couvertures des revues féminines.

« Comment renouer avec votre bikini cet été », « Dites non à vos compulsions alimentaires »...

Apparemment, elle n'était pas la seule à avoir un problème d'envies irrépressibles et de petit bedon en trop. Jetant un coup d'œil par-dessus l'épaule, elle s'assura que personne ne regardait, puis glissa en hâte deux magazines dans son panier.

— Jenna ? *Jenna !* Il me semblait bien que c'était toi.

Jenna retourna les revues de façon que seul le côté pile soit visible.

— Salut, Sylvia.

Elles avaient été assez copines du temps du lycée, mais leurs chemins de vie avaient divergé. Jenna avait quitté l'île pour étudier et Sylvia, restée sur place, avait entrepris de pondre des bébés à la chaîne comme si c'était sa mission personnelle de gonfler l'effectif des résidents permanents de Martha's Vineyard. Pour sa part, Jenna n'avait jamais aspiré à ce que la population sur l'île augmente. Après le départ des estivants, les routes étaient plus dégagées, les plages redevenaient respirables et il n'y avait plus de queue interminable chez le boulanger.

Elle plaça du mesclun, des tomates et des poivrons dans son panier.

— Comment vont tes enfants, Sylvia ?

Pourquoi avait-elle posé cette question ? Les Denton comptaient six gamins au total. Elle en avait potentiellement pour des heures à entendre leurs bulletins de santé.

Elle écouta d'une oreille pendant que Sylvia lui décrivait le stress lié aux allers et retours incessants entre les leçons de piano et de natation, les cours de dessin et les entraînements de foot.

C'est le genre de stress qui m'irait bien.

Sylvia poursuivit sur sa lancée :

— Et la pauvre Kaley a encore dû être hospitalisée pour son asthme. Ta mère a été adorable. Elle est venue la voir tous les jours. Elle est géniale avec les enfants. Et elle adore les bébés. Vous n'envisageriez pas de démarrer une famille, Greg et toi ?

Sylvia avait lancé sa suggestion comme si la procréation faisait partie de ces activités annexes auxquelles ils auraient pu omettre de se livrer par simple distraction. « Oh mon Dieu, où avions-nous la tête, Greg et moi ? Nous avons complètement oublié de faire un enfant ! »

Jenna manipula une tomate mûre en se demandant si le plaisir de l'écraser sur le joli pull blanc de Sylvia compenserait les inévitables conséquences désastreuses.

La réponse était probablement non.

Elle posa donc la tomate dans son panier et marmonna vaguement qu'elle était pressée.

— J'ai un dîner à préparer.

Elle choisit une bouteille de très bon vin. Boire n'était probablement pas recommandé pour améliorer la fertilité, mais puisqu'elle n'était pas enceinte, un verre ou deux ne feraient de tort à personne. Greg lui conseillait sans arrêt de se détendre. Déguster un grand cru la relaxait beaucoup plus efficacement qu'une posture de yoga. Et après la visite qu'elle venait de faire à sa mère, elle avait doublement besoin de réconfort.

— Mon Alice adore les albums dont tu leur fais la lecture. *Mes aventures avec ma sœur*, je crois ? Tu pourrais me donner le nom de l'auteur ? J'imagine qu'il y en a toute une série et je voudrais lui acheter la collection complète pour son anniversaire. Son histoire préférée, c'est celle où les deux sœurs libèrent les langoustes.

Jenna secoua la tête.

— Mes histoires ne sont pas publiées. Ce sont de courts récits que j'invente. Quand ma nièce était petite, je lui en racontais souvent. Et d'une façon ou d'une autre, j'ai continué en classe.

— Non, sérieux ? Tu devrais écrire des livres au lieu d'enseigner. C'est incroyable, toutes ces idées que tu as. Tu as une imagination démentielle !

— Merci.

Il n'y avait pas que l'imagination, cela dit. Elle avait également eu une enfance mouvementée dans laquelle elle avait largement puisé son inspiration.

— Si tu les écrivais, tes histoires, tous les parents te les achèteraient, tu peux être tranquille.

Ecrire des livres pour enfants ?

Pourquoi n'y avait-elle jamais songé ?

Auteur : une personne qui compose un livre, un article ou tout autre travail d'écriture.

— Ah tiens, au fait...

Sylvia prit un air nonchalant.

— ... Je passais par Edgartown en voiture, il y a une demi-heure, et j'ai vu un gros pick-up garé devant la maison de ta mère. Tu ne devineras jamais qui était au volant ? Scott Rhodes !

Elle poursuivit à voix plus basse, comme si le simple fait de prononcer ce nom pouvait lui valoir une arrestation.

— Il avait l'air plus redoutable que jamais. Tu veux que je te dise ? Je ne l'ai encore jamais vu sourire, ce gars-là. À mon avis, il doit avoir un problème. Et j'ignorais qu'il connaissait ta maman.

Jenna l'ignorait de même.

Toutes les pensées qui tournaient autour de sa nouvelle vie d'écrivain s'envolèrent.

Pourquoi Scott Rhodes était-il allé voir sa mère ? Si Sylvia l'avait vu une demi-heure plus tôt, il avait dû se présenter peu après qu'elle fut elle-même partie.

Scott Rhodes.

Elle se souvenait du premier été où elle avait posé les yeux sur lui. Il était torse nu, ce jour-là, et elle avait entrevu sur une épaule la marque d'un tatouage. La vision l'avait fascinée. Sa mère ne l'autorisait même pas à se faire percer les oreilles.

Mais ce qui l'avait surtout intéressée chez Scott, c'était la royale indifférence qu'il opposait à l'opinion d'autrui. Il se moquait de ce que pensaient les gens comme de sa première tétine. Et sa totale décontraction avait produit une impression d'autant plus forte qu'elle était tout à l'opposé. De son côté, elle quêtait en permanence l'approbation des autres, en se pliant en quatre pour essayer de satisfaire ce qu'elle imaginait être leurs attentes. Mais comment fonctionner autrement lorsqu'on vivait dans une communauté rurale où les relations sociales étaient basées sur la bonne volonté de chacun ?

Scott Rhodes, lui, ne se conformait à rien ni à personne et elle lui enviait cette liberté. Le simple fait de penser à cet homme suffisait à faire passer en elle le frisson du danger, de l'interdit, du sulfureux. Comme si, rien qu'en s'approchant de cet homme, on transgressait déjà toutes les règles. Coupable par contamination. À chaque instant, elle s'attendait à sentir la main de sa mère s'abattre comme un couperet sur son épaule.

Si elle avait été troublée par Scott, elle n'avait pas été explicitement attirée pour autant. Adolescente, déjà, elle était amoureuse de Greg. Greg dont elle était si proche qu'il lui donnait parfois l'impression d'être une extension d'elle-même. Greg qui souriait presque tout le temps.

Le visage de Scott Rhodes, lui, restait fermé et hermétique. Comme si la vie et lui se trouvaient sur des bords opposés.

Une fois, alors qu'elle observait la musculature de son torse hâlé avec une attention médusée, il avait levé la tête et l'avait surprise à le regarder. Il n'y avait eu ni sourire, ni clin d'œil, ni expression suggestive. Rien. Son visage était resté insondable.

Scott travaillait au chantier naval et il lui arrivait de faire des travaux de menuiserie ici et là pour des particuliers. Il dormait sur son bateau qu'il laissait à l'ancre, à distance du port, comme s'il voulait être prêt à mettre les voiles vers le large à tout instant.

Pourquoi un individu comme Scott Rhodes irait-il rendre visite à quelqu'un comme sa mère ?

Salut, maman. On me dit que le diable en personne s'est présenté à ta porte ?

Consciente que Sylvia attendait sa réponse, Jenna haussa les épaules.

— Ma mère connaît tout le monde ici. Et elle est toujours plus ou moins liée à la filière nautique et au monde de la plaisance. Comme Scott s'y connaît en bateaux…

Sylvia hocha la tête.

— Ce doit être ça, oui.

Son ton indiquait clairement qu'elle n'était pas convaincue par son explication. Et Jenna pas plus qu'elle, d'ailleurs.

Pendant le court trajet jusque chez elle, l'énigme de la présence de Scott Rhodes chez sa mère resta présente à son esprit. Le cottage qu'elle partageait avec Greg entre Chilmark et le village de pêcheurs de Menemsha offrait une vue sur la mer depuis les fenêtres du premier étage et un petit jardin poétique qui débordait de fleurs jusqu'aux premières gelées.

L'endroit idéal, à ses yeux, pour démarrer une vie de famille.

À part que Greg et elle ne démarraient rien du tout.

Peut-être qu'ils devraient adopter un chien.

Elle écarta cette pensée en même temps que ses questions au sujet de Scott Rhodes et gara sa voiture.

En été, les plages de cette partie de l'île étaient bourrées de touristes. Pendant les mois d'hiver, on y rencontrait essentiellement des congrégations de canards marins près des jetées, se laissant porter par le courant pour s'abriter derrière les bateaux de pêcheurs. Le ciel était froid et menaçant, et le vent aigre s'infiltrait même à travers les plus minuscules interstices des vêtements.

Ce qui ne l'empêchait pas d'adorer son île, que ce soit emmitouflée en hiver ou se prélassant dans le sable devant un coucher de soleil d'été, avec une pince de homard à la main.

Aujourd'hui, il n'y avait pas de soleil.

Jenna poussa la porte et apprécia la chaleur en entrant. Elle alluma le poêle à bois, rangea ses courses et trouva une recette de cassolette à la viande et aux légumes. Greg avait un faible pour le bœuf, mais elle avait lu quelque part que la viande rouge diminuait la fertilité, donc elle remplaça le paleron de la recette par du poulet fermier.

Pendant que son plat mijotait, elle mit de l'ordre dans le cottage, prit une douche et enfila la robe en pure laine qu'elle avait achetée en vue des fêtes de Noël deux ans plus tôt. L'effet avait été super sexy sur elle, à l'époque. Aujourd'hui, ce même vêtement la moulait là où il n'aurait pas dû la mouler. Elle ouvrit un des magazines qu'elle avait rapportés à la page « régime bikini » et examina d'un air sombre la fille blonde hâlée et tonique dans son maillot échancré.

— Toi, tu fais un peu trop revue et corrigée par Photoshop.

Elle jeta la première revue de côté et feuilleta la seconde, qui recommandait une alimentation crudivoriste entrecoupée de longues phases de jeûne.

— Moi, si je jeûne, je tombe dans les pommes direct.

Elle aurait plutôt eu besoin d'un régime « réconfort à base d'aliments qui font du bien ». Ou d'un régime « antistress et pro-fécondité ».

En attendant, il ne lui restait plus qu'à investir dans la lingerie de maintien.

Elle fourra les deux magazines sous le canapé et son regard tomba sur le carnet que Greg avait laissé sur la table basse après l'avoir utilisé pour faire une liste de courses.

Pourquoi ne se lancerait-elle pas dans ce projet de livre pour enfants, après tout ? Rien ne l'empêchait d'essayer de mettre ses petites histoires par écrit. Elle déchira une page et dessina deux petites filles avec une chèvre. La chèvre, malgré tous ses efforts, avait plutôt l'air d'un cochon. De la pointe de son crayon, elle tapota le ventre rond de l'animal.

— Toi, ma cocotte, tu aurais besoin d'un bon régime bikini.

Reposant le crayon, elle glissa la feuille de papier sous le canapé avec les revues. Elle essaierait peut-être de s'y remettre une autre fois. À moins que ses petites histoires ne soient plutôt faites pour être racontées que mises par écrit ?

La robe devenue moulante était décidément trop inconfortable. Elle repassa dans la chambre pour enfiler une tenue moins démoralisante. Son jean stretch préféré avec le pull tunique que Greg lui avait acheté pour son anniversaire. Il était d'un beau bleu qui lui allait au teint et tombait souplement jusque sur le haut de ses cuisses, cachant au passage toutes les marques de transgression alimentaire.

Elle vérifiait l'état de la cuisson de sa cassolette lorsqu'elle entendit la clé de Greg tourner dans la serrure.

— Mmm... ça sent bon ici.

Son mari entra et jeta ses clés sur la table.

— Comment va ma belle sirène aux yeux verts ?

Il l'avait toujours appelée ainsi depuis l'été de ses huit ans où il avait été presque impossible de l'arracher de l'eau.

— Les sirènes n'ont ni cheveux frisés ni taches de rousseur.

Elle sourit lorsqu'il vint se placer derrière elle pour l'embrasser dans le cou.

— Ce n'est pas bien d'enfermer les sirènes dans des définitions stéréotypées. Tu es très belle, ce soir. Il est nouveau ce pull ?

— C'est toi qui me l'as acheté.

— Alors je me félicite d'avoir un goût aussi sûr. Ça s'est passé comment, alors, chez ta mère ? Il te faut un acte thérapeutique d'urgence ?

Il glissa les bras autour de sa taille et elle rentra le ventre pour paraître plus mince. Elle était contente qu'il soit spontanément venu l'embrasser avant même d'avoir retiré son manteau.

Andrea avait raison : elle avait de la chance d'avoir Greg. Alors pourquoi son bonheur amoureux ne lui suffisait-il plus ?

Qu'est-ce qui ne tournait pas rond chez elle ?

— J'ai choisi une forme de thérapie qui se verse dans un verre à pied. C'était ça ou la glace au chocolat.

— Lourd dilemme.

Greg la lâcha pour aller accrocher son manteau.

— Raconte-moi, étape par étape, comment tu as abouti à une prise de décision aussi complexe ?

— Le vin est fait avec des raisins, les raisins appartiennent à la catégorie « fruits », et qui dit fruits, dit santé.

Elle lui versa un verre et le lui tendit.

— Et puisque je ne suis pas enceinte, autant que j'en profite pour picoler. Ça s'est passé comment pour toi, aujourd'hui ?

— Si je te dis « bien », tu m'arraches ce verre des mains ?

Elle sourit.

— Non. Parce qu'une fois que j'aurai fini de me lamenter sur ma mère tu auras toi aussi besoin d'un remontant.

— Donc je ne boirai pas ce vin en vain.

Il prit une gorgée.

— Voilà. Je suis préparé. Tu peux y aller. C'était quoi la perle du jour, alors ?

— Rien de nouveau. Elle m'a rappelé l'incident du pot de peinture renversé. Et m'a fait savoir qu'elle me tenait pour responsable de ses cheveux gris.

— Les cheveux gris lui donnent un air de distinction. Elle devrait te remercier.

— Elle a chanté tes louanges, bien sûr.

Elle leva son verre et déclama :

— Je bois à ta santé, Greg Sullivan, héros de toutes les conquêtes ! Gladiateur parmi les hommes et chevalier au cœur pur. Au fond de quel caniveau aurais-je sombré si tu n'étais pas venu me sauver de moi-même et m'arracher des bas-fonds glauques de ma nature mauvaise ?

— Elle t'a dit ça ?

— Pas en termes aussi clairs, non. Mais c'était largement présent dans son discours.

Greg posa son verre.

— Tu lui as parlé de ce que tu traverses en ce moment ?

— Non. Nos conversations sont toujours factuelles.

Le regard de Greg resta ancré au sien. Il ne souriait pas.

— Tu es malheureuse. Ce n'est pas factuel, ça ?

— Si. Mais ma mère et moi, on n'aborde pas ce genre de factuel-là. Apparemment, tout le monde semble communiquer sans problème avec elle. Ce n'est pas mon cas.

Quelle importance, franchement, si elle n'y arrivait pas ? Elle avait Greg. Et avec Greg, parler avait toujours été une évidence. Lorsqu'elle entendait dire que la construction d'un couple demandait « un gros travail », elle n'avait aucune idée de ce que cela signifiait. Greg et elle étaient proches l'un de l'autre, complémentaires et accordés comme le gant et la main, comme le pied et la chaussure. C'était aussi simple que cela. Ils n'avaient pas besoin de « travailler » à quoi que ce soit.

Ils dînèrent en tête à tête dans leur cuisine accueillante pendant que le vent d'hiver gémissait au-dehors et faisait trembler les vitres. Après avoir débarrassé et fait la vaisselle ensemble, ils s'installèrent sur le canapé face au poêle.

Jenna remplit de nouveau le verre de Greg et il haussa les sourcils.

— Tu essaies de me faire boire ?

— J'ai une nature sauvage et indisciplinée, souviens-toi. Je fais honneur à ma réputation sulfureuse.

Elle retira ses chaussures, glissa les jambes sous elle et se blottit contre lui, heureuse de sentir sa force et sa solidité.

Contrairement au sien, le corps de Greg avait gardé sa minceur juvénile. Il préconisait une activité physique régulière à ses patients pour les aider à réguler leurs humeurs et donnait l'exemple en fréquentant la salle de sport et en allant courir sur la plage. La pratique quotidienne portait ses fruits et il était resté aussi souple et musclé qu'à dix-huit ans.

Elle songea à ce que lui avait dit Andrea.

Son couple avec Greg aurait-il été différent s'ils avaient eu d'autres histoires d'amour, d'autres partenaires ?

— Tu regrettes parfois de ne pas avoir fait les quatre cents coups ?

— *Quatre cents ?* Carrément ? Ça en fait des coups, tout ça.

Il changea de position pour la regarder.

— Et à quel type de « coups » penses-tu ? La boxe ? Le cambriolage ? Tu rêves de moi en maffioso ?

Elle reprit une gorgée de vin en riant.

— Le borsalino ne t'irait pas forcément bien.

— Pourquoi cette question, alors ?

— Comme ça. Ne fais pas attention… Et si on allait au lit, plutôt ?

Il lui jeta un regard surpris.

— Ce n'est pas le bon moment du mois pour que tu tombes enceinte, si ?

Elle ressentit un soupçon de culpabilité, intensifié par le fait qu'elle avait elle-même déjà effectué le calcul.

— Je ne suis pas en phase d'ovulation, mais il y a d'autres raisons de faire l'amour que des impératifs de fécondation.

— Ah vraiment ?

— Ça veut dire quoi, encore, cette question ?

— Juste que depuis quelque temps tomber enceinte semble être ta seule motivation pour me traîner entre les draps.

Il posa son verre, lui prit le visage entre les mains et l'embrassa.

Jamais, elle n'avait embrassé aucun autre garçon que Greg — si elle faisait abstraction de l'épisode express avec Will Jones derrière le local à vélos. Mais elle estimait que le baiser avec Will ne comptait pas, car il avait été le résultat d'un pari. Le sexe avec Greg avait évolué au fil des années. Faire l'amour avec lui ne lui procurait plus des sensations aussi sauvages qu'aux tout débuts de leur vie amoureuse — *oui, prends ça dans les dents, maman. Saint Greg et moi avons conclu avant le mariage* — mais sur bien des plans leurs rapports étaient plus satisfaisants qu'avant. Plus intenses. Infiniment plus intimes.

Comme il approfondissait son baiser, il passa son bras libre autour de sa taille. Elle se pelotonna plus étroitement contre lui et sentit quelque chose de dur contre sa hanche.

— C'est ton téléphone que je sens ?

— Non, c'est mon pénis géant et la raison pour laquelle tu m'as épousé.

Il glissa les lèvres dans son cou mais elle le repoussa et posa son verre sur la table à côté du sien.

— Greg... Attends. Pourquoi est-il dans ta poche ?

— Mon sexe ?

— *Ton téléphone !*

Il soupira.

— Parce que c'est sa place. Tu voudrais que je le mette où sinon ?

— Partout sauf là ! Tu es censé garder tes testicules au frais et ton portable hors de ta poche. On était d'accord, là-dessus.

Greg jura tout bas et desserra son étreinte.

— Cela tourne à l'obsession, chez toi, Jenna.

— Je suis très focalisée et c'est une bonne chose. C'est quand on est focalisé sur un but que les choses arrivent.

— Tu n'as plus qu'une seule pensée en tête et c'est la conception. Quand avons-nous parlé pour la dernière fois de quelque chose qui ne soit relié ni au sexe ni aux bébés ? Et je ne compte pas la conversation au sujet de ta mère.

— Pendant le dîner !

Elle eut un sourire de triomphe.

— Il a été question de refaire la chambre du haut.

— Parce que tu veux la transformer en *chambre d'enfant*, même si nous n'en avons pas un en route.

Oups.

— La semaine dernière nous avons discuté politique. Longuement, même.

— Et de l'impact que certaines mesures pourraient avoir sur nos futurs enfants.

Elle ne pouvait que lui donner raison aussi sur ce point.

— Il se peut que je sois un peu surfocalisée, c'est vrai. C'est ce qui se passe quand tu désires fortement quelque chose que tu ne peux pas avoir. Comme quand tu te mets au régime, par exemple. Si tu ne peux pas manger de brownies au chocolat, tu ne penses qu'aux brownies au chocolat. Tu rêves brownies. Les brownies deviennent toute ta vie. En tant que psychologue, tu es censé savoir ça !

Greg prit une grande inspiration.

— Ma chérie, si tu pouvais juste…

— Ne me *dis pas* qu'il faut que je me détende, Greg. Et ne m'appelle pas « ma chérie » de cette façon, car ça me rend folle.

— Je sais. Mais, sérieux, il faut que tu lâches prise, Jenna. Si quelque chose te colonise l'esprit au détriment de tout le reste, il n'y a qu'une solution : décaler ton attention sur d'autres sujets d'intérêt. Pour oublier les brownies, il faut concentrer tes pensées sur autre chose.

— Sur la tarte à la crème, par exemple ?

Le visage de Greg trahissait un mélange d'amusement et d'exaspération.

— Une de mes clientes ouvre un nouveau studio de yoga à Oak Bluffs. Tu devrais au moins faire une séance d'essai. Il se pourrait que tu en retires du calme.

— Il se pourrait aussi que j'en retire de l'ennui.

Elle songea à la fille du magazine.

— Je me verrais encerclée d'individus sereins, parfaitement autodisciplinés, avec des silhouettes impeccables. Et je serais obligée de les tuer tous. Ce ne serait calmant pour personne.

Greg reprit son verre de vin.

— Bon, OK, on oublie le yoga. Du tai chi ? De la boxe chinoise ? Un club de lecture ?

— Le biblio-club, c'est ma mère qui s'en occupe. Et vu que le dernier ouvrage que j'ai eu envie de lire était *Comment ne pas assassiner sa mère* en trois volumes, je pense que je ne serais pas un membre bienvenu.

— Il y a d'autres associations de lecture. Tu peux même lancer la tienne. Mais fais quelque chose. N'importe quoi qui te permette de te libérer de ton obsession de la maternité.

— Tu veux dire que toi, tu ne veux pas de bébés ?

Greg termina son vin d'un trait.

— Je n'ai *pas* dit ça. Mais je doute que cet état de crispation permanente te vienne en aide.

Elle se souvint alors de l'attitude défaite dans laquelle elle l'avait surpris en regardant par la fenêtre. Juste au moment où elle voulait lui demander comment il vivait lui-même la situation, son téléphone portable sonna.

Elle n'y prêta pas attention.

Pourquoi douter du désir d'enfant de Greg ? Il souhaitait devenir père. C'était ce qu'il lui avait toujours assuré, en tout cas.

Le regard de son mari se posa alternativement sur le téléphone puis sur elle.

— Tu ne réponds pas ?

— Cette conversation est plus importante pour moi que n'importe quel appel téléphonique.

Son portable se tut, mais recommença à sonner presque aussitôt. Greg se pencha pour regarder l'écran.

— C'est Lauren.

L'esprit ailleurs, Jenna le regarda un instant sans comprendre.

— Quoi ?

Il lui plaça d'autorité le téléphone dans la main.

— Décroche. C'est l'occasion de souhaiter un bon anniversaire à Ed.

Jenna ne put se défendre de l'impression qu'il était soulagé par cette interruption.

— Mais ce n'est pas le milieu de la nuit à Londres ?

— Si. Mais la fête a dû se prolonger, apparemment.

Il se leva pour se diriger vers la porte.

— Où tu vas ?

Il sourit. De son sourire normal à-la-Greg.

— Faire mes bagages. Si tu commences à discuter au téléphone avec ta sœur, j'ai le temps de prendre six mois de congé sabbatique. Vos conversations sont systématiquement interminables.

— Pas à ce point, quand même.

— Non, tu as raison. Ça devrait juste faire l'équivalent de

deux bonnes semaines de vacances. En attendant, je vais nous faire du café.

Jenna le suivit des yeux jusqu'à ce qu'il disparaisse dans la cuisine et se rassura mentalement.

Cette crise — si crise il y avait — allait se résoudre. Elle était mariée avec Greg. Et Greg était l'homme qui trouvait des solutions à tout.

Il aurait fallu être maso pour s'infliger un cours de yoga alors qu'elle avait épousé son thérapeute personnel, non ?

Jenna prit son verre d'une main, allongea les jambes sur le canapé et se prépara à une longue conversation téléphonique avec sa sœur. Si ses souvenirs étaient bons, elles avaient effectivement parlé une fois ensemble pendant deux heures le mois précédent, mais Lauren et elle vivaient à des milliers de kilomètres l'une de l'autre ! Comment n'auraient-elles pas aussi des milliers de choses à se dire ? Elle était contente d'avoir sa sœur au téléphone et de pouvoir lui parler du test de grossesse de ce matin.

— Ouah, Lauren, c'est sympa que tu m'appelles maintenant ! Bon anniversaire à Ed ! C'était cool, la fête ? Je pensais te passer un coup de fil demain. Notre cadeau est arrivé à temps ?

Convaincue que pour sa sœur les choses ne pouvaient se passer qu'à la perfection, il lui fallut un moment pour absorber le sens de ses paroles.

— Quoi ? Lauren, je t'entends à peine — tu pleures ?

Elle se redressa d'un mouvement brusque en renversant son vin sur son jean.

— Nooon… Oh non, ne dis pas ça… Oh mon Dieu.

Quelques minutes plus tard, elle raccrocha en état de choc. Sa main tremblait si fort qu'elle faillit lâcher le téléphone.

Greg revint dans le séjour et posa deux mugs de café sur la table.

— Tu as eu un problème de réseau ?

— Non.

— Alors pourquoi avoir raccroché si vite ? Je voulais parler à Ed.

— Tu ne peux pas parler à Ed…

Ses lèvres étaient paralysées. Comme si elles refusaient d'articuler les mots qu'elles devaient prononcer.

— Ed est…

Sa voix se brisa et Greg tourna la tête vers elle en sursaut.

— Ed est quoi ?

Jenna se sentait fébrile, secouée, bizarre. Ses yeux se remplirent de larmes.

— Ed est mort. Le jour de l'anniversaire de ses quarante ans. Un agent d'entretien l'a trouvé à son bureau. Apparemment, il aurait eu un arrêt cardiaque… Ma pauvre sœur.

La voix effondrée de Lauren résonnait encore à ses oreilles. Elle ne cherchait même pas à contenir ses larmes. Comment Lauren allait-elle vivre sans Ed ? Qu'allait-elle devenir ?

— Il faut que j'aille là-bas. Je ne peux pas la laisser seule.

Elle ressentait la perte subie par sa sœur aussi cruellement que si elle avait été la sienne.

Visiblement secoué, Greg lui prit le verre des mains et la tira sur ses pieds.

— Va faire ta valise. Je m'occupe de ton billet d'avion.

Son cerveau fonctionnait au ralenti.

— Mais on ne peut pas… Je ne peux pas…

Elle était incapable de penser clairement.

— Tu crois que je peux partir comme ça ? Il y a l'école et…

— Je les appellerai, ne t'inquiète pas pour ça. Je m'occupe de tout.

— Mais le prix du billet ? On s'était dit qu'on ne partirait pas en vacances cet été, que notre budget ne le permettait pas.

— On trouvera une solution. Il y a des choses plus importantes que l'argent.

Elle ne le contredit pas. Il lui était impossible de rester là en sachant ce qui venait d'arriver.

Quelques heures auparavant encore, elle enviait à Lauren sa vie idéale sur tous les plans. Et en un instant, tout s'était effondré.

C'était impossible à croire. Injuste.

Et dire qu'elle avait été sur le point de déverser son lamento dans les oreilles de sa sœur.

Elle entra dans la chambre comme une somnambule et sortit sa valise. Sans réfléchir à ce qu'elle emportait, elle la bourra de vêtements tirés au hasard de ses placards. Elle ne pouvait penser qu'à une chose : sa sœur — sa grande sœur, si proche, qui jamais, jamais n'avait failli à l'appel.

Sa sœur savait tout d'elle.

Elle n'avait jamais eu l'ombre d'un secret pour Lauren.

— Ça y est. J'ai ta réservation.

Greg apparut dans l'encadrement de la porte avec son téléphone dans une main et sa carte de crédit dans l'autre.

— Prends des vêtements chauds, surtout. Et prévois un bon manteau. Il fait froid en janvier, en Angleterre. Prends un parapluie car il pleuvra forcément. Et n'oublie pas de charger ton téléphone pour que je puisse t'appeler.

— Quoi ? Ah oui.

Elle fourra une paire de chaussettes en laine dans la valise et s'interrompit, impuissante et effrayée à l'idée de ne pas être à la hauteur de la situation.

— Comment je fais, Greg ? Qu'est-ce qu'il faut que je lui dise, alors qu'elle vient de perdre son mari ? Si seulement tu pouvais venir avec moi.

Mais elle savait comme lui que c'était impossible. Ses patients comptaient sur lui et il ne pouvait, par définition, se faire remplacer.

— Je t'appellerai tous les soirs. Et tu peux m'envoyer des messages. Je te promets de ne pas confier mon téléphone à Pamela.

Elle avait l'impression qu'une éternité s'était écoulée depuis qu'ils avaient ri ensemble de son sexto.

Jenna balaya la chambre d'un regard circulaire en se demandant ce qu'elle avait oublié. Lauren aurait fait une liste. Sa sœur en avait probablement une en stock, soigneusement rangée près de son ordinateur portable sous l'intitulé : « En cas de départ en urgence ». Avec des cases à cocher en rouge pour le voyage aller, en bleu pour le retour.

Jenna n'avait pas de liste à consulter.

Dans le duo qu'elles formaient, c'était elle la fille désorganisée et Lauren la fille idéale.

À part que la vie parfaite de sa sœur parfaite avait soudain cessé d'être parfaite.

Chapitre 7

Lauren

Veuve : une femme dont le conjoint est décédé.

S'il y avait une chose qu'elle n'avait pas prévue, c'était de tomber amoureuse à dix-huit ans. Cette éventualité ne figurait pas au programme d'une vie dont elle avait déjà tracé les grandes lignes par avance. Les études en arts appliqués d'abord et un emploi à New York ensuite. Là, elle s'imprégnerait de l'éclat, de la richesse artistique de la ville-monde et apprendrait tout ce qu'il y avait à apprendre sur le design avant de se lancer à son compte.

C'était son rêve depuis qu'elle était petite.

Puis elle l'avait rencontré *lui.*

Un seul regard entre eux avait suffi. Il n'en avait pas fallu plus. Jusqu'à cet instant précis, elle avait ignoré que tant de choses pouvaient se dire sans les mots et sans la voix. Le regard échangé n'avait pas été la simple expression d'une attirance. Il avait établi d'emblée entre eux un lien profond, presque absolu.

C'était l'été qui précédait son départ pour l'université. En attendant de quitter l'île en septembre, elle passait deux mois à faire ce que faisaient tous les jeunes de son âge : travailler dur pour amasser une cagnotte en vue de l'hiver. Cette année-là, elle cumulait trois jobs d'été dont l'un consistait à débarrasser les tables dans un restaurant de fruits de mer.

Elle chargeait son grand plateau sur la terrasse ensoleillée en comptant les heures avec impatience, lorsqu'un homme s'était approché du guichet de vente à emporter.

Quelque chose dans sa démarche, dans son allure, avait attiré son attention. Il se dégageait de lui un calme, une discrète confiance en soi. Deux qualités qu'elle trouvait rarement chez les garçons de son âge, encore empêtrés dans les affres d'une recherche d'identité interminable.

Il portait un jean et un T-shirt noirs et sa casquette enfoncée bas sur les yeux.

Au moment où il sortait quelques billets de sa poche, son regard se posa sur elle. Avec sa blondeur et ses jambes longues, elle était habituée à ce que les garçons la dévorent des yeux. Elle avait atteint un âge où le mot « sexe » était sur toutes les lèvres, où il n'était question que de « l'avoir fait » ou pas.

Toutes ses amies proches avaient déjà franchi le grand pas et faisaient étalage de leur expérience. Cassie avait perdu sa virginité dans un bois près de Chilmark et avait dû expliquer à ses parents pourquoi elle était couverte d'éruptions cutanées dues à des plantes urticantes. La première expérience de Kelly s'était déroulée sur le capot de la Cadillac de son père, dans un parking désert la nuit.

Par refus d'entrer dans des détails privés de son histoire, Lauren prétendait avoir déjà couché, elle aussi. Elle n'était sûrement pas la seule à mentir sur ce sujet brûlant, mais les raisons qu'elle avait de s'abstenir de faire l'amour étaient un peu particulières.

Elle se demandait si son appréhension ne frisait pas la phobie. Penser au sexe lui procurait des tachycardies et des problèmes respiratoires. Ce qui n'était pas la norme, de toute évidence. Les autres filles autour d'elle ne parlaient que de cela et, d'après ce qu'on lui rapportait, « l'acte » devait être source d'excitation et non de terreur.

Se méfiant de ses propres réactions, elle ne voulait surtout pas expérimenter avec un garçon de son ex-lycée. « Et si je panique au dernier moment ? J'aurais l'air de quoi si je ne suis pas capable d'aller jusqu'au bout ? » En moins de deux jours, la nouvelle aurait fait le tour de l'île que Lauren Stewart était frigide.

Mais avec le gars en noir du restaurant, c'était différent. Il était plus âgé, pour commencer. Et c'était quelqu'un d'extérieur. Pas un résident permanent de l'île, en tout cas, même s'il n'avait pas non plus l'allure d'un touriste. Ses doigts étaient tachés de cambouis et ses chaussures de sécurité étaient usées. Un travailleur saisonnier, décida-t-elle en se demandant pourquoi elle se posait tant de questions au sujet d'un inconnu.

Combien de temps ils auraient pu continuer à se regarder ainsi et ce qu'il en aurait résulté, elle n'en avait aucune idée. Car sa sexualité endormie choisit ce moment précis pour éclore d'un long sommeil et lui présenter des images de cet homme et elle enlacés en train de s'embrasser. La vision fut réaliste au point de priver ses poumons d'air et de lui déclencher une onde de chaleur dans le bas-ventre — une réaction qu'aucun garçon, jamais, n'avait encore provoquée. Troublée, elle heurta une chaise et renversa une bouteille de bière.

Ses joues brûlèrent d'humiliation. Détournant les yeux, elle entreprit de réparer les dégâts. Et lorsqu'elle risqua de nouveau un coup d'œil dans sa direction, l'homme en noir avait disparu.

Il ne lui avait pas souri. Ne lui avait pas fait un signe de tête. N'avait établi aucune forme de contact explicite. Mais elle savait que si quelqu'un le lui avait demandé il aurait pu offrir d'elle une description aussi détaillée que complète.

Lauren ne savait pas si elle devait être soulagée ou inquiète de se découvrir capable, elle aussi, de ressentir les signes de désir et d'excitation décrits par ses copines.

Avant d'avoir posé les yeux sur l'homme en noir qui ne souriait pas, elle n'avait pas été pressée de vérifier si elle avait un sérieux problème sexuel, oui ou non. Elle s'était même demandé s'il n'y aurait pas moyen de vivre sa vie entière en version hors sexe.

Et voilà qu'elle ne pensait plus qu'à ça.

Elle en était toujours à se torturer le cerveau pour essayer de trouver le moyen de connaître son identité, lorsque eut lieu leur seconde rencontre.

Tard le soir, elle s'était éclipsée de chez elle en douce pour aller marcher sur la plage.

Plage qu'elle avait trouvée déserte — à l'exception d'un seul homme. Même à distance, elle avait su d'emblée que c'était lui.

L'heure était venue alors de faire un choix. Elle pouvait reculer d'un pas.

Ou avancer.

— Merci à vous tous d'être présents pour Ed, aujourd'hui.

L'écho de sa voix résonnait sous la voûte.

Une semaine plus tôt, jour pour jour, elle organisait la fête des quarante ans de son mari. Aujourd'hui, elle prononçait son éloge funèbre.

Elle gardait les yeux fixés sur le vitrail du fond, parce que c'était moins difficile que d'affronter tous ces visages. L'église était glaciale et des frissons irrépressibles menaçaient de la faire trembler.

De la soirée « d'anniversaire », elle ne gardait que des souvenirs confus, embrouillés. Elle revoyait les deux policiers franchir le pas de leur porte, le visage de Gwen déformé par un hurlement d'horreur, les invités sidérés qui s'éclipsaient tête basse, un à un, en marmonnant des condoléances en lieu et place de vœux d'anniversaire.

Et maintenant, elle était censée prononcer des paroles chargées de sens alors qu'elle ne voyait plus nulle part de sens à quoi que ce soit.

— J'ai rencontré Ed quand j'avais dix-huit ans et j'ai tout de suite su que c'était lui.

Ce n'était pas si éloigné de la vérité, si ? Il y avait eu un seul et unique critère auquel il n'avait pas satisfait dans la liste de ses attentes vis-à-vis de « l'homme idéal de sa vie ». Mais cela n'enlevait rien au fait que pendant plus de seize ans Ed avait été le compagnon, le complice, l'ami, le point d'ancrage de son existence.

— Nous nous sommes rencontrés par hasard sur une plage de Martha's Vineyard où j'ai grandi. Nous nous sommes regardés et quelque chose de fort est passé entre nous.

Je pleurais. Ed était soûl.

On était là, comme deux naufragés, le cœur fracassé.

Amoureux l'un et l'autre mais pas l'un de *l'autre.*

Les choix que l'on faisait à dix-huit ans, découvrait-elle à présent, étaient lourds de conséquences.

Elle fixa son regard au sol, terrifiée à l'idée qu'à force de manque de sommeil son cerveau fatigué pourrait finir par mélanger son discours et ses pensées. Si elle commettait un lapsus et faisait sans le vouloir une révélation fracassante ?

Et si, pour une fois dans sa vie, elle disait la vérité ?

— Nous avons pris un engagement fort, Ed et moi : nous deux, c'était pour toujours.

À part qu'en mourant Ed avait rompu sa promesse. *Pourquoi ?* Il surveillait son poids, pratiquait religieusement son sport quotidien. Les gens comme lui ne mouraient pas d'un coup en s'effondrant sur leur bureau ! Elle se sentait trahie. En colère. Dévastée. Il fallut un discret sanglot dans les rangs pour qu'elle se souvienne qu'elle était censée s'adresser à l'assistance.

— Notre rencontre s'est placée d'emblée sous le signe du romantique et elle l'est restée de bout en bout.

Rien de ce qui s'était passé avec Ed à Martha's Vineyard n'avait été romantique.

Leur arrangement avait été pratique. Raisonnable. Une décision prise par deux personnes portées sur l'organisation plus que sur l'impulsion.

Elle contempla fixement la débauche de lys blancs formant une composition démesurée au fond de l'église. Et sut qu'elle serait à jamais incapable désormais d'avoir de nouveau un bouquet de lys à la maison.

— À l'heure où le soleil se couchait sur la mer, Ed m'a demandée en mariage.

Des murmures émus s'élevèrent parmi les rangées de proches, voisins et amis qui l'écoutaient avec recueillement et sympathie.

Elle se demanda comment ils auraient réagi si elle leur avait déballé la réalité des faits.

Il n'y avait pas eu de demande en mariage. En tout cas pas au sens classique du terme.

Ed avait passé un bras autour de ses épaules.

« Tu as un problème. J'ai un problème. Nous nous sommes plantés l'un et l'autre dans nos choix amoureux. C'est ce qui arrive lorsqu'on laisse l'émotion primer sur la raison. Alors voilà la solution que je te propose : on se marie. Toi et moi, on est en phase. On se comprend et on se respecte, et le respect est une meilleure base que l'amour pour réussir une vie de couple. L'amour, c'est pour les artistes et les poètes. Se marier par passion équivaut à construire une maison sur des sables mouvants. Avec l'assurance que ça finira par s'écrouler tôt ou tard. »

Elle n'avait pu lui donner tort là-dessus.

À l'époque, sa sensibilité émotionnelle était anesthésiée, éteinte. Et l'avenir lui faisait très peur.

Lauren se souvint des bras d'Ed passés autour d'elle, de sa voix calme qui lui assurait que tout irait bien, qu'en passant ce pacte ils opéraient un double sauvetage, qu'ils se repêchaient mutuellement hors du trou. Et la douleur dans sa poitrine devint presque intenable.

C'était ce qu'ils avaient fait : ils s'étaient repêchés l'un et l'autre. Mais maintenant Ed l'avait abandonnée et le trou noir était de retour.

Qu'allait-elle faire sans lui ?

Ils s'étaient juré de ne jamais se quitter, pourtant.

— Nous nous sommes mariés très vite…

Sa voix s'enroua un peu et elle toussota.

— Lorsque Mack est née, je me souviens d'avoir pensé : voilà, nous formons une famille au complet. Tout était accompli. Notre vie à tous les trois, c'était ce que je pouvais espérer de plus beau au monde.

Elle chercha Mack des yeux. Sa fille était assise à côté de Jenna et son visage figé faisait penser à un masque. Le cœur de

Lauren se brisa en la voyant. Elle avait tout fait pour donner à Mack une vie de famille stable et sécurisante. Mais *ça*, non, elle ne l'avait pas anticipé.

Elle prononça encore quelques mots d'une voix étranglée. Souligna les qualités d'Ed en tant que chef de famille. Parla de l'ami merveilleux qu'il avait été et du vide qu'il laisserait derrière lui.

Debout sur l'estrade dans la grande église, face à une mer de visages indistincts, elle se sentait plus seule qu'elle ne l'avait jamais été.

Personne ne lui avait dit qu'on pouvait être adulte et responsable et se sentir malgré tout aussi terrifié et impuissant qu'un enfant.

Une soudaine nostalgie du Vineyard la saisit — de la collectivité soudée dans laquelle elle avait grandi.

Au moment de la mort de son père, elle était retournée chez elle et avait passé trois semaines complètes sur l'île. Le réfrigérateur avait été plein à craquer tous les jours sans qu'elles aient fait une seule fois les courses ni la cuisine. Des plats mitonnés étaient régulièrement déposés sur le pas de leur porte, accompagnés de desserts faits maison. Les voisins avaient établi une liste de tâches dont ils proposaient de se charger, et sa mère n'avait eu qu'à demander, pour le gazon à tondre, les ordures à évacuer, le jardin à bêcher. Elles s'étaient senties entourées, réconfortées par la solidarité qui régnait dans la communauté insulaire.

Ici, Lauren ne se sentait pas entourée. Juste seule et vulnérable.

Il y eut un mouvement au premier rang et Lauren vit Jenna prendre la main de Mack dans la sienne.

Jenna qui avait sauté dans le premier avion pour se précipiter chez elle et venir la seconder. Jenna avec son manteau bleu et ses cheveux qui frisaient avec une obstination rebelle en réaction aux pluies anglaises incessantes. Jenna dont l'affection et la loyauté ne s'étaient jamais démenties.

Pas complètement seule, donc.

Lauren ressentit un élan de gratitude. La présence de sa sœur l'aida à se dépêtrer des dernières lignes de son discours, sans rien laisser échapper de scandaleux ni d'inapproprié.

Son ultime conversation avec Ed ne cessait de résonner dans sa tête.

« Ce n'est pas Mack le problème. »

Qu'avait-il voulu dire ? Elle ne le savait pas et ne le saurait jamais.

Murmurant ses propres mots d'adieu en silence, elle retourna prendre sa place sur le banc.

Jenna glissa sa main dans la sienne, comme lorsqu'elles étaient encore enfants.

Entre sœurs, on se soutient. À la vie et à la mort.

Lauren essaya de ne pas penser à la solitude qui l'attendait une fois que Jenna serait repartie. Et si elle essayait de la persuader de venir vivre à Londres, elle aussi ? Jenna pouvait enseigner partout et Greg aurait l'embarras du choix pour ses patients. La plupart des gens qu'elle connaissait auraient eu besoin d'une psychothérapie, même si tous n'en avaient pas conscience.

Il y avait juste un problème : jamais Jenna ne quitterait le Vineyard.

De son côté en revanche, elle pouvait prolonger un peu son séjour sur l'île cet été. D'habitude, ils étaient toujours pressés parce qu'Ed devait retourner à Londres. Mais Ed n'aurait plus jamais besoin d'aller nulle part, désormais. Et si Greg était requis par son travail, Jenna, Mack et elle pourraient peut-être passer du temps ensemble.

Elle se pencha vers Mack pour lui dire que rien ne l'obligeait à parler en public si elle trouvait cela trop difficile, mais sa fille se leva juste à ce moment-là et s'avança pour monter sur l'estrade. Pour une fois, elle se tenait parfaitement droite, comme si elle avait fini par accepter sa taille.

Depuis le soir de l'anniversaire fatidique, Mack était encore moins communicative qu'avant.

Lauren se disait que c'était normal qu'elle soit renfermée et mutique après le choc de la disparition brutale de son père.

Elle avait déjà noté les coordonnées d'une psychologue pour adolescents spécialisée dans l'accompagnement du deuil qu'elle appellerait dès que les funérailles seraient terminées. Elle avait hâte de prendre rendez-vous pour Mack.

Le cœur serré, elle souhaita de toutes ses forces que sa fille trouve le courage de prononcer quelques mots face à la foule devant le cercueil fermé d'Ed. Un long silence attentif était tombé dans l'église, juste ponctué par une toux occasionnelle ou un sanglot étouffé.

Mack ne disait rien.

Le silence se prolongea, si tendu qu'une palpitation nerveuse secouait les rangs de l'assistance. L'attente se muait en malaise.

Lauren ressentit un élan férocement protecteur.

Pourquoi avait-elle autorisé Mack à s'exprimer devant tout ce monde ? Sa fille n'avait que seize ans et elle venait de perdre son père. C'était trop.

Elle se levait pour ramener Mack, comme une mère poule récupérant son poussin, lorsque le poussin ouvrit le bec.

— Je suis ici pour vous dire quelques mots au sujet de mon père…

La voix de Mack s'élevait, ferme et claire, dissipant la tension dans l'atmosphère.

Lauren soupira de soulagement. Sa fille avait été un des meilleurs éléments en cours de théâtre. Elle *pouvait* le faire.

— Le problème, poursuivit Mack, c'est que j'ignore l'identité de mon père. C'est à ma mère qu'il faudrait poser la question. Tout ce que je sais, c'est que mon père ce n'était pas Ed.

Chapitre 8

Jenna

Tressaillir : avoir une réaction de peur ou de surprise.

— Tu les ranges où, tes mugs ?

Jenna se mit en chasse dans la cuisine immaculée de sa sœur. Chaque placard était organisé avec un soin méticuleux. Elle essaya de ne pas penser à la cuisine chez elle, où des assiettes plus ou moins assorties voisinaient avec des mugs d'aspects variés peints à la main par ses élèves. Sur ses bols et ses tasses, on lisait des commentaires du style « La Meilleure Maîtresse du Monde » ou « Superwoman ». C'était comme boire son café avec des sous-titres.

Les mugs blancs de Lauren relevaient tous du même format et du même modèle. Ils ne comportaient ni fêlure, ni ébréchure, ni texte ou dessins humoristiques. La maison de sa sœur semblait tout droit sortie d'un des luxueux magazines de design d'intérieur auxquels Lauren avait toujours été accro.

Jenna jeta un coup d'œil à sa sœur. Lauren venait de se changer pour enfiler un legging et un pull à col roulé. Noirs l'un et l'autre. Ses cheveux étaient tirés dans la nuque en un chignon sévère et son teint blafard faisait ressortir les valises violacées qu'elle avait sous les yeux.

Elle n'aurait même pas besoin de passer par la case maquillage pour décrocher un rôle dans un film d'horreur, songea

Jenna. Elle suspectait Lauren de passer toutes ses nuits à pleurer même si, durant la journée, elle parvenait à donner le change.

Après l'annonce tonitruante de Mack, la cérémonie funéraire avait oscillé entre la farce et le drame antique. La révélation de l'adolescente avait créé une telle onde de choc dans l'assistance qu'on aurait probablement pu la mesurer sur l'échelle de Richter.

Toutes les bouches s'étaient ouvertes, à l'exception de celle de Mack. Jenna n'avait qu'un regret : que sa nièce n'ait pas fermé la sienne plus tôt.

Dans un premier temps, elle avait cru que c'était juste le chagrin qui parlait, puis elle avait vu l'expression pétrifiée de Lauren et le doute s'était installé. Ce n'était pas la première fois qu'elle surprenait sa sœur à faire une tête pareille. Elle avait eu la même, enfant, chaque fois qu'elles avaient été prises la main dans le sac. Comme le jour où William Foster les avait dénoncées alors qu'elles venaient de laisser les poules s'échapper du poulailler.

Jenna fit défiler mentalement les quelques éléments dont elle disposait sur la vie amoureuse de sa sœur.

Lauren et Ed s'étaient rencontrés sur la plage et s'étaient mariés un mois plus tard. Un dénouement qui aurait pu paraître précipité, mais tous ceux à qui on présentait Ed comprenaient aussitôt pourquoi Lauren était tombée amoureuse, donc personne n'avait posé trop de questions.

Lorsque Mack était née, moins de neuf mois plus tard, Jenna en avait conclu que Lauren s'était probablement mariée enceinte. Mais qui s'en souciait ?

À présent, elle se sentait comme un de ses élèves confronté à un problème de calcul basique. *Si Jane a quatre pommes et que Mary lui en prend une, combien de pommes reste-t-il à Jane ?*

Se pouvait-il que Lauren ait trompé Ed ? Non. Elle était déjà enceinte lorsqu'ils étaient rentrés de voyage de noces.

Par quelle bizarrerie mathématique Ed pourrait-il ne pas être le père de Mack ?

Comme sa nièce, comme tous ceux qui avaient assisté

à l'enterrement, Jenna voulait connaître la réponse à cette question majeure.

Lauren n'avait pas prononcé un mot depuis qu'elles étaient revenues du cimetière.

Jenna était tentée d'appeler Greg pour lui demander conseil. Mais depuis quand aurait-elle besoin d'un mode d'emploi pour s'adresser à sa propre sœur, qu'elle connaissait presque aussi bien qu'elle se connaissait elle-même ?

Elle sortit deux mugs parfaitement assortis d'un rangement mural, fit bouillir de l'eau et prépara du thé.

C'était le remède en vigueur chez les Britanniques en cas de crise, non ? Qui disait drame, disait tasse de thé. Depuis dix-sept ans ou presque que Lauren vivait en Angleterre, elle avait eu le temps d'adopter les mœurs locales.

— C'est vrai ce qu'a dit Mack ?

Lauren regardait fixement son thé sans bouger.

— Oui.

Jenna s'assit à côté d'elle et lui prit la main.

— Pourquoi tu ne m'as rien dit ?

— Je n'en ai parlé à personne.

Je ne suis pas « personne ». Je suis ta sœur.

— Depuis quand on a cessé de tout se dire, toi et moi ?

— Je voulais protéger Mack. Depuis le début, j'avais prévu de tout lui dire, mais j'attendais d'être sûre qu'elle soit assez grande pour comprendre. Ma priorité des priorités, c'était qu'elle grandisse dans un environnement stable et sécurisant, avec l'assurance d'être aimée. Qu'elle n'ait ni les angoisses ni les doutes. Mon idée fixe, c'était qu'à aucun prix il ne fallait qu'elle soit…

Lauren tourna vers elle un regard blessé, épuisé. Un flux de souvenirs difficiles circula entre elles sans qu'un mot ne soit prononcé.

— À aucun prix il ne fallait qu'elle ait une enfance comme la nôtre, compléta Jenna à voix basse.

Des larmes brillèrent dans les yeux verts de Lauren.

— Tu es sans doute la seule au monde qui puisse comprendre.

Jenna sentit sa nuque se couvrir de sueur.

— Tu aimerais qu'on en parle ?

Faites qu'elle ne me demande pas de ramener ça sur le tapis.

— Non. Ça n'a rien à voir.

C'était étonnant, la façon dont elles s'étaient arrangées, l'une et l'autre, pour faire abstraction du passé. Un peu comme si on vivait avec une bête sauvage chez soi en se disant qu'avec un peu de chance le fauve s'abstiendrait d'attaquer si on évitait de le regarder.

— Dans la mesure où le passé s'est répercuté sur tes choix de vie, ça a forcément à voir, si.

— Cela n'a pas eu d'impact sur les tiens ?

Jenna sentit ses joues s'embraser.

— On parle de toi, là. Pas de moi. C'est un secret majeur que tu as gardé vis-à-vis de ton mari et de ta fille.

— Ce n'est pas ce que tu crois, Jenna. Ed était d'accord pour qu'on attende que Mack ait grandi pour l'informer. Nous avions l'intention de prendre un moment avec elle pour tout lui expliquer

— Attends… Tu dis qu'Ed était au courant ?

— Depuis le début.

— Et il s'est marié avec toi quand même.

— Il a voulu qu'on se marie *parce que* j'étais enceinte.

Lauren lui lâcha la main pour prendre sa tasse de thé.

— C'est une histoire un peu compliquée.

Non, sans rire ?

Jenna en était encore à essayer d'apprivoiser l'idée qu'elle avait vécu toutes ces années dans l'ignorance de pans entiers de la vie de sa sœur.

— Tu as tout dit à Ed ? Il savait aussi que… ?

— Non. Pas ça. Il savait juste que j'attendais Mack. Et c'est elle qui compte, maintenant. Elle a perdu son papa et elle ne peut même pas vivre son chagrin normalement parce qu'elle est déboussolée.

La voix de Lauren vacilla. Elle tourna les yeux vers la porte que Mack avait claquée entre elles dès l'instant où elles étaient rentrées.

— Tu crois qu'elle va s'en sortir ? Je t'en supplie, Jenna, dis-moi qu'elle va tenir le choc.

— Mack va tenir le choc, lui assura Jenna en priant pour que ce soit le cas. Cela va prendre du temps, bien sûr. Mais elle apprendra à composer avec la réalité. Et elle t'a, toi.

— En ce moment, je crois que je suis tout sauf une consolation pour elle. Elle m'en veut à mort.

Lauren se moucha.

— Cela fait un moment, apparemment, qu'elle sait qu'Ed n'est pas son père biologique. Cela explique beaucoup de choses. Elle était difficile, ces derniers temps. Morose et sarcastique. Je voyais bien qu'elle me cachait quelque chose...

Sa sœur s'interrompit pour lui jeter un regard hésitant. Jenna haussa les épaules.

— Nous les sœurs Stewart, nous sommes bien entraînées pour repérer les signes de dissimulation, n'est-ce pas ? Tu sais comment elle a découvert la vérité ?

— Elle devait faire des recherches généalogiques dans le cadre de son cours d'histoire. Je suppose que ça a un rapport avec ça. Je n'ai pas encore eu le temps de tirer les détails au clair. Mais *pourquoi* elle ne m'en a rien dit, bon sang ? Elle aurait pu venir me voir, me poser des questions !

— Euh... À son âge, est-ce qu'on allait voir notre mère quand on avait un problème ?

— Non. Mais nous deux, on ne parlait jamais de rien avec maman. Alors que Mack et moi, on se disait tout.

Pas tout à fait tout *quand même,* songea Jenna.

— Ed a adopté Mack ?

Lauren fixa le fond de sa tasse de thé.

— Non. On en a parlé mais au début, cela nous aurait obligés à... à contacter le père biologique. Et ni l'un ni l'autre nous ne souhaitions le faire. Plus tard, la procédure d'adoption aurait requis l'intervention de travailleurs sociaux qui auraient insisté pour qu'on lui dise tout de suite la vérité. Et nous avions l'intention de tout lui expliquer, bien sûr. Mais nous voulions le faire à un moment qui nous paraissait le bon pour elle et pour nous. Et puis il y avait la mère d'Ed.

— La mère d'Ed ? Qu'est-ce qu'elle vient faire là-dedans ?

Lauren secoua la tête.

— Ce n'est pas très important.

— Elle n'était pas au courant, pour Mack ?

Lauren joua avec l'anse de sa tasse.

— Ed ne voulait pas qu'elle sache. Gwen n'aurait jamais toléré que son fils chéri élève l'enfant d'un autre homme.

Jenna revit en pensée la femme dont elle avait fait la connaissance à l'occasion des obsèques.

— Elle est toujours comme ça avec toi ?

Lauren se décida enfin à prendre une gorgée de thé.

— Comme ça, comment ?

— Froide. Agressive.

Jenna avait été choquée par la façon dont cette Gwen s'était adressée à sa sœur.

— Il ne faut pas te formaliser des propos que ta belle-mère a tenus, entre parenthèses. Elle est bouleversée et, dans des circonstances comme celle-ci, les gens disent parfois des choses cruelles qu'ils ne pensent pas vraiment. C'est un peu un réflexe de vouloir à tout prix nommer un coupable quand on doit faire le deuil d'un proche aimé.

Elle était quasi certaine d'avoir entendu Greg tenir un discours de ce genre à un moment ou à un autre.

— Gwen ne m'a jamais aimée.

— Mais tu ne lui as rien fait, si ? Avant qu'elle sache pour Mack, je veux dire ?

— J'ai épousé son fils.

— Cela fait de toi sa belle-fille, pas son ennemie personnelle.

— Je n'étais pas la femme qu'elle voulait pour lui.

— Mais tu es magnifique, tu es généreuse, loyale…

— … et américaine. Autrement dit, d'origine plus ou moins barbare à ses yeux.

Lauren reposa sa tasse.

— Ed avait quelqu'un d'autre avant moi. Et sa mère aurait voulu qu'il fasse sa vie avec elle.

— Comme si c'était à la mère d'Ed de décider des choix amoureux de son fils !

— Ed était *vraiment* amoureux de l'autre fille, en fait. Mais c'est elle qui… Bref, là aussi, la situation était un peu compliquée.

Lauren paraissait épuisée.

— Elle était présente à la cérémonie, aujourd'hui. Caroline Fordyce Smith. La femme assise à côté de Gwen à l'église.

Jenna ne gardait qu'un souvenir confus de la journée.

— Ah, tu parles de la blonde avec un oiseau mort sur la tête ?

Lauren esquissa un faible sourire.

— Je crois que c'était censé être un chapeau.

— Ah oui ? Parce que si ce machin m'atterrissait sur le crâne je ferais appel à un technicien hygiéniste. Ed l'a échappé belle.

Soulagée de voir sa sœur presque amusée, Jenna persévéra.

— Et pourquoi ils ont rompu, alors ?

Il y eut un long silence.

— Ed ne peut pas avoir d'enfants.

Les yeux de Lauren se remplirent de larmes. Elle secoua la tête.

— Je n'arrête pas de faire ça. De parler de lui au présent. Et chaque fois, je me reprends sa mort en pleine figure.

Ne sachant quels mots prononcer, Jenna se contenta de lui prendre la main.

Lauren cligna des yeux pour chasser ses larmes.

— Personne n'est au courant, pour sa stérilité. À part Caroline, donc. Ed ne voulait pas que les gens sachent. Si je t'en parle maintenant, c'est uniquement parce que ça ne peut plus l'atteindre, là où il est…

Un sanglot monta dans sa voix.

— … et parce que j'ai confiance en toi. Sa mère ne le sait pas. Et Mack non plus. Pendant des années, elle nous a réclamé un petit frère ou une petite sœur. C'était irréalisable, bien sûr.

— Pourquoi Ed ne pouvait-il pas avoir d'enfants ?

Jenna était transie, soudain. Le simple fait de penser que quelqu'un puisse être à jamais privé de l'accès à la parentalité suffisait à la déstabiliser.

— À cause d'un accident qu'il a eu du temps où il était étudiant.

La tension de Jenna retomba légèrement. Cela au moins ne s'appliquait pas à son cas. Elle pouvait rayer cette éventualité de sa liste.

— Donc Caroline Oiseau-Mort l'a repoussé parce qu'il ne pouvait pas avoir d'enfants ?

— Non seulement ça, mais elle lui a dit des horreurs. Je suppose qu'elle devait être triste, déçue et pas mal retournée, elle aussi. Mais ses paroles ont marqué Ed durablement. Sa mère pense qu'ils ont rompu à cause de moi et Ed ne l'a pas détrompée. Il ne voulait pas que sa mère soit informée de son état. Il avait beaucoup de mal à accepter sa stérilité.

Les doigts de Lauren se crispèrent sur son mug.

— Je pense que la plupart du temps il faisait comme si Mack était réellement, biologiquement sa fille.

Jenna hocha la tête.

— Je comprends… Mais comment se fait-il que Gwen et Caroline étaient assises côte à côte à l'église ? Gwen n'a jamais réalisé que c'était Caroline qui avait rejeté son fils ?

— Non. Elles sont restées très proches, bizarrement.

Quel bazar.

— Ça a dû être terrible pour toi, à l'église, quand Mack a parlé. Mais les gens oublieront vite.

— Qu'Ed n'est pas le père de Mack ? Je ne crois pas, non.

— Ils n'ont pas à s'en mêler, en tout cas. Les seules personnes qui comptent vraiment, dans l'histoire, c'est toi et Mack.

Lauren se frotta le front d'une main lasse.

— Je ne sais pas ce que je vais faire, Jenna. Mais je n'arrête pas de parler de moi, comme une égoïste. Et toi ? Tu pensais que tu étais peut-être enceinte ?

Son ventre se crispa, comme si elle avait reçu un coup.

— Ce n'est pas encore pour cette fois-ci, non.

Lauren parut dévastée.

— Oh ! je suis tellement désolée.

— Ce n'est pas grave.

Face au regard incrédule de sa sœur, elle haussa les épaules.

— Bon, OK, oui, c'est dur. Mais on en parlera une autre fois. Pour l'instant, la priorité c'est toi et Mack. Tu devrais aller la voir, je crois. Ta fille boit du thé ?

Mack avait été élevée dans la plus pure tradition britannique, après tout.

— Tu pourrais peut-être lui en apporter une tasse pour la réconforter ?

L'évocation de Mack parut galvaniser Lauren.

— Tu as raison, je devrais aller lui parler. Mais sans thé, car elle me le balancerait sans doute à la figure.

Elle poussa un long soupir.

— Je pensais que le jour de la mort d'Ed avait été le plus atroce de ma vie, mais aujourd'hui, je me demande si le jour de son enterrement n'aura pas été encore pire.

Jenna se trouva à court de mots une fois de plus.

— Je me sens assez impuissante face à la situation, mais je suis là.

Lauren sourit faiblement.

— Tu ne peux pas savoir comme je te suis reconnaissante d'être venue. Si j'avais eu le droit de choisir ma sœur, c'est toi que j'aurais prise.

Cette formule tout droit sortie de leur enfance toucha Jenna au cœur.

— On va te sortir de là, Lauren.

— Je l'espère.

Sur le point de quitter la pièce, elle hésita, avant de revenir en arrière :

— Il y a autre chose encore. Le matin de son anniversaire — et de sa mort, donc — juste avant de partir travailler, Ed a eu un comportement étrange. On parlait de Mack et, à un moment, il m'a rétorqué « Ce n'est pas elle le problème. » Sous-entendu : il y a autre chose de plus grave.

— Quoi ?

Lauren secoua la tête.

— Aucune idée.

— Ne te torture pas avec ça, Lauren. Je suis sûre que ce n'était pas très important.

Son téléphone vibra et Jenna l'attrapa fébrilement en pensant voir apparaître le numéro de Greg.

— Ô joie, c'est maman.

— Je ne peux pas lui parler maintenant.

Lauren se leva si brusquement qu'elle renversa son mug. Le thé coula sur la table et détrempa quelques feuilles de papier.

— Laisse-moi faire.

Habituée à gérer des drames en série dans sa classe, Jenna souleva les papiers et s'empara d'une serviette pour éponger la flaque. Puis elle tamponna les feuillets écrits à la main où l'encre se diluait.

— Ce sont des documents importants ? On dirait une liste.

— Je l'ai dressée le soir où Ed est mort. Pour être sûre de ne rien oublier.

Sa sœur avait rédigé des *listes* la nuit même où son mari avait perdu la vie ?

— Mais elle fait quatre pages, ta liste !

— Lorsqu'une personne disparaît, il y a des milliers de détails à régler, de démarches à entreprendre.

Jenna posa les papiers au sec.

— Ce sont des circonstances où on peut se permettre quelques oublis. Personne ne s'en serait offusqué.

Le téléphone continuait à sonner. Jenna se pencha pour le faire taire.

— Je la rappellerai un peu plus tard, d'accord ?

Lauren lui jeta un regard reconnaissant.

— Merci. Elle voulait venir, mais je l'ai dissuadée de faire le voyage en arguant que c'était trop loin, trop fatigant. Je ne me sens pas la force d'affronter maman en plus de tout le reste. C'est pathétique, je sais.

— Ce n'est pas à moi que tu as besoin d'expliquer ça.

Leur mère avait la réputation d'être un soutien merveilleux en cas de crise. Le problème, c'est que ça ne marchait qu'à condition que la crise en question soit extérieure à la famille.

— Je l'appellerai dès que j'aurai repris un peu de force morale. Si par hasard tu avais quelque chose d'un peu plus costaud que du thé à me proposer ? Du vin, par exemple ? Si je dois soutenir une conversation sérieuse avec maman, il faut que je sois ou ivre ou sous tranquillisants.

Lauren ne parut pas l'entendre. Elle traversait la cuisine d'une démarche de somnambule, comme si quelqu'un l'actionnait via une commande à distance.

— Je vais aller voir ce que devient Mack. Je sais qu'elle n'a pas très envie de ma compagnie en ce moment, mais elle a sûrement des questions à me poser.

Des questions ? Il y en avait au moins une qu'ils se posaient tous : qui était le père de Mack si ce n'était pas Ed ?

Lauren s'immobilisa sur le pas de la porte.

— Je suis heureuse que tu sois venue.

— Et je suis heureuse d'être là.

Jenna ressentit un grand élan d'amour pour sa sœur.

— On va trouver des solutions, tu verras. Tu pourrais revenir vivre chez nous.

— Au Vineyard ? Je ne peux pas laisser tout en plan ici. Tous mes repères sont à Londres, maintenant. Et puis il y a la scolarité de Mack. Ses amis.

— C'est la véritable raison ?

— Comment ça ?

Jenna haussa les épaules.

— J'avais l'impression que tu t'arrangeais toujours pour ne passer qu'en coup de vent, sur l'île. Comme si tu étais pressée chaque fois d'en repartir.

Elle avait été secrètement meurtrie que sa sœur — qui semblait pourtant disposer de fonds illimités — fasse si rarement le voyage jusqu'à Martha's Vineyard. Lauren n'était pas venue pour les trente ans de Greg et n'avait pas fait le déplacement non plus pour le mariage d'une de ses anciennes amies. C'était comme si quelque chose sur l'île lui faisait peur.

À présent, Jenna se demandait si ce n'était pas à cause du père biologique de Mack que Lauren avait fui les lieux toutes ces années.

— Ed avait très peu de vacances, tu le sais bien.

Mais tu aurais pu venir sans lui.

— C'est vrai. Oublie ce que je viens de te dire.

La main de Lauren se crispa sur la poignée.

— Ne dis rien à maman, pour Mack. Pas tout de suite, en tout cas. Il faut que je réfléchisse à la façon dont je peux lui présenter les choses.

— Personne n'est plus doué que moi pour garder un secret. Tu devrais le savoir.

Mais peut-être avaient-elles un peu trop bien appris à dissimuler la vérité l'une et l'autre ?

Elle eut à peine la patience d'attendre que Lauren soit arrivée à mi-escalier pour appeler Greg.

Tard le soir à Londres voulait dire fin d'après-midi au Vineyard. Il n'avait peut-être pas encore tout à fait terminé sa journée de travail, mais elle avait désespérément besoin de lui parler. Nul meilleur remède pour apprécier son mari que de voir une autre femme perdre le sien.

Gratitude : un sentiment de reconnaissance et d'affection envers quelqu'un ou quelque chose.

— Bonsoir, ma chérie.

Le son de sa voix était bienvenu comme la caresse d'une brise fraîche par une journée d'été brûlante.

— Salut toi, mon mari. Tu sais que je t'aime ?

— Non seulement je le sais, mais il se trouve même que c'est réciproque. Comment ça se passe, là-bas ?

— Mal.

Elle le mit au courant de toute l'histoire en gardant le silence sur le fait qu'Ed ne pouvait pas avoir d'enfants.

— Et même toi, tu n'étais pas au courant ? Je croyais que vous vous disiez tout, Lauren et toi.

— Apparemment pas tout, non.

Et elle n'avait aucune raison de s'en offusquer, si ? Personne n'était jamais totalement transparent pour personne. Même quand on était sœurs et proches.

— Lauren est en train d'essayer de parler à Mack, là.

— Ça ne va pas être une conversation facile. L'adolescence est déjà assez compliquée en soi, alors avec ce genre d'information déstabilisante qui te tombe dessus en pleine crise d'identité, ça risque d'être chaud pour Mack.

— Lauren est une super maman. Tu n'es peut-être pas d'accord avec la façon dont elle a procédé, mais elle pensait en toute sincérité agir au mieux des intérêts de sa fille.

Tout en volant au secours de sa sœur, elle se demanda comment elle aurait elle-même géré une telle situation.

— Je ne critique pas les intentions de Lauren. Je dis juste que ce n'est pas facile, à l'âge de Mack, de découvrir qu'il y a du flou du côté de tes origines.

Jenna ressentit une pointe d'irritation.

— Tu pourrais arrêter d'être psy, cinq minutes ? C'est de ma sœur qu'on parle, là. C'est notre famille. Lauren avait ses raisons pour agir comme elle l'a fait.

Et ces raisons, elle les connaissait.

Un frisson glacé lui glissa sur la peau.

Et merde, Lauren, pourquoi tant de silence ? J'aurais pu t'aider si tu avais abordé le sujet avec moi !

Mais Ed, apparemment, ne s'était pas montré pressé de dire la vérité à Mack, lui non plus.

Le décalage horaire se fit soudain sentir avec force et Jenna retira ses chaussures avec l'idée de s'installer plus confortablement sur le canapé. Mais l'aspect immaculé des lieux l'en dissuada. Résignée à ne pas s'affaler, elle se rechaussa en songeant que le style de la maison n'encourageait vraiment pas le laisser-aller. Une vision de son propre living cosy avec le vieux canapé qu'ils avaient récupéré chez les parents de Greg et la table de salle à manger qui venait de sa grand-mère lui traversa l'esprit. Elle fut saisie par une vague de nostalgie si puissante qu'elle en avait du mal à respirer.

— Désolée si je suis un peu à cran. Tu me manques, Greg. Je me serais sentie plus forte si tu avais été là. Je ne m'attendais pas à tomber en plein psychodrame.

— C'est moi qui suis désolé. Je sors d'une grosse journée au cabinet et je crains d'avoir oublié de switcher en mode non-thérapeute au moment de franchir la porte. Tu vas t'en sortir très bien pour soutenir ta sœur, ma chérie. Je sais que tu sauras faire face.

Jenna réalisa qu'elle prenait rarement le temps de réfléchir à sa relation avec Greg. Elle n'y pensait même pas, en fait. La plupart des gens lui disaient qu'elle avait de la chance et elle leur donnait raison. Mais elle ne se réveillait pas chaque matin en se disant « Ouah, comme je suis vernie : je partage ma vie avec Greg ! » Ce soir, elle en avait conscience, cependant. Ce soir, le lien qui l'unissait à Greg lui paraissait infiniment précieux et rare, comme si elle avait eu chez elle une magnifique pièce en porcelaine et qu'elle venait tout juste d'en mesurer la valeur.

Sa main se crispa sur le téléphone et elle jeta un rapide coup d'œil vers la porte pour s'assurer qu'elle était toujours seule. Elle se sentait coupable de se préoccuper ainsi de sa propre vie de couple alors que sa sœur traversait l'enfer.

— Greg, je suis désolée si je donne parfois l'impression d'être obsédée par mon désir d'enfant. Je te promets d'essayer de me décrisper et de m'ouvrir à autre chose. À mon retour, j'essaierai le yoga. Tu peux même m'acheter un livre sur la méditation de pleine conscience. Je m'engage solennellement à ne pas te l'envoyer à la figure.

Ils discutèrent à voix basse encore un moment avant de prendre congé. Puis Jenna s'aventura dans l'entrée et leva les yeux vers l'escalier où Lauren avait disparu une heure plus tôt.

C'était un choc pour elle de découvrir qu'elles n'étaient plus aussi proches qu'elles l'avaient été durant toute leur enfance. Mais peut-être qu'un tel éloignement était inévitable, au fond ?

Elle regagna le séjour et scruta la rue londonienne. Même si la maison de sa sœur était grande, elle n'en restait pas moins insérée dans un contexte urbain. Des travaux étaient en cours dans le petit immeuble en face et il y avait de la poussière et du bruit de tôt le matin jusqu'à la tombée de la nuit.

Elle avait oublié que la ville c'était aussi le fracas permanent des engins, la pression incessante de la foule, et des axes de circulation si denses que les traverser tenait du sport de l'extrême.

Cela lui rappelait les premiers mois qu'elle avait passés à Boston du temps de ses études. Au début, elle avait trouvé la ville riche et excitante, mais avec les semaines, l'attrait du neuf s'était émoussé et le Vineyard avait commencé à lui manquer. Elle repensait avec nostalgie aux longues marches sur la plage, à ses discussions matinales avec les pêcheurs qui rentraient au port avec leur prise du jour. Même l'idée qu'on tombait forcément sur une personne de connaissance chaque fois qu'on poussait la porte de la boulangerie pour acheter son pain lui avait paru infiniment sympathique. Elle se découvrait attachée aux levers de soleil sur la mer, à l'air chargé de sel et d'embruns, à la sensation du sable sous ses pieds nus et à celle du vent dans ses cheveux. Mais plus que tout encore, c'était Greg qui lui manquait. Greg qui était parti faire psycho à New York et qu'elle ne voyait plus que pendant les vacances. Sans lui, elle avait eu l'impression qu'on lui avait arraché une part d'elle-même.

Était-ce ce que ressentait Lauren depuis la mort d'Ed ?

Il lui avait suffi de passer quelques jours en compagnie de sa sœur pour se rendre compte à quel point elle avait eu tort de lui envier son existence.

C'était si facile de se faire des idées fausses sur la vie des autres.

Elle aurait pourtant dû s'en souvenir...

Chapitre 9

Mack

Humilier : faire ou dire quelque chose qui fait que l'autre a honte ou se sent mortifié.

Je hais ma vie de merde.

Allongée dans le noir, Mack n'avait qu'une envie : que la maison s'effondre sur elle pour qu'elle disparaisse dans les décombres.

Elle n'avait jamais eu l'intention de parler de cette horrible histoire devant tout le monde. L'idée, ça avait été de dire deux ou trois trucs sympas au sujet de son papa — *d'Ed ? Comment était-elle supposée l'appeler, maintenant ?* — et de se rasseoir. Mais au moment où elle s'était trouvée face à ces gens, la vérité toute crue lui était sortie droit de la bouche. Echec critique. Et maintenant, elle ne savait plus quoi faire. Elle avait déjà pleuré toutes les larmes de son corps, sans plus très bien savoir si elle était malheureuse pour elle-même ou pour Ed.

Bref, elle agissait comme une vraie tarée.

Depuis qu'elle avait découvert que son père n'était pas son père, elle avait l'impression de perdre plus ou moins la tête.

Ce jour-là avait été vraiment horrible. Le pire du pire. Quand elle avait compris qu'Ed n'était pas son père biologique, elle s'était mise à trembler comme un bébé de maternelle. Elle avait vécu dans la terreur que quelqu'un d'autre l'apprenne.

Et maintenant, c'était elle, comme une malade, qui lâchait le morceau en public et qui transformait son cauchemar en réalité.

Le plus horrible, c'était qu'elle avait parlé devant Abigail, Phoebe et Tracy qui étaient là, assises au dernier rang — pour la soutenir, soi-disant. Même David était là, à la cérémonie. David, du lycée de garçons d'à côté. Cela faisait un moment qu'ils se regardaient, tous les deux. D'habitude, les garçons ne faisaient pas trop attention à elle, mais avec David, c'était différent. Elle s'était même dit qu'il allait peut-être lui proposer un ciné, ou un truc comme ça. C'était pour ça qu'elle avait fait des efforts pour avoir l'air un peu plus girly. Mais maintenant, c'était mort.

Dès le lendemain, tout le monde saurait au lycée que Mackenzie Hudson était née de père inconnu. Il y avait des enfants de divorcés dans sa classe, mais eux au moins, ils savaient d'où ils tiraient leurs gènes. *Personne* parmi ceux qu'elle connaissait n'avait de doutes sur l'identité de ses deux parents. Lorsqu'elle retournerait en classe, tout le monde la regarderait. Elle serait un objet de curiosité exposé aux yeux de tous, comme une poterie dans un musée.

Une idée se forma dans sa tête. Une idée de malade, une idée désespérée, mais une idée jouable.

Elle pouvait fuguer.

Il suffirait qu'elle se barre pour échapper à tous ces regards à la con posés sur elle. Le lycée, ce serait fini, terminé. Elle n'y mettrait plus les pieds. Elle avait un peu d'argent à elle. Avec un soutien-gorge rembourré et des tonnes de maquillage, elle pourrait passer pour une fille de dix-huit ans et trouver du boulot. Tant qu'on ne lui demandait pas de pièce d'identité, elle avait ses chances. Il ne faudrait pas qu'on lui réclame son certificat de naissance, par exemple.

Avec un gémissement de défaite, Mack bascula sur le dos et fixa son regard au plafond où scintillaient encore les petites étoiles fluorescentes que sa mère avait collées là le jour de l'anniversaire de ses six ans. Les étagères où elle rangeait ses livres étaient accrochées juste au-dessus de son lit pour qu'elle puisse attraper un bouquin lorsqu'elle n'arrivait pas à dormir. Ce qui se produisait si souvent depuis quelque temps qu'elle se demandait s'il lui arrivait encore de fermer les yeux. À proximité immédiate, elle gardait un exemplaire tout corné de *Moby Dick*. Et son voisin de rayon immédiat était *Le Vieil Homme et la mer*. Sa mère voulait les mettre au grenier mais elle, elle n'avait pas envie de s'en séparer.

Elle n'aimait pas trop les cours de littérature anglaise et elle détestait écrire des dissertations, mais elle adorait lire. Et ces deux livres qui la reliaient au passé de sa mère lui donnaient le sentiment de venir de quelque part. Pas de Londres où il y avait trop de gens et trop de voitures et où elle avait parfois l'impression de suffoquer. Mais d'un endroit en bord de mer où il y avait de la place pour respirer. Le lieu qu'elle préférait au monde, c'était la Captain's House à Martha's Vineyard où habitait son autre grand-mère. La maison était grande et vieille, et dans la chambre où elle dormait sous les toits il suffisait qu'elle ferme à demi les yeux pour imaginer qu'elle naviguait sur un bateau en plein océan.

Peut-être qu'elle pourrait se faire embaucher sur un navire et partir des mois en mer comme les marins de sa famille ?

Pas pour chasser la baleine, comme du temps de ses ancêtres. Elle détesterait tuer des animaux. Mais pour le reste elle était prête à briquer les ponts, ou à faire des trucs comme ça, à condition de partir très loin et de ne plus revenir sur la terre ferme pendant au moins un an. Avec un peu de chance, ils feraient naufrage et elle finirait ses jours sur une île comme Robinson Crusoé.

N'importe quel sort au monde lui paraissait plus enviable que d'avoir à retourner au lycée le lundi suivant.

Et tout ça à cause de ces stupides recherches généalogiques ! S'il n'y avait pas eu ce projet, elle n'aurait jamais été demander son certificat de naissance et elle aurait continué à croire tranquillement qu'Ed était son père.

Mais à la ligne du certificat où aurait dû apparaître le nom de son père, il y avait juste eu un trait. Un *trait*. Comme si elle était sortie de rien.

Pendant une heure, elle avait examiné le document dans tous les sens, persuadée que quelqu'un avait commis une erreur quelque part.

Ses parents avaient dû se tromper en fournissant les indications. Ou ils avaient eu affaire à un fonctionnaire stupide avec un gros problème d'audition. *Hé ho ? Pourquoi quelqu'un a-t-il tiré ce trait ? Le nom du père, c'est Edward Hudson. Hudson, comme le fleuve.*

Elle avait bombardé de questions un moteur de recherche.

Qu'est-ce que ça veut dire quand le nom de ton père n'apparaît pas sur un certificat de naissance ?

Peut-il y avoir une erreur sur un certificat de naissance ?

Elle avait espéré trouver une explication simple, mais aucune ne s'était présentée. La simple vérité c'était qu'elle était née de père inconnu.

Et depuis, chaque fois qu'elle y pensait, elle avait envie de disparaître sous terre.

C'était déjà assez dur de ne pas connaître le nom de son géniteur, mais c'était encore pire d'imaginer sa mère en train de coucher avec un mec. S'il y avait une chose à laquelle aucun ado n'avait envie de penser, c'était à la sexualité de ses parents.

Elle secoua la tête pour essayer de se débarrasser des visions qui la harcelaient.

Sa mère et elle avaient toujours été proches, mais chaque fois qu'elles se retrouvaient toutes les deux dans une même pièce maintenant, elle la voyait en train de faire *la chose*. Et c'était l'horreur.

Sa première grande inquiétude avait été qu'Ed apprenne la vérité à son tour et qu'il quitte sa mère. Soit Ed l'aurait rejetée complètement, elle aussi, soit elle se serait retrouvée ballottée entre ses deux parents, comme beaucoup d'autres dans sa classe.

Au moins une chose était sûre, maintenant : Ed ne risquait plus de l'apprendre.

Ed ne saurait plus jamais rien de quoi que ce soit.

Depuis que son père d'adoption était mort, c'était encore plus le bazar dans sa tête. Elle avait l'impression que quelqu'un avait jeté ses sentiments dans un mixer : une dose de tristesse, deux cuillères à soupe de peur, une de colère et une poignée de rancœur ramassée du jour. Mets le blender à fond, mixe bien le tout et tu verras le résultat : un smoothie de dingo. À boire d'un trait en te demandant si tu redeviendras normale un jour.

Son téléphone s'alluma et elle vit apparaître le nom de Phoebe.

Phoebe la rêveuse. Phoebe qui aurait été capable de faire un roman de son histoire de merde, et de lui demander si elle n'était pas une princesse secrète ou un machin comme ça.

Est-ce que son père biologique était au courant de son existence ? Allait-il soudain débarquer dans sa vie pour essayer de l'emmener de force dans une nouvelle famille ? Elle aurait bien voulu savoir qui il était et à quoi il ressemblait. Mais il était clair que le sujet faisait flipper sa mère un max, donc il n'y avait aucune chance, ou quasi, qu'elles puissent en parler calmement. D'ailleurs, elle n'était même pas sûre de vouloir obtenir des réponses. Et si la vérité se muait en cauchemar ? Peut-être que son père était un meurtrier en série ou un machin comme ça. Imagine qu'il ait découpé des vieilles dames à la tronçonneuse ou fait des trucs pas propres avec des petits mômes…

Peut-être qu'au fond il valait mieux avoir un trait sur son certificat de naissance.

Elle entendit frapper doucement à sa porte. En un éclair, elle fourra son téléphone sous l'oreiller et roula sur le côté, le dos tourné au reste de la pièce.

— Mack ?

Sa mère avait au moins retrouvé sa voix. Lorsqu'elle s'était figée dans un silence pétrifié à l'église, Mack s'était demandé pendant une fraction de seconde si elle ne l'avait pas tuée net. Le matelas s'incurva lorsque sa mère s'assit à côté d'elle en silence. Lentement, avec tendresse, celle-ci lui caressa les cheveux, comme elle le faisait pour la consoler, quand elle était petite. Mack sentit monter un nouvel afflux de larmes. Elle était remontée à bloc contre sa mère, et pourtant elle n'avait jamais eu autant besoin d'elle qu'en ce moment.

Chaque fois qu'un problème se présentait, c'était à elle qu'elle avait envie d'en parler. Contrairement aux mères des autres, la sienne ne piquait jamais de crise. Celle de Phoebe lui faisait la morale pendant des heures. Celle d'Abigail hurlait, même en présence des amies de sa fille — et c'était trop la honte. Sa mère à elle l'écoutait. Elles avaient pris des fous rires de folie, toutes les deux. Comme elle était plus jeune que les autres mamans, elle lui faisait parfois l'effet d'être plus comme une grande sœur. Toutes ses amies la lui enviaient. Enfin… Jusqu'à maintenant, quoi.

Mais cette fois-ci, c'était sa mère qui était devenue le problème. Elle lui avait menti. Et plus jamais, jamais elle ne pourrait lui faire confiance.

Mack se dégagea en sursaut, repoussant la caresse apaisante dont elle éprouvait pourtant un besoin éperdu.

— Parle-moi, Mack. S'il te plaît. Je vois bien que tu m'en veux et je comprends tout à fait… Mais dis-moi au moins quelque chose.

— Te dire quoi ? C'est *toi* qui dois me parler !

Elle se sentait malade. Physiquement. Il ne manquerait plus qu'elle vomisse au lit comme un bébé.

— Pourrais-tu au moins te retourner que je voie ton visage ?

— Mon visage ?

Mack s'exécuta et le mouvement fit voler ses cheveux sur ses joues.

— Et tu veux le voir pourquoi, mon visage ? Tu cherches des éléments de ressemblance ? Pour essayer de déterminer qui est mon père biologique ?

Elle avait cru qu'à force de descendre en flèche son moral ne pourrait pas tomber plus bas. Mais quand elle vit le chagrin dans le regard de sa mère, elle se sentit sombrer un peu plus profondément encore.

Bizarre qu'on puisse être folle furieuse contre une personne et se sentir en même temps coupable envers elle.

Sa mère prit une grande inspiration.

— Je n'ai aucun doute sur l'identité de ton père, Mack.

Chapitre 10

Lauren

Désespoir : état de qui ne voit plus d'issue à rien.

Lauren regardait fixement le visage dévasté par le chagrin de sa fille. Comment était-elle censée affronter cette situation ? Et par quel bout commencer ? Ce n'était pas ainsi qu'elle avait programmé de passer cette journée.

Elle avait planifié l'enterrement de A à Z. Sur sa liste de quarante-six points, tous avaient été cochés en rouge. À aucun endroit n'était listé : « Parler à Mack de son vrai père. »

Il y avait des années qu'elle attendait l'occasion *réellement* propice pour le faire. Et on pouvait difficilement concevoir de moment moins propice que maintenant. Mack était triste, égarée, furieuse. Autrement dit, dans l'état précis qu'elle avait espéré lui épargner en différant l'heure des révélations.

Si encore elle avait eu le temps de mettre ses propres pensées au clair. Mais elle devait essayer de laisser son magma émotionnel de côté pour se concentrer sur le drame que vivait sa fille. Il s'agissait d'être une mère, avant d'être une femme en deuil. Une meilleure mère que celle qu'elle avait été jusqu'à présent. Alors qu'elle s'était tant démenée pour offrir à sa fille une enfance idéale, comment avait-elle pu aboutir soudain à cet horrible fiasco ?

— On a toujours eu l'intention de te le dire, Mack. Mais on attendait le bon moment.

Mack se redressa d'un bond. Son mascara avait coulé et elle avait les cheveux en bataille.

— Le bon moment, c'était il y a au moins dix ans !

— Peut-être. Je ne sais pas. Je voulais que tu grandisses en sécurité, que tu aies une pleine et entière confiance en la stabilité de ton environnement. Nous attendions que tu sois en âge de comprendre avant de t'expliquer la situation. Ed t'a élevée comme son enfant et il a pris sa place de père sur tous les plans. Je ne voulais surtout pas que tu découvres les choses de cette façon.

— Que je découvre quoi ? Que tu couchais avec un autre mec en même temps que papa ? C'est *dégueu*.

Dégueu ? Cela avait été bouleversant. Une illumination. Les rares fois où elle s'autorisait à s'en souvenir, il lui semblait sentir encore ses mains sur son corps, sa bouche mêlée à la sienne. Et la tiédeur du sable sous leur chair chavirée de désir. Chaque fois qu'elle avait fait l'amour avec lui, elle s'était sentie puissamment femme. Puissamment en vie.

— Je n'ai pas trompé Ed. Ce n'est pas ça qui s'est passé. J'ai toujours été fidèle à ton p… à Ed.

— Je sais compter ! Tu as dû tomber enceinte plus ou moins au moment où tu t'es mariée avec lui.

— Oui, ça a été le cas.

— Alors comment ça s'est fait, au juste ? Tu t'es tapé un autre mec pendant ton voyage de noces, donc ? Tu me dégoûtes !

Lauren serra les mains sur ses genoux pour ne pas montrer qu'elles tremblaient. Elle n'avait pas dormi depuis une semaine. Elle passait des nuits entières à pleurer, choquée par les vagues violentes de chagrin qui s'abattaient sur elle comme la houle se fracassant sur les récifs. Jamais elle n'aurait pu imaginer qu'un être humain puisse perdre tant d'eau par les yeux. Pendant la journée, elle parvenait à fonctionner à peu près, mais cela exigeait tant d'efforts qu'elle était incapable de toucher à la nourriture. Elle avait la tête cotonneuse et perdue dans le vague.

Et pourtant, vaille que vaille, il lui faudrait mener jusqu'au bout la conversation la plus exigeante, la plus difficile qu'elle ait jamais eue à soutenir. Trouver ses mots était déjà difficile en soi, mais trouver les *bons* mots alors qu'elle n'était même pas capable de penser droit ?

— Il ne s'est rien passé pendant notre voyage de noces, non.

— Mais *quoi*, alors ? Tu as trébuché, tu es tombée sur un mec sans le faire exprès et, *oups*, tu t'es retrouvée enceinte ?

Revenir en pensée sur cette période de sa vie faisait partie pour elle des activités mentales prohibées. Elle s'était strictement interdit de se souvenir. Cela aurait été trop facile sinon de tomber dans les regrets et les « Et si… ? » Mais maintenant, il allait non seulement falloir y penser, mais aussi en parler. Et pas seulement avec Mack.

— Avant de rencontrer Ed, j'étais… J'étais très, très amoureuse de quelqu'un, murmura-t-elle en se demandant ce qu'elle pouvait dire et ce qu'il valait mieux taire.

— Non, sérieux ? C'était qui, alors ?

Mack ouvrait de grands yeux, avec cette incrédulité typique des adolescents découvrant que même leurs parents avaient un jour été des *jeunes*.

Lauren était à la torture. Fallait-il vraiment qu'elle aborde ce sujet avec sa fille ? Quel genre d'exemple donnait-elle, en tant que mère ?

— Ce n'était pas quelqu'un de très… conventionnel.

— Ça veut dire quoi, ça encore ?

— Il était plus âgé que moi. Plus expérimenté.

Ce qui n'avait pas été bien difficile, vu qu'elle n'avait pas eu d'expérience du tout.

— C'était un homme qui avait le goût de la liberté dans le sang. Il vivait à cent pour cent dans le présent, sans jamais rester très longtemps au même endroit. Sa passion à lui, c'était la mer et les bateaux. Il lui arrivait de se faire embaucher comme skipper par des touristes. À l'occasion, il travaillait aussi comme charpentier de marine. Il était très doué de ses mains.

Sensuellement doué de ses mains. Elle se souvenait de l'avoir regardé travailler sur un bateau, à décaper les lattes du pont, juste vêtu d'un short de bain. Jamais encore elle n'avait connu quelqu'un comme lui auparavant. Impossible de s'arracher à la contemplation fascinée de ses épaules larges où la sueur dessinait le relief de la musculature, des fines boucles de poils noirs plaquées sur son torse, des biceps puissants qui se bandaient sous l'effort. Le simple fait de le regarder la ramenait au sexe d'une façon qui laissait sa peau moite et hyper réactive. Sentant sa présence, il avait fini par lever les yeux et la façon dont ils s'étaient regardés l'avait laissée les jambes molles et le souffle coupé.

— Il lui arrivait de passer une journée entière sur la plage à faire du surf. Il dormait sur des bateaux…

Elle s'éclaircit la voix.

— … qui appartenaient parfois à d'autres personnes et qu'il squattait sans leur permission. Lorsqu'il se faisait surprendre par le propriétaire, il hissait son sac marin sur une épaule et allait finir sa nuit sur la plage. Le sens des responsabilités, ce n'était pas son fort.

C'était l'euphémisme du siècle.

Mack ouvrait des yeux comme des soucoupes.

— Ouah, classe ! *Toi,* maman, tu as craqué pour le bad boy du coin !

Les adolescents étaient toujours impressionnés par les choses les plus étranges.

— Je ne dirais pas exactement ça, mais…

Quoi de plus monumentalement inconfortable que d'avoir à confesser ses propres erreurs de jeunesse à une adolescente impressionnable ? *Fais ce que je te dis et ne fais pas ce que je fais.*

— Nous n'avons pas… Je ne sais pas comment t'expliquer.

Mack en restait bouche bée.

— Toi qui es toujours méga-disciplinée, méga-raisonnable ! J'y crois pas !

Lauren émit un rire dépourvu d'humour.

— Tu ne peux pas imaginer à quel point je suis loin d'être toujours raisonnable.

— Et tu l'as connu comment, ce mec ?

— Il est entré dans un resto où je travaillais.

— Vous avez discuté ?

— Non. Pas la première fois. On s'est juste regardés.

La scène remontait à presque dix-sept ans, mais le souvenir gardait une singulière acuité. Elle n'avait rien oublié de ce qu'elle avait ressenti ce jour-là. Le trouble. L'exaltation. Les sensations qui lui étaient montées à la tête. Comme si elle avait été shootée à des substances hautement hallucinogènes du simple fait qu'il l'avait remarquée.

— Ouais, enfin bon, il ne t'a pas juste regardée dans les yeux, puisque je suis là. Grams était au courant ?

— Non.

— Pourquoi ? Elle t'aurait interdit de le voir ?

— Je ne lui disais pas grand-chose, à Grams. Je ne communiquais pas avec elle comme on se parle, toi et moi.

Comme elles se parlaient *autrefois*, du moins. Sa fille, d'une certaine façon, était devenue une étrangère depuis qu'elle avait compris qu'Ed n'était pas son père biologique.

Mack noua les bras autour de ses genoux pliés. Son visage était d'une pâleur fantomatique.

— Et combien de temps ça a duré ?

— Tout un été.

Le plus beau de sa vie. L'été qui était devenu la référence à l'aune de laquelle elle avait mesuré ensuite tous les moments heureux de son existence sans qu'aucun jamais ne soutienne la comparaison. Il lui avait fallu des années pour comprendre que cet été de rêve n'avait été qu'un rêve, justement. Que même si, d'une façon ou d'une autre, leur relation avait duré, il n'en aurait sans doute rien résulté de vraiment formidable.

— Et quand Grams a su que c'était lui, ton mec, ça a clashé dur ?

— Je ne lui en ai jamais parlé. Il n'est jamais venu à la maison et elle ne nous a jamais surpris ensemble.

Elle vit la bouche de Mack s'ouvrir.

— Oui, je sais, tu vas me dire que je suis hypocrite, parce

que je te demande d'être ouverte avec moi et de me parler de tout. Je veux que tu saches que c'est possible. Mais avec Grams, on n'était pas proches du tout.

— Tu l'aimais, alors ?

— Oui.

S'ils étaient restés ensemble, cet amour aurait-il duré ? Ils n'avaient jamais eu l'occasion de mettre leurs sentiments mutuels à l'épreuve.

— Il m'aimait aussi. Mais il avait eu une enfance difficile — *très* difficile. Et il ne voulait pas prendre la responsabilité d'une famille sur ses épaules. Je ne veux pas que tu penses que j'étais avec quelqu'un qui n'avait pas de sentiments pour moi. Avec lui, c'était beaucoup plus que du sexe pour le sexe. Ne le vis pas comme un encouragement à devenir une aventurière du sexe.

Mack lui rit au nez.

— Laisse tomber, pour la morale. Coucher un été entier avec un même mec, ce n'est pas être une « aventurière du sexe », même s'il n'avait ni appart, ni emploi fixe. Donc, c'est là que tu t'aperçois que tu es enceinte de ce gars et tu paniques grave parce que tu ne veux pas de moi.

Lauren perçut la blessure et le sentiment de rejet sous l'apparente désinvolture de sa fille.

— Je te désirais, si. Je voulais tout : lui, toi, une maison sur l'île — je me projetais dans un avenir à trois.

Elle avait été si naïve. Comme si la vie, c'était juste un joli paquet bien ficelé dont on pouvait disposer à sa façon.

Elle avait cessé de dormir. De s'alimenter. Avait refusé d'envisager une vie dont il ne ferait pas partie. Et comme elle l'avait toujours retrouvé en secret, elle avait dû dissimuler des sentiments trop forts pour être cachés et contenus.

C'était la seule fois de sa vie où elle n'avait pas voulu se confier à sa sœur.

Mack tira sur les couvertures.

— Et lui ? Il savait que tu allais avoir un enfant ?

— Oui, il savait. J'ai estimé que je n'avais pas le droit de le lui cacher. Tout homme a le droit d'être informé qu'il va devenir père.

— Et c'est là que le gars a flippé sa mère et qu'il a disparu de la circulation ?

— Non, ça ne s'est pas passé comme ça. Il a été choqué que j'attende un enfant de lui, c'est vrai, parce qu'on avait eu des *rapports protégés*.

Elle mit lourdement l'accent sur ce dernier point et Mack roula des yeux.

— Arrête, maman. Tu crois peut-être que tu vas encore pouvoir me faire la morale, maintenant, sur le plan sexuel ?

Lauren décida qu'elle s'inquiéterait de cette épineuse question une autre fois.

— Normalement, je n'aurais pas dû tomber enceinte, mais c'est arrivé quand même. Il m'a demandé ce que je souhaitais faire.

— Il voulait que tu avortes ?

— Non. Il n'en a jamais été question. C'était quelque chose qu'on ne voulait ni l'un ni l'autre. Il m'a dit qu'il se marierait avec moi si c'était ça que je voulais.

Mack fit la moue.

— Ouah, grave. Trop romantique, le truc. Tu l'as envoyé péter, au moins ? Tu ne pouvais pas imaginer accepter ça.

Elle avait bel et bien imaginé de l'accepter, si.

— Ce n'était pas envisageable, non. Même enceinte et amoureuse, j'avais encore suffisamment la tête sur les épaules pour me rendre compte qu'épouser un homme qui refusait de mener une vie stable et sédentaire serait la porte ouverte à tous les désastres.

La fiabilité. De toutes les qualités, celle-ci avait été la plus importante à ses yeux.

— Donc tu as refusé.

— Oui.

Et elle avait vu le soulagement se peindre sur ses traits.

— Alors tu as décidé d'avoir un enfant toute seule. C'était

courageux de ta part. Tu as dû avoir la trouille, non ? Lui n'a pas insisté ? Il a tourné les talons et s'est éloigné à grands pas ?

— Il s'est éloigné à grandes bordées, toutes voiles dehors.

Mack eut un reniflement dédaigneux.

— Purée, les mecs, ils ne sont pas cools. Et Grams, qu'est-ce qu'elle a dit ? Elle t'a soutenue ?

— Elle ne l'a jamais su.

— Hé... Mais elle a bien dû se rendre compte que...

— J'allais lui en parler. Mais j'ai rencontré Ed avant.

— Où ? Comment ?

— Sur la plage. J'étais assise sur le sable un soir, à réfléchir à ce que j'allais pouvoir faire.

Morte de panique, avec la perspective d'une vie en ruines devant elle, à se demander si elle devait s'avancer dans la mer, commencer à nager et ne jamais revenir.

— OK. Tu étais assise sur la plage et papa... je veux dire *Ed*...

Elle trébucha sur le nom.

— Ed se pointe, donc, et là, direct, vous vous mettez ensemble ?

Ed lui avait parlé, surtout. L'avait sortie de son état de terreur panique. Et pour cela, elle lui avait toujours été reconnaissante.

Ed, avec sa patience, sa profonde gentillesse. Ed qui lui avait appris que les vies des gens étaient rarement ce qu'elles paraissaient être. Que chacun avait sa part d'ombre et ses secrets.

Ed qui promenait, lui aussi, un cœur meurtri et des problèmes sans solution.

— On a beaucoup parlé, Ed et moi. Il m'a confié qu'il était venu au Vineyard après un échec sentimental cuisant.

— Avec la femme au chapeau ? Caroline ? Nana parle d'elle tout le temps.

— Elle venait de rompre avec lui, oui.

— Nana disait que c'était le contraire.

— Nana ne sait pas tout. Ed était aussi ravagé par le chagrin que moi. C'est peut-être pour ça qu'on s'est tout de suite si bien entendus. Même si nos sentiments l'un pour l'autre ont évolué par la suite, bien sûr. On souffrait tous les deux. Ed me parlait de son histoire d'amour. Je lui ai parlé de la mienne. Et aussi de ma grossesse.

— Donc il était au courant dès le début ?

— Bien sûr. Je lui ai dit que je réfléchissais à la façon dont j'allais l'annoncer à Grams. C'est lui qui a émis l'idée qu'on pourrait se marier, lui et moi.

Mack parut surprise.

— Comme ça ? Sans te connaître ?

— Je sais. Ça paraît un peu fou. Mais j'avais confiance en Ed. J'ai tout de suite senti que lui et moi ça pourrait coller, qu'on avait toutes nos chances d'être heureux ensemble.

— Mais tu n'étais pas raide dingue amoureuse de lui, comme avec l'autre mec ?

Comment était-elle censée répondre à cela ?

— J'aimais Ed. Je ne peux pas dire que c'était la même forme d'amour que celle que j'éprouvais pour ton père biologique. Les circonstances étaient d'ailleurs très différentes. Mais mes sentiments pour Ed — pour ton papa — étaient authentiques. Il y avait une affection très forte entre nous. Beaucoup de respect aussi. L'amitié et le respect peuvent être une très bonne base pour construire un couple. Et la sincérité, aussi. On s'est toujours tout dit, Ed et moi. Nous étions totalement ouverts l'un pour l'autre. C'est aussi ça, une vraie intimité entre homme et femme. La certitude qu'on se dira toujours tout.

Ou du moins, c'était ce qu'elle avait cru. « Ce n'est pas Mack, le problème. »

La nuit était tombée dehors et Lauren se pencha pour allumer la lampe de chevet.

— Je suis désolée d'avoir balancé la vérité devant tout le monde.

La voix de Mack était fragile et nouée par le remords.

— Et moi je suis désolée que ton père et moi nous ayons attendu trop longtemps avant de te parler. C'est notre faute, ce qui est arrivé. En tant que parents, nous avons essayé d'agir au mieux mais il est possible que nous ayons commis une erreur.

— Et pourquoi il ne m'a pas adoptée, Ed, s'il se considérait vraiment comme mon père ?

Le remords prit Lauren à la gorge. Si seulement ils avaient crevé l'abcès plus tôt ! Avant qu'il ne soit trop tard. Avant qu'Ed ne meure stupidement à quarante ans, alors qu'il semblait avoir la vie entière devant lui.

— Papa a toujours eu l'intention de t'adopter. Mais pour entreprendre la démarche il aurait d'abord fallu entrer en relation avec ton père biologique. Et ni Ed ni moi n'avions envie d'en passer par là. Alors on a repoussé, repoussé et…

Elle déglutit avec peine.

— … et maintenant, il est mort.

Elle décida de ne pas mentionner la stérilité d'Ed. Elle ne révélerait pas non plus à Mack qu'Ed avait craint que Gwen ne rejette sa petite-fille si elle apprenait qu'elle n'était pas de son sang. Rien ne servait de nourrir le sentiment d'insécurité de Mack en fournissant des éléments qu'elle n'avait pas besoin de connaître pour le moment.

— Ce que je veux que tu saches, c'est qu'Ed a été en tout point ton père — ton papa qui t'a vue naître, qui t'a bercée, qui t'a lu des histoires le soir, qui était fier de tes réussites et qui te consolait de tes chagrins. Il ne t'aurait pas aimée plus s'il avait été ton père biologique ou adoptif.

— Ouais, ben, c'est bon. Inutile de sortir les grandes phrases. Et maintenant ? Qu'est-ce qui va se passer ?

En entendant le tremblement dans la voix de sa fille, Lauren songea qu'une approche franche et directe serait peut-être ce qu'il y avait de « moins pire ».

— Nana est dans tous ses états, mais je vais essayer de lui expliquer, et…

— Je veux dire, qu'est-ce qui va se passer, maintenant qu'on n'est plus que nous deux ? Qu'est-ce qu'on va faire ? De quoi on va vivre ?

Lauren n'en avait aucune idée et elle était passablement terrifiée. Elle était mère, cependant. Son boulot à elle, c'était de rassurer sa fille et de lui dire que tout irait bien.

Mais comment une vie sans Ed pourrait-elle bien se passer ?

— Ed a pris des dispositions testamentaires en ta faveur, donc tu n'as pas d'inquiétudes à avoir pour l'avenir. Nous allons continuer à vivre ici, dans notre maison, et à faire ce que nous avons toujours fait.

— Sans Ed.

— Sans Ed.

Son ventre se noua. Elle avait le sentiment d'avoir été larguée en plein désert, sans cartes géographiques et avec un pack de survie minimal.

— C'est très dur, ce qui nous arrive, Mack. Il y aura de grands moments de tristesse. Au début, Ed va nous manquer très fort et ce sera difficile. Mais petit à petit, avec le temps, on va retrouver nos repères, toi et moi.

Faites que ce ne soit pas une vaine promesse. Faites que je ne sois pas en train de lui mentir.

Elle souhaitait de toutes ses forces que sa fille retrouve un jour le sourire. Et elle voulait aller mieux, elle aussi, car la perspective de rester dans cet état de désespoir absolu pour toujours était terrifiante.

— Il va falloir que nous soyons fortes, toi et moi, Mack. Ça ne va pas être facile tous les jours, mais on affrontera les problèmes au fur et à mesure qu'ils se présenteront. Et on les affrontera ensemble. Comme deux guerrières.

Avec le sentiment d'être tout sauf une *warrior*, elle se pencha pour embrasser sa fille, mais Mack la repoussa.

Ce rejet fut pire que tout.

Anéantie, elle se demanda ce que fabriquait Jenna. Avait-elle appelé leur mère ? Là aussi, des explications s'imposeraient et la conversation promettait d'être difficile.

— Je vais aller voir ce que devient Jenna. Tu viens te joindre à nous ?

— Peut-être dans un moment.

Mack se recroquevilla sous les couvertures.

— Et tu n'as eu aucune nouvelle, pendant toutes ces années ? De mon vrai père, je veux dire ?

Le cœur de Lauren battit plus vite.

— Aucune nouvelle, non.

— Donc tu ne sais pas où il est, ni ce qu'il fait ? Peut-être qu'il est marié et que j'ai six demi-frères et sœurs.

L'idée lui fit l'effet d'un coup de poing dans l'estomac.

— J'ai du mal à l'imaginer avec une famille nombreuse.

Il y eut un silence.

— Je lui ressemble ?

— Vous avez des traits communs. Il est très intelligent, comme toi. Il aime passionnément la mer…

— Moi aussi, j'aime la mer.

— Je sais.

Lauren se souvenait qu'Ed avait brièvement pincé les lèvres lorsqu'elle avait mentionné que Mack rêvait d'aménager sa chambre à coucher dans le style d'une cabine de voilier. Ce rappel inconfortable que les gènes de Mack provenaient d'un autre que lui n'avait pas été facile à entendre pour Ed.

Sur une impulsion, Lauren prit l'exemplaire usé de *Moby Dick* sur l'étagère.

— Ce livre était à lui.

— À mon vrai père ?

Mack le lui prit des mains et l'ouvrit à la page de garde.

— Il n'a pas écrit son nom dessus.

— Il me l'a offert au tout début de notre relation. C'était son roman préféré.

— C'est mon bouquin préféré aussi.

— Je sais.

Lauren nota la façon dont Mack semblait se cramponner à l'épais volume usé.

— Il y autre chose encore que tu aimerais me demander ?

Mack se frotta la joue avec la paume de la main.

— Cet homme dont tu étais amoureuse… Mon vrai père. C'était quoi, son nom ?

On frappa un coup discret à la porte et la tête de Jenna apparut dans l'entrebâillement.

— Désolée de vous déranger, toutes les deux, mais un ami

vient d'arriver et veut te voir. James, je crois ? Il dit que c'est urgent. Qu'il est votre avocat et l'exécuteur testamentaire d'Ed.

Lauren se figea. Ses oreilles bourdonnaient.

« Ce n'est pas Mack, le problème. »

Elle se leva lentement, le ventre noué, pressentant qu'elle allait bientôt connaître la nature réelle du « problème » en question.

Ed avait-il commis des actes frauduleux ? Légué l'ensemble de ses biens à un refuge pour chats ?

Ou le problème avait-il quelque chose à voir avec Mack ?

Quelle que soit l'explication, elle sentait que la Pire Journée de sa Vie n'avait pas encore dit son dernier mot.

SECONDE PARTIE

Chapitre 11

Nancy

Dilemme : situation où un choix cornélien se pose entre deux options ou plus.

— Les gens ont remarqué votre voiture garée devant la maison et j'aime autant vous dire que ça jase. J'espère que cela ne vous dérange pas.

Elle lui tendit un mug de café. Beaucoup trop fort à son goût, mais lui l'aimait serré. Il buvait son café noir et sa bière bien fraîche, il détestait les champignons, prenait rarement le temps d'enfiler un pull ou une polaire même quand le vent soufflait fort, et préférait travailler fenêtres grandes ouvertes. C'était étonnant de savoir autant de petits détails au sujet d'un homme et de tout ignorer des grandes lignes de son existence.

— Et pourquoi ça me dérangerait ?

— La plupart des gens se soucient de ce que les autres racontent sur eux.

Il but une grande gorgée de café avant de reposer lentement sa tasse. Son expression disait clairement à quel point les opinions locales l'indifféraient.

Cela faisait partie des nombreuses qualités qu'elle aimait et admirait chez lui.

— Oui, je sais bien, ça vous est égal. J'ai découvert ça il y a cinq ans.

À l'époque, elle avait trouvé étrange que ce soit lui, entre tous, qui ait pris le risque de l'aider. Elle n'avait jamais été du genre à croire aux héros secourables, aux amis de la veuve et de l'orphelin. Mais même si elle l'avait été, elle n'aurait jamais imaginé attribuer le rôle-titre à Scott Rhodes, que tout le monde voyait plutôt comme le genre d'homme à compromettre les réputations féminines qu'à les sauvegarder.

Et pourtant…

— Ce qui s'est passé, je n'en ai jamais parlé à personne. Vous êtes le seul à connaître mon histoire. C'est étonnant, non ? Je sais à peine qui vous êtes et pourtant vous êtes le seul détenteur de mon secret le mieux gardé. Je n'en ai jamais rien dit à quiconque afin de protéger ma famille.

Toujours, elle avait protégé ses filles. En tant que mère, c'était à peu près la seule vague prouesse qu'elle ait accomplie.

Reposant son café, Scott se remit à la tâche sans un mot et continua de restaurer ses encadrements de fenêtres. Parmi les gens de l'île, il y en avait qui causaient tellement qu'on se demandait parfois si la mort n'allait pas vous tomber dessus avant que leurs monologues ne se terminent.

Et à côté de ceux-là, il y avait Scott Rhodes.

Lui ne parlait pas, mais il avait l'air de savoir écouter.

Elle l'observait avec fascination depuis des semaines, l'avait vu démonter ses châssis de fenêtres puis les assembler de nouveau. Il avait retiré la peinture et le mastic, huilé le bois et réinstallé le vitrage dans la feuillure. Un neurochirurgien opérant un enfant n'aurait pas procédé de façon plus délicate et précise.

Elle n'avait jamais douté de ses talents de menuisier, cela dit. Son rapport avec le bois était aussi intime, aussi viscéral que celui qu'elle entretenait dans le temps avec la toile et les pinceaux.

Quelques étés auparavant, il avait construit le bateau des Morton. Et créé une bibliothèque pour Sandra Telford. Qui n'avait cessé d'en vanter la beauté depuis. Même si elle avait admis en riant qu'elle avait planqué son argenterie pendant que Scott Rhodes travaillait chez elle.

Cet aveu amusé de la part de Sandra avait exaspéré Nancy. D'après les informations qui circulaient, il n'y avait eu qu'un seul incident, remontant à de nombreuses années, où Scott avait « emprunté » un bateau qui ne lui appartenait pas. Le voilier avait été restitué sans une égratignure, mais la police était intervenue et ça s'était su.

Cet homme avait peut-être fait quelques bêtises, comme tout le monde. Et alors ? Des erreurs, elle en avait elle-même commises. Et pas des moindres.

Ce jour-là, elle avait rembarré vertement Sandra, ce qui lui avait valu un regard surpris en retour.

Si Sandra s'en souvenait encore et qu'elle avait vu le pick-up de Scott garé devant sa porte, elle avait probablement fait le rapprochement pour en tirer Dieu sait quelles conclusions scabreuses.

C'était étonnant de penser que Sandra et elle avaient été proches, dans le temps. Assises côte à côte au lycée, elles se disaient tout, avec la conviction naïve qu'elles se « confiaient » l'une à l'autre. Alors qu'en vérité elles n'avaient jamais rien eu d'important à partager. Puis Sandra s'était mariée avec Bill, et elle avec Tom. Et l'éloignement entre elles avait achevé de se creuser.

— Si je reparle de tout cela maintenant, Scott, c'est parce qu'il y a eu du changement et que le secret en question ne va pas tarder à s'ébruiter. Or je ne vous ai jamais remercié correctement pour ce que vous avez fait…

Elle hésita une fraction de seconde avant d'ajouter :

— … et pour avoir tenu votre langue, surtout. Vous auriez pu me mettre dans une situation compliquée.

Il souleva la fenêtre et elle vit le mouvement des muscles de ses épaules étirer son T-shirt.

— Et pourquoi n'aurais-je pas tenu ma langue ?

— Parce que tout le monde parle, sur cette île. On confie quelque chose à quelqu'un sous le sceau du secret, puis l'information commence à circuler goutte à goutte, le filet devient ruisseau, le débit s'accélère et la rivière finit par sortir de son lit. Protéger sa vie privée n'est pas simple par ici. C'est sans doute la raison pour laquelle vous avez choisi d'éviter la terre ferme et de prendre vos quartiers sur l'eau.

Il ne fit aucun commentaire là-dessus, mais le scintillement dans ses yeux était clairement une marque d'humour.

À aucun moment, pendant les quelques semaines où il avait travaillé à la remise en état de ses fenêtres, elle n'avait vécu la présence de Scott comme une intrusion. Elle ne savait jamais d'avance à quel moment il ferait son apparition, mais elle se surprenait à se réjouir chaque fois qu'elle le voyait débarquer. Et pas seulement parce qu'il se chargeait de travaux devenus urgents. Elle en était venue à apprécier la compagnie de ce grand taciturne doué pour l'écoute. Lorsqu'il était là, elle se sentait moins seule. Ce qui était idiot, il fallait bien le reconnaître. Car elle était assez intelligente pour comprendre qu'elle n'avait jamais été aussi isolée de sa vie.

Peut-être qu'elle se sentait à l'aise avec Scott parce qu'elle n'avait quasiment plus aucun secret pour lui. D'elle, il savait tout ce qu'il y avait à savoir — tout ce qu'elle avait si soigneusement réussi à cacher aux autres. Il connaissait ses points faibles et ses échecs. Ne plus rien avoir à dissimuler avait quelque chose d'étonnamment libérateur.

Son regard glissa sur la pièce qu'ils rénovaient ensemble.

— Ces vieux murs ne sont que fentes, fissures et imperfections en tous genres.

Scott s'essuya la main sur le tissu fatigué de son jean.

— Toutes les imperfections ne demandent pas à être corrigées. Il faut parfois accepter le défaut et faire avec.

Parlaient-ils toujours de la maison ?

Une des raisons pour lesquelles elle avait fait appel à lui était qu'il comprenait la différence entre restaurer et rénover. Son œil exercé avait identifié la personnalité particulière du lieu et il respectait toujours les éléments de caractère qui rappelaient les origines de la Captain's House.

— La baraque est vieille mais la carcasse est solide. Comme la mienne.

Le trait d'humour avait échappé à Scott, mais la gêne l'envahit d'avoir parlé d'elle-même en ces termes.

— Si l'état des murs vous préoccupe, vous pourriez peindre de nouveaux tableaux pour les habiller.

Son cœur battit soudain plus vite.

— Savez-vous que depuis cette fameuse nuit je n'ai plus été capable de toucher un pinceau ?

De cela non plus, elle n'avait jamais parlé à ses filles. Il lui arrivait même de s'éclabousser les doigts de peinture de temps en temps afin de donner le change à Jenna. La vérité, c'était qu'elle n'avait plus remis les pieds dans son atelier depuis cinq ans. Le besoin impérieux de peindre, qui avait toujours été la force motrice de son existence, l'avait quittée sans préavis.

Et l'élan créateur perdu lui manquait cruellement. Sa force curatrice, surtout. Dans son atelier-sanctuaire, elle avait toujours réussi à se sortir d'elle-même et à se laisser porter par son talent. Mais depuis cinq ans, sans la consolation de l'art, sa vie n'était plus que froide, nue et désolée.

Elle se tourna vers lui.

— Je me suis souvent demandé pourquoi vous étiez venu à mon secours cette nuit-là.

Une nuit effroyable dont chaque épisode terrifiant resterait gravé en elle à tout jamais. Les surprises avaient succédé aux surprises. Et toutes avaient été mauvaises.

Il s'essuya les mains sur le chiffon qu'il gardait dans la poche de son jean.

— Je me suis contenté de prendre la barre de mon bateau. Je n'ai pas sauvé le monde.

Il avait sauvé *son* monde, en tout cas.

— Vous avez accepté de prendre la mer en pleine tempête. Il n'y avait personne d'autre sur l'eau ou dans les airs.

— Si je ne l'avais pas fait, les secours seraient venus d'ailleurs.

Faux. Elle savait qu'il n'y aurait eu personne pour l'aider.

Elle avait été à bout de ressources. Désespérée.

Et Scott Rhodes avait été son dernier recours. Même s'il

minimisait l'épisode, elle le suspectait d'être parfaitement conscient du rôle essentiel qu'il avait joué.

— Pourquoi av vous fait ça pour moi ?

C'était une question qu'elle s'était posée à plusieurs reprises — généralement lorsqu'elle essayait de distraire son attention du choc qui lui était tombé dessus par la suite. Elle se retrouvait en pensée entre les vagues hautes comme des montagnes et entendait les hurlements terrifiants du vent. Le temps et les éléments avaient été à l'image de son état intérieur.

— Pourquoi avez-vous risqué votre vie pour moi cette nuit-là, Scott ?

— C'était juste un boulot comme un autre. Vous m'avez payé.

— Des cacahuètes. Pas une somme assez motivante, en tout cas, pour pousser qui que ce soit à mettre sa vie en jeu.

Son regard se posa un instant sur son jean fatigué.

— Vous n'étiez pas acculé à le faire. Vous n'aviez pas d'emprunts sur le dos, pas de famille à faire vivre. La seule vie dont vous êtes responsable, c'est la vôtre.

— Vous aviez besoin d'aide.

Il retourna à ses châssis, lissant la surface du bois du plat de la main, avec des mouvements lents et sûrs.

Cinq années plus tôt, à la barre, il avait eu les mêmes gestes, les mêmes attitudes. Et ce calme en lui avait contrebalancé, au moins en partie, la peur panique qui la ravageait. Elle avait tremblé cette nuit-là, pas seulement à cause de la tempête envoyée par la nature et de celle qui faisait rage en elle, mais parce qu'elle avait eu la certitude que la vérité allait éclater, malgré tous ses efforts. C'était cette part solide et tempérée chez Scott qui l'avait aidée à garder un semblant de maîtrise d'elle-même.

— Vous préférez être considéré comme quelqu'un de froid, de dur et peut-être même de vaguement dangereux, plutôt que de montrer votre vraie nature. C'est votre façon de garder les autres à distance.

Elle comprenait très bien qu'il puisse éprouver ce besoin. Il y avait des quantités de gens qu'elle aurait aimé tenir à distance, elle aussi. Peut-être qu'elle devrait commencer à parler moins et à se renfrogner plus souvent.

Elle se laissa tomber lourdement dans un fauteuil et le vit froncer brièvement les sourcils d'un air inquiet.

De nouveau, la gentillesse qu'il cherchait à cacher se lisait dans ses yeux.

— Nous allons peut-être devoir reporter certains des travaux que nous avions prévus. Ma fille arrive bientôt.

Et comme il n'y avait personne d'autre à qui elle pouvait se confier, ce fut à lui, une fois de plus, qu'elle livra le fond de sa pensée.

— Je vais être obligée de lui dire la vérité. C'est le moment que je redoute depuis longtemps et que j'espérais ne jamais voir arriver.

Il reposa son rabot.

— J'imagine que ce n'est pas à l'état de vos cadres de fenêtres que vous pensez.

— C'est à l'état de ma vie, que je pense. Ce sera un choc pour mes filles, et particulièrement pour Lauren. Elle a vécu loin d'ici ces dix-sept dernières années — en Angleterre.

Son cœur se serra douloureusement à la pensée de ce que traversait sa fille aînée en ce moment.

— Par une étrange ironie du sort, juste au moment où je pensais ne plus avoir à me soucier que de moi-même, l'univers de mon aînée s'effondre.

Etait-il vraiment nécessaire de *tout* révéler à ses filles ? N'y avait-il pas une partie au moins des faits qu'elle pouvait passer sous silence ?

La vérité, après tout, se déclinait en plusieurs formats. Elle pouvait choisir la version XS — un petit 36, ou opter plutôt pour le M de medium — un 40-42. Autant l'admettre : si elle choisissait la vérité et rien que la vérité — le XL assené sans ménagement — ce serait l'enlisement général.

Scott semblait en avoir oublié de travailler et un pli profond s'était creusé entre ses sourcils.

— En quoi son univers s'effondre-t-il ?

Elle nota qu'il l'écoutait avec une attention soutenue, tout à coup, et se demanda ce qui avait provoqué ce changement.

— Son mari est mort brutalement il y a quelques semaines, à quarante ans à peine. Et mon gendre, semblait-il, devait de l'argent à pas mal de monde.

Une malédiction pèserait-elle sur leur famille ? Cinq ans plus tôt, elle perdait elle-même son mari, et maintenant c'était le tour de Lauren. Dans quelle mesure avait-elle le droit de se confier à Scott à ce sujet ? Lauren ne souhaitait peut-être pas que sa situation s'ébruite ? Cela dit, elle savait d'expérience qu'avec Scott Rhodes l'information n'irait pas plus loin.

— Elle revient ici de façon définitive ?

Il y avait une raucité dans sa voix qu'elle percevait pour la première fois.

— Pour l'instant, en tout cas, elle a besoin de soutien.

Aurait-elle dû insister pour se rendre à l'enterrement à Londres ? Lauren ne l'avait pas encouragée à venir et elle avait été incapable de décider si sa présence là-bas aurait été une aide ou une complication supplémentaire. Au bout d'une phase d'indécision torturante, elle avait fini par renoncer.

— Ma fille et son mari étaient parents. Une gamine de seize ans. L'adolescence est déjà une phase compliquée en soi. Mais perdre en plus son père à cet âge…

Elle vit les mâchoires de Scott se crisper et il parut être sur le point de dire quelque chose.

Nancy attendit, intriguée par sa réaction, mais il se ravisa et lui tourna le dos, la laissant avec l'impression d'avoir commis un impair.

Le problème avec les gens qui ne disaient jamais rien d'eux-mêmes, c'était qu'il était impossible de faire la part entre les sujets qu'on pouvait aborder avec eux et ceux qu'il valait mieux laisser de côté. Elle ne savait pas grand-chose de l'histoire familiale de Scott, même si son côté sauvage donnait à penser qu'aucune famille chaleureuse et aimante ne se tenait quelque part en coulisses, prête à le soutenir en cas de besoin. Elle avait vaguement entendu parler de familles d'accueil à répétition et d'enfance perturbée.

Aurait-il perdu son père à l'adolescence, lui aussi ? Oui, c'était peut-être ça.

— Ma fille arrive par le ferry de cet après-midi. Cela vous ennuierait beaucoup de m'y conduire, d'ailleurs ? Je sais que c'est beaucoup vous demander. Mais ma voiture est encore chez le garagiste.

Peut-être abusait-elle, mais cela lui semblait être la seule solution. Greg travaillait et Jenna ne pouvait pas s'absenter après avoir manqué déjà plus d'une semaine à l'école.

— Je suppose qu'elle va arriver avec pas mal de bagages et il y aurait toute la place qu'il faut dans votre pick-up. Je vous paierai, bien sûr. Ou peut-être qu'il serait aussi simple que je prenne un taxi, au fond...

Scott détacha sa ceinture à outils.

— Non, je m'en charge. Et je ne veux pas être payé.

— Ah, mais si, j'insiste !

— J'ai dit que je ne voulais pas être payé.

Quelque chose dans son ton fit qu'elle ne chercha pas à discuter.

— Comme vous voudrez. Merci beaucoup.

Une fois de plus, Scott serait à ses côtés alors qu'elle s'avançait vers un changement qu'elle appréhendait.

Ils n'auraient pas à hisser les voiles au milieu d'un ouragan cette fois, mais elle savait que le paysage de sa vie risquait d'être entièrement bouleversé par ces nouvelles péripéties familiales.

Chapitre 12

Lauren

Sanctuaire : un lieu qui offre un refuge.

Lauren se tenait sur le pont panoramique du ferry et regardait la mer se déchaîner à ses pieds. Même les eaux tumultueuses lui rappelaient la douleur du deuil, comme si les vagues qui s'acharnaient contre la coque, frappant, tournoyant, heurtant l'étrave sans relâche étaient à l'image du chagrin qui la torturait.

Les autres passagers, moins tourmentés, avaient opté pour la chaleur plutôt que pour la vue, et avaient disparu depuis longtemps dans le snack-bar à l'intérieur du bateau pour se protéger des rafales d'air glacé.

Le vent était comme une claque froide en pleine figure et Lauren avait besoin de cette sensation physique.

« Le mariage, c'est aussi ce qu'on décide d'en faire, lui avait dit Ed un jour. Certains qui croient à l'amour fou se retrouvent devant le tribunal des divorces, anéantis sous les décombres de leurs illusions déçues. Et puis il y a les gens comme nous, sincères et réalistes, qui savent ce qu'ils veulent et qui sont prêts à jouer le jeu. »

Et les dettes, Ed ? Pourquoi ne les as-tu jamais mentionnées, ces dettes, alors que nous avions passé le pacte de tout nous dire ?

Comment pouvaient-elles se retrouver à la rue, tout à coup ?

Ed avait eu un réel talent pour la finance. Autour de lui, on s'était toujours accordé à dire qu'il était le meilleur dans son domaine. Et malgré son flair, sa perspicacité, il avait réussi d'une façon ou d'une autre à dilapider le fruit de ses longues années de travail.

Elle avait essayé de se concentrer sur les explications — de donner du sens aux termes techniques qui s'entrechoquaient dans sa tête. Mais il lui avait suffi de voir l'expression de James pour comprendre à quel point sa situation était critique.

« A essayé d'obtenir des retours plus élevés sur les capitaux investis. »

« A acquis plusieurs entreprises privées. »

« S'est retrouvé à court de liquidités. »

« Tout son patrimoine immobilisé dans sa société. »

« A perdu tout son capital. »

C'était Jenna qui avait fait remarquer alors que si tout le reste avait disparu il lui restait au moins la maison. Après un lourd silence, Lauren avait elle-même rétorqué d'une voix blanche qu'Ed l'avait hypothéquée récemment en mentionnant un besoin de liquidités temporaire. Ce qu'il avait oublié de préciser, en revanche, c'était à quel point son problème de financement était sérieux.

Selon James, il était peu probable qu'il leur reste quelque chose en banque une fois que les dettes seraient épongées. Démêler une situation financière aussi complexe pourrait prendre quelques mois. Mais telles que les choses se présentaient aujourd'hui, elles pourraient s'estimer heureuses si la succession n'était pas insolvable.

À part la réflexion d'Ed le matin de son anniversaire, il n'y avait eu aucun signe avant-coureur.

Elle n'avait rien vu venir. N'avait pas connu l'homme avec qui elle avait vécu pendant plus de seize ans comme elle avait cru le connaître.

Le vent hurlant lui fouettait les cheveux et s'infiltrait par le col de son manteau, mais elle n'y prêtait aucune attention. Au milieu de l'effondrement général de sa vie, avoir froid lui apparaissait comme une incommodité mineure. Et l'espèce de pétrification qui la gagnait petit à petit n'avait rien à voir avec les conditions météo.

Elle avait dû emprunter à Jenna de quoi payer leur voyage jusqu'à Martha's Vineyard. Et dans l'immédiat, elle n'avait même pas de quoi rembourser la somme à sa sœur.

Ses émotions fluctuaient et leur jeu de bascule lui donnait le vertige. D'un coup, elle pouvait passer de « folle de rage » à « dévastée par la douleur ». L'angoisse formait un anneau qui lui bloquait la respiration en permanence.

Ed lui manquait atrocement mais elle avait à peine eu le temps de sonder le gouffre de chagrin qui s'ouvrait sous ses pieds. La vie l'emportait dans ses flots à la manière d'un fleuve en crue. Ballottée dans les tourbillons, elle luttait désespérément pour essayer de reprendre un peu d'air, mais elle avait beau mouliner, elle n'avait toujours pas réussi à retrouver la sécurité de la rive.

Non seulement elle avait perdu Ed, leur maison, et la vie qui avait été la sienne pendant plus de seize ans, mais elle avait aussi à faire le deuil de ses perspectives professionnelles.

Maintenant seulement, elle réalisait à quel point elle s'était réjouie de se lancer enfin dans le métier dont elle rêvait depuis l'enfance.

Pour que Mack et elle puissent vivre, il lui fallait des rentrées d'argent immédiates, autrement dit un emploi salarié. Mais lequel ? Que pouvait-elle faire ?

Mack était affalée contre le bastingage, les yeux rivés sur la mer grise qui barattait sans relâche ses furieux tourbillons d'écume.

— On est *obligées* d'aller vivre chez Grams, sérieux ? Jusqu'à quand on va rester ?

Jusqu'au moment où je ne pourrai plus le supporter.

Elle fit taire cette pensée, car elle était reconnaissante à sa mère de lui offrir un endroit où se poser. Même si la compagnie de cette dernière la rendait folle, elle aurait au moins la possibilité de souffler. Et de réfléchir à ses projets d'avenir.

— Je croyais que tu adorais la Captain's House et que Martha's Vineyard était ton endroit préféré au monde ?

— Pour les vacances d'été, ouais. Mais là, c'est pas pareil.

À qui le disait-elle ?

— Je sais que ça te fait beaucoup de choses à affronter. D'abord la mort de ton père…

— Ed.

Mack avait refusé d'appeler son père autrement qu'Ed depuis l'enterrement. Et Lauren en était malade tellement elle se sentait coupable.

— Ed a été ton père au sens fort du terme, Mack. Et tu le sais.

Mack fixait la mer à ses pieds d'un regard courroucé.

— Je n'ai pas son ADN. Il a les yeux bleus ?

— Qui ?

— Mon vrai père.

Lauren déglutit avec peine.

— Oui. Mais la paternité, c'est autre chose qu'une simple transmission de gènes. C'est Ed qui t'a aimée et élevée.

Elle n'avait pas la force de soutenir cette conversation. À force de trop pleurer et de ne pas dormir, elle avait des élancements dans la tête.

— Flash spécial d'informations, maman : nous sommes des êtres bio-lo-gi-ques. Pour faire un enfant, il faut du sperme et un ovule. Sinon rien ne se passe.

— Au départ, peut-être. Mais ce qui compte vraiment dans la paternité, c'est tout le reste. L'amour d'un père, c'est une question de présence, Mack. Pas seulement le temps-éclair d'une fécondation, mais sur le long terme d'une relation qui se construit et se nourrit au fil des ans.

Tu entends ça, Ed ? Le long terme. *Et pour cela, aller chez le médecin. Se soigner. S'assurer que son cœur est en état de marche.* Elle savait que c'était irrationnel d'en vouloir à Ed d'être mort, mais elle n'avait aucun contrôle sur ses émotions. Les mots « si seulement » lui colonisaient le cerveau, comme un refrain entêtant, un lancinement qui lui martelait le crâne.

— Ton papa était là quand j'étais enceinte de toi, il t'a

accueillie à ta naissance, s'est levé mille fois quand tu pleurais la nuit. Les soirs de fête d'école, c'était lui qui te filmait, stressait avec toi juste avant le spectacle. Lui qui venait discuter de ta scolarité avec tes enseignants.

Mack avança une mâchoire obstinée.

— Je m'en fous, je l'appellerai Ed.

Lauren se sentait impuissante. Elle en arrivait à avoir peur de parler à sa fille, consciente que la moindre parole maladroite pouvait achever de la braquer.

— Je sais que c'est dur pour toi de quitter Londres au beau milieu d'une année scolaire cruciale…

— *Dur ?* Tu rigoles ? C'est à peu près le seul truc qui ne me fait pas flipper. Au moins, je ne passerai pas ces examens à la con.

Ces examens « à la con » étaient importants pour l'avenir de Mack. Et si elle avait gâché la vie de sa fille ?

— Tu poursuivras ta scolarité ici. Il y a de bons lycées sur l'île.

— Mais les gens d'ici ne sont pas au courant, au moins ? Ils ne savent pas ce qui s'est passé, hein ?

Le ton horrifié de Mack disait assez à quel point ce qu'elle vivait était mortifiant pour elle.

— Personne ne sait, non. Ce sera à toi de décider ce que tu veux leur raconter ou non.

— Je ne dirai rien à personne. Jamais. Je veux que ça reste secret de chez secret. Ça ne devrait pas être trop dur pour moi d'apprendre à la fermer. J'ai juste à suivre ton exemple et ça ira tout seul.

Lauren reçut le reproche comme un coup porté en pleine poitrine.

— Ne dis pas ça, Mack. C'est important d'être ouverte et sincère avec ceux que tu aimes.

— C'est *toi* qui me dis ça ? Non, attends, je rêve. Si Jenna était là, elle s'amuserait à son jeu des définitions préféré. « Hypocrisie : quand ta mère te prend la tête en voulant que tu sois comme ci ou comme ça et qu'elle-même fait l'inverse sous ton nez. »

Rester patiente exigeait de Lauren un effort presque surhumain. En d'autres circonstances, elle n'aurait pas laissé passer une attitude aussi détestable chez Mack. Mais elle savait que sa fille était avant tout déboussolée et malheureuse. Et qu'elle se vengeait de son sentiment d'impuissance sur la personne qui lui était la plus proche.

Elle crispa les mains sur le bastingage. La tête lui tournait et elle ignorait si c'était dû au manque de nourriture ou à un début de grippe. *À moins que l'hypocrisie ne puisse provoquer des étourdissements ?*

Elle avait voulu être pour Mack tout ce que sa mère n'avait pas été pour elle : attentive, à l'écoute, dévouée et, surtout, présente. Pourquoi personne n'avait-il pris la peine de lui expliquer que les choses n'étaient pas aussi simples ? Et que l'art d'être de bons parents ne relevait pas toujours de l'évidence ? Elle avait pris sa propre mère comme référence et s'était contentée de faire tout l'inverse. Mais si elle avait évité de reproduire les erreurs maternelles, elle en avait commis d'autres qui étaient probablement aussi graves — voire pires.

— Je sais que tu es en désaccord avec la façon dont je m'y suis prise avec toi, Mack. Mais ça ne nous empêche pas de continuer à nous dire les choses. Je veux savoir comment tu te sens, même si c'est dur à entendre.

— Ouais, ben, je suis grave mal, là, d'accord ? Et je n'ai pas envie d'en parler.

Mack avança une mâchoire butée. Une attitude systématique depuis qu'elle avait découvert qu'Ed n'était pas son père biologique.

Lauren aurait tant voulu la prendre dans ses bras et la bercer contre elle en la laissant pleurer toutes les larmes de son corps. Mais Mack s'était transformée en hérisson. Si elle l'attirait contre elle maintenant, elle pourrait se retrouver couverte de piquants à extirper un à un pendant des mois.

— Mack...

— Ma vie privée ne regarde que moi. C'est bien ça, non ?

— Il y a une différence entre vie privée et secrets. Quand tu te feras de nouveaux amis — *par pitié, faites qu'elle se fasse de nouveaux amis* — tu verras que tu te sentiras mieux, si tu leur dis les choses franchement.

— Ah ouais ? Comme tu as fait, toi ? Même à ta sœur, tu n'as rien dit ! J'ai vu la tête de Jenna à l'église.

Lauren soupira.

— Ne prends pas modèle sur moi, Mack. Je commence à penser que je suis mûre pour un reformatage complet.

Ces dernières semaines avaient été une longue suite de dérouillées morales, ponctuée d'entretiens avec des notaires sinistres et des comptables atterrés. La liste des débiteurs d'Ed semblait s'allonger de jour en jour. Face à tous ces gens, elle s'était sentie stupide de n'avoir rien vu, rien anticipé, rien compris. Mais elle savait que ce n'était pas de la stupidité de sa part. Elle avait simplement fait confiance à Ed. À l'homme qui partageait sa vie et qui avait juré de toujours tout lui dire.

Comment avait-il pu garder le silence sur un secret aussi énorme ? Et pourquoi ? Depuis quand ses difficultés professionnelles avaient-elles commencé ? Et qu'est-ce qui avait provoqué cette dégringolade ?

Je t'en veux, Ed... Si tu savais comme je t'en veux.

Les yeux rivés sur l'horizon embrumé, elle vit apparaître les contours de l'île. Son ventre tressaillit et un profond malaise l'envahit — comme si ce lieu avait le pouvoir de défaire la carapace qu'elle avait mis plus de seize ans à construire. Martha's Vineyard lui avait toujours inspiré des sentiments très ambivalents. Chacun de ses courts séjours sur l'île avait réveillé des flots de souvenirs qu'elle aurait volontiers rayés de sa mémoire. Elle associait le lieu avec le tumulte de l'adolescence et le danger des choix impulsifs.

Plus que tout, c'était à *lui* qu'elle associait le Vineyard. Lui et cet été enchanté et lumineux qui n'avait jamais été ni égalé ni réitéré en aucune manière. En l'espace de quelques mois solaires, elle avait connu tout le spectre des états du cœur : trouble, exultation, démesure de l'amour, puis brisure. Et l'expérience avait opéré en elle un changement irréversible.

Jenna ne s'était pas trompée lorsqu'elle l'avait soupçonnée d'avoir des raisons de fuir l'île de leur enfance.

Des raisons, elle en avait, en effet.

Elle avait eu peur de retomber sur certains souvenirs.

Peur de retomber sur *lui*.

À Londres, elle avait été Lauren Hudson. L'Angleterre lui avait permis de se réinventer, de se créer une nouvelle identité. Mais quelque part au fond d'elle subsistait la crainte d'un retournement. Et si l'ancienne version d'elle-même refaisait surface au moment précis où elle descendrait du ferry ?

Lauren contempla les vagues tourmentées, nerveuses, qui bouillonnaient en dessous d'elle. Pendant un court instant de panique, elle envisagea de sauter. Mais avec son manque de chance en ce moment elle atterrirait probablement sur un rocher...

Détournant les yeux des eaux hypnotiques, elle se sentit coupable de ses pensées. Elle avait des responsabilités familiales qu'elle assumait seule, à présent. Il n'y avait personne d'autre qu'elle.

Avait-elle fait le choix de la lâcheté en épousant Ed ? Ou avait-elle pris la bonne décision ? Elle n'en avait plus la moindre idée, désormais.

— Ça va être sympa d'être chez Grams pendant quelque temps.

— Deux semaines en été, c'est fun, oui. Mais pour toujours ?

Lorsque Mack tourna la tête pour la regarder, Lauren lut dans son regard un dédain cent pour cent adolescent.

— Tu m'as promis de ne plus mentir, maman. C'est ce que tu m'as dit, l'autre fois, dans ma chambre, après l'enterrement : les mensonges, c'est terminé, maintenant.

— Tu as raison.

Elle rejeta la tentation de protéger sa fille de la réalité.

— Bon, ça ne sera pas forcément toujours « fun ». Mais pour le moment, on n'a pas tellement d'autres solutions.

Que pouvait-elle lui répondre d'autre ? Qu'en tant que femme adulte de trente-cinq ans elle n'avait aucune envie de retourner chez une mère froide et réservée qui l'avait toujours tenue à distance ? Qu'elle appréhendait les explications qui ne manqueraient pas de s'imposer ?

— OK, je ne vais pas te mentir : la vie ne nous fait pas de cadeaux, en ce moment, Mack. Mais on ne va pas baisser les bras pour autant.

Elle essaya de réinjecter une dose de normalité.

— On retrouvera nos petites habitudes sur l'île. On ira à la plage, on se baladera à vélo. Et on fera peut-être même un peu de shopping.

— Parce que tu crois qu'une nouvelle vie ça s'achète dans les magasins ?

Elles venaient d'en recevoir une, de nouvelle vie, qu'elles le veuillent ou non. Et le shopping ne serait au programme que lorsqu'elle aurait trouvé le moyen de leur assurer un revenu. C'était le problème *number one* à traiter sur sa liste.

— C'est déjà une chance que Grams ait une grande maison et qu'elle puisse nous héberger sans problème.

Lauren avait de l'affection pour sa mère, mais la perspective de cohabiter avec elle après tant d'années lui donnait des sueurs froides. Cette dernière ne savait pas grand-chose d'elle, au fond, même si c'était probablement autant sa faute que la sienne.

À part sa sœur, il y avait une seule personne au monde à qui elle s'était montrée telle qu'elle était vraiment. Et la personne en question était sortie de sa vie toutes voiles dehors depuis très longtemps.

Le ferry arrivait à quai et les passagers s'amassaient vers la sortie. Lauren était tentée de rester à bord et de ne plus jamais descendre, mais il était temps pour elle de recommencer à affronter la vie. Ses problèmes, elle tâcherait de les résoudre un à un, aussi bien que possible. À grands coups de listes et d'objectifs planifiés.

Avec contrôle et discipline.

Sa mère avait promis de venir la chercher au port.

Lauren aurait préféré que ce soit Jenna, mais sa sœur avait déjà épuisé tous ses congés en venant la soutenir à Londres.

Elle tendit la main vers sa fille. Mack lui jeta un regard horrifié et rentra la tête dans ses épaules.

— T'es vraiment obligée de me mettre la honte ? Je n'ai plus six ans, maman ! Tu veux que je me taille une réputation de merde avant même d'avoir commencé dans mon nouveau lycée ? Déjà que c'est mort pour moi à Londres. Je n'ai pas envie de me ridiculiser direct.

Lauren se demanda comment elle allait réussir à surmonter la cassure qui s'était produite entre elles. La mort d'Ed aurait dû les rapprocher, mais elle n'avait fait que les éloigner davantage.

Le temps et la patience feraient leur œuvre. C'étaient les deux seules armes dont elle disposait encore.

Au point où elle en était, au moins, il ne pouvait plus rien lui arriver de pire.

Le côté positif, lorsqu'on avait atteint le fond, c'était qu'il ne restait plus qu'une seule direction à prendre : vers le haut.

Elles charrièrent leurs bagages hors du ferry et elle repéra la silhouette familière de sa mère, serrant contre elle les pans du même manteau gris sinistre qu'elle portait depuis dix ans. Comment une femme peintre qui avait toujours eu un sens aigu de la couleur pouvait-elle s'accommoder d'un style vestimentaire aussi terne ? se demandait chaque fois Lauren. Alors que ses tableaux se vendaient à des prix astronomiques, sa mère ne semblait jamais dépenser le moindre dollar pour elle-même. Ses cheveux qui avaient été blonds dans le temps avaient pris une teinte grise uniforme et elle s'affublait en permanence d'austères lunettes de vue sur son nez.

Sa mère n'était pas venue seule. Un homme se tenait à côté d'elle. Il avait la tête légèrement rentrée dans ses épaules puissantes pour se protéger des assauts furieux du vent. Il était grand, avec des jambes longues, visiblement tout en muscles, et il portait ses cheveux très noirs un peu longs. Même si elle ne pouvait pas distinguer ses yeux à cette distance, elle savait qu'ils étaient bleus. D'un bleu clair et lumineux, comme on en voyait dans les crevasses de glacier ou par un ciel pâle d'hiver.

Lauren cessa de marcher et Mack la percuta si fort qu'elle faillit perdre l'équilibre.

— Hé ! Faut prévenir avant de piler comme ça !

Mack rétablit son équilibre et la contourna pour aller embrasser sa grand-mère.

— Salut, Grams. Oui, oui, je sais, j'ai encore grandi. Ça n'arrête pas. Un vrai miracle de la nature.

Cette dernière lui adressa un vague sourire. Soit elle n'avait pas perçu le sarcasme adolescent, soit elle y restait royalement insensible.

— Bonjour, Mack. La traversée s'est bien passée ? Lauren, j'espère que tu ne m'en voudras pas de ne pas avoir pu moi-même prendre le volant ? Ma voiture est en réparation. Tu te souviens de Scott Rhodes ? Il fait quelques travaux de restauration à la maison et il a bien voulu assurer le transport des troupes.

Elle indiquait d'un geste vague l'homme qui se tenait à côté d'elle. Lauren essaya de maîtriser les vagues de vertige qui redoublaient d'intensité.

Scott Rhodes.

Le fond du fond n'était donc pas encore atteint, tout compte fait. La chute dans l'abîme se poursuivait.

Elle ne l'avait pas revu depuis plus de seize ans, mais le temps et la distance n'avaient rien changé. Le choc fut viscéral, sa réaction instantanée. Une vague de désir lui irradia la peau et lui laboura le ventre. Ses jambes se mirent à trembler.

Elle trouva son regard et ce fut comme si elle avait heurté un mur de plein fouet.

Ses sens parurent se réveiller d'un long, très long sommeil.

Comme à travers une épaisseur de coton, elle entendit la voix soudain lointaine de Mack.

— Scott Rhodes… *Le* Scott Rhodes ?… C'est bien ça que tu as dit, Grams ?

Le monde autour de Lauren se mit à tourner. Elle avait beau lutter, l'air refusait d'entrer dans ses poumons. Sa poitrine était bloquée, tenaillée par une douleur féroce. Crise cardiaque ?

Comme dans une scène filmée au ralenti, elle sentit son sac

lui glisser des mains au moment où ses jambes cédaient sous son poids.

Je suis en train de m'évanouir. Peut-être que ma tête heurtera le quai et tout ça finira enfin. Ou je vais tomber à l'eau et me noyer…

Mais elle ne pouvait pas se le permettre, si ?

Mack avait besoin d'elle…

Elle s'effondra au sol et, à travers les ombres et les brouillards mouvants, elle perçut le cri strident de sa fille.

— Nooooon ! Tu as tué ma mère !

La voix de Mack était aiguë, paniquée.

— Ouais, ben, merci, hein. Je suis carrément orpheline, maintenant.

Chapitre 13

Lauren

Flash-back : scène brève où on revient en arrière dans son passé.

La nuit était claire, inondée de lune. Elle était blottie au creux solide de son épaule, les yeux levés vers les étoiles. Le sable sous sa peau nue était encore tiède et ils se laissaient bercer par la respiration calme des vagues.

Existait-il un endroit plus beau au monde ?

Probablement, oui. Mais elle n'éprouvait pas le besoin d'aller voir ailleurs. Ici et maintenant lui suffisaient.

— Je t'aime.

— Moi aussi, je t'aime.

Ses bras se resserrèrent autour d'elle.

— Tu sais que, ces mots, je ne les ai encore jamais dits à personne ?

Mais il les avait prononcés avec elle. Pour *elle.*

Forte de son amour, elle se sentait invincible, comme si elle pouvait marcher sur l'eau. Ou voler haut, très haut, en se lançant d'une falaise.

L'avenir dans lequel elle se projetait changeait petit à petit de formes et de couleurs. Elle se demandait comment concilier ses études avec la place — la place majeure — que Scott occupait désormais dans son existence. Lorsqu'elle s'imaginait étudiante dans une grande ville inconnue d'où il serait absent, le futur lui paraissait sinistre.

— Tu pourrais venir avec moi quand je partirai d'ici.

Elle passait son temps à essayer d'improviser un avenir commun, une formule de vie où chacun trouverait son compte.

Scott resta un instant immobile, sans rien dire.

— Et je ferais quoi, une fois là-bas ? Moi, tout ce que je sais faire, c'est travailler sur les bateaux.

— C'est vrai. Tu serais malheureux comme les pierres loin de l'eau. Laisse tomber. Ça ne peut pas marcher.

Mais qu'est-ce qui marcherait pour eux, alors ? Elle en avait mal à la tête, à force de réfléchir à toutes les solutions possibles. Elle avait beau tourner les pièces du puzzle dans tous les sens, impossible de les assembler de façon satisfaisante.

— Ou alors, je pars avec toi. On pourrait naviguer à deux sur notre bateau.

— Je n'ai pas de voilier à moi, Laurie. Je suis juste skipper sur ceux des autres. Ou je les répare. C'est tout.

— Joshua dit qu'il n'a encore jamais fait bosser quelqu'un d'aussi doué que toi, que tu as le feeling pour la mer et pour travailler le bois. Et du boulot, il y en a. Rien ne t'oblige à t'en aller d'ici !

Elle parlait, parlait, animée par l'espoir fou de le convaincre. Mais Scott secoua la tête.

— Je ne peux pas rester plus de quelques mois dans un même endroit. J'ai besoin de bouger.

Scott la détacha de ses bras et s'assit dans le sable, les yeux rivés sur la mer, les mâchoires tendues.

— Et pourquoi bouger forcément ? Parce que tu as toujours fonctionné comme ça ?

La peur de le perdre lui donna l'audace d'être frontale.

— Et si tu décidais d'être libre de partir ou *de rester, au lieu de reproduire en permanence les ruptures qu'on t'a fait subir dans ton enfance ? Je sais qu'on t'a ballotté de famille d'accueil en famille d'accueil et souvent sans même t'avertir…*

— Arrête, Laurie…

— Et je sais aussi que tu détestes en parler. Le truc, c'est que tu as choisi d'anticiper et de partir de toi-même plutôt que de te laisser jeter. Mais personne n'a le pouvoir de te virer d'ici, Scott. Tu es majeur, tu gagnes ta vie, et tu es libre de rester et de te construire une existence à toi si tu le décides.

— Ça ne sert à rien de discuter de ça, Laurie. Il faut arrêter de faire des projets d'avenir pour nous. Ce n'est pas possible. Pas avec un mec comme moi.

Il paraissait épuisé, soudain. Elle aurait peut-être mieux fait de se taire, mais ce fut plus fort qu'elle. Elle poursuivit quand même.

— Ce n'est pas parce que tu n'as jamais osé imaginer un avenir stable pour toi quand tu étais ado qu'il est interdit de le faire maintenant.

— Rien dans la vie n'est jamais « stable », Laurie. Tout bouge. Tout se transforme. Tout change.

Elle n'était pas certaine de comprendre ce qu'il entendait par là.

— Moi, je ne changerai pas.

— Parce que tu crois qu'on peut décréter ça à l'avance ?

— Nos sentiments l'un pour l'autre, personne d'autre que nous n'en décide. Le « nous » qu'on forme, toi et moi, il nous appartient. Puisqu'on s'aime, on trouvera un moyen.

Comme il ne tournait même pas la tête, elle sentit le découragement l'envahir.

— Je sais que tu ne fais confiance à personne. Mais je ne suis pas personne !

Il était comme un chien errant, effrayé à l'idée de se rapprocher d'un être humain.

— Ton destin à toi, c'est de faire de bonnes études, de décrocher un job glamour à Manhattan et de rencontrer des avocats et des médecins.

— Ce n'est pas parce qu'un mec n'est ni médecin ni avocat qu'il est moins valable qu'un autre !

— Tu es trop jeune pour savoir ce que tu veux faire de ta vie, Laurie.

— Ce n'est pas vrai !

Même s'il n'avait pas bougé d'un millimètre, elle le sentait s'éloigner, comme s'il lui avait déjà tourné le dos. Or s'il y avait une chose qu'elle savait avec certitude, c'était qu'elle refusait de le perdre. Sur leur amour, elle était prête à tout miser. Parce qu'un amour comme celui-là ne survenait qu'une fois dans une vie. Elle avait beau être très jeune, elle le sentait dans toutes les fibres de son être. En se penchant pour embrasser sa joue qui se dérobait, elle se heurta au picotement d'un début de barbe sous ses lèvres.

— Tu es le premier mec que j'aime.

— Je suis le premier mec avec qui tu as découvert ta sexualité.

Sa voix était rauque et elle était consciente qu'il avait envie d'elle.

Elle, elle pensait au sexe tout le temps, à présent. À ses mains et à ses lèvres sur elle.

— Je ne confonds pas l'amour et le plaisir.

— Tu es sûre ? Le sexe ça vous monte à la tête et ça aveugle pas mal de gens.

— Avant de te connaître, je ne voulais pas coucher. Avec personne. Et tu sais pourquoi.

Elle n'en revenait toujours pas d'avoir pu le lui dire. Il était le seul avec qui elle en avait parlé.

C'était sa force et sa calme assurance qui l'avaient attirée. Plein de gens sur l'île se méfiaient de lui. Mais avec elle il avait toujours été respectueux et tendre.

Il la comprenait. Il écoutait. Il l'aimait. Elle se sentait plus proche de lui que de sa famille. Plus proche de lui que de Jenna, même. Elle avait une confiance totale en Scott.

Le fait que leur relation reste secrète la rendait encore plus intense. Plus intime. Quand ils se voyaient, elle ne le partageait avec personne.

Parfois, elle passait devant le chantier naval dans la journée, alors qu'elle se hâtait pour prendre son service au café sur la plage. Chaque fois que leurs regards se croisaient brièvement, elle devait se faire violence pour ne pas courir se jeter dans ses bras et lui couvrir le visage de baisers.

La seule chose qui l'aidait à se retenir, c'était la certitude qu'ils se retrouveraient après. Très vite, ils avaient pris l'habitude de se voir chaque soir, après la tombée de la nuit, sur un bout de plage privé attenant à une maison inoccupée. Ils avaient leur coin tout au fond, entre les dunes, là où personne d'autre n'allait.

La plupart des gens avaient des maisons et c'était leur « chez eux ».

Pour Lauren, « chez eux », c'était un coin de sable protégé par les dunes et les herbes marines.

Elle lui glissa les bras autour de la taille.

— Tu as raison, on s'en fout de ce qui va arriver plus tard.

Le convaincre par des mots était difficile, mais elle pouvait le persuader sans rien dire, simplement en l'aimant. Plus ils passeraient de temps ensemble, plus la séparation entre eux deviendrait impensable.

— On a encore tout l'été devant nous. Le futur, on s'en tape. Il n'y a que cette nuit qui compte.

Chapitre 14

Mack

Remords : sentiment de culpabilité et de regret suscité par un acte répréhensible que l'on a commis.

— Maman ? Maman ! Réveille-toi ! S'il te plaît...

Le ciment du quai était dur et froid sous ses genoux et la morsure hargneuse du vent lui glaçait le cou, mais elle n'avait conscience que d'une seule chose : sa mère ne bougeait plus du tout.

Oh non. Faites qu'elle ne soit pas morte.

C'était juste pas possible que sa mère meure, elle aussi. Juste pas possible qu'elle la laisse seule maintenant, alors que c'était déjà trop le bazar dans sa vie, que sa tête était sur le point d'exploser, et qu'elle ne savait plus où elle habitait — au sens propre comme au figuré.

Les larmes qu'elle avait réussi à retenir montaient à la vitesse de la marée et lui brûlaient méchamment la gorge.

— *Ma-man !* Ouvre les yeux !

Si seulement elle n'avait pas été aussi horrible avec sa mère depuis qu'elle savait qu'Ed n'était pas son père. Elle n'avait pas arrêté de la casser, de lui dire des mots qui faisaient mal. Et maintenant, sa maman allait mourir, comme Ed, et elle se retrouverait toute seule, avec une mégatonne de culpabilité sur la conscience, en plus de tout le reste qui allait déjà de travers.

Et le pire du pire, c'était que si sa mère mourait pour de bon il serait trop tard pour s'excuser et qu'elles ne se réconcilieraient plus jamais.

Cette pensée était si terrifiante, si implacable, qu'elle comprit qu'elle allait craquer et sangloter comme un bébé devant tout le monde.

Sa mère était pâle comme un cadavre, avec des cernes tellement noirs sous les yeux qu'on aurait dit un des zombies dans un film qu'Abigail les avait forcées à regarder.

Mack avait l'impression d'étouffer, comme si quelqu'un lui serrait le cou très fort. L'air manquait dans ses poumons et sa poitrine lui parut sur le point d'éclater. Et si c'était son cœur ? Son cœur lâchait, comme celui d'Ed ! Elle aussi allait mourir.

Elle tourna un regard suppliant vers sa grand-mère, mais celle-ci restait bizarrement figée, comme si elle s'était transformée en statue de pierre.

Mack se préparait à l'idée de périr là, sur ce quai, son corps sans vie étalé à côté de celui de sa mère, lorsqu'une main se referma sur son épaule.

— Là, calme-toi… Tu vas souffler maintenant… Lentement…

La voix était profonde, rassurante.

— Tout va bien se passer.

Rien n'allait bien se passer, non.

— Vais… mourir…

Elle réussit à cracher les mots dans une sorte de râle. Il s'accroupit à côté d'elle et sa main vint se poser à plat sur son dos, chaude, calme et forte.

— Tu n'es pas en train de mourir, non. Tu es en parfaite sécurité.

En sécurité ? Comment pouvait-il penser une chose pareille ?

Et pourquoi sa grand-mère ne faisait-elle rien ?

Mais la chaleur de cette grande main tranquille dans son dos dissipait peu à peu la sensation oppressante. Il parlait peu mais, même sans dire grand-chose, il l'apaisait quand même. Peut-être qu'elle n'était pas en train de mourir, finalement. Sinon il se serait affolé un peu plus que ça, non ?

— C'est bien... Continue de respirer calmement. Il ne va rien t'arriver. Tu n'es pas toute seule.

Quelque chose dans cette voix ferme et rude faisait qu'on ne pouvait que s'exécuter et faire ce qu'il demandait. Petit à petit, son rythme cardiaque se stabilisait. Le vertige et le sentiment d'oppression s'atténuèrent.

— Ma mère...

— Va récupérer très vite, elle aussi. Elle a juste fait une syncope. Je vais m'occuper d'elle, maintenant. Donc toi, pendant ce temps, tu vas continuer tes respirations tranquille.

Comme il s'écartait, elle résista à la tentation de se raccrocher à sa manche en le suppliant de ne pas la laisser seule.

— Vous êtes médecin, c'est ça ?

— Non.

Au moment où il tourna la tête vers elle, Mack eut le choc de se trouver face à une paire d'yeux cent pour cent semblables aux siens.

Elle déglutit avec peine.

Est-ce qu'il savait ? Voyait-il ce qu'elle voyait ?

Elle attendit qu'il dise quelque chose, mais il ne fit aucun commentaire. Plaçant deux doigts sur le poignet de sa mère, il prit son pouls en regardant sa montre.

Puis il lui relâcha la main et dégagea les cheveux qui lui tombaient sur le visage.

— Laurie...

Laurie ?

Mack ouvrit de grands yeux. Personne, à sa connaissance, n'appelait sa mère « Laurie ». Pour tout le monde, elle était juste Lauren. Et elle n'avait encore jamais entendu quelqu'un lui parler de cette façon-là. Même pas son père — ou plutôt Ed. La voix de Scott Rhodes était basse, vibrante. Intime. Son ton avait quelque chose de presque ronronnant, même. Comme s'ils étaient super proches, elle et lui.

Troublée et un peu inquiète, elle chercha de nouveau sa grand-mère des yeux.

Sa mère lui avait dit que Grams n'était pas au courant,

pour son vrai père, mais apparemment elle avait dû lui en parler depuis. Pourquoi sinon serait-elle venue les chercher en compagnie de Scott Rhodes ? Peut-être qu'elles en avaient parlé au téléphone, toutes les deux, et que sa mère avait oublié de le lui dire ? Plusieurs fois, depuis la mort d'Ed, celle-ci avait essayé de renouer une conversation avec elle. Mais elle l'avait envoyée bouler à chaque fois.

Ce qu'elle n'aurait pas fait, évidemment, si elle s'était doutée que sa mère risquait de mourir.

— On devrait appeler le numéro des urgences, non ?

La voix de sa grand-mère était frêle et elle regardait Scott Rhodes comme s'il avait forcément la solution à tous les problèmes du monde.

Mack fut surprise de voir la confiance qui transparaissait dans l'attitude de Grams. Bizarre, non ? Pourquoi avaient-ils l'air de si bien s'entendre, tous les deux ? Sa grand-mère aurait pu l'engueuler d'avoir tué sa fille. Ou de l'avoir mise enceinte. C'était difficile de savoir lequel des deux était pire, aux yeux d'un adulte.

— Ce n'est pas la peine, non. On va la ramener à la Captain's House.

Il passa les bras sous le corps de sa mère et la souleva comme si elle ne pesait rien.

Mack se rendit compte qu'elle le regardait d'un air bovin, la bouche ouverte, mais c'était plus fort qu'elle. Jamais Ed n'aurait porté sa mère comme ça. En y réfléchissant bien, les seules fois où elle avait vu un homme soulever une femme dans ses bras, c'était dans les films. Elle avait toujours pensé que dans la vraie vie c'était un coup pour le mec à se coincer le dos et à se retrouver en arrêt maladie pendant deux semaines.

— Tu vas l'emmener où, comme ça, ma mère ?

Il avait peut-être l'intention de la jeter dans l'eau glacée du port, qui sait ? Peut-être qu'il lui en voulait à mort d'avoir épousé un Anglais ?

— Je la porte jusqu'à la voiture.

Sa mère émit un gémissement de protestation lorsqu'il la

plaça sur le siège. Mack poussa mentalement un grand *ouf*. Si elle gémissait, c'est qu'elle ne devait pas être si morte que ça, a priori ?

Le soulagement lui coupa les jambes.

Elle vit sa mère ouvrir les yeux et les écarquiller en découvrant Scott. Lui la regardait aussi et, apparemment, ils avaient oublié qu'il y avait du monde autour. Ils restaient là, les yeux dans les yeux, tous les deux, et ça durait, ça durait... Mack avait envie de les secouer pour leur rappeler qu'elle existait encore, elle aussi.

Bizarrement, l'envie de pleurer était toujours là. Peut-être à cause de la fatigue du décalage horaire. Ou parce qu'elle était soulagée de ne pas se retrouver cent pour cent orpheline ?

Elle avait hâte d'arriver à la Captain's House avant de craquer et de se choper la honte. Elle avait passé l'âge de chialer en public.

Scott, lui, n'avait pas l'air pressé, par contre. Il se pencha calmement pour accrocher la ceinture de sécurité côté passager. Mack vit sa mère détourner la tête, comme si elle n'osait pas laisser son visage trop proche du sien.

Mack était à deux doigts de se taper une crise de larmes en public lorsque Scott lui fit enfin signe de monter. Dans un sursaut de dignité, elle avança le menton d'un air de défi, comme si elle n'avait pas failli vomir en mourant à moitié de peur sur le quai. Si les premières impressions étaient déterminantes, elle avait foiré à fond pour le coup. Il devait se dire qu'elle aurait été moins chochotte si c'était lui qui l'avait élevée.

Par chance, le trajet jusque chez sa grand-mère n'était pas trop long. Cette dernière commença à lui poser les questions habituelles sur son bahut, ses amis, ses examens — tous les trucs bateaux que les adultes demandaient toujours. Rien, pas un mot, sur la mort d'Ed ou sur le fait que sa mère venait de tomber dans les pommes au beau milieu du port.

Euh... ce serait peut-être pas mal d'aborder les vrais sujets, non ?

Elle n'aimait pas trop parler de ce qui était bizarre et

inhabituel. Mais comme il n'y avait plus que du bizarre et de l'inhabituel dans sa vie, maintenant, il allait bien falloir se décider à mettre tout ça sur le tapis.

Ed lui manquait tellement que son cœur en saignait. Elle avait du mal à comprendre comment on pouvait aimer quelqu'un et lui en vouloir à ce point en même temps.

Elle observait sa grand-mère du coin de l'œil, en essayant de déterminer pourquoi elle s'était ramenée au port en compagnie de Scott.

Peut-être que celle-ci avait pensé qu'il fallait trouver vite fait un remplaçant pour Ed ? Ouais, mais quand même… Ce serait un peu rapide, non, sérieux ? Et Scott avait déjà dit qu'il refusait d'assumer la responsabilité d'une famille. À moins qu'il ait changé radicalement entre-temps, il ne risquait pas de s'intéresser à une femme sans maison, sans argent, maigre comme un piquet et qui tombait dans les pommes toutes les trois secondes. Et mère, avec ça, d'une ado à problèmes.

Mack ne comprenait pas grand-chose aux relations entre les adultes, mais elle se disait qu'elles ne devaient pas être cotées très haut, sa mère et elle, sur le marché de l'attractivité matrimoniale.

Lorsqu'ils se garèrent devant la Captain's House, sa mère annonça qu'elle pouvait marcher jusqu'à la maison sans aide.

— Tu es sûre que c'est une bonne idée ?

Mack ne la quittait pas d'une semelle, histoire de montrer qu'elle n'était pas l'ado égocentrique que Scott voyait probablement en elle.

— Maman, tu ne nous refais pas le coup du coma, hein ? Il peut bien te porter jusqu'à la maison.

— Je n'ai pas besoin d'être portée, ma chérie.

Bon. C'était plutôt bon signe, après tout. Sa mère avait toujours été quelqu'un de raisonnable et d'équilibrée. Même lorsque sa propre fille avait fait un scandale aux funérailles en lâchant sa bombe dans une église noire de monde, elle était restée calme, posée et droite dans ses bottes. Jusqu'au moment où elle était descendue du bateau et qu'elle avait vu Scott.

Maintenant encore, elle avait l'air fragile comme du verre et prête à s'écrouler. Scott devait penser la même chose, car il restait à portée de main, prêt à la rattraper au moindre signe de faiblesse.

Ce fut un soulagement de poser enfin les pieds dans la vieille maison au bord de l'océan. La Captain's House, rassurante et inchangée, lui fit l'effet d'être une vieille amie retrouvée.

Même si elle avait râlé auprès de sa mère, elle jugeait plutôt classe d'être de retour sur l'île. Une fois, elle avait entendu des touristes parler du « charme historique de la vieille demeure », mais ce n'était pas pour ça qu'elle aimait la Captain's House. Elle adorait passer ses vacances d'été au Vineyard parce que l'odeur de la mer était partout. Pas seulement à cause de la proximité de l'océan, mais parce que les murs eux-mêmes étaient imprégnés d'atmosphère marine. C'était une maison qui ressemblait à celles des livres pour enfants, avec ses recoins cachés, ses portes dérobées, ses couloirs qui n'en finissaient pas. Toutes les pièces étaient bourrées d'objets du passé : des livres, de vieilles cartes marines et tout un bric-à-brac indescriptible qui prenait la poussière depuis plus d'un siècle.

Sa grand-mère ne jetait jamais rien et Mack trouvait ça plutôt cool, même si elle savait que ça désespérait sa mère et sa tante Jenna. La vieille maison avait des fissures et du caractère. Comme ces vieilles personnes pleines de rides qui avaient vécu plein de choses et avaient des tonnes d'histoires à raconter.

Dans l'entrée, elle retrouva les mêmes vieilles photos en noir et blanc accrochées autour du tableau peint par sa grand-mère. À part que le tableau, lui, avait disparu.

Elle fronça les sourcils en découvrant le rectangle décoloré sur le papier peint.

— Il est passé où ton tableau, Grams ? Celui qui est beau, bleu et joyeux ?

C'était la seule toile peinte par sa grand-mère qu'elle aimait. Les autres étaient sombres, froides et tristes. Rien qu'à les regarder, ça donnait envie d'enfiler un pull de plus.

Sa grand-mère parut gênée par sa question.

— Je l'ai remisé ailleurs pour le moment.

Scott sortit leurs bagages du pick-up et les déposa dans l'entrée. Sa grand-mère lui jeta un regard reconnaissant.

— Merci pour tout, Scott… Vous devez être fatiguées après ce grand voyage, toutes les deux. Je vous ai préparé un repas.

Mack se sentait encore vaguement barbouillée.

— C'est gentil. Mais je n'ai pas très faim, Grams.

— Il faut au moins que tu grignotes quelque chose avant d'aller faire ta sieste.

Mack ouvrit la bouche pour expliquer qu'elle n'avait plus deux ans et qu'elle ne faisait plus la sieste depuis des siècles. Mais elle se ravisa en se disant que ça lui ferait une excuse pour disparaître dans sa chambre, loin de sa famille d'agités. Elle pourrait communiquer par textos avec Phoebe.

S'il fallait en passer par là pour échapper un moment à la folie ambiante, elle était prête à « faire la sieste ».

— Je veux bien manger un petit truc, merci.

Sentir le regard de Scott posé sur elle, comme s'il lisait en direct dans ses pensées, acheva de la déstabiliser. Elle se tassa sur une des chaises de cuisine, appesantie par le manque de sommeil, le décalage horaire, et à peu près tout le reste.

— Des toasts, annonça sa grand-mère d'une voix plutôt éteinte. Je vais te préparer des toasts.

— Nickel, merci.

En faisant un effort, elle pourrait avaler quelques bouchées et rassurer sa grand-mère sur son cas.

— Tu ne connais pas Scott, Mack. Je m'aperçois qu'avec tout ça je ne vous ai même pas encore présentés.

Mack se tourna vers Scott et décida d'y aller franco.

— C'est la première fois qu'on se voit en live, oui. Enchantée, Scott. Au cas où tu te poserais la question, oui, je sais que tu es mon vrai père. Je sais aussi que tu étais démissionnaire à la base et que tu as renoncé à tes fonctions. Normalement, je devrais t'en vouloir, mais comme il ne me reste pas grand-chose comme famille en ce moment, je ne peux pas me permettre d'être difficile. Donc, pas de souci, je n'ai pas l'intention de faire ma petite crise.

— *Mackenzie !*

Sa grand-mère en lâcha sa tasse qui explosa sur le carrelage. Le thé éclaboussa les portes de placards avant de se répandre sur le carrelage.

— Mais enfin, ma chérie, c'est quoi ces divagations ?

Grams tourna un regard inquiet vers sa mère.

— Qu'est-ce qui lui arrive, mon Dieu ? C'est le chagrin qui lui monte à la tête ?

Mack vit sa mère fermer les yeux.

— Maman, je…

Oh merde. Merde de chez merde.

— Ne me dis pas que Grams n'était pas au courant ? Je croyais qu'elle savait, moi !

Sa mère avait une tête plus zombiesque que jamais

— Et quand aurais-tu voulu que je le lui dise ? murmura-t-elle d'une voix exsangue.

— Au téléphone ! Je vous ai entendues en grande conversation, toutes les deux.

— Au sujet de l'organisation de notre voyage. Pas… pas d'autre chose. J'attendais de voir ta grand-mère en personne pour tout lui expliquer.

Oh non…

— Mais pourquoi elle est venue avec lui pour nous récupérer au port, alors ? J'y comprends rien moi, à vos histoires à la con !

Elle allait finir tarée de chez tarée si ça continuait. Sa propre vie devenait encore plus compliquée que la pièce de Shakespeare qu'ils avaient étudiée cette année, où les personnages se faisaient tous passer les uns pour les autres.

Sa grand-mère n'avait pas bougé. Et le thé continuait de couler en silence le long des portes en bois du buffet.

— Qu'est-ce que tu avais l'intention de m'expliquer, Lauren ? Que *Scott* serait le père de ta fille ? Mais enfin, Mack, où es-tu allée chercher une idée aussi abracadabrante ?

Mack ne commit pas l'erreur de répondre. À partir de maintenant, elle la fermait, quoi qu'il arrive.

Après le coup de la cérémonie à l'église et la mégagaffe d'aujourd'hui, elle refusait de prononcer un seul mot de plus.

Pour se donner un air utile, elle prit une éponge et, tête baissée, entreprit de ramasser les éclats de porcelaine. Au-dessus d'elle, la voix de sa grand-mère s'éleva faiblement.

— Scott, je vous prie de m'excuser pour ma petite-fille. Je ne sais pas ce qui lui a pris d'inventer une chose pareille.

Scott sortit enfin de son long, très long silence.

— Lauren a-t-elle d'autres enfants ?

Grams parut perplexe.

— Non. Juste Mack.

— Dans ce cas, Mack est effectivement ma fille.

Les mains de sa grand-mère se crispèrent sur le dos de sa chaise.

— Vous le saviez depuis le début et vous ne m'avez rien dit. Pourquoi ?

— C'était la décision de Lauren.

— Mais si Mack est votre fille, cela veut dire que Lauren et vous, vous…

Mack se retint de se boucher les oreilles.

— Ça va, c'est bon. On a tous compris, inutile de faire un dessin.

Elle vit sa grand-mère porter la main à sa gorge et ressentit une nouvelle montée de panique.

Se levant lentement, elle s'approcha de celle-ci comme si sa grand-mère avait été debout au bord d'une falaise et sur le point de se jeter dans le vide.

— Grams… ?

— Oh mon Dieu… mais on parle de Lauren, là ! Si on m'avait dit ça de Jenna, j'aurais compris. C'était la rebelle de la famille. Mais *Lauren* ?

Grams secoua la tête, visiblement incrédule.

— Ce n'est pas la Lauren que je connais.

Scott soutint son regard sans broncher.

— Il semble que nous ne connaissions pas la même Lauren, vous et moi.

Mack jeta un regard circulaire au trio et conclut que Scott était le seul du lot à avoir l'air à peu près sain d'esprit.

Grams regardait sa fille comme si elle la voyait pour la première fois.

— Mais tu étais mariée avec Ed ! Comment as-tu pu garder un secret aussi énorme pendant tant d'années ?

Mack roula des yeux.

— Maman ? C'est Mme Secret à la puissance mille. Elle dépasse la CIA à elle toute seule.

— Mackenzie, protesta sa mère d'une voix étranglée. Monte un instant dans ta chambre, s'il te plaît. Je préfère que tu n'assistes pas à cette discussion.

— Ouais… Eh ben, non. La discussion, elle se passera devant moi. Je suis sûre qu'il y a encore plein de trucs qu'on me cache, dans cette famille. Et je n'ai pas envie d'attendre encore dix ans avant que ça me tombe sur la tête. Parce que là, ça serait impossible que je m'en remette.

Elle était peut-être déjà bousillée, d'ailleurs. Avec les pensées de ouf qui lui tournaient dans la tête en ce moment, les ravages semblaient déjà bien avancés.

— C'est si compliqué que ça de dire la vérité aux gens, maman ? Je commence à en avoir vraiment ma claque de cette famille de fracassés !

Le visage de sa mère se crispa.

— Surveille un peu ton vocabulaire, Mack.

Elle fouilla fébrilement dans son sac et en sortit son portable d'une main tremblante.

— Je préviens Jenna que nous sommes bien arrivées.

Cela ressemblait plus à un appel au secours, conclut Mack.

Sa grand-mère parut sortir enfin de son état de sidération.

— Jenna est encore en classe avec ses élèves à cette heure-ci.

Mack constata qu'elle-même était aussi paniquée que sa mère.

— Il faut que tante Jenna rapplique ici dès qu'elle aura fini. Et qu'elle apporte des cookies ou des cupcakes. Les deux, de préférence. Qu'elle vienne avec Greg, aussi, parce qu'il est psy et que la résolution de problèmes, c'est sa spécialité.

Elle réalisa soudain que sa mère n'avait pas encore parlé à Scott. Rien. Pas un mot. Ils avaient juste échangé un regard hot de chez hot — un coup à en ressortir brûlé au troisième degré si on avait le malheur de passer entre les deux.

Personne ne prononçait un mot et l'ambiance était tellement étouffante qu'on aurait dit que quelqu'un avait aspiré tout l'oxygène de la pièce.

Sa grand-mère finit par s'éclaircir la voix.

— Scott, cela vous ennuierait de nous laisser ? Je crois qu'il serait temps que j'aie une conversation avec ma fille et ma petite-fille. Nous avons quelques sujets de fond à aborder, elles et moi.

Scott s'écarta du comptoir contre lequel il s'était tenu appuyé.

— Vous savez où me trouver si vous avez besoin de moi.

Ce fut Grams qui lui répondit :

— Merci, Scott.

Mack se demanda pourquoi sa grand-mère le remerciait, alors que c'était quand même lui qui, d'une certaine façon, les avait tous fourrés dans ce merdier intégral.

Chapitre 15

Jenna

Révélation : un fait surprenant ou intéressant qui vous apparaît quand vous ne vous y attendez pas.

— Tu es sûre que c'est une bonne idée, ces visites quotidiennes chez ta mère ? Tu y es allée tous les jours depuis l'arrivée de Mack et de Lauren.

Greg ferma la porte de leur cottage à clé et poursuivit en lui emboîtant le pas alors qu'elle se dirigeait vers sa voiture.

— Elles ont peut-être besoin de respirer un peu, toutes les deux ?

— Je ne crois pas, non.

Jenna songea au message que sa sœur avait laissé sur son téléphone le matin même.

— Lauren a besoin d'un maximum de soutien en ce moment.

— Et le soutien, c'est toi ?

— Je suis sa sœur. Elle me dit tout le temps que ça va, cela dit. Mais je ne vois pas comment ça pourrait aller.

— Je suppose qu'elle fait ce qu'elle peut pour fonctionner en mode automatique et ne pas craquer complètement.

— Elle tient à cause de Mack, oui. Mais c'est très dur. Elle a eu les résultats de l'autopsie, hier. Pour la cause du décès, c'est indiqué « maladie cardiaque ». Une valve abîmée ou un truc comme ça. Tu imagines ? À quarante ans ! Et elle n'arrête pas de recevoir des appels du mec que j'ai rencontré à Londres — tu sais, l'exécuteur testamentaire ? Donc ça n'en finit jamais.

Jenna jeta son sac sur la banquette arrière de sa voiture et prit le volant.

— Et ce n'est pas la joie non plus d'avoir à cohabiter avec maman. On ne peut jamais parler de ce qu'on a sur le cœur, avec elle.

Greg attacha sa ceinture.

— On a déjà débattu mille fois de la question. Et on est toujours tombés d'accord pour dire que ta mère est rétractée en elle-même et incapable d'exprimer ses émotions.

— Oui, oui, OK… Mais elle pourrait quand même faire un minimum d'efforts pour Lauren. Tu as vu comment elle s'est comportée avec elle l'autre soir, au dîner ? C'est à peine si elle a prononcé le nom d'Ed.

Jenna salua d'un signe de la main un voisin sorti promener ses chiens et s'engagea sur la chaussée. Greg se cala contre son dossier.

— Parce que Nancy n'est pas sûre de trouver les bons mots pour lui parler. Il y a beaucoup de gens qui réagissent comme ça dans des situations douloureuses, Jenna. Ce n'est pas de l'indifférence, chez eux, mais la crainte de mal dire et de renforcer le chagrin au lieu de l'alléger. Avec ça, le scoop « Scott Rhodes » a dû lui mettre un coup. J'avoue que ça m'a fait cet effet.

— Parlant de « mettre un coup », je n'en reviens toujours pas que maman ait embarqué Scott Rhodes pour aller attendre Lauren au ferry.

— Ce qui me laisse perplexe de mon côté, c'est que ce soit lui le père biologique de Mack. C'est bien le dernier individu au monde que j'aurais imaginé pouvoir convenir pour le rôle.

Jenna songea qu'elle l'imaginait très bien, au contraire. Pourquoi d'ailleurs n'avait-elle pas pensé à lui plus tôt ? Elle prit la direction opposée à la plage.

— Maintenant que j'y repense, il y a eu des signes

avant-coureurs ! s'exclama-t-elle, les mains crispées sur le volant. Elle m'avait dit qu'elle l'avait remarqué, à l'époque !

— A priori, elle a dû le remarquer, oui. Tu peux ralentir, s'il te plaît ? Tu ne seras pas très utile à ta sœur si tu nous mets dans le fossé.

— Désolée.

Jenna leva le pied de l'accélérateur.

— Je me fais un souci d'encre pour Lauren. Tu crois que c'est à cause de Scott qu'elle revenait si peu souvent ici ?

— Je ne sais pas. *Ralentis*, Jenna !

Elle freina fort.

— Elle avait peut-être peur de tomber sur lui.

— Et moi j'ai peur qu'on couvre l'île de cadavres, si tu continues à ce rythme. Tu veux que je prenne le volant ?

— Non. Désolée. Je vais ralentir. Je suis un peu tendue, c'est tout. Lauren dit qu'elle va être obligée de chercher un boulot.

Jenna traversa West Tisbury à une allure raisonnable. Elle songea à la foire aux bestiaux annuelle qui se tenait là chaque mois d'août et se demanda si Lauren souffrait d'avoir été brutalement arrachée à sa vie ultra-citadine au cœur d'une métropole. Avec tout ce qui lui tombait dessus depuis quelque temps, c'était probablement le dernier de ses soucis.

— Chaque fois qu'on passait du temps ensemble, Ed et elle me donnaient l'impression de former un couple heureux, pas toi ?

— On ne peut jamais juger de l'extérieur ce qui se passe dans un couple. Nous aussi, on doit avoir l'air heureux ensemble.

Le cœur de Jenna fit un bond dans sa poitrine.

— Nous *sommes* heureux.

— On ne peut pas dire que tu rayonnes de bonheur, ces derniers temps.

Pourquoi avait-elle démarré cette conversation alors qu'elle tenait un volant ?

— J'ai très envie de devenir mère, c'est vrai. Mais ça ne veut pas dire que je ne suis pas heureuse.

Greg était-il en train d'essayer de lui dire que *lui* n'était pas heureux ?

Une soudaine montée de panique lui coupa le souffle. Greg était l'incarnation même de la stabilité dans sa vie. Toujours, elle avait pu compter sur lui quand les tempêtes de l'existence faisaient rage. Elle avait construit son couple avec lui sur des bases solides, et soudain les fondations qu'elle croyait indestructibles étaient secouées par un tremblement d'avertissement.

Ils gardèrent le silence pendant le reste du trajet. Lorsqu'elle se gara devant la Captain's House et qu'elle tourna la tête vers lui, elle vit qu'il avait les yeux fermés.

— Greg ?

— Mmm ?

Il souleva une paupière.

— On est arrivés ?

— Oui. Attends…

Elle lui posa la main sur le bras lorsqu'il voulut détacher sa ceinture.

— Est-ce que *toi* tu es heureux ? Tu t'intéresses aux états d'âme de tout le monde mais tu ne te prononces jamais sur tes propres ressentis. Dis-moi comment tu te sens.

— Fatigué. J'ai des patients difficiles en ce moment.

Elle ne lui demandait pas de lui parler boulot. Elle voulait qu'il s'exprime sur lui-même. Sur leur couple.

— Tu veux des enfants, toi aussi ?

Il hésita.

— Oui. Évidemment.

— Parfois, j'ai l'impression qu'entre mon désir d'enfant et le tien il y a un gouffre.

— J'ai envie d'une famille. Mais ce n'est pas mon unique préoccupation.

Autrement dit, elle continuait à lui en mettre plein les oreilles avec ses propres obsessions ?

Jenna se jura de ne plus lui parler bébé du matin au soir. Maintenant que Lauren était de retour, elle pouvait aborder le sujet avec sa sœur.

Sur une impulsion, elle le prit par les pans de son manteau et l'attira contre elle.

— Je t'aime, Greg Sullivan.

Elle l'embrassa, heureuse de retrouver la texture familière de ses lèvres et le goût addictif de sa bouche. Il glissa une main sur sa nuque et lui rendit son baiser. Un baiser tout en langueur et délicatesse, dans un premier temps. Mais personne ne s'y entendait comme Greg pour faire monter la tension. À chaque effleurement de ses doigts, chaque caresse de sa langue, il faisait évoluer le baiser vers de nouvelles sphères, le transformant en prélude d'enlacements plus intimes, promettant un plaisir qu'elle connaissait bien et anticipait déjà. Ses sens prenaient le dessus, une tension plaisante se répandait dans son bassin et elle regretta qu'ils ne soient pas restés chez eux à faire longuement l'amour sur le canapé.

Greg passa les mains sous son pull et monta jusqu'à ses seins. Elle sentit ses mamelons durcir sous la pression savamment dosée de ses pouces.

— Greg ! protesta-t-elle tout contre sa bouche.

Il s'écarta des quelques millimètres nécessaires pour répondre.

— Quoi ?

Sa voix était rauque et râpeuse. Ses yeux assombris par le désir le rendaient difficilement résistible.

— On ne peut pas. Pas maintenant.

— Tu préfères parler de tout et de rien avec ta mère que de faire orgasme commun avec moi ?

— Je préfère nous épargner une arrestation pour exhibitionnisme, outrage public à la pudeur et autres joyeusetés du même genre, murmura-t-elle contre ses lèvres.

Mais elle était tentée. C'était bon de vivre un moment tel que celui-ci avec Greg. L'élan de désir avait été spontané, ce qui n'arrivait plus si souvent dans leurs vies, ces derniers temps.

— Il faut reconnaître que pour être sur la voie publique nous sommes sur la voie publique.

Il se détacha de son étreinte et un intense sentiment de privation s'empara d'elle.

— Je t'aime.

— Moi aussi, je t'aime.

La conviction dans la voix de Greg l'apaisa.

Elle ne concevait rien de plus précieux au monde que la certitude d'être aimée. Et la perte qu'avait subie Lauren le lui en faisait prendre conscience avec une acuité presque douloureuse.

— Allez viens. Allons sauver ma sœur.

Elle lui prit la main en franchissant le seuil de la maison maternelle, heureuse de sentir l'amour circuler entre eux. Par quels renoncements difficiles Lauren avait-elle dû passer lorsqu'elle avait épousé Ed en étant amoureuse de Scott ? Jenna avait du mal à se représenter les étapes affectives que sa sœur avait traversées.

De bonnes odeurs de cuisine les accueillirent. Elle sourit en humant l'air.

— Mmm… Appétissant.

Mais si les fumets étaient prometteurs, la tension n'en était pas moins palpable dans la cuisine. Sa mère sortait un plat cuisiné du four pendant que Lauren dressait la table. À son entrée, Jenna vit une lueur de soulagement éclairer brièvement le regard fatigué de sa sœur.

— Salut, tout le monde !

Jenna traversa la pièce en ligne droite pour aller serrer Lauren dans ses bras. Elle fronça les sourcils en sentant les os saillants de ses hanches. Même si elle offrait tous ses kilos en trop à sa sœur, celle-ci resterait encore maigre comme un clou.

Les bras de Lauren l'enserrèrent et Jenna se souvint que, petites filles, elles s'étaient souvent réconfortées de cette manière.

Dès que l'une avait des ennuis, l'autre était là.

Jenna nota que Mack se tenait avachie à un coin de table, les yeux rivés sur son téléphone comme si elle essayait de s'isoler dans sa bulle pour oublier ce qui se passait autour d'elle. Comme sa mère, elle avait les yeux creusés par les cernes et elle paraissait tout aussi exténuée.

— Dis-moi comment tu vas, Lauren ?

Jenna relâcha lentement son étreinte, s'assurant d'abord que sa sœur tenait debout avant de s'écarter.

— Ça ne va pas mal, dans l'ensemble.

Mais une panique sauvage transparaissait dans son regard et elle paraissait transie et parcourue de frissons.

Mentir : affirmer ce que l'on sait être inexact dans l'intention d'induire en erreur ou de masquer la vérité.

— Tu as froid ? Cette maison est bourrée de courants d'air.

Dans la vieille demeure usée par les années, l'hiver semblait toujours plus inhospitalier qu'ailleurs. En été, la lumière du soleil inondait même les recoins sombres, mais maintenant, dans les tréfonds glacés de février, la Captain's House paraissait lasse, sombre et délaissée. À moins que cette impression de froid ne soit tout simplement liée à l'atmosphère ? Le bonheur d'une maison n'était rien de plus, au fond, que le reflet de celui de ses occupants.

— Scott est venu refaire toutes les fenêtres, objecta leur mère d'un ton vague. Il n'y a plus de courants d'air.

— Scott ?

Jenna balaya la pièce d'un coup d'œil circonspect, s'attendant presque à le voir adossé quelque part contre un pan de mur, à observer la scène de son regard énigmatique.

— Il était là tout à l'heure pour terminer la restauration d'une porte, mais il est parti.

Mack leva les yeux de son téléphone.

— Partir a toujours été sa spécialité, apparemment. Il se défile comme il respire, mon père biologique.

Lauren rougit.

— Ce n'est pas tout à fait ainsi que les choses se sont passées.

Pourquoi sa sœur prenait-elle la défense d'un mec qui avait mis les voiles en la laissant enceinte ?

— Bon allez, on passe à table.

Nancy remplit nerveusement des assiettes et les fit circuler. Jenna s'assit à côté de Lauren, en face de Greg.

Leur mère allait-elle réellement continuer à se comporter comme si de rien n'était ? Au moment même où elle se posait la question, elle vit celle-ci prendre une grande inspiration.

— Comme nous sommes tous réunis ici ce soir, je propose que nous ayons ensemble une discussion ouverte et sincère.

Non, sérieux ? Question sincérité, dans leur famille, il n'y en avait jamais eu un pour rattraper l'autre.

Greg hocha la tête.

— Cela me paraît être une saine initiative.

Jenna fronça les sourcils. Cela lui paraissait être une initiative totalement inhabituelle, surtout.

— Maintenant que Lauren est à peu près remise du décalage horaire, il serait temps que nous réfléchissions ensemble à ce qu'elle peut faire par la suite.

Jenna se servit en accompagnement, effarée par la prodigieuse absence de tact de leur mère. Pendant qu'elle avait la cuillère en main, elle en profita pour ajouter une montagne de riz sur l'assiette de sa sœur. Lauren avait besoin de s'alimenter en urgence.

— On a tout le temps qu'il faut pour réfléchir à l'avenir.

Nancy secoua la tête.

— Non, justement.

Un silence embarrassé tomba et Jenna contint non sans mal un mouvement d'irritation. Pourquoi leur mère n'essayait-elle pas de réconforter sa fille avec d'apaisantes platitudes, comme elle aurait été censée le faire ?

— Maman ?

— Il faut que nous aidions Lauren à monter un projet.

Jenna grinça des dents.

— Comment ça, un projet ? Par rapport à Scott, tu veux dire ?

— Non. J'imagine qu'il n'y a plus rien à espérer de ce côté-là, sinon ça se serait fait avant.

Lauren, livide, repoussa son assiette intouchée.

— Inutile de parler de moi comme si j'étais absente. Je suis là, assise avec vous à cette table. Et je sais qu'il faut que je prenne une décision. Je dois trouver un boulot et un logement.

— Mais il n'y a rien qui presse, hein, maman ?

Jenna tenta de sourire mais ne réussit qu'à montrer les dents en une grimace peu amène.

— Tu disposes de dix chambres à coucher, donc on ne peut pas dire que vous vous trouvez à l'étroit, toutes les trois. Lauren dispose de tout le temps qu'il faut pour réfléchir à des solutions pour elle et pour Mack. Le reste peut attendre.

Leur mère se laissa tomber sur la chaise la plus proche.

— Ça ne peut pas attendre, non.

— Il me faudrait juste le temps de reprendre pied, intervint Lauren d'une voix faible. Si notre présence te pèse, nous nous ferons discrètes. En aucun cas, nous ne voulons t'empêcher de peindre.

Sa peinture, bien sûr.

Là était le nœud du problème.

Elles savaient l'une et l'autre qu'une seule chose au monde comptait dans la vie de leur mère : son art.

— Cela n'a rien à voir avec ma peinture. Vous pouvez difficilement imaginer à quel point la décision a été douloureuse à prendre, mais je sais désormais que c'est la meilleure chose à faire.

— Quoi ? Quelle décision ?

Le ventre de Jenna se noua lorsqu'elle comprit que ce n'était pas qu'une question d'absence de tact chez leur mère. Il se passait autre chose, de plus grave.

Les mains de cette dernière se crispèrent sur le bord de la table.

— Je vends la Captain's House.

Il y eut un vacillement dans sa voix qui ressemblait *presque* à une émotion véritable, pour une fois.

— La maison est devenue bien trop grande pour moi. Je n'ai pas besoin de dix chambres à coucher.

Jenna n'aurait pas été plus choquée si sa mère lui avait assené une poêle à frire sur la tête.

— Tu nous as toujours dit que tu ne la vendrais jamais ! « Que tu as vocation à sauvegarder la tradition et que tes ancêtres s'en retourneraient dans leurs tombes si tu devais faillir à cette tâche » !

— On ne maîtrise pas toujours toutes les circonstances.

Le visage de Lauren était plus blanc qu'un drap d'hôpital.

— Et tu vends la maison à qui ?

— C'est la partie franchement embarrassante de l'histoire : mon acheteur, c'est Scott Rhodes.

Chapitre 16

Nancy

Réflexion : pensée élaborée autour d'un sujet particulier.

Elle sortait avec Tom depuis trois mois, jour pour jour, lorsqu'il lui avait parlé mariage. La scène s'était déroulée en public, par une journée inondée de soleil du mois d'août de l'année 1970 alors qu'ils assistaient à l'arrivée de l'*Island Queen*, le ferry de l'époque, sur le point d'accoster à Oak Bluffs.

Bien qu'amoureuse — et même très amoureuse —, Nancy n'avait pas anticipé pareil dénouement à leur histoire. Rien dans la vie qu'elle avait connue jusque-là ne la prédisposait aux illusions romantiques. Perdre ses deux parents à l'âge de huit ans lui avait appris que la permanence affective était un leurre. Et elle s'était refermée sur elle-même et sur sa solitude depuis.

Une solitude que Tom, lui, n'avait jamais connue. Il était commercial — un métier qui lui allait comme un gant, compte tenu de son charisme et de sa nature extravertie. L'entreprise qui l'employait avait son siège à Boston et il passait souvent des semaines entières loin de Martha's Vineyard.

À chacun de ses retours, c'était comme si une lampe s'allumait dans la vie de Nancy. Cette lumière qui émanait de Tom, il l'avait orientée sur elle et l'avait éblouie de son faisceau.

Avant de rencontrer Tom, elle n'avait connu qu'un seul homme, qui lui avait assuré qu'il l'aimait en dépit de sa passion exclusive pour la peinture. Tom, lui, avait juré ses grands dieux qu'il l'aimait *à cause* de ladite passion. Donc, tout naturellement, lorsqu'il lui avait proposé une vie entière de bonheur, en cette journée d'été si bleue sur fond de mer calme, elle avait accepté sans une hésitation.

Tom n'avait fait ni une ni deux et lui avait glissé une bague au doigt. Elle aurait préféré que ce moment symbolique se déroule ailleurs que sur le port, devant la foule de passagers qui se déversait du ferry. Mais Tom avait toujours été impulsif.

C'était lui qui lui avait proposé de coucher ce même décor sur la toile pour qu'ils puissent s'en souvenir toute leur vie. Alors elle s'était mise à ses pinceaux et avait commencé à peindre : le lieu, les couleurs, l'été, le bonheur. Puis, sur une suggestion de Tom, elle avait accroché l'œuvre résultante dans leur entrée.

Le tableau était resté là pendant tout le temps qu'avait duré leur mariage, avec le bleu allègre du ciel et l'éclat triomphant de la mer pour leur rappeler l'engagement à vie qu'ils avaient pris l'un envers l'autre.

Elle avait été soulagée mais aussi un peu surprise que Tom ait accepté d'emménager avec elle dans sa grande maison ancestrale.

Tom qui ne tenait pas en place et vivait dans une recherche permanente de nouveauté et de mouvement. Son mari restait rarement immobile alors qu'elle-même pouvait passer des heures dans une même position lorsqu'elle peignait, si concentrée qu'elle en oubliait le lieu et l'heure. Elle avait cru qu'il insisterait pour l'emmener vivre à Boston ou même à New York. Mais Tom ne le lui avait jamais proposé.

— Toi, tu es une Stewart, avait-il proclamé en la faisant tourbillonner dans ses bras comme s'ils se trouvaient dans une salle de bal et non pas sur une plage noire de monde. Et les Stewart ont toujours vécu dans la Captain's House.

Rien n'était plus vrai.

Après le décès de ses parents, Nancy était restée dans la maison familiale avec sa grand-mère, une femme peu portée sur l'humour mais riche en possessions diverses et variées.

Chaque génération de sa famille s'était appliquée à conserver les vestiges du passé tout en ajoutant sa propre contribution, si bien qu'elle avait hérité d'une maison pleine à craquer d'objets-témoins d'époques révolues. Il y avait des jours où elle avait eu l'impression de grandir dans un musée.

— Un jour, mon petit, cette maison t'appartiendra, avait décrété sa grand-mère.

Et Nancy s'était demandé ce qu'elle ferait des dix chambres à coucher ainsi que des sept cents toiles d'araignée qui lui reviendraient en héritage. Le poids de la responsabilité avait pesé lourd sur ses épaules. Mais lui avait également donné une raison de vivre.

En tant que gardienne désignée d'un lieu à transmettre aux générations futures, elle avait vécu comme une bénédiction le fait que Tom ait choisi de la seconder dans sa tâche.

Très vite, cependant, elle avait constaté que si Tom aimait la Captain's House la façon dont il concevait d'occuper les lieux divergeait radicalement de la sienne.

— Il fait un froid de canard, dans cette baraque, se plaignait-il chaque hiver en empilant des couches de vêtements tout en allumant un énième feu dans la cheminée ouverte du séjour. Il faudrait mettre des portes et des fenêtres en PVC et changer de mode de chauffage.

Alors qu'il multipliait les suggestions de transformation, Nancy avait réalisé que son mari ne comprenait rien à l'âme du lieu. Sa tâche à elle consistait à maintenir la Captain's House dans son état historique. Et surtout pas à la démanteler. Sans parler du fait qu'ils ne disposaient pas du financement nécessaire, elle ne souhaitait pas moderniser la demeure de ses ancêtres.

La maison, cependant, était la seule pomme de discorde entre eux. Pour tout le reste, Tom et elle étaient heureux.

Lorsqu'il partait en déplacement, ce qui arrivait souvent, il lui restait sa peinture. Et la Captain's House pour lui tenir compagnie.

L'artiste qu'elle était appréciait la beauté de son architecture et le charme de ses bardeaux grisés par les embruns. En tant que femme, elle aimait la sensation d'espace que donnait la vaste demeure. Et l'enfant en elle se sentait bercée par la présence invisible mais rassurante des générations passées. Même si la Captain's House était grande, elle ne s'était jamais sentie seule, tellement la maison était habitée par un passé qui la touchait jusque dans sa chair. C'était le genre de maison qu'on ne se contentait pas de posséder mais qui devenait, au fil des générations, un membre de la famille à part entière. Peut-être qu'une partie d'elle-même avait eu la conviction que tant qu'ils vivraient entre les murs de la Captain's House sa famille resterait protégée quoi qu'il arrive.

La suite lui avait donné tort, hélas. Sur ce point comme sur tant d'autres.

Ils avaient vécu sur le salaire de Tom, dont une grosse partie était absorbée par les dépenses vertigineuses qu'exigeait l'entretien de la Captain's House. Elle s'estimait heureuse que la carrière de son mari dans la vente rapporte suffisamment pour qu'ils puissent au moins joindre les deux bouts. Il voyageait presque tout le temps, mais c'était le prix à payer pour leur sécurité financière. Compte tenu de l'argent englouti pour maintenir sa maison familiale à flot, il aurait été malvenu de sa part de se plaindre de ses fréquentes absences.

Il lui arrivait de vendre un ou deux tableaux à l'occasion, mais sa contribution aux revenus du ménage était plutôt dérisoire dans l'ensemble.

Si elle avait peint pour gagner sa vie, elle aurait renoncé à poursuivre. Mais elle n'avait jamais pensé à son art comme à un gagne-pain. Elle peignait parce que peindre était toute sa vie. Devant son chevalet, son esprit se vidait et sa main s'animait. C'était à la fois un art et une forme de méditation. Elle avait besoin de peindre comme de respirer.

Sa brusque et inattendue célébrité en tant qu'artiste avait coïncidé avec la naissance de son premier enfant.

Lauren avait à peine deux semaines lorsqu'un riche estivant avait repéré un tableau signé Nancy Stewart accroché au mur d'un café. L'homme tenait une galerie d'art à Boston, et un de ses acheteurs réguliers, il en était certain, ferait une razzia de ses marines pétries de beauté et d'atmosphère.

Le galeriste lui avait pris toutes les toiles qu'elle avait en stock, puis il était revenu pour en redemander.

En l'espace d'une saison, ses tableaux qui n'intéressaient personne devinrent l'objet d'un engouement forcené dans le monde de l'art.

Très vite, elle fut amenée à voyager et à se déplacer à son tour. Elle exposa à New York puis à Paris, à Genève et à Londres.

Avec deux enfants en bas âge, il aurait été impossible pour elle de mener de front maternité et carrière, mais Tom avait entre-temps perdu son emploi et échoué à en décrocher un autre. Lorsqu'il n'était pas sur le terrain de golf, on le trouvait donc à la maison. Pour les filles, il avait été d'emblée le meilleur des pères, toujours prêt à jouer avec elles et à les faire rire aux éclats. Ce même rayonnement solaire qui attirait les gens à lui agissait aussi sur Lauren et Jenna. Et pendant que ses filles s'épanouissaient dans le halo du charisme paternel, elle, leur mère, se trouvait reléguée dans les ombres d'un hors-champ permanent.

Elle avait essayé d'être reconnaissante plutôt qu'amère. De se dire et de se répéter que le fait que Tom soit si un bon père lui permettait de vivre pleinement sa carrière d'artiste peintre. Mais lorsqu'elle rentrait, épuisée, de ses voyages à l'autre bout du monde, elle se retrouvait en position d'étrangère dans sa propre maison.

Comme elle assurait une présence trop irrégulière pour structurer leurs journées, ses filles se muaient en sauvageonnes. Et dès qu'elle essayait de réintroduire un minimum de discipline, l'écart entre ses enfants et elle se creusait encore un peu plus.

Plus elle se démenait pour essayer de garder sa place, plus elle se sentait délogée de son cercle familial. Tom, avec le plus grand naturel, prenait ses deux filles sous le bras et annonçait haut et fort :

— Allez, les Trois Mousquetaires ! À la plage ! À plus tard, Nancy !

Elle souffrait de son exclusion mais ne savait comment s'insérer dans leur triumvirat soudé. Elle aimait ses filles. Elle aimait Tom. Pourquoi se trouvait-elle reléguée en permanence dans ce rôle de trouble-fête extérieur ?

Elle en était là de son questionnement lorsqu'il y eut cette journée noire de juin où elle était revenue plus tôt que prévu d'une exposition et où elle avait trouvé Tom au lit avec une fille rencontrée sur la plage.

Elle s'était figée face au désordre des draps, à la vision obscène de ces deux corps, mouvants et emmêlés.

— Ce qui s'est passé ne veut rien dire, Nancy.

Dans le même mouvement où il jetait la fille à la porte, il sortait une flopée d'excuses à son épouse effondrée.

Elle était seule. Tellement seule. Toujours dans la solitude de son atelier. Ou isolée dans des chambres d'hôtel à l'étranger.

De la scène qui avait suivi, elle n'avait retenu qu'une chose : si quelqu'un était fautif, dans l'histoire, c'était elle.

Elle n'était pas douée pour communiquer avec les autres. Pas douée pour l'affectif. Non seulement elle était incapable de garder son mari, mais ses propres enfants préféraient résolument leur père à leur mère.

La situation était plus douloureuse encore qu'un deuil, car la présence de Tom sous son nez lui rappelait en permanence qu'elle ne lui suffisait pas en tant que femme. La fille surprise dans son lit fut la première de ce qui allait être une longue série. Tom apprit à mieux dissimuler ses infidélités, mais elle percevait les signes à chaque fois : les appels téléphoniques tard le soir, les départs inexpliqués. Elle finit par atteindre un stade où il lui devint insupportable de vivre sous le même toit que lui.

— Je pense que tu devrais t'en aller, lui jeta-t-elle un jour à la figure, décidée à mettre un terme à une situation qui se gangrenait.

— Pourquoi ? Tu n'es jamais à la maison. C'est moi qui

m'occupe des filles pendant que tu cours aux quatre coins du monde en jouant aux célébrités internationales.

Nancy avait gardé le silence sur la blessure que ses paroles lui infligeaient.

— Je fais vivre ma famille.

— C'est ça, vas-y, enfonce le couteau dans la plaie. Tu essaies de me dire que le fait de ne pas gagner l'argent du foyer me dévirilise, c'est ça ? Il ne manque pas de femmes pour penser le contraire, Nancy.

Il ne lui apprenait rien en ce qui concernait les femmes en question. Elle regarda Tom se passer la main sur le front — cette même main qui éveillait le plaisir en glissant sur d'autres chairs que la sienne.

— Je propose que tu ailles les rejoindre définitivement, toutes ces femmes émerveillées par ta personne.

Cette fois, elle vit la panique dans ses yeux.

— Et te laisser mes enfants, tu veux dire ? *Non*. Je les aime et elles m'aiment. Avec moi, elles s'amusent. Lauren et Jenna ont *besoin* de leur père. Elles vont s'étioler, sinon.

Sous-entendu : leur mère était ennuyeuse comme la pluie et elles pouvaient parfaitement bien se passer d'elle.

« *Mes* enfants. » Comme si elle-même n'avait aucun statut parental dans cette famille.

— Elles ont besoin de stabilité. Pas d'un père qui passe sa vie avec son pantalon sur les chevilles.

Il la défia du regard.

— Elles ne le sauront que si tu le leur dis. Ce que j'ai à leur offrir, c'est une enfance en or. Tu veux priver tes filles de tout ce qui fait leur bonheur ?

Elle songea à sa propre enfance, triste et marquée par l'absence de toute figure paternelle. Au mieux, Lauren et Jenna lui en voudraient. Au pire, elles la haïraient.

La pensée lui fut insupportable.

Alors qu'elle réfléchissait à ce scénario sinistre, Tom porta son coup final.

— Si tu me jettes dehors, elles ne te le pardonneront pas.

Sous-entendu : « Je ferai le nécessaire pour que tu passes pour un bourreau. » Nancy comprit qu'elle était prise au piège : pour ne pas s'aliéner ses filles tout en conservant un minimum d'autorité pour les protéger, elle allait devoir garder son mari chez elle.

Passer un pacte avec le diable lui aurait fait plus ou moins le même effet.

Chapitre 17

Mack

Mettre la pression : essayer de persuader ou de forcer quelqu'un à faire quelque chose.

Mack claqua la porte de son casier et regretta pour la milliardième fois de ne plus être à Londres. En regardant les autres élèves défiler en masse dans la direction opposée à la sienne, elle se sentit comme un saumon solitaire remontant un fleuve à contre-courant.

Si elle avait eu un super pouvoir à choisir, elle aurait pris l'invisibilité sans une hésitation.

Elle attaquait sa troisième semaine dans son nouvel établissement et jusque-là, ça s'était carrément mal passé. À Londres, au moins, elle avait appris à se fondre dans son environnement, façon caméléon. Mais ici, elle ne connaissait personne et n'avait aucune idée des codes en vigueur. Elle flippait trop à l'idée de faire une boulette et d'être prise pour cible par tout le bahut.

Les matières enseignées étaient différentes et les groupes de potes déjà constitués depuis la rentrée. Elle savait d'expérience qu'entrer dans un de ces clans serait archi-compliqué. Une fille avait été désignée pour l'accompagner les premiers jours et l'aider à se familiariser avec l'établissement. Mais elle avait fait le strict minimum, puis avait disparu pour réintégrer sa bande.

Le moment le plus difficile de la journée, c'était le repas de midi, à la cafétéria. C'était un immense espace ouvert où les populaires brillaient de tous leurs feux et où les losers et les bizarres, exposés à tous les regards, devenaient encore plus vulnérables. Mack se sentait comme une antilope solitaire broutant dans la savane sous l'œil d'une troupe de lions.

Sa mère la poussait à s'inscrire à un des clubs ou ateliers proposés, histoire de se faire des amis à travers une activité commune. Mais jusqu'à présent elle avait à peine échangé trois mots avec qui que ce soit. Et elle n'avait qu'une envie en sortant de là : se barrer chez elle pour s'enfermer dans sa chambre. Ça ne lui disait pas trop de prolonger la torture en restant au bahut après les heures de cours.

De l'autre côté du couloir, un garçon dégingandé avec des cheveux noirs collait une pub pour le club de codage informatique.

Tous les mardis et jeudis de 14 h 30 à 16 h 00.

Elle eut un sursaut d'enthousiasme à la vue de l'affiche. Un club pour apprendre à coder ? Trop cool ! À Londres, les sujets enseignés étaient traditionnels et orientés sur l'examen final. Et il n'y avait pas eu d'activité codage informatique.

S'assurant que personne ne la regardait, Mack jeta de nouveau un coup d'œil sur l'affiche.

Et si je m'inscrivais ?

Non. Au premier élan positif succéda un mouvement de découragement. Elle savait d'expérience que si elle s'affichait au club de codage informatique elle était grillée d'avance. Surtout en tant que nouvelle.

Les premières impressions étaient déterminantes.

Elle tourna résolument le dos à l'affiche. Comme n'importe quel nouveau, dans n'importe quel bahut, elle allait avoir droit à une étiquette qui ne la quitterait plus ensuite. Et elle ne voulait pas être cataloguée geek ou intello. Ce serait la mort sociale assurée.

Elle se traîna, la mort dans l'âme, à son cours de littérature anglaise. Elle adorait lire mais détestait les commentaires de texte et les questions à la con qu'on leur posait.

Si elle avait été prof, elle les aurait tournées de manière plus fun.

Sur une échelle de un à dix, où situes-tu ton envie d'étrangler Anna Karénine ?

Elle sourit toute seule en y réfléchissant, puis nota qu'on la regardait bizarrement et se hâta de reprendre l'air impassible de rigueur.

Elle essaya de ne pas penser à Phoebe, là-bas chez elle, en Angleterre.

Prenant soin de ne croiser aucun regard, elle se posa à la première place libre venue et sortit ses bouquins de son sac.

Elle avait déjà lu le livre qu'ils étudiaient en cours. Etait-elle censée le dire au prof ? Ou valait-il mieux la fermer ?

— Salut !

La belle fille assise à côté d'elle lui adressa un sourire si flashy que Mack en resta presque aveuglée.

— Moi, c'est Kennedy. Et tu es nouvelle. Ça fait déjà plusieurs cours où je te croise.

Mack était tellement soulagée que quelqu'un lui adresse enfin la parole qu'elle faillit fondre de gratitude.

— Moi, c'est Mackenzie mais on m'appelle Mack.

— Tu es *british* ? Ouah…

Kennedy pressa une main sur son cœur.

— J'adore ton accent. Tu viens d'où ?

— Avant, on vivait à Londres, mais ma mère est d'ici. Je ne suis qu'à moitié anglaise, en fait. Elle est née au Vineyard.

Mais si son accent *made in England* devait la rendre populaire, elle était disposée à en rajouter s'il le fallait.

— Et maintenant tu es venue habiter ici ? Quelle idée ! Pourquoi ?

Kennedy avait l'air d'avoir une haute idée de Londres.

— Parce qu'Ed…

Mack se tut et reformula. Ce n'était pas le moment d'entrer dans des détails trop personnels.

— On est venues là parce que mon père est mort.

— Oh ! non. C'est triste, commenta Kennedy en plissant le front.

— Ouais.

La brusque montée d'émotion prit Mack par surprise. Horrifiée, elle baissa la tête. Si elle pleurait maintenant, c'était mort. Elle se pencha pour sortir ses stylos de son sac, se donnant un peu de temps pour se ressaisir. *Respire, Mack, respire.*

— Si tu veux, on peut se voir après les cours ?

Kennedy était ouverte et amicale, et Mack dut lutter encore plus fort contre les larmes. Mais cette fois, c'était la reconnaissance qui dominait.

Si elle ne s'était pas retenue, elle aurait serré Kennedy dans ses bras.

Elle avait espéré se faire quelques amis à la longue, mais ne s'attendait pas à quelque chose d'aussi fulgurant. Surtout avec quelqu'un comme Kennedy, la fille la plus cool de l'année.

— Oui, pourquoi pas ? Merci.

Touchée et émue, elle essaya de ne pas s'étrangler en prononçant ce dernier mot.

— Nickel.

Le sourire de Kennedy s'élargit.

— Avec quelques potes, on aime bien traîner à la plage après le lycée. En été, on se baigne, on s'allonge dans le sable. Mais tant qu'il fait froid, on reste juste entre amis, on discute et on fait ce qu'il faut pour se réchauffer.

Mack se demanda en quoi consistaient ces méthodes de réchauffage.

— Le problème, c'est que je n'ai ni bagnole ni moto.

— Pas grave. Mon frère et deux de ses amis se débrouillent pour avoir des caisses. On t'emmène sans problème.

Mack tiqua. Jamais sa mère n'accepterait de la laisser monter en voiture avec des garçons inconnus et plus âgés qu'elle.

— J'ai mon vélo ici, au bahut.

— Mitch aura le pick-up de son père, donc tu pourras le mettre à l'arrière. Viens avec nous tout à l'heure, si tu veux.

On se retrouve devant l'entrée. Ça va te faire du bien de voir un peu de monde.

Kennedy plissa les yeux d'un air suspicieux.

— Sauf si tu as d'abord besoin de demander la permission de ta mère ?

Mack se sentait partagée. Passé le premier moment d'excitation, elle commençait à se sentir mal à l'aise. Mais le sourire de Kennedy était comme une lumière dans un tunnel obscur et elle n'avait pas envie de le voir s'éteindre.

Elle avait l'impression que sa nouvelle amie lui faisait passer une sorte de test et elle n'avait pas envie d'échouer. Sa mère ne s'inquiéterait pas si elle rentrait plus tard que d'habitude. Elle était tellement bouffée par ses problèmes qu'elle avait autre chose à faire que de la fliquer en ce moment. D'ailleurs, c'était elle qui lui prenait la tête un jour sur deux en insistant pour qu'elle se fasse des amis.

— Ma mère me laisse faire ce que je veux. Pas de souci.

— Cool.

Le sourire était de retour, plein watts. Kennedy avait des dents blanches et bien alignées. Tout était net et éclatant chez elle. Cette fille avait une classe cent pour cent US qu'elle, Mack, ne réussirait jamais à égaler.

De l'autre côté de la pièce, elle repéra le grand mec maigre qui avait placé l'affiche pour le club de codage. Leurs regards se croisèrent. Il lui adressa un sourire timide et elle détourna les yeux, embarrassée.

— Ce mec-là, tu l'oublies, recommanda Kennedy.

Rejetant ses cheveux dans son dos, elle sortit son livre de son sac et le posa bruyamment sur le bureau.

— Il a dû lever les yeux pour la première fois de son clavier et s'apercevoir que les filles existent. Mais il ne sait même pas ce qu'il faut faire avec, donc laisse tomber. C'est un gros nul d'obsédé du codage.

Mack ne trouvait pas qu'il avait l'air d'un gros nul, mais faire ce genre de remarque l'aurait condamnée à l'exclusion et à l'exil, donc elle la ferma.

D'ailleurs le prof entrait dans la salle et le cours commença. Mack garda la tête baissée et évita de se faire remarquer.

À l'heure du déjeuner, elle se retrouva tout naturellement assise avec Kennedy et ses amies. Il était clair que c'était le groupe des populaires, ceux que les autres regardaient avec envie. Ils riaient tous très fort et faisaient preuve d'assurance. Mack vit plusieurs élèves assis seuls dans leur coin et fut soulagée de ne plus être l'un d'eux.

Juste avant la fin de la pause, elle envoya discrètement un texto à sa mère.

Je reste avec mes amis après le lycée. Je rentrerai tard.

La réponse ne tarda pas à tomber.

Fière de toi que tu te sois fait des amis aussi vite. Go, Mack, go! Bises.

Mack se sentit vaguement coupable, mais se dit qu'elle ne faisait rien de mal. C'était juste cool, pour une fille de son âge, d'aller faire un tour à la plage avec des potes.

Elle ne voyait pas trop ce qui pouvait arriver d'inquiétant.

Pendant le trajet, elle se retrouva coincée sur la banquette arrière entre deux filles qu'elle ne connaissait pas et un garçon qui considérait à l'évidence que se doucher était bon pour les boloss. Il n'y avait pas assez de ceintures de sécurité pour qu'ils puissent tous s'attacher, mais ce détail faisait rigoler tout le monde.

— Vu qu'on est serrés comme des sardines, on ne risque pas d'être éjectés, s'esclaffa quelqu'un.

Mack rit avec les autres, mais elle devait se forcer un peu. Les routes de l'île étaient souvent étroites et en mauvais état. Elle se serait sentie plus tranquille si elle avait été attachée.

Nick, le frère de Kennedy, était au volant. En les écoutant parler, Mack découvrit qu'il était en terminale et qu'il intégrait Harvard à la rentrée pour faire médecine.

Impressionnée, Mack respira plus librement. La vocation

de Nick lui apparaissait comme une garantie de sérieux et de dévouement à toutes les bonnes causes possibles. Mais l'angoisse revint au galop au moment où il ouvrit le coffre et qu'elle vit les packs de bière et les bouteilles.

Un sentiment de panique se logea dans sa poitrine.

S'il y avait bien un truc qui faisait flipper sa mère, c'était l'alcoolisation des ados. Les lois sur la consommation de boissons alcoolisées étaient plus souples au Royaume-Uni, mais elle avait quand même passé un sale quart d'heure le seul soir de sa vie où elle avait tâté de la vodka.

Les autres avaient l'air très cool avec ça, et elle ne se sentait pas du tout à sa place. Elle n'avait plus aucune envie d'être là en leur compagnie.

Elle vit Nick lancer une bière à un de ses copains et en décapsuler une pour lui.

Sa mère lui avait rabâché mille fois que s'il y avait une chose au monde à ne pas faire c'était de monter en voiture avec un type alcoolisé au volant. Mais si elle refusait de se faire raccompagner, elle perdrait ses nouveaux potes avant même d'avoir intégré le groupe. Cela voudrait dire aussi qu'elle resterait en rade à la plage. Alors qu'elle n'avait aucune idée du trajet à suivre pour retrouver la Captain's House. Et la nuit n'allait pas tarder à tomber.

Autant dire qu'elle était coincée là avec sa nouvelle bande.

Tournant un regard angoissé vers Kennedy, elle la vit très occupée à rire avec un des garçons plus âgés.

Un des amis de Nick vint la rejoindre.

— C'est toi, Mack, alors ? Moi, c'est Mitch. Tu es nouvelle, non ? C'est la première fois que je te vois.

Mitch était plutôt pas mal, avec un sourire sympa. Mack se détendit légèrement.

— Avant, j'étais à Londres. Ça ne fait pas longtemps que je vis ici.

Elle se laissa aller à sourire. Mmm… *Mack et Mitch* ? Ça sonnait pas mal, non ? Mitch descendit une gorgée de bière.

— Londres en Angleterre ? Ça t'arrive de croiser la reine, alors ?

Ah d'accord... Dans la série des questions stupides, il remportait la palme direct.

— Je n'ai jamais croisé la reine, non.

Elle vit dans un palais, abruti.

De l'autre côté de la plage, elle vit Nick embrasser à pleine bouche une des voisines de classe de Kennedy. Alors qu'elle regardait dans leur direction, Mack nota que la fille s'attaquait à la braguette de Nick. Elle détourna les yeux.

— Fais pas gaffe à eux, lui recommanda Mitch. Ça va finir au pieu, leur affaire. Ils trouveront une chambre tout à l'heure, en rentrant. Tiens, prends-toi une bière, si tu veux.

Mack hésita. Si elle refusait, elle perdait la face. Si elle acceptait, elle enfreignait la loi interdisant la consommation d'alcool pour les moins de vingt et un ans. Et là, ça pouvait faire très mal aussi.

Elle regrettait presque que sa mère ne l'appelle pas pour lui demander où elle était et ce qu'elle faisait. Mais, pour une fois, son téléphone restait silencieux.

Mitch alluma une cigarette, aspira une longue bouffée de fumée, puis la lui tendit.

Mack secoua la tête. Elle était prête à tous les sacrifices pour s'intégrer, mais pas au point de s'introduire cette substance puante dans les poumons.

Il haussa les épaules et continua de fumer.

Mack chercha Kennedy des yeux et finit par entrevoir sa tête blonde dans une des voitures. Les vitres embuées laissaient à peine deviner ce qui se passait à l'intérieur.

Et c'était probablement mieux comme ça.

Elle n'aurait pas dû se laisser embarquer dans cette expédition.

Grossière erreur, Mack.

Le vent était glacé et elle frissonna.

— Tu as froid ?

Mitch écrasa son mégot sous le talon de sa botte et l'attira contre lui.

— Viens là que je te réchauffe.

Elle aurait préféré le repousser, mais elle était tellement glacée qu'elle ne pouvait s'empêcher d'apprécier la sensation de chaleur.

— On reste là combien de temps ?

— Hé, un peu de patience, ma puce. On arrive juste.

Il plaqua sa bouche sur la sienne. Un fort goût de cigarette l'envahit et elle s'étrangla presque.

Berk. C'était dégueu. Elle se demanda comment les autres pouvaient trouver « fun » d'embrasser un garçon.

Elle voulut se dégager, mais Mitch la tenait fermement et n'avait pas l'air parti pour vouloir la lâcher. Pour la première fois depuis qu'elle avait accepté ce plan idiot, elle flippa pour de bon.

Mitch lui jeta un sourire amusé.

— Tu pourrais être un peu plus gentille avec moi.

— Je dois rentrer à la maison.

Elle essaya de le repousser plus énergiquement, mais plus elle se débattait, plus il la serrait fort.

— Stresse pas comme ça. On s'amuse un peu, c'est tout.

Elle savait que ce qui se passait n'était plus un jeu et qu'elle s'était mise en danger. Si elle trouvait le moyen de se sortir de ce piège, elle retiendrait la leçon.

— Lâche-moi !

— Tu entends ce qu'elle te dit ?

La voix était calme, profonde et masculine. Et venait de s'élever juste derrière elle.

Mack la reconnut aussitôt. C'était la même qui avait prononcé des paroles rassurantes la dernière fois qu'elle avait cru qu'elle allait y passer.

Scott Rhodes.

Le soulagement l'envahit. Plus tard, il y aurait de la place en elle pour l'humiliation, la gêne et toutes sortes d'émotions inconfortables. Mais en ce moment précis elle ne voyait qu'une chose : elle était sauvée. La pensée que Scott pourrait se trouver dépassé face aux garçons du groupe ne lui traversa même pas l'esprit. Un mec comme lui était capable de tout affronter.

Mitch partageait visiblement cet avis. En voyant Scott, il l'écarta de lui avec tant de rudesse qu'elle serait tombée si Scott ne l'avait pas rattrapée par l'épaule. Il la soutint d'une main ferme pendant qu'elle reprenait son équilibre.

— Ça va ?

Une méga boule de larmes lui obstruait la gorge, mais elle réussit à hocher la tête.

Scott serra les lèvres. Mack n'en menait pas large. Il était furieux contre elle, c'était clair.

Mitch n'avait pas l'air plus rassuré qu'elle, car il recula d'un pas.

— Hé, elle était d'accord pour monter dans ma voiture ! Il n'y a aucune loi qui interdit de se balader avec une fille sur la plage.

Scott le regarda froidement.

— Peut-être. Mais il y a des lois qui interdisent aux mineurs de consommer de l'alcool. Des lois qui interdisent de conduire quand on a bu et qui obligent à rouler avec une ceinture attachée. Et il y a surtout une loi sur le consentement. Elle t'a dit de la lâcher. Tu devrais peut-être songer à apprendre à écouter.

Dangereusement calme, Scott porta son attention sur elle et lui indiqua sa voiture d'un geste bref du menton.

— Monte là-dedans. J'arrive dans une minute.

Tête basse, elle se dirigea vers le pick-up et se percha sur le siège passager. Il avait commencé à pleuvoir et, à travers le pare-brise embué, elle vit Scott parler à Mitch. Ce dernier avait la tête basse et elle ne pouvait discerner son expression, mais son langage corporel indiquait qu'il était prêt à ramper.

Quelque chose de chaud et humide glissa soudain sur sa main et elle faillit hurler.

Se retournant en sursaut, elle vit le retriever assis sur la banquette arrière. Elle avait cru que rien, jamais, ne pourrait lui rendre sa sérénité, mais la vue du chien lui remonta aussitôt le moral.

La portière s'ouvrit côté conducteur et Scott se mit au volant. Mack déglutit avec peine.

— Je ne savais pas que tu avais un chien. Il est magnifique.

— Attache ta ceinture.

Les yeux fixés sur son rétro, il fit marche arrière sur la piste jusqu'à ce qu'il trouve un endroit pour tourner. Mack tendit la main vers le chien, qui se pencha pour lui donner un nouveau coup de langue.

— Comment il s'appelle ?

— Capitaine. C'est un chesapeake.

La lumière déclinait très vite. Le faisceau des phares dessinait la piste et ils avancèrent cahin-caha jusqu'à la route goudronnée. Du paysage, on ne voyait presque rien. À Londres, les rues étaient tellement éclairées que c'était comme dormir avec les lumières allumées. Ici, au Vineyard, on ne voyait que les étoiles.

Mack ferma les yeux un instant, soulagée de se sentir en sécurité. Elle aurait toujours le temps de s'inquiéter des conséquences de ses conneries plus tard. Pour le moment, elle avait juste besoin de souffler.

— Merci de m'avoir sauvée. Comment tu as su où j'étais ?

— J'étais sur la plage avec Capitaine et j'ai vu passer les voitures. J'ai reconnu le garçon avec qui tu étais.

Les mains de Scott se crispèrent sur le volant.

— Tu n'as pas mis longtemps à faire le mauvais choix d'amis.

— Je ne pouvais pas deviner.

Mais au fond d'elle-même, elle l'avait senti, non ? Il y avait eu des signes d'avertissement, mais elle avait été tellement reconnaissante d'être intégrée qu'elle les avait négligés.

Elle était pathétique.

Scott avait les yeux rivés sur la route.

— Ici, aux États-Unis, la consommation d'alcool en dessous de l'âge légal est sanctionnée.

— Je sais.

— Ce type qui avait les mains sur toi...

— Je l'ai rencontré il y a une heure. C'est un ami du frère de Kennedy.

Elle risqua un coup d'œil côté conducteur et vit que Scott avait la mâchoire crispée.

— Tu sais ce qu'il voulait de toi, je suppose ?

Dans la lumière déclinante et de profil, il paraissait rude, limite dangereux. Ce n'était pas difficile de comprendre pourquoi Mitch s'était écrasé face à lui.

— Ben, ouais, je sais. Je ne suis pas complètement nouille.

Ou peut-être qu'elle l'était, si. Elle se tassa dans son siège.

— Bon. OK. Désolée. Je comprends que tu sois furieux contre moi. C'est la deuxième fois que tu me sauves la vie.

— Je ne suis pas furieux contre toi. Juste inquiet de constater que tu ne te tirais pas franchement bien de la situation.

— Je m'en serais sortie, de toute façon, marmonna-t-elle d'un ton peu convaincant.

Elle essaya de ne pas penser au baiser répugnant et aux bras d'acier, inflexibles comme des barreaux, qui avaient maintenu son corps prisonnier. Mais le plus dur encore, c'était d'essayer de faire abstraction des rumeurs que Kennedy et les autres feraient circuler sur elle au lycée.

— Il faut que tu apprennes à te défendre un peu mieux que ça et on va s'en occuper. Mais la première règle de l'autopréservation intelligente, c'est déjà d'éviter de se mettre dans des situations stupides pour commencer.

Mack le regarda bouche bée.

— Tu vas m'apprendre à me battre ?

— Se battre est une chose. Etre capable de se défendre en est une autre. Tu as déjà entendu parler des arts martiaux ? Du self-défense ?

— Je ne suis pas trop du genre sportif, en fait.

Mack garda la main entre les deux sièges de manière à pouvoir caresser Capitaine.

— Si je l'étais, je n'aurais pas tous ces problèmes. C'est rare que les sportifs se fassent harceler. Laisse-moi deviner… Je parie que tu étais le capitaine de l'équipe de foot.

Elle vit le coin de ses lèvres frémir.

— Raté. Aucune compétence pour le ballon.

Ce n'était qu'une ébauche de sourire, mais il n'en fallut pas plus pour qu'elle se sente pardonnée.

— Je parie que tu as quinze ceintures noires différentes et que tu peux jeter un type de dix tonnes au sol rien qu'en levant le petit doigt.

— Zéro ceinture. D'aucune couleur. Et j'étais un gamin maigrichon.

Mack examina la masse de ses épaules sous sa veste.

— Plus maintenant, en tout cas.

— Je me suis remplumé un peu, c'est vrai. Mais ce n'est pas ton aspect extérieur qui fait qu'on arrête de te harceler. C'est la façon dont tu te sens à l'intérieur.

— A l'intérieur de moi, ça merde aussi, donc je pense que dans mon cas c'est mort. Je ferai toujours tout de travers de toute façon.

— Tout commence dans le cerveau. Première chose à faire : réfléchir. Est-ce que la situation me paraît saine ? La proposition qu'on me fait est-elle claire et sans ambiguïté ?

Mack se recroquevilla sur elle-même. L'épisode de la plage, elle aurait pu le voir venir gros comme une maison.

— À t'entendre, ça paraît simple. Mais quand t'as pas de potes, t'as pas trop envie de faire la difficile.

— Un ami, c'est quelqu'un qui t'aime et qui défend tes intérêts. Ceux avec qui tu étais là-bas, ils n'en avaient rien à foutre de toi.

La brutalité de sa franchise lui fit monter les larmes aux yeux.

— Merci. C'est super réconfortant, ce que tu dis.

Si elle avait disposé d'un autre moyen de rentrer à la maison, elle l'aurait pris. Elle avait déjà assez ramassé comme ça. Ce n'était vraiment pas la peine qu'il en rajoute.

— Tu veux que je te mente et que je te dise que tu t'es trouvé une bande de vrais potes pour la vie ?

— OK. Stop. Ça suffit.

Mack se boucha les oreilles avec les mains, puis les reposa lentement sur ses genoux.

— J'ai compris : ils me détestent tous. Je n'aurai jamais d'autres amis, et je resterai seule toute ma vie.

Il fronça les sourcils.

— Tout ce que je te dis, c'est que…

— Je sais ce que tu me dis ! Ce n'est pas la peine de m'en remettre une tartine en plus. Tu aurais été comme ça avec moi tout le temps si tu ne t'étais pas barré avant ma naissance ?

— Franc, tu veux dire ?

— Je pensais plutôt à : dépourvu de tact. Pas sympa.

— Nous n'avons peut-être pas la même définition de « sympa », toi et moi, Mack.

— Ouais, enfin bon. On s'en fout.

Elle ferma les yeux en se demandant si la vie pouvait devenir encore pire qu'elle ne l'était déjà.

— Tu vas le dire à maman ?

Il ralentit à l'approche d'une intersection.

— Pourquoi voudrais-tu que je lui dise ?

— Parce que j'ai pris une décision stupide et irréfléchie. Tu dois penser que j'ai besoin d'être cadrée, sanctionnée ou je ne sais pas quoi.

— Ce que je pense, c'est que tu viens de passer un très sale moment et que l'expérience te marquera plus profondément que tout ce que ta mère ou moi on pourrait te dire. Par contre, si toi tu veux en parler à Lauren, c'est ta décision.

Ils avaient atteint Edgartown et ils roulaient à vitesse réduite dans les rues étroites de la ville.

Mack était tellement soulagée d'être de retour chez elle et en sécurité qu'elle faillit fondre en larmes. Mais elle réussit à garder les yeux secs en se concentrant sur Capitaine. Le chien n'arrêtait pas de lui lécher les paumes comme s'il sentait qu'elle avait besoin d'affection et de soutien.

— Il est cool, ton chien. Ça fait longtemps que tu l'as ?

Avec un peu de chance, il lui parlerait de Capitaine et laisserait tomber les autres sujets.

— Depuis deux ans. Je l'ai trouvé sur la plage où il avait été rejeté par la mer.

— Rejeté par la mer ?

— Quelqu'un avait essayé de le noyer. Mais les chesapeakes sont d'excellents nageurs. Il a réussi à se traîner jusqu'au dock puis il s'est effondré avec la moitié de l'océan dans les poumons.

— C'est horrible.

Mack était choquée.

— Je ne comprends pas comment les gens peuvent faire du mal aux animaux. Et surtout à un chien comme lui. Il a une tête trop sympa.

— Tu as déjà eu des chiens à toi ?

— Non, jamais. J'aurais bien voulu, mais on habitait à Londres et la maison n'était pas adaptée. Il aurait fallu un grand jardin et tout ça.

Mais si sa mère et elle restaient sur l'île, elles auraient de la place pour prendre un chien, non ? Cette pensée lui remonta le moral. Jusqu'au moment où elle se rappela que Grams vendait la Captain's House. À Scott, en plus. Mais elle décida de ne pas aborder le sujet maintenant. Elle avait déjà assez morflé comme ça pour le moment.

— Un chien, c'est toujours content dès qu'il te voit. Tu n'as pas à faire semblant d'être cool. Ni à essayer d'être conforme à des modes à la con. Tu peux être toi-même... Tu dois te demander ce que je te raconte.

— Je sais exactement de quoi tu me parles.

Il se gara devant la maison de sa grand-mère et Mack se surprit à regretter que le trajet n'ait pas duré plus longtemps. Pendant un moment, elle avait hésité à sauter de la voiture en marche, mais avec Capitaine qui frottait son museau contre sa main, elle n'était plus du tout pressée de fausser compagnie à Scott.

— Quand tu avais mon âge, ça t'est arrivé qu'on te change brusquement de collège ou de lycée ?

Il continua à regarder droit devant lui.

— Tout le temps, oui.

— Et comment tu te faisais de nouveaux potes ?

— J'ai déjà commencé par apprendre à m'entendre avec moi-même et à me satisfaire de ma propre compagnie.

Cette fois, il tourna la tête vers elle.

— Ça ne mène jamais nulle part de se trahir soi-même pour essayer de se conformer aux attentes des autres.

— Ouais, je sais. Des fois, j'en fais un peu trop, mais si je pouvais me sentir acceptée quelque part, ça me soulagerait. Peut-être parce que ça ne va pas fort à la maison en ce moment.

Elle retomba sans force contre son dossier et se prépara à l'entendre dire un truc qui achèverait de la déprimer. Mais lorsque sa voix s'éleva de nouveau, elle la trouva presque douce :

— Tu en as parlé avec ta mère ? Elle sait comment tu te sens ?

— Non. Elle s'angoisserait pour moi et elle a déjà assez d'emmerdes comme ça. Je ne suis peut-être pas la fille idéale pour elle, mais même moi, je n'ai pas envie de lui en remettre une couche. Tu veux que je te dise un truc de dingue ? Parfois, quand je ne dors pas la nuit, je m'imagine que j'ai des super pouvoirs, comme dans les films.

Il se pencha pour lui ouvrir sa portière.

— La ténacité, c'en est un, de super pouvoir. Et toi, tu as cette qualité, Mack.

— Tu crois ?

Elle n'en était pas si sûre. Et aurait bien aimé poursuivre cette discussion, mais il lui avait ouvert sa portière, donc il devait avoir envie qu'elle débarrasse le plancher.

— Tu es sûr que tu ne veux pas entrer un moment ? Le fait de m'avoir sauvée te donnerait un statut de héros. C'est moi qui vais m'en prendre plein la figure. Pas toi.

Elle haussa les épaules, comme si ça lui était complètement égal de se faire engueuler. Scott secoua la tête.

— Je ne pense pas que ce soit une bonne idée que j'entre.

Il descendit de voiture et Capitaine suivit le mouvement. Le chien remua la queue pendant que Scott sortait sa bicyclette du pick-up.

— Tu as un téléphone ?

— Quelle question. Je suis ado. Mon téléphone, c'est

l'équivalent d'une assistance respiratoire pour moi. Sans lui, je m'étiole.

Il tendit la main.

— Donne-le-moi.

Allait-il le lui confisquer ? Elle le lui tendit à contrecœur et le vit tapoter sur l'écran.

— Tu me donnes ton numéro ?

— Au cas où tu aurais de nouveau des ennuis et que tu n'aurais pas envie de faire appel à ta mère.

Il lui rendit son mobile.

— Je ne peux pas te garantir que j'utiliserai toujours les bons mots pour te parler, mais je peux m'engager à répondre présent si tu me fais signe.

Ce fut comme s'il lui avait passé une couverture de survie autour des épaules.

Pour la première fois depuis qu'elle était arrivée sur l'île, elle se sentait un peu moins seule. Il y avait quelqu'un à qui elle pouvait faire appel. Craignant d'éclater en sanglots, elle se pencha pour embrasser Capitaine sur la tête et se redressa.

— Merci.

Scott lui posa la main sur l'épaule.

— Ne te juge pas trop sévèrement, Mack. Se planter, faire un mauvais choix, ça arrive à tout le monde.

— Même à toi ?

— Plus qu'à n'importe qui d'autre.

Avec un rapide sourire, il siffla son chien, grimpa à bord de son pick-up et disparut de sa vue.

Chapitre 18

Lauren

Retrouvailles : remise en présence de personnes ayant été séparées pendant un certain laps de temps.

Lauren gara la voiture de sa mère et poursuivit à pied jusqu'au chantier naval.

Il était encore très tôt le matin et elle avait laissé le reste de la famille endormi en partant. Elle était réveillée depuis 1 heure du matin — l'équivalent de 6 heures à Londres. Son arrivée au Vineyard remontait pourtant à plusieurs semaines, mais elle ne dormait toujours pas. Dès qu'elle fermait les yeux, le petit vélo dans sa tête se déchaînait. Une barre d'acier se resserrait sur sa poitrine et la panique lui déferlait dessus avec la force d'une marée au galop.

La mort d'Ed, l'annonce de la faillite, le départ de Londres, et maintenant sa mère qui vendait la Captain's House...

Lauren prit une grande inspiration, cherchant à réinstaurer un calme qu'elle avait eu tant de facilité à trouver du temps où elle menait une tranquille existence protégée en Angleterre.

Le ciel du petit matin était nuageux et la mer d'un gris d'acier. Son manteau, idéal pour aller boire un café avec ses copines les matins d'hiver à Londres, n'offrait qu'une protection relative face à la morsure glacée du vent de mer qui lui giflait le visage et lui fouettait les cheveux. Elle remonta son col et rentra les épaules, en se demandant si elle parviendrait un jour à se réchauffer.

Après toutes les catastrophes qui lui étaient tombées sur la tête, un incident supplémentaire aurait dû avoir peu d'impact. Mais lorsque Mack lui avait parlé de l'épisode sur la plage, elle avait cru qu'elle allait vomir. D'un côté, c'était rassurant que Mack se soit confiée à elle. Mais compte tenu de l'état de leurs relations en ce moment, sa fille avait dû être vraiment très ébranlée pour sortir de son mutisme.

Et même si Scott Rhodes était la dernière personne au monde qu'elle souhaitait voir en ce moment, elle lui devait des remerciements.

À part que...

Non, c'était de la folie de s'infliger cette entrevue dans l'état de fragilité où elle se trouvait en ce moment.

Elle rebroussait chemin vers sa voiture lorsqu'elle vit le pick-up de Scott rouler dans sa direction sur le chemin creusé d'ornières.

Raté. Il l'avait déjà repérée. La fuite ne lui était plus permise.

À cette heure-ci, à l'évidence, il n'y aurait qu'elle et lui. Elle se sentit aussi coupable, soudain, qu'une femme tentée de s'accorder une parenthèse extraconjugale.

Je suis désolée, Ed. Vraiment désolée.

Elle se souvint alors qu'Ed était *précisément* la raison pour laquelle elle était de retour à Martha's Vineyard.

S'il ne l'avait pas mise dans cette situation, elle ne se serait pas tenue là maintenant, à attendre de parler à son ex-amant.

Ex-amour.

Elle avait aimé Scott avec une telle passion qu'elle avait été incapable de voir plus loin que le bout de ses sentiments.

Son cœur battit plus vite lorsqu'il fit claquer sa portière et s'avança vers elle. Le chien qui l'accompagnait se précipita dans sa direction en remuant la queue. En temps normal, elle aurait eu un mouvement de recul, mais Mack lui avait tellement parlé de Capitaine qu'elle savait que ce chien était une crème.

Elle avait été surprise d'apprendre que Scott avait adopté

un compagnon à quatre pattes. Prendre la responsabilité d'un chien, c'était déjà un engagement en soi, non ?

Elle se pencha pour caresser la bête — une excuse commode pour ne pas regarder l'homme, même si elle en avait déjà vu plus qu'il n'en fallait.

Scott s'était étoffé, avec les années. Ses épaules étaient plus larges, son torse plus puissant. Son allure physique contrastait avec celle d'Ed qui avait grandi sous la coupe d'une mère qui l'avait porté aux nues et surprotégé. Scott parlait rarement de son passé, mais le peu qu'il lui avait confié lui avait permis de se faire une idée de ce qu'il avait enduré. Il portait toujours sur lui les traces laissées par une enfance vécue à la dure. L'allure solide, le corps comme blindé, il semblait prêt à affronter n'importe quelle éventualité. Seul. En ne comptant que sur lui-même.

Scott Rhodes, jamais, n'avait eu besoin de s'appuyer sur quelqu'un d'autre.

Et c'était lui pourtant qui l'avait comprise mieux que personne.

Elle se redressa et se força à affronter son regard. Le passé, devenu flou avec les années, retrouva soudain toute son acuité.

Le feu sourd du désir crépita dangereusement en reprenant vie en elle.

Elle essaya de le contenir mais il lui suffisait de regarder Scott pour que sa volonté se délite. Elle avait réussi à ne pas craquer depuis la fête d'anniversaire fatale et avait continué à fonctionner en mode automatique, tout en vacillant en permanence au bord d'un puits noir et profond, rempli d'émotions insondables. Avec la peur que, si elle s'autorisait à chuter, il lui serait impossible d'en ressortir. La tentation de se glisser entre les bras de Scott était presque irrésistible. Elle aspirait à fermer les yeux, à retrouver, ne serait-ce que fugitivement, un abri sûr. Elle savait que dans l'étreinte de Scott elle se serait sentie protégée. Mais qu'elle aurait aussi ressenti d'autres choses. Et pour cette raison, elle l'attendit sans bouger.

Ignorant les battements irréguliers de son cœur, elle sourit.

— Je suis venue te remercier. Pour ce que tu as fait hier soir pour Mack.

— Elle t'en a parlé ?

Ses cheveux étaient très noirs, ses traits marqués et sombres. Seul le bleu de ses yeux sauvait son visage de la dureté.

— Elle a eu très peur et elle n'en menait pas large hier soir en rentrant. Elle t'est reconnaissante de l'avoir tirée de là.

— J'ai plutôt eu l'impression que tout ce que je disais, elle le prenait comme une agression. Je n'ai pas l'habitude de m'adresser à des filles de son âge. Je manque de technique.

— Mack est ado. Il n'y a pas de technique. La bonne façon de lui parler aujourd'hui sera la mauvaise façon de s'adresser à elle demain.

Elle avait la bouche si sèche qu'elle avait de la peine à articuler. Et elle se sentait presque comme une ado elle-même.

— Quoi qu'il en soit, tu as toute sa gratitude et la mienne avec. Si quelque chose lui était arrivé, je...

— Je ne pense pas qu'elle commettra de nouveau la même erreur de sitôt.

Il lui tourna le dos pour décharger des affaires de son pick-up et elle vit les muscles de ses épaules saillir sous l'effort.

— Tu as bien récupéré, au fait ? Je ne t'ai pas revue depuis ton arrivée par le ferry.

Pourquoi avait-elle les yeux rivés sur la musculature puissante de ses bras ? Avait-elle perdu la tête ?

— Je suis désolée que Mack ait gaffé comme ça. Par rapport à ta paternité, je veux dire.

— C'est pourtant bien ce que je suis. Son père.

Elle avait mis tant de temps et d'efforts à essayer de l'oublier que ce fut un choc de l'entendre l'affirmer aussi calmement.

— Ce n'est pas tout à fait de cette façon que j'envisageais de répandre la nouvelle.

— Les nouvelles se propagent toujours. Peu importe par quel canal d'information.

Elle savait que tôt ou tard la vérité finirait par transpirer et que toute l'île serait bientôt au courant. Mais il serait probablement reparti d'ici là, donc ça ne devrait pas trop l'affecter.

— Je ne pensais pas qu'il t'arrivait encore de séjourner dans le coin. J'ai été surprise de te voir sur le débarcadère.

— J'ai constaté ça, oui. Renversante même, la surprise, à en juger par la façon dont tu es tombée raide sur le quai.

Elle aurait été gênée si elle n'avait pas été occupée à combattre d'autres sentiments.

— Je pensais que tu serais quelque part au large à naviguer sur de lointains océans.

Son visage demeura indéchiffrable.

— Comme tu vois, ce n'est pas le cas.

— Maman a dit que tu avais fait des travaux chez elle. Tu es employé ici à plein temps ?

Le chantier naval appartenait à la société Island Marine et occupait ce coin du port depuis toujours. Le propriétaire, Joshua Roper, était mort quelques années plus tôt et avait laissé l'entreprise familiale entre les mains de son fils Charlie, un garçon dont le parcours scolaire s'était situé quelque part entre celui de Jenna et le sien, du temps où ils fréquentaient tous l'école publique d'Edgartown.

— Tu bosses avec Charlie ?

— Ça m'arrive.

Ça m'arrive. Quand ça l'arrangeait, donc. Seul maître à bord sur le bateau de sa vie.

Rien n'avait changé de ce point de vue.

Mais il avait sauvé sa fille.

— Ne reste pas dehors par ce froid. On va poursuivre cette discussion à l'intérieur avant que tu attrapes une pneumonie.

Il rassembla ses sacs dans une main de manière à pouvoir ouvrir la porte du bureau, puis déposa le tout sur la table.

Capitaine bondit à l'intérieur et s'installa sur un grand coussin devant le poêle à bois.

Lauren regarda autour d'elle en se demandant si elle arrêterait un jour de frissonner.

Une moitié de la pièce était aménagée en bureau, avec des

meubles de classement, une table de travail et un ordinateur dernier cri sur sa surface immaculée. Le reste de la pièce faisait office de cuisine. Tout était étonnamment propre et ordonné. Enfant, elle était venue là à quelques reprises avec son père et elle gardait le souvenir d'un vaste chaos plus ou moins crasseux. Charlie n'avait pas hérité du goût paternel pour le désordre, apparemment.

Les murs étaient couverts de cartes marines, certaines annotées avec de grands traits de stylo noir.

Elle se rapprocha.

— C'est quoi, ces espèces de parcours fléchés ?

— Ce sont les itinéraires que j'ai faits à la voile.

Il sortit un litre de lait d'un de ses sacs de courses et le stocka dans le réfrigérateur.

Elle examina la carte, soulagée d'avoir une excuse pour ne pas le regarder.

— Tu as quasiment fait le tour de la planète.

En navigateur solitaire. Sans l'aide de personne.

Scott haussa les épaules.

— Le monde est vaste.

— Et tu as réussi à trouver ce que tu cherchais ?

Seul le silence lui répondit. Elle finit par tourner la tête pour chercher son regard. Il se contenta de lui renvoyer sa question.

— Et toi ? Tu as trouvé ?

Qu'avait-elle cherché au juste dans la vie ?

L'amour, pour commencer. Puis elle avait préféré mettre le cap sur la sécurité et la stabilité.

Et maintenant, elle avait perdu les trois.

Incapable de réfléchir lorsqu'il la regardait comme ça, elle fit mine de reporter encore une fois son attention sur les cartes murales.

En venant lui parler, elle n'avait pas imaginé qu'être seule avec lui serait aussi compliqué. Ses réactions physiques la déstabilisaient. Elle ne voulait pas être le genre de femme qui perdait son mari un jour et était prête à déshabiller un autre homme de force dès le lendemain ou presque.

Ses émotions affleuraient avec une telle violence qu'elle ne pouvait s'empêcher de penser aux expériences d'éruptions volcaniques que Mack avait faites en cours de chimie au lycée. Tout en elle semblait sur le point de bouillir et de déborder.

Elle suivit du bout du doigt le tracé des périples de Scott sur la carte. Il avait dû passer au minimum une année entière en mer. Peut-être plus.

— Tu habites où, maintenant ?

— Toujours à bord.

Quelques-uns des plus beaux moments de sa vie, elle les avait passés sur un bateau avec lui. Au point d'avoir parfois eu la faiblesse de croire qu'il existait un avenir pour eux deux.

Déterminée à ne pas laisser ses pensées vagabonder dans cette direction, elle se tourna vers lui.

— Mack m'a dit que tu l'avais raccompagnée jusqu'à la maison. Tu aurais dû entrer.

Il soutint son regard.

— L'ambiance était un peu tendue la dernière fois que je me suis trouvé là-bas. Je n'étais pas sûr que ma présence serait appréciée.

— Tu as sauvé ma fille d'une situation périlleuse. Naturellement que tu aurais été bien accueilli.

Le regard de Scott se fit scrutateur.

— Comment va-t-elle ?

— Elle est mal dans sa peau en ce moment.

Lauren éprouvait un besoin éperdu d'en parler, écrasée par le poids des responsabilités qui pesaient sur ses épaules désormais solitaires.

— Je ne sais pas pourquoi elle s'est laissé embringuer dans cette expédition sur la plage.

— Tu n'as jamais rien fait d'irréfléchi à son âge ?

Lauren se sentit rougir. Ils connaissaient l'un et l'autre la réponse à cette question.

— C'est difficile pour elle de s'intégrer dans un groupe. D'autant plus que ça ne se passait pas très bien dans son ancien établissement non plus.

Pourquoi lui parlait-elle des problèmes de Mack ? S'il avait été le moins du monde intéressé par son rôle de parent, ils n'en seraient pas là maintenant.

— Se sur-adapter pour se faire accepter, ça ne marche jamais. On est qui on est.

Ce qui expliquait pourquoi il n'y avait jamais eu le moindre espoir pour eux deux.

— Je ne suis pas venue ici uniquement pour te remercier. Ma mère a dit que tu lui achetais la Captain's House.

Elle avait disposé de quelques semaines pour digérer l'information mais elle ne parvenait toujours pas à y croire.

— Pourquoi fais-tu une chose pareille ?

Au moment où sa mère avait lâché la nouvelle, il aurait été difficile de déterminer qui d'entre elle et Jenna avait été la plus choquée. Même l'imperturbable Greg avait paru interloqué.

Il lui était arrivé d'imaginer pas mal de choses improbables dans la vie, mais que sa mère se décide à vendre la Captain's House était bien la dernière éventualité qui lui aurait traversé l'esprit. Sa mère n'était même pas capable de jeter une vieille photo ! Comment réussirait-elle à survivre hors de sa maison-musée ?

Elle affirmait ne plus pouvoir en assurer l'entretien, mais l'argument était absurde. Elle avait amassé une fortune en vendant ses tableaux. Lauren n'espérait qu'une chose : qu'il s'agisse d'un coup de tête passager. Peut-être que sa mère faisait une crise de milieu de vie à retardement ? La pensée que Scott pourrait acheter sa maison familiale l'amenait au bord d'un accès d'hyperventilation.

— Je suis désolée d'avoir à te dire ça, mais il est hors de question que nous vendions cette maison.

Et à toi moins encore qu'à quiconque, faillit-elle préciser.

— Je ne sais pas ce que tu lui as raconté pour la convaincre de te céder la Captain's House, mais c'est un non catégorique. Et même ma reconnaissance pour ce que tu as fait pour Mack n'y changera rien.

Il disposa des fruits dans le compotier sur la table.

— J'en conclus que tu ne parles toujours pas avec ta mère.

— Ça veut dire quoi, ça encore ?

— Si tu avais eu une vraie discussion avec elle, tu ne serais pas ici maintenant à essayer de trouver des réponses à des questions que tu pourrais lui poser directement. Tu es logée chez elle ? Pas chez ta sœur ?

— Je suis chez elle, oui.

— Si tu occupes ton ancienne chambre, ce qui doit être le cas, car elle offre la plus belle vue et que les fenêtres sont en bon état, ça signifie que tu es à quelques pas de celle où dort ta mère.

— Je ne vois pas ce que…

— Au lieu de frapper à sa porte et d'avoir une vraie conversation avec elle, tu préfères rouler jusqu'ici alors qu'il fait à peine jour et affronter un homme que tu espérais ne plus jamais revoir.

Elle luttait pour fermer la porte à ses sentiments mais ils trouvaient le moyen de se glisser par les fissures. Son cœur se mit à battre plus fort, comme un signal d'avertissement martelé contre ses côtes.

— Qui a dit que je ne voulais plus te revoir ?

Une lueur ironique brilla dans le regard de Scott.

— Tu as posé les yeux sur moi et tu es tombée raide.

— Je n'avais ni mangé ni dormi depuis…

— Et la dernière chose dont tu avais besoin, c'était de te retrouver en arrivant face à quelqu'un que tu hais de toutes tes forces.

Ce fut sa voix qui la trahit. Elle s'enroua, hésita, finit par émerger faiblement.

— Je ne te hais pas. Et ne t'ai jamais haï, d'ailleurs.

Comment, la connaissant, avait-il pu imaginer cela d'elle ?

— Je pourrais le comprendre si c'était le cas. Je t'ai donné toutes les raisons de me détester.

Cette porte close qu'elle luttait pour garder fermée, il l'entrouvrait déjà par sa seule présence. Et elle n'avait plus beaucoup de forces pour se battre.

Face à Scott, elle se sentait encore plus vulnérable. Encore plus à nu qu'elle ne l'était déjà. Ce n'était pas de *çà* qu'elle était venue parler avec lui. Pas d'eux deux. *Surtout* pas d'eux deux. Elle avait vu l'effet qu'il faisait sur les femmes. Avait noté la façon dont les têtes se tournaient sur son passage. Après leur séparation, elle avait essayé de l'imaginer avec une autre qu'elle, mais les images qui surgissaient avaient été si douloureuses qu'elle avait préféré les éradiquer.

— Et toi ? Tu as eu quelqu'un dans ta vie ? Une histoire sérieuse ?

— Non.

— Tu essaies de me dire qu'il n'y a eu personne ?

— Non. Je ne dis pas ça. Je dis qu'il n'y a rien eu de sérieux.

Une chaleur douce se répandit dans le ventre de Lauren.

— Je pensais que tu m'aurais oubliée, depuis le temps.

— T'oublier ? Comment ?

Il émit un rire sans joie.

— Tu as été la seule à me comprendre. Et certainement la seule personne en qui j'ai jamais eu confiance. T'oublier ne figurait pas au programme, Laurie.

L'usage qu'il faisait de ce surnom avait quelque chose d'intime. De profondément personnel.

Elle songea à la façon dont il avait chuchoté ces deux syllabes contre ses lèvres pendant qu'ils faisaient l'amour.

Depuis le tout début, ils avaient su que leur histoire n'était pas appelée à s'inscrire dans la durée. Et c'était comme si leur amour en avait été intensifié.

Il y avait plus de seize ans qu'elle ne l'avait pas revu et elle le retrouvait comme s'ils s'étaient quittés la veille. Elle savait encore le goût de ses baisers. Elle savait ses caresses. Elle savait ses lèvres, ses mains, et la façon dont fonctionnaient ses pensées. Ce savoir-là était comme un souffle qui réveillait les braises du désir entre eux.

— Je ne suis pas venue ici pour évoquer le passé. C'est le présent que je viens mettre sur la table.

Et l'avenir. S'il avait l'intention d'acheter une propriété sur l'île, cela signifiait qu'il voulait s'y établir à demeure. Et elle ne pourrait pas le supporter.

— À quoi ça t'avancerait d'avoir la Captain's House, sérieusement ? Tu es censé ne vouloir ni liens, ni attaches, ni responsabilités. Tu vis sur un bateau pour être sûr de pouvoir te barrer à tout moment et disparaître toutes voiles dehors en direction du soleil couchant.

Réalisant qu'elle ressortait presque texto une conversation qu'ils avaient eue un peu moins de dix-sept ans plus tôt, elle faillit s'étrangler en terminant sa phrase.

— Je ne comprends pas pourquoi tu t'encombrerais d'un bien immobilier et de toutes les contraintes que cela implique alors que tu as refusé...

Elle se tut abruptement mais le regard de Scott l'empêcha de détourner le sien.

— Alors que j'ai refusé d'assumer la responsabilité d'un enfant ? C'est que tu t'apprêtais à me dire ?

— J'ai compris à l'époque pourquoi tu ne voulais pas le faire. Mais ça, non, je ne comprends plus.

Son regard glissa sur le jean déchiré de Scott, sur son vieux blouson qui semblait avoir traversé plus d'un hiver. Elle n'avait aucune idée de la valeur de la Captain's House, mais une grande propriété de bord de mer à Martha's Vineyard devait représenter une petite fortune. Comment pensait-il pouvoir financer pareil achat ?

— Tu as toujours refusé de te fixer où que ce soit.

— Laurie... Tu t'adresses à la personne que j'étais il y a plus de seize ans. Tu penses que tu es toujours la même qu'avant, toi ?

Peut-être pas. Mais en cet instant précis, face à lui, elle avait le sentiment d'être revenue au point où tout avait commencé.

— Qu'est-ce que tu cherches à me dire ? Que tout à coup tu veux une maison, un emprunt sur quarante ans et un jardin où faire pousser tes légumes ? Je n'y crois pas. Ce n'est pas pour toi, ça, Scott.

Il laissa sa tirade sans réponse et mesura du café moulu qu'il versa dans un filtre.

— Il remonte à quand, ton dernier repas ?

— Quoi ?

— Tu n'arrives pas à contrôler tes tremblements. Je te demande quand tu as mangé pour la dernière fois.

Sa tête lui faisait mal et elle porta la main à son front, regrettant de ne pas avoir au moins essayé de se rendormir un peu. Venir ici avait été une erreur. Elle aurait dû le remercier par texto.

— Je ne sais pas... Hier soir, je suppose, murmura-t-elle en se massant les tempes.

— Ce n'est pas en t'abstenant de t'alimenter que tu vas résoudre quoi que ce soit.

Son regard glissa sur elle.

— Tu pèses trois grammes tout habillée.

— Qu'est-ce que tu en sais ?

— Je t'ai portée, souviens-toi.

Elle essayait de ne pas s'en souvenir, justement. Là, maintenant, elle n'avait qu'une envie : retourner dans cet état semi-conscient où elle avait pu s'abandonner entièrement dans ses bras.

Elle se souvenait aussi du son de sa voix à son oreille. « Tout va bien, Laurie. Je te tiens. »

Pendant ce bref instant, le monde lui avait paru plus sûr. Toujours, elle avait eu un sentiment de sécurité avec Scott, ce qui était ironique en soi car il l'avait fait souffrir comme une damnée.

— Je traverse une phase un peu compliquée.

— Oui, j'ai appris ça. Je suis désolé pour ton mari. Tu veux un petit déjeuner ?

Elle le regarda ouvrir le réfrigérateur comme s'il était chez lui et en sortir des œufs et du bacon.

— Charlie est d'accord pour que tu investisses les lieux comme ça ?

— Tu lui demanderas la prochaine fois que tu le verras.

Il fit frire le bacon puis ajouta les œufs. À force d'odeurs appétissantes dans les narines, elle ressentit quelque chose qui ressemblait presque à de la faim. Lorsqu'il lui servit une assiette avec du bacon croustillant, des œufs brouillés cuits à la perfection et des champignons, elle fronça les sourcils.

— Tu détestais les champignons, avant.

— Encore maintenant. Les champignons sont pour toi.

Il posa l'assiette sur la table et lui avança une chaise.

— Assieds-toi.

Elle n'était pas certaine d'être en état de manger. Le petit déjeuner de Scott était tentant mais son estomac rétréci lui envoyait des signaux contradictoires. Il se servit à son tour et remplit deux mugs de café.

Elle grignota un bout de bacon.

— Je dois reconnaître que tu as toujours eu un certain talent pour prendre soin de toi.

— Il n'y avait personne d'autre pour le faire à ma place.

— Ça a été un choc de voir ta fille ?

Il sucra son café.

— Je crois qu'elle a été plus choquée que moi.

— Il n'y a pas longtemps qu'elle sait.

— C'est ce que j'ai cru comprendre, oui.

— J'ai essayé de la protéger par mon silence. Je voulais à toute force lui procurer un environnement rassurant.

Pour la millionième fois, elle regretta de ne pas pouvoir revenir en arrière dans le temps pour refaire les choses autrement.

— Je ne sais pas pourquoi je te dis ça…

Il remua son café.

— Parce que ça aide de parler. Et parce que tu me connais bien.

Scott était au courant de ce qui s'était passé dans son enfance. Mieux encore qu'Ed, peut-être, il comprendrait pourquoi elle avait choisi d'élever Mack de cette façon. Le fait que Scott savait tant de choses d'elle la mettait mal à l'aise. Ressentir un degré aussi profond d'intimité avec un homme qui n'était pas son mari avait quelque chose de troublant.

— J'avais la folle ambition d'être une bonne mère. À chaque décision que je prenais, j'essayais de faire passer ses intérêts en priorité.

— Mack a de la chance de t'avoir.

Lauren reposa sa fourchette d'une main tremblante.

— Ce n'est pas son avis. Elle est furieuse contre moi.

— On peut être furieux contre quelqu'un et l'aimer quand même.

Pour une raison mal déterminée, elle trouva sa réponse plus réconfortante que tout ce qu'on avait pu lui dire jusque-là.

— Elever mon enfant était la seule chose que je voulais à tout prix réussir. Et j'ai échoué.

— Tu as pris la décision qui te paraissait juste à ce moment-là. C'est tout ce que nous autres humains pouvons faire.

— Il t'est déjà arrivé de prendre une décision que tu as regrettée par la suite ?

Il y eut un long silence.

— Oui. Ça m'est arrivé.

La façon dont il la regardait ne laissait aucun doute sur la nature de la décision en question.

Il y avait eu un temps où son aveu lui aurait procuré un immense vertige d'espoir et de désir.

Et maintenant ? Elle ne savait plus. Les chocs à répétition subis au cours des semaines écoulées l'avaient comme rouée de coups et anesthésiée. Mais sous son regard quelque chose reprenait vie en elle. Sa peau se réveillait et son ventre frémissait doucement.

— Mange.

Il lui remit d'autorité sa fourchette entre les mains.

— Avant de pouvoir être responsable de quelqu'un d'autre, il faut d'abord que tu assures ta propre survie.

La gentillesse dans sa voix lui fit comme un nœud dans la poitrine.

Depuis la mort d'Ed, elle s'était souciée de Gwen et de Mack, mais jamais d'elle-même.

Elle n'avait pas eu de temps à consacrer à ses propres tempêtes intérieures. Peut-être parce qu'elle ne voulait surtout pas aller les examiner de trop près. Elle préférait différer le moment où il lui faudrait composer avec le fait qu'Ed ne reviendrait plus jamais. Qu'il l'avait trahie.

Penser à l'abandon d'Ed lui faisait comme une déchirure dans la poitrine.

— Dis-moi pourquoi tu veux acheter cette maison, Scott.

Il se leva et débarrassa leurs assiettes.

— Au lieu de me demander pourquoi je l'achète, tu devrais commencer par demander à ta mère pourquoi elle la vend.

Formulée ainsi, sa réponse sonnait comme une évidence. Mais il avait eu raison de souligner qu'elle ne parlait « toujours pas » à sa mère. Avoir une conversation avec cette dernière avait toujours été de l'ordre de l'impossible.

Elle se leva et reprit son sac.

— Merci pour le petit déjeuner et pour t'être porté au secours de ma fille… Ah oui, et également pour m'avoir ramassée à la petite cuillère sur le débarcadère.

— Je t'en prie. À ton service pour le prochain évanouissement.

— Il n'y aura pas de prochaine fois. Je n'ai pas l'intention de la jouer *Dame aux camélias*.

— Alors pense à manger de temps en temps. Ça aide.

Il lui adressa un de ses rares sourires. Il lui fit l'effet d'un baume.

Certaines personnes ne souriaient jamais. D'autres, tout le temps. Scott Rhodes souriait seulement lorsqu'il avait envie de sourire. Si bien que ses sourires étaient toujours sincères.

Elle se sentit soudain plus forte.

— À un de ces jours, Scott.

Lauren se dirigea vers la porte en se demandant pourquoi il prenait la peine d'arriver si tôt au boulot alors que Charlie n'était même pas là.

Elle avait déjà un pied dehors lorsque sa voix s'éleva dans son dos.

— Laurie…

Son ton urgent lui fit tourner la tête en sursaut.

Elle riva son regard sur lui, hypnotisée par le bleu de glacier de ses yeux et l'ombre noire sur ses joues.

Son cœur battit fort dans sa poitrine.

— Oui ?

Il secoua la tête.

— Non, rien.

En elle, la part sauvage et téméraire à laquelle elle avait imposé silence depuis si longtemps la poussait à exiger une vraie réponse. Mais à quoi bon ? Elle le connaissait assez pour savoir qu'il ne parlerait que lorsqu'il serait prêt à le faire.

Elle savait aussi que ce n'était pas « rien » qu'il s'était apprêté à lui dire. Mais s'agissait-il de quelque chose qu'elle avait envie d'entendre ?

Ça, c'était encore une autre histoire...

Chapitre 19

Jenna

Affrontement : un conflit ou un combat entre deux groupes de personnes.

Jenna entra dans la cuisine de la Captain's House et trouva le contenu des nombreux placards étalé partout sur le carrelage. Entre les casseroles, les poêles à frire, les plats, les brocs ébréchés et tout un bric-à-brac d'assiettes dépareillées, on se serait cru dans un vide-greniers. Au milieu de ce vaste désordre se tenait sa sœur, en jean et pull noirs, visiblement au bord de la crise de nerfs.

— Salut !

Jenna posa son sac sur la table.

— J'ai bien reçu ton texto. C'était une bonne idée de se voir en l'absence de maman. Qu'est-ce que tu fabriques au milieu de ce chaos ?

— Je nettoie. C'est épouvantable, non, la quantité de bazar qu'il y a dans cette cuisine ? Je n'arrive même plus à refermer les placards tellement tout est plein à craquer.

La frénésie presque hystérique dans la voix de sa sœur alarma Jenna. À chaque fois qu'elle voyait Lauren, celle-ci lui paraissait un peu plus près de l'effondrement nerveux.

— Maman n'a jamais rien jeté de sa vie. Tu devrais le savoir, depuis le temps.

Elle fut soulagée lorsque Lauren lui adressa un faible sourire, avant de déclamer en chœur avec elle :

— « Chaque objet dans cette maison a une histoire ! »

Jenna sourit aussi.

— Allez, on laisse tout ça en plan et on va faire un tour à pied sur la plage, respirer le grand air.

Le sourire de Lauren s'évanouit.

— Je n'ai *absolument* pas le temps de me balader.

— Tu adores la plage. Tu séchais tout le temps les cours pour le simple plaisir d'aller traîner au bord de l'eau et écouter le bruit des vagues.

— C'était il y a très, très longtemps. Et puis, c'est l'hiver. Il fait tellement froid sur cette île.

Jenna se résigna à ne pas insister. Peut-être que sa proposition avait été prématurée.

— Viens au moins t'asseoir, alors. Je vais remettre toutes ces vieilles cochonneries — pardon, notre patrimoine familial — dans les placards et je nous prépare un bon café. Tu as pris ton petit déjeuner ?

— Je ne sais plus... Je ne crois pas, non. Et je n'ai vraiment pas le temps de m'asseoir. Il y a tant à faire que je ne sais plus par où commencer.

Du coin de l'œil, Jenna repéra les feuilles de papier sur la table.

C'était reparti, pour les listes compulsives, comprit-elle en jetant un regard sur le premier feuillet. Elle vit que le journal local était ouvert à la page des petites annonces. Quelques offres d'emploi étaient cerclées de rouge.

Cherche serveuse pour les soirées et les week-ends.

Femme de chambre pour la saison d'été.

— Mack cherche un job pour les vacances ?

Lauren replaça une pile de casseroles sur une étagère.

— Non, je regarde les annonces pour moi. Il faut que je bosse.

— Oui, je sais. Mais ce sont des jobs d'été.

— Je suis prête à prendre n'importe quoi.

— À ce point ? Tu as encore eu de mauvaises nouvelles de Londres ?

— J'ai obtenu quelques précisions. Même si ça ne change pas grand-chose, au bout du compte.

Lauren souleva un pichet.

— Tu crois que maman s'en rendrait compte si on collait ce truc dans la poubelle ?

— J'imagine que oui. Tu as eu une explication, alors ?

Lauren reposa la cruche.

— Tu sais qu'Ed a monté son fonds spéculatif il y a dix ans ?

— Oui. Je me souviens que tu nous as expliqué qu'il avait choisi de gros investisseurs russes et arabes.

— Voilà. Eh bien, le fonds a rapidement pris de l'ampleur et Ed a décidé alors d'emprunter une autre voie. Il a fait l'acquisition de quelques sociétés privées, y compris une société spécialisée dans les voyages et le loisir. Mais ils ont dû pas mal s'endetter.

Lauren avait le regard perdu dans le vide et semblait avoir oublié sa frénésie de rangement.

— D'après James, les investisseurs ont commencé à vouloir récupérer leur argent. Et à partir de là, ça a été la dégringolade. Tous les actifs étaient immobilisés et Ed ne se payait plus depuis un an — ce qu'il n'a pas jugé utile de me préciser. Il a donc repris une seconde hypothèque sur la maison. James est convaincu qu'Ed pensait retomber sur ses pieds et qu'il n'a pas jugé nécessaire de m'inquiéter en me parlant de la situation.

Lauren se secoua et parut revenir au présent.

— Quoi qu'il en soit, j'en suis là : il me faut un emploi.

— Et ton projet de te lancer dans le design d'intérieur ? Ça fait des années que tu en rêves.

— Un rêve est un rêve, justement. La vraie vie, elle, ne rêve pas.

— Ne dis pas ça. Où serions-nous sans nos rêves ?

— Au pays de la réalité.

Jenna songea au bébé qu'elle désirait tant.

— Tous les jours — et même chaque seconde — dans le vaste monde, des rêves se concrétisent, Lauren.

— Dans les livres ou dans les films, oui, sans doute.

Le ton de Lauren était désenchanté. À la voir aussi défaite, Jenna en eut le cœur arraché.

Si sa sœur refusait de venir à elle, elle pouvait par contre aller jusqu'à sa sœur.

Écartant plats et casseroles, elle s'assit par terre à côté de Lauren et passa les bras autour d'elle.

— Je ne veux pas être comme ces gens énervants qui te disent : « Je sais ce que tu ressens. » Je ne peux évidemment pas savoir ce que tu éprouves. Tout ce que je peux te certifier, c'est que je suis là et que je t'aime. D'une façon ou d'une autre, on va te sortir de là.

Lauren posa la tête sur son épaule.

— Comment ? Bosser doit être ma priorité, Jenna. Et je ne peux pas m'offrir le luxe de me montrer difficile.

— Tu es la femme la plus brillante que je connaisse. Et tu es bourrée de talent. On trouvera un moyen pour que tu te lances quand même dans la déco.

— Si je veux monter quelque chose, il me faut un capital de départ. Et des clients. Il faut du temps pour démarrer ce genre d'activité. En Angleterre, j'avais un réseau. Ici, je n'ai aucun contact. Rien.

— Mais moi j'en ai. Et maman encore plus. Elle connaît toute l'île.

— Personne ne prendra une designer d'intérieur sans voir son travail au préalable. Ma maison de Londres était censée faire office de showroom.

— Tu peux peut-être utiliser la mienne. Un relooking ne lui ferait pas de mal. Oh là là, que ce sol est dur. Ça fait combien de temps que tu es assise là ?

Jenna se leva et tira Lauren sur ses pieds.

— Assieds-toi à table. Je vais mettre la bouilloire sur le feu. Maman rentre à quelle heure ?

— Je ne sais pas. Elle a une réunion du comité de conservation du littoral.

Lauren empila les casseroles.

— Elle est membre actif de toutes les assos de l'île, j'ai l'impression ?

— Plus ou moins, oui. Tu mangerais des œufs ? J'ai un vrai talent pour les œufs brouillés. Si c'est la conservation du littoral, on a du temps devant nous.

Elle cassa des œufs dans un saladier, les battit énergiquement, et fit rissoler du beurre dans une poêle.

— Une patiente de Greg ouvre un atelier de yoga. J'ai pensé qu'on pourrait y aller ensemble.

Lauren se mit à rire.

— Toi ? Faire du yoga ? Rien que le mot te fait déjà frémir d'horreur.

— Peut-être, mais toi, tu adores.

Jenna versa les œufs dans la poêle.

— Le fait que je me porte volontaire pour me contorsionner dans des positions innommables te donne la mesure de mon affection pour toi. Personne d'autre au monde ne pourrait me convaincre de me livrer à cette pratique obscure.

Lauren secoua la tête.

— Tu n'es pas obligée de t'infliger ça pour moi.

— Si on y va ensemble, ça pourrait être marrant. On se mettrait dans la rangée du fond pour rigoler ensemble et on foutrait le bazar dans le cours.

Elle baissa le feu sous la poêle.

— Je nous vois d'ici en train de pouffer. « Ah, ces sœurs Stewart », diront-ils tous.

L'expression de Lauren se fit nostalgique.

— Cela fait un moment qu'on ne nous a plus appelées comme ça.

Trop longtemps, songea Jenna.

Nostalgie : une folle envie de retrouver certaines circonstances du passé.

— Dans ton texto, tu me disais que tu voulais me parler de maman.

— Oui. J'aimerais qu'on aborde quelques questions de fond avec elle et j'ai pensé que ce serait bien si on le faisait ensemble.

Jenna hésita.

— Quand tu dis « questions de fond », tu penses juste à la maison ou aussi à autre chose ?

Il y avait des sujets dont elles ne traitaient jamais, même ensemble.

— Quoi ? Oh non… Je pensais à la maison, c'est tout.

L'expression alarmée de sa sœur était déjà une réponse en soi.

— OK. C'était juste pour savoir. Je voulais être sûre, parce qu'il vaut mieux qu'on se mette d'accord sur une stratégie. Et normalement, notre stratégie, c'est de la fermer.

Elle versa les œufs brouillés sur une assiette et beurra un toast.

— J'aimerais bien réussir à comprendre ce qui se cache derrière cette décision de vendre, pas toi ? Il y a déjà un moment qu'elle a ça en tête, apparemment. Elle a fait refaire tous les encadrements de fenêtres par Scott et elle a redécoré deux chambres.

Jenna posa l'assiette devant sa sœur.

— Oui, je sais… Toi, maintenant, tu manges. Je ne tolérerai aucune excuse.

— Attends…

Lauren parut déconcertée.

— Tu étais au courant qu'elle faisait venir Scott ici et tu ne m'en as rien dit ?

— Je ne pouvais pas me douter que la nouvelle aurait un impact quelconque sur toi. Tu oublies que je n'ai appris que depuis peu que Scott Rhodes avait été une figure majeure dans ta vie.

Sa sœur rougit.

— Ce n'est pas la question.

— Si maman vendait la maison à quelqu'un d'autre, serais-tu aussi remontée ?

— Je ne suis pas remontée.

Jenna jeta un regard éloquent à la vaisselle disséminée par terre et aux listes qui jonchaient la table.

— Pas stressée du tout, non…

Lauren ne dit rien et mangea lentement, comme si elle devait se forcer pour avaler chaque bouchée. Jenna attendit qu'elle ait vidé son assiette pour attraper son sac.

— J'ai fait des cookies pour toi.

— Je ne pourrai rien avaler de plus. Mack sera ravie, en revanche.

— Les choses se sont tassées à son lycée ?

Jenna était informée de l'incident sur la plage. Elle savait également que personne n'adressait plus la parole à Mack.

— Pas vraiment, non. Je voulais intervenir et aller parler au proviseur, mais Mack refuse que je mette les pieds là-bas. Elle dit que si je m'en mêle je finis de l'enfoncer.

— C'est pour ça que j'enseigne en primaire. À cet âge-là, ils sont nettement moins compliqués… Fais confiance à Mack. Elle va finir par faire son trou, tu verras.

— Si seulement tu pouvais dire vrai.

Lauren se leva et déambula jusqu'à la fenêtre.

— J'avais oublié à quel point j'aimais cette île.

— Je croyais que c'était Londres que tu aimais, maintenant.

— J'ai adoré y vivre, oui, mais ce n'est pas le même genre d'affection. Londres, c'est un peu comme quelqu'un qu'on connaît superficiellement et avec qui ça va être sympa de passer une soirée. Le Vineyard, c'est retrouver un ami que tu connais depuis toujours et se rendre compte que les années de séparation n'ont rien changé, tant la proximité est restée profonde. Maman a toujours un jardinier qui l'aide ?

— Oui. Ben vient deux ou trois fois par semaine en été. Un peu moins souvent en hiver. La moitié des jardins d'ici, c'est lui qui les entretient. Je crois qu'il a une réelle amitié pour maman.

— Tu te souviens quand ils ont planté cet arbre ?

Le regard de Lauren se perdait dans le jardin au-delà de la pelouse, avec ses massifs nus attendant patiemment que l'hiver cède enfin du terrain et laisse la place au printemps.

Leur arbre était un descendant direct de l'historique et désormais célèbre sophora du japon de South Water Street. Grâce aux efforts du capitaine Milton, qui avait réussi à protéger le jeune plant pendant toute la traversée entre la Chine et la

Nouvelle-Angleterre, l'immense arbre à pagode était devenu iconique à Edgartown depuis presque deux siècles.

— Je me souviens, oui.

Le père d'un des enfants de sa classe était le gardien attitré de l'immense sophora.

À Martha's Vineyard, les arbres formaient une communauté à part entière. Certains étaient même apparentés entre eux.

Lauren se retourna.

— Comment expliques-tu qu'elle ne t'ait pas dit qu'elle avait l'intention de vendre ? Tu viens quand même lui rendre visite chaque semaine.

— Qu'est-ce que tu sous-entends ?

— Je ne sous-entends rien. J'ai pensé que tu aurais pu noter des signes avant-coureurs ou je ne sais quoi.

— Parce que maman est du genre transparente, peut-être ? Comme si c'était ma faute si je n'ai rien vu venir.

Jenna culpabilisa aussitôt d'avoir réagi aussi sèchement. Sa sœur traversait un enfer et elle était là pour soutenir celle-ci, pas pour lui faire porter le poids de son malaise.

— Désolée. J'essaie d'arrêter le sucre et ça me porte sur le caractère.

Lauren secoua la tête.

— Tu es énervée parce que nous avons des problèmes de mère l'une et l'autre et que j'ai essayé de faire retomber une partie de mon horrible sentiment de culpabilité sur toi. C'est à moi d'être désolée. J'aurais pu faire plus d'efforts avec maman au téléphone. On s'appelait régulièrement, après tout.

— Cela n'aurait rien changé et tu le sais. Si tu es inquiète à l'idée de n'avoir aucun endroit où loger, sache que ma maison t'est ouverte, Lauren.

Mais même elle était consciente que ce ne serait pas une solution pratique à long terme. Greg et elle disposaient d'une petite chambre d'amis mais sa sœur s'y trouverait très vite à l'étroit avec une fille adolescente.

— Merci. J'espère juste qu'on n'en arrivera pas là. Ce qu'il faut, c'est qu'on arrive à faire parler maman.

— Je te souhaite bonne chance !

Elle avait renoncé depuis des années à discuter de quoi que ce soit d'important avec leur mère.

— Il y a autre chose qui m'intrigue.

— Quoi ?

— Comment Scott peut-il se permettre d'acheter cette maison ?

— Aucune idée. J'ai essayé de lui en parler mais je n'ai pas réussi à en savoir plus sur la question.

— *Quoi ?*

Jenna se redressa et frappa du pied sur le sol.

— Tu as vu Scott Rhodes ? Tu es allée voir ton premier amour et tu ne m'en as rien dit ?

— Je suis allée le remercier d'avoir secouru Mack. Et il m'a préparé un petit déjeuner.

Jenna nota qu'elle n'avait pas contesté l'expression « premier amour ».

Le bruit de la porte d'entrée interrompit leur échange.

— Merde, murmura Jenna. Ça commençait juste à être intéressant. Ne compte pas échapper à la suite de cette conversation, Lauren. J'ai la ferme intention d'en savoir plus.

Leur mère entra dans la pièce sans s'apercevoir immédiatement de leur présence. Pendant quelques brèves secondes, Jenna vit le visage que celle-ci ne montrait jamais en sa présence. Elle paraissait lasse, sombre, écrasée par le poids de la vie.

La poitrine de Jenna se serra.

Depuis combien de temps leur mère traversait-elle une crise ? Lauren avait raison. Elle aurait dû être plus attentive. Même si elles n'avaient jamais eu de bonnes relations, sa mère n'en restait pas moins sa mère. Si elle avait pris tant de distance avec celle-ci, c'était plus par souci d'autoprotection que par indifférence.

Voyant qu'elle n'était pas seule, leur mère reprit aussitôt son masque.

— Ah tiens, Jenna ! Je ne savais pas que tu venais nous voir aujourd'hui.

Lauren se redressa.

— C'est moi qui lui ai demandé de passer. On voudrait te parler, maman.

Cette dernière posa ses paquets et s'assit lourdement sans prendre la peine de retirer son manteau.

— À quel sujet ?

— La maison.

Jenna nota que les mains de leur mère formaient des poings. Lauren prit une chaise et s'assit à son tour.

— Pourquoi ne pas nous avoir averties que tu avais le projet de vendre ?

— C'est une décision assez récente, en fait. Je n'ai pas besoin de vivre dans un logement aussi grand.

Jenna songea qu'avec tout le bazar que les Stewart avaient accumulé les dix chambres à coucher n'étaient pas de trop. En regardant leur mère plus attentivement, elle nota que son sourire était pire que figé : crispé en une sorte de rictus douloureux. Elle se demanda si Lauren l'avait remarqué aussi.

Sa sœur protesta avec véhémence :

— Mais enfin, maman, tu as toujours eu une véritable passion pour la Captain's House ! Tu l'aimes plus que… tout le reste.

Jenna savait que Lauren s'était retenue juste à temps de lui dire : « Tu l'aimes plus que *nous*. »

— C'est juste un toit et quatre murs, marmonna leur mère.

— Mais tu l'as dans la peau, cette maison. Que de fois tu as repoussé des acheteurs potentiels ! « Plutôt mourir », as-tu dit une fois.

— C'est un peu exagérément mélodramatique, non ? Je suis consciente que ça tombe vraiment très, très mal pour toi, Lauren, mais…

— On ne parle pas de moi, là, maman ! C'est de toi qu'il s'agit !

Voyant leur mère muette, Jenna ressentit, à côté de l'habituelle exaspération, un sentiment nouveau de compassion.

— Pourquoi as-tu tant de mal à nous parler, maman ? Tu parles à tes amis, aux malades que tu vas voir à l'hôpital. Tu discutes des heures avec le facteur et le jardinier, mais jamais avec tes filles ?

Leur mère pâlit.

— Je ne comprends pas que tu me dises une chose pareille. On se voit au moins une fois par semaine, toi et moi. Et on ne reste pas muettes. Quant à Ben, il est plus pour moi qu'un jardinier. C'est avant tout un ami très cher.

— Toi et moi, on papote peut-être, mais jamais on ne se *parle* vraiment. Les seuls sujets qu'on aborde, c'est ton club de lecture, les élèves de ma classe et la météo.

— Parce qu'il ne se passe rien de très frappant dans nos vies respectives.

— Il se passe des quantités de choses frappantes, au contraire !

Elle faillit sortir à sa mère qu'elle se battait depuis un an pour tomber enceinte mais quelque chose la retint. Elle n'était pas encore tout à fait prête. Et ça aurait été dévier du sujet en cours.

Lauren dut percevoir sa détresse, car elle lui prit la main et la serra fort. Jenna ressentit un élan de gratitude envers sa sœur.

— Dis-nous ce qui se passe, maman. Nous voulons la vérité.

Il y eut un long silence. Leur mère s'éclaircit la voix.

— Vous êtes certaines de vouloir l'entendre, la vérité ?

Jenna eut comme le pressentiment d'un désastre.

— Oui.

Leur mère se dirigea à pas lents vers la fenêtre et resta de dos pour leur parler.

— Je vends la maison car je n'ai plus les moyens de la garder.

— Si ça tire un peu sur ton budget, on peut peut-être…

— Ça ne tire pas « un peu », Jenna. Il n'y a plus d'argent *du tout*. Je suis dans le rouge. Et ça fait un moment que ça dure.

Plus d'argent ?

Jenna regarda Lauren qui semblait aussi éberluée qu'elle.

— Mais… comment ça se fait ? Tes tableaux valaient une fortune et on ne peut pas dire que tu sois dépensière.

Elle se demanda soudain quand elle avait vu pour la dernière fois leur mère porter un vêtement neuf.

Les mains de cette dernière se crispèrent sur le rebord de la fenêtre.

— Moi non. Mais votre père l'était.

— Dépensier, papa ? À ce point ?

Pouvait-on se ruiner sur un terrain de golf ?

— L'argent lui brûlait les doigts. Et malheureusement, il ne gagnait plus rien lui-même dans les dernières années de notre mariage. Lorsque j'ai pris conscience du désastre, il était déjà trop tard pour sauver quoi que ce soit. Je lui avais laissé le soin de gérer nos finances, de même que je lui avais confié la responsabilité de s'occuper de vous, mes enfants. Je pensais que nous formions un couple original et moderne, ce qui, par la suite, s'est révélé être une pathétique illusion parmi tant d'autres. Il y a plus d'un an maintenant que je sais que je suis acculée à vendre mais j'ai fait l'autruche. J'ai différé l'inévitable, refusant d'admettre que j'avais tout raté dans ma vie.

Jenna ne se souvenait pas d'avoir déjà vu leur mère sous un jour aussi vulnérable.

— *Toi ?* Nancy Stewart, peintre connu sur la scène internationale, tu affirmes avoir « tout raté » ? Je ne vois pas ce qui peut te faire penser une chose pareille.

— Cette maison a toujours été dans ma famille. Certains de mes ancêtres se sont saignés pour pouvoir la garder, et moi qui ai gagné tant d'argent, je me trouve en situation de devoir la vendre. Et je ne trahis pas seulement mes ascendants. Je me sens surtout coupable envers vous deux.

Elle tourna les yeux vers Lauren.

— Pour une fois que je pourrais t'être utile, je ne suis pas en mesure de te procurer le toit et la sécurité dont Mack et toi avez besoin. Ce n'est pas un sentiment confortable.

— Je suis adulte, répliqua Lauren. Ce n'est plus à toi de m'entretenir. Mais tu dis que papa a dépensé *tout* ton argent ?

— Je considérais cet argent comme le nôtre. Mais oui, en effet, il l'a claqué dans son intégralité. Jusqu'au dernier cent.

Jenna se creusait désespérément la tête à la recherche d'une solution.

— C'est terrible. Mais tu peux remonter la pente. Tu es une grande artiste. Pourquoi ne pas recommencer à exposer ?

Leur mère plia machinalement un torchon.

— Cela fait cinq ans que je n'ai plus touché un pinceau.

Jenna resta un instant sous le choc. *Cinq ans ?* Non. Ce n'était pas possible. Comment avait-elle pu ne s'apercevoir de rien ?

— Depuis le décès de papa, alors, murmura-t-elle d'une voix blanche. Sa mort t'a brisée à ce point ?

Leur mère reposa le torchon.

— Brisée, non. J'étais en colère. Tellement en colère que, pour la première fois de ma vie, j'ai perdu ma vision artistique en tant que peintre. Tout était brouillé dans ma tête. Il n'y avait plus rien d'autre que la rage.

Si Jenna avait été choquée quelques instants plus tôt, elle était pétrifiée à présent.

Lauren fut la première à se ressaisir.

— C'est normal d'être en colère, maman. Ni Jenna ni moi ne portons de jugement. Papa est parti en te laissant dans une situation financière désastreuse. Je suis énervée contre Ed pour la même raison. C'est doublement épuisant, parce que d'un côté je suis dévorée par le chagrin et de l'autre, j'ai envie de l'étrangler. Tu as dû ressentir la même chose.

— Je n'étais pas en colère à cause de l'argent. En tout cas, pas à ce moment-là. Je pensais que je réussirais à redresser la barque comme je l'avais toujours fait. Gagner de l'argent, c'était mon rôle, dans le couple. Je pensais que mes tableaux me sortiraient de là. J'aime à penser que j'étais juste confiante en moi et non pas follement arrogante.

Jenna n'y comprenait plus rien.

— Mais…

— Si j'étais en rage, c'était à cause de la *manière* dont il avait dilapidé cet argent. Mon argent, mais aussi le vôtre.

Elle attrapa un tablier accroché derrière la porte.

— Bon. Il est temps que je me mette en cuisine. Mack a toujours l'estomac dans les talons quand elle rentre du lycée. Les adolescents, ça a de l'appétit, vous savez ce que c'est.

— Maman, attends. Assieds-toi !

Mais leur mère s'agitait bruyamment dans la cuisine, sortant une jatte en terre et une balance à poids ancien modèle.

— Je pensais faire une tourte aux légumes pour ce soir. Tu crois que Mack acceptera d'en manger ?

— Oui, mais le dîner peut attendre.

Lauren était debout, l'allure déterminée.

— De quelle manière papa a-t-il dépensé cet argent ?

Leur mère sortit un sac de farine qu'elle assena sur le plan de travail.

— Il le jetait par les fenêtres pour impressionner les femmes avec qui il couchait.

— Les femmes avec qui il *couchait* ?

Leur mère parut se ratatiner, comme un ballon qui se vide d'un coup de tout son air.

— Je m'étais juré de ne jamais, jamais, *jamais* vous le dire. Je sais que vous adoriez votre père. Il avait aussi de grandes qualités.

Jenna n'osa pas tourner les yeux vers sa sœur.

— Tu veux dire que papa avait une autre que toi dans sa vie ?

— Pas une seule autre, non. Une unique liaison n'aurait jamais suffi à votre père. Il me tenait pour responsable de la situation, bien évidemment. Affirmait haut et fort que le fait que je gagnais l'argent du couple était castrateur pour lui et qu'il se sentait « émasculé » face à ses amis. D'après lui, son talent pour mettre toutes sortes de femmes dans son lit rétablissait une forme d'équilibre. Même si je n'ai jamais compris en quoi le fait de tomber des femmes en série faisait de lui un homme authentiquement formidable.

Jenna sentit le regard de Lauren posé sur elle.

Elle comprit aussitôt à quoi celle-ci pensait et fit discrètement non de la tête. Des signaux d'alerte s'allumaient de partout dans son cerveau et elle se demandait si sa sœur les percevait aussi.

Tais-toi, Lauren. Surtout ne dis rien.

— Pourquoi tu ne l'as pas quitté ?

Un sourire mélancolique glissa sur les traits de leur mère.

— À cause de vous, mes petites filles. Toi, Jenna, tout particulièrement, tu étais toujours collée à lui quand il rentrait du travail — du temps où il travaillait encore, du moins...

Jenna se souvenait. *Papa! Mon papa! Mon petit papa...*

— Je n'avais pas le droit de vous priver de lui. Il suffisait de vous voir tous les trois ensemble pour comprendre ce qu'il représentait pour vous. « Les Trois Mousquetaires ». C'est comme ça qu'il surnommait votre trio. Tout le monde s'extasiait sur ses qualités de père et je n'aurais pas eu le cœur de casser la belle image que vous aviez de lui. Pas plus que je ne souhaitais ternir vos souvenirs de lui. Mais ce que je m'étais juré de taire, je viens de le révéler quand même et j'en suis désolée. Je vous demande d'oublier ce que vous venez d'entendre.

D'oublier?

— Jenna et moi, on savait, annonça Lauren tout de go. On savait qu'il avait quelqu'un d'autre.

Jenna regretta de ne pas avoir bâillonné sa sœur.

Leur mère devint livide.

— Non, ce n'est pas possible... J'ai toujours fait tellement attention. Je n'en parlais jamais lorsque vous étiez là.

— Ce n'est pas par toi qu'on l'a appris.

Jenna se mit à réfléchir très vite — comment empêcher ce qui allait suivre?

— Lauren, s'il te plaît...

Alors qu'elles avaient réussi à se taire toutes ces années, sa sœur voulait faire voler leur secret en éclats? Et précisément *maintenant*, alors que leur mère était effondrée? Comme si cette dernière avait besoin de ça en ce moment! Tournant la tête vers Lauren, Jenna vit la mâchoire de celle-ci se durcir et comprit que rien de ce qu'elle pourrait dire ou faire ne l'arrêterait. Elle reconnaissait cette expression.

Même s'il y avait bien des années que sa sœur avait cessé de l'arborer.

— On l'a vu, maman.

— Avec une femme?

La colère déforma un instant le visage de leur mère.

— Il m'avait pourtant juré sur vos têtes qu'il n'avait plus jamais ramené une autre de ses maîtresses à la maison après la première !

Sa mère avait donc surpris leur père avec une nana à l'intérieur même de la Captain's House ? Jenna en avait le tournis.

Lauren secoua la tête.

— Ce n'est pas ici qu'on l'a surpris mais au rez-de-chaussée du Sail Loft, sous ton atelier de peinture. Toi, tu étais quelque part en Europe, à un de tes vernissages. Comme on pensait que papa dormait, on est sorties en douce. On faisait ça tout le temps. Et on les a vus par la fenêtre.

Comment Lauren pouvait-elle évoquer cet épisode avec un tel calme ?

Jenna tremblait comme si elle venait d'être frappée par un virus foudroyant.

Elle avait passé sa vie à essayer d'effacer ce souvenir précis de sa mémoire.

Le nez pressé contre la vitre, elle avait essayé de décrypter la scène. Elle avait vu son père nu, ses jambes poilues mêlées à celles, glabres, d'une femme. Pendant un court instant, elle avait pensé qu'ils se battaient et s'était demandé pourquoi son père si charmant, si tolérant, avait pu se laisser entraîner dans une partie de castagne. Peut-être que la femme était une voleuse ? Mais pourquoi son père se promènerait-il tout nu dans l'atelier de leur maman ?

Puis elle avait vu *autre chose*. Et la crudité de ce qu'elle avait eu sous les yeux ne s'était jamais effacée de son esprit.

Elle eut brusquement très chaud, puis très froid.

Leur mère s'agrippa au dossier de chaise le plus proche.

— Qu'avez-vous vu, exactement ?

Faites que Lauren ne lui donne pas tous les détails.

— On en a vu plus qu'il n'en aurait fallu, admit celle-ci avec un léger haussement d'épaules. Ça nous a dégoûtées du sexe pendant des années, pas vrai, Jenna ?

Jenna manquait d'air au point de suffoquer.

— Ce n'est pas de nous qu'il s'agit en ce moment, mais de

maman. Je n'arrive pas à croire que tu aies enduré ça et que tu ne nous en aies pas parlé. Tu t'es confiée à Alice, au moins ? Elle est au courant ?

Sa mère évita son regard.

— Je… je n'en ai parlé à personne, en fait.

Même pas à son amie la plus proche ?

— Mais comment as-tu pu rester seule avec un secret pareil ? C'est horrible.

— La situation était déjà assez mortifiante en soi. J'aimais autant me taire, même si je suis certaine qu'il y a des gens sur cette île qui sont au courant. Ne serait-ce que celles avec qui il couchait, déjà, pour commencer.

— Tu les connais ?

Leur mère secoua la tête.

— Cela n'a plus d'importance, maintenant. Mais le fait que vous, ses filles, l'avez vu en pleine action…

La voix de leur mère tremblait de colère.

— S'il n'était pas déjà mort, je le tuerais. Ce don Juan de pacotille, cet obsédé du…

Elle se tut et se força à respirer lentement.

— Vous aviez quel âge ?

— Onze ans pour moi, dit Lauren. Donc Jenna devait en avoir huit. C'est tombé juste l'année où Meredith Painter avait surpris son père au lit avec la femme qui s'occupait du club de voile. Meredith a tout raconté à sa mère, ça a fait un foin pas possible et ses parents se sont séparés. Meredith a vécu l'enfer. Son père lui reprochait d'être une briseuse de famille et elle culpabilisait à mort. Elle n'arrêtait pas de nous dire que si elle avait su elle aurait tout gardé pour elle. On n'a pas voulu que ça arrive aussi dans notre famille, alors on n'a rien dit. On pensait te protéger.

Des mensonges charitables de part et d'autre, songea Jenna. Et avec quel résultat ?

— Huit ans et onze ans…

Leur mère ferma les yeux avec une expression douloureuse.

— Vous étiez toutes gamines, encore. Mes pauvres, pauvres enfants…

Pour autant que Jenna se souvienne, leur mère ne leur avait jamais parlé avec cette compassion, cette douceur. C'était tellement inattendu qu'elle ne savait comment réagir.

Elle s'était attendue à des reproches parce qu'elles s'étaient sauvées de la maison en catimini. Mais leur mère n'avait même pas relevé.

— Il a eu combien de liaisons, maman ?

Cette dernière paraissait épuisée.

— Aucune idée. J'aimais autant ne pas savoir. Pour trois d'entre elles, j'ai été au courant sans le vouloir. Dont une qui a débarqué ici un jour parce qu'elle le cherchait. Au début, je me suis vraiment démenée pour essayer de réparer notre couple. Je me refusais à le perdre.

— À cause de nous ?

— Pas seulement. Je l'aimais. Follement, même. Il y avait chez Tom un mélange détonant de magnétisme et de flamboyance. Ces mêmes qualités qui vous éblouissaient me subjuguaient aussi. Avec le recul, je suis malade de honte et de dégoût quand je pense à tout ce que j'ai toléré de sa part.

Jenna essaya d'imaginer comment elle aurait réagi si Greg avait collectionné les aventures.

— Je ne sais pas comment tu as pu le supporter. Je l'aurais jeté dehors sans ménagement.

— C'était la seule chose à faire, en effet. Un jour, j'ai pris mon courage à deux mains et j'ai demandé à Tom de partir. Mais il m'a dit que « ses enfants ne me le pardonneraient pas si je détruisais notre famille ». Et il n'avait pas tort.

Leur mère marqua un temps de silence.

— De nous deux, c'était Tom le parent cool. L'aventurier, le frondeur, le papa complice, c'était lui. Il était doué d'un tel charisme qu'il trouvait le moyen de transformer n'importe quel épisode de la vie ordinaire en moment magique. Vous trois, vous formiez un trio soudé dans lequel je ne trouvais pas ma place. Mais je pouvais au moins assurer une fonction importante en veillant à votre sécurité financière.

Jenna était horrifiée.

— Pourquoi pensais-tu qu'il te revenait de gagner l'argent de la famille ?

— Ramener de l'argent, c'était dans mes cordes, expliqua-t-elle d'un ton placide. J'étais plus douée pour ça que pour être mère. J'adorais votre compagnie, mais chaque fois que je voulais vous proposer une activité, Tom déboulait avec une idée plus drôle, plus inventive, plus folle. Et hop ! Vous filiez comme le vent, tous les trois. Petit à petit, cela a sapé ma confiance en moi. C'est normal, quand on ne sait pas s'y prendre, en tant que parent.

Jenna en avait le cœur broyé.

— Maman...

— C'est ma faute, si nos relations mère/filles ont toujours été aussi laborieuses et distantes. J'ai laissé Tom instiller peu à peu en moi le sentiment que je ne valais pas grand-chose en tant que mère. Il faisait ça très bien. Avec un art consommé. Comme s'il me disait en permanence : « Regarde comme je m'y prends mieux que toi avec elles. Regarde comme elles m'adorent ! » Le plaisir que vous preniez en sa compagnie sautait aux yeux. Mais au lieu d'essayer de trouver mon propre mode de relation avec vous, j'ai baissé les bras. Je me suis mise en retrait et j'ai laissé faire.

Elle cligna des yeux et Jenna comprit qu'elle luttait contre les larmes.

De sa vie, elle n'avait vu sa mère pleurer. La découvrir vulnérable renversa d'un coup les barrières qui avaient toujours existé entre elles.

Elle se leva si brusquement que sa chaise bascula et tomba à la renverse sur le carrelage. Traversant la pièce en trois pas, elle prit sa mère dans ses bras.

— Je suis désolée, maman. Tellement désolée.

Les innombrables jeux initiés par leur père lui revinrent à l'esprit. Elle avait toujours cru que leurs bruyantes activités déplaisaient à sa mère et qu'elle refusait de se joindre à eux en signe de réprobation. L'idée ne lui avait jamais traversé l'esprit que celle-ci avait pu se tenir à l'écart par incapacité à s'insérer dans leur trio. Jamais elle n'aurait imaginé non plus que son père avait agi en manipulateur consommé. Et qu'il s'était servi de ses enfants pour faire souffrir sa femme.

Elle s'était plus ou moins attendue à ce que sa mère rejette son élan d'affection, mais celle-ci se raccrocha à elle si fort que Jenna ne put retenir ses propres larmes.

Comment avait-elle pu être aussi aveugle ?

Sa mère lui tapota l'épaule.

— Si quelqu'un doit être désolé, c'est moi. Je ne voulais surtout pas faire peser cela sur vous.

Jenna tourna la tête et s'aperçut que sa sœur pleurait aussi. C'était la première fois qu'elle voyait Lauren en larmes depuis la mort d'Ed.

Lauren s'éclaircit la voix.

— Je suis soulagée que tu nous aies enfin parlé, maman.

Cette dernière farfouilla dans son sac pour en sortir un mouchoir.

— Vous devez penser que j'ai été bien faible pour m'être laissé acculer ainsi dans une posture victimaire. Si la même chose arrivait à l'une de vous deux, je serais la première à vous conseiller de mettre fin à la relation. Toute personne, sans exception, mérite d'être traitée avec respect. Sinon, rien ne justifie que l'on reste. Mais ce qui est fait est fait et il est trop tard pour revenir sur mes choix, même s'ils ont été désastreux. Aujourd'hui, il me reste un moyen d'action et je peux encore faire le bon choix : en vendant la Captain's House, j'aurais de quoi racheter un bout de maison quelque part. Et le reste, je vous le donnerai.

Elle se moucha et se tourna vers Lauren.

— Je suis impuissante à soulager tes peines, mais je devrais au moins pouvoir te soutenir financièrement.

Avoir subi un mariage aussi sinistre toutes ces années et devoir vendre la maison ancestrale de surcroît ?

Non. Jenna ne pouvait s'y résoudre. Il devait exister une autre solution. Et Lauren était clairement du même avis.

— Tu ne vends pas la maison, maman. Il n'en est pas question. Ce n'est pas à toi de te sacrifier une fois de plus pour faire rentrer de l'argent dans les caisses familiales.

Leur mère déglutit avec peine, visiblement touchée.

— Nous n'avons aucune autre solution, mes enfants.

Jenna nota que c'était la première fois que leur mère disait « nous » pour les désigner toutes les trois.

La première fois que celle-ci se tournait vers elles pour l'aider à résoudre un problème.

Elle sentit une énergie, une force d'affection en elle qui avaient été absentes auparavant. Pour une fois, sa famille lui apparaissait comme une entité vivante et pas comme la somme aléatoire d'éléments disparates.

— Avant de dire qu'il n'y a pas de solutions, il faut commencer par examiner la situation sous tous les angles.

Elle s'écarta de sa mère pour s'emparer d'un stylo et du carnet de Lauren posé sur la table.

— Nous allons trouver quelque chose, je suis sûre. Mets la cafetière en route, Lauren. On va jongler avec des idées et je vous promets qu'à nous trois ça va être le brainstorming du siècle !

Chapitre 20

Mack

Rébellion : résistance organisée ou opposition à une forme d'autorité.

Mack était assise sur la jetée, les bras noués autour de ses genoux, son vélo abandonné contre un muret du port.

Elle n'avait aucune idée de ce qu'elle faisait là. Tout ce qu'elle savait, c'était qu'elle refusait de passer un week-end en enfer, bouclée dans la Captain's House en compagnie de sa mère et de sa grand-mère. Déjà qu'elle ne tournait pas rond avec le bazar qui se déchaînait dans sa tête. Mais s'il fallait en plus gérer le stress ambiant dans la famille… Non merci. C'était comme être happée par une crue violente. Pas moyen de sortir le visage de l'eau pour respirer. Il s'était encore passé un truc, apparemment, mais elle ne savait pas quoi. En rentrant du lycée, quelques jours plus tôt, elle avait trouvé sa grand-mère, sa mère et sa tante assemblées autour de la table de cuisine. C'était la première fois qu'elle les voyait aussi soudées — presque complices. Il était clair qu'elle les avait interrompues au milieu d'une discussion importante. Elle n'avait pas posé de questions. Dans sa famille, personne ne racontait jamais rien à personne, de toute façon. Les laissant conspirer autour de la table, elle avait pris un yaourt dans le frigo et s'était repliée dans sa chambre.

Sa mère, pour une fois, ne l'avait pas suivie. Elle avait bien essayé de s'en réjouir. « *Ouf*, tant mieux. Elle me lâche un peu la grappe. » Mais la vérité, c'était qu'elle s'était sentie seule à crever.

Kennedy ne lui adressait plus la parole depuis l'incident sur la plage. Et comme Kennedy était la reine des populaires et que les autres avaient peur de lui déplaire, tout le monde s'appliquait soigneusement à l'éviter.

Pendant les cours, ça ne la dérangeait pas trop. Mais à midi elle se retrouvait assise toute seule à la cafète, à la table la plus reculée possible, avec une grosse boule dans la gorge chaque fois qu'elle pensait à Phoebe et à Abigail.

Tout, dans sa vie, s'était effondré en même temps.

Au lycée, elle errait comme un zombie. À la maison, c'était le cauchemar. Elle n'avait pas d'amis. Personne à qui parler. Et comme elle ne savait vraiment plus quoi faire de sa peau, elle était venue traîner sa misère sur cette jetée qui sentait l'eau de mer et le poisson.

Son papa lui manquait — Ed. Pour elle, c'était juste Ed, désormais. Leurs balades à vélo du samedi lui manquaient. Et les musées où il l'emmenait. Et la façon dont il parvenait toujours à calmer sa mère.

Au fond, elle était juste triste. D'une tristesse abyssale dont elle ne savait comment se dépêtrer. Et pour ce qui était de son intégration au lycée, elle s'était réinventée tant de fois, sous tant de visages différents, dans l'espoir de devenir populaire qu'elle ne savait même plus qui elle était.

Elle repéra Scott avant qu'il ne la voie. Il progressait dans sa direction d'un pas souple, avec cette démarche particulière qu'elle associait aux marins — comme s'il se déplaçait sur le pont d'un navire. Ses bras étaient chargés de sacs et de matériel de voile et il se dirigeait vers un bateau noir gonflable, amarré juste à côté d'elle. Capitaine trottait devant lui en remuant la queue.

Scott s'immobilisa lorsque son regard tomba sur elle. Mais le chien, lui, accéléra l'allure et lui fit la fête comme s'il retrouvait une amie perdue depuis longtemps.

Mack enfouit ses mains et son visage dans la tiédeur de sa fourrure, reconnaissante qu'il y ait au moins une créature au monde pour l'aimer un peu.

Lorsqu'elle leva les yeux vers Scott, son angoisse monta d'un cran. Elle n'aurait jamais dû venir traîner dans le coin. Ce n'était pas parce qu'il lui avait rendu service deux fois qu'il avait forcément envie de lui faire une place dans sa vie.

À croire qu'elle se mettait exprès en situation d'être rejetée. Collectionner les râteaux, ça devait être son truc.

Comme elle ne voulait pas paraître vulnérable, elle en rajouta dans la provoc.

— Salut, p'pa. Ça roule ?

Si elle avait employé ce ton avec sa mère, celle-ci aurait hurlé. Mais Scott Rhodes ne fit aucun commentaire. C'était sa spécialité, apparemment, de ne jamais réagir comme tout le monde.

— Tu te lèves tôt, observa-t-il simplement.

— Malgré tous les poncifs qui courent sur ma catégorie d'âge, tous les ados ne s'extirpent pas de leur lit à midi passé. L'ado type n'existe que dans l'imagination des adultes. Certains d'entre nous sont grands, d'autres petits, certains aiment Taylor Swift et d'autres ne jurent que par le rap.

Elle se mit debout et le défia du regard.

— J'ai pensé qu'on pourrait passer quelques moments privilégiés de type père/fille ensemble. Créer du lien, c'est cool, non ?

Comme elle était stressée et qu'elle avait peur de se faire jeter, elle en faisait des tonnes. Mais Scott ne semblait pas disposé à entrer dans son jeu. Il se contenta de lui jeter un bref regard, puis il entreposa ses cordes et ses sacs dans le bateau gonflable.

Face à son attitude calme et laconique, elle se sentit encore plus brouillonne et immature.

— Tu vas aller te balader en mer à bord de ce truc-là ? Je peux venir avec toi ?

Cette fois, elle aggravait sérieusement son cas. Elle se

comportait comme une petite gamine qui cherchait à accaparer l'attention.

— Tu as déjà une expérience de navigation ?

Le fait qu'il ne lui dise pas carrément de se barrer lui procura un début d'espoir.

— À part sur Internet, tu veux dire ? Un tour en pédalo à Hyde Park, ça compte ? Si la réponse est non, je suis cent pour cent novice. Mais j'apprends vite. Tu crois que je pourrais me rendre utile ? Tout ce que je connais de la navigation, je l'ai appris dans les livres. Si tu m'emmènes sur ce truc gonflable, je risque de le couler. J'ai lu *Moby Dick*.

Elle passa maladroitement son poids d'un pied sur l'autre, consciente qu'elle parlait trop et lui pas assez.

— C'est maman qui m'a passé l'exemplaire du bouquin que tu lui avais donné.

— Tu l'as lu ?

— Ben oui, pourquoi ? Ça t'étonne ? Je déteste le genre de livres que lisent les jeunes de mon âge. Généralement, ce sont des histoires d'ados héroïques qui sauvent le monde et là, franchement, j'ai du mal à y croire. Un ado, c'est simple : c'est tout juste s'il a le droit d'aller pisser sans en informer un adulte au préalable. Il faut tout le temps qu'on dise où on va et ce qu'on fait, à quelle heure on va rentrer et quelles notes on a eues à nos contrôles. On est surveillés comme le lait sur le feu, du matin au soir. Alors je ne nous vois pas devenir les maîtres du monde de sitôt. Je n'arrive pas à mettre mon incrédulité entre parenthèses assez longtemps pour lire le genre de conneries qu'on nous réserve. Alors que *Moby Dick* c'est du réel. En tout cas, le naufrage de l'*Essex,* ça s'est passé en vrai. C'est Grams qui me l'a raconté.

Scott rangea son matériel à l'intérieur du bateau.

— Si je t'emmène, ce ne sera pas comme dans *Moby Dick*.

— Je sais. Il n'y a même plus de baleines par ici. C'est tragique. Je suis contre le meurtre des animaux. En fait, je suis végétarienne, ce qui pose de gros problèmes à ma grand-mère parce que sa spécialité ce sont les potées. À cause de moi, elle a dû se mettre aux tartes aux poireaux et au fromage. Elle les fait plutôt bien, d'ailleurs.

Elle jeta un coup d'œil à la petite embarcation avec ses boudins en caoutchouc, puis examina la hauteur des vagues.

— Je ne voudrais pas avoir l'air de douter de tes compétences, mais la mer est quand même assez agitée. Je n'y connais rien, mais j'ai lu pas mal de trucs et, franchement, je pense qu'un bateau un peu plus conséquent pour affronter l'océan ce serait plus sûr. Comme on est à Martha's Vineyard et que tout le monde sait que *Les Dents de la mer* a été tourné ici, j'aimerais autant ne pas prendre de risques inutiles.

— Nous avons quelque chose de plus solide à notre disposition.

— C'est vrai ? On a ça ?

Elle était surprise de constater à quel point elle appréciait le « nous » employé par Scott.

Il désigna quelque chose du menton et elle découvrit le yacht qui oscillait dans la baie.

— Il est à toi ? Le grand bateau blanc ? Et celui-ci, alors, c'est quoi ?

— C'est une annexe. Elle me sert à faire la navette entre le voilier et le port.

Comme une idiote, elle n'avait jamais pensé à se demander comment les gens faisaient pour rejoindre leurs bateaux à l'ancre.

— Tu y vas souvent, sur ton voilier ?

— Tous les jours. C'est là que j'habite.

— Cool. Si t'en as marre de quelqu'un, tu peux te tirer à la voile. Ou le ou la jeter par-dessus bord. Je peux venir habiter avec toi ?

Elle vit son expression se figer et son estomac se noua.

— Non, je déconne. Je sais que je serais aussi bien accueillie qu'un requin dans une colonie de phoques. Si tu avais voulu de moi, dans ta vie, tu te serais manifesté avant. Ne regrette rien, surtout. Personne ne veut de moi, en ce moment, donc le phénomène est général. Tu n'es pas le seul.

De l'autre côté du quai, elle vit un garçon grand et mince jeter un sac marin dans un bateau avant de sauter dedans.

Elle reconnut le gars qui affichait l'annonce pour le club de codage informatique. Paul quelque chose. Non, Sam. Oui, c'était ça… Sam.

Comme elle se débattait avec son prénom, le garçon leva les yeux et la reconnut.

Mack sentit ses joues brûler. Oh ! merde. La grosse honte.

Mais à sa grande surprise il lui fit un signe amical de la main. Et lui sourit, même.

C'était la première fois depuis qu'elle était arrivée sur cette île que quelqu'un avait l'air sincèrement heureux de la croiser sur son chemin.

Elle hésita, puis leva la main pour lui rendre son salut.

Scott jeta un regard par-dessus son épaule et vit le garçon sur le bateau.

— Tu connais Sam Tanner ?

— De vue, oui. On est dans la même classe. C'est lui qui dirige l'activité codage, après les cours. Mais on ne s'est jamais adressé la parole.

— Peut-être que tu devrais. Il est bien, ce Sam.

— C'est possible, oui. Mais il ne fait pas partie du groupe des « cools ». Si je deviens amie avec lui, non seulement je perds toute chance de m'intégrer, mais on risque en plus de me tomber dessus.

Mais le salut et le sourire lui avaient remonté le moral plus qu'elle ne l'aurait imaginé possible. Peut-être que la vie n'était pas si radicalement tragique, au fond.

— Et même si j'étais prête à prendre le risque de ramasser l'étiquette de geek, je ne m'y connais pas assez en informatique.

Scott enveloppa ses derniers sacs dans des plastiques et les cala sous le siège.

— Si tu as envie de t'y mettre, je pourrais peut-être t'aider.

— Tu sais coder ?

— Il ne faut pas me demander d'envoyer une fusée dans l'espace. Mais je m'y connais un peu, oui.

— Et tu serais d'accord pour m'initier ?

— Oui. Même si le club de codage serait probablement beaucoup plus intéressant.

Elle en était moins sûre que lui. Les retombées en termes de réputation, en tout cas, seraient moins difficiles à gérer.

— Et tu m'apprendras aussi à faire de la voile ?

Il se redressa et son regard d'un bleu de glace pénétra soudain le sien comme un rayon laser.

— Ta mère sait que tu es ici avec moi ?

— Pas vraiment, non. Je n'avais pas de destination précise en tête quand j'ai quitté la maison. J'avais surtout besoin d'air. Ma famille me rend folle. Je les aime, bien sûr. Mais elles sont difficiles à comprendre, par moments. C'est un peu le règne du silence chez nous, tu vois. Donc les malentendus pleuvent.

— Si tu veux venir faire un tour sur mon bateau, il faut d'abord que tu préviennes ta mère.

— Je ne pense pas que ce soit...

— Appelle-la. C'est un ordre. Elle va s'inquiéter sinon.

Elle n'aurait jamais imaginé qu'il se montrerait aussi protecteur envers sa mère — vu la façon dont il l'avait plaquée enceinte, à l'époque. Mais il avait quand même encore des sentiments, apparemment.

Mack ne savait pas trop quoi en penser.

Mais elle était certaine d'une chose : elle voulait passer du temps avec Scott.

Elle sortit son téléphone, même si elle n'avait surtout pas l'intention d'appeler.

— Je ne capte pas de réseau.

— Je ne t'emmène pas sur ce bateau si tu n'avertis pas d'abord ta famille.

Si elle téléphonait, sa mère refuserait à tous les coups qu'elle monte sur ce bateau. Mais si elle n'appelait pas, Scott la laisserait sur le quai et elle était bonne pour se morfondre toute la journée.

Elle gesticula avec son mobile et s'éloigna de quelques pas sur la jetée.

— Ah ça y est ! J'ai du réseau !

Portant le téléphone à son oreille, elle attendit quelques secondes.

— Maman ? Je suis à la marina avec Scott, donc tu n'as pas à t'inquiéter pour moi. À plus tard. Byeeee.

Elle se hâta de mettre fin à « l'appel », craignant que Scott ne lui prenne le téléphone des mains pour parler lui-même avec sa mère. Ce qui serait d'autant plus gênant qu'elle n'avait personne en ligne.

— C'est fait. J'ai prévenu ma mère. Je peux venir faire de la voile avec toi, alors ?

Elle le vit hésiter et la déception lui fit l'effet d'un coup de poignard dans la poitrine.

— Ouais, ben, c'est bon. Tu ne veux pas de moi. Personne ne veut de moi en ce moment.

Une lueur brilla dans le regard de Scott.

— Tu essaies de me manipuler ?

— Non. C'est juste la vérité. Je ne peux pas en vouloir aux gens de ne pas me supporter, vu mon caractère de merde en ce moment. Mais franchement, je n'arrive pas à contrôler. J'essaie, pourtant. Des fois, quand je m'entends, j'ai l'impression que ce n'est pas moi qui parle… Je me suis pris quelques coups durs, il faut dire.

— La vie est rarement facile.

Elle fut surprise qu'il ne se montre pas plus compatissant.

— Peut-être que si je vivais en mer, comme toi, ce serait plus simple.

— Il ne suffit pas d'être sur un bateau pour échapper à ta vie et ses complications. Quand t'es sur l'eau, c'est juste plus froid et plus mouillé qu'ailleurs.

Il lui tendit la main et elle se hâta de monter dans l'annexe avant qu'il ne change d'avis et ne décide d'appeler lui-même sa mère.

Elle se cramponna à sa main lorsque l'embarcation oscilla sur l'eau.

— Tu es sûr qu'on ne va pas couler, au moins ?

— Non. Enfile ça.

Il lui tendit un gilet de sauvetage.

— Je n'ai pas besoin de…

— Enfile ça, je te dis.

— L'orange n'a jamais vraiment été ma couleur…

Le reste de sa phrase se perdit dans un murmure lorsqu'elle vit son regard.

— Bon, bon, d'accord. L'orange, j'adhère… C'est même de loin la couleur que je préfère. Je voudrais que tout dans ma vie soit en orange.

Elle mit le gilet et il se pencha pour l'attacher.

A priori, on pouvait en conclure qu'il n'avait pas l'intention de la noyer. C'était déjà ça de pris.

— Assieds-toi là, au milieu, et ne gigote pas trop.

— À vos ordres, mon capitaine.

Elle rit lorsque le chien sauta à l'intérieur du bateau en remuant joyeusement la queue.

— Mais non, pas toi. *L'autre* capitaine.

Elle esquissa un salut façon moussaillon et regarda Scott sauter sur le quai et dénouer la corde qui les retenait.

Quelqu'un lui cria quelque chose et il fit un signe de la main en réponse. Quelques secondes plus tard, propulsés par le moteur, ils s'éloignaient du port et se dirigeaient vers la pleine mer.

Le temps avait été gris et glauque toute la semaine, mais là, petit miracle, le soleil faisait enfin une apparition. L'eau scintillait alors que le bateau gonflable bondissait sur les vagues. Mack poussa un cri lorsqu'elle se prit un paquet d'embruns dans la figure.

Elle réalisa qu'elle riait pour la première fois depuis des mois. Et elle riait encore lorsqu'il aborda le long du voilier.

— C'était trop cool ! Je pourrai conduire la prochaine fois ?

— Non.

Il éteignit le moteur.

Elle se prépara à ce qu'il lui dise d'être prudente et de faire bien attention en montant à bord. Mais il ne prononça pas un mot, se contentant de maintenir l'annexe en place et d'attendre qu'elle grimpe à l'échelle puis qu'elle saute sur le pont. Le vent ramena ses cheveux sur son visage et elle eut une soudaine sensation de légèreté. Sur l'eau, on n'entendait que le bruit des vagues frappant la coque, le cliquetis du mât et l'appel mélancolique d'une mouette. La noirceur qui l'avait engloutie se dissipait. Ici, sur ce voilier, elle était loin de tout. De son chagrin. De sa maison. Du lycée. *D'elle-même.*

Pour la première fois depuis longtemps, elle sentit que tout pourrait de nouveau aller bien. Pas tout de suite, tout de suite, bien sûr. Mais peut-être un jour.

Appréciant le répit, elle s'essuya le visage et tordit ses cheveux trempés pour les loger sous son bonnet.

— Mack ?

Répondant à l'appel de son nom, elle retourna récupérer les paquets qu'il lui tendait.

— Tu veux que je les mette où ?

— En bas. Dans la cabine.

D'un geste, il lui indiqua de descendre et elle dévala les marches. Puis elle lui tendit les sacs et le regarda ranger leur contenu. Tout était petit mais super organisé.

— J'aimerais mieux vivre ici que dans une maison. C'est cool, un bateau.

— En hiver, c'est surtout très froid.

— C'est pour ça que tu voulais acheter la Captain's House ? J'ai du mal à comprendre que tu aies envie de vivre là-bas alors que tu peux être libre sur ton voilier… Mais tu n'es pas obligé de me répondre, se hâta-t-elle de préciser. C'est horrible, les gens qui veulent que tu t'exprimes sur un sujet dont tu n'as pas envie de parler. Je pense que toi aussi ça t'énerve quand on te pose trop de questions. Moi, ça m'exaspère. Maman veut « qu'on parle » et je sais que je suis censée lui dire ce qu'elle a envie d'entendre. Mais comme je n'y arrive pas, je me boucle dans ma chambre et je reste trop longtemps sur mes appareils électroniques.

Il descendit la fermeture Eclair de son blouson.

— Je ne te trouve pas spécialement silencieuse, pourtant.

— Avec toi, je suis un vrai moulin à paroles. Comme tu sais écouter, ça va tout seul.

Elle étudia les cartes de navigation fixées aux cloisons.

— Tu as navigué partout dans le monde ? Je rêve de voyager loin. Déjà, je voudrais aller en Californie parce que c'est là qu'il y a toutes les sociétés high tech. Tu as déjà été en Californie ?

— Oui.

— C'est génial que tu puisses partir comme ça, quand tu veux, où tu veux. Tu n'as personne du tout, dans ta vie ? Du moins, avant que ta fille perdue de vue depuis toujours ne resurgisse pour ton plus grand bonheur.

Elle essaya de voir son expression mais il lui tournait le dos.

— Un chocolat chaud, ça te dit ?

— Je préfère la vodka.

Sa réponse désinvolte lui valut de nouveau un regard patient de la part de Scott. Elle soupira en se demandant ce qui chez lui désamorçait chacune de ses tentatives de provocation.

— Ouais, bon, OK. Qui n'aime pas le chocolat chaud ? Ce serait nickel, merci.

Les embruns pendant la courte traversée avaient traversé son manteau et elle s'aperçut qu'elle n'avait pas très chaud.

Scott ouvrit un placard et en sortit une serviette propre qu'il lui jeta.

— Enlève ton manteau. Sèche-toi les cheveux. Je vais te chercher un pull.

— Non, ça va. C'est bon.

— Tant que tu es à bord de ce bateau, tu fais ce que je te dis.

Il disparut par une petite porte et en émergea un moment plus tard avec un grand pull tout doux qui avait l'air d'avoir connu des centaines de lavages.

Pas mécontente d'avoir chaud, elle l'enfila sans protester. Les manches lui arrivaient jusqu'à l'extrémité des doigts. Elle les releva et prit le chocolat chaud qu'il lui tendait.

— Merci.

Elle se réchauffa les mains sur le mug. Et se revit avec Ed dans la cuisine lorsqu'il lui préparait des chocolats chauds quand elle était petite. La sensation de tristesse revint prendre sa place dans sa poitrine.

— Donc ce bateau a des voiles mais aussi un moteur. Tu t'y connais en moteurs ?

— J'en connais assez pour l'usage que j'en fais.

— J'aime bien la physique. C'est ma matière forte. L'année dernière, je voulais devenir ingénieure, mais maintenant je ne suis plus très sûre. Informaticienne, ça me plairait assez, mais la plupart des trucs que je sais, je les ai appris par moi-même. En fait, je ne suis pas très claire sur ce que je veux. Je suis censée avoir une vision très carrée de moi-même et de l'avenir. Mais c'est dur d'avoir déjà tout compris à seize ans, non ? C'était ton cas ?

— Je suis encore loin d'être sûr d'avoir tout compris maintenant.

Elle trouva sa réponse rassurante. Prenant une gorgée de sa boisson, elle découvrit que le chocolat pouvait être aussi délicieux à seize ans qu'à six. La chaleur crémeuse se répandit en elle, apportant une agréable sensation de confort thermique.

— Jusqu'à présent, je suis la seule à avoir parlé ou presque. Dis-moi quelque chose de toi.

— Qu'est-ce que tu aimerais savoir ?

— Tu as de la famille quelque part ? Des cousins ? Des tantes ?

— Non.

La nouvelle la laissa un instant sous le choc.

— Donc tu n'as que moi au monde ? C'est pas top, ça.

Une trace de sourire joua sur les lèvres de Scott.

— Je te dirai ça en temps utile.

— Je sens un grand poids tomber sur mes épaules. Il faudrait que je sois parfaite. Ça me met méchamment la pression.

— Humain et parfait, ça ne va pas ensemble.

— En tout cas, ne te stresse pas par rapport à moi. Je n'attends rien — ni de toi ni de personne. Jusqu'à présent, question pères, on ne peut pas dire que j'aie touché le jackpot.

— Je n'affirmerais pas ça, à ta place.

Le voyant remonter sur le pont, elle but sa dernière gorgée

de chocolat chaud et le suivit avec curiosité. Son expression ne laissait pas transparaître quoi que ce soit mais quelque chose dans sa façon de se mouvoir indiquait qu'il était contrarié.

À cause d'elle, probablement. Exaspérer les gens était sa grande spécialité.

— Tu considères que tu mérites le titre de père de l'année ?

— Moi non. Mais Ed oui.

C'était la dernière remarque à laquelle elle s'attendait de sa part.

— Ed ?

Il souleva le couvercle d'un casier et en sortit une corde.

— Tu sais enrouler un cordage d'amarrage ?

— Quoi ? Ben non, évidemment !

Le vent brassait la surface de l'eau et elle dut écarter les pieds pour garder l'équilibre.

— Donc pour toi, papa... *Ed* était un bon père ?

— Laisse tomber.

— Je n'ai pas envie de laisser tomber. Je veux savoir pourquoi tu as dit ça. Tu ne le connaissais même pas.

— Et les nœuds ? Tu sais faire un nœud de chaise ? Un nœud plat ?

Il ferma le casier avec une telle force qu'elle sursauta.

— Je suis née et j'ai grandi à Londres. Les nœuds marins ne font pas partie des apprentissages vitaux de base, là-bas... Et pour ce qui est d'Ed, il m'a menti.

— Et toi ? Tu ne mens jamais ?

Mack se sentit devenir écarlate. Elle avait menti juste avant d'embarquer, tout à l'heure sur la jetée. Mais c'était différent. Dans son cas, il s'agissait d'un banal petit mensonge à caractère pratique.

— Maman et lui m'ont menti toute ma vie.

— Pour les nœuds, tu devrais apprendre. Un jour ou l'autre, ils pourront te servir.

Mack essaya d'imaginer en quelle circonstance. Peut-être qu'elle pouvait en nouer un autour du cou de Kennedy ?

— Tu le connaissais, Ed ?

Les doigts de Scott se crispèrent sur le cordage.

— Non.

— Tu ne le connais pas et tu dis que j'ai touché le jackpot ? Ça t'aurait fait quel effet, toi, si tu avais découvert à seize ans que l'homme que tu appelles « papa » n'avait en fait aucun gène commun avec toi ?

— Je n'ai jamais connu mon père, donc je ne peux pas répondre à ta question.

Elle demeura un instant interdite.

— Il est mort quand tu étais encore tout petit ?

— Je ne sais rien à son sujet. J'ai été élevé en famille d'accueil.

Mack était mortifiée. Pourquoi fallait-il toujours qu'elle fasse des gaffes plus grosses qu'elle ?

— Oh merde. Pardon.

— Inutile de t'excuser. Tu n'es pas responsable de la situation.

— Mais j'ai fait une boulette. J'ai été blessante avec toi.

— Il en faut beaucoup pour me blesser. Et ça arrive à tout le monde d'être maladroit sans le vouloir. C'est humain.

Il en fallait peu pour la blesser elle. Un rien suffisait pour la faire partir en cacahuète.

— Ça me fait trop bizarre, en fait. Ed est mort et je ne pourrai jamais lui demander tout ce que je voudrais savoir.

— Et qu'est-ce que tu voudrais savoir ?

Comme le bateau bougeait un peu trop sous ses pieds, Mack s'assit lourdement sur le coffre à cordages.

— J'aurais voulu qu'il m'explique pourquoi il a gardé le silence toutes ces années. C'est déjà vexant quand tu apprends que la petite souris et le Père Noël n'existent pas. Mais là, t'as carrément l'impression de t'être fait avoir, non ?

— Je n'ai jamais cru à la souris récolteuse de dents ni au Père Noël.

Il lui jeta un regard.

— Prendre les bonnes décisions, ce n'est jamais simple. Comprendre qui on est et ce qu'on attend de la vie, ça ne se fait pas tout seul non plus.

Elle ne pouvait lui donner tort sur ce point-là.

Discuter avec Scott faisait du bien, parce qu'il restait calme et ne se comportait pas comme ces adultes qui prétendaient avoir toutes les réponses. Il ne lui dictait pas ce qu'elle était censée ressentir, ne la harcelait pas, ne lui donnait pas le sentiment d'être une idiote qui ne comprenait rien à rien.

— Je veux savoir si Ed m'aimait vraiment.

— Ça c'est une question à laquelle il est facile de répondre.

— Tu trouves ?

Scott commença à enrouler le cordage.

— Est-ce qu'il t'a abandonnée ? Il s'est tiré ?

— Non, c'est son cœur qui a lâché.

Et elle ne pouvait s'enlever cette mort brutale de la tête. Avait-il senti qu'il allait mourir ? Avait-il souffert ? C'était quoi la dernière chose qu'elle lui avait dite ? Elle ne s'en souvenait même pas. Et s'en voulait à mort de ne même pas lui avoir souhaité son anniversaire, pour ses quarante ans.

— Pendant seize ans, Ed a occupé sa place de père sans faillir.

Scott lui plaça la corde sur les genoux et s'accroupit devant elle.

— Pour moi, ça veut dire qu'il t'aimait comme sa fille.

Elle agrippa le filin et le serra fort entre ses doigts.

— J'avais le droit de connaître la vérité ! Ce n'est pas normal qu'ils m'aient menti comme ça ! Si je l'avais su petite, ça n'aurait pas été aussi dur.

— Tu n'en sais rien. Ce n'est jamais possible de dire comment on réagirait si les circonstances étaient différentes.

— Toi, tu prends le parti de ma mère !

— Je ne prends jamais le parti de personne.

Il lui saisit une main et la plaça sur la corde.

— Ça, c'est un cordage d'amarrage. Tu vas apprendre à le lover, comme on dit. Tu es droitière ou gauchère ?

— Droitière.

— Alors tu vas faire les boucles de la main droite et le tenir dans la main gauche.

Il lui montra le geste à faire puis lui rendit la corde.

— Prends chaque fois la même longueur de corde. On love

toujours dans le sens des aiguilles d'une montre… Voilà… il s'agit de former des ovales réguliers.

Elle essaya, mais ses doigts étaient engourdis par le froid.

— Ça n'arrête pas de faire des nœuds.

— À chaque ganse, fais un quart de tour avec ta main pour éviter que ça se torde. Voilà. C'est parfait. Termine et on va la ranger dans ce coffre.

Elle s'exécuta et lui tendit le filin, se sentant vaguement fière, comme si elle avait accompli un exploit. En fait, elle gobait avec avidité la moindre miette d'approbation, comme un oisillon à moitié mort de faim.

— Bon, le test est passé ? Je suis admise comme membre d'équipage à part entière ?

Lorsqu'elle vit un sourire frémir aux coins de ses lèvres, elle prit un shoot d'optimisme.

— Je peux te poser une question ?

— Si je te dis non, ça t'empêchera de la poser quand même ?

— Sans doute pas, non. Tu reconnaîtras que tu n'as pas eu un boulot trop difficile en tant que parent, jusqu'à présent.

— Si c'est un parent qu'il te faut, tu devrais parler à ta mère.

Difficile de trouver les mots pour lui expliquer qu'elle ne *pouvait* pas parler avec sa mère en ce moment.

— Je préfère te parler à toi.

— Je ne connais rien aux enfants.

— Je ne suis plus une enfant mais une ado. Autrement dit une espèce connue pour être particulièrement retorse. Et ne perds surtout pas ton temps à faire des recherches sur Internet.

— J'en conclus que les conseils ne sont pas bons ?

Elle tenta d'imiter le ton caractéristique d'une présentatrice d'émission TV.

— « Essayez de toujours maintenir un canal de communication ouvert… Evitez d'exprimer vos idées en termes d'absolus… Encouragez le dialogue. »

— Ça a l'air compliqué.

— Tu n'as pas idée.

Elle prit une profonde inspiration.

— Tu étais amoureux de ma mère ?

Il se pétrifia d'une telle façon qu'elle regretta d'avoir posé la question.

C'était comme ouvrir une boîte et voir quelque chose d'affreux à l'intérieur.

— Je suis désolée. Oublie que je t'ai demandé ça. Merci pour le chocolat chaud et pour la leçon de cordage.

Elle dévala les marches menant à la cabine, attrapa le mug et le lava. Scott finit par descendre à son tour. *Ouf.* Au moins, il ne faisait pas comme si elle n'était pas là.

— Merci de m'avoir fait visiter ton bateau et de m'avoir donné mon premier cours de voile.

Et si Scott avait été réellement très amoureux de sa mère ? Peut-être que la situation était compliquée aussi pour lui ?

— Scott, je...

— Je te raccompagne.

Il ressortit de la cabine en deux pas et elle resta un moment sur place, vaguement secouée, à regretter de ne pas avoir eu la sagesse de tenir sa langue.

Avait-elle réussi à gâcher ce qui avait été un des premiers moments positifs qu'elle passait sur cette île ?

Chapitre 21

Lauren

Anxiété : sentiment de nervosité ou d'inquiétude.

Lauren trouva sa mère occupée à lire dans la véranda.

— Maman, tu n'as pas vu Mack ?

Nancy leva les yeux de son livre.

— Pas depuis hier soir, non. Pourquoi ?

— Je la cherche partout.

— Tu as regardé dans sa chambre ?

— Oui. Elle n'y est pas.

En temps normal, elle ne se serait pas inquiétée. Mais les temps avaient cessé d'être normaux depuis longtemps.

— Elle est peut-être partie faire un tour ?

— On est samedi. Normalement, elle ne se lève jamais avant 11 heures, mais je suis allée voir dans sa chambre à 8 heures et elle était vide.

Qu'est-ce que sa fille avait bien pu entreprendre un samedi matin à 8 heures ?

Sa mère reposa son livre.

— Pourquoi tu ne l'appelles pas ? L'avantage de ces jeunes accros à leur portable, c'est qu'ils sont joignables tout le temps.

— Ils sont joignables, oui. Mais jamais au bon moment. Son téléphone est éteint.

Elle essayait de ne pas paniquer.

Il n'y avait aucune raison d'être anxieuse.

Mack avait dû aller chez un ou une amie.

À part qu'elle n'a pas *d'amis.*

La sensation de malaise monta d'un cran. Se fit insistante.

Mack n'était pas heureuse. Et elle n'avait personne vers qui se tourner. Même pas sa propre mère. Depuis le décès d'Ed, elle essayait en vain de se rapprocher de sa fille. À chacune de ses tentatives, elle se faisait renvoyer dans les cordes.

Et si Mack avait commis une horrible bêtise ?

Nancy retira ses lunettes.

— Tu crois qu'elle a pu aller voir Jenna ?

Lauren fronça les sourcils.

— Et comment ?

— Comme elle se déplace toujours : à vélo.

— Pour aller jusque chez Jenna ? Le trajet lui prendrait des heures.

Lauren envoya quand même un texto à sa sœur.

— Elle t'a paru plus silencieuse que d'habitude, hier soir ?

— Pas spécialement, non. Elle ne s'exprime jamais beaucoup, de toute façon.

Elle parlait tout le temps, avant.

Son téléphone émit un signal, lui indiquant qu'elle avait reçu un message.

— C'est Jenna. Mack n'est pas avec elle. Je vais voir si son vélo est là.

Elle sortit en hâte, en luttant pour ne pas se faire trop de scénarios.

Le vélo de Mack avait disparu.

Elle était donc partie faire un tour à bicyclette. Rien que de très normal.

Mais pourquoi n'avait-elle dit à personne où elle allait ?

Lauren tenta de l'appeler de nouveau et tomba une fois de plus sur le répondeur. La voix de sa mère s'éleva sur le pas de la porte.

— Qu'est-ce que je peux faire ? Tu veux que je me mette à sa recherche ?

— Oui, mais où ?

Un vide se fit dans la tête de Lauren. Elle n'avait aucune idée de l'endroit où se trouvait sa fille.

Elle avait pu tomber de son vélo. Se faire renverser par une voiture. Elle pourrait être morte dans un fossé.

Pourquoi, mais pourquoi, n'avait-elle pas au moins laissé un mot d'explication ?

C'était sa faute. Elle voyait sa fille triste et mal dans sa peau, mais elle était incapable de l'aider à sortir de son mutisme. Elle aurait dû insister. Chercher une autre approche. Une *multitude* d'autres approches.

— Je suis vraiment nulle, comme mère.

Si on l'avait avertie de l'incommensurable difficulté liée à la tâche d'être parent, elle aurait utilisé dix préservatifs plutôt qu'un.

Nancy fronça les sourcils.

— Arrête de te dévaloriser comme ça, Lauren. Tu es une excellente mère pour Mack.

— Ma fille a quitté la maison sans me dire où elle allait. Je n'ai pas la moindre idée de l'endroit où elle peut se trouver. Qu'est-ce que cela dit de moi en tant que mère ?

— Cela ne dit rien de toi en tant que mère. Cela dit juste que ta fille est une ado en crise.

Lauren pensa aux innombrables frasques qu'elle avait commises avec Jenna.

Mais dans le cas de Mack, c'était différent. Sa fille n'avait pas de sœur. Elle était seule et venait de perdre son père. Et aussi sa ville, son lycée, ses amies.

Et si sa fille était en état de dépression clinique ?

— Je pars à sa recherche.

— Où ?

— Je ne sais pas. Mais je ne peux pas rester assise là sans rien faire. Tu me prêtes ta voiture ?

— Bien sûr. Mais, Lauren…

— Garde ton téléphone près de toi. Si elle revient entre-temps, préviens-moi.

Elle essaya de réfléchir aux endroits que Mack aimait sur l'île. Il y avait une petite boutique pas loin. Et elle avait une passion pour la plage. Mais *quelle* plage ?

Elle emprunta la route qui longeait la piste cyclable, cherchant une trace, un signe, quelque chose qui pourrait lui indiquer où se trouvait sa fille. Il faisait encore froid et les plages étaient vides, à l'exception de quelques promeneurs sortant leurs chiens.

Elle ralentit en passant devant l'entrée d'une des grandes propriétés de l'île. Et si Mack s'était aventurée sur une des plages privées ? Les maisons se louaient à un prix exorbitant en été mais étaient souvent vides à cette période de l'année.

Lauren poursuivit à vitesse réduite, en essayant de scruter la plage chaque fois qu'elle était visible de la route.

Son anxiété se muait peu à peu en peur panique.

Serait-il plus sage d'appeler la police ?

Mais que pourrait-elle leur dire ? *Ma fille s'est levée plus tôt que d'habitude. Quelque chose me dit qu'il lui est arrivé malheur.*

Ils penseraient qu'elle était folle. Puis ils lui demanderaient de préciser les raisons pour lesquelles elle craignait pour la vie de sa fille. Et elle serait obligée d'évoquer l'horreur de ces quelques dernières semaines.

Ce serait un cauchemar.

Oui, mais un cauchemar moins cauchemardesque que de trouver le corps sans vie de Mack rejeté sur le sable.

Elle se raisonnait comme elle pouvait tout en conduisant. Mack ne chercherait jamais à attenter à ses jours. Si elle avait été désespérée à ce point, elle l'aurait dit.

Ou non ?

Que savait-elle encore de sa fille depuis quelques mois ?

Elle n'aurait su dire si ce fut pur hasard ou l'effet d'une intuition qui l'amena à prendre la direction de la marina. La première chose qu'elle vit en entrant dans le port de plaisance fut le vélo de Mack abandonné contre un mur.

Que pouvait-elle bien fabriquer ici depuis tôt le matin ? Baignant dans une sueur froide, Lauren se mit à trembler si fort qu'elle faillit percuter le mur en question avec la voiture. Elle coupa le contact et bondit hors du véhicule.

À part le vélo, il n'y avait aucun autre signe de Mack.

Son imagination s'emballa et elle scruta les eaux du port, terrifiée à l'idée de voir flotter des vêtements.

Ou, pire même, un corps.

Puis elle entendit le son paisible d'un moteur.

Un Zodiac approchait. Scott était à la barre et là, assise à l'avant, riant et gesticulant comme si elle n'avait pas l'ombre d'un souci au monde, se tenait Mack.

L'ivresse du soulagement — *merci, oh merci, elle est en vie* — se mua presque sur-le-champ en une colère ravageuse.

Elle se dirigea vers la jetée, avançant sur des jambes tellement molles qu'elle trébucha par deux fois.

À l'instant précis où Mack la vit, sa fille cessa de rire.

Lauren voulut parler mais l'air refusait d'entrer dans ses poumons. Enfin, elle parvint à émettre un son.

— As-tu idée au moins du souci que je me suis fait ?

Mack sortit prudemment du bateau.

— Du souci ?

— Tu n'étais pas dans ta chambre ! Tu es partie sans dire où tu allais ! Ton téléphone est muet depuis ce matin !

— C'est bon... Calme-toi.

Mack recula, mais sa voie de retraite fut coupée par Scott.

— Elle a appelé pour te prévenir, Lauren. Je l'ai entendue te parler au téléphone.

— C'est ce qu'elle t'a raconté ?

Lauren tendit la main.

— Donne-moi ton téléphone, Mack

— Mais...

— Tout de suite.

Mack le lui tendit à contrecœur. Lauren consulta son journal d'appels et exhiba ses preuves.

— Elle n'a pas téléphoné de la matinée.

Sa fille haussa les épaules.

— J'avais envie de voir le bateau de Scott et je pensais que tu m'interdirais d'y aller.

— Et ça ne t'a pas traversé l'esprit une seconde que je serais malade de peur pour toi ?

Elle hurlait. Elle en avait conscience, mais c'était plus fort qu'elle. La violence de son angoisse avait désactivé un à un tous ses mécanismes de contrôle et elle ne pouvait plus que déverser en vrac tout son tumulte intérieur.

Mal à l'aise, Mack passa son poids d'un pied sur l'autre.

— Calme-toi, m'man. Tout le monde t'entend.

— Je suis en colère, Mack.

— Ouais, ben, j'avais compris.

— Et tu ne me parles *pas* sur ce ton ! Tu ne peux pas te comporter comme ça ! Disparaître au petit matin, ne pas rentrer à la maison, ne laisser aucun mot, aucune explication et, cerise sur le gâteau, couper ton téléphone !

Elle prit une rapide inspiration tremblante.

— Ton attitude est égoïste, irréfléchie et… et *cruelle* !

— Cruelle ?

Mack semblait pétrifiée sur place.

— Je comprends pas trop, là. Egoïste, OK. Mais cruelle ?

— Je pensais qu'il avait pu t'arriver quelque chose de terrible, Mack. J'avais peur de te trouver allongée dans un fossé, ou noyée ou…

— … ou morte ?

Mack ouvrit de grands yeux.

— Mais qu'est-ce qui te faisait penser des choses pareilles ?

— Tu es tout le temps déprimée en ce moment ! Je sais que ça ne va pas !

— Ouais, ben, c'est un peu le seum, d'accord. Mais j'en suis pas à aller me jeter sous un train. Ça, tu le *sais*, quand même ?

— Non, je ne le sais pas parce que *tu ne me parles pas*. La seule chose que je sais encore de toi, c'est que chaque jour tu disparais dans ta chambre en claquant la porte. Tu es perturbée à cause de la mort de ton père — d'Ed — mais tu refuses de dire un mot sur ce que tu ressens. Je sais que ça ne se passe pas bien à ton lycée, mais tu n'en parles pas non plus. Tu ne me parles plus de rien. Si j'avais un minimum d'infos à ton sujet, je ne m'inquiéterais peut-être pas autant. Mais comme tu restes fermée comme une huître, mon imagination est tout ce qui me reste.

— Je n'avais pas pensé à ça.

— Alors il serait temps que tu commences à utiliser ta cervelle, Mackenzie Hudson !

Mack eut un mouvement de recul et se colla contre Scott.

— Bon, d'accord. Mais est-ce que tu pourrais te calmer, s'il te plaît ? Tu vas finir par te péter une artère ou un truc comme ça.

Si elle avait pu se calmer, elle l'aurait fait. Mais sa volonté était enrayée et elle ne contrôlait plus rien.

Scott s'avança pour lui poser la main sur le bras.

— C'est ma faute. J'aurais dû t'appeler moi-même. J'aurais pu deviner.

— Qu'est-ce qui t'aurait permis de deviner ? Tu n'as aucune expérience avec les ados.

— Elle est saine et sauve, Lauren. Et elle a compris la leçon. Assez, maintenant.

— C'est moi qui décide quand c'est assez ou non. Ce n'est certainement pas toi qui vas me dire comment je dois élever mon enfant.

Elle recula d'un pas et reporta son attention sur Mack.

— Je sais que tu es triste, perdue et que tu as un deuil difficile à faire. Mais ça n'empêche pas qu'il y a des limites et que tu dois respecter certaines règles. Tu es allée trop loin en franchissant celle que tu as transgressée ce matin. À partir de maintenant, je veux savoir en permanence où tu es et avec qui tu es. Si tu dois rentrer en retard du lycée, j'exige d'en être informée. C'est clair ?

Les yeux de Mack étaient noyés de larmes.

— Ce qui est clair, c'est que ma vie, elle craint.

— Peut-être, mais elle craindra à un endroit où je puisse te voir.

Lauren se tourna vers Scott.

— Quant à la Captain's House, elle n'est plus à vendre.

— Parce que j'ai emmené ta fille sur mon bateau ?

— Parce que nous avons d'autres projets pour la maison.

Il haussa un sourcil.

— Nous ?

— La famille Stewart… Bon, toi, Mack, récupère tes affaires.

— Je rentre à vélo.

— Ton vélo ira dans le coffre.

Elle désigna la voiture d'un geste impérieux du menton.

— Allez, ouste. Bouge !

Chapitre 22

Jenna

Tension : pression mentale ou émotionnelle.

Greg pencha la tête pour l'embrasser.

— Bon sang que c'était bon… Orgasme sublimissime.

— Sublissime est le mot, murmura-t-elle rêveusement.

Le sexe sublime améliorait-il la probabilité statistique de tomber enceinte ? *Si seulement ils avaient pu mettre en route un bébé…*

Greg lui caressa le dos.

— Donne-moi cinq minutes pour récupérer et on remet ça.

Elle était tentée. Et pas seulement parce qu'elle voulait un enfant.

— On n'a pas le temps, Greg.

Il roula sur le dos en l'entraînant avec lui.

— Il ne nous en faut pas tant que ça.

— Minimum deux heures.

— On peut opter pour un câlin express, cette fois.

— Je te parle du temps de préparation du dîner. Ma famille est invitée ce soir. Tu avais oublié ?

— Assez bizarrement, la dernière personne à laquelle je pense quand tu es nue et que tu te tords de jouissance sous moi, c'est à ma belle-mère.

Jenna se mit à rire.

— C'est bon à savoir.

Elle jeta un coup d'œil à la pendule et poussa un cri d'horreur.

— Non ! C'est l'heure juste que je vois ?

Dans sa hâte à bondir hors du lit, elle heurta la joue de Greg au passage.

— Allez, debout ! On se bouge !

Il s'assit en se frottant la mâchoire.

— Pourquoi tant de hâte ? C'est juste ta mère qui vient dîner. Rien de grave.

— Rien de grave ? Greg, ma mère débarque pour le dîner !

Et sa sœur avec. Sa sœur dont l'ex-maison londonienne ressemblait à une publicité dans un magazine de déco chic.

— Je n'ai même plus le temps de prendre une douche.

Elle enfila ses vêtements, sautillant ici et là, comme une artiste de cirque.

— Extirpe-toi de ce lit, Greg Sullivan ! On peut savoir pourquoi tu te marres ?

— Parce que j'adore tes cheveux quand ils sont comme ça.

— Comme quoi ?

Elle jeta un coup d'œil dans le miroir.

— J'ai l'air d'une femme qui émerge d'entre les draps après avoir fait l'amour comme une dingue.

— Exact. C'est le style capillaire que je préfère.

Jenna attrapa une brosse, fit quelques tentatives infructueuses pour discipliner sa masse de cheveux en désordre et finit par les attacher en queue-de-cheval.

— Habille-toi. J'ai besoin d'aide pour le séjour.

— Qu'est-ce que tu lui reproches, à ce séjour ?

Avec un murmure de protestation, il enfila un jean et une chemise propre et lui emboîta le pas.

— J'ai saisi que ta mère venait dîner. Ce que je saisis moins, en revanche, c'est pourquoi cet événement somme toute banal nécessiterait un relooking complet des lieux.

Sourcils levés, il la vit sortir des coussins d'un sac et arracher les étiquettes de prix.

— Ils sont nouveaux, ces coussins ?

— Bien deviné, Sherlock.

Sa sœur avait toujours eu des coussins partout. Et pas le genre de vieux coussins aplatis sur lesquels on s'affalait en corrigeant des cahiers de CP, avec un verre de vin à la main, après une journée de classe longue et fatigante.

— Je déteste les coussins. Les coussins ont été inventés pour les scènes de ménage et demandent à être balancés rageusement.

— Ils ont été inventés pour conférer à une maison un aspect cosy et confortable. « Ils habillent la maison. » C'est l'expression que j'ai lue dans un magazine distingué.

— Ah, ça explique tout. J'aime que ma maison soit comme ma femme : entièrement déshabillée, au contraire.

Jenna tomba à genoux pour vérifier que rien de compromettant ne traînait sous le canapé.

— Ne dis jamais des choses comme ça en public. On a l'impression que tu es…

— Que je suis ?

— Je ne sais pas…

Jenna s'assit et ses cheveux lui retombèrent sur les yeux, obscurcissant sa vision. Elle les repoussa en regrettant de ne pas avoir la chevelure lisse de Lauren.

— … macho rétrograde. Voire néandertalien.

— Moi, Tarzan. Toi, Jenna.

Greg lui adressa un sourire provocateur.

— Et si tu veux que je me conduise en mec moderne, évite de te jeter à mes pieds, femme.

— Je ne suis pas à tes pieds. Je cherche mon tanga. Tu te souviens du soir où on a fait l'amour sur le canapé ?

Greg prit un air impassible.

— Ah non, pas du tout. Aucun souvenir.

Elle se redressa pour lui envoyer un coussin à la figure.

Il le rattrapa d'une main.

— Merci d'avoir confirmé ma théorie. Les coussins existent pour servir de projectiles. Ils sont l'équivalent des boules de stress en catégorie mobilier léger. Et évidemment que je me souviens de ton tanga. C'est moi qui te l'ai enlevé.

— Et maintenant, je ne peux plus le retrouver.

Elle passa la main derrière les coussins du dossier.

— Si ma mère tombe sur cette délicate pièce de lingerie, je peux dire adieu à la vie.

— Si elle trouve ce charmant tanga, cela prouvera que tu as une vie, justement. Une vie sexuelle, entre autres. D'ailleurs, je croyais que tes relations avec ta mère s'étaient améliorées.

— C'est un fait. Mais je n'en suis pas encore au stade où j'ai envie de parler sexe avec elle. Tu as un pinceau ?

Greg cligna des paupières.

— Un pinceau ? Mmm... Avant de répondre, j'aimerais savoir ce que tu comptes en faire. J'ai le cerveau qui frétille, là.

— Il y a une trace sur le mur de la cuisine depuis le jour où j'ai trébuché avec un verre de vin rouge à la main.

Il secoua la tête d'un air incrédule.

— Il suffit de passer un coup d'éponge.

— J'ai essayé ! Et ça fait une très vilaine tache.

— Bon, résumons-nous : ta mère vient dîner ce soir donc tu décides qu'on repeint illico toute la maison. Tu ne crois pas que tu en fais un peu trop, là ? De toute façon, tout ce qui est peinture, ici, c'est ton rayon et pas le mien.

Jenna arrangea les coussins en essayant de les placer comme elle avait vu faire Lauren. Mais même ainsi décorée, sa maison n'avait toujours pas cet aspect organisé que sa sœur semblait obtenir sans effort. Peut-être avait-elle à accepter qu'elle ne serait jamais du genre « organisé » ?

— À quand remonte la dernière fois où ma mère et ma sœur sont venues dîner ?

— Je ne me souviens pas.

Greg secoua la tête en la voyant jeter un nouveau coussin sur le canapé.

— J'ai envie que la maison fasse bonne impression.

Greg soupira.

— Ce n'est pas un peu de la folie, tout ça ? Notre maison, c'est notre maison. Elle ne te plaît pas, telle qu'elle est ?

— Si bien sûr. Je l'adore.

C'était leur maison : un nid confortable qu'ils s'étaient construit au fil des ans, rempli d'objets qu'ils avaient choisis ensemble et qui leur ressemblaient.

— Mais Lauren est designer d'intérieur. Elle m'a dit que sa maison lui servait de showroom.

— Et toi, tu enseignes en primaire.

Greg prit un « tableau » qu'un des élèves de sa classe avait peint pour elle.

— Toi aussi, ta maison, c'est ton showroom. Nous avons juste des objets d'art différents à exposer.

Elle lui arracha le dessin des mains et l'enfouit parmi les magazines.

— Nous ne sommes même pas parents et notre maison est bourrée de dessins et autres créations artistiques enfantines.

— Moi, j'aime bien. On pourrait scotcher un dessin ou deux sur la tache dans la cuisine.

— Ou tu pourrais repeindre la cloison. Il te reste juste assez de temps.

Il l'attira dans ses bras et l'embrassa.

— Je ne vais pas repeindre ce mur, Jenna.

— Si ma mère voit la tache, je te considère comme personnellement responsable.

— Je lui dirai que tu es entrée dans la cuisine juste vêtue d'un string et que, sous le choc, j'ai percuté le mur.

Greg la charriait gentiment mais son regard était tendre.

— Ta mère a d'autres sujets de préoccupation en ce moment. Elle a avoué à ses filles qu'elle était ruinée et que son mariage a été un terrible échec. Je pense qu'elle se souciera d'autre chose que des coussins sur le canapé et d'une marque sur le mur de la cuisine. Pareil pour Lauren, d'ailleurs.

— C'est à peine si Lauren décroche son téléphone depuis quelques jours. Chaque fois que j'appelle, je tombe sur son répondeur et, quand elle me rappelle, elle est toujours pressée de raccrocher. Il y a eu un énorme clash entre elle et Mack. Lauren a hurlé et elle s'en veut d'avoir disjoncté. Je me fais du souci pour elle. J'espère que les révélations de maman n'ont pas achevé de la déstabiliser. Ça a quand même été un choc.

— Je veux bien le croire. Vous avez découvert toutes les deux que votre père était chroniquement infidèle. Ce n'est pas si évident à accepter.

Jenna sentit ses joues s'empourprer.

— En fait, ça n'a pas été une révélation. Lauren et moi, on était déjà au courant. En tout cas, pour l'une de ses nanas.

Greg se raidit et se détacha de son étreinte.

— Qu'est-ce que tu racontes ?

— On savait, pour papa.

— Quoi ? Mais comment ?

Se cramponner encore à son secret n'aurait plus aucun sens, après tout.

— Lauren et moi, on l'a surpris en pleine action.

— Vous l'avez vu avec une de ses maîtresses ?

Il recula d'un pas et se passa la main dans les cheveux.

— Quand ?

— Il y a des années de cela, maman était partie en voyage. On est allées au Sail Loft en douce, avec Lauren, et il était en train de s'envoyer une de ses gonzesses.

Même maintenant, après tout ce temps, elle revoyait la scène, aussi distinctement qu'au premier jour. D'un côté, Lauren et elle, le nez collé contre la fenêtre, choquées et incrédules. Et de l'autre côté de la vitre…

— Et c'était qui, cette femme ?

— Aucune idée. On ne voyait pas leurs visages, en fait. Juste… Enfin, je ne vais pas te faire un dessin.

Elle n'avait pas envie de repenser aux détails.

Greg ne dit rien pendant un temps qui lui parut très long.

— Tu avais quel âge quand ça s'est passé ?

— Huit ans.

Elle vit un muscle saillir à l'angle de sa mâchoire.

— Tu as eu sous les yeux ton propre père baisant une autre femme, à l'âge de *huit ans*, et c'est un sujet que tu n'as jamais pensé à aborder avec moi ?

— Je n'en ai jamais parlé à qui que ce soit.

— Je ne suis pas n'importe qui, Jenna.

— Je sais. Et tu ne peux pas savoir comme j'aurais aimé pouvoir partager ça avec toi. Mais on s'était juré de garder le secret, avec Lauren. On savait que si on l'ouvrait notre famille volerait en éclats. Nos parents se seraient séparés et ça aurait fait comme pour Meredith.

À l'époque, en tout cas, elles en avaient été persuadées. Même si elle n'était plus tout à fait aussi convaincue maintenant que se taire ait été si judicieux que ça.

Greg se passa la main sur la figure.

— C'est énorme, Jenna, ce que tu m'apprends là.

— C'est pour ça qu'on ne voulait pas en parler à maman. On était désemparées, avec Lauren. L'idée, c'était que peut-être, si on faisait comme si rien ne s'était passé, ce serait juste un épisode unique voué à se diluer dans l'oubli. Mais d'après maman, il la trompait sans arrêt.

— Je ne te parle pas de la vie sexuelle extraconjugale de ton père. Je te parle du fait que pendant toutes ces années que nous avons passées ensemble tu n'as jamais éprouvé le besoin de partager ce lourd, très lourd secret avec moi.

Un horrible malaise envahissait Jenna. Pourquoi avait-il fallu que Lauren se lance dans cette révélation après tant d'années de silence ?

— On a tous comme ça des choses que l'on garde uniquement pour soi.

— Mais pas toi. Toi, tu étais un livre ouvert pour moi. C'était du moins ce que je croyais.

— Tu veux dire qu'il n'y a rien, pas le moindre petit secret dans ton passé dont j'ignorerais l'existence ?

— Mon passé, tu le connais d'autant mieux que tu en faisais pleinement partie, Jenna. Tu en as été le témoin direct. Je t'ai toujours impliquée dans ce que je vivais.

Il avait l'air en état de choc.

— D'aussi longtemps que je me souvienne, nos deux vies ont été imbriquées. C'est pourquoi je n'arrive pas à comprendre que tu aies passé un tel événement sous silence. J'étais convaincu — profondément convaincu — que toi et moi nous n'avions pas de secrets l'un pour l'autre. Et tu m'apprends soudain que tu en avais un. Et un secret qui n'a rien d'anodin.

Les paumes de Jenna étaient moites, soudain.

— S'il te plaît, Greg. N'en fais pas une montagne.

— Ce n'est certainement pas un détail, à mes yeux.

— Mais c'est juste un souvenir...

— Pour moi, c'est un coup de poing en pleine figure, admit-il d'une voix qui s'enrouait. Tu n'as pas eu assez confiance en moi pour m'en parler.

Impuissante, elle chercha son regard. Quelques minutes plus tôt à peine, ils faisaient encore l'amour dans une communion totale. Et maintenant, c'était comme si elle avait un inconnu en face d'elle.

— Greg, s'il te plaît, ne te mets pas en colère. Je n'arrive pas à croire que tu réagisses comme ça pour quelque chose qui s'est passé il y a une éternité. J'étais encore une enfant ! Qu'est-ce que ça change pour toi, franchement ?

Pour une fois, Greg ne souriait pas.

— Désolé d'être humain, moi aussi.

Il partit en direction de la cuisine et claqua la porte derrière lui.

Jenna tressaillit.

Elle n'avait jamais vu Greg comme ça. En cas de désaccord entre eux, c'était toujours lui qui restait calme, posé, rationnel. Jamais, elle ne l'avait vu se replier sur lui-même et l'exclure.

Il avait clairement le sentiment d'avoir été tenu à l'écart de quelque chose de majeur. Mais elle avait passé sa vie à essayer de ne surtout pas penser qu'elle avait eu sous les yeux son père sexuellement actif avec une femme inconnue. Greg, qui comprenait toujours tout, ne pouvait-il pas comprendre cela ?

Elle ouvrit prudemment la porte de la cuisine.

— Greg ?

— Je cuisine.

Rejet : action de repousser quelqu'un par ses paroles ou son attitude.

Elle se mordit la lèvre.

— Je pourrais t'aider.

— Je n'ai pas besoin d'aide.

— Mais...

La sonnette l'interrompit. Jenna en aurait hurlé de frustration.

Génial pour le timing d'arrivée des invitées. Elle aurait peut-être dû annuler l'invitation en invoquant quelque maladie virale immonde. Mais si elle avait fait ça, elle n'aurait pas pu voir Lauren. Et elle était inquiète pour sa sœur.

Après un ultime coup d'œil désolé au dos tourné de Greg, elle alla ouvrir.

Lauren avait un grand carton à dessins coincé sous le bras et paraissait presque gaie.

— Mmm... ça sent merveilleusement bon, ici. Tu as toujours été une cuisinière de génie, Jenna.

— Merci.

Elle était soulagée de voir sa sœur pleine d'entrain. C'était au moins une inquiétude en moins.

— Qu'apportes-tu dans cette pochette ?

— Le résultat d'un moment d'inspiration. Je te montrerai ça tout à l'heure.

Lauren se débarrassa de son manteau, avec une élégance de mouvement qui caractérisait tout ce qu'elle faisait.

— C'est la raison pour laquelle tu étais si compliquée à joindre ces derniers jours ?

— J'ai été très prise, oui. Où est Greg ?

— Dans la cuisine.

Jenna pria pour que son sourire soit moins crispé que la sensation qu'elle en avait. Avec sa sœur, elle avait peu de chances de faire illusion, mais peut-être convaincrait-il au moins leur mère.

Cette dernière entra à la suite de Lauren. Après une infime hésitation, elle ouvrit les bras et embrassa Jenna.

— C'est gentil de nous inviter toutes les trois. Surtout après une longue journée de travail avec tes élèves.

Enveloppée de chaleur, Jenna ferma les yeux et se réjouit de ne pas avoir annulé la soirée.

En se dégageant de son étreinte, elle vit sa mère si lasse et démoralisée qu'elle en oublia un instant ses propres problèmes.

Elle avait toujours connu sa mère exerçant un contrôle d'acier sur elle-même. Mais c'était comme si le fait d'avoir enfin parlé l'avait laissée désarmée et privée de toute capacité de dissimulation ou de maîtrise.

— Je peux prendre tes affaires, maman ?

En regardant son vieux manteau gris maintenant, elle prenait conscience que si sa mère le traînait depuis des années c'était uniquement parce qu'elle n'avait pas eu les moyens de le troquer contre quelque chose de plus moderne.

Comment avait-elle pu ne rien remarquer de ce qui se passait ?

Elle s'était toujours plainte que sa mère se désintéressait de ses attentes profondes et de ses désirs. Mais elle-même n'avait rien perçu non plus des drames aigus qui agitaient l'existence maternelle.

Mack se tenait à l'arrière-plan, l'air indécis.

— Salut, Mack. La forme ?

— Ouais. Ça va.

Sa nièce paraissait moins sûre d'elle que d'habitude. Jenna la serra avec affection dans ses bras et fut surprise lorsque Mack lui rendit son étreinte, au point presque de se cramponner à elle.

Elle savait que Mack avait beaucoup de mal à s'intégrer dans son nouveau lycée. Et quelques jours plus tôt, Lauren l'avait appelée, ravagée par les remords, pour lui confier qu'elle venait de « péter un câble avec sa fille ».

Jenna n'avait rien dit mais elle avait été soulagée d'apprendre que Lauren avait enfin explosé. Le contrôle excessif que sa sœur conservait sur elle-même avait commencé à l'inquiéter. Et Mack, à ses yeux, avait eu tendance à pousser le bouchon un peu loin.

— Entre, Mack. Je t'ai préparé tes plats préférés.

— Qu'est-ce que cette pièce à vivre est agréable, Jenna ! s'exclama sa mère.

Lauren acquiesça.

— C'est tellement toi, Jenna, cette maison.

— Tellement bordélique, tu veux dire ?

— Confortable, plutôt.

Lauren regarda autour d'elle.

— Pour qu'une maison soit accueillante, on doit toujours sentir qu'elle est habitée avec amour et avec plaisir. Chez toi, on a tout de suite envie de retirer ses chaussures et de se pelotonner sur le canapé avec un bon bouquin.

Jenna voulut répondre, mais Greg sortit de la cuisine et salua tout le monde avec un déploiement de charme et d'amabilité qui masquait ses états d'âme du moment.

Elle tenta d'accrocher son regard mais il détourna les yeux.

Il leur servit à boire et ils papotèrent un moment autour de l'apéritif avant de passer à table.

Jenna avait fait une grosse soupe qu'elle servit avec des petits pains faits maison parfumés au romarin. Elle n'avait qu'une hâte, se retrouver seule avec Greg pour parler, mais il était inutile d'espérer s'isoler un moment avec lui avant la fin de la soirée.

— Je t'ai dit que tout le monde était accro à tes pâtisseries, dans mon club de lecture ? demanda sa mère en se servant. En quelques minutes, tes cupcakes étaient partis. Et tout le monde parlait recettes au lieu de discuter du livre.

— Tant mieux. De mon côté, j'ai appris que tu étais allée voir Kaley à l'hôpital et que tu lui avais donné un de tes cahiers de coloriage avec des crayons. La petite a apprécié.

Sa mère eut un rire bref.

— J'en ai des cartons pleins qui prennent la poussière.

Lauren saisit sa cuillère.

— Il y a beaucoup de choses qui prennent la poussière chez toi, maman.

— Comme le disait ma grand-mère : « Sait-on jamais, ça peut toujours servir un jour. » Je ne suis pas douée pour jeter.

Jenna avait appris à ne pas remettre en question la sagesse de son arrière-grand-mère — et cela d'autant moins que l'austère vieille dame n'était plus là pour se défendre. Son ancêtre était morte avant la naissance de Lauren, laissant à leur mère la responsabilité de la maison, son contenu, ainsi que l'héritage historique des Stewart.

Lauren sortit des documents de son sac.

— Je crois qu'il va falloir que tu apprennes à jeter assez vite, maman. Tenez, jetez un coup d'œil là-dessus.

Jenna était déconcertée.

— Un coup d'œil sur quoi ?

— Pendant que je conduisais l'autre jour, j'ai vu les grandes maisons à louer en bord de mer. Ça m'a donné une idée. Et j'aimerais savoir ce que vous en pensez.

Leur mère haussa les sourcils.

— Depuis quand travaille-t-on à la table du dîner ?

— Depuis que la famille traverse une crise financière et morale majeure. Si mon projet marche, comme je l'espère, nous n'aurons pas une minute de trop pour le mettre en œuvre.

Lauren ouvrit la chemise cartonnée, en sortit des plans et les fit circuler autour de la table.

— J'ai discuté un peu avec des gens du coin et j'ai fait des estimations.

Jenna examina les tableaux chiffrés et les relevés.

— Tu as bossé dur.

Sa sœur avait fait un plan détaillé de chaque pièce de la Captain's House. Tracé à la main sur du papier millimétré.

— Tu n'aurais pas pu faire ça sur un ordinateur ?

— Oui, mais je préfère la méthode traditionnelle.

Cela avait dû lui prendre des heures, mais c'était bon signe, non ? Enfin sa sœur semblait avoir un but.

Jenna jeta un coup d'œil à Greg mais il gardait le silence.

Elle était surprise que sa famille n'ait pas perçu la tension entre eux. Peut-être parce qu'il ne viendrait tout simplement à l'idée de personne d'imaginer des dissensions au sein du couple ultrasoudé qu'ils formaient.

Jenna examina un des plans de plus près.

— C'est quoi, ce trait, là ?

— Là, c'est la « garden room », comme maman l'appelle. Et le trait que tu vois indique la fenêtre.

Lauren retourna la feuille.

— On voit aussi les portes, et si elles sont « poussant droite » ou « poussant gauche », ce qui permet de déterminer comment l'espace peut être utilisé en fonction.

Jenna n'avait jamais pensé à se demander de quel côté ouvrait une porte lorsqu'elle avait prévu sa déco.

— Et ces petits carrés ?

— Des tables d'appoint. Cette pièce dispose de la meilleure vue de toute la maison. Les gens auront envie de s'asseoir là pour boire un verre.

— Les gens ?

Lauren prit une inspiration.

— C'est de ça que je voulais vous parler. Regarde, maman…

Elle posa un document devant leur mère mais celle-ci y jeta à peine un coup d'œil.

— J'apprécie que tu investisses tant de temps et d'énergie dans ce projet, Lauren. Mais je n'ai plus un sou et je ne peux vraiment pas me permettre de garder la maison.

— Tu peux, si. À condition de la mettre en location.

Leur mère baissa les yeux sur la feuille couverte de données chiffrées que Lauren avait placée sous son nez.

— À quoi cela nous avancerait-il de louer ? Il faudrait quitter la maison quand même.

— Peut-être. Mais tu en resterais propriétaire.

Lauren se pencha pour encercler un chiffre sur un tableau.

— Regarde. Voilà ce qu'on peut espérer tirer d'une location longue durée en été. À condition, toutefois, de viser une clientèle de luxe.

Jenna songea aux fenêtres branlantes et aux courants d'air hivernaux. Elle songea à la peinture qui s'écaillait partout et à l'antique salle de bains du bas où les robinets crachotaient péniblement un filet d'eau mourante. Elle songea aux innombrables et pas toujours glorieuses possessions de ses ancêtres qui s'entassaient dans chaque recoin.

— Tu crois vraiment qu'on peut taper dans une clientèle haut de gamme ? Ce n'est pas placer nos ambitions un peu haut ?

Lauren secoua la tête.

— Si on visait plus bas, ça ne rapporterait pas assez. Des travaux s'imposent, c'est vrai. Mais la situation de la Captain's House est imbattable. C'est le gros avantage que nous avons sur les autres propriétés qui sont déjà sur le marché. Et puis il y a l'intérêt historique dont on peut tirer parti.

Jenna secoua la tête.

— Même si les gens sont sensibles au charme historique, ils refuseront de vivre dans des conditions de confort d'un autre siècle. Il faut de l'eau chaude à tous les étages.

Leur mère se redressa.

— Scott a refait deux des salles de bains du haut.

— Si vous avez l'intention de louer la maison entière, il faudra refaire *tous* les sanitaires sans exception.

Lauren griffonna « Appeler plombier » sur une de ses listes.

— Il y aura beaucoup à faire, c'est sûr, mais le plus gros du boulot consistera à rafraîchir la déco. Nous avons dix chambres...

— *Neuf*, rectifia Jenna en jetant un coup d'œil à leur mère. La pièce que papa s'était appropriée pour ses hobbies est pleine à craquer d'affaires. Des maquettes de bateau, ses clubs de golf et tous les trophées qu'il gagnait. Aucun locataire digne de ce nom ne se risquerait à dormir au milieu de ce fatras.

Leur mère termina sa soupe.

— C'était l'antre sacré de Tom. Je n'avais même pas le droit d'y entrer pour faire la poussière.

— Un peu comme la vieille maison que l'on voit dans *Les Grandes Espérances*, intervint Mack. Une pièce fantôme envahie de toiles d'araignée.

C'était la première fois depuis le début du repas que Mack prenait la parole. Jenna vit Lauren adresser un grand sourire chaleureux à sa fille.

— C'est exactement ça ! Une ambiance à la Dickens !

Greg se leva et retira les assiettes en silence.

Jenna le regarda disparaître dans la cuisine. Elle mourait d'envie de lui emboîter le pas. Mais leurs problèmes de couple devraient attendre encore un peu.

— Je suppose qu'il serait possible de condamner cette pièce.

Lauren tapota sur la table avec son stylo.

— Je propose qu'on s'inquiète de la chambre de papa plus tard. Nous avons trois mois pour transformer la Captain's House en un hébergement de luxe pour lequel les gens seront prêts à verser un loyer conséquent.

— Trois mois, ça me paraît court pour transformer une maison de fond en comble, objecta leur mère. Tu crois vraiment que c'est réalisable ?

— Oui. Il faut que je vérifie auprès des instances officielles si la maison est effectivement louable. Mais ça fait un moment que je planche sur la question et j'ai calculé à peu près le temps qu'il nous faudra.

Lauren rouvrit son carton à dessins.

— Structurellement, la maison est saine grâce aux travaux assurés par Scott cet hiver. On ne touchera évidemment pas à l'agencement, donc il s'agira surtout d'en tirer le meilleur parti décoratif. Nous allons mettre en valeur les aspects les plus intéressants de la maison tout en jouant sur l'élément marin. J'ai déjà pas mal d'idées.

Elle sortit une série de planches d'inspiration qu'elle avait créées — une pour chaque pièce. Jenna sourit

— Ça me rappelle quand j'étais petite et que tu avais entrepris de redécorer ma chambre.

Jenna prit un des *moodboards*. Le patchwork d'images, de photos, d'échantillons avait presque la beauté d'un tableau. Elle reconnut l'agencement de la chambre à coucher de maître mais pas le style.

— J'adore. Mais ça va coûter une fortune, non ?

— Pas du tout. J'ai l'intention de tout faire moi-même.

— Vraiment tout ? Il nous faudrait de nouveaux canapés dans le séjour.

— On ne peut pas se le permettre. Je retapisserai les anciens.

Jenna allait de surprise en surprise.

— Tu sais recouvrir un canapé ?

— J'ai appris beaucoup de choses. Que je n'ai encore jamais eu l'occasion de mettre en pratique.

Lauren tendit le *moodboard* à leur mère qui l'examina avec attention.

— C'est très beau, en effet.

Elle sortit ses lunettes de son sac pour regarder de plus près.

— C'est très réussi, cette harmonie de couleurs claires. Tu as l'œil du peintre, ma chérie.

— Il faudra revoir l'ameublement de certaines chambres. Créer quelques dressings. Peut-être ajouter des étagères et des bibliothèques. Et j'ai des idées pour la cuisine qui ne devraient pas nous coûter une fortune. Une des pièces du bas pourra faire office de salon vidéo avec home cinéma, etc.

Lauren ouvrit son téléphone et leur montra quelques photos que leur mère, sourcils froncés, fit défiler sur l'écran.

— Honnêtement, je ne dispose pas de fonds suffisants pour financer un projet aussi luxueux.

— C'est là que tu te trompes, maman. J'ai étudié les coûts de près et je pense qu'on peut y arriver.

Lauren était animée et ses joues avaient rosi.

— Pour ce qui est de gérer l'argent — ou son absence — je suis devenue assez experte, depuis quelque temps. J'ai reçu mon baptême du feu. Si on arrive à décrocher des locataires pour une saison complète, on peut même dégager un profit. Suffisant pour que tu puisses en vivre tout l'hiver. Même si, sur ce plan-là aussi, j'ai quelques idées en réserve. Ce que j'ai en tête ne devrait pas demander un investissement financier important. Par contre, cela exigerait que tu reprennes tes pinceaux — de peintre en bâtiment cette fois — et que tu participes activement.

Jenna se demanda s'il s'agissait uniquement de réduire les coûts ou si Lauren voulait pousser leur mère à se remettre à peindre.

— Mais comment allons-nous trouver des locataires ? En

nous adressant à une agence de l'île ? Ou aurions-nous intérêt à créer un site web ?

Lauren récupéra son téléphone.

— Le site, ce serait mieux. Mais je serais incapable de le faire moi-même, malheureusement.

— Moi, je pourrais m'en charger, proposa Mack. Je pense que j'arriverai à construire le site à condition que tu me donnes des contenus et des objectifs clairs.

Jenna sentit la joie de sa sœur se répercuter jusque dans sa propre chair.

— Tu ferais ça ? Ce serait vraiment super. Tu es sûre ?

— Je devrais pouvoir me débrouiller, oui.

Mack joua avec un morceau de pain.

— Peut-être que je vais adhérer au club de codage informatique du lycée. Je pense que je devrais y trouver de l'aide.

Lauren hocha la tête.

— Ça fait déjà un moment que tu as envie d'apprendre à coder. Ce serait l'occasion de t'y mettre. Merci, Mack. Ça nous ôte une épine du pied.

— Bon, c'est probablement suicidaire pour moi de m'inscrire à un truc de geeks. Mais on doit tous mourir un jour, de toute façon.

Mack se tut et rougit violemment.

— Oh ! merde. Désolée, maman. Je n'aurais pas dû dire ça.

Lauren posa sa main sur celle de sa fille.

— Ne t'inquiète pas, Mack, ça va. Je ne veux pas que tu te sentes obligée de surveiller chacune de tes paroles.

Jenna, elle, regrettait amèrement de ne pas avoir surveillé les siennes, de paroles. Elle tourna les yeux vers la cuisine en se demandant pourquoi Greg était si long à revenir.

Elle s'éclaircit la voix.

— Admettons que ça marche et que la maison puisse être louée pour l'été. Il vous restera à trouver un toit pour vous trois.

Lauren lâcha la main de Mack.

— J'ai une idée mais je ne sais pas ce que vous allez en penser.

Leur mère se redressa légèrement.

— Dis toujours.

Lauren fit circuler une nouvelle planche d'ambiance.

— Le Sail Loft. On pourrait s'y installer.

Jenna se réjouit de ne pas avoir de nourriture dans la bouche car elle se serait étranglée.

Le Sail Loft ?

Lauren croisa son regard et détourna aussitôt les yeux. Ses joues s'embrasèrent mais, à la façon dont elle avança la mâchoire, Jenna comprit qu'elle ne se laisserait pas dissuader.

Elle commença par élever une objection logique.

— Il n'y a que deux chambres au Sail Loft.

— Mais la chambre à coucher principale est très spacieuse. Il suffirait d'une cloison, au moins temporaire, et le problème serait réglé. Ce n'est pas immense, mais je pense que ça peut faire l'affaire.

Jenna se demanda pourquoi elle en avait l'estomac soulevé. Ce n'était pas *elle* qui était appelée à s'installer là-bas, après tout.

— Et pourquoi ne pas utiliser le premier étage ?

— Parce que c'est l'atelier de maman. Elle en aura besoin quand elle recommencera à peindre.

C'était une affirmation, songea Jenna. Pas un « si », mais un « quand ».

Leur mère fronça les sourcils.

— Je ne suis plus retournée là-bas depuis le décès de votre père. Je n'ai aucune idée de l'état des lieux.

Sa voix rendait un son étrange. Jenna savait désormais que leur mère avait cessé de peindre, mais elle ignorait que celle-ci ne mettait plus jamais les pieds au Sail Loft.

— Je regrette que tu ne m'aies rien dit, maman. J'aurais pu te soutenir, t'aider.

— Tu me soutiens maintenant.

Si sa mère et sa sœur s'installaient là-bas, cela impliquerait qu'elle aurait à retourner au Sail Loft aussi. Qu'elle mette de nouveau les pieds sur le gravier de l'allée, qu'elle regarde de nouveau par cette même fenêtre.

— J'aurais pu te dire que j'avais arrêté de peindre. Mais il aurait fallu que je te parle aussi du reste. De *tout* le reste.

Leur mère jeta un regard entendu en direction de sa petite-fille. Mais Lauren s'interposa.

— Tu peux parler ouvertement devant Mack, maman.

Cette dernière n'eut pas l'air très convaincue.

— Je ne suis pas certaine qu'il soit approprié de...

Lauren l'interrompit presque sèchement :

— Maman, pendant des années nous nous sommes enfermées toutes les trois dans un même fonctionnement : ne rien dire, faire semblant, cultiver l'art du secret. Et où cela nous a-t-il menées ? À partir de maintenant, on dit les choses ouvertement et on essaie de trouver des solutions ensemble.

Jenna savait que Lauren continuait de recevoir des appels de Londres au sujet de la succession d'Ed. De chacune de ces conversations téléphoniques, elle ressortait un peu plus pâle, un peu plus défaite.

Au début, sa sœur s'était raccrochée à l'espoir ténu qu'Ed aurait pris des dispositions pour la protéger en prévision d'un éventuel coup dur. Mais aucune nouvelle reçue jusque-là n'allait dans ce sens.

Leur mère les regarda l'une et l'autre.

— Si vous saviez comme je regrette que vous ne m'ayez pas dit que vous aviez assisté à l'infidélité de votre père.

— Nous ne l'avons surpris qu'une seule fois, répliqua Lauren. Comment imaginer qu'il recommencerait ?

Une fois m'a suffi, songea Jenna en frissonnant.

— Ça vous ennuierait si on arrache le chèvrefeuille devant le Sail Loft ? Je déteste le parfum de ces fleurs.

Leur mère la regarda droit dans les yeux.

— Cela fait un moment que j'y pense. Le chèvrefeuille est invasif et entre en compétition avec la végétation endémique. Il sera le premier à gicler.

Mack suivait la conversation en ouvrant de grands yeux.

— Stop, résumons-nous... Vous m'arrêtez si je me trompe, mais Gramps avait une autre femme dans sa vie, et maman et toi vous les avez vus en train de *forniquer* — c'est bien comme ça qu'on dit ?

Son expression était tellement comique que même Jenna ne put que sourire.

— On a eu le spectacle sous le nez, oui. À un âge où on pense que les adultes font la « chose » dans le seul but de fabriquer un enfant. Je suis restée terrifiée un bon moment à l'idée de voir débarquer soudain une petite sœur venue d'ailleurs.

C'était la première fois qu'elle se surprenait à plaisanter sur le sujet. Un progrès ? Elle aurait été presque disposée à le croire si Greg n'avait pas choisi ce moment malencontreux pour revenir avec le plat principal.

Il fut le seul à ne pas se joindre à leurs rires maladroits. Son visage fermé mit Jenna mal à l'aise. En temps normal, Greg avait un talent magistral pour composer avec ses émotions, mais en cet instant précis, il n'était pas vraiment performant.

Mack frissonna et leur mère secoua la tête.

— C'est encore un miracle que tout cela n'ait pas eu une incidence trop dramatique sur votre vie de femme, à l'une comme à l'autre. Cela me rend malade de penser que vous avez eu une scène aussi traumatique sous les yeux, à un âge encore prépubère. Si seulement Jenna avait été un peu moins aventureuse et qu'elle ne vous avait pas entraînées dans cette expédition douteuse...

Lauren se leva pour aider Greg à servir.

— L'idée ne venait pas de Jenna mais de moi.

Leur mère parut abasourdie.

— À chaque bêtise qu'elle faisait, tu étais toujours son ange gardien, Lauren. Je savais que tu ne la laisserais jamais seule, aussi casse-cou qu'elle ait pu être.

Lauren secoua la tête.

— La casse-cou des deux, c'était moi.

Cela semblait si loin déjà. Le côté impulsif de sa sœur, Jenna ne l'avait plus revu depuis des années. Pas depuis qu'elle avait quitté le Vineyard pour aller vivre avec Ed à Londres.

Son départ semblait l'avoir transformée radicalement.

Comme si en changeant de pays elle avait été déterminée à éradiquer la part libre et sauvage en elle.

— À dix-neuf ans, tu t'es réinventée de fond en comble, Lauren, observa-t-elle pensivement.

Sa sœur lui tendit une assiette pleine.

— Je crois que la dernière fois que j'ai été aventureuse et téméraire c'est lorsque je suis tombée enceinte. Et là, j'ai vraiment eu peur. Ça calme d'apprendre que l'on est désormais responsable d'une autre vie que la sienne.

Leur mère avait pâli et son visage exprimait la plus extrême confusion.

— Je ne comprends pas... Toujours, toujours j'ai cru que c'était Jenna qui vous entraînait dans toutes ces escapades. Je pensais que toi, l'aînée, tu l'escortais pour la protéger.

Lauren secoua la tête.

— La fois où on est allées faire un bain de minuit, le jour où on a sauté de Jaws Bridge, lorsqu'on est parties de nuit au Sail Loft et qu'on a vu papa — c'était systématiquement à mon initiative. Je ne protégeais pas ma petite sœur, c'était Jenna qui gardait un œil sur moi.

— J'avais les nerfs en miettes à chaque fois, admit Jenna.

Mack regardait sa mère comme si elle la voyait pour la première fois.

— Un bain de minuit ? Genre, vous alliez vous baigner *toutes nues* ?

— Eh oui.

— Et tu as sauté de Jaws Bridge ? Alors que tu me l'interdis catégoriquement ?

— Ce qui fait de moi la pire des hypocrites, je sais. Ma seule excuse, c'est que je sais d'expérience à quels dangers on peut s'exposer dans l'adolescence. À cet âge-là, une partie de ton cerveau a tendance à prendre des décisions peu judicieuses que l'autre moitié de ta tête désapprouve.

— Ouais, je vois, marmonna Mack. Je crois que j'ai déjà fait connaissance avec ce genre de problème.

Sa grand-mère ne semblait toujours pas revenue de sa stupéfaction.

— Je n'arrive pas à croire que j'aie pu me tromper à ce point sur vous deux.

Jenna sourit.

— Je n'étais pas une sainte non plus. J'avais une tendance marquée à provoquer des accidents. Le coup de la peinture renversée, c'était vraiment moi.

— Et la chèvre ! s'exclama Lauren.

Jenna fronça les sourcils.

— La chèvre, c'était *toi*. Elle te faisait de la peine. Tu estimais qu'il fallait la libérer de cet horrible piquet auquel elle restait attachée toute la journée.

Mack s'étrangla.

— Parce que l'histoire des deux sœurs et de la chèvre c'est un vrai souvenir d'enfance ? Je croyais que tu l'avais inventée, moi, Jenna !

— Moi aussi, renchérit leur mère, effarée. J'ai peine à croire que mes propres filles ont vécu tout ça à mon insu.

— Les mères ne peuvent pas être au courant de tout ce que font leurs filles, observa Mack avec gentillesse. Ne te culpabilise pas, Grams. Parfois, il vaut mieux ne pas trop en savoir.

Mack avait-elle raison sur ce point ?

Jenna jeta un coup d'œil à Greg, mais là encore il fuyait son regard.

Même s'il ne disait rien, tout semblait indiquer qu'il ne partageait pas l'avis de leur nièce.

Chapitre 23

Nancy

Eliminer : se débarrasser de ce qui est indésirable.

— Merci d'avoir accepté de m'accompagner, Alice.

Nancy hésitait au début de l'allée envahie par les mauvaises herbes qui menait au Sail Loft.

Elle se faisait violence pour revenir sur les lieux.

Dans son dos, elle entendait le souffle régulier des vagues. Devant elle, le jardin oublié était une jungle, mais elle voyait déjà ce qu'il y aurait moyen d'en tirer.

Alice lui posa la main sur le bras.

— Les amis sont là pour ça. Je suis sidérée que tu n'aies plus remis les pieds dans ton atelier depuis cinq ans. Et que tu ne m'en aies même pas parlé, en plus.

— Après la mort de Tom, quelque chose s'est éteint en moi. Je crois que je me suis éloignée de la vie qui était la mienne de son vivant.

— Je comprends. Et rien ne t'oblige à rentrer là-dedans, Nancy. Dis-leur que tu refuses de le faire. Et viens plutôt t'installer chez moi.

Ça, c'était hors de question. Mais la proposition lui donna la force dont elle avait besoin pour accomplir ce qu'elle avait à faire.

— Non. Il n'y aucune raison pour que je fuie ce lieu. Lauren a raison. Son projet est cohérent.

— Cohérent, peut-être. Mais si ça doit être une torture pour toi de vivre ici…

Nancy réfléchit à ce qu'elle pouvait — ou non — répondre à Alice.

— Si cela peut m'éviter de vendre la Captain's House, cela vaut bien quelques sacrifices.

Pourquoi n'avait-elle pas envisagé elle-même la possibilité d'emménager au Sail Loft ?

Parce que j'ai été lâche.

— Mes filles sont très dégourdies l'une et l'autre.

Et elles étaient également courageuses.

Penser que Lauren et Jenna avaient dû grandir et se construire avec les images engrangées cette nuit-là lui tordait les tripes. Une fois de plus, elle maudit Tom et ses obsessions libertines.

Alice contemplait le Sail Loft en silence.

— Tu es vraiment sûre de vouloir entrer, alors ?

Nancy lui jeta un regard en coin.

— À t'entendre, on pourrait presque croire que c'est *toi* qui répugnes à mettre les pieds là-dedans.

Un pâle sourire effleura les lèvres d'Alice.

— Je n'aime pas te voir souffrir, c'est tout.

Nancy lui tapota l'épaule et partit devant. Elle aurait pu y arriver seule, mais inviter sa voisine avait été stratégique.

Si elle voulait vraiment se sortir de son marasme et passer enfin à autre chose, elle avait besoin d'Alice ici avec elle.

La clé coinçait un peu dans la serrure. Parce qu'elle s'était rouillée par manque d'usage ? Ou parce que sa main tremblait ?

Nancy n'aurait su le dire, mais le verrou finit par céder et la porte s'ouvrit. Derrière les volets restés fermés, l'air était saturé d'odeurs de poussière et de peinture à l'huile. Comment, après cinq années d'arrêt d'activité, l'odeur de son atelier pouvait-elle être encore aussi prégnante, elle n'en avait aucune idée. Des draps couvraient les canapés pour les protéger de la poussière et les araignées avaient tissé diligemment un énorme réseau de toiles au plafond. Hormis cela, il n'y avait pas grand-chose de changé.

Une image se forma dans son esprit, d'une netteté troublante.

Elle voyait Tom penché sur un visage ébloui de femme. Ses yeux bleus rieurs la subjuguaient tout comme ils l'avaient subjuguée elle. Que lui avait-il dit ? Lui avait-il murmuré mille promesses ? Ou avait-il annoncé la couleur d'emblée : qu'il était ainsi fait, que séduire était pour lui une nécessité vitale, qu'il était comme ça avec toutes les femmes et que, si elle se sentait unique sous son regard bleu aujourd'hui, elle n'en serait pas moins oubliée dans deux jours ?

Lorsqu'elle se retourna, elle vit Alice affalée sur le canapé poussiéreux.

— Alice ? Ça va ?

Sa voisine se ressaisit et se leva d'un mouvement brusque.

— Je me fais du souci pour toi. Allons-nous-en d'ici, Nancy.

— On vient juste d'arriver. Pourquoi repartir ?

Les yeux d'Alice se remplirent de larmes.

— Tu es ma meilleure amie. C'est horrible de te voir t'infliger ça.

Nancy sentit un mélange compliqué d'émotions bouillonner en elle.

Et sa décision se forma. Enfin.

— Evacuons-le d'ici, Alice. On va faire ça ensemble.

Il était temps de se débarrasser du bonhomme, en commençant par le début : ses affaires. Nancy entra dans une des chambres et sortit un carton.

— Allez, hop. On trie, on trie, on trie.

Dans la chambre d'amis, il y avait une grosse valise pleine de vêtements de Tom. Elle la sortit et balança le tout dans le jardin. La satisfaction qu'elle en retira la prit largement au dépourvu. Comme si on lui avait injecté de l'adrénaline dans les veines.

Alice tressaillit.

— Tu jettes ça sans même regarder ? Tu es sûre qu'il n'y a rien là-dedans que tu aimerais conserver ?

Elle sortit dans le jardin et ramassa une veste de costume tombée dans l'herbe haute.

— Est-ce la bonne méthode, vraiment ? Tu n'aimerais pas garder au moins quelques souvenirs ?

Nancy regretta de ne pouvoir se débarrasser des souvenirs avec autant de facilité qu'elle bazardait ses vêtements.

— C'est juste une veste et elle prend de la place. Il est mort, Alice. Se raccrocher à ses affaires ne changera rien au fait qu'il est parti.

Elle repoussa énergiquement les volets et ouvrit les fenêtres en grand pour laisser pénétrer l'air de la mer. La brise entra et fit voler quelques papiers épars tombés au sol.

Aujourd'hui, le ciel était bleu comme une promesse de printemps. Et elle se souvint à quel point elle avait aimé venir là, dans son sanctuaire sur la plage.

Pourquoi aurait-elle laissé Tom continuer à contaminer un endroit qui avait été si important pour elle ?

Il ne restait qu'une chose à faire : désosser les lieux, les vider de tout ce qu'ils contenaient jusqu'à ce qu'il ne reste plus qu'une coquille vide. Puis les réaménager pour leur redonner une virginité.

Farfouillant dans un sac, elle en sortit un foulard qu'elle noua sur ses cheveux pour les protéger des toiles d'araignée et de la poussière. Puis elle se mit au boulot.

Elle vida des armoires, fourra des vêtements dans des sacs, renversa toute une série de tiroirs dans la poubelle sans s'inquiéter de leur contenu. Comme une tornade, elle allait de pièce en pièce, avec Alice dans son ombre, comme un oiseau effrayé qui ne cessait de murmurer : « Tu es sûre, Nancy ? » « Tu sais ce que tu fais, au moins ? »

Nancy, imperturbable, continuait à faire grandir le tas dans le jardin.

Lorsqu'elle eut entièrement évacué le rez-de-chaussée, elle releva les manches et sortit les produits ménagers. Il faudrait sans doute plus qu'un bidon d'eau de Javel pour effacer Tom de sa vie, mais c'était déjà un début honorable.

Nettoyer avait un effet étonnamment thérapeutique. Elle frotta et astiqua jusqu'à être en nage. Alice s'activait à son côté, passant le chiffon à poussière et secouant les tapis dehors. Elle jeta les vieux matelas dans le jardin et récura les sols et les murs.

Ces pièces avaient besoin d'être repeintes. Une activité qui était probablement à sa portée. Elle n'avait plus manié de pinceau depuis cinq ans, mais tenir un rouleau devait être encore dans ses cordes.

Enfin, lorsque les pièces du bas furent propres, Nancy porta son attention sur le premier étage.

Si elle avait acheté cette maison, c'était pour l'atelier au sommet, tout en verre ou presque, avec une superbe lumière du nord. C'était tout ce qui l'avait intéressée au départ dans cette ancienne voilerie. Si une équipe de football au grand complet avait occupé les pièces du bas, elle s'en serait probablement à peine aperçue. Selon toute logique, c'était en bas que les filles avaient vu Tom, lorsqu'elles avaient aperçu de la lumière dans le Sail Loft et risqué un coup d'œil par la fenêtre. Quel sombre crétin, ce type, de ne pas avoir au moins pensé à fermer les volets avant de s'envoyer une de ses bonnes femmes.

Mais c'était tout de même une consolation de se dire que l'atelier qu'elle aimait était resté inviolé. Elle négocia l'escalier à pas lents, redoutant presque d'atteindre le sommet des marches. La première fois qu'elle avait visité le lieu, elle avait poussé une exclamation admirative qu'elle s'était empressée d'étouffer en découvrant que l'agent immobilier ignorait qu'il tenait un véritable joyau entre ses mains. Comme elle ne voulait pas qu'il fasse monter les prix, elle avait grommelé que les poutres étaient en mauvais état et que des souris mortes traînaient partout. Puis elle avait fait une offre assez basse. L'ancien propriétaire venait de mourir et la famille, par chance, souhaitait vendre rapidement.

À l'heure actuelle, bien sûr, les choses ne se seraient pas passées comme cela. La proximité de la plage, à elle seule, faisait grimper vertigineusement le prix des terrains.

Au moment où Nancy posa le pied sur les larges lattes en

bois du parquet, elle ressentit une excitation presque aussi forte que la première fois qu'elle avait découvert l'atelier. Comment avait-elle pu rester à distance aussi longtemps ? Elle avait l'impression d'avoir négligé un ami de longue date.

Je suis désolée de t'avoir abandonné.

Personne n'était entré depuis sa dernière visite. Sa bouilloire était restée là où elle l'avait laissée, sur la petite table dans un coin, à côté de la cafetière à demi pleine dont le contenu n'était plus qu'un résidu noirâtre. Du temps où elle peignait encore, elle pouvait passer des heures et des heures sans prendre de pause, en oubliant le monde autour d'elle. L'heure du repos ne venait qu'avec la disparition progressive de la lumière. Laissant sa toile et ses pinceaux, elle se préparait quelque chose à boire et s'installait au cœur du jardin, dans un vieux fauteuil à bascule pour écouter la mer.

La marée montait puis redescendait, emportant avec elle la laisse de mer du jour précédent pour en déposer une nouvelle dans son reflux, léchant le sable, modifiant les contours du paysage.

Elle s'imagina être la marée, lavant sa vie de la présence de Tom. L'exercice lui apporta une satisfaction inattendue.

Alice l'avait suivie à l'étage mais Nancy, toute à la puissance de l'instant, ne prêtait aucune attention à sa présence.

L'écho de ses pas se réverbéra sous les hauts plafonds lorsqu'elle arpenta l'atelier. Sous les poutres peintes en blanc, la pièce n'était qu'espace et lumière. Elle leva les yeux pour vérifier que la maison était restée saine et ne constata aucun signe de dégâts des eaux au plafond. Il n'y avait pas non plus de taches d'humidité sur les murs qui auraient pu faire soupçonner des problèmes de fond.

Ses toiles, comme le reste, étaient demeurées en l'état. Elle s'approcha pour les examiner. Si quelques-unes des aquarelles avaient séché, ses tableaux peints à l'huile n'avaient pas bougé.

Aujourd'hui, à cinq années de distance, c'était à peine si elle parvenait encore à se souvenir de l'élan, de l'excitation créatrice qui l'avaient amenée à peindre avec cette ténacité, cette détermination presque farouche, jour après jour.

La flamme de l'inspiration s'était éteinte et elle n'avait plus rien à fuir. Quelle raison aurait-elle encore de reprendre ses pinceaux ?

Elle entendit le bruit d'un moteur à l'extérieur, des claquements de portières et le son léger d'un rire féminin.

Lauren et Jenna.

Jenna sortait de sa classe et Lauren avait passé la journée à écumer l'île pour rassembler ici et là des éléments naturels qu'elle voulait utiliser pour transformer la maison. Nancy s'approcha de la vitre et les regarda progresser ensemble le long de l'allée dévorée par les herbes folles. Elle vit Lauren désigner quelque chose et Jenna approuver d'un signe de tête.

Deux sœurs.

Sa vie aurait-elle été plus douce si elle avait eu une sœur, elle aussi ? Quelqu'un avec qui partager les bons et les mauvais moments, en qui elle aurait pu avoir confiance quoi qu'il arrive. Quelqu'un qui, toujours, se serait tenue à son côté.

Elle avait eu tort de s'inquiéter à ce point pour ses filles. Elles avaient toujours fait équipe toutes les deux, l'une ne cessant jamais de veiller sur l'autre. Qui aurait cru que Lauren avait été la meneuse ? La rebelle ?

Tu le savais, ça, Tom ?

Elle était certaine que non. Il avait passé sa vie à ne penser qu'à lui-même.

Ses filles s'immobilisèrent sur le pas de la porte, comme si elles redoutaient de franchir le seuil. Jenna fit une remarque et Lauren grimaça. Puis elle prit la main de sa sœur et elles disparurent de sa vue au moment où elles entrèrent dans le Sail Loft.

— Maman ?

La voix de Jenna flotta jusqu'en haut des marches.

— Là-haut. Dans l'atelier.

Nancy se racla la gorge et domina son émotion. Si ses filles en gardaient de mauvais souvenirs, eh bien, elle trouverait le moyen d'en créer des nouveaux.

Le bruit de leurs pas se fit entendre dans l'escalier et elles apparurent dans l'atelier, si semblables et pourtant si différentes.

Ses filles. Ses enfants.

Pendant des années, elle les avait associées à Tom de façon indémêlable. Leur trio lui avait paru si étanche qu'elle avait été incapable de les séparer dans sa tête. Même lorsqu'elles étaient devenues adultes, le pli était pris et elle avait continué à se tenir à l'écart. Mais elle découvrait à présent qu'elle avait elle-même créé le gouffre qui s'était creusé entre elles. Persuadée qu'elle les perdrait tout à fait si elle leur révélait la vérité sur leur père, elle s'était interdit de leur parler.

C'était pourtant tout le contraire qui s'était produit. Leurs révélations mutuelles les avaient rapprochées.

— Tu étais censée nous attendre pour nettoyer ! protesta Jenna pendant que Lauren entreposait son sac par terre. Tu n'aurais pas dû te lancer dans ce travail de Romain toute seule !

Sa fille découvrit alors la présence d'Alice.

— Ah, mais tu as Alice avec toi ! C'est bien.

C'était bien, en effet. Traîner Alice ici avait été la juste décision à prendre.

— Il reste encore largement de quoi vous occuper, commenta t-elle à voix haute. Avant que le Sail Loft soit habitable, il y a de quoi faire. Et il faudra en passer par là avant de nous attaquer à la Captain's House.

Penser à ce qui les attendait aurait dû l'épuiser d'avance, mais elle se sentait bourrée d'énergie, au contraire. L'espoir avait pris la place du sentiment de défaite qui l'accablait depuis tant d'années.

Elle avait envie d'ouvrir grand les fenêtres et de crier « Tu me vois, Tom ? Je suis encore là. Tu n'as pas réussi à me casser ! »

Lauren sortit un carnet de croquis.

— C'est génial que tu aies tout vidé en bas. Cela permet de mieux visualiser l'espace dont nous disposons. Si on veut vivre à trois ici, il faudra prévoir des solutions de rangement supplémentaires. Mais suffisamment astucieuses pour qu'elles ne dévorent pas trop de place.

Jenna se dirigea vers les toiles inachevées posées contre le mur.

— Si c'est un menuisier qu'il te faut, on devrait faire appel à Scott. Il a fait du très beau travail dans la Captain's House.

Lauren ne répondit pas.

Le regard de Nancy s'attarda sur le visage creusé par les cernes de sa fille. Le décès d'Ed était encore proche, mais il s'agirait, petit à petit, de réduire ces ombres grises sous ses yeux.

— Je ne peux plus demander de nouveaux services à Scott.

Jenna leva les yeux de la toile qu'elle examinait.

— Parce que Lauren lui a dit qu'on ne voulait plus vendre la maison, c'est ça ? Ce sont des choses qui arrivent, maman. Je suis sûre que Scott peut comprendre, vu ce que la Captain's House représente pour toi.

— Non, pas à cause de ça. Parce que j'ai déjà une dette immense envers lui.

Lauren attrapa un sac-poubelle et commença à rassembler la vieille cafetière ainsi que d'autres détritus couverts de poussière.

— En quoi lui serais-tu redevable, maman ?

Nancy hésita. Elle aurait pu éluder la question. Scott ne trahirait jamais son secret, elle en était certaine. Mais c'était comme si sa première confession avait ouvert des vannes qu'il n'était plus si simple de refermer.

D'ailleurs, au point où elle en était, autant extraire tous les cadavres de leurs placards une fois pour toutes.

La présence d'Alice posait-elle un problème ?

Non. Ce serait probablement aussi bien qu'elle apprenne la vérité et toute la vérité.

— J'ai une grosse dette morale envers Scott parce qu'il était présent le jour où votre père est mort. Il m'a aidée, au risque de sa vie.

Jenna s'immobilisa, la main posée sur un paysage de tempête, peint à grands traits de pinceaux tourmentés.

— Comment ça, au risque de sa vie ?

— Un ouragan était annoncé.

— Oui, je m'en souviens. C'est à cause des bourrasques que l'arbre déraciné est tombé sur la voiture de papa.

Nancy se tourna vers la fenêtre, surprise par la netteté presque ciselée que ses souvenirs des événements avaient conservée.

— J'ai reçu l'appel tard dans l'après-midi. À cette heure-là, il n'y avait plus un seul bateau en mer. Les maisons, les commerces, tout était déjà barricadé avec des panneaux de contre-plaqué. Le ferry ne circulait plus et l'aéroport était fermé. Il n'y avait aucun moyen de gagner la côte. J'ai demandé à quelques personnes si elles pouvaient m'emmener, mais elles ont refusé.

Elle se souvenait d'avoir erré dans le port et d'avoir senti le vent s'acharner sur elle comme une bête sauvage. Jamais elle n'avait assisté à une telle fureur des éléments.

— Puis, j'ai croisé le chemin de Scott que je connaissais de vue. On ne s'était jamais adressé la parole, mais tout le monde ici savait que c'était le meilleur marin du coin. Je lui ai demandé s'il serait d'accord pour me faire faire la traversée et il a accepté.

Lauren parut interdite.

— Par temps d'ouragan ?

— Je m'attendais à ce qu'il refuse. Avec le recul, je me demande lequel de nous deux était le plus cinglé. Je n'oublierai jamais par où il a fallu en passer.

— Je me souviens de cet ouragan, murmura Jenna. C'était terrifiant. Lorsque je t'ai appelée pour m'assurer que tout allait bien, tu m'as dit que tu étais en sécurité. J'en ai conclu que tu étais barricadée chez toi. Scott t'a déposée sur la terre ferme et il est reparti sur cette mer déchaînée ?

— Non. La tempête avait encore forci quand nous sommes arrivés au port. Scott a peut-être pensé qu'il avait déjà assez joué aux dés avec la mort comme ça. Mais je crois surtout qu'il n'a pas voulu me laisser seule. Ce qu'il a fait pour moi, ce jour-là, je ne pourrai pas l'oublier.

Nancy contempla la mer toute proche qui moutonnait gentiment. Elle paraissait si fiable, si rassurante sous le ciel bleu. Il était difficile d'imaginer les déchaînements rageurs dont elle était capable.

— Scott m'a accompagnée dans le taxi jusqu'à l'hôpital. J'étais dans un état pathétique. Et tellement reconnaissante de son soutien que je n'ai pas eu la force de le renvoyer.

— Mais pourquoi tu ne m'as pas appelée ?

Livide, Jenna reposa les toiles contre le mur.

— C'est horrible de penser que tu as vécu ça toute seule. Je ne t'aurais pas laissée partir seule, maman. Je serais montée à bord avec toi.

— Pour risquer ta vie dans cet ouragan ? Un mort dans la famille, c'était déjà bien suffisant. Sans compter que la police m'avait avertie que ton père n'était pas seul dans la voiture. Et ça, je ne voulais surtout pas que tu le saches.

Elle entendit Alice émettre un son étranglé. La surprise ? Le choc ?

Jenna traversa la pièce en deux pas et noua les bras autour d'elle.

— Oh ! maman…

Alice s'assit lourdement sur une chaise.

— Mon Dieu, Nancy…

Elle s'abandonna dans l'étreinte de sa fille, respirant le discret parfum floral qu'elle avait toujours associé à Jenna. Sa petite dernière. Elle était si affectueuse, si chaleureuse. *Tellement comme Tom.*

Non, pas comme Tom. Le côté avenant de son mari avait été un leurre, un appeau ; son affection, une simple monnaie d'échange.

Jenna, elle, donnait librement, sans rien demander.

Lauren se passa la main sur le front.

— Dois-je comprendre que le jour même où il est mort papa était dans les bras d'une autre femme ?

Nancy serra affectueusement l'épaule de Jenna puis s'écarta.

— Tu as tout à fait bien compris. Elle était employée de l'hôtel où il avait ses habitudes quand il s'absentait de l'île.

C'en était une parmi d'autres. Il y en a eu un bataillon qui sont montées dans cette voiture avec lui.

Elle nota que le sang s'était retiré du visage d'Alice.

— Tu es surprise ? Il n'y a aucune raison de l'être. Il était comme ça, mon mari. Même si peu de gens connaissaient cet aspect de lui. Peut-être parce que je me suis obstinée à le couvrir, envers et contre tout.

Sa relation avec Tom avait été sa honte et son humiliation secrètes.

Elle aurait probablement dû l'envoyer paître et le laisser se débrouiller avec les conséquences de ses actes. Mais si elle avait fait cela, ses filles auraient forcément été prises dans la mêlée.

Lauren vint lui poser la main sur le bras.

— Scott est resté avec toi tout ce temps-là ?

— Il a tout enduré avec moi, oui. L'ouragan, l'hôpital, la police, les démarches à entreprendre pour ramener le corps sur l'île. On a passé la nuit dans un motel et il m'a écoutée rager et tempêter, sans jamais perdre patience. Puis il m'a ramenée chez moi et plus jamais nous n'avons abordé le sujet.

— Et tu n'en as parlé à personne ?

— Non. Tom est mort dans sa voiture, écrasé par un arbre, le jour de l'ouragan. Les gens n'avaient aucune raison a priori de supposer qu'il n'était pas seul. Sa mort accidentelle a été considérée comme une tragédie et la moitié de l'île a assisté aux funérailles. Mais cela, vous le savez déjà.

Elle vit des larmes rouler sur les joues d'Alice.

Jenna dut s'en apercevoir aussi car elle accourut avec des mouchoirs.

— Oh ! Alice, tu es une véritable amie. Maman a de la chance de t'avoir. Et Scott aussi a été une chance.

Elle tourna la tête vers sa sœur.

— Tu aurais imaginé ça de lui ?

Lauren, le regard perdu dans le vide, semblait partie ailleurs.

— Oui, répondit-elle doucement. Oui, je peux imaginer ça de lui.

Nancy aurait bien aimé savoir à quoi pensait sa fille.

— Sans lui, je crois que je serais devenue folle.

Lauren prit une grande inspiration.

— C'est pour ça que tu voulais lui vendre ta maison ? Parce que tu as le sentiment de lui devoir quelque chose ?

— Je lui vendais ma maison parce que j'avais besoin de cet argent et qu'il était prêt à verser le prix que j'en demandais. Scott n'a jamais eu quatre murs à lui. J'avais le sentiment qu'en lui cédant un endroit chargé de sens et d'histoire comme la Captain's House je lui rendais malgré tout quelque chose.

Mais au bout du compte, son attachement à la maison avait été plus fort que son sentiment de dette envers Scott. La responsabilité dont elle se sentait investie se révélait tenace.

Son cœur se serra un peu en pensant à lui.

Être la descendante d'une longue lignée d'ancêtres exigeants pouvait être compliqué. Mais ne pas avoir connu sa propre famille était tellement pire.

Lauren avait sombré dans un silence pensif. Ce fut Jenna qui reprit la parole.

— Ça ne va pas être trop dur pour toi, maman ? J'ai peur que ce soit douloureux à vivre. Pas seulement parce que l'espace est limité mais à cause des souvenirs liés à ce lieu.

Cela aurait pu lui paraître insurmontable, en effet. Mais ce n'était pas le cas.

Elle s'était débarrassée de ses secrets comme on laisse une mue derrière soi. Aujourd'hui, elle se sentait prête à mener sa vie au rythme d'un sprint au lieu de la traîner comme un fardeau.

— Non, ce ne sera pas dur. Je suis prête à laisser la douleur derrière moi.

Nancy jeta un coup d'œil sur le jardin. Elle avait déjà des idées d'aménagement en tête. Il leur faudrait une végétation résistante au sel et au vent. Plutôt qu'une pelouse, elle créerait une prairie de fleurs sauvages où pousseraient librement des cosmos, des coquelicots, des marguerites et des lupins. En regardant par sa fenêtre, elle voulait voir des papillons et des oiseaux. Elle appellerait Ben et lui demanderait de joindre ses talents aux siens. De toute l'île, il était le plus fin connaisseur des biotopes du littoral, à l'exception peut-être d'elle-même. Ensemble, ils pourraient transformer ce joli bout de terrain en un jardin aussi spectaculaire que celui de la Captain's House. Le style serait différent, bien sûr. Mais la différence était une bonne chose. La perspective de travailler côte à côte avec Ben, les mains dans la terre, acheva d'ensoleiller son humeur. Elle appréciait Ben. Sa compagnie, son sourire. Sa façon calme et réfléchie de considérer les êtres et le monde.

Jenna lui sourit avec tendresse.

— C'est super, maman. J'ai cru rêver quand j'ai vu la pile d'affaires que tu as décidé de bazarder. Et moi qui croyais qu'il faudrait se battre pied à pied pour que tu acceptes de te séparer de deux ou trois bricoles. C'est Alice qui a pris les choses en main d'autorité ?

— Non, c'est moi.

Nancy sourit.

— Incroyable, mais vrai : il n'est jamais trop tard pour acquérir de nouvelles capacités.

Chapitre 24

Lauren

Progresser : avancer vers un lieu ou un objectif.

Le temps filait dans un tourbillon de suractivité frénétique. Pendant que Lauren rangeait, cousait, clouait et peignait, les semaines succédaient aux semaines et l'île avait rejeté le manteau glacé de l'hiver pour laisser le printemps éclater. Les forsythias étaient en pleine floraison, éclairant le jardin de leurs flammes d'un jaune intense. L'air se réchauffait et on commençait à voir plus de monde dans les rues.

Un mercredi ensoleillé à la mi-avril, elle s'était levée tôt et faisait des coussins pour une des chambres du deuxième étage lorsqu'elle entendit quelqu'un entrer par la porte extérieure de la cuisine. Jenna apparut, en short et chaussures de running aux pieds.

— Tu es prête ?

— Prête à quoi ?

Lauren reposa le tissu qu'elle cousait et roula les épaules pour détendre ses muscles contractés. Sa tête lui faisait mal ; ses doigts s'engourdissaient.

— Je suis prête pour un café serré et une douche brûlante, dit-elle. Ou peut-être même un verre de vin, pourquoi pas ?

— À 6 heures du matin ?

— Ah, parce qu'on est le matin ? À force, je finis par ne même plus savoir si la journée commence ou si elle se termine.

Elle utilisait chaque seconde, chaque minute pour avancer dans son projet. Déjà histoire d'enterrer ses émotions turbulentes sous des couches de travail acharné. Mais essentiellement parce que cela lui permettait de penser à autre chose qu'à ses problèmes.

— Pourquoi es-tu en tenue de sport à 6 heures du matin ?

— Parce que je me prépare à aller courir.

Jenna examina le coussin.

— J'aime beaucoup la couleur. Ça fait très plage.

— C'est pour la grande chambre à coucher. Tu vas aller courir, alors ?

— Avec toi, oui. J'ai besoin d'évacuer mon stress.

Jenna tripota machinalement le tissu entre ses doigts.

— Maman est là ?

— Dans sa chambre. Je crois qu'elle dort encore. Fais attention à ce truc-là. Il y a des épingles. Qu'est-ce qui t'arrive ?

Elle connaissait suffisamment sa sœur pour savoir quand ça n'allait pas.

— Je dors mal… Je n'arrête pas d'avoir des visions de papa embrochant ses nanas en série, admit Jenna en reposant le tissu.

Lauren enfila une aiguille.

— Moi aussi. Mais j'essaie de chasser ces images dès qu'elles se présentent.

— Tu crois que ça aurait changé quelque chose si on l'avait dit à maman ?

Lauren secoua la tête.

— Non. Rien du tout.

— Tu es sûre ?

Elle planta l'aiguille dans l'étoffe épaisse.

— Sûre et certaine. À part lui mettre une camisole de force, je ne vois pas comment elle aurait pu amener papa à décrocher de son addiction aux femmes. Lui demander d'être fidèle, c'était un peu comme installer un alcoolique dans un bar et le prier de ne pas consommer d'alcool.

— Tu savais qu'il trompait maman à longueur de journée ?

Lauren recommença à coudre à petits points réguliers.

— Je n'avais aucune certitude, mais je m'en doutais un peu. Je l'ai vu à l'œuvre pendant certains pique-niques, en été. Il avait une façon de s'adresser aux femmes, de rire en les regardant dans les yeux. Il flirtait avec tout ce qui bouge.

— Je n'avais rien remarqué.

— Tu étais plus jeune que moi.

— Et ça a changé quelque chose dans tes sentiments pour lui ?

Lauren sortit une paire de ciseaux et coupa une longueur de fil.

— Le fait de l'avoir eu sous le nez en pleine action a eu un impact, oui. En son absence, j'étais beaucoup plus négative à son sujet. J'avais perdu une bonne partie de ma confiance en lui. Mais dès que je me retrouvais avec lui, son charisme recommençait à agir. On passait des moments tellement géniaux avec lui que ma méfiance s'endormait très vite.

— Pareil pour moi. Et je me sens coupable, admit Jenna. Par loyauté envers maman, j'aurais aimé pouvoir le haïr.

— C'était notre père. Les filles ont le droit d'aimer leur père, même imparfait. Maman n'a jamais attendu de nous qu'on le haïsse.

Jenna se laissa tomber sur la chaise à côté de la sienne et l'examina en fronçant les sourcils.

— Tu as l'air exténuée. Tu t'es levée à quelle heure ?

— 5 heures.

Après avoir retapissé un canapé la veille jusqu'à minuit.

— Depuis quand es-tu devenue une fana du running matinal, Jenna ?

— Je ne serai jamais fana de sport, quelle que soit l'heure de la journée, mais quand il faut courir, je peux courir comme tout le monde. Je suis capable de courir pour la gloire, de courir chercher des crèmes glacées. Et je peux courir aussi pour ma sœur.

D'un geste du menton, Jenna désigna la porte.

— Tu as quatre minutes pour monter te changer. Je ne peux pas me permettre d'arriver en retard à l'école.

Lauren était touchée.

— J'apprécie que tu sois prête à faire ce sacrifice pour moi, mais j'ai une tonne d'objectifs à tenir pour que la maison soit prête dans les temps. Je ne compte plus les listes.

— Faire de l'exercice, ce n'est pas perdre du temps, c'est en gagner. Et tu le sais… C'est quoi, ce barda ?

Avec un froncement de sourcils, Jenna désigna les cartons alignés contre le mur de la cuisine.

— Ça ? C'est une juste une fraction du bazar que maman a déblayé hier.

Jenna ouvrit un carton et jeta un coup d'œil à l'intérieur.

— Les trophées de papa ?

— Elle va les porter à l'Armée du Salut.

— Elle s'est résolue à ouvrir l'antre sacré ?

— Non seulement elle l'a ouvert, mais elle est en train de le vider de fond en comble.

— Et ça ne la perturbe pas trop ?

— Ça lui donne une pêche d'enfer, au contraire. Une fois qu'elle était lancée, je n'ai plus pu l'arrêter. Du coup, je l'ai aidée. Je crois que ça a un effet thérapeutique sur elle.

Jenna siffla entre ses dents en refermant le carton.

— Tu m'aurais annoncé ça il y a un mois, j'aurais refusé de te croire. Donc, nous disposons d'une dixième chambre, maintenant.

— Il faudra encore la nettoyer, la repeindre et la décorer, mais oui, en effet, il y aura une pièce de plus.

Parviendrait-elle à terminer dans les temps ? Depuis que sa mère et elle étaient tombées d'accord sur le projet, elle avait travaillé non-stop, s'attelant à la transformation de la Captain's House, en comptant sur sa créativité plus que sur leurs maigres ressources budgétaires. Elle passait ses journées à farfouiller dans les boutiques solidaires, les friperies, brocantes et autres vide-greniers. Sans cesser de s'étonner de tout ce que les gens étaient prêts à jeter.

Pour quelques dollars, elle avait récupéré de belles caisses en bois qu'elle avait peintes pour les utiliser comme tables de chevet dans le dortoir des enfants. Elle composait de jolis dessus-de-lit en patchwork dans des teintes très « bord de mer », en utilisant des bouts de tissu mis au rebut. Avec une ancienne robe de plage aux larges rayures bleues et blanches, elle avait recouvert les coussins de la *garden room*. Pour le tapis idéal, qui s'adaptait à perfection à sa déco du living, elle avait dû débourser une somme plus élevée que prévu. Mais elle avait réalisé de telles économies sur les luminaires ensuite qu'elle avait rééquilibré ses comptes.

Chaque soir, au dîner, elle montrait fièrement ses trouvailles à sa mère et elles débattaient ensemble des choix de couleurs et de textures. Cette dernière avait entrepris de repeindre la maison pièce par pièce — majoritairement en blanc pour tirer le meilleur parti de la lumière et de l'espace. Lauren tablait sur les meubles et les tissus pour créer des effets de couleur.

Elle cousait jusque tard le soir et s'y remettait tôt le matin, au réveil. Leur *deadline* était comme une épée suspendue au-dessus de sa tête. Elle savait qu'elle devait se dépêcher de terminer au moins deux ou trois pièces de manière à pouvoir photographier la maison et la mettre sur leur futur site. Mais elle avait sous-estimé le temps nécessaire pour métamorphoser une demeure aussi immense. Et il leur restait encore le Sail Loft à rendre habitable à peu de frais.

— Tu travailles comme une possédée, commenta Jenna, la mine soucieuse.

Lauren hocha la tête en repliant une couverture en patchwork.

— L'avantage, c'est que ça me vide la tête. Je n'ai plus le temps de penser à Ed. Ou à Scott. Ou de me faire du souci pour Mack.

Jenna prit une pomme dans un compotier posé sur la table.

— Mack va mieux, non ?

— Oui, je crois.

Ce qui était un véritable apaisement pour elle. Lauren n'aurait su dire avec certitude ce qui avait amené ce changement. Elle supposait que c'était au lycée que les choses avaient bougé. Mais elle était trop soulagée pour se risquer à questionner sa fille de près.

— Elle ne se confie pas, ou très peu. Mais apparemment, elle n'éprouve plus le besoin de me traiter comme si j'étais l'ennemi à abattre.

— C'est un bon début.

Jenna termina la pomme.

— Allez viens. On est à marée basse. On peut courir le long de la plage.

Lauren était tentée.

— Bon, allez. Juste quelques kilomètres, alors.

Elles coururent le long de la piste cyclable entre Edgartown et Oak Bluffs puis descendirent sur la plage. Dès l'instant où ses pieds entrèrent en contact avec le sable, Lauren trouva son rythme. Et se demanda pourquoi elle n'avait pas pensé à s'octroyer ce divin plaisir plus tôt. Elle avait oublié. Oublié à quel point elle aimait ces sensations.

Sa foulée s'allongea, ses semelles étaient presque silencieuses sur le sable.

Le brouillard qui entourait son cerveau se leva. Le poids qui pesait sur sa poitrine se dissipa. Prise dans le plaisir de la course, elle en oublia de regarder derrière elle. Quelques minutes s'écoulèrent avant qu'elle s'aperçoive qu'elle avait distancé sa sœur.

Elle ralentit et Jenna la rattrapa.

— Comment peux-tu avoir cette forme insolente alors que cela fait des mois que tu passes ton temps assise ?

Hors d'haleine, Jenna se plia en deux pour souffler.

— Je te déteste.

Lauren sourit et prit une gorgée d'eau.

— Assise, pas tout à fait. Il m'arrive de faire les cent pas des nuits entières. Magnifique, ton idée d'aller courir, en tout cas !

Jenna tenta de reprendre son souffle.

— Ravie de te l'entendre dire. Je hais la course à pied. C'est ennuyeux à mourir.

— Pas quand tu cours avec quelqu'un, quand même !

— Normalement non. Mais je ne courais pas avec toi — je me traînais dans ton sillage.

Lauren offrit son visage à la caresse du vent, le laissant jouer librement dans ses cheveux.

Comment imaginer qu'on était déjà presque en mai ? Elle avait l'impression que c'était hier que la police avait frappé à sa porte. Et en même temps, une vie entière semblait s'être écoulée. *Une autre vie.*

Les jours avaient succédé aux jours — douloureusement, heure par heure, et pendant qu'elle s'était blottie sous des couches de laine et de chagrin, la météo avait petit à petit retrouvé le sourire. Le vent avait perdu de son mordant et la lumière du soleil dansait sur la surface de l'eau. C'était le début du printemps et déjà la promesse des généreuses chaleurs estivales à venir bourdonnait dans l'air, comme si le Vineyard se secouait, encore à demi endormi, après des mois d'hibernation.

Jenna fit ses étirements.

— Il est temps de rentrer. Sinon je vais être en retard et mes petits monstres seront incontrôlables. Il faut que je m'arrange pour avoir toujours une longueur d'avance sur eux.

— Tu adores ça, non ?

— Enseigner ? Oui. Je n'aurais pas voulu d'un autre métier que le mien. Une fois que je suis dans ma salle de classe avec eux, j'ai le sentiment que tout baigne et qu'il n'existe pas de vie plus belle que la mienne.

Le regard de Lauren glissa sur la plage. Encore vingt minutes à courir et elle serait au chantier naval où Scott était employé.

— Ça t'ennuierait beaucoup de faire le retour sans moi ?

Jenna suivit la direction de son regard et sourit.

— Non. Vas-y.

— Dis-moi d'abord comment tu te sens.

Elle ne savait jamais si elle devait questionner sa sœur ouvertement sur ses espoirs de grossesse.

— Comment ça se passe pour toi, Jenna ?

— Je ne suis toujours pas enceinte, si c'est là le sens de ta question.

Jenna détourna le regard.

— Bon, allez, il ne faut plus que je traîne.

Elle voulut s'élancer mais Lauren la rattrapa par le bras.

— Et entre Greg et toi, ça va, au moins ?

— Pourquoi cette question ?

— Chaque fois que tu passes à la maison, ces derniers temps, tu viens seule.

Jenna se dégagea et, tête basse, s'accroupit pour refaire ses lacets.

— Il est très pris, en ce moment. Et quand je viens, c'est pour aider à déblayer la maison, pas pour faire la conversation. Donc, je n'ai pas tellement de raisons de venir avec Greg.

— OK.

Conclusion : il y avait bel et bien des tensions entre eux, mais Jenna ne souhaitait pas en parler. Ou en tout cas, pas maintenant. À cause de ce bébé qui se faisait attendre ? La douleur de leur désir d'enfant inassouvi aurait-elle une incidence négative sur leur couple ? Lauren se promit d'être plus attentive à sa sœur dans les jours à venir.

— Merci de m'avoir traînée dehors pour courir. C'est un beau cadeau que tu m'as fait.

— Ce n'est qu'un début. Aujourd'hui, c'est juste une petite trotte tranquille le long de la plage. Demain, on se jette du haut de Jaws Bridge.

Lauren se mit à rire.

— À marée basse ? Non, merci. On va y aller gentiment, une étape après l'autre.

Elle suivit des yeux sa sœur qui s'éloignait à grands pas en suivant le bord de mer.

Si seulement il avait été en son pouvoir de faire quelque chose pour aider Jenna.

Lorsqu'elle avait découvert qu'elle attendait Mack, elle n'avait ressenti qu'une immense panique. Elle ne se sentait pas près du tout à devenir mère, à l'époque.

Alors que Jenna était plus que prête, elle. Et Greg et elle feraient un couple de parents fantastique.

Comme le sable s'enfonçait un peu trop sous ses pieds, Lauren retourna sur la piste cyclable et courut à l'ombre des arbres, maintenant un bon rythme alors qu'elle approchait de la marina.

Lorsqu'elle l'atteignit, elle était hors d'haleine à son tour.

Et toute transpirante.

Génial.

Pourquoi n'avait-elle pas anticipé ce détail ?

Scott peignait une carène en écoutant de la musique en arrière-plan. Dès l'instant où il la vit, il s'interrompit et se redressa pour la regarder courir à sa rencontre. À mesure que la distance entre eux s'amenuisait, le monde se rétrécissait d'autant. Elle cessa d'entendre les cris des goélands et le bruit d'une perceuse au loin. Il n'y avait plus que le bleu intense de ses yeux, les battements fous de son propre cœur et les sensations qu'il faisait naître dans tout son corps. C'était comme si la connexion entre eux subsistait, assez forte pour les pousser l'un vers l'autre où qu'ils soient.

Il s'avança vers elle en s'essuyant les mains sur un chiffon. Son vieux Levis moulait ses cuisses musclées et il avait relevé les manches de sa chemise jusqu'aux coudes. Elle entrevit son cou hâlé et la toison brune de son torse. Une légère pellicule de sueur brillait sur sa peau et la tache de cambouis sur sa joue lui fit penser à une peinture de guerre.

Presque dix-sept années s'étaient écoulées et Scott Rhodes restait pour elle l'homme le plus troublant sexuellement sur lequel elle ait jamais posé les yeux.

La culpabilité l'assaillit, la prenant à la gorge. Ed était mort depuis quelques mois à peine et elle n'était pas censée réagir au sex-appeal d'un autre homme. Mais son corps refusait d'intégrer la consigne. En elle, le désir explosait, ouvertement irrespectueux des conventions sociales.

Elle avait la bouche sèche comme du carton et des sensations étranges dans l'estomac, comme lorsqu'on loupait une marche à la descente. *Était-ce possible ?* Comment, après ce nombre incalculable d'années, pouvait-il subsister une telle charge sexuelle entre eux ?

Non seulement elle ne parvenait pas à le comprendre, mais elle refusait de s'y soumettre.

Le regard de Scott s'attarda un instant sur elle, puis, sans détourner les yeux de son visage, il fit signe au jeune qui travaillait avec lui d'approcher.

— Cal ?

— Oui, chef ?

Le gamin se précipita, son langage corporel exprimant un mélange d'admiration, de respect et de désir éperdu de se rendre utile.

— Tu peux aller nous chercher du café ?

Le dénommé Cal resta bouche bée.

— Du... du café ?

— Du café, oui. Une substance brûlante et liquide. Tu la reconnaîtras lorsque tu l'auras sous les yeux.

Son chiffon toujours dans une main, Scott plongea l'autre dans sa poche et en sortit quelques billets.

Cal jeta un coup d'œil en direction du bureau.

— Mais on a une machine à...

— Au Café Marina. Tu en as pour une demi-heure.

— Une demi...

Cal ouvrit la bouche et la referma.

— OK. J'y vais

Il prit les billets et disparut, les laissant seuls, face à face.

Lauren se sentait ridiculement gênée.

— Tu bosses avec un stagiaire ?

— Un apprenti. Il m'aide de temps en temps.

— Il est du coin ?

— Oui. La vie ne lui a pas fait trop de cadeaux au démarrage.

Et Scott savait ce que c'était. Personne n'en connaissait un rayon comme lui sur les vacheries que la vie pouvait vous balancer en travers du chemin. Ce qu'elle avait appris du passé de Scott lui avait mis le cœur en charpie. Et lorsqu'elle avait compris que son passé à lui signait la fin de leur avenir à eux, son cœur s'était émietté une seconde fois.

— Et qu'est-ce qu'il va devenir, ton Cal, quand tu vas lever l'ancre dans quinze jours ou dans un mois ?

— Qui a dit que j'avais l'intention de m'en aller d'ici ?

— Tu as toujours pris le large à un moment ou à un autre.

Il frotta une tache rebelle sur ses doigts.

— Si ça doit arriver, je suppose qu'il devra trouver quelqu'un d'autre avec qui apprendre le métier.

— Vu la façon dont il te regarde, tu es clairement son héros — la figure identificatoire idéale à laquelle il voudrait ressembler.

Une ébauche de sourire glissa sur les lèvres de Scott.

— Tu sais comme moi que cette admiration devrait lui passer assez vite.

Son sourire avait gardé tout son pouvoir sur elle. À la fille vulnérable de dix-huit ans, ce même sourire avait scié les jambes. Et lui avait donné le sentiment d'être différente. D'avoir une place unique dans sa vie.

Et cette impression subsistait, envers et contre tout.

Elle n'aurait jamais dû venir. C'était trop dur d'être là, en face de lui, et de bavarder comme de simples connaissances. Comme s'il n'y avait pas eu jadis un monde de sentiments entre eux.

L'amour avait été fort entre Scott et elle. Fort et beau. Ils avaient été bien ensemble. Mieux que bien, même.

Devant eux, il y avait eu comme un festin d'espoirs — le banquet de tous les possibles. Mais au lieu de s'y attabler, ils étaient partis chacun de leur côté en laissant le potentiel de leur amour en friche.

Elle avait mis beaucoup d'énergie en œuvre pour essayer d'oublier Scott et pour vivre pleinement la vie qui lui avait été donnée.

— La première fois que je t'ai vue, tu courais sur la plage.

Lauren fronça les sourcils.

— Tu te trompes, Scott. Notre première rencontre, c'était au café. Tu es entré pendant que je débarrassais les tables.

— Je t'avais déjà remarquée avant, en fait. Tous les matins, je te voyais passer en courant. Tu étais rapide et légère. Avec une foulée d'athlète. C'est la première fois que je te vois faire un jogging depuis que tu es revenue sur l'île.

— Ça m'a fait le plus grand bien. Et je le dois à Jenna.

Elle le vit jeter un coup d'œil par-dessus son épaule.

— Elle s'est arrêtée avant moi. C'est jour d'école, aujourd'hui.

Il hocha la tête.

— Comment va Mack ?

— Mieux, je crois.

Elle aurait préféré pouvoir l'affirmer avec certitude. Mais Mack et elle n'avaient toujours pas retrouvé leur ancienne complicité. Leur relation était moins tendue, mais elle avait l'impression que c'était surtout parce que Mack passait le plus clair de son temps au lycée ou dans sa chambre.

— Elle est douée, observa Scott. Je suis content qu'elle ait fini par se décider à apprendre à coder.

— Tu es au courant ?

— Mack m'en a parlé, oui. Elle a dit qu'elle devait créer un site pour la Captain's House et je lui ai conseillé d'adhérer à l'atelier de codage du lycée. Il lui a fallu un certain temps pour rassembler son courage. Elle avait peur pour sa réputation auprès des autres élèves, mais elle a fini par surmonter ça.

Il se frotta la mâchoire.

— C'est la seule fille du groupe. Mais apparemment, elle gère.

— Tu es très informé de ce qui se passe dans la vie de Mack.

Que Scott en sache plus qu'elle sur les activités de sa propre fille lui faisait l'effet d'une gifle.

— Tu la vois souvent ?

— Son trajet à vélo pour rentrer du lycée passe par le chantier naval. Il lui arrive de venir faire un saut. Mais je ne t'apprends rien, puisque tu as toujours donné ton aval avant. Depuis la dernière fois, j'ai toujours veillé à ce qu'elle demande ton accord.

— Elle me disait qu'elle te donnait un coup de main. Je ne me doutais pas que vous aviez de vraies conversations de fond.

— C'est un problème ?

Il fourra le chiffon dans la poche arrière de son jean pendant qu'elle se battait avec la réponse.

— Que veux-tu que je te réponde ? Que ça me blesse que ce soit à toi qu'elle choisisse de se confier alors que j'ai passé les seize dernières années à m'occuper d'elle et à lui donner la priorité en tout ? D'accord, oui, je reconnais que je le prends comme une baffe en pleine figure. Et en même temps, je me fais horreur en réagissant ainsi parce que je m'inquiète pour elle, et que l'essentiel c'est qu'elle ait quelqu'un à qui parler.

— Mais tu aurais préféré que ce quelqu'un ce ne soit pas moi.

— Elle a récemment perdu un proche qu'elle a beaucoup aimé, même si elle semble l'avoir oublié.

Elle perçut l'amertume à peine déguisée dans sa voix et se détesta d'être si mesquine.

— Et qu'est-ce qui se passera lorsqu'elle se sera attachée à toi et que tu décideras de te barrer ?

— Tu as beaucoup d'idées préconçues sur moi, tu ne crois pas ?

— Je crois pouvoir affirmer que je te connais bien, Scott.

Il lui jeta un long regard.

— Je n'ai pas l'intention d'aller où que ce soit.

— Pas tout de suite. Mais tu sais aussi bien que moi qu'il viendra un moment où il te faudra de nouveaux horizons.

— Peut-être pas, justement.

Elle refusait de s'autoriser à penser qu'il pouvait avoir changé.

— Bon, laisse tomber. Parlons d'autre chose.

— Si c'est ce que tu veux.

Son regard ne lâchait pas le sien.

— Maintenant que le temps se réchauffe, je pensais commencer à l'initier à la voile. Tu y verrais un inconvénient ?

— Non. Si elle a envie de se mettre à la voile, j'aime autant que ça se passe avec toi.

Elle ne voulait pas donner à Mack de nouvelles raisons de

se rebeller contre son autorité. Et elle aurait au moins l'avantage d'être tranquille au niveau de sa sécurité. Personne ne connaissait la mer mieux que Scott.

— Tu pourrais venir avec nous.

Quelque chose, dans le ton de sa voix, fit battre le cœur de Lauren plus vite.

— Impossible, non. C'est un gros challenge de terminer à temps pour que la Captain's House puisse être proposée à la location cet été.

Au moment même où elle déclinait sa proposition, elle se sentit prise en flagrant délit de lâcheté. Ils savaient l'un et l'autre que son refus n'était pas lié qu'à un manque de temps.

— Comment ça se passe, alors, ce relooking de maison ?

— Le *home staging* est un boulot monstre, mais on avance. On va emménager dans le Sail Loft cet été.

— Et c'est OK pour toi de t'installer là-bas ?

Ce n'était pas OK pour elle, non. Chaque fois qu'elle remettait les pieds dans l'allée bordée de chèvrefeuilles, elle voyait les fesses blanches et velues de son père se soulever et retomber entre une paire de cuisses largement ouvertes. Ces images insistantes la rendaient physiquement malade. Mais elle n'avait pas l'intention de parler de son malaise à sa mère. Dire la vérité, oui. Mais en respectant certaines limites.

Elle sourit, d'un sourire qu'elle sentit peu convaincant.

— Ça ne me pose pas de problème. Le passé est le passé.

Scott ne lui rendit pas son sourire.

— Tu es sûre ? Parce que c'était quand même une grosse phobie pour toi.

— Cela remonte à loin. Et tu as su m'en guérir.

Elle s'interrompit avant que Cal ne revienne et que les détails concernant ses inhibitions sexuelles ne fassent le tour de l'île.

— Une fois que j'aurai fini de réaménager le Sail Loft, ce sera un peu comme une maison neuve. Ma mère l'a vidé mais nous n'avons pas encore commencé à le rendre habitable. Il nous faut une nouvelle cuisine et une cloison dans la chambre à coucher principale.

— Je peux m'occuper de la cuisine, si tu veux.

Elle avait rejeté l'idée lorsque sa sœur avait suggéré de faire appel à Scott parce qu'elle ne souhaitait pas se retrouver dans le même espace que lui. Mais elle réalisait à présent que s'il commençait tout de suite il aurait terminé avant qu'elle soit prête à s'attaquer aux finitions intérieures du Sail Loft.

— Tu aurais le temps de t'en charger ?

— Il faudrait que je jongle un peu avec le boulot ici, mais je devrais pouvoir y arriver.

Elle avait beau être perturbée en ce moment, elle restait capable d'apprécier la générosité du geste.

— C'est immense, ce que tu as fait pour ma mère. Je ne t'ai jamais remercié encore.

— Je ne l'ai pas fait dans l'espoir d'obtenir ta gratitude.

— Tu l'as fait pour quelle raison, alors ?

C'était une question qu'elle n'avait cessé de se poser.

— Ta mère avait besoin d'aide.

Scott avait une réelle affinité avec les gens en situation de souffrance. C'était un trait de sa personnalité qui ne lui facilitait pas la tâche, les rares fois où elle s'efforçait de le haïr.

Elle se demanda pourquoi il n'avait pas perçu la souffrance à laquelle *elle* avait dû faire face en apprenant qu'elle était enceinte.

— Je suis contente que tu aies été présent pour elle, murmura-t-elle. Il y avait tant de choses que je ne comprenais pas chez ma mère. Tant de choses que j'ignorais, aussi. Je regrette qu'elle ne nous ait pas parlé de sa situation plus tôt.

— J'imagine qu'on a tous comme ça des épisodes sur lesquels nous ressentons le besoin de garder le silence.

À qui le disait-il ! De son côté, elle avait conscience de garder encore beaucoup de zones d'ombre.

— Il est temps que je file, Scott.

— Tu as meilleure mine, en tout cas. Et tu as pris un peu de poids depuis la dernière fois que je t'ai vue.

Son regard délaissa son visage pour glisser sur son corps. Elle sentit l'atmosphère se tendre dangereusement.

Il ne l'avait pas touchée et pourtant sa peau se réveillait, comme sous l'effet d'une caresse.

— Tu es en train de me dire que je deviens *curvy* ?

— Je n'irai pas jusque-là. Mais c'est rassurant de penser que tu ne t'envoleras pas à la prochaine bourrasque. Le premier jour, quand je t'ai vue à la descente du ferry, tu m'as fait peur.

— Je venais de perdre mon mari. Puis ma maison, dans la foulée.

Un silence tomba, intense et chargé de tension.

— Il a été un bon compagnon pour toi, Laurie ? Tu l'aimais ?

À dix-huit ans, elle aurait considéré qu'une telle question appelait une réponse binaire de type oui/non. Aujourd'hui, à trente-cinq, elle savait que ce n'était pas si simple et que l'amour se conjuguait sous une variété infinie de formes, d'intensités et de nuances. L'amour qu'elle éprouvait pour sa fille, par exemple, était si viscéral qu'elle savait qu'elle mourrait pour Mack si nécessaire. L'amour pour sa sœur était puissant, lui aussi, et rien ne saurait défaire le lien de complicité qui existait entre elles. Ses sentiments pour sa mère étaient très forts aussi, quoique encore d'une nature différente.

Quant à son amour pour Scott, il avait été d'une espèce rare, frisant l'absolu. Sauvage, passionné, il avait tout consumé sur son passage. Quand elle l'avait connu, toute sa capacité à sentir et à aimer semblait s'était concentrée sur lui. Et elle s'était donnée si entièrement dans cette relation qu'elle avait cru qu'elle resterait à jamais comme une coquille vide lorsque la vie l'avait arrachée à Scott.

Elle était entrée dans le mariage avec Ed d'un pas flottant de somnambule, reconnaissante pour la sécurité qu'il lui offrait. Elle ne l'avait pas aimé, au début, parce que sa passion pour Scott l'avait laissée aride et sèche, comme une terre brûlée, et elle n'avait eu que son amitié à lui offrir. Mais progressivement le processus de guérison s'était enclenché et ses sentiments pour son mari avaient gagné en force et en profondeur.

Son amour pour Ed avait crû doucement, comme une plante fragile qui déployait petit à petit ses feuilles, à force d'arrosages réguliers. Les sentiments qu'elle lui portait n'avaient jamais été du même ordre que ceux que lui inspirait Scott. Mais elle n'aurait pas souhaité vivre une seconde fois un amour aussi ravageur. Retomber dans une relation aussi intense aurait été au-dessus de ses forces.

— J'aimais Ed, oui.

Il releva doucement une mèche de ses cheveux tombée sur ses yeux.

— Tu les portais détachés, avant.

— Je faisais beaucoup de choses avant que je ne fais plus aujourd'hui.

Comme t'aimer, par exemple.

— Il faut que je rentre, Scott.

— Pourquoi tant de hâte ? De quoi as-tu peur, Laurie ?

Elle faillit éclater de rire.

De quoi elle avait peur ? De tout, en fait. Et elle en avait assez, plus qu'assez, de vivre avec cette angoisse au ventre. Elle avait peur depuis que la police avait frappé à sa porte, depuis que Mack avait découvert qui était son père, depuis qu'elle avait appris qu'elle ne possédait plus rien à son nom. Et, qui sait ? Peut-être même avait-elle eu peur bien avant. Peur de ne pas vivre la vie qu'elle aurait souhaité vivre.

Dans un cas comme dans l'autre, elle n'en voulait plus, de ces peurs. Y compris de celle de dire ce qu'elle avait à dire.

— Je suis peut-être dévorée par la trouille, Scott, mais je fais face, même quand je tremble. Toi, tu as fui ta paternité par crainte de mal faire. En tant que victime de l'abandon, tu te disais que tu n'avais pas la fibre parentale requise. Tu avais peur de lui faire faux bond, à cet enfant. Peur de l'abîmer, peur de tout gâcher. Et tes peurs, j'ai essayé de les comprendre. Je me suis dit que tes raisons étaient désintéressées et que tu agissais par grandeur d'âme. Mais au fil des années, je suis parvenue à la conclusion que tes motivations étaient avant tout égoïstes.

Cela lui fit du bien de le dire enfin. Du bien d'arrêter de lui trouver des excuses, de cesser de faire semblant d'accepter quelque chose qu'elle n'avait jamais pu admettre vraiment.

Elle avait soudain une perception accrue des battements accélérés de son cœur, du clapotis léger de l'eau contre le quai. Un oiseau de mer passa au-dessus de leurs têtes avec un cri long et un claquement d'ailes.

Scott mit si longtemps à répondre qu'elle commençait à penser qu'il ne ferait pas de commentaire. Mais il finit par sortir de son silence.

— Je suis parvenu à cette même conclusion il y a longtemps. Bien avant toi, même.

Ce n'était pas du tout ce qu'elle s'attendait à entendre.

— Tu avais peur de devenir père, mais tu crois que j'étais rassurée de mon côté ? J'étais terrifiée aussi, Scott. Et tu m'as laissée seule, dans la panade la plus totale.

Une émotion forte marqua le visage de ce dernier. Il ouvrait la bouche pour parler lorsque son regard se fixa sur un point invisible derrière elle.

— Cal approche, précisa-t-il, sourcils froncés. Ce n'est pas une conversation que je veux poursuivre en public sur ce quai. Viens sur mon bateau.

— Tu m'invites à faire un tour en mer ? Maintenant ?

— Maintenant, oui. J'ai des choses à te dire. Des choses importantes.

L'espace d'un instant, elle fut tentée de le suivre à bord. Elle n'avait plus qu'une envie, soudain : être de nouveau sur l'eau et sentir tanguer le bateau sous ses pieds, le vent dans ses cheveux, *la liberté*. Et revoir Scott à la barre, son bonnet marin enfoncé sur le crâne, les pieds écartés pour maintenir son équilibre. Partir à la voile, ça voulait dire être dans son monde à lui. Rien qu'eux deux.

Mais elle ne pouvait pas se permettre une telle escapade. La proximité de Scott réveillait trop de sensations qu'elle préférait laisser en sommeil. Et rien de ce qu'il pourrait lui dire ne changerait ce qui s'était passé dix-sept ans plus tôt.

— On ne peut pas revenir en arrière, Scott. Ni défaire ce qui a été fait.

— Revenir en arrière, non, mais rien ne nous interdit

d'aller de l'avant. Si cela peut t'aider à prendre ta décision, je te promets de ne pas poser les mains sur toi.

Elle se souvenait avec la plus grande précision de ce que son corps avait éprouvé sous les paumes calleuses de Scott.

La simple pensée de ce qui avait été lui coupa les jambes.

Leurs regards se cherchèrent et la tension dans l'air la suffoqua presque. Elle perçut un mouvement du coin de l'œil et enregistra la présence de Cal qui n'était plus qu'à une trentaine de mètres. Ils n'auraient jamais dû se lancer dans ce genre de conversation alors qu'ils savaient qu'ils allaient être interrompus d'un instant à l'autre.

Elle réalisa en sursaut où ses pensées étaient en train de la mener.

Cette conversation, ils n'auraient pas dû l'avoir *du tout.*

— Mon mari vient de mourir, Scott. Et que tu veuilles le croire ou non, je l'aimais.

Avant qu'il puisse répondre, Cal s'interposa, l'air gêné.

— Euh... voilà les cafés, *boss.*

Il fourra d'office les deux gobelets entre les mains de Scott, puis il la gratifia d'un timide sourire et disparut derrière le bateau sur cales, hors de portée de voix.

Scott lui tendit un des cafés.

— Si tu changes d'avis pour le tour à la voile, n'hésite pas.

La tentation était là, jouant avec ses nerfs. Elle se campa plus fermement sur le sol et la tension diminua suffisamment pour qu'elle parvienne à contrôler sa vertigineuse attirance sexuelle.

— Je ne changerai pas d'avis.

— Tu n'avais peur ni de tes sentiments, ni de ta sexualité, avant.

— Tu sais comme moi où les deux m'ont menée. J'ai appris à leur imposer silence.

Son gobelet de café toujours à la main, elle se détourna et reprit le chemin de la plage.

Chapitre 25

Mack

Bravoure : courage, audace ou témérité.

Mack garda les yeux rivés au sol en entrant dans la cantine. C'était un peu, chaque fois, comme plonger dans une piscine remplie de requins.

Salut, les squales. Bon appétit.

Elle prit son plateau-repas et se dirigea vers une table vide, en espérant avoir l'air de quelqu'un qui mange seule par choix et non pas parce qu'une sentence d'exclusion était tombée sur sa personne.

Du coin de l'œil, elle nota que Kennedy l'observait. La reine des populaires murmura quelque chose à l'oreille de la fille assise à côté d'elle, puis se leva, l'air déterminé.

Et merde. L'estomac de Mack se noua.

Lorsque Kennedy se dirigea droit sur elle, elle fut à deux doigts de prendre son sandwich et de quitter la salle. Mais elle se concentra de toutes ses forces sur ce que Scott lui avait dit un jour. « Un ami, c'est quelqu'un qui te soutient et prend tes intérêts à cœur. »

— Salut, Kennedy.

Elle lui décocha un sourire que la star du bahut ne daigna pas lui rendre. Kennedy posa les deux mains à plat sur la table et se pencha sur elle, le regard dur.

— Alors ? Ça donne quoi, de traîner avec les *no-life* ?

Les *no-life*… C'était le terme dont on désignait les geeks du club de codage. L'atelier bihebdomadaire avait lieu dans la salle d'informatique à l'autre extrémité du lycée. La première fois que Mack s'y était risquée, elle avait failli faire demi-tour et ressortir.

Derrière la porte close, elle avait trouvé dix mecs agglutinés autour d'un PC, très occupés à se bouffer le nez à cause d'un truc qu'ils appelaient « Java ». Pour Mack, c'était une île en Indonésie, mais apparemment, il s'agissait aussi d'un langage de programmation.

Elle s'était sentie parachutée en terre étrangère sans même un dictionnaire pour lui venir en aide. Prudente, elle avait opéré une retraite express vers la porte, persuadée d'avoir loupé le panneau « Interdit aux filles » qui devait forcément être affiché quelque part. Mais elle ne vit rien de la sorte et, avant d'avoir pu regagner la sécurité du couloir, elle s'était trouvée face à Sam.

— Ah tiens, salut ! C'est sympa de passer nous voir !

Il souriait comme s'il était vraiment content qu'elle soit là. Mack avait vu si peu de têtes amicales depuis qu'elle était arrivée dans ce bahut qu'elle ne put s'empêcher de lui rendre son sourire.

— Salut.

— Je sais que tu t'appelles Mack. Des fois, je te vois au chantier naval avec Scott.

Le « Oui, c'est mon père » était sur le bout de sa langue. Mais elle se dit qu'il valait mieux éviter de prendre le moindre risque. Rien ne prouvait, après tout, que Sam avait une opinion positive de Scott.

— Ouais, c'est un peu un ami de la famille.

Sa mère aurait-elle piqué une crise si elle l'avait entendue dire ça ? Elle n'avait pas la moindre idée du statut officiel qu'occupait Scott aux yeux du clan Stewart. Tout ce qu'elle savait, c'était qu'elle était contente qu'il soit là. Depuis qu'il l'avait emmenée sur son bateau, elle avait pris l'habitude de traîner un moment au port en sortant du lycée et de lui filer un coup de main sur le chantier naval. Par commodité, elle laissait en permanence un vieux jean et un T-shirt dans ses locaux.

— Il est cool, Scott. C'est lui qui a réparé le bateau de mon père.

Sam se frotta le crâne.

— Tu voulais demander quelque chose ?

— Il faut que je crée un site web, en fait. J'ai pensé que ça pouvait être l'occasion d'apprendre à coder, balbutia Mack, intimidée. On est bien à l'atelier de codage, ici, c'est ça ?

Sam la regarda fixement sans répondre. Elle lui agita la main devant les yeux.

— Hou hou ? Club de Codage ? Les mardis et les jeudis ?

— Désolé. On n'a pas encore vu trop de filles qui voulaient coder jusqu'à présent.

— Combien ?

— Tu es la première... Mais c'est cool, se hâta-t-il d'ajouter. C'est même hyper positif que tu sois là.

Mack ne jugeait pas sa situation cool et encore moins « hyper positive ». Se retrouver en minorité ne la dérangeait pas, mais de là à être la seule fille ?

— Il vaut mieux que je laisse tomber, je crois.

— Hé, attends ! On est content que les filles aussi se mettent au codage. Ça va arriver de plus en plus, d'ailleurs. L'électronique, c'est l'avenir, et il y a une énorme disparité homme/femme dans ce domaine, ce qui est absurde et injustifié. Coder va bientôt faire partie des apprentissages de base, autant que la lecture et l'écriture. Tu ne t'imaginerais pas vivre dans un monde où tu n'aurais pas appris à lire, par exemple ?

Mack s'aplatit contre le mur, vaguement mal à l'aise face à ce vigoureux assaut de prosélytisme.

— Eh bien, en fait...

— Oui, voilà. Exactement. Lire est une compétence que tout le monde devrait pouvoir maîtriser et mettre en pratique. Ça te donne accès à des opportunités fantastiques. Eh bien, le codage, c'est pareil. La technologie est partout. Tu n'as pas envie de t'embarquer avec nous, au lieu de rester sur le quai et de regarder le train passer ?

Faire partie d'un petit groupe soudé animé par un but commun ? Elle en rêvait.

Elle n'avait pas de potes au lycée et, à la maison, ça restait assez tendu. Sa mère passait ses journées à coudre et à retapisser. Sans parler de tous les drames successifs qui leur étaient tombés sur la tête. Mack estimait qu'elle avait déjà sa dose de difficultés persos à gérer et que sa vie était suffisamment merdique comme ça, sans qu'elle se mêle en plus des tragédies des autres. Parfois elle s'attardait quelques minutes à la cuisine, éludant des questions du type « Alors, c'était comment, au lycée ? » (réponse : « Nul, comme dab. ») Mais la plupart du temps, elle montait droit dans sa chambre et restait assise sur son lit à tapoter sur son téléphone ou à regarder par la fenêtre.

Ça lui manquait de ne plus pouvoir parler de tout avec sa mère, comme avant.

Au fond, ce dont elle avait le plus besoin, c'était de se sentir intégrée quelque part avec d'autres de son âge.

— OK. Je réfléchis et je te donnerai ma réponse.

— Si tu repars maintenant, tu vas trouver mille raisons pour ne pas revenir. Par contre, si tu t'inscris, d'autres filles pourraient suivre.

Mack se demanda s'il serait judicieux de lui préciser que son spectre d'influence au lycée n'était pas du genre spectaculaire. La plupart du temps, elle mangeait son sandwich en solo à la cafétéria. Le nombre de personnes disposées à passer du temps avec elle tournait entre zéro et zéro. Si elle était un exemple pour qui que ce soit, ses suiveurs étaient bien cachés. Pour trouver moins « influenceuse » qu'elle, il aurait fallu se lever de bonne heure.

Erreur critique, Mack. Tu n'aurais jamais dû te pointer dans cet atelier. Un choix malencontreux de plus, parmi toutes les initiatives pourries qu'elle prenait ces derniers temps. Ça aurait été aussi simple d'apprendre à créer un site web avec un tutoriel sur YouTube.

— Désolée, mais je crois que coder ce n'est pas pour moi.

— Juste *un* essai, alors. Reste aujourd'hui et si ça ne te plaît pas, je te promets de ne plus jamais insister.

— On pourrait s'attaquer à mon site web ?

— Pas aujourd'hui.

— Ah bon ?

— Si je ne dispose que d'une seule séance pour te convaincre, ce serait bête de l'utiliser pour une construction de site.

— Mais...

— Même si tu décides de ne pas revenir, je t'aiderai à le faire, ton site. Ce n'est pas compliqué. Aujourd'hui, on a prévu un truc qui pourrait t'intéresser, tu vas voir.

Mack jeta un coup d'œil aux jeunes tassés devant l'écran.

— Quoi ?

— Ça veut dire que tu restes ?

Qu'est-ce qu'elle risquait, après tout ?

Sam avait sa sincérité pour lui. Il était à fond dans ce qu'il faisait et il y croyait. Lui au moins n'essayait pas de lui fourrer une bière dans la main et sa langue au fond de la bouche.

— Bon, OK. Juste un essai.

— Cool. Viens voir.

Ce fut tout juste s'il ne la traîna pas de force de l'autre côté de la salle, comme s'il avait peur qu'elle change d'avis.

— Les gars, je vous présente Mack. Allez, bougez-vous. Faites-lui un peu de place.

Les garçons se poussèrent maladroitement et elle se trouva face à un écran couvert de lettres et de symboles hermétiques.

Elle n'avait aucune idée de ce que ça voulait dire. Encore un coup à passer pour une idiote. Ils allaient tous lui rire au nez et elle se retrouverait encore plus seule qu'avant.

Elle était bonne en maths, mais ce truc-là n'avait rien à voir avec l'arithmétique.

Sam lui dégotta une chaise.

— Assieds-toi. Je vais te montrer un truc.

Ses doigts coururent sur les touches et des lignes d'un code incompréhensible envahirent l'écran. Puis il appuya sur « Enter » et un robot sur le bureau s'avança dans leur direction.

Mack se mit à rire.

— Non, sérieux ? C'est toi qui lui as fait faire ça ?

— Je peux le programmer pour qu'il t'apporte la télécommande. Ou ton téléphone. Tout ce que tu voudras.

Et une nouvelle vie, ce serait possible ? Tu peux le programmer pour qu'il me fournisse ça ?

— C'est cool. C'est ça que vous faites alors, quand vous codez ?

— On fait de tout. Parfois on bosse sur une appli, parfois on crée un nouveau jeu. On a aussi fait du hacking soft — « en chapeau blanc », comme on dit.

— Du *hacking* ?

— T'inquiète. On ne se met pas hors la loi. Mais aujourd'hui, je vais t'apprendre à programmer ce robot pour qu'il t'apporte quelque chose. Après ça, on pourra parler de ton site web.

Cet épisode remontait déjà à plusieurs semaines.

Depuis, Mack était devenue une fidèle de l'atelier codage. Elle connaissait tous les membres par leur nom, maintenant. Il y avait Tyler dont la plus jeune sœur avait sa tante Jenna comme instit, Max qui se trouvait plus nul que nul en anglais (Mack avait promis de l'aider s'il lui donnait un coup de main à son tour pour la rotation des photos sur son site) mais qui était capable de programmer tout ce qu'il voulait. Curtis, Bradley, Sam — ils étaient tous devenus sa bande.

Mieux que cela, elle les considérait comme ses amis — des vrais — et elle adorait le club.

Même Sam avait été surpris de la voir s'impliquer autant.

— Je n'étais pas trop sûr que tu reviennes après la première fois.

— Je ne m'y attendais pas non plus, mais maintenant je suis accro.

Il sourit.

— La plupart des gens ne le réalisent pas encore, mais les programmeurs informatiques sont les maîtres du monde.

Elle commençait à le croire.

À l'atelier, elle ressentait une motivation qui n'était jamais au rendez-vous lorsqu'elle assistait à un cours de maths ou de géo.

Avec l'électronique, on pouvait changer le monde. Peut-être qu'elle travaillerait un jour pour la NASA ? Elle était tellement émerveillée de découvrir tout ce qu'on pouvait faire avec un ordinateur qu'elle voulait apprendre encore et encore et encore.

Mais ses amis et elle étaient avant tout des êtres humains et des ados comme les autres. Pas des geeks fermés dans leur bulle. Ils étaient bien plus ouverts sur le monde qu'une fille comme Kennedy, par exemple.

Malheureusement, ses potes de l'atelier s'aventuraient rarement au réfectoire à midi, si bien qu'elle continuait à déjeuner seule.

Mack se força à affronter le regard de son ennemie.

Elle avait les paumes moites et son cœur lui martelait la poitrine.

— Des *no-life* ? Je n'en connais aucun. J'ai juste une bande de potes que je kiffe.

Kennedy s'adressa à elle d'un ton exagérément patient et protecteur.

— Ecoute, Mack, tu es nouvelle ici et tu viens de perdre ton père. Donc je te redonne une chance et je t'explique : tu n'as peut-être pas encore imprimé que les boutonneux avec qui tu traînes sont des geeks. *Personne* ne leur adresse la parole ici. Et quand je dis personne, c'est personne.

— J'avais remarqué ça, oui.

Et si elle programmait un robot pour qu'il baffe Kennedy ?

La reine du cool pinça les lèvres.

— Tu réalises les conséquences pour toi si tu continues à t'afficher avec ces losers ?

Mack regarda Kennedy droit en face. Et constata qu'elle avait une couche de fond de teint si épaisse qu'elle avait dû s'en tartiner autant que du beurre sur son pain.

De si près, elle découvrait les irrégularités et les défauts de peau que la plus populaire des populaires devait passer des heures le matin à dissimuler.

Ni Kennedy ni personne, au fond, n'était aussi supérieurement bien dans sa peau qu'il ou elle voulait en donner l'impression.

Elle se leva de façon à se retrouver les yeux dans les yeux avec l'adversaire. Les mains en appui sur la table au cas où ses jambes tremblantes la lâcheraient.

— Les conséquences pour moi ? C'est que je me suis fait des potes, tu vois. Mieux que ça, même, de *vrais* amis.

— Trop mignon.

Kennedy émit un rire bref.

— Donc à la base, tu es une geekette. Je suis explosée de rire.

Mack découvrit que ses jambes ne tremblaient plus.

— Je suis une fille qui sait coder. Et tu sais ce que cela fait de moi, Kennedy ? Quelqu'un qui a de la matière grise dans le cerveau et qui sait s'en servir. Voilà ce que je suis.

Chapitre 26

Nancy

Détermination : le sentiment d'avoir un but précis et d'être résolu à l'atteindre.

À soixante-sept ans, la vie de Nancy prenait soudain une nouvelle tournure, très différente de ce que les cinq dernières années avaient pu laisser présager.

Encouragée par Lauren, elle avait pris rendez-vous avec une agence spécialisée dans la location de biens immobiliers de prestige. Lauren l'avait accompagnée et elle avait été impressionnée par l'assurance et l'acuité professionnelle de sa fille.

De son côté, Nancy établissait aussi des listes de démarches à entreprendre et de personnes à contacter. Son réseau étendu sur l'île se révélait être un grand avantage. Même lorsqu'elle ne connaissait pas personnellement l'interlocuteur qu'elle souhaitait rencontrer, elle savait toujours au moins par qui passer pour l'atteindre.

Elle se réveillait le matin dans un état étrange et se sentait poussée hors du lit par un élan inconnu.

De l'enthousiasme, finit-elle par comprendre. Une attente heureuse de l'avenir. La sensation était récente. Et si fragile encore qu'elle peinait à l'identifier.

Elle ne se sentait plus comme un passager à bord de sa propre vie, cramponnée à l'arrière d'un véhicule en fuite. Elle était de nouveau au volant et roulait toit ouvert, avec le vent dans les cheveux. Il lui restait juste encore un problème personnel à régler, mais elle ne se sentait pas prête à l'affronter tout de suite.

Fredonnant tout bas, elle fit le tour de la maison, pièce par pièce, pour lister avec Lauren ce qu'il leur restait encore à faire. Ensemble, elles avaient déshabillé la Captain's House pour la rhabiller avec des vêtements neufs. Il n'avait pas fallu longtemps à Nancy pour s'apercevoir que sa fille avait hérité de son sens aigu des couleurs.

C'était Lauren qui avait eu l'idée d'associer des bleu cobalt profonds avec des nuances plus méditerranéennes. À chaque pièce, elle avait donné une personnalité distincte en ajoutant des éléments originaux, comme d'élégants motifs côtiers, des bois flottés aux formes détonnantes ou d'élégants bouquets secs aux compositions inattendues. Certains de ces éléments de décoration avaient été bon marché, d'autres n'avaient même rien coûté du tout. Et les uns et les autres s'harmonisaient de façon surprenante. Le résultat, c'était une grande demeure d'antan perchée au-dessus des flots dont l'atmosphère intérieure faisait écho au paysage marin.

Lauren avait consacré beaucoup d'efforts à l'une des grandes pièces communes du rez-de-chaussée, celle qu'ils avaient toujours appelée la « garden room ».

Son premier réflexe avait été d'arracher les vieux rideaux aux couleurs fanées et de faire briller les vitres pour laisser entrer un maximum de lumière.

— Qu'est-ce que ça agrandit la pièce, commenta Nancy, venue admirer le résultat. Cela faisait une éternité que ces vieux machins prenaient la poussière en bouffant un maximum de lumière. Je voulais déjà m'en débarrasser depuis un moment, mais Tom disait que le soleil direct abîmerait les meubles et les tableaux.

Lauren disposait des coquillages et des galets dans un grand vase en verre.

— Papa est mort, maman. Tu peux faire tout ce que tu veux.

Tout ce qu'elle voulait.

La pensée l'excitait et la terrifiait tour à tour. Et sa fille, réalisa-t-elle, était dans la même situation.

— Toi aussi, tu peux faire ce que tu veux, maintenant.

— Pas tout à fait, non.

Lauren plaça le vase aux coquillages sur une table basse.

— Je dois avant tout tenir compte de Mack dans mes choix.

D'instinct, Lauren mettait la priorité sur sa fille. *Et moi ?* songea Nancy. Aurait-elle vécu sa maternité différemment si ça avait été à refaire ?

— Tu es une mère comme on en rêve, Lauren.

Le sourire de sa fille était las.

— Je suis sûre que Mack te soutiendrait le contraire.

— Les enfants ne sont jamais d'accord avec leurs parents. C'est très cyclique, tout ça. Quand tu es jeune, tu te jures que t'y prendras autrement que tes parents quand tu auras des enfants à ton tour. Et puis tu tombes tête la première dans des erreurs inverses aux leurs. Quoi qu'il en soit, tu es, sans l'ombre d'un doute, une bien meilleure mère que je ne l'ai été.

Nancy se tut un instant. Pourquoi avait-elle tant de mal à aborder ces sujets ? Peut-être parce que sa propre mère était morte alors qu'elle n'était encore qu'une enfant. Et qu'il aurait été impensable de parler de quoi que ce soit avec sa vieille grand-mère.

— Je suis désolée d'avoir été une mère distante pour vous. Désolée que vous n'ayez pas pu me parler de la scène que vous avez surprise au Sail Loft. Désolée aussi que tu n'aies pas pu te tourner vers moi lorsque tu as découvert à dix-huit ans que tu étais enceinte.

Lauren ajouta un coquillage supplémentaire à la collection.

— Tu n'as pas à te sentir coupable, maman. J'aurais préféré que tu nous parles des difficultés dans lesquelles tu te débats depuis des années.

— Je pensais qu'à défaut d'être une mère proche de vous protéger l'image positive que vous aviez de votre père était le meilleur service que je vous pouvais vous rendre.

Lauren prit une profonde inspiration.

— Si seulement on avait eu la moindre idée de ce que tu ressentais, à l'époque. Mais tu te mêlais si rarement à nos jeux… Avec Jenna, on croyait que notre compagnie te barbait et que tu préférais de loin celle de tes toiles. En fait, on ne voyait les choses que par rapport à notre petit contexte personnel. Tu étais notre maman. Je ne voyais pas la femme blessée qui se cachait derrière la fonction maternelle. Et je n'avais aucune conscience des sacrifices auxquels tu consentais pour nous.

— Je doute qu'il y ait beaucoup d'enfants qui aient conscience de ces choses-là.

Nancy en avait les bras qui faisaient mal tellement elle avait envie de serrer Lauren contre elle. Mais elle ne savait pas si c'était la chose à faire ou non.

Dans la famille, c'était Jenna la câline, la tactile. Lauren avait toujours été plus réservée.

Obéissait-elle encore à son vieux réflexe de se protéger du rejet en s'interdisant de prendre Lauren dans ses bras ?

Peut-être.

Elle aurait aimé savoir si le geste était possible, pourtant. Elle voulait connaître enfin sa fille.

Lauren tourna les yeux vers la fenêtre.

— Un de mes plus beaux souvenirs d'enfance remonte à la période où j'étais au lit avec la varicelle. Tu t'en souviens ?

— Tu étais malheureuse comme les pierres d'avoir ces boutons qui te démangeaient de partout. Comment peux-tu en garder un bon souvenir ?

— Parce que tu venais t'asseoir un long moment près de moi. Papa, il ne s'intéressait à nous que si on était en état de courir partout et de faire des trucs de fous. Quand on était malades, il ne nous voyait même plus. Mais toi, tu arrivais avec du papier et des pastels et on dessinait et on coloriait ensemble. Je me rappelle que tu m'avais appris à dessiner un chat.

— Je m'en souviens très bien, oui.

Nancy sentait les larmes lui brûler les yeux. Comme on pouvait se tromper parfois sur les sentiments que l'on attribuait à ses enfants !

— Je pensais que tout ce que tu retiendrais de ton enfance ce seraient les moments passés avec ton père.

— Pas seulement, non.

Lauren s'installa sur le canapé et reprit le couvre-lit qu'elle confectionnait. Chaque fois que Nancy la voyait, sa fille était occupée à coudre quelque chose.

— Tu as l'impression de t'en sortir à peu près, Lauren ? Je ne parle pas de la décoration de la maison, mais du reste.

— Ça va déjà mieux dans l'ensemble, merci.

Elle aurait pu en rester là. Il y avait peu encore, l'idée d'insister ne lui aurait même pas traversé l'esprit. Mais ça, c'était avant.

Armée d'une détermination nouvelle, Nancy s'enhardit jusqu'à poser la main sur l'épaule de sa fille.

— Dis-moi comment tu te sens *vraiment*, Lauren.

Celle-ci cessa de manier l'aiguille.

— J'ai des hauts et des bas. Parfois, c'est un peu comme si tous ces événements concernaient quelqu'un d'autre. Je suis là, en dehors, et je regarde ma vie en spectatrice.

— Tu dois être en colère.

Elle se souvenait de la rage qu'elle avait elle-même ressentie. Comme si des flammes l'avaient dévorée de l'intérieur.

— Parce qu'il m'a laissée sans rien, tu veux dire ?

Lauren enfonça violemment l'aiguille dans le tissu.

— Je suis en colère, oui, mais plus à cause de son silence que de cette merde noire financière en elle-même. Quand on avait décidé de se marier, on s'était juré de ne jamais se mentir. Notre franchise l'un envers l'autre, c'était la seule chose vraie que nous partagions.

— Tu étais amoureuse de Scott, mais tu as épousé Ed.

Même si elle ne s'était jamais considérée comme quelqu'un de romantique, cette pensée torturait Nancy.

— La vie ne nous offre pas toujours des choix simples, mama.

Mama.

La gorge de Nancy se noua. Ce terme d'affection, elle ne l'avait entendu qu'au tout début, lorsque Lauren avait commencé à parler. À trois ans, elle avait été une petite fille pétillante et bourrée de vitalité. « Mama ! Regarde-moi ! » À quel moment ce lien privilégié entre elles s'était-il dissous ?

— Cela m'attriste que tu n'aies pas osé me parler de Scott ni de ta grossesse.

— Je n'en ai parlé à personne. Même pas à Jenna. Le seul à qui je pouvais vraiment tout, tout dire, dans ma vie, c'était Scott.

Elle mesura une nouvelle longueur de fil.

— Tu dois te demander comment j'ai pu tomber amoureuse de lui ?

Nancy secoua la tête. À cette question-là, au moins, il lui était facile de répondre.

— Cela ne me surprend pas, non. C'est quelqu'un qui a souffert — quelqu'un de compliqué, aussi. Mais la façon dont il a traversé cette enfance terrible qui a été la sienne pour devenir l'homme qu'il est aujourd'hui…

Elle s'interrompit pour chercher ses mots.

— Son parcours témoigne d'une force intérieure. Une sacrée force, même. Et c'est un homme d'une grande intégrité. Tu as peut-être perçu en lui des qualités qui étaient absentes chez ton père.

— La plupart des gens de l'île disaient pis que pendre de Scott.

— L'être humain, comme tu l'as découvert très tôt dans la vie, est loin d'être parfait. Scott ne se plie à aucune convention sociale. Comme il ne se conforme à rien, il a tendance à surprendre. Mais au lieu de respecter sa différence, nous avons été suspicieux et excluants.

— Les autres, oui. Mais pas toi.

Lauren tira sur son aiguille.

— Après cette folle traversée en bateau, vous êtes devenus amis, Scott et toi ? Vous vous êtes revus par la suite ?

— Un lien s'est créé entre nous, c'est sûr. De là à parler d'une amitié…

Mais quel autre nom donner à ce qui s'était forgé entre eux ? Elle songea à ses « amies » du cercle de lecture. À Alice.

— En même temps, Scott a toujours répondu présent quand j'ai eu besoin de lui et il ne m'a jamais déçue ni trahie. Si ce n'est pas de l'amitié, qu'est-ce que c'est ? On se voyait de temps en temps. Lorsqu'il était présent sur l'île, il venait parfois faire des travaux ici. Il est habile, plus que compétent, et j'ai une entière confiance en lui. Ce qui n'a pas toujours été le cas pour certaines personnes qui venaient ici par le passé. Je sais qu'il refuserait de le croire, mais Scott ferait un bon père.

— C'est ce que je pensais aussi… Mack lui confie pas mal de choses, d'ailleurs, ajouta Lauren après une légère hésitation.

Nancy dissimula sa surprise.

— Elle t'a dit ça ?

— C'est par lui que je le sais. Pas par Mack. Ma fille ne m'adresse que rarement la parole. Même si elle me tient sommairement informée de ses faits et gestes, depuis quelque temps.

Nancy aurait tellement voulu aider Lauren. Mais elle avait peur de ne pas trouver les bons mots et d'abîmer le lien encore si neuf, si fragile qui se tissait entre elles.

— Et ça te fait quoi qu'elle voie Scott régulièrement ?

— Je ne sais pas…

Lauren se leva pour s'avancer vers la fenêtre.

— Au début, ça me révoltait qu'elle lui parle à lui et pas à moi. Mais maintenant, je suis surtout soulagée qu'il y ait un adulte dans la vie de Mack qui puisse l'accompagner de loin, la soutenir dans ses questionnements. Il n'empêche que je suis rongée par la nostalgie de nos conversations. À Londres, on s'installait dans la cuisine pendant qu'elle goûtait et elle me parlait du lycée, de ses copines, de ses projets. C'est dur de ne plus savoir ce qu'elle vit, ce qu'elle pense, ce qu'elle redoute et ce qu'elle aime. Et puis on riait tellement ensemble… J'ai toujours considéré que nous étions vraiment très proches, Mack et moi.

— Une telle proximité ne disparaît pas comme ça. Vous vous retrouverez, toutes les deux.

— Tu crois ?

— J'en suis persuadée. Et en attendant, si tu as besoin d'une oreille attentive, je suis là.

Lauren tourna les yeux vers elle et Nancy vit de l'étonnement dans son regard.

— Merci, maman. Mais toi ? Tu en es où ? On te bouscule pas mal, en ce moment. Ta maison est transformée, et tous les jours tu jettes des tonnes d'affaires que tu comptais garder jusqu'à la fin des temps. Comment vis-tu tous ces bouleversements ?

Comment elle les vivait ?

Nancy contempla sa *garden room* refaite à neuf.

Elle tiendrait ses réunions du club de lecture ici, désormais, décida-t-elle sur une impulsion. Du moins, jusqu'à ce qu'elles quittent la maison pour l'été. D'habitude, elle recevait dans sa cuisine, mais cette pièce était devenue si claire et lumineuse ! À présent que les beaux jours revenaient, les fenêtres ouvertes laisseraient entrer les odeurs mêlées de fleurs et d'océan. Ce serait un endroit merveilleux pour accueillir des amis, et savourer le plaisir du vin et de la conversation.

— Pour moi, c'est un véritable cadeau du destin, tous ces changements. Et c'est grâce à toi et à Jenna. La maison a changé d'âme et je me sens excitée comme une adolescente.

— Être ado, ce n'est pas la joie et l'enthousiasme tous les jours, Grams.

Mack déboula dans la pièce avec son ordinateur portable sous le bras et son téléphone à la main.

— Il ne faut pas croire qu'on passe nos journées à nous éclater, nous les jeunes. Si tu as cinq minutes, j'aurai quelque chose à te montrer.

Le regard de Mack brillait et il y avait dans son pas quelque chose de dansant que Nancy n'avait jamais remarqué auparavant.

C'était la première fois que sa petite-fille ne se précipitait pas dans sa chambre tout de suite en rentrant du lycée.

Un progrès ? Nancy jeta un coup d'œil à Lauren et vit la tension qui rigidifiait le corps mince de sa fille. Elle n'était pas la seule, de toute évidence, à avoir très peur de mal dire ou de mal faire avec son enfant.

Nancy suspectait Lauren d'être devenue prudente avec Mack au point d'avoir perdu presque toute sa spontanéité. Lauren avait pourtant été une vraie cascadeuse, enfant, s'il fallait en croire Jenna qui avait traversé mille angoisses à cause de sa sœur. Où était-elle donc passée, la casse-cou, l'aventureuse, la rebelle ?

Sa grossesse à dix-huit ans avait modifié la personnalité de Lauren. Mais de nouveaux changements en sens contraire pouvaient survenir.

Si Lauren avait été aventureuse un jour, elle avait des chances de le redevenir.

Nancy sourit à Mack.

— J'ai très envie de voir le site web, mais à condition qu'aucune prouesse technologique ne soit exigée de ma personne. Tu sais que je ne suis même pas capable de faire fonctionner l'imprimante.

— C'est juste parce qu'elle n'était pas connectée sur le réseau wi-fi, Grams ! Mais j'ai arrangé le truc. Tu as juste à appuyer sur « Imprimer » et ça devrait marcher tout seul.

Les doigts de Mack volèrent sur les touches, puis elle lui tendit son ordinateur.

— Alors ? T'en dis quoi ?

La question était posée avec désinvolture, mais Nancy sentait sa petite-fille vibrer d'attente et de fierté. Elle se posa sur le canapé que sa fille avait entièrement retapissé avec un très beau tissu à rayures bleu pâle, et cala l'ordinateur sur ses genoux. Ce qu'elle vit lui coupa le souffle. Là, en haut de l'écran, apparaissait sa maison tant aimée dans un océan de fleurs dont les grappes mauves et roses se détachaient sur le bois blanc de la façade. Les mots « La Captain's House » étaient mis en valeur par une très belle typographie, sobre, moderne et d'inspiration marine.

— Oh Mack… Tu l'as trouvée où, cette photo ?

Des souvenirs remontaient, la prenaient à la gorge.

— C'est maman qui l'avait prise, il y a déjà longtemps. Elle est classe, hein ? Je l'ai bidouillée un peu avec Photoshop.

— Dans un magasin de photos, tu veux dire ?

Mack sourit.

— Photoshop, c'est un logiciel de retouche, pour retravailler les photos. Y a un des gars de l'atelier de codage qui m'a appris à faire pas mal de trucs — y compris des montages. Je peux mettre ta tête sur un corps de licorne, si ça t'intéresse.

Nancy se mit à rire.

— Une autre fois, peut-être ?

Elle reporta son attention sur l'écran. La photo à elle seule était incroyablement incitative. Qui ne serait pas tombé amoureux en la voyant ? Cette belle et vieille demeure qui avait conquis son cœur aurait le même effet sur d'autres. Comment ne pas comprendre, en regardant ce cliché, qu'il lui ait été si difficile de se résoudre à se défaire de la maison ancestrale ?

— Le ciel est d'un bleu !

Mack haussa les épaules.

— J'ai ajouté quelques filtres pour accentuer les contrastes de couleur.

— Bravo à toi, Mack ! Lauren, tu peux venir voir un instant ? La maison fait rêver, sur cette photo.

Lauren se pencha sur son épaule.

— Ouah, Mack ! C'est superbe.

Elle se pencha pour pianoter sur le clavier.

— Il paraît quasi professionnel, ce site. C'est toi qui as fait ça ?

— Oui, c'est moi

Mack eut un petit haussement d'épaules, comme pour minimiser la portée de son exploit. Mais elles avaient conscience, toutes les trois, de la somme de travail qu'avait représenté la création du site.

Nancy ajouta un nouveau compliment sur la pile.

— Je suis vraiment impressionnée. Ça donne envie de louer la Captain's House sur-le-champ. Les photos sont de grande qualité et on sent que tu as une vraie sensibilité artistique. Tu es une Stewart pure et dure, ma chérie, il n'y a aucun doute là-dessus.

Ainsi Mack avait, elle aussi, hérité de son talent artistique. À chaque génération, il se manifestait sous une forme différente.

— Je suis aussi à moitié Rhodes, Grams.

Nancy tourna les yeux vers elle et sourit.

— C'est vrai, ma chérie. Tu as montré le site à Scott ?

— Il m'a aidée à le construire.

Mack coula un regard prudent du côté de Lauren.

— Il s'y connaît un peu en informatique. Je voulais lui demander son avis.

Le cœur de Nancy se serra pour Lauren. Elle avait toujours eu une haute opinion de Scott, mais il n'en était pas moins parti en laissant sa fille enceinte se débrouiller seule.

Si elle avait su ce qui s'était passé, aurait-elle quand même fait appel à lui, il y a cinq ans ?

Probablement, oui. Dans l'état où elle se trouvait le soir de l'ouragan, elle aurait demandé de l'aide au diable en personne. Mais la réelle affection qu'elle éprouvait pour Scott ne l'empêchait pas de comprendre à quel point la situation actuelle était difficile pour Lauren.

Nancy hésita, la main sur la souris.

— Si je clique sur l'onglet « Chambres », je provoque un désastre majeur ?

Mack éclata de rire.

— Pas du tout. Tu peux y aller.

Nancy cliqua.

— « Nuage de mer » ?

— J'ai donné des noms aux chambres pour les individualiser. Vous pourrez les changer, bien sûr. Sur la plupart des sites, c'est juste « chambre parents », « enfants » ou « double ». Mais je trouve que ça ne fait pas très envie.

— Je suis d'accord avec toi. C'est impersonnel. Et j'adore « Nuage de mer ».

Nancy dénicha ses lunettes sur la table et scruta l'écran.

— Ah, tu as utilisé des termes marins. La « Suite Timonier », c'est pour la chambre à coucher de maître. Excellente idée. Et c'est toi qui as pris les photos ? Chapeau. Toutes les chambres sont mises en valeur.

— Oh ! pour les photos, ce n'était pas difficile de les réussir.

Les chambres sont magnifiques depuis que vous les avez refaites. Normal. Maman est trop douée, pour la déco.

Nancy vit Lauren rougir sous le compliment aussi chaleureux qu'inattendu.

— Merci, Mack.

Nancy explora le reste du site et repassa l'ordinateur à sa petite-fille.

— C'est du travail de pro. Je suis admirative.

— J'ai aussi ouvert une page Facebook. On postera des photos des petits plats de Jenna. Il n'y a rien de tel qu'une assiette de cupcakes pour donner envie d'emménager dans une maison. Et je prendrai l'océan vu du jardin. J'ajouterai des vidéos d'endroits intéressants à visiter dans les parages.

— Bonne idée. Tant que tu n'attends pas de moi que j'alimente le site. Je suis trop vieille pour Facebook.

— Je pense que tu te trompes, mais une chose à la fois. Nous avons aussi notre compte Instagram. J'ai déjà mis quelques photos.

— Instagram ? Connais pas.

— C'est une appli, Grams.

Mack sortit son téléphone de sa poche pour lui montrer.

Nancy sourit. Elle se sentait gonflée à bloc, depuis le début des travaux, mais elle en connaissait une autre dans la famille. La Captain's House devenait une obsession partagée sur trois générations.

— Maintenant qu'elle est presque terminée, tu pourrais ajouter quelques photos de cette pièce.

Mack se leva et mitrailla la *garden room* avec son téléphone.

— Cette maison, elle a vraiment quelque chose. Si j'habitais ici pour de bon, je n'aurais plus jamais envie de m'en aller, je crois.

Lauren avait donné le vieux mobilier en rotin et l'avait remplacé par des canapés profonds et confortables qu'elle avait rachetés à un petit hôtel de luxe qui fermait ses portes. Les housses étaient tachées mais elle les avait remplacées, cousant jusque tard dans la nuit, soir après soir.

Elle avait mis au rebut le tapis qui avait connu des jours meilleurs, poncé et verni les lambris et dégotté un très beau tapis dans une salle de vente solidaire.

Des bols en terre cuite avec des coquillages et une profusion de plantes vertes et fleuries donnaient une impression de continuité entre extérieur et intérieur.

Nancy n'aurait jamais pensé que la maison où elle avait vécu toute sa vie pouvait se transformer en un havre clair et serein à l'ambiance végétale.

Mais Lauren, semblait-il, n'était pas encore complètement satisfaite.

— Il manque quelque chose par là.

Les yeux plissés, sa fille examinait la surface dépouillée d'un pan de mur resté blanc.

— Je ne sais pas quoi... Il faudrait quelque chose de grand.

Mack fit défiler les photos qu'elle venait de prendre.

— Pourquoi pas une affiche ?

Lauren réfléchit.

— Oui, peut-être.

Nancy aussi avait les yeux rivés sur le mur blanc.

Pourquoi pas ?

— Le tableau que j'avais dans l'entrée, avant... Il pourrait peut-être faire l'affaire, non ?

Son estomac se noua. Pourrait-elle regarder cette œuvre sans tristesse ? Suffirait-il d'une goutte de poison venue du passé pour contaminer tout le reste ?

Mais il était trop tard pour changer d'avis car Lauren hochait la tête avec enthousiasme.

— Si ce sont bien les couleurs que j'ai gardées en tête, ce serait parfait. On fait un essai ?

— Je vais aller le chercher.

Regrettant sa suggestion, Nancy quitta la pièce et ne vit pas le regard échangé entre Mack et Lauren.

— Cool, maman, bien joué, murmura Mack, les yeux rivés sur la porte en attendant le retour de sa grand-mère. Tu crois qu'elle va accepter qu'il reste accroché là ?

— Je l'espère, parce qu'il irait magnifiquement bien dans cette pièce.

— Tu sais pourquoi elle l'a enlevé, tout à coup ?

Lauren hésita.

— J'ai mon idée, mais c'est juste une hypothèse.

— Vas-y toujours.

— Tout ce que Grams peignait, dans les premières années, était gai, coloré, vibrant. Et brusquement, son style a basculé et ses tableaux se sont imprégnés de mélancolie.

Mack fronça les sourcils.

— Tu crois que c'est au moment où elle a découvert que Gramps avait des...

Elle s'interrompit et rougit.

— ... qu'il se tapait des nanas, quoi. C'est tellement *space* que je n'arrive pas à le dire.

— C'est *space*, en effet, acquiesça calmement Lauren. Et je crois que c'est l'explication, oui.

— Ah, les mecs... Je me marrais bien, moi, avec Gramps.

— Moi aussi, il me faisait rire. Mais je crois qu'il était jaloux du talent et du succès de Grams et qu'il le lui a fait payer cher.

Sans se douter de la conversation qui se déroulait derrière la porte close, Nancy récupéra le tableau qu'elle avait remisé dans le placard d'une chambre d'appoint.

Elle l'avait fourré là parce qu'elle ne supportait plus de l'avoir sous les yeux. Il lui rappelait une période exaltée de sa vie où elle avait rayonné d'espoir — une période de joie naïve qui avait précédé les nuages noirs.

Chaque fois qu'elle le voyait dans l'entrée, le tableau semblait lui ricaner au nez. *Tu te rappelles qu'un jour la vie te semblait belle et pleine de promesses ?*

Mais aujourd'hui, ses horizons avaient cessé d'être noirs. Et pourquoi la vie ne serait-elle pas belle à nouveau ?

Lorsque Lauren accrocha la toile au mur, Nancy vit aussitôt qu'elle y était à sa place. Et qu'ici, dans cette pièce lumineuse, le message qu'elle lui adressait avait cessé d'être sarcastique.

Le tableau amenait l'océan dans la pièce.

Mack vint se placer à côté d'elle.

— Il vaut combien, ton tableau ?

— Mack !

Voyant que Lauren lui jetait un regard d'excuse, Nancy la rassura d'un signe de tête.

— C'est une bonne question, mais je ne peux pas te donner la réponse. Il y a quelques années, il valait probablement une somme ridiculement élevée.

Elle n'avait jamais complètement intégré l'idée que des gens avaient été prêts à payer des dizaines de milliers de dollars pour l'une de ses toiles.

— Maintenant, je ne sais plus. Les modes changent. Les goûts changent. Le marché change.

Elle n'avait jamais peint en fonction du marché, cela dit. Seulement en fonction d'elle-même et de son inspiration.

— Si c'est dur pour toi de l'avoir sous les yeux, ce paysage, Grams, tu n'as qu'à le vendre et utiliser l'argent pour t'acheter quelque chose qui te fait vraiment plaisir.

Nancy passa un bras autour des épaules de sa petite-fille.

— Tu as tout à fait raison de le suggérer. Mais je m'aperçois aujourd'hui que j'ai cessé de le détester, ce tableau. Bizarrement, il me plairait même assez, au contraire. Qu'est-ce que tu en penses, toi, Lauren ?

— Moi, je la trouve belle, cette marine, et je pense qu'elle est exactement là où elle devrait être. Mais à condition que ce ne soit pas insupportable pour toi.

Mack se rapprocha du tableau.

— Pourquoi tu ne l'as jamais vendu, celui-ci, Grams ?

— Ton grand-père m'avait fait jurer de le garder, quoi qu'il arrive.

Devait-elle tenir cet engagement alors que Tom avait trahi tous les siens ? Qu'avait-il fait de sa promesse d'amour, de soutien, de fidélité ?

Mack paraissait intriguée.

— Et pourquoi celui-ci plutôt qu'un autre ?

— Je l'ai peint le jour où ton grand-père m'a demandée en

mariage. Il voulait qu'on se souvienne de ce moment-là toute notre vie.

Mais elle ? Souhaitait-elle s'en souvenir encore ?

— La vue de ce tableau te rend triste, maman ?

Nancy tourna la tête pour contempler le jardin et l'océan à travers les vitres étincelantes.

Ben était là, occupé à préparer un massif. Elle suivit des yeux les mouvements familiers de son corps alors qu'il maniait la bêche. S'il s'acquittait de l'essentiel du travail physique dans le jardin, les idées, en général, venaient d'elle. Ben et elle formaient une paire idéale.

Tous les deux.

Elle nota le jeu de ses muscles alors qu'il posait le pied sur la fourche qu'il enfonça profondément dans le sol. Il avait de belles épaules et le travail de la terre entretenait sa forme physique. Comment avait-elle pu ne jamais remarquer plus tôt à quel point le corps de Ben était fascinant ?

Quelque chose de dur et de replié en elle se dénoua et s'ouvrit lentement, comme une fleur qui se déplie. La sensation était si peu familière qu'elle ne la reconnut pas tout de suite. Réaliser qu'il s'agissait d'un élan de désir — d'une envie tout à fait concrète de faire l'amour — la fit tressaillir.

À son âge, on cessait d'être sujet à ce genre de phénomène, non ? Il y avait si longtemps que le corps et le désir semblaient révolus pour elle.

Pendant l'entière durée de son mariage avec Tom, elle ne l'avait jamais trompé, même si les occasions n'avaient pas manqué. Son désastre conjugal lui avait coupé toute envie d'aller s'essayer à l'amour ailleurs.

Mack lui jeta un regard inquiet.

— Ça va, Grams ? Tu es toute rouge, tout à coup. Tu es malade ?

Arrachant son regard de Ben, Nancy se concentra de nouveau sur le tableau. Si Lauren et Mack avaient lu dans ses pensées, elles auraient été horrifiées. *Elle-même* était sous le choc. Et elle n'osait même pas imaginer ce que le pauvre Ben aurait dit s'il avait su. Il lui faudrait désormais redoubler de prudence avec lui. Si par malheur il devinait qu'elle avait des visées sexuelles sur lui, elle en serait malade de honte.

Lauren s'approcha, la mine soucieuse.

— C'est ce tableau qui te met dans cet état ? Si c'est trop dur pour toi de le voir là, on le vend, un point c'est tout.

Les yeux rivés sur la toile, Nancy revécut, non la scène qu'elle avait dépeinte, mais tout ce qu'elle avait ressenti le jour où Tom lui avait demandé de partager sa vie.

Elle avait été folle d'amour.

La vie lui avait paru se déployer devant eux dans toute sa gloire, accueillante et fraîche comme une herbe de printemps. C'était comme si le monde lui avait ouvert les bras, tant elle avait été émerveillée par la perspective d'unir sa vie à celle de Tom.

Plus tard, lorsque les années avaient passé, elle s'était demandé si elle avait inventé l'émotion qu'elle avait crue présente aussi chez lui ce jour-là.

L'avait-il aimée, au moins dans les premières années ? Lui avait-elle un jour suffi ?

Aucune femme, comprit-elle alors, n'aurait pu suffire longtemps à un homme comme Tom.

Mais le bonheur qu'elle conservait en mémoire avait été réel, en revanche. De cela, elle était certaine. Et quel mal y avait-il à vouloir se souvenir des jours heureux ?

Attiré par la fenêtre, son regard se posa de nouveau sur Ben, accroupi pour mettre une plante en terre.

Il était soigneux, attentif et traitait chaque plançon avec un soin presque amoureux, comme s'il touchait du verre.

L'épouse de Ben était morte à peu près à l'époque où elle avait perdu Tom. Avait-il connu d'autres femmes depuis ? Ou avait-il, lui aussi, laissé cette part de sa vie tomber en léthargie ?

Un jour, peut-être, elle l'inviterait à partager un repas avec elle. Juste un repas entre amis. Bien évidemment, elle veillerait à ne rien laisser transparaître de son attirance. Ce qu'elle ressentait était et resterait son secret.

La perspective la mit en joie.

Jusque-là, elle avait admis comme une évidence que ses meilleures années étaient derrière elle, mais elle commençait à se demander si elle n'en était pas à leur tout début.

Nancy reporta son attention sur le tableau et sourit.

— Je ne veux pas le vendre, non. Il peut rester là où il est.

Chapitre 27

Jenna

Espoir : le désir et l'attente que l'avenir apporte une amélioration dans tel ou tel domaine.

— Je pars un petit peu en avance à l'école aujourd'hui. Et je rentre tard ce soir parce que je passe aider maman à la maison pendant que Lauren s'attaque au Sail Loft.

Jenna glissa les pieds dans ses chaussures.

— Et toi ? Tu as une grosse journée en perspective ?

— Assez, oui.

Greg buvait son café, assis devant l'îlot de cuisine. Il avait l'air exténué, avec des cernes sombres sous les yeux. Cela se ressentait aussi dans la façon dont il se tenait, comme si un poids lui était tombé sur les épaules.

— Tu t'es levé aux aurores, ce matin !

En se réveillant peu avant l'aube, elle s'était tournée vers lui pour un câlin. Mais sa main tâtonnante n'avait rencontré que le froid et le vide.

Il y avait déjà deux semaines qu'ils ne faisaient plus l'amour. Et elle n'osait rien entreprendre dans ce sens, de crainte que Greg n'y voie de sa part qu'une basse manœuvre à but conceptionnel.

— Ça y est, on attaque la dernière chambre. Et la maison est magnifique. Il faut vraiment que tu voies ça. Pourquoi tu ne viendrais pas avec moi, ce soir ? Ce serait sympa.

Il y avait déjà une éternité qu'ils ne faisaient rien de joyeux ensemble. Un moment qu'ils ne riaient plus, tous les deux. Comment en étaient-ils arrivés là ? Avant, ils riaient à longueur de journée.

Avant, ils étaient Jenna-et-Greg.

Greg ne leva pas les yeux de son mug.

— Pas ce soir.

— Tu es sûr ? Ce n'est plus du tout tendu comme avant, chez ma mère. Les membres de ma famille ont miraculeusement appris à travailler les uns avec les autres, plutôt que les uns *contre* les autres. Je me disais qu'on pourrait inviter Lauren et Scott à dîner un soir ici. Ou tu penses que ça ferait lourdingue ?

Jenna prit son sac. Si seulement il pouvait dire quelque chose… N'importe quoi, mais qu'au moins il sorte de ce silence accablé.

Elle poursuivit son monologue :

— Je ne suis pas sûre qu'il y ait quoi que ce soit entre eux. Enfin, que dis-je ? Si. Je suis sûre qu'il y a un maximum d'attirance. Mais rien ne dit qu'ils veuillent la traduire en actes. Tu en penses quoi, toi ?

— Je ne sais pas.

Cette réponse-là était si ridicule dans la bouche de Greg qu'elle faillit sourire.

— Toi, tu sais toujours, d'habitude. Tu as l'art de décrypter ce qui se passe au sein d'une relation amoureuse.

Greg ne souriait toujours pas.

— Peut-être que j'en ai ma claque des relations amoureuses des autres. Peut-être que pour une fois j'ai envie de m'intéresser à la mienne.

Son ton, autant que le contenu de sa remarque, la laissèrent interdite.

Elle n'avait jamais connu Greg comme ça. C'était comme vivre soudain avec quelqu'un d'autre.

Alors même que ses relations avec sa famille s'amélioraient, celles avec Greg se détérioraient à mesure.

— C'est censé vouloir dire quoi ?

— Rien. Laisse tomber. Oublie.

— Et je suis censée oublier ça comment ?

Un martèlement affolé se fit sentir dans sa poitrine. Un début de crise de panique ?

— C'est toujours en lien avec le fait que je ne t'ai pas parlé de l'épisode où j'ai surpris mon père ?

Elle se sentait désormais coupable de ne pas avoir partagé son vilain secret avec lui. Mais existait-il une règle qui édictait qu'il fallait forcément *tout dire* à la personne avec qui on vivait ?

— Ça fait partie du problème, oui.

Il se frotta le front avec lassitude.

— Je suis fatigué, Jenna. Ne me demande pas d'entrer dans cette discussion maintenant. Il faut que j'aille bosser.

— Mais on est en train de parler et…

— S'il y a une chose dont je n'ai pas envie, c'est de parler, justement.

Il la laissait se débattre comme un poisson hors de l'eau.

— C'est toi qui affirmes toujours que neuf problèmes sur dix se résolvent d'eux-mêmes à condition qu'on en parle !

— Oui, bon, OK. Apparemment, c'est moins simple que ça en avait l'air.

Il prit sa veste et ses clés de voiture et sortit à grands pas en faisant claquer la porte derrière lui.

Jenna tressaillit.

Et resta plantée face au battant clos, le ventre noué par la peur.

Était-il vraiment parti travailler sans l'embrasser pour lui dire au revoir ? Greg l'embrassait *toujours* avant de quitter la maison. Elle ne se souvenait pas d'une seule fois où il avait dérogé à cette coutume.

Quand quelque chose ne tournait pas rond dans sa vie, elle soumettait le problème à Greg. Mais cette fois, Greg faisait partie du problème. Alors à qui demander conseil ?

Pas à n'importe qui, en tout cas. Même à Lauren — elle avait choisi de ne pas toucher mot de ses difficultés de couple, alors qu'elles couraient ensemble presque tous les matins depuis deux semaines. Elle aurait eu l'impression de manquer de loyauté envers Greg. Et puis sa sœur semblait enfin aller un peu mieux et elle n'avait pas envie de faire peser ses angoisses sur elle.

Le plus simple serait de laisser à Greg quelques heures pour se calmer, puis de lui passer un petit coup de fil.

Peut-être qu'une fois qu'elle lui aurait communiqué la nouvelle qu'elle gardait encore secrète, il serait tellement heureux que tout serait oublié et pardonné.

On était au début du mois de mai et les matins étaient plus clairs et plus lumineux. Elle conduisait avec la vitre ouverte, ivre de soleil et d'air marin.

Malgré les inquiétudes que lui inspirait son couple, de fines petites bulles de bonheur pétillaient en elle.

Elle avait un retard.

Pas un retard dans son emploi du temps. *L'autre* genre de retard. Le retard qui lui faisait battre le cœur plus vite et risquer un coup d'œil sur les vêtements de bébé dans les vitrines. Le genre de retard qui fonctionnait comme un isolant et la rendait imperméable à tous les assauts externes contre son bonheur. Rien ne pouvait gâcher sa bonne humeur maintenant. Rien.

Elle essayait de ne pas tirer de plans sur la comète. Mais ce n'était pas seulement un retard d'un jour. Ni de deux.

Cinq. Elle avait cinq jours de retard de règles.

Elle tâta discrètement ses seins. Était-ce un effet de son imagination ou étaient-ils plus sensibles que d'habitude ?

La pensée qu'elle était peut-être enceinte dansait dans tout son corps et lui donnait l'impression de flotter, comme si elle était un ballon gonflé à l'hélium. Si son pressentiment était juste, elle allait bientôt ressembler à une grosse baudruche, d'ailleurs. Mais peu importait. Elle ne se plaindrait de rien, même si elle devait en retirer des vergetures et des kilos en trop. Elle était si heureuse d'être enfin enceinte. Même si elle passait les neuf prochains mois clouée au lit entre deux crises de vomissements, elle n'émettrait pas l'ombre d'une plainte.

Un bébé.

Quelle que soit la gravité du problème entre Greg et elle, la bonne nouvelle d'aujourd'hui devrait le résoudre. Il serait aussi heureux, aussi émerveillé qu'elle. Elle avait déjà fait le calcul et la naissance tomberait autour du 21 janvier. Le côté négatif, c'était qu'il ferait un froid de canard à Martha's Vineyard. Le positif, c'était qu'elle se pelotonnerait avec son bébé dans leur cottage et ferait son nid en toute quiétude.

Son test de grossesse était au fond de son sac à main, mais elle avait résisté jusqu'à maintenant à la tentation de le faire. Elle en avait acheté tout un lot par Internet pour éviter de s'exposer à la curiosité des gens de l'île mais, à force d'en utiliser, ils finissaient par lui revenir à une petite fortune. Si elle continuait à ce rythme, elle en aurait pour plus cher de tests de grossesse que de frais universitaires pour les futures études de leur chérubin. Voilà pourquoi, cette fois-ci, elle avait décidé d'attendre d'être *sûre*.

Jenna se gara sur le parking de l'école, consciente d'arborer un sourire stupidement béat. Elle était tentée d'appeler Greg pour le lui dire, mais il y avait si longtemps qu'ils attendaient ce moment qu'elle voulait annoncer la nouvelle dans les formes. Debout, dans un recoin du parking de l'école, cela manquerait de portée symbolique.

Peut-être qu'elle placerait une peluche dans son bol à céréales pour voir s'il devinait.

Mais un dîner aux chandelles à deux serait peut-être encore la solution la plus romantique.

Nous allons bientôt former une famille.

Le sourire était toujours là lorsqu'elle franchit l'enceinte de l'école.

Rien, pas même la situation avec Greg, ne pouvait altérer sa joie.

— Bonjour, madame Sullivan !

La classe entière la salua en chœur lorsqu'elle entra dans la salle. Quel chemin ils avaient accompli, tous, depuis le jour de la rentrée !

Tansy Wilkins leva la main.

— Oui, Tansy ?

— Tu souris, maîtresse. Quelqu'un t'a raconté une blague ?

— Non, personne. Je suis heureuse, c'est tout.

Elle les mit au travail, son attention divisée à parts égales entre ses élèves et sa situation personnelle.

Garçon ou fille ?

Ils n'avaient jamais vraiment réfléchi à un prénom.

Ah ! Une idée ! Laisser un livre de prénoms à côté de son mug de café du matin. Pour une fille, elle avait pensé à Darcy. Darcy Sullivan… ça sonnait tout à fait bien. Et pourquoi pas Adam pour un garçon ? Y avait-il déjà eu un Adam dans la famille ?

La journée s'écoula dans un état flottant couleur layette. Elle rangeait la salle de classe après le départ des élèves lorsque sa décision se forma d'elle-même.

Elle ferait le test ici. Là. Tout de suite. Il lui fallait une confirmation.

Impulsion : élan irrépressible qui vous pousse brusquement à passer à l'action.

Elle s'enferma dans les toilettes. Le test était là, au fond de son sac depuis des semaines.

Jenna déchira l'emballage puis se figea, saisie d'une soudaine nervosité, comme si le fait d'attendre pouvait modifier le résultat. Comme si la nature n'avait pas déjà décidé.

Quelques minutes plus tard, elle eut sa réponse.

Pendant dix bonnes minutes, elle resta enfermée là sans bouger. Dans l'intervalle, deux personnes entrèrent puis ressortirent, mais elle demeura silencieuse, le dos pressé contre le mur carrelé, en fermant les yeux de toutes ses forces pour lutter contre la piqûre venimeuse du désespoir. Il fallait qu'elle sorte de là et qu'elle se réfugie dans sa voiture, mais elle était terrifiée à l'idée qu'un collègue lui adresse la parole. Une chose était certaine : elle serait incapable de soutenir une conversation. Ce serait déjà un miracle si elle parvenait à atteindre sa voiture sans craquer.

Pourquoi, mais pourquoi, avait-elle fait le test ici, alors qu'il aurait été si simple d'attendre qu'elle soit à la maison ?

Parce qu'elle avait eu la conviction intime, profonde, que cette fois-ci…

Elle porta son poing fermé à sa bouche, contenant la montée de désespoir qui menaçait de sortir avec une force hémorragique.

Son corps n'abritait pas un minuscule enfant en devenir. Pas cette fois-ci et probablement même jamais. Elle n'accoucherait pas, ne donnerait pas le sein, ne relèverait pas son enfant lorsqu'il ou elle tomberait, n'écouterait pas ses tourments adolescents. N'assisterait pas à son mariage…

La lame amère du chagrin la transperça de part en part, bloquant l'air dans ses poumons.

Elle chercha son téléphone à tâtons pour appeler Greg, puis se souvint de la porte claquée le matin même.

Si elle avait eu une heureuse nouvelle, elle l'aurait appelé, mais maintenant ? Comment pouvait-elle lui assener ça en plus du reste ?

La dernière chose dont Greg avait besoin, c'était qu'elle se décharge de son désespoir de non-maternité sur lui. Leur relation était trop fragile en ce moment pour qu'elle puisse résister à cette épreuve supplémentaire.

Elle glissa de nouveau le téléphone dans son sac et se retrouva seule avec son corps sans joie. Son corps de non-mère.

Il était temps de sortir de là avant que ses collègues ne commencent à se poser des questions, mais où aller ? Surtout pas à la Captain's House. Pas à la maison non plus car Greg était peut-être déjà rentré. Et elle n'était pas en état de parler à qui que ce soit.

La plage.

Seule solution, la plage. Marcher sur le sable, respirer les embruns et pleurer tout son soûl. Une fois qu'elle aurait craqué, sangloté et évacué la boule de douleur qui lui ravageait la poitrine, elle serait de nouveau capable de fonctionner à peu près.

S'armant de courage, Jenna sortit des toilettes et tomba directement sur Heather Summer, la directrice.

— Ah, Jenna ! Je te cherchais justement. Je voulais qu'on

parle quelques minutes de la fête de l'école. Tu as réfléchi pour le spectacle ?

Si elle ouvrait la bouche maintenant, il n'en sortirait qu'un torrent de lamentations.

Il lui fallait un moment de solitude. La gorgée serrée comme un étau, elle marmonna, tête basse, l'air pressé :

— J'ai un rendez-vous et je suis déjà en retard. On peut en reparler une autre fois ?

— Oui, bien sûr. Aucun souci.

Heather hésita.

— Tout va bien, Jenna, au moins ?

— Très bien, oui, merci.

Deux mensonges en succession rapide.

Elles convinrent d'un jour et d'une heure que Jenna oublia aussitôt alors qu'elle se hâtait sur le parking. Dans moins de dix minutes, elle serait à la plage et tout irait déjà beaucoup mieux.

Mais la chance n'était pas de son côté.

Au moment où elle atteignait sa voiture, elle vit Andrea Corren qui bouclait la ceinture de Daisy à l'arrière de son propre véhicule.

— Jenna !

Andrea se précipita vers elle, les joues rosies par l'émotion, un fragile sourire aux lèvres.

— Cela fait un moment que je voulais te voir. Déjà pour te remercier de m'avoir écoutée il y a quelques mois.

Pas maintenant. Pas *maintenant.*

— De rien.

— Ça va beaucoup mieux, tu sais.

— C'est une bonne nouvelle.

Jenna laissa tomber ses clés de voiture et se baissa pour les ramasser. *Merde et re-merde.* Andrea referma la portière arrière et baissa la voix de manière à ne pas être entendue par sa fille.

— Todd et moi, nous avons décidé de nous donner une seconde chance. Il a dit que l'autre femme c'était une erreur et qu'il regrettait. Et j'ai choisi de le croire.

Jenna se demanda combien de fois son père avait tenu le même discours à sa mère...

— Je suis ravie que ça aille mieux pour vous deux.

Elle serra sa clé dans sa paume, si fort qu'elle la sentit s'enfoncer douloureusement dans sa chair. Andrea, tout sourire, ajouta dans un murmure :

— Il y a encore autre chose. Je n'en ai parlé à personne jusqu'à présent, mais je suis enceinte.

Jenna vit les couleurs du monde s'affadir. Ses oreilles se mirent à bourdonner.

— Quoi ?

Andrea était écarlate.

— J'attends un enfant. Ça a dû se produire à l'occasion d'un épisode unique de réconciliation ratée sur l'oreiller. Mais je suis heureuse. Je pense que c'est le signe d'un nouveau départ entre nous. C'est exactement ce dont nous avions besoin.

Comme s'il suffisait d'avoir besoin de quelque chose pour l'obtenir... De désirer un enfant pour qu'il advienne.

Anéantie : profondément choquée et bouleversée par un événement ou un non-événement.

Elle réussit à articuler quelques mots, comme « formidable », « fantastique » et « félicitations ».

Andrea lui jeta un regard étrange.

— Ça va, Jenna ?

— Je suis très barbouillée. J'ai dû manger un truc pas terrible... des fruits de mer. Désolée, je te laisse.

Elle se glissa au volant de sa voiture et roula vers la sortie du parking, freinant pour laisser traverser une jeune mère avec son bambin de deux ou trois ans.

Le regard de Jenna se fixa sur les boucles blondes et le sourire, la petite main potelée accrochée à celle de la maman.

Son enfant à elle aurait peut-être eu des boucles semblables. Et plus tard, sans doute, des taches de rousseur.

À part qu'il n'y avait pas d'embryon dans les eaux de son ventre. Et qu'il n'y en aurait peut-être jamais.

Le sentiment de vide était comme un cratère géant et elle

vacillait au bord, en faisant des efforts désespérés pour éviter la chute.

Les larmes coulaient, brouillant sa vision. Elle cligna des paupières, se forçant à se concentrer sur sa conduite. Plus que quelques minutes et elle pourrait laisser libre cours à son chagrin. Juste quelques minutes.

Mais les larmes refusaient d'attendre aussi longtemps.

Il aurait été plus prudent de se garer sur le bas-côté et de laisser passer le gros de la crise avant de repartir, mais il n'y avait pas d'endroit sûr où s'arrêter et sa destination était proche.

À demi aveuglée, elle fit un écart et perdit le contrôle de son véhicule, juste au moment de prendre le dernier virage. Elle tourna le volant de toutes ses forces pour essayer de compenser mais ses roues s'enfonçaient déjà dans le sol meuble et la voiture partit en tonneau dans le fossé. Convaincue que c'était la fin, elle hurla de terreur. Son sac vola et la frappa à la joue, sa tête heurta la vitre et, avec un bruit terrifiant, le véhicule finit par s'immobiliser sur le toit.

Accrochée tête en bas dans l'habitacle, elle tenta vaguement de déterminer si elle était vivante ou morte. Elle avait des élancements terribles dans le crâne et sa vision était floue.

Une main toujours agrippée au volant, elle tendit l'autre pour essayer d'ouvrir sa portière. Mais le métal s'était déformé sous le choc. Impossible de sortir de là.

Elle était coincée dans cette carcasse de voiture ratatinée comme une bête prise au piège.

Un sursaut de panique accéléra sa respiration. Et maintenant ? Les voitures prenaient-elles feu dans la réalité comme on le voyait dans les films ? Allait-elle brûler vive ?

Son instinct de survie prit le dessus et elle se contorsionna pour parvenir à détacher sa ceinture. Libérée de son attache, elle atterrit lourdement sur le dos et cria de douleur. La première pensée qui lui traversa l'esprit fut de se féliciter de ne pas être enceinte.

À part que, si elle l'avait été, elle n'en aurait pas été là maintenant.

Elle aurait été chez eux, avec un grand sourire, à attendre le retour de Greg pour lui annoncer la nouvelle du siècle.

Greg.

Il devait être en route pour la maison à cette heure-ci, mais il ne s'inquiéterait pas de son absence puisqu'elle lui avait dit qu'elle rentrerait tard. Personne ne savait où elle était.

Un liquide tiède et chaud lui coulait sur la joue. Du sang, réalisa-t-elle. La tête lui tournait et elle se demanda si elle n'allait pas vomir.

Une seule chose à faire : trouver son sac. Vite.

Elle essuya le sang avec sa paume et se força à rester calme tout en fouillant la voiture des yeux. Son sac devait être là, quelque part. Était-ce une odeur d'essence qui lui venait aux narines ou son imagination s'emballait-elle ? *Oh mon Dieu.* Elle finit par mettre la main sur son sac, dissimulé sous le plaid qu'elle posait toujours sur la banquette arrière.

Elle le tira jusqu'à elle, l'ouvrit avec des mains tremblantes et sortit son téléphone.

Faites qu'il y ait du réseau.

Faites que la voiture ne parte pas en flammes.

La chance, enfin, voulut bien être de son côté : son mobile fonctionnait encore. Une fois qu'elle eut appelé le numéro des urgences et signalé sa position, elle passa un second coup de fil.

À l'instant précis où la voix de sa mère parvint à son oreille, la panique céda, remplacée par tout à fait autre chose.

Une énorme boule d'émotion se forma dans sa gorge, ses yeux se remplirent de larmes et, brusquement, elle se sentit de nouveau comme une toute petite fille.

— Oh ! maman, sanglota-t-elle. Aide-moi.

Chapitre 28

Lauren

Mise à l'épreuve : être soumis à une tentation forte.

— Lauren ? Tu peux descendre une seconde ? Il faut que je te montre quelque chose.

La voix de Scott s'élevait en provenance de la cuisine où il avait travaillé toute la semaine.

Lauren continua de peindre. Elle avait différé le moment d'attaquer le Sail Loft tant qu'elle avait pu, en espérant que Scott aurait terminé avant qu'elle ne commence. Mais à la fin, elle n'avait plus eu le choix. La Captain's House était quasiment finie et il leur fallait d'urgence un lieu où vivre. À moins d'accepter de s'installer avec sa mère et sa fille entre des murs lépreux, elle devait s'atteler à la tâche.

D'abord dans l'atelier de sa mère, à un étage de distance de Scott. Mais la différence de niveau ne la mettait pas à l'abri de grand-chose car elle avait conscience de sa présence en permanence. Le savoir à un escalier d'elle lui faisait battre le cœur plus vite et lui électrisait la peau. Et chaque fois qu'une montée de désir venait lui couper les jambes, celle-ci s'accompagnait d'une culpabilité tout aussi lancinante.

Pour s'empêcher de penser à lui, elle concentra son attention sur ses objectifs en cours. Son concept de base pour le Sail Loft était de faire au plus sobre, de manière à rester en phase avec les éléments, dans ce cadre épuré de bord de mer.

Elle avait envisagé de choisir un gris raffiné comme teinte dominante, mais finalement elle avait adopté un blanc doux qui reflétait la lumière intense de la plage. Blanc pour les murs et blanc pour le parquet en bois rustique à larges lattes. Un grand tapis rayé bleu et blanc compléterait la déco minimaliste qui créait une ambiance étonnamment sereine.

— Lauren ?

Elle ferma les yeux. Qui avait dit « sereine » ? Il n'était même pas pensable de se détendre ici tant que Scott travaillerait à quelques mètres d'elle. Et en même temps, elle se surprenait à redouter le moment où il aurait terminé et où elle ne le verrait plus.

— Je descends dans une minute. Si je m'arrête maintenant, je vais me retrouver avec des coulures.

— C'est ta nouvelle excuse du jour ?

Sa voix lui parvenait de beaucoup plus près, à présent. Elle tourna la tête par-dessus son épaule.

— Pardon ?

Scott se tenait dans l'encadrement de la porte. Son regard perçant était dissimulé derrière ses paupières mi-closes, mais la trace de sourire sur ses lèvres lui indiqua qu'il voyait parfaitement clair en elle.

Il avait toujours affirmé que, du fait de son enfance difficile, il ne comprenait rien au proche, au familier, à l'intime. Et pourtant chaque regard, chaque mot qui circulait entre eux était chargé d'une signification partagée.

— J'ai travaillé ici deux semaines d'affilée avant que tu te décides à te montrer.

Elle posa son rouleau.

— J'étais débordée...

— Et quand tu as fini par arriver, tu as toujours fait en sorte de ne jamais te trouver dans la même pièce que moi.

— Nous sommes occupés à des endroits différents de la maison.

Et la cuisine où il œuvrait était minuscule. Une raison de plus pour éviter d'aller l'y rejoindre. Elle croisa son propre reflet dans le grand miroir qu'elle avait accroché à l'un des murs. Au lieu d'enfiler ses plus vieux vêtements pour peindre, elle avait choisi un jean d'une coupe flatteuse et un chemisier cintré.

Si son bon sens l'avait abandonnée, sa vanité, elle, ne l'avait pas quittée, apparemment.

— C'est moi qui t'ai fait ça ? s'enquit Scott d'une voix rude. C'est ma faute ?

— Toi qui m'as fait quoi ?

— Fait que tu es devenue cette personne sous autocontrôle permanent qui n'ose plus être la femme qu'elle est réellement.

Ce n'était pas une conversation qu'elle se sentait d'humeur à soutenir.

— La femme que je suis réellement, c'est celle que tu as devant toi. Tu connais beaucoup de gens, toi, qui sont les mêmes à trente-cinq ans qu'à dix-huit ?

— Pour moi, tu n'as pas changé en profondeur. Tu as juste mis ta véritable personnalité sous clé et tu l'as cadenassée à double tour.

Scott avait-il raison sur ce point ? Il y avait des jours où elle ne parvenait même plus à se souvenir de la fille qu'elle était à dix-huit ans.

— Les aléas de la vie nous façonnent à leur manière, Scott. Je n'étais encore qu'une adolescente lorsqu'on était ensemble, toi et moi. Maintenant, je suis une mère et une ép…

Elle s'apprêtait à dire « épouse ». Mais le mot juste était « veuve », désormais. Comme elle haïssait ce terme !

— Quand as-tu sauté de Jaws Bridge pour la dernière fois ?

La question la fit rire.

— Le jour où j'ai entraîné ma sœur dans l'aventure remonte déjà à deux décennies.

— Allez viens. On va sauter du pont aujourd'hui.

— Tu te moques de moi ?

— Je ne me moque pas, non.

Il s'avança vers elle et le cœur de Lauren battit plus vite.

— Scott, je ne vais pas sauter de Jaws Bridge. J'ai trente-cinq ans et je viens de perdre mon mari. Tu imagines ce que les gens diraient ?

— S'il y avait un truc dont tu te foutais éperdument, à l'époque, c'était de ce que les bien-pensants chuchotaient dans ton dos.

— À dix-huit ans, tout est facile.

— Si le pont ne te tente pas, viens faire un tour à la voile avec moi.

— Je n'irai pas faire de tour avec toi. Ni en bateau ni autrement.

— Pourquoi ?

Parce qu'elle avait trouvé le moyen de vivre sans lui. Ce qu'elle n'avait pas encore inventé, en revanche, c'était une méthode pour lui refaire une place dans son existence sans que cela déséquilibre tout le reste.

— J'ai une maison à retaper, une ado à élever…

— Et une vie à vivre.

Elle redressa la taille.

— Ma vie, elle ressemble à ça, maintenant.

— Tu en parles comme si tu étais sous le coup d'une condamnation prononcée contre toi.

Il y avait des jours où elle se sentait comme une condamnée à perpétuité, en effet. Des jours où elle se faisait violence pour s'arracher de son lit et se forçait à aller de tâche en tâche à un rythme quasi maniaque. Elle avait lu quelque part qu'en fixant des objectifs à son cerveau on évitait de trop ressasser. Elle s'était donc donné des objectifs en pagaille. Par moments, elle avait l'impression de fonctionner comme un robot.

Une éternité s'était écoulée depuis la dernière fois qu'elle s'était sentie humaine. Une éternité aussi depuis que personne ne l'avait plus prise dans ses bras. Et ce n'était pas seulement les bras d'Ed qui lui manquaient. Il y avait ceux de Mack aussi. Sans parler de leurs crises de fou rire et de leur complicité féminine.

La relation entre elles s'améliorait petit à petit, mais elles n'avaient toujours pas retrouvé la spontanéité d'antan. Et même si ses liens avec sa mère s'étaient resserrés et qu'elle se sentait très proche de sa sœur, le vide en elle restait béant.

Elle dormait rarement une nuit complète et la fatigue l'assiégeait en permanence. Chaque fois qu'elle se réveillait, elle passait des heures à faire les comptes dans sa tête en se demandant comment assurer sa subsistance et celle de Mack. En hiver, la population de l'île se réduisait comme peau de chagrin et le nombre d'offres d'emploi diminuait en conséquence.

Dans ces moments d'angoisse, allongée seule dans le noir, elle se disait que la seule solution serait de s'installer dans une grande ville comme Boston ou même New York. Mais cela voudrait dire payer un loyer. Et Mack serait déracinée pour la seconde fois. Alors que sa fille avait besoin de stabilité après la mort de son père.

— La vie se montre parfois vacharde. Tu le sais mieux que personne, Scott.

Elle songea à sa mère qui avait souffert des infidélités à répétition de son père, à sa sœur qui n'arrivait pas à tomber enceinte, à sa fille qui avait perdu un père et à Gwen qui avait perdu un fils.

Par deux fois déjà, elle avait écrit à sa belle-mère. Aucune réponse n'était venue.

Pourquoi le silence de Gwen lui faisait si mal, elle avait de la peine à se l'expliquer. Déjà, du vivant d'Ed, elles avaient été à couteaux tirés, toutes les deux.

Lauren était triste, mais plus que tout, elle se sentait seule. En manque de présence, d'affection et de soutien. En manque de confident à qui parler dans l'intimité.

Ce qui rendait Scott d'autant plus dangereux pour elle.

Elle jeta un regard presque avide sur ses épaules puissantes, ses biceps marqués. Cela aurait été si simple de se glisser dans ces bras restés familiers. Si facile de s'abandonner juste quelques instants dans le réconfort muet d'une étreinte. Elle n'attendait pas de Scott qu'il remette sa vie sur les rails. Tout ce qu'elle demandait, c'était d'absorber un peu de sa force pour trouver l'énergie de se guérir elle-même. C'était la proximité qui lui manquait.

— Tu es si radicalement différente de la femme que j'ai connue, Laurie. Je m'en veux et je regrette. Ce n'est pas seulement ce qu'il y avait entre nous que j'ai tué. Je t'ai détruite avec.

L'émotion qui lui serrait la gorge se déplaça pour lui comprimer le cœur.

— Arrête de dire ça, Scott. Je ne suis pas détruite.

— Tu conduis ta vie d'une main de fer. Tu contrôles tout et tu ne te lâches plus jamais.

— La dernière fois que je me suis lâchée, je me suis retrouvée enceinte.

Et elle s'était aussi retrouvée amoureuse, ce qui avait été encore plus compliqué. Plus jamais, elle ne voulait aller se perdre dans ces zones à haut risque. De toutes les aventures qu'elle avait tentées, l'amour avait été la plus extrême et probablement la plus terrifiante.

— C'était ma faute autant que la tienne.

— Ce n'était la faute de personne. Juste un accident de parcours. Ce sont des choses qui arrivent.

La peinture séchait sur son rouleau.

— Tu dis que je ne suis plus la même et c'est vrai. Mais tu ne crois pas que c'est juste un banal processus de maturation ? J'ai retenu les leçons de mes erreurs et appris à faire des choix plus réfléchis, c'est tout.

Il secoua la tête.

— Tu étais si heureuse, avant. Tu riais tout le temps. Je n'avais encore jamais connu quelqu'un qui riait autant que toi.

— Mon petit bonheur personnel n'est pas ma priorité, en ce moment. Je dois penser à Mack. Et à ma mère aussi. Elle mérite une vie plus douce après tout ce que mon père lui a fait subir. Quant à ma sœur...

Elle voyait Jenna souffrir et se sentait impuissante.

— Mais tu ne peux pas comprendre. Tu n'es jamais resté assez longtemps au même endroit pour intégrer des notions telles que l'engagement et la responsabilité.

Elle regretta ses mots avant même d'avoir fini de les prononcer. Scott risquait de se sentir jugé, alors que ce n'était pas sa faute s'il avait eu une enfance comme un puzzle tordu fait de pièces mal emboîtées.

— Si je dis ça, c'est un constat et pas du tout une critique. Je sais à quel point la vie t'a malmené.

Les rejets à répétition qu'il avait subis avaient entamé peu à peu la croyance de Scott qu'il pouvait être aimé. Les adultes auxquels il aurait incombé de lui offrir la stabilité, la sécurité et l'amour l'avaient tous lâché sans exception.

— Mon enfance a été un manuel de survie à elle toute seule.

Le constat était aussi laconique que sinistre.

Une enfance ne devrait-elle pas apporter d'autres acquis qu'une débrouillardise à tout crin ?

Scott se tut un instant, comme s'il se préparait à ajouter quelque chose. Mais il finit par se détourner.

— Viens voir les plans de travail.

Les plans de travail ?

Elle le suivit dans la cuisine, consciente que la pièce exiguë leur laissait à peine l'espace de se mouvoir. À présent qu'elle était au pied du mur, elle prit le temps de regarder enfin ce qu'il avait accompli en deux semaines.

Scott avait fait des miracles. Leur mère n'ayant acheté le Sail Loft que pour y peindre, l'état de la cuisine avait été le dernier de ses soucis. Le rez-de-chaussée délabré n'avait dérangé personne tant que les lieux avaient servi presque exclusivement d'atelier. Mais à présent qu'elles avaient l'ambition d'en faire leur demeure, la cuisine demandait à être entièrement repensée.

Scott avait tout arraché et remplacé les vieux rangements bas de gamme par des nouveaux qu'il avait fabriqués et peints lui-même. Il avait dégotté Dieu sait où de très beaux plans de travail en granit blanc. Le résultat était d'une élégance étonnante.

— C'est superbe, Scott. Sobre, classe et distingué.

Elle passa la main sur le bois, admirative de son talent.

— Tu devrais peut-être te spécialiser là-dedans au lieu de continuer à travailler au chantier naval ?

Il lui avait parlé des familles d'accueil où il n'avait fait que de brefs séjours parce que les gens ne se sentaient pas de taille à garder un enfant aussi turbulent et compliqué.

Elle l'imaginait petit, effrayé et traumatisé, se préparant chaque fois à un nouveau rejet.

— Tu as l'intention de chercher une nouvelle maison à la place de la Captain's House ?

— Pas dans l'immédiat, non.

Il se tenait juste à côté d'elle et son bras effleura le sien. Elle perçut la tension de ses muscles et prit la mesure du contrôle presque surhumain qu'il exerçait sur lui-même pour ne pas la toucher. Depuis des semaines, ils se tournaient autour, conscients de l'implacable attirance dont il devenait de plus en plus difficile de faire abstraction.

Cela faisait si longtemps. *Trop* longtemps. Elle le désirait toujours, avec une force que rien ne semblait devoir altérer. Et le mélange de désir et d'interdit se muait peu à peu en torture.

Tournant la tête, elle trouva son regard. Son cœur frissonna. Son estomac plongea. Elle se demanda ce qu'il y avait de si particulier chez lui pour qu'elle ait tout le temps la sensation d'avoir loupé une marche lorsqu'il apparaissait dans son périmètre immédiat.

La tension qui saturait l'air était si épaisse que la sensation presque liquide l'envahissait tout entière.

Lauren n'aurait su dire par la suite si l'un d'eux avait fait le premier pas ou s'ils s'étaient mus simultanément. Comme s'il n'y avait pas eu de réelle transition entre le moment où elle se tenait près de lui à lutter contre la tentation et celui où leurs bras s'étaient saisis, leurs corps s'étaient plaqués, leurs regards arrimés l'un à l'autre.

Leurs bouches se trouvèrent sans une hésitation. Scott lui emprisonna le visage entre les mains tandis qu'il l'embrassait avec une avidité presque sauvage. Elle lui rendait ses baisers avec la même ardeur presque désespérée en s'agrippant à ses épaules pour essayer de l'attirer plus près. La force de ses mains l'émerveillait. Et sa langue qui épousait la sienne. La pression intime de son corps noué au sien. Il défit sa barrette et ses cheveux se répandirent sur ses épaules et dans son dos.

Glissant la main dans l'épaisseur de sa chevelure, il murmura contre ses lèvres quelques syllabes hachées dont elle ne parvint pas à déchiffrer le sens.

Ils s'embrassèrent avec une fougue, un sentiment d'urgence que ni l'un ni l'autre ne cherchèrent à tempérer. Le corps de Lauren n'était plus que sensations exacerbées et muscles liquéfiés. Sans interrompre le baiser, ils tiraient sur leurs chemises respectives. Sa main glissa sur le ventre dur et musclé de Scott, cherchant sa ceinture. Avec un grognement sourd, il la fit reculer contre le mur où il la maintint plaquée. Ainsi calée, elle n'eut plus à lutter pour se maintenir debout sur des jambes qui menaçaient à tout instant de se dérober.

Elle se débattit avec les boutons de son jean et gémit de plaisir en sentant son sexe dressé jaillir sous ses doigts. Il était incroyablement dur. Scott couvrit ses mains de la sienne alors qu'ils se débarrassaient mutuellement de leurs jeans.

Lorsqu'il cessa de l'embrasser, elle émit un murmure de protestation.

— Ne t'arrête pas… S'il te plaît, ne t'arrête pas…

— Dans ma poche, murmura-t-il d'une voix étouffée en posant de petits baisers sur son visage… Préservatif.

Elle le lâcha pour lui laisser le temps d'extraire son portefeuille. Fermant les yeux un instant, elle s'abandonna à la caresse de l'air sur la nudité de ses hanches, aux paumes de Scott glissant à rebours de ses cuisses, à ses doigts enchanteurs cherchant les replis de ses lèvres secrètes. Avec un sanglot de soulagement, elle s'ouvrit à ses explorations, le visage enfoui dans son cou, soupirant son nom. Les doigts de Scott étaient en elle, familiers, habiles, assurés, comme s'il n'avait rien oublié de son corps ni de sa sensualité. Soulevant la tête, elle reprit ses lèvres pour l'embrasser avec fièvre, le désirant entièrement, alors que ses doigts allaient et venaient au creux humide de sa chair.

— Scott, s'il te plaît…

Interrompant ses caresses, il fit le nécessaire pour les protéger. Puis il la souleva d'un seul mouvement, avec une déconcertante facilité. Scellant sa bouche de la sienne, elle enroula les jambes autour de sa taille et se cramponna à la masse solide de ses épaules pour se maintenir à flot. La tête lui tournait et elle avait l'impression de tomber, tomber...

— Tu m'as manqué, Laurie.

Ses mots étaient comme une buée légère soufflée contre ses lèvres et il les répéta, encore et encore. *Tu m'as manqué, tu m'as manqué...* Il entrecoupait ses mots de lents baisers, incroyablement charnels, qui déchaînaient en elle une tempête sensuelle sans merci.

Lui aussi lui avait manqué.

Le monde autour d'eux perdit ses contours, et ses pensées s'amenuisaient à mesure que son rythme cardiaque prenait son essor. Le passé disparut, engloutissant l'avenir avec lui. Il ne restait plus que le présent pur et l'attente insatiable alors que la pointe de son sexe glissait sur sa vulve, jouait avec son désir. Ses mains fortes, râpeuses, la tenaient aux hanches et son souffle enchantait ses lèvres. Il la séduisait intimement, profondément, rien qu'en murmurant les deux syllabes de son nom. Enfin il vint en elle et Lauren gémit sous la brûlure de soie de son membre ouvrant sa chair. Il la remplit au plus profond, puis s'immobilisa. Haletant presque, il lutta pour reprendre le contrôle de lui-même. Elle referma les mains sur ses bras et perçut la tension presque douloureuse de ses muscles.

— J'ai envie de toi.

Elle chuchota les mots contre son oreille, contre sa mâchoire râpeuse, contre la chaleur humide de sa bouche meurtrie par l'avidité des morsures, la folie de leurs baisers.

Il souleva la tête et elle vit ses yeux assombris, ses pupilles dilatées par le désir. Il se mut lentement en elle et son regard aussi la pénétrait, l'emplissait tout entière, alors qu'il allait et venait, orchestrant la montée de son plaisir avec des poussées lentes, implacablement maîtrisées. Les sensations étaient affriolantes mais il lui en fallait plus, soudain. Elle voulait la danse incontrôlée. Plus fort. Plus vite. Lui, cependant, refusait de modifier son rythme. Il entrait en elle puis se retirait, avec une nonchalance si torturante qu'elle se demandait s'il avait vraiment conscience de ce qu'il lui infligeait. Puis elle vit le pétillement amusé dans ses yeux, le sourire sexy sur ses lèvres juste avant qu'il ne penche la tête pour l'embrasser, et elle comprit qu'il savait exactement ce qu'il lui faisait.

Elle lui enfonça les ongles dans les épaules, le sentit sourire contre ses lèvres, puis cria de nouveau lorsqu'il accéléra le mouvement de ses reins. Des ondes de plaisir coururent à l'arrière de ses cuisses, son ventre frotta contre le sien et l'orgasme qui montait explosa, lui arrachant un long sanglot d'extase. Les contractions de sa jouissance entraînèrent Scott dans leur sillage. Elle le sentit se tendre, les reins agités de soubresauts. Il la tenait si serrée, sa bouche mêlée à la sienne, il était si intimement connecté à elle qu'elle éprouva sa jouissance comme si c'était la sienne — chaque spasme, chaque contraction, chaque vibration.

Après l'amour, ils restèrent silencieux l'un et l'autre.

Lauren n'entendait que la respiration rapide de Scott et les battements précipités de son propre cœur.

Elle n'avait aucune idée du temps qui s'était écoulé avant qu'il ne la laisse doucement redescendre jusqu'au sol, en gardant les bras serrés autour d'elle. Pendant un moment, elle lutta contre le vertige, la tête en appui sur son épaule, rassurée de sentir sa main forte qui lui maintenait l'arrière de la tête. Il l'enlaçait, la soutenait, et c'était bon. Tellement bon qu'elle ne voulait pas se détacher de son étreinte, parce qu'une fois qu'elle sortirait de ce cocon la réalité demanderait à être affrontée.

— Scott…

Il lui posa un doigt sur les lèvres.

— Chut. Ne dis rien.

Elle porta la main à sa joue et sentit la friction de la peau râpeuse de Scott contre sa paume. Son regard retenait le sien et elle n'espérait qu'une chose : qu'il n'enchaîne pas sur une question du genre « Et maintenant ? Comment faut-il interpréter ce qu'on vient de faire ? » Elle se sentait incapable de lui apporter une réponse. Ils auraient eu tant de raisons de s'abstenir de faire ce qu'ils venaient de faire.

— On peut oublier ce qui vient de se passer, chuchota-t-elle. Chacun part de son côté et on n'en parle plus.

— Et si je ne veux pas oublier ?

Sa bouche était si près de la sienne qu'à peine un souffle les séparait.

— Je n'ai pas envie de te reperdre, dit-il. Une fois m'a suffi.

— Oh ! Scott, s'il te plaît…

Il n'était pas censé prononcer ce genre de phrases. Il avait toujours eu une vision pragmatique des choses, là où elle avait été la rêveuse de leur duo. Quel genre de relation envisageait-il pour eux deux ? Elle n'était pas prête. Toute nouvelle entaille qu'il creuserait dans son cœur diminuerait d'autant ses chances de guérison.

Il lui prit le visage entre les mains.

— Ce n'est pas fini entre nous, Lauren.

Il le fallait pourtant. Cela faisait à peine cinq mois qu'elle avait perdu son mari.

Et c'était Scott qui la tenait dans ses bras. Scott qui s'était déjà détourné d'elle une première fois. Et qui, selon toute vraisemblance, prendrait de nouveau le large à la première occasion.

Qu'avait-elle fait ?

Elle était consciente qu'une conversation de fond s'imposait entre eux. Mais au lieu de parler ils avaient recommencé à s'embrasser et leurs baisers s'emballaient. Les mains de Scott étaient déjà sous sa chemise, ses pouces effleurant les pointes encore hypersensibles de ses seins. Ils étaient perdus l'un dans l'autre, comme isolés du monde extérieur. Et ils auraient peut-être pu rester ainsi toujours si son téléphone n'avait pas sonné avec insistance.

Scott resserra son étreinte.

— Ne réponds pas.

— Et si c'était Mack ?

Il la relâcha aussitôt et elle chercha son sac à l'aveugle. Où était-il passé ? Pourquoi son cerveau refusait-il de fonctionner ?

Tout en le cherchant partout, elle tira sur son chemisier, avec des mains tremblantes et maladroites. Désorientée, elle enfila son jean. Elle naviguait à vue, la vision entravée par la masse emmêlée de ses cheveux qui lui tombaient sur les yeux, et se demanda où avait bien pu passer sa barrette.

Lorsque, enfin, elle trouva son téléphone, il s'était tu. Mais la sonnerie reprit presque aussitôt, aiguë et insistante.

Elle regarda l'écran.

— C'est ma mère.

S'il y avait un événement extérieur susceptible de couper net un élan de désir sexuel, c'était bien un coup de fil maternel.

Elle prit l'appel, soulagée qu'il ne soit pas en vidéo. Sa mère aurait vu ses joues écarlates et lui aurait demandé des explications qu'elle n'était pas en mesure de donner.

— Tout va bien, maman ?

Rien qu'à la voix de celle-ci, elle comprit que tout n'allait pas bien *du tout*. Elle écouta, horrifiée.

— Oh ! non... C'est grave ? Dans quel état est-elle ?

Elle écouta la réponse, balbutia quelques mots et se hâta de couper la communication pour se mettre frénétiquement à la recherche de ses chaussures.

— Là.

Scott lui tendit la paire.

— Qu'est-ce qui se passe ? Il est arrivé quelque chose à Mack ?

Sa voix était tendue par l'anxiété. Lauren secoua la tête.

— Jenna a eu un accident de voiture. Elle est hospitalisée.

Elle avait la tête pleine d'images terrifiantes d'un véhicule retourné sur le toit, de tôle découpée et du corps inerte de sa sœur. Sa mère n'avait pas su lui dire dans quelle mesure la vie de Jenna était en danger.

Son téléphone lui glissa des mains et tomba bruyamment sur le carrelage. *Sa petite sœur.* Sa petite sœur était peut-être grièvement blessée.

Elle revit Jenna, rivée à son côté, sans jamais lui faire faux bond, même lorsqu'elle l'entraînait là où celle-ci ne voulait pas aller. Jenna, pâle et terrifiée, mais prête à intervenir pour la sauver le jour où elle avait sauté de Jaws Bridge. Jenna la tirant par la main pour l'éloigner de la fenêtre du Sail Loft.

Jenna sautant à bord du premier avion pour Londres le jour où Ed était mort.

— Il faut que j'aille à l'hôpital. Tout de suite.

Scott ramassa le téléphone et le glissa dans son sac.

— C'était Greg ?

— Non, non. Ma mère.

Tiens, pourquoi était-ce leur mère et non pas Greg qui l'avait prévenue ?

Le mari de sa sœur devait probablement user le sol du couloir à faire les cent pas pendant que Jenna passait sur le billard.

— Il faut que je fasse vite.

Elle tentait de boutonner sa chemise mais ses mains tremblaient tellement qu'elle n'arrivait à rien.

— Merde. Merde. Merde. Il manque un bouton en plus.

Scott vint à son aide.

— Si tu la rentres dans ton jean, ça ne se verra pas.

Elle tenta de remettre de l'ordre dans ses cheveux.

— J'ai l'air d'une folle.

— Tu n'es pas censée sortir de chez le coiffeur. Tu as l'aspect normal de quelqu'un qui vient de passer une journée à peindre sur un chantier.

Lauren était certaine d'avoir surtout l'air d'une femme qui venait de faire l'amour comme une possédée.

— Je n'ai pas les cheveux détachés quand je peins.

Il suffirait que Jenna pose les yeux sur elle pour comprendre aussitôt d'où lui venait cette allure échevelée.

À part que Jenna était en salle d'opération.

Scott, qui s'était rhabillé de son côté, attrapa sa veste et ses clés.

— Tu n'es pas en état de conduire. Je vais t'emmener là-bas. Un accident de voiture dans la famille, ça suffit pour une seule journée.

— Non, non, ne te dérange pas. Ça va aller.

— Il n'est pas question que je te laisse partir comme ça.

Elle tremblait. Scott avait raison. Elle serait un vrai danger au volant. Pour elle-même et pour autrui. Les événements de ces derniers mois avaient épuisé toutes ses réserves d'énergie. Jusqu'à présent, elle avait fait face et affronté tout ce qu'il y avait eu à affronter. Mais perdre sa sœur serait au-dessus de ses forces.

La pièce se mit à tourner autour d'elle et elle sentit les mains de Scott sur ses épaules.

— Respire, Laurie.

Elle obéit aux ordres et ferma les yeux.

— Si elle est…

— Stop, Lauren. On ne va pas commencer à envisager le pire.

Avec des gestes rapides et sûrs, il la manœuvra hors du Sail Loft pour la pousser jusqu'à son pick-up. Elle se glissa sur le siège passager, consciente d'une douleur délicate dans une partie bien précise de son anatomie.

— Je me sens coupable.

Vis-à-vis d'Ed ? De sa sœur ? Des deux à la fois ? Elle avait du mal à le définir.

Scott démarra et lui jeta un regard en coin.

— Tu n'as aucune raison de te sentir coupable, Lauren. Aucune. On va parler sérieusement de tout ça, mais pas maintenant.

— Scott…

— Juste pour info : ce n'est pas fini entre nous. Et je ne regrette pas ce qui vient de se passer.

Le regrettait-elle de son côté ?

Elle n'était pas en état d'en décider. Tout ce qu'elle savait, c'était que sa vie était sens dessus dessous. Et qu'elle venait de rajouter une complication supplémentaire à un mix qui était déjà terriblement compliqué à gérer.

Chapitre 29

Nancy

Instinct maternel : amour profond, naturel et instinctif d'une mère pour ses enfants.

Plus tôt dans la journée, Nancy avait chargé les derniers cartons pour les apporter à la boutique solidaire. Elle trouva Susan à l'arrière du magasin, occupée à trier les dons.

— Tiens. En voilà encore un lot. Tu vas avoir de quoi faire.

Nancy déposa ses cartons près de la porte et résista à la tentation d'y mettre un grand coup de pied.

— Encore toi, Nancy ?

Bouchée bée, Susan compta les cartons.

— Jésus Marie, tu as décidé d'évacuer les possessions d'une vie entière ?

— Il y a de ça, oui. Je fais le grand vide.

Susan ouvrit le premier carton.

— Mais, Nancy... Ce sont les affaires de Tom.

— Exact. Vingt-sept cartons pleins de vestiges.

Après avoir vérifié le contenu de l'emballage suivant, Susan porta une main à son cœur.

— Ses clubs de golf ! Tu es sûre ? C'est une erreur, non ?

Comme si les affaires de Tom avaient pu atterrir là, soigneusement rangées, par simple inadvertance...

— Cela n'a rien d'une erreur, non.

La seule erreur qu'elle avait commise, c'était de se raccrocher à ces reliques aussi longtemps. Ou peut-être que l'erreur cela avait été de ne pas assener à son mari un de ses précieux clubs de golf sur la tête lorsqu'elle l'avait surpris la première fois au lit avec cette greluche.

— Tu es certaine que tu ne regretteras pas ? Il était tellement attaché à ses trophées. Tom était un golfeur de génie.

Oui, mettre son truc dans un trou, il savait faire.

Nancy émit un ricanement peu distingué qu'elle déguisa sous une petite toux.

Susan était visiblement dans tous ses états.

— Tu m'as dit qu'il ne voulait même pas que tu les époussettes.

— Tant mieux, car je n'ai jamais eu la fibre ménagère.

— Ça doit te briser le cœur de te séparer de tout ça.

— Pas du tout. Il y a longtemps que j'aurais dû le faire.

Tom avait occupé trop de place dans sa vie pendant trop d'années. Elle faillit formuler cette conclusion à voix haute, mais décida qu'il serait plus avisé de garder ce constat pour elle. Pas parce qu'elle voulait garder le secret à tout prix, mais simplement parce que les gens la plaindraient et que chacun irait de son couplet pour exprimer sa compassion. En échange, elle serait censée lâcher quelques confidences, et la dernière chose au monde dont elle avait envie, c'était de parler de Tom. Elle lui avait déjà consacré bien assez de temps et d'énergie comme cela.

Tu vois ça, Tom ?

Je vis ma vie sans toi. Et en plus, je la vis bien.

Susan déballa une grande nappe blanche empesée.

— Tu savais qu'elle était dans le lot ? Elle appartenait à ta grand-mère, non ?

— Exact. Mais ça fait quarante ans qu'elle est morte, donc je ne pense pas qu'elle en ait encore l'usage.

— Tu ne veux pas la garder pour des raisons sentimentales ?

— Des souvenirs, j'en ai déjà plein la tête. Ça me suffit.

D'autant plus qu'elle n'en avait pas que des bons.

Nancy était reconnaissante à sa grand-mère. La vieille dame

avait fait l'effort, après tout, de l'élever après la mort de ses parents. Peut-être même l'avait-elle aimée, à sa manière. Mais pendant toutes ces années, elle n'avait jamais eu ni un mot, ni un geste d'affection pour l'enfant solitaire confiée à sa garde.

Devenait-on forcément quelqu'un de dur lorsqu'on avait eu une vie difficile ?

Nancy n'avait pas de certitudes sur la question, mais elle espérait que non.

Susan plia la nappe ancienne avec soin.

— J'ai entendu que vous aviez entièrement relooké la Captain's House, Lauren et toi ?

— Et comment ! Le résultat est sensationnel. Ma fille a énormément de talent. Elle va se lancer dans le design d'intérieur en free-lance. Et je vais lui donner un coup de main.

Une immense fierté l'envahit, balayant au loin toutes les pensées au sujet de Tom.

— Lauren a un bel avenir devant elle.

— C'est bien. Mais ça doit faire bizarre, quand même, de savoir que des inconnus vont s'installer chez soi. Comme si notre propre maison ne nous appartenait plus tout à fait.

— La Captain's House reste à moi, justement. Je ne risque d'ailleurs pas de l'oublier, avec toutes les factures qui tombent.

Nancy commençait à regretter de ne pas avoir choisi un lieu plus neutre pour décharger les accessoires d'une vie révolue devenus inutiles. Elle avait été loin d'imaginer que chaque carton apporté ferait l'objet de commentaires et de questions.

Elle se rappela soudain que Mack lui avait montré la technique pour s'appeler soi-même au téléphone. Elle aurait dû l'écouter avec plus d'attention.

Elle tripotait le portable dans sa poche en essayant de se souvenir comment il fallait le faire sonner lorsqu'il se ranima soudain.

De surprise, Nancy faillit lâcher son mobile. Avait-elle réussi à déclencher la sonnerie elle-même ? Peut-être que son expertise technique était meilleure qu'elle ne le pensait ?

Elle sortit le téléphone de sa poche et vit le nom de Jenna s'afficher.

Ouf. Sauvée. Peut-être que sa fille cadette avait des dons de télépathie.

Elle essaya de prendre un air de regret.

— Désolée, Susan, mais c'est ma fille. Je suis obligée de répondre au cas où il s'agirait d'une urgence.

S'il y avait une chose à laquelle elle ne s'attendait pas, c'était qu'urgence il y aurait pour de bon. Lorsqu'elle entendit la voix faible et paniquée de Jenna, son cœur faillit cesser de battre.

— Qu'est-ce que tu me dis, ma chérie ? Je t'entends très mal — tu ne parles pas assez fort ou alors il y a très peu de réseau.

Du coin de l'œil, elle voyait Susan écouter avidement, ses mains toujours posées sur un des cartons. Si seulement les gens sur cette île pouvaient se mêler un peu plus de ce qui les regardait ! Nancy se déplaça jusqu'à la porte de la boutique.

— Jenna ?

Elle réussit enfin à comprendre ce que sa fille lui disait et un froid mortel s'insinua en elle.

— Tiens bon, ma chérie. J'arrive.

— Tu pars déjà ? protesta Susan. Mais il faut d'abord qu'on fasse l'inventaire de ces cartons. Imagine qu'il y ait des souvenirs là-dedans que tu préférerais conserver ?

— Prends ce qui t'intéresse et bazarde le reste. Ce ne sont que des objets et les objets, on s'en fout. Ce sont les gens qui comptent.

Nancy avait déjà presque passé le pas de la porte.

— Désolée, mais ma fille a besoin de moi.

Et ce n'était hélas pas qu'une façon de parler.

Lorsque Lauren s'était évanouie sur le quai à son arrivée, elle avait été incapable de réagir, paralysée par ce qu'elle considérait être son inaptitude en tant que mère. Par le passé, ses filles n'avaient jamais semblé avoir besoin d'elle. Mais aujourd'hui, c'était différent.

Elle courut presque jusqu'à sa voiture, passant en trombe à côté de ceux qui tentèrent de lui adresser la parole.

— Désolée. Pas le temps. Ma fille a besoin de moi.

J'arrive, Jenna. J'arrive.

Elle conduisit aussi vite que les normes de sécurité le permettaient, espérant à moitié qu'on l'arrêterait pour qu'elle puisse demander à la police de l'escorter. Mais elle atteignit l'hôpital sans avoir croisé l'ombre d'un véhicule de patrouille. Elle se gara au hasard et franchit la porte de l'hôpital comme un ouragan.

— Je veux voir Jenna Stewart… pardon, Sullivan.

Il fallut que l'employée au guichet lui jette un regard circonspect pour qu'elle prenne conscience de son apparence. Vider de vieux placards et charger des caisses et des cartons avait laissé quelques traces. Ses vêtements étaient tout fripés et elle devait être plus ou moins couverte de poussière de la tête aux pieds.

Elle s'en fichait carrément. Tout ce qui l'intéressait, c'était sa fille.

— Jenna Sullivan. Elle a été transportée ici il y a quelques minutes. Victime d'un accident de voiture.

Elle en avait la bouche sèche rien qu'à prononcer ces mots. Une chose était certaine, elle n'oublierait jamais le moment où elle avait décroché son téléphone et entendu la voix tremblante de Jenna.

« Oh ! maman… Aide-moi. »

Elle ne se souvenait pas que Jenna lui ait un jour demandé de l'aide.

— Elle est entre les mains de l'équipe médicale, pour le moment. Si vous voulez bien vous asseoir en attendant, nous…

— Je ne vais certainement pas m'asseoir ! Ma fille m'attend.

Elle se sentait comme une lionne, prête à se servir de ses griffes s'il le fallait. Connaissant un peu la nature humaine, elle savait que l'agressivité la mènerait droit dans le mur. Elle garda donc une voix calme mais ferme. Si cette femme n'avait pas encore compris que rien ne l'arrêterait, c'est qu'elle avait besoin de passer un test oculaire.

— Dès qu'elle aura été examinée, vous pourrez…

— Elle a besoin de moi *maintenant*, là, tout de suite. Je suis sa mère et il lui faut un proche auprès d'elle.

Sa fille lui avait demandé de l'aider et il était hors de question qu'elle ne réponde pas à l'appel. Cette fois, elle ne lui ferait pas faux bond.

Plus jamais, elle ne resterait sourde aux demandes de ses enfants.

L'employée au guichet lui jeta un regard las en se demandant à l'évidence si elle devait appeler un agent de sécurité ou non. Sans cesser de la surveiller du coin de l'œil, elle décrocha son téléphone et, quelques instants plus tard, une infirmière des urgences apparut.

— Vous êtes la mère de Jenna ? C'est une bonne chose que vous soyez venue. Votre fille vous réclame avec insistance et elle est très agitée. Ce serait bien qu'elle puisse vous parler quelques minutes avant l'intervention chirurgicale.

Les genoux de Nancy faiblirent.

— Parce qu'il faut l'opérer ?

— Sa tension est anormalement basse et le scanner montre une hémorragie intra-abdominale. On soupçonne une rupture de la rate. Il n'est pas rare que de telles lésions surviennent en cas de choc brutal, comme dans un accident de voiture.

Ce n'était pas la nouvelle que Nancy espérait. Les jambes tremblantes, elle suivit l'infirmière dans les couloirs. La rate était un organe important, avait-elle lu quelque part. Ne jouait-elle pas un rôle dans le système immunitaire ou quelque chose comme ça ? Mack aurait trouvé la réponse en trois secondes sur son téléphone, mais sa grand-mère était un dinosaure condamné à se débrouiller avec sa mémoire, aussi limitée soit-elle.

Jenna était allongée sur un brancard, sous intraveineuse, avec la tête bandée. Elle avait un énorme bleu sur la pommette et ses yeux étaient rougis par les larmes. Lorsque sa fille la vit entrer, elle recommença à pleurer de plus belle.

— Maman… Je voulais tellement que tu viennes. Tu ne me laisses pas, hein ? Jure-moi que tu ne repartiras pas.

Nancy s'avança, dissimulant son anxiété.

— Je suis là, ma chérie. Et je ne bouge plus d'ici.

Elle passa les bras autour de sa fille avec toutes les précautions possibles, en priant pour ne pas aggraver son état.

— Là. Tout va bien se passer.

— Tout est affreux, affreux…, hoqueta Jenna.

Nancy la berça doucement, cherchant d'instinct à apporter un rythme, un réconfort.

— Je sais que tu as eu très peur, mais nous avons d'excellents médecins ici, ma chérie. Ils vont te remettre d'aplomb.

Faites, oh faites que tout se passe bien dans cette salle d'opération.

— L'accident, c'est juste la merde de plus qui vient s'ajouter au reste. Et le reste n'est pas réparable, même par la médecine.

Jenna sanglota plus fort et l'infirmière qui surveillait sa tension tourna la tête et fronça les sourcils.

Nancy l'ignora.

— Explique-moi, Jenna ? Qu'est-ce qui n'est pas réparable ?

— Le… le bébé, hoqueta Jenna en peinant à articuler ses mots. Ils… ils ne peuvent rien faire pour… le… le… bébé.

Nancy essuya avec tendresse les larmes qui ruisselaient sur les joues de sa fille.

— Tu es enceinte, ma chérie ? Tu l'as dit à l'équipe soignante ?

Jenna secoua la tête, le visage baigné de larmes.

— Non, non, je ne suis pas enceinte… Je n'ai jamais été enceinte… Et je crois que ça ne viendra plus, maintenant, conclut-elle d'une voix étranglée.

Nancy avait de la peine à suivre le fil. Sa fille était blessée, avec une hémorragie interne, et sur le point d'être opérée. Et tout ce qui la préoccupait, c'était le fait de ne pas attendre d'enfant ? Pourquoi ce regret dominait-il dans des circonstances aussi graves que celles-ci ? À moins que…

— Cela fait longtemps que vous essayez, Jenna ?

Jenna se cramponna à elle.

— J'ai l'impression que c'est une éternité.

— Oh ! ma chérie.

Nancy écarta les cheveux qui tombaient sur le visage de son enfant, en essayant de faire abstraction des traces sanglantes.

La peau du crâne saignait toujours beaucoup. C'était une des rares choses dont elle se souvenait de l'enfance de ses filles.

— Ça peut parfois prendre un certain temps.

— Justement. Ça *fait* un certain temps qu'on attend et qu'on espère et que rien… toujours rien. Oh ! maman…

Le « maman » faillit la faire fondre en larmes à son tour. Jamais, jusqu'à ce jour, Jenna n'avait évoqué son désir d'enfant devant elle.

Un sentiment d'impuissance la saisit et elle demeura immobile, heurtée de plein fouet par les vagues de souffrance qui émanaient de sa fille.

Par quel mystérieux phénomène ressentait-on la douleur de son enfant plus intensément encore que la sienne propre ? Elle se savait capable d'affronter n'importe quelle épreuve que la vie placerait sur son chemin. Mais elle ne pouvait supporter que le malheur frappe ses filles.

Quels mots pouvait-elle utiliser ? Dans quelles ressources puiser pour apporter un peu de réconfort ?

Jenna l'avait appelée à l'aide. Et elle voulait répondre présent, mais elles ne disposaient que de quelques minutes avant l'opération. Le moment n'aurait pu être plus mal choisi pour se lancer dans une conversation aussi cruciale.

— Tu sais qu'on a essayé deux ans avant que je tombe enceinte de Lauren ?

Jenna renifla.

— C'est vrai ?

— Mais oui. Le corps humain a ses mystères. Et Greg, qu'est-ce qu'il en dit ? Vous avez parlé à un médecin, tous les deux ?

— Il ne veut pas. Il dit qu'il faut que je me détende.

Ça, ce n'est pas vraiment malin, mon garçon.

— Tu l'as appelé, au moins ?

Jenna enfouit son visage contre son épaule.

— Pas encore. On ne s'entend plus si bien que ça, Greg et moi, depuis quelque temps.

Nancy caressa tendrement le dos de sa fille, en essayant de

ne pas laisser paraître l'effarement suscité par cette nouvelle. C'était clairement un de ces moments dans la vie où il s'agissait d'écouter plus que de parler. Sous aucun prétexte, elle n'assénerait son opinion comme l'aurait fait sa grand-mère.

« Mais, ma pauvre Nancy, à qui la faute sinon la tienne, si... C'est à toi de voir, bien sûr, mais à ta place, je... »

— Raconte-moi ce qui s'est passé aujourd'hui, ma chérie.

— J'avais cinq jours de retard de règles et ça ne m'était encore jamais arrivé, chuchota Jenna. J'étais sûre et certaine que cette fois c'était la bonne, alors j'ai fait un test de grossesse à l'école. Je ne voulais plus attendre. Et je pensais que la grande nouvelle mettrait fin au conflit avec Greg.

— Et le test était négatif...

Nancy imagina Jenna seule dans les toilettes froides et impersonnelles du bâtiment scolaire. Si seulement elle avait pensé à se munir d'un paquet de mouchoirs avant de partir, songea-t-elle, les joues inondées de larmes.

— Et après, tu as conduit dans cet état et...

— Il n'y a pas eu que ça.

La respiration saccadée, Jenna lui raconta la dispute avec Greg le matin même, la conversation avec Andrea, puis le trajet jusqu'à la plage. Nancy tenait sa fille serrée contre elle et écoutait, en essayant de ne rien trahir de sa terreur pendant le récit de l'accident.

Elle refusait de penser à ce qui aurait pu arriver d'encore pire.

Le récit de Jenna fut douloureux à entendre, mais le plus dur encore était de découvrir à quel point sa fille souffrait de son désir d'enfant contrarié.

— Je voudrais tellement devenir maman. C'est tout ce que je demande. Et... et ça n'arrivera jamais.

Nancy serrait contre elle le corps secoué de sanglots de Jenna, terrifiée à l'idée que sa réaction physique de désespoir n'aggrave ses saignements internes.

— Rien ne prouve que ça n'arrivera jamais, ma chérie. Nous allons essayer d'avoir quelques réponses. De trouver une solution ensemble. Mais on devrait commencer par appeler

Greg. Il faut qu'il sache que tu es à l'hôpital. Il ne peut pas être tenu dans l'ignorance.

Une femme en tenue de chirurgien s'avança vers elles.

— Madame Stewart ? Je suis Gail Johnson, chirurgienne en médecine interne. Nous devons emmener Jenna au bloc opératoire. L'équipe se prépare et procède à l'installation.

Les yeux de Jenna se remplirent de larmes.

— Vous pouvez m'accorder encore juste une minute avec ma maman ?

La chirurgienne sourit.

— Bien sûr. Nous ne sommes pas encore tout à fait prêts. Mais vous n'aurez pas plus de deux minutes.

Elle régla la perfusion et sortit du box. Nancy tenta de faire abstraction de l'austérité froide et stérile du cadre.

— Tu veux que j'appelle Greg pour toi ?

Il semblait à peine croyable que sa fille et son gendre puissent traverser une crise. Greg et Jenna étaient inséparables et l'avaient toujours été.

— Greg a des réactions incompréhensibles, ces derniers temps, murmura Jenna en frottant ses yeux rougis. Par rapport au bébé, mais aussi pour cette histoire avec papa. Je crois que le désir d'enfant est surtout présent de mon côté et que lui, au fond, ça ne le dérange pas tant que ça de ne pas être père.

— Tu crois ? Peut-être que pour lui aussi l'attente est difficile, Jenna.

— Si c'était un problème pour lui, il en parlerait. Traiter les problèmes, c'est sa spécialité.

— Ceux des autres, oui. Mais ce n'est pas pareil lorsqu'il s'agit d'affronter les siens.

Nancy recula lorsqu'un brancardier vint chercher Jenna pour la faire rouler en salle d'opération.

— Je peux l'appeler, alors ?

Jenna hésita puis acquiesça d'un signe de tête.

— Tu seras là quand je me réveillerai, maman ?

— Évidemment que je serai là.

— Tu me le promets ? Tu ne t'en iras pas ?

— Personne ne pourra me déloger d'ici, ma chérie.

Nancy prit la main de sa fille et la serra très fort.

— Tout va bien se passer. L'opération, mais aussi le reste.

Elle espérait ne pas se tromper sur ce second point. Mais elle eut la réponse à sa question lorsque Greg déboula un quart d'heure plus tard et qu'elle vit son expression.

Son visage était couleur de cendre et son inquiétude sautait aux yeux.

— Où est-elle ? Comment elle va ? Vous avez eu des nouvelles ?

Greg, qui était un modèle de calme et de flegme d'ordinaire, était submergé par une angoisse qui faisait peine à voir.

— Elle vient juste d'entrer au bloc.

Il se laissa tomber lourdement sur la chaise la plus proche.

— On m'a dit que l'accident avait eu lieu sur la route de la plage. Qu'est-ce qu'elle pouvait bien fabriquer là-bas ?

Devait-elle le lui dire ? Non. Ce n'était pas à elle qu'il revenait de raconter ce qui avait bouleversé Jenna.

— Tu le lui demanderas dès qu'elle se réveillera.

— Mais pourquoi ne m'a-t-elle pas appelé ?

Parce qu'il arrive qu'une fille ait besoin de sa maman.

— Tu vas bientôt pouvoir en parler avec elle, Greg.

Dévoré par la nervosité, il se passa les mains sur le visage. Nancy prit place à côté de lui. Si leur couple traversait quelques difficultés, Jenna et lui trouveraient à les résoudre. Elle n'avait plus aucune inquiétude de ce point de vue.

— Les médecins sont confiants et pensent que l'intervention devrait bien se passer. Ils ne procéderont à l'ablation de la rate que s'ils ne peuvent vraiment pas faire autrement. Sans rate, elle serait plus vulnérable à certaines infections. Ils vont juste juguler l'hémorragie.

Nancy hésita.

— Sa tête a heurté le pare-brise au moment de l'accident. Son visage est contusionné. Il vaut mieux que tu sois préparé, car ça pourrait te faire un choc.

Devait-elle mentionner sa conversation avec Jenna au sujet de son désir d'enfant ? Non. Le pauvre garçon était déjà bien assez secoué comme cela. Il se tenait affaissé, les coudes sur les genoux et les doigts enfoncés dans les cheveux.

— Elle aurait pu mourir, enfermée dans un tombeau de tôle. Oh ! pardon, je suis désolé. Je ne pensais plus à...

Il la regarda, l'air gêné. Elle comprit qu'il songeait à un autre accident de voiture, dont aucun des deux occupants n'était sorti indemne, cinq ans plus tôt.

— Ne t'inquiète pas pour ça. Il n'y a pas de problème.

— Je regrette, vraiment. Ce n'était pas la chose à dire.

— Tu n'es pas toujours obligé d'avoir la bonne parole au bon moment, Greg.

Elle n'avait jamais réfléchi à la question jusqu'à présent, mais elle prenait soudain conscience du fardeau que cela devait représenter de toujours avoir à trouver les mots justes pour aider et consoler.

Avoir à tenir une réputation comme celle de Greg devait être épuisant. Une pression supplémentaire dans une vie qui comportait déjà tant de contraintes.

Elle posa la main sur son épaule.

— Tu passes tes journées à t'occuper des difficultés émotionnelles des autres. Attention de ne pas négliger les tiennes.

Lauren arriva au pas de course juste au moment où Greg allait répondre. Elle était pâle et échevelée. Et Scott suivait juste derrière.

Nancy se leva et serra sa fille dans ses bras.

— Jenna sera heureuse de te voir à son réveil.

— Je suis venue dès que j'ai eu ton message.

Le jean de Lauren était éclaboussé de minuscules taches de peinture.

— Comment est-elle ? Vous avez eu plus de nouvelles ?

Nancy se demanda distraitement au passage pourquoi sa fille portait un jean de marque pour bricoler au Sail Loft. Elle nota que Scott se tenait tout près — discrètement protecteur et l'œil rivé sur elle.

Intéressant.

— Elle est encore au bloc. On ne sait rien de plus pour le moment.

Elle vit Scott placer une main réconfortante au creux du dos de Lauren et une vague d'inquiétude maternelle la saisit. Elle avait la plus grande affection pour Scott et admirait ce qu'il avait fait de sa vie, mais c'était un homme avant tout indépendant et solitaire. Que se passerait-il lorsqu'il repartirait vers de plus vastes horizons ? Et quelle était, d'ailleurs, la nature exacte de la nouvelle relation entre sa fille et lui ? Lauren était fragile comme le verre, en ce moment. Beaucoup trop vulnérable pour résister à un nouveau coup du sort.

Nancy reprit place sur une des chaises d'hôpital en plastique dur et se rappela à l'ordre : elle n'était pas là pour prendre des décisions en lieu et place de ses filles. Elle était là pour les *soutenir* dans leurs choix.

Elle serait là pour les encourager et prête à les ramasser si elles trébuchaient et se cassaient la figure. C'était ça, le rôle d'une mère, non ? Et si les chemins qu'elles prenaient dans la vie lui donnaient des sueurs froides et des crampes à l'estomac, c'était son problème. Pas le leur.

Le silence tomba et ils restèrent assis en rang d'oignons à attendre, munis de mauvais cafés dans de sinistres gobelets jetables.

Dans un couloir aseptisé d'hôpital, tous les éléments se conjuguaient pour rendre une situation angoissante dix fois plus lugubre encore qu'elle ne l'était déjà.

Greg paraissait défait et à peine en état de tenir le café que Lauren lui avait fourré dans la main. Chaque fois qu'un soignant passait dans le couloir, il se levait d'un bond, le visage livide.

Lorsque, enfin, la chirurgienne sortit du bloc, Nancy tressaillit violemment et réalisa qu'elle était à peine moins stressée que son gendre.

— Monsieur Sullivan ?

Greg était déjà debout, pâle comme un linge.

— Est-ce que… Est-ce qu'elle…

Il déglutit avec peine et Nancy posa la main sur son bras.

— L'opération s'est bien passée, leur assura Gail Johnson. Comme vous le saviez déjà, le choc de l'accident avait provoqué une déchirure splénique. Mais nous avons pu suturer en évitant l'ablation.

— Vous n'avez pas été obligés de lui enlever la rate, alors ?

— Nous ne procédons à la splénectomie totale qu'en dernier recours. Dans le cas de Jenna, nous avons pu refermer la plaie et stopper l'hémorragie. Elle devra rester encore quelques jours ici en observation et nous ferons un scanner de contrôle. Mais a priori, il n'y aura aucune séquelle.

Greg s'effondra sur la chaise la plus proche comme si quelqu'un venait de lui scier les jambes. Les coudes sur les cuisses, il enfouit son visage dans ses paumes.

Nancy lui posa la main sur l'épaule.

— Elle est tirée d'affaire, Greg.

Il est vraiment bien, ce garçon, songea-t-elle. *Plus que bien, même.*

Greg prit une inspiration saccadée.

— Je veux la voir.

La chirurgienne fronça les sourcils.

— Elle se réveille juste de l'anesthésie. Il serait peut-être préférable d'attendre que…

— *Maintenant*, insista Greg d'une voix rauque. Il faut que je la voie immédiatement.

Gail Johnson hésita mais elle dut lire quelque chose sur le visage de Greg car elle hocha la tête.

— Juste un petit moment, alors. Et à condition que vous y alliez seul. Venez avec moi.

Au moment où Greg emboîtait le pas à la chirurgienne, Nancy se souvint qu'elle avait rendez-vous avec Ben pour faire le point sur l'avancement du jardin.

Il devait se demander où elle était passée.

Fallait-il l'appeler ? Non. Il était déjà tellement tard que cela ne changerait de toute façon plus grand-chose. Et Ben comprendrait lorsqu'elle lui expliquerait. Il était patient et dépourvu de tout égocentrisme. Tellement différent de Tom sur à peu près tous les plans.

Ils restèrent tous là à attendre jusqu'à ce que l'équipe médicale finisse par céder et les autorise à aller embrasser Jenna avant de repartir. Elle était sortie de réa et on l'avait déjà installée dans sa chambre — une pièce agréable, ensoleillée et donnant sur les arbres et sur les prés.

Greg, assis à son chevet, lui tenait la main.

Nancy songea que le personnel de l'hôpital aurait bien du mal à le déloger de là de sitôt.

Jenna avait les yeux fermés mais elle les rouvrit en les entendant entrer et son regard s'éclaira à leur vue.

— Salut, vous trois.

Sa voix était faible, et Greg serra sa main plus fort en la couvant d'un regard protecteur.

— Ne parle pas, Jen. Tu es censée te reposer.

Nancy se pencha pour embrasser sa fille sur le front.

— On a juste réussi à décrocher la permission de venir te faire une bise. Comment tu te sens ?

— Au top, chuchota Jenna d'une voix cassée. Pour ainsi dire prête à bondir.

Lauren sourit et s'avança pour l'embrasser à son tour.

— La prochaine fois que tu auras envie de jouer les cascadeuses, appelle-moi, OK ? Pour les mauvais coups, c'est moi qui suis censée être l'instigatrice.

Jenna eut un pâle sourire.

— Il était assez mal planifié, mon vol plané.

Nancy vit le regard qu'échangeaient ses filles.

Dieu merci, ces deux-là avaient toujours été comme les doigts d'une seule main. Elle fit un signe à Lauren qui acquiesça.

— Vous partez déjà ?

Jenna tendit la main. Sur la peau livide de son visage, l'ecchymose se propageait, lui couvrant toute la pommette.

— Je reviens demain, ma chérie.

Une bonne mère devait répondre à l'appel, mais savoir aussi à quel moment il était judicieux de s'éclipser.

— Je t'apporterai de quoi manger avant qu'ils ne t'empoisonnent avec leur horrible nourriture d'hôpital.

Greg se leva.

— Merci, Nancy.

Son gendre la serra spontanément dans ses bras. Ce qui, dans son souvenir, ne lui était encore jamais arrivé.

Ce n'était pas de sa mère que Jenna avait besoin en ce moment.

Elle ressortit de l'hôpital en compagnie de Scott et de Lauren. À présent que l'anxiété au sujet de Jenna était retombée, la fatigue prenait le dessus. Elle se sentait vidée.

Et mûre pour revenir à des sujets de conversation plus terre à terre.

— Comment ça se passe, alors, au Sail Loft ? Je pourrai bientôt venir voir ?

Lauren paraissait troublée.

— Pas avant que tout soit terminé. Scott a fait un boulot magnifique dans la cuisine.

— Je n'en doute pas.

Du coin de l'œil, Nancy vit les joues empourprées de sa fille et réprima un sourire.

Quel que soit l'avenir de la relation entre Lauren et Scott, l'idée que de nouvelles amours s'épanouissent au Sail Loft n'était pas pour lui déplaire. Elles marqueraient les lieux de leur empreinte et empêcheraient qu'elle continue de penser à Tom chaque fois qu'elle mettrait le pied dans son ex-atelier.

Lauren lui posa la main sur le bras.

— Je te promets que ce ne sera plus du tout le même lieu qu'avant, maman. L'atmosphère est déjà complètement différente.

Nancy fut touchée par la délicatesse et la sensibilité de sa fille.

— J'ai hâte de voir à quoi notre nouvelle maison va ressembler.

Tu entends ça, Tom ? On a effacé la trace de tes parties de jambes en l'air à grands coups de peinture. Je suis en train de me reconstruire, vois-tu. Tes coucheries ne m'ont pas détruite.

— Tout ton matériel de peinture est rangé et à l'abri. Mais j'ai mis en carton des tas d'affaires que j'ai trouvées un peu partout. Donc il faudra que tu les tries à un moment ou à un autre et que tu voies ce que tu veux garder.

— Je ne veux rien garder du tout.

Lauren parut sceptique.

— Jette peut-être quand même au moins un coup d'œil.

Ils avaient atteint le parking et Nancy vit le pick-up de Scott garé plus loin. Elle sortit ses clés de son sac.

— J'ai vraiment envie de faire table rase. À présent que j'ai découvert les vertus assainissantes du rangement, j'en redemande. Je m'aperçois que les effets sont hautement thérapeutiques.

Lauren la regarda en riant.

— Mais qui êtes-vous donc, créature inconnue, et qu'avez-vous fait de ma mère ?

— Ton ancienne mère gît enterrée sous la montagne de vieilleries auxquelles elle s'est raccrochée pendant des décennies. Ta nouvelle mère s'apprête à retourner à la Captain's House et s'emploiera à embellir le jardin jusqu'à la tombée de la nuit. J'ai pas mal de choses à planter. Ben m'a promis qu'il serait là ce soir et j'ai l'intention de l'aider. On va donner un grand coup de collier pour que tout soit parfait pour les locataires. Soyez prudents au volant, et à plus tard.

Quelques heures après, Nancy se redressa et ses reins malmenés protestèrent vigoureusement. Elle avait planté et désherbé sans s'octroyer le moindre temps de relâche. Mais travailler était la seule technique qu'elle connaissait pour soulager l'anxiété. Et elle était inquiète pour Jenna. Sa fille avait-elle réussi à parler à Greg ?

Elle fit la grimace en se massant les lombaires.

Ben était à côté d'elle et continuait de creuser des trous à la bêche pour mettre en terre les derniers arbustes qu'ils avaient achetés.

Il jeta un coup d'œil dans sa direction.

— Toi, tu devrais prendre une pause.

— Je sais. Mais il y a encore à faire.

Elle n'en revenait pas qu'il soit si rassérénant de jardiner sous les derniers rayons de soleil avec Ben, alors que la mer changeait de couleur et que les ombres s'étendaient sur les massifs.

Ben ôta sa casquette.

— Tout va s'arranger pour Jenna, Nancy.

— Je l'espère.

Parviendrait-elle un jour à décrire ce qu'elle avait ressenti en recevant l'appel au secours de sa fille ? Plus rien d'autre n'avait compté dans sa vie en cet instant. Ni la maison, ni l'état de son compte en banque. Pas même Tom.

— Comment savais-tu que je pensais à elle ?

— Tu as téléphoné deux fois à l'hôpital au cours de l'heure écoulée.

Il y avait une bonté grave et généreuse dans le regard de Ben. Nancy songea au calme qui émanait de sa présence.

— Je suis un peu trop mère poule, tu trouves ?

Elle retira ses gants de jardinage.

— Je n'ai pas été une bonne mère pour mes deux filles, Ben. Je n'ai pas spécialement envie d'entrer dans les détails. Et pas spécialement envie non plus de t'entendre dire que je me trompe. Je sais que je me suis loupée avec elles dans les grandes largeurs. Et j'essaie de me rattraper comme je peux maintenant.

Ben lui posa une main sur l'épaule.

— Je suis content pour toi qu'elles soient là, toutes les deux.

Et elle donc ! Elle se félicitait de sa chance de les avoir l'une et l'autre.

Leurs deux enfants, c'était au moins quelque chose que Tom et elle avaient réussi ensemble. Probablement leur seule réussite commune, d'ailleurs.

Elle se retourna pour admirer leur œuvre.

— Tout est transformé, ici. La maison comme le jardin. Le résultat est plutôt pas mal.

— Pas mal ? C'est spectaculaire. Ton jardin est une œuvre d'art, conclut Ben en s'essuyant le front.

Une œuvre d'art.

Nancy réalisa que c'était exactement cela. Elle avait cessé de peindre, mais au lieu d'utiliser de la couleur pour couvrir une toile, elle se servait de végétaux pour créer des compositions géantes en mariant les formes et les couleurs d'une façon qui lui valait les regards admiratifs de tous ceux qui passaient à proximité.

Son jardin était un tableau qui vivait et respirait.

— Tu as raison, dit-elle.

La passion qu'elle avait mise à peindre, elle la canalisait désormais dans une autre forme créative.

— J'aimerais bien m'attaquer au jardin du Sail Loft pour en faire quelque chose d'équivalent. Tu serais prêt à m'aider ?

— Quelle question. Comme si j'allais te dire non.

— Il faudra commencer par déraciner cette cochonnerie de chèvrefeuille qui envahit tout.

— On en viendra à bout... Ça ne va pas être trop difficile pour toi d'avoir à quitter ta maison pendant l'été ?

— Non. Le Sail Loft me rapprochera de Jenna. Je pourrai passer la voir de temps en temps en échappant aux bouchons estivaux.

Le regard de Ben interrogea le sien.

— Ça fait un paquet de temps que je ne te vois plus prendre le chemin de ton atelier. J'en avais conclu que tu refusais d'y mettre encore les pieds.

— Lauren a tout transformé là-bas. Ce sera comme emménager dans une maison neuve.

— Tu me manqueras.

Elle ne s'attendait pas à une telle déclaration.

— Je ne pars pas très loin.

— Cela me manquera de ne plus faire le jardin ici avec toi.

Ils avaient décidé que Ben continuerait à entretenir les extérieurs de la Captain's'House durant l'été. Comme le jardin côtier représentait un atout important de la propriété, Nancy avait jugé que la dépense se justifiait.

— Tu penses que ça va faire beaucoup pour toi ?

Même s'il avait dépassé la soixantaine, Ben avait gardé une excellente condition physique. Elle n'avait pas imaginé un instant que l'entretien du jardin pourrait dépasser ses capacités. Si c'était le cas, ce serait ennuyeux. Car le budget de Nancy ne lui permettrait pas de prendre un second jardinier.

— Tu feras ce que tu pourras, Ben.

Les yeux de ce dernier pétillèrent.

— Tu as peur que je sois accablé par l'ampleur de la tâche ? J'ai encore quelques belles années devant moi. Ce n'est pas pour ça que je regretterai ton absence, Nancy.

— Ah, bon... Mais alors dans ce cas...

Elle s'interrompit, trébuchant sur les mots, et se souvint de ce qu'elle avait ressenti en le voyant à travers la fenêtre.

— ... Ben Winter, tu ne serais pas en train de me draguer, par hasard ?

— Je ne sais pas si le terme s'applique encore à nos âges, mais oui, j'imagine que je te fais du gringue, comme on disait dans le temps... Ça te surprend tant que ça ?

Nancy faillit en lâcher la plante qu'elle avait dans la main.

Ses lèvres remuèrent mais aucun son n'en sortit. Ben avait été marié pendant quarante ans et avait vécu une union apparemment heureuse et sans histoires. Depuis le décès de Lucille, il vivait dans une des petites maisons sur Main Street. Elle savait que les femmes qui s'intéressaient à lui sur l'île étaient légion. Mais elle l'avait toujours vu indifférent à ces avances féminines plus ou moins discrètes. Elle avait pensé que comme elle il se distrayait de son chagrin en se réfugiant dans le travail.

Jamais, au grand jamais, elle n'avait imaginé que ses sentiments pour elle pourraient aller au-delà d'une simple amitié.

Il attendait sa réaction, mais elle n'avait aucune idée de ce qu'elle voulait lui dire. Elle se raccrochait à son plant de tomate comme à une bouée de sauvetage.

— Je ne suis pas vraiment un cadeau dans ce domaine-là, tu sais.

— Tu t'es mis ça en tête parce qu'il a brisé toute ta confiance en toi.

Ben enfonça si fort sa bêche dans le sol que Nancy s'attendit à voir la terre trembler.

— Ce n'est pas une question de confiance. Je suis trop vieille et cynique pour penser encore à l'amour, Ben.

— Alors ne tombons pas amoureux.

Il lui fit un clin d'œil.

— On pourrait commencer par le sexe. S'envoyer en l'air jusqu'à en avoir les os qui craquent.

Brusquement, un rire immense la secoua. Depuis quand elle n'avait plus ri avec autant d'abandon, elle n'aurait su le dire.

— Oh Ben...

— Je ne plaisante pas, Nancy.

— Tu devrais.

Elle se sentait troublée. Troublée et flattée. Le sexe à son âge ? L'idée même avait quelque chose de ridicule. Mais il avait les yeux si bleus... Et la façon dont il la regardait lui donnait envie de l'entraîner à l'intérieur de la maison et de boucler la porte derrière eux.

— Imagine les commentaires auxquels on aurait droit.

— Je m'en fous complètement de ce que les gens racontent. Et cela ne devrait pas être un problème pour toi non plus. C'est *ta* vie, Nancy. Pas la leur. Et n'oublie pas que tu n'en as qu'une.

Elle avait le sentiment de chanceler sur le seuil d'un univers inconnu et incroyablement excitant.

— Notre amitié est précieuse pour moi, Ben. Je ne voudrais pas la perdre.

— Qui a parlé de détruire notre amitié ? Toute relation n'est pas vouée à l'échec, Nancy. Et tous les hommes ne sont pas comme Tom.

D'une façon ou d'une autre, donc, il savait pour les infidélités à répétition de son mari. Non sans surprise, elle découvrit que ça ne la gênait pas. Dans un sens, elle était même soulagée qu'il n'y ait pas de secrets entre eux. Car elle constatait, jour après jour, que les secrets créaient du désordre. Comme la masse de vieilleries qu'elle avait gardées toute sa vie, ils prenaient de la place et n'attiraient que la poussière.

Les secrets vous enfermaient et vous coupaient des autres.

Il était temps pour elle de réagir à la proposition de Ben.

Mais que lui dire ? Ce qu'elle ressentait était inédit et elle n'était pas certaine de pouvoir mettre des mots sur le tourbillon d'émotions qui s'agitaient en elle.

Ben attendit quelques instants puis se détourna.

— Bon. La nuit ne va pas tarder à tomber. On va finir de planter ce truc-là.

Elle connut un instant de pure panique.

Il pensait qu'elle le repoussait !

— Ben, est-ce que tu veux bien…

Nancy s'interrompit. Comment était-elle censée formuler ce genre de proposition, à son âge ?

— Tu veux… euh… entrer boire quelque chose ? Il n'y a personne à la maison.

Évidemment qu'il n'y avait personne. Il le savait déjà. *Oh ! Nancy. Tu es vraiment ridicule, dans ton genre.*

— Tu veux juste me payer un coup à boire, alors ?

— Pas seulement.

Il sourit et lui prit le visage entre les mains.

— Avec moi, tu peux dire les choses telles que tu les sens, Nancy. Tu n'as pas à peser tes mots ni à essayer de deviner ce que j'ai derrière la tête. Il n'y aura pas de secrets entre nous.

Des secrets. Comme elle les haïssait, désormais !

— Tu ne crois pas qu'on va un peu vite en besogne, là, Ben ? On devrait peut-être…

Il l'embrassa.

Elle avait été fermement persuadée que la phase sexuelle de sa vie était bouclée et archivée depuis des lustres. Et voilà qu'un homme qu'elle désirait l'embrassait. L'embrassait comme elle n'avait peut-être jamais encore été embrassée. Ses mains tenaient son visage prisonnier et ses lèvres allaient et venaient sur les siennes avec une tendresse, une lenteur séductrice qui la faisaient trembler.

Elle sentit que ce qui se passait entre eux était juste. Juste et beau.

La sensation oubliée du plaisir se propagea en elle, vint se loger dans la fourche de ses cuisses.

Ben Winter. En train de l'embrasser. Elle se sentait étonnamment vulnérable. Et en même temps consciente qu'avec Ben sa sensibilité serait toujours protégée.

Des larmes d'émotion lui brûlaient les paupières. *Qui aurait jamais pu penser cela ?*

Alors qu'elle avait cru dur comme fer que sa libido avait fermé boutique et mis la clé sous la porte pour toujours.

Elle vacilla contre lui mais il la tenait fermement — un roc sur lequel elle pouvait s'appuyer en toute sécurité.

Lorsqu'il finit par la relâcher, elle avait le vertige et le désir lui liquéfiait les membres.

— Tu ne veux pas attendre, Ben ?

— L'avantage de la maturité, c'est qu'on n'a plus besoin de tergiverser et de différer lorsqu'on sait déjà qu'on veut ce qu'on veut.

Il lui prit la main et l'entraîna à travers les allées du jardin vers les portes-fenêtres ouvertes.

— Ma fille est à l'hôpital.

— Avec Greg rivé à son chevet. Mais si ça t'inquiète trop et que tu préfères…

Cher, cher Ben. Toujours prévenant, compréhensif et à l'écoute.

Ben.

— Non.

La vie était courte et elle avait déjà bien assez attendu.

Le soleil disparut sous la ligne d'horizon et elle contempla sa maison. Une lumière brillait dans la cuisine et le cri des oiseaux de mer remplissait le ciel.

— C'est magnifique, non ?

Jamais la Captain's House ne lui avait paru aussi belle. Qui aurait pu penser que quelques coups de peinture et un peu d'amour et d'attention feraient une telle différence ? C'était comme si la vieille demeure avait rajeuni en se dépouillant d'un voile d'ancienne tristesse.

— Elle a renouvelé son bail sur la vie.

Agrippant la main de Ben, elle entra chez elle, toute disposée à espérer qu'il lui arrivait la même chose qu'à sa maison.

Chapitre 30

Jenna

Déterminé : être résolu à faire ou ne pas faire quelque chose.

— Je peux aller te chercher autre chose ?

Greg tournait autour d'elle comme un drone.

— Encore un peu de soupe ? Une tisane ? Un médicament contre la douleur ?

— Merci, non. Tout va bien.

En vérité, tout n'allait pas si bien que cela. Elle se sentait faible et fatiguée. Le médecin avait dit que c'était normal, mais elle culpabilisait pour les journées d'enseignement perdues. Lindsey Hanks avait pris ses élèves en charge en même temps que les siens, mais elle savait à quel point c'était épuisant d'avoir à jongler entre différents niveaux.

— Je pourrai peut-être retourner travailler lundi.

— Jamais de la vie. Tu as subi une intervention chirurgicale suivie de cinq jours d'hospitalisation. J'ai vu Jed Andrews ce matin lorsque je suis allé chercher ton ordonnance et il m'a fait une description imagée de la façon dont ils ont dû te désincarcérer de la voiture. Tu as frôlé la mort de près, Jenna.

— Mais je suis vivante.

On sonna à la porte et Greg alla ouvrir.

Il revint avec un énorme bouquet de fleurs et une pile de

vœux de rétablissement. Les larmes aux yeux, Jenna ouvrit les cartes une à une.

« Pour la meyeure maîtresse du monde. » « Tu nous manques, maîtresse. Madame Hanks crie plus fort que toi. » « Je suis triste que tu aies cassé ta voiture, maîtresse. »

Il y avait des dessins, des collages, des peintures. Elle les examina tous un à un, en imaginant « ses » enfants, leurs petits visages marqués par la concentration, alors qu'ils faisaient de grandes éclaboussures de peinture et répandaient des paillettes partout.

Une séance de peinture était un exercice déconseillé aux âmes sensibles. Elle prit note mentalement de penser à remercier Lindsey Hanks.

— Ils t'aiment tous.

Greg retira les cartes et les dessins avec précaution et s'assit sur le lit.

— J'ai vu Lindsey hier en faisant les courses et elle m'a dit qu'ils tournaient une vidéo de classe pour toi.

— Moi aussi, je les aime.

Peut-être que l'affection de ses élèves suffirait. Elle pouvait inonder d'amour les enfants des autres. S'appliquer à devenir l'instit la plus merveilleuse de la création. Et laisser au moins quelques petites traces dans les cœurs, ici et là.

Greg lui prit la main.

— Je n'arrête pas de penser à ce tonneau que tu as fait. Ça me donne des cauchemars, admit-il d'une voix rauque.

— Moi aussi. Ça n'a pas été le moment le plus positif de ma vie. Je crois que je renonce à ma vocation de pilote de rallye.

Sa tentative d'alléger l'atmosphère fit un flop. Elle n'eut même pas droit à une esquisse de sourire.

— Le fait que tu aies appelé ta mère au secours plutôt que ton mari, ça n'a pas été un moment très positif pour moi non plus.

Elle l'avait blessé.

— C'est un réflexe un peu universel, non, de vouloir sa mère quand on panique et qu'on a mal ?

— Pas pour toi. Tu n'as jamais été de celles qui crient « maman » au moindre bobo.

— La vie bouge. Les relations évoluent. Nous nous sommes retrouvées, maman et moi.

Jamais, elle ne parviendrait à décrire le soulagement qu'elle avait ressenti en voyant sa mère débarquer d'autorité aux urgences, après avoir manifestement fait le forcing pour obtenir le droit de venir la rejoindre. Ce geste d'amour et de soutien avait entièrement répondu à son besoin.

— Il y a quelques mois encore, tu m'aurais appelé dès l'instant où tu aurais eu ton résultat de test sous les yeux. Tu aurais éprouvé le besoin d'en parler avec moi. Pas de te réfugier sur un coin de plage pour souffrir seule.

Greg poursuivit à voix basse, le visage livide :

— Recevoir ce coup de fil de ta mère a été dur, mais te voir avec cette blouse d'hôpital, sous perf, avec des soignants agglutinés tout autour de toi, ça a été le pire moment de ma vie.

— J'avais prévu de t'appeler en brandissant triomphalement la confirmation de ma grossesse, mais quand j'ai découvert qu'il n'y avait rien d'heureux à t'apprendre...

Sa voix vacilla.

— Je suis désolée. J'aurais dû me manifester quand même. Mais tu étais tellement furieux contre moi.

— Je n'étais pas furieux contre toi. C'est avec moi-même que ça n'allait plus.

— Tu m'en voulais d'avoir gardé cet épisode avec mon père pour moi. Et tu n'en pouvais plus de m'entendre parler de retards de règles, de cycles, de layette et tout le tintouin. Je peux comprendre que tu en avais par-dessus la tête.

— Ce n'était pas ça, Jenna.

Elle se sentait exténuée. Trop fatiguée pour la conversation qui s'imposait pourtant entre eux.

— Bon, allez... Tout ça n'est pas bien grave.

— *Si*, c'est grave. Ça m'a fait mal que tu ne m'aies rien dit au sujet de ton père, c'est vrai. Pour ta sœur et pour toi, ça a été un secret très lourd, très envahissant à porter. Je n'arrivais pas à comprendre ton silence vis-à-vis de moi. Non, chut...

Il lui posa un doigt sur les lèvres pour l'empêcher de parler.

— Laisse-moi t'expliquer jusqu'au bout. J'avais peur que ton choix se soit porté sur moi *à cause* de cette scène traumatique avec ton père.

— C'est le cas.

Elle vit son expression s'altérer et lui saisit la main.

— S'il te plaît, écoute-moi. J'aimais mon père, mais après cette nuit-là, j'ai cessé d'avoir confiance en lui. Même si j'ignorais qu'il avait eu d'autres liaisons, je sentais confusément au fond de moi que s'il l'avait fait une fois il pouvait recommencer. Je ne voulais pas d'un homme comme ça dans ma vie. Je voulais quelqu'un qui soit droit, cash, honnête. Et ce quelqu'un, c'était toi.

— Tu n'as jamais connu aucun autre homme.

Il lui glissa deux doigts sous le menton et l'obligea à le regarder.

— C'est parce que tu avais trop peur de déployer tes ailes et de prendre des risques affectifs que tu es restée cantonnée à cette unique relation avec un garçon que tu connais par cœur depuis que tu es en âge de parler ?

— Si je n'ai connu personne d'autre que toi, c'est parce que tu es le seul homme que j'ai désiré. Je t'ai choisi parce que je t'aimais. Et je suis avec toi maintenant pour la même raison. J'ai toujours su que tu n'avais rien à voir avec les hommes comme mon père.

Il se pencha pour l'embrasser.

— Je suis désolé, Jenna. Désolé d'avoir été distant et inaccessible au point de couper la communication entre nous.

Il chuchotait contre ses lèvres en ponctuant ses mots de baisers.

— Je ne veux plus jamais que tu en arrives à un stade où tu n'oses même plus m'appeler. Il n'y a rien que l'on ne puisse aborder ensemble, toi et moi. Rien.

— Je sais.

Elle lui passa les bras autour du cou.

— Et moi, je vais arrêter d'être chiante et je vais me sortir de cette fixation sur la fécondation et les bébés.

D'une façon ou d'une autre, il lui faudrait guérir d'une obsession qui devenait maladive. Jamais elle n'oublierait dans quels abîmes elle était tombée au moment où elle avait lu le résultat du dernier test.

— Je sais que ton désir d'enfant est moins fort que le mien, Greg.

— C'est là que tu te trompes, justement.

Greg lui prit la main et entrelaça ses doigts aux siens.

— Devenir parents m'importe autant qu'à toi.

— Tu ne le montres pas.

Il contempla leurs mains jointes et sa voix s'enroua.

— Tu n'as pas compris ? Je t'aime, moi aussi. Je t'ai aimée comme un fou avant même d'être en âge de comprendre ce que le mot voulait dire. Depuis le début, je n'ai qu'un besoin, qu'un désir, et c'est de te rendre heureuse, Jenna. Je veux faire ton bonheur. Mais je ne peux pas te donner ce à quoi tu aspires si intensément. Comment crois-tu que je vive cette incapacité qui se répète, mois après mois ?

Elle le regarda, sidérée.

L'idée de ne lui avait jamais traversé l'esprit que Greg ait pu vivre sa non-grossesse comme un échec personnel.

— Tu me disais que le sexe procréatif te sortait par les yeux.

— Parce que chaque fois qu'on fait l'amour et qu'aucun bébé n'en résulte je le vis comme un ratage. Et c'est dur de continuer à essayer quand on a l'impression de se louper, quoi qu'on fasse.

Des larmes brûlantes vinrent lui picoter les paupières.

— Ce n'est pas ta faute, Greg. Et il ne s'agit pas d'un « ratage ».

— Je le vis pourtant comme tel. Et j'aime autant te dire que je n'ai pas géré ça très brillamment.

Il lui adressa un faible sourire.

— J'ai l'habitude d'être le meilleur de la classe, tu te souviens ?

Il faut toujours que je sois le gagnant partout. Même dans mon métier, j'ai besoin d'être le meilleur.

C'était la première fois qu'il évoquait ces questions avec une bonne dose d'autodérision. Greg était un gagnant-né. L'enfant prodige par excellence.

— Tu es un excellent psychothérapeute, Greg. Les témoignages dans ce sens abondent.

— Je m'en sors en effet assez bien quand il s'agit d'aider les autres à affronter leurs problèmes et d'inventer de nouvelles solutions lorsque les anciennes échouent. Mais avec ma femme, qui est la personne la plus importante de ma vie, j'ai été nul et archinul. Face à mes patients, je peux rester détaché avec la tête claire, mais quand il s'agit de moi… Chaque fois que ton test était négatif, je me ruais à la salle de sport pour lâcher mes nerfs sur un putain de punching-ball.

— Sérieux ?

— Je ne plaisante pas. C'était une forme de thérapie plutôt brutale. Le club de sport a dû remplacer deux fois ledit matériel au cours de l'année écoulée.

Et elle n'en avait rien su.

— Mais pourquoi tu ne m'as rien dit de la crise que tu traversais ?

— Parce que je voulais être ton rocher dans la tempête. Je pensais que si tu te rendais compte à quel point j'étais mal ce serait encore plus dur pour toi.

— Oh, Greg…

Elle avait pris toutes ses réponses au premier degré alors qu'elle aurait dû insister, fouiller, creuser. Mais comme c'était Greg — un homme qui n'hésitait pas en temps normal à appeler un chat un chat — il ne lui était pas venu à l'idée qu'il puisse garder ses doutes, ses peurs et ses incertitudes pour lui.

— Chaque fois que je te demandais ce que cela te faisait, tu me répondais que tu étais très cool avec ça, que tout baignait.

— Je mentais. Mais cela n'a plus d'importance maintenant. C'est du passé et on va se focaliser sur l'avenir, toi et moi.

Il amena sa main à ses lèvres et pressa un baiser au creux de sa paume.

— La prochaine fois que tu feras un test, je veux être présent. On vivra cette expérience ensemble.

— Je ne sais pas si j'aurai le courage d'en refaire un. La vitesse gravitationnelle avec laquelle tu dégringoles de la haute certitude euphorique que oui, ça y est, tu es enceinte, à l'aplatissage au fin fond de l'abîme est assez terrifiante.

— Je t'aime.

Il lui lâcha la main pour la prendre dans ses bras et la serrer contre lui.

— Tu es l'amour de ma vie. Je t'aime profondément, d'une manière absolue. Et je voudrais tellement pouvoir arranger ça.

C'était un soulagement indicible d'être serrée tout contre lui. Un soulagement indicible de se sentir de nouveau proche de Greg. Le retrouver ainsi était naturel. Était juste.

— Toi aussi, tu es toute ma vie, Greg. Notre amour est une chance. Une chance magnifique.

Elle tira sur les boutons de sa chemise.

— Tu m'as manqué quand j'étais à l'hôpital. Viens te coucher.

Il gémit lorsqu'elle chercha ses lèvres.

— Jenna, on ne peut pas. Ta cicatrice…

— Tu sauras procéder avec toute la délicatesse nécessaire.

— Non, non, pas question.

Il lui attrapa les mains et les tint prisonnières des siennes.

— C'est trop tôt. Si tes points de suture craquent, je refuse d'assumer la responsabilité face à ta chirurgienne.

Elle sourit.

— Tu n'es pas très fun, Greg Sullivan.

— Donne-toi encore deux bons jours de repos et ensuite je te montrerai à quel point je suis fun.

Être heureux : ressentir, montrer ou exprimer de la joie.

Jenna-et-Greg.

Tout allait s'arranger pour eux deux. Avec ou sans enfant à eux, ils trouveraient *leurs* solutions.

Il l'écarta de lui.

— On va aller consulter, tous les deux. En parler à quelqu'un. Je suis désolé si j'ai toujours refusé de faire la démarche jusqu'à maintenant.

Le carillon de la porte sonna et Greg haussa un sourcil.

— Je parie que tu es contente, maintenant, qu'on ne soit pas tous les deux nus et excités dans un lit ?

— En vérité, non. Mais puisque nous sommes décents l'un et l'autre, autant que tu ailles ouvrir.

Il se leva à contrecœur.

— Si c'est encore une livraison de cartes, de fleurs et de chocolats, on va être obligés de déménager dans une maison plus grande.

Mais il ne s'agissait pas d'une arrivée de chocolats, cette fois-ci.

Elle entendit des voix féminines et des rires et, quelques secondes plus tard, sa mère, Lauren et Mack investissaient leur chambre à coucher.

Avec ses cheveux détachés, sa sœur avait l'air plus jeune et plus détendue — presque insouciante avec l'énorme bouquet qu'elle tenait dans ses bras. Leur mère, elle, brandissait une élégante enveloppe.

Jenna secoua la tête.

— Magnifiques, ces fleurs. Mais vous n'auriez pas dû gaspiller nos maigres fonds familiaux. J'ai encore le bouquet que vous m'avez apporté à l'hôpital.

— Celles-ci ne viennent pas de chez le fleuriste. Elles sortent du jardin de Mme Hill.

Jenna haussa les sourcils.

— Tu ne les as quand même pas…

Lauren éclata de rire.

— Non, pas cette fois-ci. C'est Ben qui s'occupe des extérieurs de Mme Hill et il les a cueillies avec sa permission car tout le monde sait que tu adores les fleurs. Tous les gens que je croise me demandent de tes nouvelles. Chaque fois que je sors faire une course, je sais que ça va me prendre cinq fois plus de temps qu'il n'en faut d'ordinaire.

Lauren jeta un coup d'œil à toutes les cartes étalées sur la table puis se concentra de nouveau sur elle.

— Comment tu te sens, aujourd'hui, Jenna ? Tu as repris un peu de couleurs.

— Ça va mieux, merci.

Beaucoup mieux même depuis sa conversation avec Greg. Elle n'avait toujours aucune idée de ce qu'il fallait faire pour tomber enceinte, mais la situation paraissait nettement moins insurmontable maintenant que Greg et elle avaient recommencé à se parler comme avant.

Il ôta une pile de livres entassés sur une chaise.

— Asseyez-vous où vous pouvez. Je vais nous préparer quelque chose à boire.

Sa mère s'approcha du lit en souriant et lui tendit l'enveloppe.

— Tiens, Jenna. C'est pour toi. Un petit plaisir en perspective pour quand tu iras mieux.

Jenna ouvrit l'enveloppe, tout en s'étonnant de ce fait fondamentalement nouveau : sa famille au grand complet, attroupée dans sa chambre à coucher.

— Seasalt Spa ?

Elle examina la carte imprimée en relief avec de beaux caractères en argent.

— C'est le nouvel établissement de soins de luxe qui s'est ouvert à côté de Chilmark ?

— Celui-là même. Et on va y aller toutes les quatre. On a vraiment mérité ça après avoir abattu tout ce boulot, ces derniers mois. Manucure, pédicure — j'ai opté pour le soin complet. On va se faire dorloter toute une journée.

Leur mère présentait l'affaire comme si elle se faisait régulièrement cocooner dans les instituts de beauté, mais Jenna ne l'avait jamais, au grand jamais, vue mettre un pied chez une esthéticienne.

— Mais c'est hors de prix, ces soins pour touristes friquées, maman !

Cette dernière sourit.

— Je viens de vendre un de mes tableaux. Ce qui m'a beaucoup étonnée, pour être honnête.

— Moi, ça ne m'a pas surprise du tout, intervint Lauren en se penchant pour lui arranger ses oreillers. Je peux faire quelque chose pour toi, Jenna ?

— Non, j'ai absolument tout ce qu'il me faut. Arrête de t'agiter.

Même si elle protestait, cela la ravissait d'avoir sa famille aux petits soins autour d'elle.

— Tu as vendu quel tableau, alors ?

— La marine qui était dans la grande chambre à coucher. Tu sais… dans les tons de gris, avec un ciel de tempête.

Jenna plaça la carte cadeau de l'institut sur ses genoux.

— Je vois. J'avoue que ces eaux tourmentées et ces arbres battus par les vents m'ont toujours filé le bourdon. L'ambiance est tellement… pessimiste.

— Elle l'est, en effet. Mais par chance pour nous, le pessimisme se vend bien en ce moment. Si les gens veulent des trucs démoralisants accrochés à leurs murs, de quel droit les en empêcherait-on ?

Jenna passa le doigt sur le bon-cadeau raffiné.

— Si tu as vendu une de tes toiles, tu devrais garder l'argent pour toi, maman. Tu auras besoin d'économies pour passer l'hiver dans la Captain's House.

— Mettre de l'argent de côté, c'est bien, mais il y a d'autres choses plus importantes. Nous avons eu un début d'année difficile toutes les quatre. Il serait temps qu'on commence à s'accorder un peu de plaisir, dans cette famille. Nous méritons bien un peu de joie.

Quand avait-il jamais été question de rire et de prendre du plaisir avec leur mère ? Jenna n'avait aucun souvenir de moments joyeux de ce type.

— Puisqu'il y a une demande pour tes tableaux, tu vas recommencer à peindre ?

— Pour l'instant, c'est surtout la création de jardins qui me passionne. Ben et moi, nous avons un tas d'idées révolutionnaires pour transformer celui du Sail Loft. Mais la priorité des priorités, ce sera notre nouvelle agence de design, Coastal Chic. Lauren a un rendez-vous à la banque demain pour négocier un emprunt. Et ensuite, on se lance. Je vais l'aider, tu te rends compte ? Je suis ravie d'explorer de nouvelles voies d'expression pour ma créativité. Mack nous prêtera main-forte en dehors de ses heures de lycée. Jenna a vu notre carte de visite ? Tu en as une sur toi, Lauren ?

Jenna se redressa contre ses oreillers. C'était la première fois de sa vie qu'elle voyait sa mère aussi joyeuse et excitée. Était-elle la seule à avoir remarqué que le nom de Ben surgissait souvent dans la conversation depuis quelque temps ?

— Vous avez déjà imprimé des cartes de visite ?

Lauren plongea la main dans son sac et en sortit une.

— C'était la première chose à faire. C'est Mack qui l'a conçue. Elle a dessiné elle-même le logo.

Jenna prit la carte.

— « Coastal Chic », lut-elle à voix haute. Très élégante, ma foi. Le logo argent en forme de coquillage est parfait. Très classe. Si j'avais les moyens, je ferais appel à vous direct.

Mack rougit de plaisir.

— J'aime bien coder, mais le côté design, ça m'attire aussi pas mal.

— Mack a un sens esthétique très sûr. C'est pour ça que le site de la Captain's House est si réussi, intervint Nancy. Tu as vu comment se présentent les textes que tu as rédigés, Jenna ? Mack a réussi à mettre un baleinier en fond de page. Ce n'est pas mal du tout. Je me demande si on ne pourrait pas monter aussi une agence de location immobilière.

Lauren lui jeta un regard alarmé.

— Une chose à la fois, maman.

Mais Jenna était heureuse de voir leur mère soudain débordante de projets.

— Je jetterai un coup d'œil sur le site tout à l'heure.

Le regard de leur mère tomba sur les petits croquis qu'elle avait posés près de son lit.

— C'est quoi, ça ?

Jenna regretta de ne pas les avoir planqués.

— Oh ! rien d'intéressant. J'ai essayé de faire quelques dessins, mais ce n'est vraiment pas mon truc.

Nancy s'assit sur le bord du lit pour les regarder.

— C'est un cochon ?

— Une chèvre, en principe... Tu comprends pourquoi il vaut mieux que je laisse tomber ?

Elle tenta de récupérer les pages mais sa mère les tint hors de sa portée tout en feuilletant le texte.

— *Aventures avec ma sœur.* Tu as rédigé une de tes histoires ?

Jenna en avait chaud aux joues.

— J'en ai couché quelques-unes sur le papier, oui. Juste pour voir. Certains parents de ma classe aimeraient les lire à leurs enfants, donc j'ai pensé que ça pouvait être une idée. Je n'ai pas encore décidé ce que j'allais en faire.

Mack vint jeter un coup d'œil par-dessus son épaule.

— Ma préférée, c'est celle où les deux sœurs mettent un bazar monstre dans le cours de danse classique.

Sa nièce prit les feuillets des mains de sa grand-mère, ôta ses chaussures et vint s'affaler à côté d'elle sur le lit.

— Elles sont géniales, tes histoires, Jenna. Tu te souviens de Fred et Alfred ? Ils étaient à pleurer de rire. Et le dinosaure qui n'aimait que les spaghettis ? Tu vas toutes les mettre par écrit ?

— Je ne sais pas. C'est encore un peu flou, comme projet.

— Tu devrais.

Lauren vint s'asseoir à son tour sur le matelas et Jenna se poussa avec précaution pour lui faire de la place. Sa famille au complet était à présent perchée sur son lit, la flanquant de chaque côté comme des serre-livres.

Elle chercha le regard de Greg lorsqu'il revint dans la pièce. Son expression soucieuse lui fit chaud au cœur.

— Maman essaie de voir s'il y a moyen de tirer quelque chose de mon horrible dessin. Je pourrais peut-être juste modifier mon histoire et remplacer la chèvre fugueuse par un gentil petit cochon fugitif ?

— Tu as du talent pour l'écriture. Je n'arrête pas de te le dire.

Il plaça un mug de thé à côté d'elle sur la table de chevet. Sa mère cessa de lire par-dessus l'épaule de Mack et leva les yeux vers son gendre.

— Je suis d'accord avec toi, Greg. Elle a un vrai talent. Pourquoi ne l'avons-nous jamais encouragée à rédiger ses récits plus tôt ? Ces petites histoires sont captivantes, drôles et bourrées d'émotion. Le lecteur s'y attache, à ces deux filles.

Jenna se sentit rougir.

— Merci, maman. Mais il me manque des compétences en dessin.

— Tu n'es pas obligée d'assurer sur les deux fronts. Ils peuvent te trouver un illustrateur.

— Ils ?

— Ta future maison d'édition.

— Parce que tu crois que mes histoires sont publiables ?

— J'en suis même certaine. Il y a plein d'enfants qu'elles raviraient.

Sa mère tourna les pages et se saisit du crayon à papier.

— Voyons voir… Je n'ai jamais dessiné de chèvre non plus.

Elle se lança dans un croquis, avec des gestes rapides, les yeux plissés, la main souple et détendue. Le résultat la fit rire.

— La tienne a peut-être l'air d'un cochon, mais la mienne tient plutôt de la licorne.

Mack se pencha sur l'épaule de sa grand-mère et examina le dessin sous tous les angles.

— Ce n'est pas totalement nul, Grams.

— Merci, ma chérie. Tu es trop bonne.

Mack pouffa.

— On a passé un pacte de sincérité dans cette famille, tu l'oubliais ?

— Jamais de la vie. Et je suis d'accord avec toi. A priori, je n'ai pas le talent nécessaire pour illustrer le futur livre de ta tante, mais je vais y réfléchir quand même. L'illustration est une forme d'art en soi. C'est moins simple que d'apprendre à dessiner une belle chèvre bien réaliste. Il s'agit d'exprimer le mouvement, l'espièglerie, le goût de l'aventure. Les deux filles qui se mettent en difficulté et qui trouvent des solutions pour s'en sortir. Toujours à deux, toujours ensemble. Cette proximité entre les sœurs doit apparaître dans la façon dont elles seront représentées.

Nancy fronça soudain les sourcils.

— Au fait, les filles, cette chèvre... ce n'était pas celle de Mme Fallowfield, j'espère ?

Jenna se recroquevilla contre ses oreillers et Lauren cligna des yeux d'un air innocent.

— Nous ne comprenons pas ta question, maman.

Cette dernière secoua la tête.

— Je préfère ne pas demander combien de ces histoires sont basées sur des faits réels. Retournons à nos projets pour l'institut de beauté, cela me paraît plus sûr. Dès que tu te sentiras d'attaque, Jenna, je réserverai une date.

Greg se détacha du mur contre lequel il se tenait adossé.

— Il faudrait que Jenna reste un peu tranquille dans les jours qui viennent.

Lauren lui adressa un sourire approbateur.

— Greg le Dragon, protecteur en titre de ma sœur.

Jenna fit la grimace.

— Ne me demandez pas de dessiner un dragon, surtout.

La douleur sur son côté se fit insistante et elle changea de position pour l'alléger. Greg fronça les sourcils.

— Tu veux tes médicaments ?

— Non, ça va. Mais merci d'y penser.

Elle adorait son côté protecteur, en fait. Pendant une brève période de quelques mois, leur complicité s'était perdue. Mais la grande proximité entre eux était de retour. Si l'amour qui les unissait pouvait être intense et passionné, il avait aussi des aspects douillets et réconfortants, comme un après-midi d'hiver passé pelotonnée devant le poêle avec un chocolat chaud entre les mains.

Elle jeta un regard débordant de tendresse à Greg avant de tourner son attention vers sa sœur.

— Vous emménagez quand, au Sail Loft, alors ?

— La semaine prochaine. Tout est terminé mais il faut quelques jours pour éliminer les odeurs de peinture.

— Je n'arrive pas à croire qu'on ait déjà dépassé la mi-mai... Et que tu t'apprêtes à quitter la Captain's House pendant quelques mois, maman. Tu es sûre que tu vas supporter le déracinement ?

— Absolument. La veille du déménagement, j'organise mon ultime réunion du club de lecture. Après ça, si elles veulent continuer, il faudra que quelqu'un d'autre prenne la relève.

Nancy se leva et déambula jusqu'à la fenêtre pour admirer les floraisons du jardin.

— Je me suis toujours occupée de tout, jusqu'ici — des amuse-gueules comme de l'organisation des débats.

Jenna sourit.

— Le voisinage d'Alice va te manquer. Tu as toujours pu compter sur son amitié. Mais bon... Ce n'est pas comme si tu quittais l'île. Il n'en reste pas moins que ce sera un grand changement pour toi, maman.

Un changement trop brutal ? Sa mère pouvait-elle, à soixante ans passés, se séparer d'une maison qui avait toujours été une de ses grandes raisons de vivre ?

Nancy se tourna vers elle.

— Nous avons tous besoin de changement. Je le proclame haut et fort : adieu passé, adieu vestiges, place à la vie et à la nouveauté !

Jenna en resta bouche bée.

— C'est bien la première fois que je t'entends dire une chose pareille. Tu as oublié ton leitmotiv de toujours ? « Autant mettre cet objet de côté pour le moment, on ne sait jamais quand il pourra servir. »

— Toute ma vie, j'ai détesté jeter, c'est vrai. Mais je suis tombée d'un coup dans l'excès inverse. Maintenant que j'ai commencé à bazarder des vieux trucs, je me rends compte que je prends un plaisir sauvage à dégager l'ancien pour faire place au nouveau.

Jenna échangea un regard avec Lauren.

— Je sais que je me suis cogné la tête pendant l'accident, mais j'aurais juré avoir entendu maman affirmer qu'elle aimait *jeter*.

Lauren allongea les jambes et se cala contre elle dans le lit.

— Je soupçonne notre mère de s'être pris un grand coup sur la tête, elle aussi, sans que personne ne s'en soit rendu compte. Je ne voudrais pas t'effrayer, mais elle a donné *l'intégralité* des affaires de papa à une boutique solidaire. Sans rien garder en souvenir, pas même l'ombre d'une balle de golf sacrée.

Jenna fut tentée d'applaudir. Mais elle préféra se tourner vers Greg.

— Dis-moi, mon amour, tu pourrais expliquer aux simples mortelles que nous sommes par quels mécanismes psychologiques notre mère a changé aussi radicalement, tout à coup ?

— Aucune idée. J'ai renoncé à parader en tant qu'expert-psy incollable. Et si vous avez l'intention de planifier une expédition en thalasso machin-chose, je pense que je vais avoir besoin d'un supplément de café.

Greg se pencha pour l'embrasser puis disparut de nouveau dans la cuisine. Jenna le suivit des yeux et surprit le regard attendri de sa mère posé sur elle.

— OK, c'est bon, ne dis rien, je sais : j'ai une chance inouïe d'avoir un homme tel que lui dans ma vie.

— J'allais dire qu'il avait de la chance de t'avoir toi... Mais revenons à nos moutons. Un soin du visage, ça consiste en quoi, au juste, à mon âge ? Pas en injections de Botox, au moins, j'espère ? Je crois que je n'aurais pas vraiment envie d'être botoxée. Tant pis pour les rides, mais j'aimerais autant garder un visage mobile.

Chapitre 31

Nancy

Se confier : révéler quelque chose de personnel sous le sceau du secret.

La veille de leur départ de la Captain's House, Nancy tint sa dernière réunion du cercle de lecture. Un club qui continuerait ou non à vivre, selon ce que les autres en feraient.

En attendant, elle prépara avec soin sa chère *garden room*. En mai, le jardin était au sommet de sa beauté et cette pièce offrait de loin la meilleure vue sur ses massifs.

Dès la semaine suivante, la maison deviendrait la retraite estivale de la famille Brown, distingués résidents de l'Upper East Side, à Manhattan. Ils avaient loué les lieux pour toute la durée de l'été, de la fin mai à début septembre, pour un montant qui lui avait arraché un cri de surprise. Jamais elle n'aurait accepté de le croire si elle n'avait pas déjà vu apparaître la somme promise sur son compte en banque.

C'était Lauren qui s'était chargée de la transaction. Elle-même n'aurait jamais osé demander un loyer aussi élevé, mais sa fille avait étudié avec attention les tarifs qui se pratiquaient sur le marché.

— Ça ne m'étonne pas, avait commenté Jenna lorsque Nancy lui avait parlé des talents de négociatrice de Lauren. Tu n'imagines pas avec quel art elle savait me persuader lorsqu'elle voulait me convaincre de faire un truc interdit.

Objectif accompli avec succès, donc. La maison était louée pour l'été et elle s'apprêtait à passer sa dernière nuit chez elle avant l'hiver.

Nancy ausculta son état émotionnel avec soin, cherchant d'éventuelles zones sensibles. De la tristesse ? Non. Elle ne ressentait rien. Ni regrets ni culpabilité d'avoir transformé si radicalement la maison de ses ancêtres.

Si elle éprouvait quelque chose, c'était de la fierté pour ce qu'elles avaient accompli. Et pas seulement parce qu'elles avaient tenu leurs objectifs avec un budget plus que serré. Ce qui la réjouissait le plus, c'était leur travail d'équipe. Elles avaient combiné leurs talents et le résultat avait été plus que stimulant. Qui aurait cru qu'à son âge elle se lancerait à son compte avec sa fille ?

Lauren et Nancy Stewart.

Coastal Chic.

La nouvelle *garden room* était représentative du style de design dont elles espéraient faire leur marque de fabrique. Et ce soir, elle se préparait à y recevoir son petit groupe. Elle avait mis trois bouteilles de vin blanc au frais et Jenna s'occupait des amuse-gueules en cuisine, pendant que Mack travaillait à côté d'elle sur son ordinateur portable.

Nancy rectifia l'arrangement des coussins et décida de ne pas avouer devant le groupe qu'elle avait abandonné à mi-chemin la lecture du livre qui ferait l'objet de leur débat. Ce n'était pas un roman qu'elle avait choisi et elle avait su d'emblée qu'elle le détesterait, même s'il battait des records de ventes un peu partout. Après avoir lu le résumé en quatrième de couverture, elle avait décidé de faire l'impasse. Elle s'était juste forcée à avaler quelques chapitres pour pouvoir suivre à peu près la discussion. Mais en ouvrant les premières pages elle s'était tout de suite sentie tendue et malheureuse. L'intrigue tournait autour du délitement d'un mariage. Et son identification immédiate à l'héroïne ne lui avait pas valu des moments de lecture très confortables. L'intrigue touchait de trop près à sa propre réalité et son plaisir à lire s'en trouvait gâché. Elle se garderait bien d'en parler dans le groupe, puisque aucune des femmes présentes ne savait à quoi avait vraiment ressemblé sa vie conjugale avec Tom.

Ce soir, donc, elle laisserait la parole aux autres et se contenterait d'écouter.

Mary-Beth arriva la première, armée d'une bouteille de vin et d'un carnet couvert de sa large écriture penchée.

— Je n'ai pas été très convaincue par notre livre du mois...

Elle stocka son sac dans un coin, posa son calepin sur la table et lui tendit la bouteille.

Nancy était sur le point d'abonder dans son sens lorsque le reste de la petite troupe entra à la queue leu leu.

— C'est ta fille aînée qui nous a ouvert.

Sophie embrassa Nancy puis Mary-Beth.

— Ta Lauren est toujours aussi belle. Elle n'a pas changé d'un iota depuis ses dix-huit ans !

Nancy suspectait sa fille d'avoir subi une transformation en profondeur, au contraire. Un « effet de veuvage », qu'elle connaissait bien. Et qui se manifestait avec d'autant plus d'acuité qu'il y avait eu des problèmes non résolus dans le couple.

Une des raisons pour lesquelles la mort brutale de Tom l'avait mise dans une telle fureur, c'était qu'elle s'était soudain trouvée privée de la possibilité de lui dire haut et fort ce qu'elle avait sur le cœur.

Quelques semaines plus tôt, elle avait fait un passage sur sa tombe et lui avait donné un aperçu musclé de sa façon de penser — après avoir quand même pris soin de vérifier au préalable que personne ne se recueillait à proximité. L'expérience avait été thérapeutique. Peut-être parce qu'il n'avait pas pu lui embrouiller les idées avec ses mensonges, ses excuses, et son baratin d'ex-commercial. Ce qu'elle avait à lui dire, elle l'avait dit sans être interrompue. Et son charmeur de mari, immobile et silencieux, avait été condamné à l'écouter.

Margie choisit un fauteuil près de la fenêtre.

— J'avoue que je n'ai pas été enthousiasmée par ce roman, annonça-t-elle à la ronde. L'héroïne est une vraie carpette.

Elle-même avait été une carpette, comprit Nancy. C'était elle qui avait laissé Tom se comporter avec elle comme il l'avait fait. Par sa passivité, elle avait rendu les abus de son mari possibles.

Sophie accepta le verre de vin qu'elle lui tendait.

— Je suis d'accord avec Margie. Elle aurait dû l'éjecter d'un grand coup de pied aux fesses et changer toutes ses serrures.

Voilà qui aurait été une bonne tactique, en effet. Nancy se visualisa en action, s'aidant d'une des précieuses cannes de golf de Tom pour lui botter énergiquement l'arrière-train. *Adieu, Tom. Je te souhaite une longue et heureuse vie.*

Jenna fit une entrée remarquée en apportant les amuse-gueules. L'ecchymose sur son visage était encore visible de près, mais à part cela, elle semblait entièrement remise de l'accident qui avait failli lui coûter la vie.

Elle posa les plats sur la table et un chœur d'exclamations admiratives s'éleva.

— Magnifique, commenta Mary-Beth. C'est de l'art dans notre assiette, ou je ne m'y connais pas. Comment as-tu réussi à faire ces petits-fours en forme de coquillage ?

— Secret professionnel, mesdames.

Jenna distribua des serviettes et Nancy se servit tout en donnant raison à Mary-Beth. Ce que Jenna accomplissait dans une cuisine était en effet du travail d'artiste.

Nancy avait toujours pensé que Jenna avait tout tiré de Tom ou presque, mais elle découvrait à présent qu'elle s'était trompée. Jenna avait hérité de l'enjouement et du charisme de son père mais elle tenait d'elle sa créativité et son amour du beau.

Pourquoi lui avait-il fallu si longtemps pour apprendre à connaître sa propre fille ? La brûlure amère des remords au sujet du passé était heureusement adoucie par le baume du présent et de l'avenir.

Il n'était jamais trop tard dans la vie pour s'améliorer.

Elle eut une pensée pour Ben et sourit en elle-même. Il n'était assurément pas trop tard, en effet.

Angela prit un feuilleté.

— Je ne suis pas d'accord avec vous. Si cette femme s'est écrasée devant son mari, c'est essentiellement pour protéger sa fille. Et mettre quelqu'un à la porte n'est pas la seule réaction possible à l'infidélité. Elle l'aimait, donc elle a passé l'éponge. Dans un couple, il faut une dose de générosité et de pardon. Ça ne veut pas dire pour autant qu'on joue les paillassons de service.

Mary-Beth fit la moue.

— Il faut peut-être savoir pardonner, mais le respect mutuel dans un couple, ça compte aussi. Et chez le personnage masculin du roman, le respect était aux abonnés absents. Tiens, parlant d'absence, Alice est en retard ?

— Alice ne viendra pas ce soir.

Nancy se concentrait sur les canapés, hésitant entre les crevettes et le saumon fumé.

— Alice nous fait faux bond ? Elle n'a jamais manqué une seule de nos réunions. Elle est malade ?

Nancy se décida pour les crevettes.

— Pas que je sache, non.

Mary-Beth chercha ses lunettes de lecture dans son sac.

— Elle est peut-être gênée parce qu'elle n'a pas lu le bouquin.

Margie secoua la tête.

— Aucun rapport. Alice vient pour papoter, grignoter et pour le plaisir de la compagnie.

Nancy ne dit rien mais elle était quasi certaine que, si Alice manquait à l'appel ce soir, c'était parce que pour une fois elle avait lu le roman, justement.

Elle vit le regard intrigué de Lauren posé sur elle, mais la conversation glissa sur d'autres sujets et il ne fut plus question d'Alice jusqu'au moment où les invitées se retirèrent. Restées seules, les quatre femmes de la lignée Stewart entreprirent de remettre de l'ordre.

La technique de « rangement » de Mack consistant à avaler tous les petits-fours salés qui restaient.

— Ils ne se garderont pas, de toute façon, marmonna-t-elle

la bouche pleine, en essuyant les miettes qui lui collaient aux lèvres.

Jenna lui prit le plat des mains.

— C'est sûr qu'ils ne risquent pas de se garder tant que tu sévis dans le secteur.

— Un ado, c'est affamé par définition. C'est un état structurel.

Mack enfourna le dernier canapé et Nancy porta les assiettes vides dans la cuisine. Lauren les lui prit des mains pour les aligner dans le lave-vaisselle.

— Qu'est-ce qu'il lui arrive, à Alice, maman ? Tu veux qu'on lui passe un petit coup de fil pour prendre de ses nouvelles ? Ou qu'on fasse un saut chez elle en vitesse ?

— Non, non. Ce n'est pas la peine.

— Tu sais ce qu'elle a, alors ?

Comment était-elle censée répondre à cela ? Prise de court, elle fit mine de ne pas avoir entendu la question et se détourna pour quitter la pièce.

— Je vais finir de débarrasser à côté.

Lauren la rattrapa par le bras.

— Tu as l'air bizarre… Il s'est passé quelque chose avec Alice ?

— Non. Ou du moins pas de la façon dont vous pensez. Je ne peux pas…

Nancy s'interrompit. Tout en elle lui commandait de se taire — à la fois sa loyauté envers une amie de longue date et son désir de ménager la sensibilité de ses filles.

— C'est quelque chose dont je ne peux pas parler avec vous. Ce ne serait pas juste.

— Juste envers qui ? demanda Jenna en bloquant l'encadrement de la porte. Envers toi ou envers nous ?

Lauren fronça les sourcils.

— Ou envers Alice, peut-être ?

— C'est un peu compliqué, bafouilla Nancy.

— Donc tu sais pourquoi Alice n'était pas là ce soir ?

— Je crois savoir, oui.

Nancy mit du détergent sur une éponge et commença à frotter.

— Laisse tomber le ménage, maman. On discute, là.

Lauren lui prit l'éponge des mains et la jeta dans l'évier.

— On avait dit : plus de secrets, lui rappela Jenna. Il ne faut pas avoir peur de nous dire les choses. Il y a toujours moyen de composer avec la vérité. Et on ne dira rien à Alice, si c'est ce qui t'inquiète. Pourquoi n'est-elle pas venue ce soir ? Parce que tu vas quitter la Captain's House ? Ton départ complique votre amitié ?

— Non. C'est parce qu'elle n'a pas apprécié le roman dont on débattait ce soir, je pense.

— Comment tu le sais ? Elle te l'a dit ?

Oh Alice, Alice...

— Parce que l'intrigue tourne autour de l'infidélité.

Jenna ouvrit le frigo et rangea une bouteille de vin encore à demi pleine.

— Et qu'est-ce que ça a à voir avec Alice ?

Tout. Cela avait tout à voir.

Brusquement, les souvenirs anciens remontaient avec force : les soupçons, l'incertitude, la douleur en plein cœur. Il devenait difficile, soudain, de garder tout cela pour elle.

— Ma théorie, c'est qu'elle a trouvé le sujet très inconfortable.

— C'est sensible pour elle, la question de l'infidélité ? Son mari la trompait ?

— Pas son mari, non.

Nancy reprit l'éponge et la tordit nerveusement entre ses mains.

— En fait, Alice et Tom étaient amants. Je pense que c'est elle que vous avez surprise avec lui, ce soir-là, au Sail Loft.

Chapitre 32

Lauren

Contretemps : événement qui bloque, gêne, contrarie une avancée.

Lauren sortit de l'agence bancaire en gardant les yeux rivés au sol. Par chance, le grand beau temps lui offrait une excuse commode pour se planquer derrière ses lunettes de soleil. Tant que personne ne lui adressait la parole, elle tiendrait le choc. Il fallait juste qu'elle mette un pied devant l'autre et qu'elle atteigne sa voiture.

Ne pas s'effondrer. Bouger. Agir.

Elle ne manquait pas d'entraînement, pourtant. Cela faisait des mois qu'elle fonctionnait en s'appliquant cette consigne. Plus que trente pas et elle serait en sécurité dans sa voiture.

— Lauren !

La voix venait de s'élever dans son dos. Et la politesse lui interdisait de l'ignorer. Elle se retourna, en se félicitant que son regard soit caché.

— Ah, tiens, Alice… Comment ça va ?

Elle n'était pas d'humeur à parler à qui que ce soit. Et à Alice moins encore qu'à quiconque. Après les révélations faites par sa mère, elle ne savait plus du tout quoi lui raconter.

Tu étais censée être la meilleure amie de maman, merde !

Mais elle pouvait comprendre que sa mère se sente coupable

de leur avoir parlé. Cette dernière leur avait demandé de se comporter avec Alice comme avant, donc Lauren fit un effort suprême sur elle-même pour soutenir la conversation.

— Ça y est, vous avez déménagé, alors ? demanda Alice.

— Il y a quelques semaines, oui.

On était déjà en juin. Le temps semblait défiler en accéléré.

— Ta mère a dû être tellement bousculée qu'elle a oublié de venir dire au revoir avant de partir.

Ou celle-ci, plus vraisemblablement, n'avait toujours pas décidé comment elle comptait aborder la situation.

Existait-il d'ailleurs une façon simple de gérer un casse-tête affectif comme celui-là ?

— Elle n'est pas partie bien loin, Alice. Ce n'est pas comme si elle avait quitté l'île.

— Ça ne doit pas être facile pour vous trois de vivre les unes sur les autres, alors que vous étiez habituées à cette grande maison.

— Finalement, on a toute la place qu'il nous faut. Et c'est tellement bien de vivre sur la plage en été.

Elle avait été surprise de voir à quel point sa mère paraissait heureuse au Sail Loft. Nancy était passée par une véritable transformation intérieure ces quelques dernières semaines. Sa nouvelle passion pour le tri et l'élimination ne s'était pas limitée aux affaires des autres. Elle s'était attaquée à ses propres armoires et avait mis au rancard toutes les tenues ternes et sombres qu'elle avait portées ces dix dernières années. Quelque part, dans un de ses innombrables placards, elle avait dégotté des vêtements qu'elle avait achetés du temps de sa célébrité, lorsqu'elle sillonnait encore l'Europe en allant de vernissage en vernissage. Son look d'antan était redevenu son look d'aujourd'hui. Oubliant les noirs et les gris, elle s'habillait en blanc et rehaussait ses robes et ses ensembles avec de grands foulards aux teintes vives. Il y en avait un, magnifique, de chez Pucci, acheté à Florence. De Paris, elle avait ramené une veste Chanel indémodable qui lui allait comme un gant. À ses poignets, elle portait de larges bracelets en argent et Lauren avait remarqué qu'elle recommençait à se maquiller discrètement.

— Tu as l'air d'une artiste, maman, avait commenté Jenna lorsqu'elle était venue les voir avec Greg, le premier soir, au Sail Loft. Attention de ne pas t'habiller comme ça pour aller peindre une maison car ça pourrait mal se terminer. Si tu ne me crois pas, tu devrais lire *Les Aventures de ma sœur avec un pot de peinture.*

Lauren et Jenna étaient tombées d'accord pour décréter qu'il se passait quelque chose entre leur mère et Ben.

On les voyait régulièrement ensemble dans le jardin du Sail Loft, leurs deux têtes rapprochées pour examiner une fleur, un croquis, une revue de jardinage.

Leur mère avait balayé d'un éclat de rire leurs commentaires sur son nouveau style vestimentaire.

— J'ai pensé que si je voulais me lancer professionnellement avec ma fille il fallait que je revoie mon look.

Si je veux me lancer professionnellement avec ma fille...

Lauren cligna fort des paupières.

— Il faut que je file, Alice.

— Je viendrai vous rendre visite bientôt.

Il y avait une note presque désespérée dans la voix de l'amie de sa mère.

— Dis à Nancy de m'appeler à l'occasion. Cela va me manquer de ne plus pouvoir me glisser par le trou dans la haie entre nos deux maisons. On a cette habitude depuis nos quatre ans, tu te rends compte ?

— Je sais, oui.

Une amitié de toute une vie. Une trahison.

Qu'aurait-elle fait à la place de sa mère ? Elle n'en avait aucune idée. Aurait-elle été capable de côtoyer sa voisine et amie toutes ces années en gardant pour elle ses soupçons ?

Car leur mère leur avait confié qu'elle avait des doutes depuis très longtemps, sans jamais avoir pu obtenir de certitudes pour autant. Jusqu'au jour où elle avait demandé à Alice de l'aider à vider le Sail Loft.

— C'est uniquement pour ça que je l'ai embarquée là-bas, avait confessé leur mère un soir où elles avaient partagé une bouteille de vin toutes les trois. Je voulais observer ses réactions. Pour pouvoir trancher enfin.

Et à présent, elle savait.

— J'ai entendu dire que tu démarrais une nouvelle activité, Lauren ?

Alice ne semblait pas pressée de la laisser repartir.

— Oui. C'est tout nouveau. Et palpitant.

Mais frustrant aussi. Et impossible. Comment avait-elle pu imaginer qu'on lui accorderait ce prêt ? Elle n'avait aucune garantie à offrir.

— Mary-Beth m'a dit que tu avais déjà trouvé une première cliente.

— Oui, c'est vrai.

Miranda Hillyard, une avocate de Boston, était venue s'établir au Vineyard de façon définitive quelques années plus tôt et se préparait à rénover une propriété de bord de mer de huit millions et demi de dollars, près de Chilmark. Miranda qui promenait son chien sur le sentier côtier était tombée sur elle par hasard alors qu'elle peignait des palettes pour en faire des tables de chevet.

L'avocate s'était arrêtée pour bavarder quelques instants. À peine cinq minutes plus tard, Lauren lui faisait visiter le Sail Loft de fond en comble. Miranda l'avait soumise à un tir nourri de questions et, plus tard, lorsque Lauren avait entré son nom dans un moteur de recherche, elle avait découvert que Me Hillyard avait la réputation terrifiante de ne jamais perdre un seul procès. Il n'était pas difficile de comprendre pourquoi. Cette femme avait un aplomb et un talent de persuasion sidérants. Lorsque Miranda avait demandé à visiter la Captain's House, Lauren avait accepté sans une hésitation. Elle était fière de ce que sa mère et elle avaient accompli, même si elle avait gardé pour elle les détails du budget. Découvrir qu'elle était la reine du recyclage et du détournement d'objets était une chose.

Mais cela ne voulait pas dire qu'elle avait systématiquement envie de procéder à l'économie sur l'ensemble de ses projets.

Au bout de quelques jours d'attente — juste avant que ses ongles ne soient rongés jusqu'au sang — Miranda avait fini par l'appeler pour lui demander de venir jeter un coup d'œil sur sa propriété et donner son opinion.

Lauren avait passé une demi-journée chez elle, à naviguer de pièce en pièce, en s'imprégnant de la vision de Miranda pour essayer de la traduire en suggestions concrètes. Elle avait trouvé excitant de jongler avec des propositions sans avoir à se demander si elle aurait les moyens de les mettre en œuvre ou non. Miranda était riche et voyait les choses en grand.

Lauren était sortie de là avec une première commande — et un gros problème.

Le projet Hillyard était ambitieux et exigeait un investissement de départ important. Or elle n'avait pas de capital pour démarrer.

Sa mère ne pouvait pas contribuer, car elle aurait besoin des revenus de la location de la Captain's House pour traverser l'hiver.

Si Miranda avait été d'un abord plus facile, Lauren lui aurait peut-être exposé son problème. Mais l'avocate était férocement compétente et Lauren n'avait pas envie de se présenter devant elle sous un jour trop piteux.

Elle avait travaillé jusque tard dans la nuit pour faire un *business plan* et Mack l'avait aidée à sortir un document d'aspect professionnel. Mais cela n'avait pas suffi à rassurer la banque, qui avait refusé de lui accorder le prêt dont elle avait besoin. Même si elle était affreusement déçue, elle pouvait comprendre leur frilosité à son égard. Elle n'avait ni cautions ni antécédents professionnels. Vu la maigreur de son dossier, elle aurait probablement refusé de se prêter de l'argent à elle-même. Le banquier lui avait suggéré de s'adresser à sa mère, soit pour lui avancer la somme soit pour se porter garante. Mais aucune de ces deux options n'était envisageable.

Elle allait devoir appeler Miranda et lui annoncer qu'elle se désistait.

Un appel qu'elle redoutait sur à peu près tous les plans.

— Il faut vraiment que j'y aille, Alice.

Elle se détourna, contenant les émotions qui menaçaient sérieusement de mettre à mal sa dignité.

Le soleil était chaud et les rues déjà bien plus animées. L'île sentait l'été, un mélange subtil où le parfum généreux des floraisons de juin s'entrelaçait aux premiers effluves de lotions solaires. L'été à Martha's Vineyard, c'étaient les cris aigus des enfants dans l'eau, des monceaux de fraises fraîches sur le marché fermier, et les glaces en cornet qu'il fallait manger vite avant que la boule ne fonde. L'été sur l'île, c'était aussi la claque fraîche des vagues contre la peau, c'était nager vers le large, courir pieds nus dans le sable tiède, le visage rafraîchi par la brise salée, et dîner le soir sur le port de pinces de homard grillées généreusement arrosées de beurre qui vous coulait sur le menton.

Pendant toute la belle saison au Vineyard, il y avait une vibration dans l'air et une énergie qui faisaient défaut durant l'hiver. La population de l'île explosait et la vie prenait un rythme plus festif, plus alangui. Les locaux râlaient, se plaignant de la circulation et des files d'attente. Certains n'avaient qu'une hâte : que la saison se termine et que les touristes repartent. Mais Lauren ne partageait pas leur impatience.

La Captain's House était louée pour tout l'été jusqu'à début septembre, et le loyer versé pour trois petits mois permettrait à sa mère de réintégrer sa maison durant l'hiver. Leurs ancêtres Stewart pouvaient reposer en paix : la maison érigée par le capitaine presque deux siècles plus tôt resterait dans la famille.

Tous les ingrédients semblaient réunis pour qu'elle reprenne confiance en l'avenir. Mais le rendez-vous à la banque et l'appel reçu la veille de Londres lui avaient fait l'effet de deux douches froides consécutives.

Comment ferait-elle pour gagner sa vie si le démarrage de son activité était bloqué dès le départ ?

La vision brouillée derrière ses lunettes noires, elle heurta quelqu'un de plein fouet sur le trottoir. Des mains fortes la rattrapèrent aux épaules et elle marmonna une excuse.

Mais au lieu de passer son chemin l'homme raffermit sa prise.

— Pourquoi être si pressée ?

Scott ?

La dernière personne au monde sur qui elle aurait voulu tomber en cet instant.

— Désolée. Je ne regardais pas où j'allais.

Depuis le jour où les choses avaient dérapé entre eux au Sail Loft, elle l'avait évité avec soin, planifiant ses passages de manière à ne jamais se trouver seule avec lui. Chaque fois qu'elle repensait à ce qui s'était passé dans cette cuisine, les remords l'assaillaient. Et pas seulement parce qu'elle avait fait l'amour avec passion et abandon pendant que sa sœur gisait dans un fossé, prisonnière de sa voiture fracassée. Elle savait qu'en se rapprochant de Scott ainsi elle avait ouvert une porte qu'il ne serait pas facile de refermer. S'apercevoir que cet homme avait toujours le même impact sur son cœur et le même pouvoir sur ses sens était aussi frustrant que déstabilisant. Non seulement ce n'était pas le bon moment, mais ce n'était pas non plus la bonne personne. Elle n'était pas idiote, cela dit : elle savait que Scott avait un effet sur elle qu'aucun autre homme n'aurait jamais. Mais si l'attirance entre eux n'avait pas changé, Scott était, lui aussi, resté semblable à lui-même. Forcément. Elle ne s'autoriserait pas à tomber dans l'espoir absurde que le passage des années avait pu le transformer.

— Comment va Jenna ?

— Bien, merci. Elle est presque entièrement remise.

— Et toi ?

Il parlait bas et des accents d'intimité vibraient dans sa voix, réveillant des souvenirs qu'elle refusait de ranimer.

— Moi aussi, ça va. Nous avons emménagé au Sail Loft. La cuisine est superbe. Les plans de travail sont…

Lauren émit un murmure de protestation lorsqu'il lui retira soudain ses lunettes. Elle voulut les lui reprendre mais il les tint hors de sa portée d'une main et lui immobilisa le visage de l'autre.

La tête penchée sur le côté, il examina ses traits d'un regard scrutateur.

— Qu'est-ce qui se passe, Laurie ?

— Rien. Tu peux me rendre mes lunettes ?

— Pas avant que tu me dises ce qui ne va pas.

Elle avait conscience de ses yeux rougis et du flot de passants alentour.

— Scott, s'il te plaît. Nous sommes sur la voie publique.

— Alors trouvons-nous un endroit plus tranquille pour parler. Je suis garé juste de l'autre côté de la rue.

Il lui glissa de nouveau les lunettes sur le nez et lui prit la main.

— Viens avec moi.

— Les gens vont parler.

— C'est ce qu'ils ont tendance à faire, oui. Mais personne ne t'oblige à les écouter.

Lui tenant fermement la main, il l'entraîna vers son pick-up.

Trop abattue pour protester, Lauren grimpa à bord.

Allez, secoue-toi, ma fille. Tu vas trouver une solution. Le refus du banquier, c'était juste un de ces contretemps ordinaires comme la vie vous en concoctait régulièrement. Le principe à observer était simple : tu tombes, tu te relèves. Tant que les muscles suivaient, l'espoir restait permis.

Elle tourna la tête en entendant haleter dans son dos et trouva Capitaine qui remuait la queue si fort qu'il en martelait le dos de son siège.

Il était impossible de ne pas sourire à la vue de cet animal.

— C'est un véritable remède à la tristesse, ton chien.

— Il l'est, en effet. Quand je l'ai vu, j'ai compris qu'entre nous ça allait durer.

Scott s'installa au volant et fit marche arrière.

— Personne ne lui résiste, en fait.

Tout comme *elle* n'avait jamais été capable de résister à Scott.

Elle n'aurait jamais dû monter en voiture avec lui. Le suivre avait été une erreur, mais il était trop tard pour la rectifier maintenant. Car elle avait beau avoir le moral dans les chaussettes, elle ne se sentait pas encore prête à se jeter d'un véhicule en marche. Elle plongea le nez dans son mouchoir.

— Désolée. Je suis stupide.

Scott emprunta la route qui menait hors de la ville.

— Je ne crois pas, non. Commence déjà par m'expliquer pourquoi tu as ressorti ta tenue de Londonienne grand chic.

— J'avais un rendez-vous à la banque.

Il fronça les sourcils.

— Et ils t'ont fait pleurer ?

— Je ne pleurais pas.

— Tu ne voyais même plus où tu allais.

— Tout le monde peut avoir un moment de distraction.

Il haussa les épaules et ne prononça plus un mot jusqu'à ce qu'ils atteignent le chantier naval. Une fois arrivé, il coupa le contact et tourna les yeux vers elle.

— Maintenant, dis-moi ce qui se passe. Je veux savoir.

Elle se souvint de la première fois qu'elle s'était confiée à lui et qu'il l'avait écoutée, immobile, attentif, sans jamais lui couper la parole. Personne, jamais, ne l'avait écoutée comme Scott. Elle se souvenait aussi de la première fois qu'il l'avait embrassée. Comme si quelqu'un avait allumé un feu de joie en elle. Cette sensation avait tout consumé dans les flammes : ses doutes, ses inhibitions, son horreur du sexe — dont elle avait cru ne jamais devoir guérir.

Elle observa un instant les allées et venues des ouvriers.

— Il y a du monde, par ici. Je n'avais pas réalisé que le chantier s'était agrandi à ce point.

— Dis-moi ce qui t'est arrivé à la banque.

— Je voulais faire un emprunt pour démarrer mon activité mais il ne m'a pas été accordé. C'est d'autant plus frustrant que j'ai déjà une cliente toute prête qui n'attend qu'une chose : que je me mette au boulot. Tu connais Miranda Hillyard ? Elle veut que je me charge du design d'intérieur de sa nouvelle maison.

— Je vois de quelle propriété il s'agit. Ce serait un gros projet.

— Même dans mes rêves les plus fous, je n'avais pas espéré débuter avec un aussi beau chantier. Mais la banque a estimé que mes rêves étaient un peu trop fous, en effet.

Scott tapota des doigts sur le volant.

— Tu leur as dit que tu avais déjà une commande ?

— Oui, bien sûr. Mais qu'est-ce qui leur prouve que je serai en mesure de l'honorer ? Je n'offre aucune garantie. Je n'ai ni biens à mon nom, ni expérience professionnelle dont je puisse attester. Je comprends qu'ils se méfient. À leur place, je ne me serais pas prêté d'argent non plus. Le problème, c'est que je ne suis pas seule à rester en rade. Tout le monde a contribué, pour la Captain's House, et ma mère se préparait à m'aider pour les éléments de design. Elle brûle d'enthousiasme à l'idée de se lancer. Ces derniers mois, on avait toutes un objectif commun. Et pour moi, c'était du pain bénit : ça coïncidait avec ce que j'ai toujours eu envie de faire dans la vie.

Elle essaya de lui faire comprendre l'ampleur de sa déception.

— De nous deux, c'était Ed qui gagnait l'argent et je restais à la maison avec Mack. Mais il me tardait de me mettre au design d'intérieur autrement qu'en amateur. J'ai pu reprendre des études, passer le diplôme que je briguais, et une nouvelle phase s'ouvrait devant moi. J'étais justement sur le point de lancer mon agence, à Londres.

— Je me souviens que tu avais toujours un magazine de déco à la main, avec des indications au stylo pour montrer comment tu t'y serais prise à leur place.

Elle tourna un regard étonné vers lui.

— Tu te souviens de ça ?

— Je me souviens de tout.

Elle aussi se souvenait de tout.

— Puis Ed est mort sans prévenir et ma « nouvelle phase » a pris un autre aspect que prévu. Après des mois passés à relooker la Captain's House, mon travail semblait porter ses fruits et je pensais pouvoir me lancer malgré tout. Et là, *clac*, le couperet tombe… Je crois que c'est encore plus dur, cette fois-ci, parce que ça paraissait quasiment gagné. Et ce matin, mon avenir s'écroule sous mon nez.

Gênée d'en avoir tant dit, elle ferma les yeux.

— Désolée.

— Pourquoi désolée ? Dans les moments difficiles de la vie, seuls nos rêves parfois surnagent. Et ton rêve à toi a été brisé, écrasé. Je comprends que ça t'ait foutu un coup.

Brisée. Ecrasée. Les deux mots décrivaient bien son état. D'abord après le coup de fil de James. Puis face au refus catégorique émis par le banquier.

— On peut toujours faire tous les projets que l'on veut, mais il arrive un moment où on n'a plus la main et où c'est le destin qui décide à notre place.

— C'est vrai. Mais dans ce cas particulier, le destin peut encore jouer favorablement. Il te faut combien ?

— Pardon ?

— L'argent. Combien ?

Elle avait fait le calcul tant de fois qu'elle pouvait citer le montant de mémoire. Levant les yeux vers lui, elle comprit soudain qu'il ne posait pas la question par curiosité.

— Je ne veux pas de ton argent, Scott.

— Pourquoi ?

— Parce que c'est quelque chose que je dois accomplir seule.

— Tu tiens absolument à te rendre la vie aussi dure et compliquée que possible, c'est ça ? Si tu tombes tête la première dans une flaque, tu inspires l'eau à plein nez ? C'est ta philosophie ?

— Je ne peux pas accepter ton argent. Et tu ne devrais pas me le proposer. Je représente un trop gros risque. Si tu ne me crois pas, va poser la question à mon banquier.

— La banque fonctionne avec des cases à cocher. Pas moi. Je t'ai vue travailler. Je sais que tu as un talent et des capacités pour lesquels il existe une demande. Pour moi, ce serait un bon investissement.

— Ne me parle pas d'investissements. C'était le métier d'Ed et il nous a conduits à la ruine.

Elle sortit un nouveau mouchoir de son sac et s'essuya les yeux.

— J'ai eu un appel hier de l'exécuteur testamentaire d'Ed. C'est un ami.

— Et alors ?

— C'est fini. La banque a récupéré la maison, les voitures ont été reprises par les sociétés de leasing et tout le mobilier est vendu.

Par moments, cela paraissait presque irréel, comme s'il s'agissait de l'histoire de quelqu'un d'autre.

— Des dix-sept années que j'ai vécues à Londres, il ne reste aucune trace. Comme si rien n'avait jamais eu lieu. *Tout* est effacé.

Scott posa sa main sur la sienne.

— Je comprends que ça puisse donner le vertige. C'est dur de voir tout ce qui faisait ta vie partir en fumée.

— De fait, je savais depuis un moment qu'il ne resterait plus rien. C'est idiot que ça me mette dans cet état aujourd'hui. Peut-être parce que cette fois c'est définitif.

La raison aurait voulu qu'elle dégage sa main, mais elle ne parvenait pas à s'y résoudre.

— Ce coup de fil m'a aussi rappelé que j'ai été stupide. Je me suis reposée entièrement sur Ed alors que j'aurais dû être plus vigilante sur l'aspect financier de notre vie commune.

— Ce n'est pas stupide de faire confiance à quelqu'un que l'on aime, Laurie. Sachant qu'en plus c'était son métier.

— Qu'ai-je fait pour qu'il se mette ainsi en tête qu'il ne pouvait pas me parler de ses difficultés ? On était censés fonctionner en toute transparence, lui et moi. Au point qu'on s'était même juré qu'on ne se mentirait jamais !

Elle renifla.

— Je rêve ou quoi ? Je suis en train de discuter de mes difficultés de couple avec toi. Ça ne te dérange pas qu'on parle d'Ed ?

Il y eut un temps de silence.

— Tu veux la vérité ? Ça me donne envie de casser quelque chose.

Elle émit un petit rire choqué.

— Je suis désolée. Je ne le ferai plus.

— Ne t'inquiète pas. Quel que soit le nom que l'on puisse donner à la relation qui a existé entre nous, il y a toujours eu au moins une chose : l'amitié. Tu me parlais de tes finances, donc.

— Finalement, ça aurait pu être encore pire. D'après James, on a échappé de justesse à la mise en faillite. On avait quelques tableaux de valeur chez nous qui se sont bien vendus aux enchères. Il va même me revenir un peu d'argent. Très exactement 1 665 livres. Une fois que j'aurai remboursé mes billets d'avion à Jenna, je suppose qu'il nous restera quand même de quoi nous payer une glace, à Mack et à moi.

Les doigts de Scott se resserrèrent sur les siens.

— Ce n'est pas étonnant que tu sois effondrée.

Elle lui adressa un sourire mouillé.

— Au moins, je ne suis pas en faillite. Mais cela n'a pas suffi à rassurer la banque sur mon cas.

— J'ai de l'argent, Laurie. Et je crois en toi.

Elle avait l'impression qu'une main lui broyait le cœur.

— Oh ! Scott… Non. Ne fais pas ça.

— Ne fais pas quoi ?

— Me donner du soutien.

— Je ne te donne pas de soutien, je te donne de l'argent. Ou du moins, j'essaie.

Elle se moucha encore.

— Je ne peux pas l'accepter, Scott. Et tu ne devrais pas me le proposer.

— La façon dont je dépense mon argent ne concerne que moi.

— Je te protège contre toi-même, c'est tout. La prochaine fois que tu voudras partir en mer pour six mois ou pour un an, tu auras besoin de chaque dollar épargné.

— Tu penses toujours que je vais mettre les voiles à la première opportunité ?

Il y avait une crispation dans sa voix qui avait été absente jusque-là.

— Je te connais, c'est tout.

— Si tu crois que je vais partir, c'est que tu ne me connais pas, justement.

Il retira sa main.

— Tu projettes sur moi l'homme — le gamin — que tu as connu. Je t'ai blessée et tu n'arrives pas à voir au-delà.

Elle tourna la tête.

— Plus concrètement, ça veut dire quoi ?

— Ça veut dire que dix-sept ans c'est un bail. Qu'en dix-sept ans les gens changent. Que je n'ai plus forcément les mêmes idéaux, les mêmes fonctionnements qu'avant.

— Tu me disais qu'aussi longtemps que tu vivrais tu refuserais toute contrainte, toute attache. Que ton projet de vie, c'était la liberté, le voyage, l'océan et basta.

Un silence tomba. Il prit une lente inspiration.

— Comment crois-tu que j'aie accumulé le capital nécessaire pour faire une offre sur une propriété comme la Captain's House ? Tu ne m'as jamais demandé d'où je sortais cet argent.

— Le capital ?

Elle déglutit avec peine.

— Je pensais que tu avais l'intention de faire un gros emprunt. C'est Charlie qui t'aide ? J'imagine que vous êtes proches, tous les deux, même si c'est lui le patron ?

Il se frotta la mâchoire en lui jetant un regard exaspéré.

— Ce n'est pas Charlie, le patron. C'est moi.

Elle le regarda fixement sans comprendre.

— Mais...

— Je suis le boss — le chantier naval m'appartient. Joshua me l'a vendu, il y a déjà des années.

— Tu es propriétaire du chantier naval ? Mais Charlie...

— ... ne voulait pas prendre la responsabilité de l'entreprise familiale sur ses épaules.

— Toi non plus, tu ne voulais pas cette responsabilité !

Elle avait perdu le fil. Scott, chef d'entreprise ? Comment était-ce possible ? Lui, le vagabond des mers qui ne tolérait aucune restriction à sa liberté de mouvement ?

La mâchoire de Scott se crispa.

— Tu ne sais rien de ce que je veux ou ne veux pas dans la vie. À aucun moment, tu ne m'as posé la question.

— Et pourquoi ne pas m'avoir dit ce qu'il en était ?

— Je ne sais pas — probablement parce que je n'ai pas l'habitude de mettre ça en avant. J'attendais que tu ouvres les yeux pour constater les choses par toi-même.

Mais elle avait été aveugle. Entièrement tournée sur elle-même et ses grands et petits problèmes.

— Tu as quand même navigué tout autour de la planète...

— Tu étais partie, répondit-il en détournant les yeux. C'était ce qu'il me restait de mieux à faire.

Lauren ne respirait plus qu'à peine.

— Tu veux dire que tu es parti à l'autre bout du monde *à cause de moi* ?

— Je ne savais plus quoi faire de ma peau ici sans toi. Et mettre les voiles — au propre comme au figuré — avait toujours été ma méthode de base pour résoudre tous mes problèmes.

Il eut un sourire dépourvu d'humour.

— Le seul ennui, dans ce cas précis, c'est que le problème c'était moi, donc il m'a suivi partout où j'allais. J'aurais peut-être dû me jeter par-dessus le bastingage.

Sa tentative d'humour ne la fit pas sourire. Comment avait-elle pu se tromper à ce point ?

— Et donc c'est pour ça que tu es revenu au Vineyard ?

— L'option « libre et sans racines » ne fonctionnait pas vraiment pour moi, donc j'ai essayé une autre solution. Pour couper la poire en deux, j'ai continué à vivre sur mon bateau. Je dormais en mer et je travaillais sur la terre ferme. Mon seul domaine de compétence, c'était la charpente navale, donc je me suis lancé. Joshua a mis son chantier à ma disposition et j'ai construit un voilier de course. Il était rapide. Je l'ai vendu à un Californien qui avait plus de dollars que de raison. C'est comme ça que j'ai pu me lancer dans la conception d'un second modèle. Quand j'avais du temps libre, je secondais Joshua. Du coup, quand il a fait son premier AVC, j'ai pris la relève en attendant qu'il récupère. Charlie, lui, s'occupait de sa mère et passait pas mal de temps à l'hôpital. Quand Joshua est retourné chez lui, il a décidé qu'il n'avait plus envie de s'y remettre. Et m'a demandé si j'étais prêt à prendre la suite.

Lauren était sidérée. Comment avait-elle pu passer à côté de tout ça ?

— Et tes affaires marchent ?

— Plutôt, oui. On a des bateaux de travail, des camions, deux remorques hydrauliques. Et une clientèle fidèle sur le cap et sur les îles. Ce n'est pas facile de trouver — et de garder — une main d'œuvre compétente, mais je n'ai pas à me plaindre de ce côté-là. Et comme je vis sur l'eau, je n'ai pas beaucoup de frais. Donc, je réitère ma proposition : laisse-moi te donner cet argent. Si c'est plus facile pour toi, considère qu'il s'agit d'arriérés de pension alimentaire. Tu as élevé notre fille pendant seize ans sans aucune aide financière de ma part.

Notre fille.

— Mack ne relevait pas de ta responsabilité.

— Cela aurait dû être le cas.

La voix de Scott s'enroua.

— Couper les relations a longtemps été ma spécialité, Lauren. J'étais le roi de la rupture. Et je n'avais jamais rencontré ni remords ni regrets en chemin. Jusqu'au jour où je suis parti en te tournant le dos.

Quelque chose se noua dans la poitrine de Lauren.

— Scott, je...

— Je ne peux plus rien changer au passé. Mais sur le présent, j'ai une possibilité d'agir. Dis oui, Laurie. Tu es une fille intelligente. Et les gens avisés savent qu'il y a des moments où il faut savoir accepter de se faire aider. Prends cet argent.

— Je... je ne peux pas. Je ne me sentirais pas à l'aise, Scott.

Il jura tout bas.

— Tu étais furieuse contre moi parce que je ne voulais pas m'investir. Et maintenant que j'essaie d'assumer mes responsabilités, tu m'en empêches. Il y a des années que je pense à te proposer de l'argent pour Mack. Ce jour-là, sur la plage, quand tu m'as dit que tu étais enceinte, j'aurais dû te serrer fort dans mes bras et te glisser une bague au doigt, comme lui l'a fait. C'était à moi de garantir ta sécurité en prenant la place de père et de compagnon qui me revenait. Mais je n'ai pas été foutu de prendre la bonne décision et il a bien fallu vivre avec ça : la certitude que j'avais fait la plus grosse connerie de ma vie. Je payais le prix de mon erreur chaque fois que je pensais à toi et Ed. Que je pensais à toi riant avec Ed...

Sa voix se noua et il serra les poings.

— À toi partageant tes secrets avec Ed. À toi partageant *notre fille* avec Ed.

Il parlait comme s'il mâchait du verre.

— J'ai appris à accepter le fait que tu sois partie avec lui, mais je ne me résignerai pas à rester les bras croisés aujourd'hui en sachant que tu rames et que tu refuses mon aide.

— Tu pensais à Ed et moi ?

— Tous les jours.

Il tourna la tête vers elle.

— Tu croyais que j'avais navigué vers l'horizon toutes voiles dehors en oubliant ton existence ? Je suis allé à peu près partout dans le monde, mais il n'y a pas eu un seul endroit où tu aies été absente de mes pensées. Je n'avais que ce remords lancinant en tête : celui de m'être planté sur la décision la plus importante de ma vie.

Elle ne pouvait plus respirer.

— Scott...

Il eut un geste vers elle, lui glissa une main derrière la tête.

— Je me sentirai toujours coupable de t'avoir tourné le dos alors que tu étais enceinte de moi. Mais laisse-moi au moins faire ça pour toi.

Dans sa voix, elle perçut une souffrance à vif. Aussi bouleversée que lui, elle chercha son regard.

La vie avec Ed avait été simple et douce. Si elle avait dû résumer leur mariage en un seul mot, celui de « contentement » se serait présenté spontanément à son esprit. Il n'y avait jamais eu, entre Ed et elle, ces alternances sauvages, cette intensité dont elle faisait l'expérience avec Scott.

Il n'y avait pas eu les sommets, mais pas les grands creux non plus.

— Je ne savais pas, murmura-t-elle. Je pensais que…

— Tu pensais que j'étais resté tranquillement le même depuis dix-sept ans. Mais je peux t'assurer que quand on commet une erreur aussi monumentale que celle que j'avais faite avec toi on est amené à se remettre en question.

— Je t'aimais.

Les mots ne suffiraient jamais à décrire la profondeur de ses sentiments pour lui.

Il colla son front contre le sien.

— Je t'aimais aussi. Je t'aimais tant que j'étais dépassé, perdu, et que je ne savais plus ce que je faisais.

Elle sentit les larmes lui tremper les joues.

— Même après ton départ, je continuais à espérer, envers et contre tout, murmura-t-elle. Je me disais que tu te réveillerais un matin en ayant compris que tu ferais un bon père. Meilleur que beaucoup d'autres, même, dans la mesure où tu avais vu de près de très mauvais exemples éducatifs. J'avais tout le temps les yeux fixés sur le port, comme si, d'un instant à l'autre, ton voilier pouvait apparaître à l'horizon.

Il y eut un long silence.

Elle entendait le son troublé de sa respiration et vit l'indécision dans son regard.

— Scott ?

Il la lâcha, presque avec brusquerie, et renversa la tête contre le dossier.

— Je *suis* revenu. Mais trop tard. Ed et toi, vous étiez déjà ensemble.

— Comment ça ? Quand ?

— Deux semaines après avoir appris que tu étais enceinte, j'étais de retour au Vineyard. Je voulais qu'on parle, toi et moi, qu'on cherche des solutions — qu'on essaie, quoi… Quand j'y repense, je me dis que je n'étais pas très clair dans ma tête, car on ne se lance pas dans la paternité à l'essai.

— Tu es revenu au Vineyard et tu n'as même pas cherché à me voir ?

Il détourna les yeux.

— Si. Et je t'ai trouvée sur la plage avec Ed.

Elle essaya de se souvenir, mais les jours qui avaient suivi le départ de Scott s'étaient comme amalgamés dans un brouillard de tristesse indéfinissable. Qu'avait-il vu ? Et qu'en avait-il conclu ?

— Tu aurais pu venir me parler quand même.

— Vous vous teniez la main, tous les deux. Et j'ai entendu quelqu'un à côté s'extasier sur votre rencontre romantique et l'incroyable coup de foudre entre vous. Le temps que je me décide à réagir, il était déjà trop tard.

Une montée de désespoir la saisit à la gorge. Cette main d'Ed, elle ne l'avait pas tant tenue qu'agrippée. Alors qu'elle coulait comme une pierre, elle s'était cramponnée au seul élément solide qui s'était présenté à sa portée.

— Donc tu as vu de loin que je tenais la main d'Ed, et cela a suffi pour que tu renonces à nous ?

— Tu avais déjà accepté de te marier avec Ed. Je pensais que tu étais amoureuse de lui.

— Je t'aimais *toi* et j'attendais *ton* enfant. Comment as-tu pu penser que mes sentiments basculeraient en quinze jours ?

Scott avait les yeux fixés droit devant lui.

— Je crois que c'était devenu la normalité pour moi que les gens se lassent très vite de ma personne. D'abord ma mère, puis toutes les « tatas » et « taties » des familles d'accueil où j'ai vécu. Toute ma vie, j'avais vu les autres changer d'avis à mon sujet. La permanence affective, je ne connaissais pas. Et l'engagement, pas plus. Ce que j'avais eu l'occasion de vérifier, en revanche, c'est qu'il était beaucoup plus facile de s'en aller que de rester. Quand j'ai vu que tu étais passée à autre chose, ça m'a fait mal, mais fondamentalement ça ne m'a pas surpris. C'était cohérent avec ce que j'avais toujours connu.

Elle porta la main à sa gorge tant sa respiration se nouait. *Il était revenu. Il avait changé d'avis.*

— Je n'étais pas passée à autre chose. J'étais là.

— Avec lui. L'homme avec qui tu as formé un couple uni pendant presque dix-sept ans. Ça a sans doute été une bonne chose que je ne me montre pas, ce jour-là.

Il posa la main sur le volant et l'agrippa avec force.

— Si tu m'avais vu, tu ne serais peut-être pas partie avec Ed. Et tu aurais probablement eu tort.

— Comment peux-tu dire cela ?

— Parce que tu avais besoin d'un minimum de stabilité et de sécurité. Et tu aurais renoncé à une solution sûre pour prendre un risque inconsidéré.

Elle vit la tension dans ses épaules.

— Tu n'es pas « un risque inconsidéré ». On aurait pu...

— Non.

Il lui posa un doigt sur les lèvres et secoua la tête.

— On ne va pas entrer dans les « et si... », Laurie. Il nous est impossible de savoir comment les choses se seraient passées et cela ne nous avancera à rien de nous perdre en suppositions maintenant. Si j'étais resté, j'aurais aussi bien pu paniquer au bout de six mois, piquer une grosse crise, peut-être même repartir. Mack a connu la stabilité. Tu as pu lui donner cela et c'est immense. Alors, on va accepter que la vie ait été ce qu'elle a été et on s'occupe du présent et rien que du présent. Je veux te prêter cet argent. Je veux que tu le prennes.

Comment aurait-elle pu lui dire non maintenant qu'elle savait ce que cette proposition représentait pour lui ?

— J'accepte, Scott. Merci, chuchota-t-elle d'une voix étranglée.

— Il y a autre chose que je voudrais de toi.

Le cœur de Lauren se mit à battre plus vite.

— Scott, je...

— Non pas ça.

Son regard se fixa un instant sur ses lèvres.

— En tout cas, pas tout de suite. Je voudrais prendre une place reconnue dans la vie de Mack. Partager le rôle parental avec toi. Et être là pour les bons moments comme pour les mauvais.

Elle réussit à sourire.

— Tu es sûr ? Tu es mentalement préparé à t'en prendre plein la figure, souvent quand tu t'y attends le moins ?

Une ombre passa sur le visage de Scott.

— J'ai déjà une certaine pratique.

— Il faudrait en parler avec elle, bien sûr.

— On pourrait lui en parler ensemble ?

Il paraissait presque effrayé, soudain, et elle en eut mal pour lui. Toute sa vie, Scott n'avait connu que le rejet.

— Et que reste-t-il de ta vocation de loup de mer solitaire ?

— Certaines responsabilités ont du bon. Il y a longtemps que je ne largue plus les amarres. Je les attache.

Le pensait-il vraiment ? Et serait-il toujours du même avis dans une semaine ou dans un mois ?

Imposant silence aux questions qui s'élevaient dans sa tête, elle s'abandonna contre lui et passa les bras autour de son cou.

— C'est horrible de penser que tu te sois senti exclu et rejeté quand tu m'as vue avec Ed. Horrible et cruel.

Elle enfouit son visage contre son épaule et il jura à voix basse.

— Ne pleure pas.

Il prit son visage entre ses paumes.

— Ça me tue de te voir pleurer.

— J'ai mal de penser que tu te torturais tout seul en m'imaginant avec Ed.

— C'est rassurant pour moi de savoir que tu as été heureuse avec ton mari. Que vous avez formé un couple solide et équilibré. Je le dis en toute sincérité. Tout ce que je voulais, c'était ton bonheur et celui de notre fille, Laurie. Tu le méritais et tu le mérites toujours.

Sa générosité lui tordit le cœur.

— Je l'ai aimé, c'est vrai. Mais je t'aimais aussi.

Il essuya une larme sur sa joue.

— Je sais. Et je suis désolé pour ce qui t'est arrivé.

Elle était désolée aussi. Mais si les événements des derniers mois n'avaient pas eu lieu, elle n'aurait pas été ici avec Scott. Tout cela la plongeait dans un état de confusion presque douloureuse.

Scott pencha la tête et l'embrassa. Un baiser léger, dans un premier temps, tout en douceur et en réconfort, mais qui, petit à petit, changea de dimension. Elle oublia où elle était et ce qui se passait autour d'eux. Seuls subsistaient le bourdonnement du sang à ses oreilles et la fusion de leurs bouches brûlantes. Ce fut une étreinte d'abord chargée de regret, puis lourde d'espoir, d'amour et de promesses.

Bouleversée, elle noua les bras autour de son cou et se blottit plus étroitement contre lui.

Ils étaient tellement absorbés l'un par l'autre qu'aucun d'entre eux n'entendit la portière s'ouvrir.

À travers le brouillard liquide du désir, Lauren perçut la voix de Mack, choquée, suraiguë.

— Maman ? Scott ?

Lauren fit un bond et s'écarta de Scott pour se tourner vers sa fille. Que faisait-elle là ? Elle n'aurait pas dû être au lycée ? Combien de temps Scott et elle étaient-ils restés dans cette voiture à parler ?

— Tu... tu...

Mack bouillonnait tellement d'indignation qu'elle en étouffait presque.

— Ed vient de *mourir,* maman. Et tu l'aimais ! Comment peux-tu embrasser quelqu'un d'autre ? Tu es dégueu. Et toi aussi...

Elle jeta un regard féroce à Scott.

— Tu as bien manœuvré pour me mettre en confiance ! Comme une conne, je m'étais même attachée à toi ! Alors que tu te servais juste de moi parce que tu voulais te faire ma mère. Je te hais ! Je te haïrai toute ma vie !

— Mack, attends...

Dans sa hâte de s'éloigner d'eux, sa fille trébucha sur son vélo, faillit tomber et dut s'y prendre à deux fois pour le redresser, l'enjamber et s'éloigner en pédalant furieusement.

Lauren en était malade. Enfin, après des mois de crise, de conflit et de silences, sa relation avec Mack avait repris un tour positif.

Et maintenant, cette situation plus que mortifiante…

Scott était pâle et manifestement secoué.

— Elle me hait.

— Elle ne te hait pas, non.

Une grande fatigue lui tombait dessus.

— Tu l'as entendue. Elle a dit que…

— C'est juste de l'exagération adolescente.

— Quoi ? La haine ?

— Le fait d'utiliser des mots pour frapper, comme d'autres jetteraient des pierres.

— C'est effarant, non, qu'elle puisse penser que je me sois servi d'elle pour arriver jusqu'à toi ? Ça n'a rien à voir ! C'est vrai que je voulais qu'elle me fasse confiance et qu'elle m'aime. Mais pas à cause de toi. Parce que Mack est ma fille.

— Je sais, Scott. Il ne faut pas prendre ce qu'elle t'a dit au pied de la lettre.

— Quoi ? Comment ?

Une mince pellicule de sueur s'était formée sur son front.

— C'est lourd, ce dont elle m'accuse. Et elle se trompe.

— Les ados ont parfois des phrases définitives comme « je te hais pour toujours », « personne ne m'aime » ou « je hais ma vie ». Mais elle ne te déteste pas. Bien au contraire. Ce n'est pas ça qui est en jeu.

Il se passa la main sur le visage.

— Comment tu fais pour endurer ça ?

— Je reste éveillée la nuit, dévorée par l'angoisse. À ressasser des trucs qu'elle me balance à la figure et qu'elle-même oublie souvent au bout de cinq minutes.

Scott secoua la tête d'un air incrédule.

— Et on est censés faire quoi, maintenant ? Il faut que je la voie. Que je lui explique.

Lauren attacha sa ceinture.

— Laisse-moi lui parler d'abord. Ça ne t'ennuie pas de me raccompagner à la maison ?

— Il ne vaudrait pas mieux qu'on s'adresse à elle ensemble ?

— Scott, elle vient de me voir en train de *t'embrasser*. Lui parler ensemble serait la pire chose à faire en ce moment. Elle se sent vulnérable et exclue. À ses yeux, je l'ai trahie, tout comme j'ai trahi Ed.

Scott chercha son regard.

— Techniquement, c'est moi qui t'ai embrassée.

— Cela ne change rien au fond du problème.

— Qu'est-ce que tu vas lui dire ? Tu ne peux pas prétendre qu'il n'y a rien entre nous, Laurie, car ce serait lui mentir.

— Elle n'est pas encore prête à voir sa mère s'engager dans une nouvelle relation. Et je ne suis pas prête non plus.

Où avait-elle eu la tête ?

— Entre nous, il ne s'agit pas d'une « nouvelle relation ». Je suis son père, Lauren. En quoi est-ce si surprenant pour elle qu'il y ait encore des sentiments entre nous ?

Des sentiments, oui, mais lesquels ?

— Ce que nous ressentons l'un pour l'autre n'a pas d'importance. De toute façon, ce serait trop dur pour Mack en ce moment. Je ne peux pas lui faire ça, Scott. Après ce qu'elle a vécu, il faut que je la protège.

Scott secoua la tête.

— Attends… Tu es en train de me dire que tu n'auras jamais d'autre homme dans ta vie parce que ça pourrait contrarier notre fille ?

— À terme, si, peut-être…

Sa voix se perdit dans un murmure.

— Je ne sais pas. Je ne sais plus ce que je dis. Je me sens coupable et paumée. Là, comme ça, j'ai vraiment l'impression d'être quelqu'un d'épouvantable. Je ne peux pas continuer à te voir, Scott. Enfin, je veux dire, je te *verrai*, si — l'île n'est pas grande — mais je ne peux pas… nous ne devrions pas… enfin, pas comme ça, en tout cas.

Elle s'était fixé toute une série d'objectifs au cours des six derniers mois, mais se ruer dans une nouvelle histoire d'amour n'avait jamais figuré sur la liste. Scott avait raison, cela dit. Ce qui se passait entre eux n'était pas *nouveau* à proprement parler. Ses sentiments pour lui étaient restés latents, plongés dans un demi-sommeil en arrière-plan. Mais ils ne s'étaient jamais éteints. Il existait entre eux un lien profond, indéracinable, dont il leur était impossible de faire abstraction.

Elle s'était inquiétée à l'idée qu'elle pourrait retomber amoureuse de Scott. Mais en vérité, elle était restée amoureuse de lui depuis le début.

La vraie nature de ses sentiments pour lui, elle la connaissait. Et la réalité de leur situation la remplissait de désespoir.

Scott ressentait clairement la même chose.

— Tu veux dire qu'entre nous ce n'est pas possible ?

Elle s'aperçut qu'elle tremblait.

— J'ai bien peur que non.

Une fois déjà, elle avait dû se détacher de lui et cela avait été horrible. Mais combien plus déchirante encore serait la séparation cette fois-ci.

— Je suis désolée, Scott. Profondément désolée. Mais je ne peux pas faire autrement.

Chapitre 33

Mack

Contrit : envahi par la culpabilité, les regrets ou les remords.

Mack abandonna son vélo dans le jardin du Sail Loft et courut se réfugier dans sa chambre en claquant la porte derrière elle.

Elle se jeta sur son lit et sanglota.

Elle pleurait si fort qu'elle n'entendit pas la porte s'ouvrir. Mais elle sentit le matelas s'incurver lorsque sa grand-mère s'assit à côté d'elle.

— Laisse-moi, hoqueta-t-elle. Je veux qu'on me foute la paix.

— Tu es sûre que c'est vraiment ce que tu souhaites ? Personnellement, j'ai horreur d'être seule quand je suis dans ce genre d'état. Chaque fois que je découvrais que ton grand-père s'était trouvé une nouvelle nana, je m'enfermais dans ma chambre et je ne voulais voir personne. Alors que j'aurais eu besoin d'évacuer mes émotions en présence de quelqu'un qui m'aime.

— *Personne* ne m'aime.

Mack s'étouffait, le visage enfoui dans l'oreiller.

— Je ne compte pour personne. C'est Ed que je veux. Si seulement il pouvait ne pas être mort.

— Oh ! ma chérie...

Mack sentit la main de sa grand-mère sur sa tête. Une partie d'elle avait envie de la repousser et une autre voulait se jeter dans ses bras et se faire consoler comme un petit enfant.

— Je regrette trop qu'on soit venues vivre ici. Je voudrais être encore dans ma vie d'avant !

— Le changement n'est jamais facile, surtout quand on ne l'a pas choisi. Tu veux me dire ce qui s'est passé ?

Mack se tâta et s'aperçut qu'elle avait plutôt envie d'en parler. En pleurant et hoquetant, elle fit le récit entrecoupé de son passage au chantier naval et de la scène qu'elle avait surprise.

Elle s'attendait à voir sa grand-mère sous le choc, mais celle-ci ne réagit pas comme elle l'avait escompté.

— Tu les as vus s'embrasser, donc.

— C'était pire que ça. Plus comme dans les films, quand l'homme et la femme se collent l'un à l'autre et qu'ils ont l'air perdus dans un autre monde. Genre, ils s'embrassaient à mourir, quoi.

Elle s'essuya les yeux, regarda sa grand-mère et se raidit sous l'offense.

— Tu souris ! Non, mais, comment tu peux être *contente* ?

Sa voix partit dans les aigus.

— Tu ne comprends rien à rien ! Je vous déteste tous. Je déteste ma mère, je déteste Scott et, plus que tout, je hais ma vie de merde.

Au lieu d'embrayer sur cette annonce tragique, sa grand-mère tapota le lit à côté d'elle.

— Assieds-toi. Il est temps qu'on parle, toi et moi.

— Parce qu'on ne parle pas, là, peut-être ?

— Non. Toi, tu sanglotes dans ton oreiller et tu me fais du mélo adolescent pur jus. Mais je ne sais pas comment réagir à ça, parce que j'ai fait l'impasse sur cet aspect de la parentalité, à l'époque où j'étais mère. Donc je vais être obligée de m'adresser à toi comme à une adulte. Tu as bien dit que c'était ce que tu voulais, je crois ?

Avait-elle vraiment réclamé cela ?

Là, elle aurait presque envie de faire un retour à la maternelle et d'attendre sur sa petite chaise que sa maman vienne la récupérer devant la grille de l'école.

Mack se hissa tant bien que mal en position assise. Adulte, elle ? Mouaich… À défaut, elle pouvait toujours faire semblant.

— Tu veux parler de quoi, alors ?

Elle nota que sa grand-mère avait encore exhumé un nouveau grand foulard aux couleurs flashy. Celui-ci était dans des tons exubérants de verts et de turquoise. Mack n'était pas habituée à voir Grams si glamour. Tout changeait autour d'elle : les gens, les maisons, les situations.

— Tu pourrais commencer par me dire pourquoi ça t'a horrifiée à ce point de voir ta mère et Scott ensemble.

C'était évident, non ?

— Papa vient juste de mourir ! *Ed*, je veux dire ! Ed est mort. Maman était censée l'aimer et là, tranquille, elle roule un patin à un autre mec…

— Tu l'as vue dans les bras de Scott.

— Oui, OK, Scott. Mais…

— Scott, qui n'est pas n'importe qui, mais ton père. Un homme qu'elle aimait très fort.

— Oui, mais on n'aime pas deux hommes à la fois ! Ça ne marche pas comme ça dans la vie.

— Ah, tu crois ? Bienvenue dans le monde adulte, Mack.

La voix de sa grand-mère était bourrée de tendresse.

— C'est le bazar, c'est compliqué, les pièces ne s'emboîtent jamais comme elles le devraient et l'image, au final, ne ressemble pas du tout à ce qu'on avait prévu. Ce drôle de puzzle, ça s'appelle la vraie vie.

— Ben, la vraie vie, ça craint.

Ouah, super, Mack. Ça fait vachement adulte, ce que tu viens de dire.

— Souvent, oui, elle craint. Et à d'autres moments, elle est tout simplement extraordinaire. Le clair et le sombre, comme certains de mes tableaux. Tu ne l'apprécies pas, Scott ?

Mack renifla.

— Si, évidemment que je l'apprécie. Il est cool. Et personne ne sait écouter comme lui. Mais je n'ai pas envie que maman et lui, ils… Enfin, tu vois, quoi.

C'était idiot, mais elle n'arrivait même pas à prononcer le mot. Et elle n'arrivait pas à se figurer non plus ce que ça représenterait pour elle. Une chose était sûre : pendant qu'ils s'embrassaient dans cette voiture, ni Scott ni sa mère n'avaient eu la moindre pensée pour elle.

— Ce que je veux, c'est que les choses arrêtent de changer toutes les cinq minutes. Que ça se stabilise, quoi. C'est si dur à comprendre ?

— Non. Je peux imaginer que tu te sentes bousculée. Mais as-tu pensé à ce que ressent ta mère ?

— À quel sujet ?

— La vie. Ta mère a traversé l'enfer, ces derniers mois. Son mari qu'elle aimait très fort…

Mack ouvrit la bouche pour protester mais sa grand-mère leva la main pour lui imposer silence.

— Oui, qu'elle *aimait*, est mort. La disparition d'Ed a été tragique et brutale, et la situation financière délicate qu'il laissait derrière lui n'a pas arrangé les choses. Ta mère n'avait plus rien ni personne pour faire le tampon entre elle et les coups du destin. Elle a dû résister à l'angoisse toute seule et t'aider dans ton travail de deuil tout en se débattant avec son propre chagrin. Elle ne savait pas comment elle allait s'y prendre pour gagner sa vie et la tienne, te donner la possibilité de faire des études. En même temps, elle se battait comme une possédée pour que je n'aie pas à vendre la Captain's House. Pendant six mois, son seul but a été d'assurer sa survie tout en tenant sa place de mère, de fille et de sœur. Il serait peut-être temps qu'elle pense un peu à être une femme.

— Ouais, OK. Je comprends. Mais c'est comme si elle avait oublié Ed. Et ça me fait un sale effet.

Mack était sur la défensive. *Elle* au moins n'avait pas oublié Ed. Elle pensait à lui tout le temps et promenait sa photo sur elle partout où elle allait, même si elle ne le disait à personne. À quoi ressemblerait leur vie si sa mère se remettait avec quelqu'un d'autre ? Et quelle place serait la sienne dans cette nouvelle configuration ? Elle avait du mal à se la représenter et toutes ces incertitudes l'effrayaient.

— C'est comme si Ed n'avait jamais existé, tout à coup.

— Lauren ne l'a pas oublié. Elle essaie juste de trouver une façon de renouer avec la vie sans lui. Ed est parti pour toujours, ma chérie, souligna sa grand-mère gentiment. On a beau ne pas le vouloir et se mettre en colère et dire non, la mort, c'est pour de bon, Mack. On ne revient pas en arrière. Alors attendre six semaines, six mois, six ans, qu'est-ce que cela change ? Ta mère peut faire comme moi : gâcher des années et des années de sa vie, l'œil rivé sur le rétroviseur, à tourner en rond dans son deuil et son chagrin. Ou elle peut rassembler une belle brassée de souvenirs et les conserver en elle comme un bouquet en marchant vers une vie neuve. J'espère qu'elle choisira la seconde option et qu'elle n'attendra pas trop pour le faire. Lauren est mon enfant. Et aucune mère n'a envie de voir son enfant malheureux. C'est la raison pour laquelle elle te donne la priorité en tout. Un jour, quand tu seras mère à ton tour, tu comprendras.

— Ouais, ben, elle n'avait pas l'air de trop penser à moi quand je les ai vus dans la voiture de Scott.

En s'entendant parler, Mack eut l'impression d'entendre une petite gamine, râleuse et égocentrique. Elle rougit de honte.

— Désolée. C'est moche de dire ça. C'est pas si simple que ça en a l'air, d'être adulte.

Nancy sourit.

— Je suppose qu'en effet, à cet instant précis, tu n'étais peut-être pas au cœur de ses pensées. Mais cela n'enlève rien à l'amour qu'elle te porte. Rien ne changera dans ses sentiments pour toi. Tu as la chance d'avoir une mère qui a toujours été là pour toi.

— Moi, en tout cas, je continue de parler d'Ed ! Je refuse de faire comme s'il n'avait jamais existé !

— Mais bien évidemment, que tu continueras de parler d'Ed. Avec moi, tant que tu voudras. Et avec ta maman aussi, j'en suis sûre. Lauren n'essaie pas d'oublier Ed, Mack. Elle ne cherche pas non plus à t'exclure. Tout ce qu'elle veut, c'est redevenir femme, redevenir vivante, et c'est très sain. Elle mérite de retrouver un peu de bonheur. Tu ne voudrais pas d'une mère constamment triste, si ?

— Non, bien sûr.

Mack se sentait petite et mesquine. Plus minuscule qu'une fourmi. C'était clair qu'elle n'avait pas envie que sa mère soit *malheureuse*. Au contraire. Mais elle n'était pas pressée de voir sa vie chamboulée de nouveau par un changement majeur. Elle voulait juste être tranquille. Chiller un peu pour une fois.

— Tu vois, Grams, quand je les ai surpris, tous les deux, ça m'a fait un truc horrible, comme si je perdais ma mère aussi.

— Oh ! Mack…

Sa grand-mère la serra affectueusement dans ses bras.

— Je ne sais pas quels sont les sentiments de ta mère pour Scott, mais je sais ce qu'elle ressent pour toi. Elle t'aime vraiment très fort et, quoi qu'il arrive, ça continuera. Quant à Scott, admettons un instant qu'elle l'aime — que peut-être même elle n'ait jamais cessé de l'aimer —, cela n'enlèverait rien aux sentiments qu'elle éprouvait pour Ed. Car il existe autant de sortes d'amours qu'il existe de couples différents.

Mack trouvait cela perturbant. Compliqué. Effrayant.

— Je suis un peu larguée, moi, dans vos histoires.

— Tu vas finir par t'y retrouver. Nous sommes capables de faire tellement plus que ce que nous croyons. Il est possible de rallumer la flamme de sentiments que l'on croyait éteints, de reconstruire une nouvelle vie quand l'ancienne est morte, de s'inculquer de nouvelles habitudes et de casser les anciennes, même à un âge avancé.

Sa grand-mère s'écarta d'elle pour conclure d'une voix pensive :

— Il est possible aussi de pardonner à une amie une offense, même douloureuse.

La culpabilité de Mack flamba de nouveau. Elle n'avait pensé qu'à elle-même, une fois de plus. Elle s'essuya les yeux sur sa manche.

— Qu'est-ce que tu vas faire, alors ? Botter les fesses d'Alice ?

Sa grand-mère se passa la main dans les cheveux.

— Comment je devrais m'y prendre, avec elle, à ton avis ?

Mack fut surprise par la question. Personne ne lui demandait jamais son opinion. Personne n'attendait ses conseils. Elle prit le temps de réfléchir avant de répondre.

— Ça dépend… Je veux dire, Alice était ta meilleure amie, ce qui est un facteur aggravant…

— Voilà. C'est tout à fait ça.

Mack se sentit encouragée à poursuivre.

— D'un autre côté, si j'ai bien compris, Gramps était du genre à…

Elle fit la moue.

— Ça t'embête si on évite de penser à cet aspect-là de lui ?

— Pas du tout. Je préfère ne pas y penser non plus. Mais tu as raison. Il était de ce genre-là. Il y avait quelque chose chez lui qui subjuguait son entourage.

Mack replia les jambes sous elle et s'adossa contre ses oreillers.

— Je me souviens, oui. Quand il était quelque part, on ne sait pas trop pourquoi, mais on ne voyait que lui.

— C'est exactement ça. Alors qu'Alice venait de perdre son mari. Elle n'allait pas bien du tout et passait par une phase de grande vulnérabilité. Je suppose que pour elle ce n'était pas vraiment une histoire d'amour, juste un moment de folie. Aujourd'hui, j'arrive à un stade où il faut que je prenne une décision. On peut continuer à promener sa colère et sa blessure en les alimentant par un ressassement permanent. Ou on peut choisir de lâcher prise et de passer à autre chose.

— C'est ce que tu as fait avec Gramps ? Après sa mort, je veux dire ? J'ai l'impression que tu l'as évacué de ta vie, comme on balaie des moutons de poussière sous un lit.

Elle se demanda si elle venait de faire une gaffe horrible en disant cela, mais elle vit sa grand-mère sourire.

— Oui, c'est ce que j'ai fait avec Gramps. Je suis même allée sur sa tombe et je lui ai dit haut et fort ce que j'aurais dû lui dire il y a longtemps. Pas de chance, il était bien trop mort pour m'entendre. Mais quand même... Ce qui est dit est dit.

Sa grand-mère éclata de rire et Mack lui jeta un regard inquiet.

— Tout va bien, Grams ?

— Je ne me suis jamais mieux portée. Le fait d'en parler avec toi m'a aidée à réaliser que j'ai vraiment laissé le passé derrière moi. C'est peut-être le fait d'avoir beaucoup jeté. Ou beaucoup crié.

— Ou peut-être que c'est Ben.

Mack vit les joues de sa grand-mère s'empourprer.

— Ben ?

— Hé, ho, Grams. Je sais que tu es à fond sur lui. Et lui il flashe à mort sur toi.

Elle donna un petit coup de coude à sa grand-mère.

— Si tu voyais ta tête... Tu rougis.

Sa grand-mère porta les mains à ses joues brûlantes.

— Ça fait des années que je n'ai pas rougi. Des années aussi que je n'ai pas fait d'autres choses, précisa-t-elle avec un petit regard coquin.

Mack frémit.

Taquiner Grams avec Ben était une chose. Mais de là à provoquer des confidences de nature sexuelle...

— Je me passe des détails, hein !

— Ça tombe bien parce que je n'avais pas l'intention de te les donner.

Sa grand-mère avait un petit air espiègle et Mack décida qu'il était grand temps de laisser le sujet « Ben » de côté.

— Tu vas faire quoi, pour Alice, alors ?

— Lui parler. Il est temps qu'on déballe tout ça, elle et moi. Les secrets sont comme des murs d'enceinte. Ils empêchent de se rapprocher. Si je veux essayer de rattraper encore quelque chose de notre vieille amitié, il faut d'abord abattre ces murs et voir ce qui se passe ensuite.

Mack fit la grimace.

— Ça ne va pas être évident de parler de ça.

— La vie est truffée de choses pas évidentes à affronter. Mais ce problème avec Alice, c'est comme un petit caillou dans ma chaussure. Ça ne m'empêche pas de marcher, mais je sais qu'il est là. Tant qu'on n'aura pas mis le passé sur la table, notre relation restera artificielle. J'espère qu'on pourra prendre un nouveau départ, toutes les deux. Il n'y a que ça à faire, non ? Renoncer ou prendre un nouveau départ. Et nous, les Stewart, on n'a jamais été du genre à reculer devant les épreuves.

— C'est courageux de ta part. Et généreux aussi.

Mack estima qu'elle devait encore ajouter autre chose. Une remarque adulte qui montrerait qu'elle était à la hauteur de la conversation.

— J'imagine que l'amour est un sentiment très complexe ?

En vérité, elle n'imaginait rien du tout. Mais vu les décisions bizarres que prenaient beaucoup d'adultes, elle ne pouvait qu'en conclure que c'était le cas.

— *C'est* complexe, oui.

Mack se détendit. Apparemment, dans le domaine de la conversation « adulte », elle ne s'en sortait pas si mal que ça.

— Mais ça doit valoir le coup d'aimer, puisque tout le monde se lance dans le truc.

— Il semble que oui, en effet.

Mack se demanda si sa grand-mère était amoureuse de Ben.

— Tu crois que maman est amoureuse de Scott ?

— Pourquoi tu ne lui poses pas la question ?

— J'ai trop la honte de parler de ça. Et j'ai déjà dû tout foutre en l'air entre eux, en plus.

À présent que le choc s'était atténué, elle aurait bien voulu retourner dans le passé et rejouer la scène autrement. Pourquoi fallait-il toujours que ses émotions explosent ? Elle aurait bien aimé disposer d'une touche « pause » à activer pour se donner le temps de réfléchir avant de hurler.

— Scott doit être soulagé que je ne relève pas de sa responsabilité. Vu ce que je lui ai balancé à la figure tout à l'heure, il doit déjà être en train d'organiser son prochain tour du monde à la voile pour être sûr de ne jamais me revoir.

Même si, techniquement, il était son père, rien d'officiel ne les liait, si ? Il s'était déjà barré une fois. Qu'est-ce qui l'empêcherait de repartir de nouveau ? Après les horreurs qu'elle lui avait sorties, il ne lui adresserait probablement plus jamais la parole, même s'il restait.

Elle pensa aux leçons de voile, à Capitaine, aux moments où ils travaillaient ensemble en silence quand elle venait l'aider sur le chantier nautique. Scott l'avait toujours encouragée à parler d'Ed quand elle en avait ressenti le besoin, même si ça n'avait pas dû être facile pour lui. Il avait été d'une patience angélique avec elle depuis le début. Tellement présent aussi.

Son cœur se mit à cogner fort contre ses côtes. Les larmes brûlaient derrière ses paupières.

— Après la crise que je leur ai faite, maman va dire à Scott qu'à cause de moi ils ne peuvent pas continuer ensemble, c'est ça ?

— C'est ce que tu voudrais ?

— Non ! Enfin... Je ne sais pas. Ce n'est pas vraiment à moi de choisir. Et de toute façon, faire les bons choix, ce n'est pas mon fort.

Elle refusait qu'Ed soit effacé et oublié. Mais elle ne voulait pas non plus que Scott hisse les voiles et disparaisse de leurs vies.

— C'est là que tu te trompes, Mack. Tu as fait de très bons choix depuis ton arrivée ici. Tu t'es intégrée dans un nouveau lycée et tu t'es saisie des opportunités qui se présentaient. Tu t'es inscrite à l'atelier de codage. Ce qui t'a permis de te faire des amis, de te découvrir une nouvelle passion, peut-être même de poser les jalons d'une future carrière.

Elle n'avait pas vu les choses sous cet angle.

— C'est vrai que je me suis pas si mal démerdée que ça, au fond.

— Et si je nous préparais un peu de citronnade ?

Sa grand-mère lui tendit la main et la tira sur ses pieds.

— Allez viens, on va s'asseoir dehors.

Mack était installée dans le jardin avec un cookie fait par Jenna et un verre de citronnade maison lorsque sa mère poussa la grille.

La culpabilité fit un retour en fanfare.

Grams avait eu raison au moins sur un point : sa mère avait toujours été là pour elle. Elle avait beau hurler, taper du pied et dire les pires horreurs, sa mère jouait toujours dans son camp. Mack nota qu'elle avait son « look londonien », aujourd'hui. Pantalon classe, chemisier en soie et le petit collier en or qu'Ed lui avait offert à Noël.

Elle songea à ce que lui avait dit Grams sur le cauchemar que sa mère traversait depuis la mort de ce dernier.

— Ça va, maman ?

Elle vit de l'anxiété dans le regard de celle-ci et se sentit responsable. Et ses remords augmentèrent d'un cran.

— Oui, tout va bien, ma petite chérie.

Les mots d'affection lui tordirent le cœur.

— Grams a fait de la citronnade. Tu en veux ? Il en reste au frigo.

Elle allait s'améliorer, se promit-elle. Et arrêter de penser à elle-même tout le temps. Commencer par dire qu'elle était désolée aurait été bien. Mais elle ne savait pas trop comment introduire le sujet.

— Je vais aller t'en chercher.

Sa grand-mère posa la main sur son bras.

— Reste, Mack. Je m'en occupe… Mais dis-moi d'abord comment s'est passé ton rendez-vous à la banque, Lauren ?

Grams se leva et désigna son fauteuil.

— Assieds-toi. Tu as l'air épuisée.

— Le banquier ne m'a pas donné la réponse que j'espérais, hélas.

Mack nota que le mascara de sa mère avait coulé.

— Ils t'ont dit non ?

Grams se rembrunit.

— Mais ils sont idiots, ces banquiers, ou quoi ? Depuis

combien de décennies vivons-nous sur cette île, nous les Stewart ? Je vais te les appeler et les secouer, moi !

— Non. Ce ne sera pas nécessaire.

Mack se demanda comment sa mère pouvait imaginer s'en sortir sans cet argent.

— Si tu n'obtiens pas ce prêt, tu ne peux pas démarrer ton activité. Et cela fait des années que tu en rêves !

Brusquement, le rêve de sa mère devenait vital aux yeux de Mack.

— On pourrait peut-être appeler Jenna ? À quatre, on réfléchit mieux, non ? Il faut qu'on trouve une autre solution.

— L'autre solution s'est déjà présentée. Scott veut nous prêter cet argent.

Sa mère tourna vers elle un regard prudent, presque inquiet.

— C'est sa façon de s'investir et d'aider, précisa-t-elle doucement.

Grams hocha la tête d'un air approbateur.

— J'espère que tu as dit oui ?

Sa mère ne répondit pas tout de suite.

— Maman, ça t'ennuie si je prends quelques minutes pour parler avec Mack ?

L'estomac de Mack se noua. Sa mère allait l'incendier et elle l'aurait cherché. Allait-elle lui annoncer que Scott avait été tellement dégoûté par son attitude infantile qu'il s'était tiré direct aux Bahamas ?

— Je vais aller te chercher à boire, dit Grams.

Mack attendit, le cœur lourd, que sa grand-mère ait disparu à l'intérieur du Sail Loft. Sa mère jouait avec son alliance — la bague qu'Ed lui avait mise au doigt.

— Mack, il y a quelque chose que je voudrais...

— Non, moi d'abord ! s'écria-t-elle spontanément. Je suis désolée, maman. Désolée pour tout. De t'avoir crié dessus. D'avoir hurlé des trucs horribles à Scott. D'avoir été odieuse alors que tu te débattais dans une situation infernale. Je n'ai pas arrêté de te compliquer la vie et d'être... d'être horrible avec toi...

Les larmes se mirent à tomber et coulèrent comme une rivière en crue. Elle déglutit avec peine et sentit le goût du sel sur ses lèvres et sur sa langue. Et soudain, elle se retrouva dans les bras de sa mère qui la berçait comme quand elle était encore une petite fille.

— Ne pleure pas, ma petite chérie... Tout va bien. Ne pleure pas...

L'amour dans sa voix fit couler ses larmes encore plus fort. Comment sa mère pouvait-elle lui pardonner avec autant de facilité ?

— J'ai été in... insupportable et toi, tu passes l'éponge à chaque fois. Et tu fais tout pour m'aider alors que je suis une vraie purge et juste... juste mauvaise.

— Non, Mack, tu n'es pas mauvaise. Et ce n'est pas toi qui es difficile, ce sont les circonstances.

Sa mère lui releva les cheveux et l'embrassa sur le front.

— Tu es quelqu'un de bien, Mack. Mais ce que tu as eu à affronter, c'était vraiment très, très lourd, ma chérie.

— Mais toi aussi, tu as dû gérer tout ça, et me gérer *moi* avec. Et au lieu de te faciliter les choses, je ne suis qu'un gros problème supplémentaire.

Elle pleurait tellement qu'elle étouffait, happant de grandes bouffées d'air entre deux sanglots. Fermant les yeux, elle inhala le parfum maternel mêlé à la brise saline. Rien ni personne au monde ne sentait aussi bon que sa maman. C'était l'odeur même de la beauté, de la sécurité, du réconfort. De l'amour.

— Oh ! Mack, ta présence dans ma vie est une aide immense, au contraire. Si tu n'avais pas été là, je ne sais pas où j'aurais trouvé la force de faire face et de continuer.

Mack se cramponna à sa mère.

— Je ne sais pas comment tu peux encore me dire ça après la scène à la con que j'ai faite tout à l'heure.

— Tu étais choquée. Et je peux le comprendre. Je suis vraiment désolée que tu nous aies vus. J'aurais préféré de loin que tu n'assistes pas à ça.

Mack nota que sa mère n'avait pas dit qu'elle regrettait d'avoir embrassé Scott.

Elle se dégagea et prit une longue inspiration tremblante.

— Il est parti ?

— Parti ?

— Scott. Il doit être en train de préparer son voilier pour s'exiler avec Capitaine dans un endroit où il ne risque pas de croiser d'ados.

— C'est ce que tu voudrais ? Que Scott s'en aille ?

— Non.

Elle se frotta le visage avec les mains.

— Je l'aime trop, Scott. Mais je pense qu'il doit me détester, maintenant. Et se féliciter d'avoir eu la bonne idée de se barrer avant ma naissance.

— Ce n'est pas du tout ce qu'il pense. Et si Scott est parti, cela n'a rien à voir avec toi. Il n'a jamais connu une vie de famille comme la nôtre, Mack. Il ne sait pas ce que c'est d'avoir des proches autour de soi qui te soutiennent quoi qu'il arrive. Pouvoir être soi-même et commettre des erreurs et savoir qu'on t'aimera quand même. Il était mort de peur à l'idée de devenir père.

Mack avait du mal à concevoir que Scott puisse avoir peur de quoi que ce soit.

— C'est le mec le plus fort que je connaisse. Il peut faire cent pompes sans même transpirer. Et puis il a une façon d'être silencieux — un peu comme les cow-boys dans les vieux westerns. C'est marrant, il ne dit presque rien et, du coup, tout le monde l'écoute. Tu vois qui c'est, Cal, qui bosse au chantier naval ? Il m'a dit qu'une fois Scott a mis fin à une bagarre rien qu'en entrant dans un bar. Il n'a pas dit un mot, mais en le voyant arriver, ils ont arrêté direct. Et je comprends qu'il puisse avoir cet effet. Ce que je ne vois pas trop, c'est en quoi *lui* pourrait avoir peur, par contre.

— Il y a peur et peur, Mack. Scott était terrifié à l'idée de me décevoir, de te décevoir toi, et, plus encore, à l'idée de se décevoir lui-même et de découvrir qu'il ne pouvait pas être l'homme qu'il espérait devenir.

— Mais pourquoi ? Il est trop cool, Scott. C'est le calme personnifié.

— Il n'était pas calme lorsque tu as crié contre lui. Il avait peur d'avoir tout gâché et que tu ne veuilles plus jamais le revoir.

Mack renifla.

— Il avait peur de m'avoir perdue, moi ?

— Eh oui. Donc je ne crois pas que tu réussiras à le faire fuir de sitôt. Il a très envie de bien s'y prendre, cette fois-ci.

Le soulagement était énorme.

— Je suis désolée, maman. J'aurais dû penser un peu plus à toi. Te préparer du thé et te l'apporter au lit.

Sa mère se mit à rire.

— Ah non, tout ce que tu veux, mais pas ton thé.

Mack lui adressa un petit sourire mouillé.

— Il ne te plaît pas, mon thé ?

— Il est horrible.

— Parfois je fais bouillir l'eau et puis je l'oublie. Donc quand je le fais, le thé est tiède. Mais ça reste buvable.

— Je maintiens mon opinion. Rien que d'y penser j'en ai l'estomac qui se soulève.

Lauren se pencha pour la serrer une nouvelle fois dans ses bras. Mack ferma les yeux.

— Maman ?

— Mmm ?

— Si toi et Scott, vous… Enfin, c'est OK pour moi, en tout cas.

— Scott et moi, nous ne sommes pas ensemble, Mack. Le refus de la banque m'avait fait un choc, j'étais triste, il m'a écoutée, et de fil en aiguille…

Il y eut un petit silence.

— Crois-moi, Mack, toutes les objections auxquelles tu penses, j'y avais déjà réfléchi. C'est trop tôt, ce ne serait pas bien. Comment pourrais-je faire une chose pareille à Ed ? Et ce ne serait pas juste pour toi non plus.

Grams avait raison. Sa mère pensait à tout le monde sauf à elle.

— Et toi ?

— Et moi quoi ?

— Tu te soucies d'Ed et tu te soucies de moi... mais toi, qu'est-ce que tu voudrais ? Tu es importante. Ce dont toi tu as envie, ça doit compter aussi.

Mack en avait les joues en feu.

— Tu as le droit d'être heureuse, maman. J'ai envie que tu le sois et Ed l'aurait voulu pour toi aussi.

De son côté, elle allait trouver un moyen pour installer ce fameux bouton « pause » et ne plus réagir au quart de tour.

— Et parlant d'Ed... Quand je disais qu'il n'était pas mon père, je ne le pensais pas. Il a toujours été mon papa. Tous les samedis matin, il m'emmenait à la piscine et il attendait au bord. Ça devait être chiant à mourir pour lui, le pauvre.

Elle fut soulagée de voir sa mère sourire.

— Ed t'aimait. Il aurait fait n'importe quoi pour toi. Tu étais l'enfant qu'il avait toujours désiré.

Sa mère hésita avant de préciser à voix basse :

— Ed ne pouvait pas avoir d'enfants à lui, Mac. Et il souhaitait vraiment être père. C'était un très beau cadeau pour lui de t'avoir.

Le choc de cette nouvelle la remplit de tristesse.

— Il était stérile ? C'est pour ça que je n'ai jamais eu de petit frère ou de petite sœur ?

— Oui, c'est l'unique raison.

Sa mère lui caressa affectueusement le bras.

— Mais ce n'était pas grave, parce que nous t'avions toi. Ed te considérait comme sa fille sur tous les plans.

Une énorme boule s'était formée dans la poitrine de Mack.

— Si j'avais su, j'aurais fait plus d'efforts pour qu'il soit content de moi.

En y repensant, elle s'en voulait d'avoir considéré que l'amour de ses deux parents allait de soi.

— Oh ! ma chérie, tu étais toi et il t'aimait telle que tu étais.

Mack sentit que de nouvelles larmes menaçaient.

— Si seulement je lui avais préparé son petit déjeuner, le jour de son dernier anniversaire. J'étais infernale avec vous deux depuis décembre, marmonna-t-elle. Tu crois que c'est à cause de moi qu'il a fait une crise cardiaque ?

— Quoi ? Mais pas du tout !

Sa mère paraissait horrifiée.

— C'est ce que tu pensais ?

— Ben… Des fois, je me pose la question.

Gênée, Mack haussa les épaules. Ce qui se passait dans sa tête était si compliqué depuis quelque temps qu'elle avait du mal à démêler le vrai du faux.

— Ed avait un gros problème cardiaque — une valve abîmée. C'était indiqué dans le rapport d'autopsie. Rien de ce que tu as pu dire ou faire n'a eu la moindre incidence sur ce qui est arrivé. Le médecin a dit qu'il était comme une bombe à retardement.

La main de sa mère se resserra sur la sienne.

— C'est quelque chose qui se produit souvent, que l'on se sente coupable de la mort d'un proche. Quand un malheur nous tombe dessus, on a tendance à vouloir donner un sens, à trouver une explication psychologique alors qu'il n'y en a pas toujours. Moi aussi, je me suis fait des reproches.

— Toi ?

— Je me disais que j'aurais dû insister pour qu'il se soigne alors qu'il se plaignait tout le temps d'être épuisé. J'aurais dû prendre le rendez-vous chez le médecin moi-même.

— Il n'y serait peut-être pas allé. Papa, il n'y avait jamais moyen de l'envoyer consulter.

Elles échangèrent un regard complice.

— C'est vrai. Là-dessus, il était buté comme ce n'est pas possible.

— Maintenant, je m'en veux de ne pas vous avoir parlé tout de suite, à papa et à toi, quand je suis tombée sur mon certificat de naissance.

— Tout comme je m'en veux d'avoir beaucoup trop attendu avant de te dire la vérité sur tes origines.

Mack pensa à ce que lui avait dit Grams : qu'en tant que parent on ne supportait pas l'idée que son enfant soit malheureux. Elle pouvait maintenant se mettre à la place de sa mère et comprendre. Ed et elle avaient eu tort de se taire aussi longtemps, bien sûr, mais elle ne pouvait contester le sentiment qu'il y avait eu derrière leur silence prolongé. *L'amour.* Un amour qui lui faisait chaud au cœur, même s'il avait conduit ses parents à différer la révélation, encore et toujours, jusqu'à ce qu'il soit trop tard.

— Tu avais peur de briser mon cocon de bonheur tranquille en me disant la vérité sur Ed. Parce que tu as toujours voulu me protéger de tout ce qui pouvait m'insécuriser... Au fond, tout ce qu'on fait, tout ce qu'on décide, dans la vie, ce n'est jamais ni tout noir ni tout blanc.

Ce constat lui fit l'effet d'une révélation. Peut-être que ce n'était pas si grave, au fond, de ne pas encore savoir ce qu'elle voulait faire comme métier plus tard. Et si c'était tout simplement irréaliste de penser qu'une réponse précise pouvait s'imposer d'un coup, comme une illumination ? Peut-être qu'elle n'était pas si nulle et mauvaise que ça, après tout.

Sa mère soupira.

— J'aimais Ed, vraiment. Je veux que tu le saches. Nous formions un bon couple et il ne fait aucun doute pour moi que s'il n'était pas mort notre mariage aurait duré. Mais j'ai aussi aimé Scott. Lui, je l'aimais comme je n'aurais pas cru qu'il soit possible d'aimer. Je me sentais tellement proche de lui que je n'ai même pas pu lui en vouloir lorsqu'il a décidé de partir. Je le comprenais. Je comprenais ses raisons. Mais je voulais aussi t'offrir une belle, une vraie enfance, dans le cadre d'une situation familiale stable. Vu l'expérience que j'avais de mon propre père, je tenais à ce que le tien soit fiable.

Fiable, Ed ne l'avait pas été jusqu'au bout, songea Mack. Il avait quand même fini par les laisser l'une et l'autre sur le carreau.

— Tout a été vendu à Londres, alors ?

— Oui. James a appelé hier soir. La succession est liquidée.

Mack se demanda si c'était une des raisons pour lesquelles sa mère avait pleuré.

— Donc, tout est parti. La maison, le jardin, les voitures, les tableaux…

— Tout.

— C'est dingue, hein ? Ça craint, quand même.

Sa mère lui adressa un sourire fatigué.

— C'est vrai. Même si une partie de moi se réjouit que ce soit enfin terminé. Cette succession, c'était comme une ombre qui planait au-dessus de moi en permanence.

Un sentiment de tristesse envahit Mack. Jamais elle n'aurait pensé que sa mère se prenait la tête avec tout ça.

— Tu as tout perdu d'un seul coup, en fait : ton mari et ta maison. Et Nana ? Tu as eu de ses nouvelles ?

— Non. Je crois qu'elle m'en veut encore. Elle souffre beaucoup, tu sais.

— Mais Ed savait que je n'étais pas de lui et il t'aimait ! Nana aurait pu être fâchée contre *lui* de ne lui avoir rien dit. Pourquoi elle t'accuse, toi ?

— Nana vit un deuil terriblement douloureux, Mack. J'espère qu'avec le temps elle se radoucira. Ce qui s'est passé est cruel pour tout le monde.

— Tu crois que je devrais lui écrire un mot ?

— Tu te sens de le faire ?

Mack réfléchit.

— Ouais, je crois que j'aimerais bien lui écrire. Papa aurait voulu que je le fasse, je pense.

— Je le pense aussi. Tu te souviens de son adresse ?

— Mais quand même. Elle a été vraiment méchante avec toi alors que tu avais tout perdu.

— Pas tout. Je t'ai toi. Et ta tante Jenna. Et Grams. Et puis il y a le Sail Loft et l'île. Et j'ai encore des rêves et des espoirs.

Et Scott, ajouta Mack en silence. Elles avaient encore Scott.

Elle songea à la vie qui était maintenant la sienne sur l'île.

À ses réveils le matin au Sail Loft quand, avant même d'ouvrir les yeux, elle écoutait les cris des oiseaux de mer et le bruit des vagues qui déferlaient sur le sable.

— C'est vrai qu'on n'est pas mal ici, finalement.

Pour aller quelque part à vélo dans la circulation de Londres, c'était tout juste s'il ne fallait pas rédiger d'abord une lettre de suicide. Alors que sur l'île elle était libre comme l'air et elle pouvait aller n'importe où.

— Maman ?

— Oui, ma puce ?

— Je crois bien que Grams est amoureuse de Ben.

Elle vit sa mère sourire.

— J'ai l'impression aussi.

— Ça ne te dérange pas ?

— Que ma mère trouve enfin le bonheur avec un homme ? Ce serait génial, au contraire, non ? C'est vrai qu'ils passent beaucoup de temps ensemble. Et je me demande s'ils n'ont pas déjà franchi le pas sur le plan...

Mack l'arrêta d'un geste.

— Stop. Pas de détails concrets, s'il te plaît.

— Tu as raison. Ce n'est jamais une bonne idée de penser à la sexualité de ses parents.

— Pour moi, c'est même pire, c'est au niveau grand-parental. Alors laisse tomber.

Mack frissonna.

— Tant que je ne tombe pas sur Ben tout nu en allant faire pipi la nuit...

Sa grand-mère apparut alors avec une carafe de citronnade.

— Alors ? Tu vas accepter la proposition de Scott ?

Lauren tint le verre pendant que sa mère la servait.

— Accepter son aide, c'est accepter aussi qu'il se trouve mêlé de près à nos vies.

— Et alors ? Ce ne serait pas plus mal, non ? Ça évitera qu'il parte toutes voiles dehors la prochaine fois que je lui taperai sur les nerfs.

Mack rougit sous le regard de sa mère.

— Et de toute façon, il est *déjà* mêlé de près à nos vies.

— Il aimerait s'impliquer dans la tienne, justement. Te voir plus souvent.

— Même après ce que je lui ai balancé tout à l'heure ?

— Même après cela. Qu'est-ce que tu en dis ?

Mack testa l'idée dans sa tête et parvint à la conclusion que cela lui plairait. Beaucoup même.

— OK. Ça marche. On pourrait peut-être aller faire un tour en bateau tous les trois ? Si ça te paraît jouable ?

— *C'est* jouable, trancha sa grand-mère en la resservant en citronnade. Et tu vas accepter ce prêt. Je lève mon verre à Coastal Chic et à l'avenir. Et parlant d'avenir, j'ai du nouveau, moi aussi.

— Encore ! Quel genre de nouveau ?

— Finalement, j'ai décidé de vendre quand même la Captain's House.

Mack vit sa mère froncer les sourcils.

— Tu la vends à Scott ?

— Je la lui ai reproposée, mais il a d'autres projets, maintenant, donc je vais voir avec un agent immobilier. Après tout le travail que nous avons investi dedans, quelqu'un voudra peut-être l'acheter en tant que propriété locative. Avant de faire la démarche, je voulais d'abord vous en parler à toutes les deux. Je l'ai annoncé à Jenna ce matin pendant qu'on faisait des mises à jour sur le site.

— Et pourquoi Scott ne veut-il plus l'acheter ? demanda Mack en sirotant sa citronnade. Ou peut-être qu'il ne peut pas à la fois acheter la maison et nous prêter de l'argent ?

— Tu es vraiment sûre de vouloir vendre, maman ? s'inquiéta Lauren. Après toutes les années que tu as passées à te battre pour la conserver dans la famille ?

— Se battre est le mot, justement. Et je suis fatiguée d'être sur le pied de guerre. Où est-il écrit que la vie doive forcément se dérouler sous la forme d'un combat acharné ? Je veux une existence plus paisible et je veux remplir ma vie avec des choses que j'aime et ne plus être la gardienne automandatée d'un vieux fatras appartenant à des gens qui sont morts et enterrés depuis longtemps. Pourquoi devrais-je me sentir enchaînée par une responsabilité que je m'inflige sans que personne ne me le demande ? Cette vieille baraque est bien trop grande pour une femme seule. Et elle n'est plus en phase avec ma nouvelle vie. Je vais m'installer à l'année ici, au Sail Loft. Et Ben a promis de m'aider à créer un jardin dont on parlera bientôt dans toute l'île.

Ben.

Mack échangea un regard entendu avec sa mère.

Il était difficile d'imaginer qu'on puisse encore tomber amoureux à l'âge de Grams, mais apparemment ces choses-là arrivaient quand même. Elle en avait la preuve sous les yeux.

Les gens pratiquaient-ils encore le sexe à cet âge ? Ou se contentaient-ils de se tenir la main ?

Les joues écarlates, elle but sa citronnade.

Se comporter en adulte était une chose, mais elle n'était pas encore mûre pour regarder *toutes* les réalités en face.

Chapitre 34

Jenna

Acceptation : nouvelle façon d'appréhender une situation difficile, consistant à reconnaître qu'on ne peut pas la modifier et qu'il faut s'y habituer.

— On est allés consulter, l'autre jour, avec Greg.

Jenna appuya les paumes de main sur le sol et tira les talons en direction du mur, en se demandant pourquoi elle avait eu la malencontreuse idée d'accepter de faire un cours de yoga d'essai.

— Est-ce que c'est toléré, de parler fertilité, en faisant la posture du chien tête en bas ?

Gauche : qui manque d'élégance dans ses mouvements.

Lauren jeta un coup d'œil dans sa direction.

— Tu n'es pas censée causer, non, chuchota-t-elle. Tu es ici pour te concentrer et te détendre.

— Justement, ça me détend de parler. Elle voulait tout savoir sur notre vie sexuelle. C'était assez olé olé comme discussion.

Elle se tut lorsque la prof de yoga s'approcha par-derrière pour vérifier sa posture.

— Prends bien appui sur tes paumes de mains, Jenna... Voilà... Maintiens une respiration régulière.

Au bord de la crampe, Jenna se mordit la lèvre.

Même si elle se concentrait à mort, elle était toujours en décalage par rapport aux autres. Jamais elle n'aurait mis les pieds à ce cours si elle n'avait pas promis à Greg d'essayer. Et puis il y avait le plaisir de passer un moment avec sa sœur.

Comme la prof s'éloignait pour s'intéresser à d'autres élèves, Lauren tourna la tête.

— Tu as perdu du poids ?

Jenna jeta un coup d'œil dans l'immense miroir.

— On dirait, oui.

— Tu fais un régime ?

— Non. J'ai arrêté la bouffe-réconfort... Je cherche mon réconfort ailleurs, ajouta-t-elle avec un sourire coquin.

— Chut !

Leur voisine immédiate leur lança un regard courroucé. Lauren sortit avec élégance de la posture en cours.

— Bon, allez. On y va.

— Quoi ? Comment ? Où ça ?

Jenna s'aplatit sur son tapis, sans grâce ni maestria.

— On sort d'ici.

Lauren roula son tapis, jeta un regard d'excuse à la prof et sortit d'un pas altier de la salle de yoga. Partagée entre la gêne et le soulagement, Jenna attrapa ses affaires et s'éclipsa discrètement à sa suite.

— Je n'y crois pas ! chuchota-t-elle, effarée. Toi, la *yoga addict*, tu te barres au milieu d'un cours ?

— Moi, j'adore, mais toi tu détestes ça. Et la vie est trop courte pour la passer à faire des trucs qui nous emmerdent. Je ne pouvais plus supporter de voir ton air torturé.

Jenna hissa son sac sur une épaule.

— Ah, tiens, là, j'ai vraiment l'impression d'entendre ma sœur. Qu'est-ce qu'on fait ? On va se baigner toutes nues entre les rochers ? Ou tu préfères qu'on aille torpiller les fraises dans le jardin de Mme Maxwell ?

— Ne sois pas trop pressée, quand même. Une étape à la fois.

Lauren retira l'élastique qui retenait sa queue-de-cheval et laissa ses cheveux couler librement.

— Je propose qu'on aille marcher sur la plage. Tu pourras me raconter ton rendez-vous chez le gynéco.

— Il n'y a encore aucun élément nouveau, en fait. Ils vont commencer par faire des tests de fertilité de base, donc on est encore loin du stade où il y aura des décisions cruciales à prendre. Mais je suis contente qu'on soit allés consulter.

Entamer cette démarche l'aidait à se sentir moins impuissante. Moins isolée.

— Greg est resté très calme, très posé pendant l'entretien.

— Si Greg n'est pas capable d'affronter calmement ce genre de situation, il n'y a plus l'ombre d'un espoir pour le reste d'entre nous.

— Ce n'est pas si simple pour lui, Lauren. Ça le concerne personnellement.

Jenna comprenait cela beaucoup mieux maintenant.

— Psychologue ou pas psychologue, tu ne peux pas être neutre quand il s'agit de tes propres peurs, tes propres incertitudes. De mon côté, je me suis engagée à faire des efforts pour me décrisper. D'où l'essai de yoga — qui a eu l'effet plutôt inverse.

— Mais manger une glace sur la plage, ça pourrait le faire, non ? Allez, *avanti* ! On va s'offrir ça.

Lauren glissa son bras sous le sien et elles traversèrent le parking. Jenna songea à tous les moments où elles avaient marché ainsi bras dessus, bras dessous.

— Merci de m'avoir aidée dans cette évasion. Si jamais tu devais te retrouver en prison, je te promets de creuser un tunnel et de te sortir de là.

— Si j'atterris un jour dans une prison, ça sera forcément à cause de toi.

Jenna donna une bourrade à sa sœur.

— Alors là ! C'était toi, le danger public. Pas moi.

— Si je fais de la prison, ce sera pour te couvrir. Mais sois sans crainte. Ils pourront me faire tout ce qu'ils voudront, jamais je ne te dénoncerai.

Elles riaient comme des folles, toutes les deux.

— Pfff... Ils trouveraient un moyen de te faire parler. Il suffirait d'agiter une paire de pompes de créateur sous ton nez et tu trépignerais en criant : « Oui, oui, elle est coupable, mais donnez-moi ces Jimmy Choos *tout de suite* ! »

— Je ne te dénoncerais pas pour une paire de chaussures. J'ai des principes, moi, madame.

— Pour un rouge à lèvres ?

— Jamais de la vie.

— De la glace au caramel salé ?

Lauren s'arrêta net.

— Ah, non, tu es dure, là. *Personne* ne résiste à une glace au caramel salé.

— Donc si je vacillais au bord d'une falaise avec un pot de glace au caramel et que tu ne pouvais sauver que l'une d'entre nous deux, tu choisirais la glace ?

— Je te pousserais sans l'ombre d'une hésitation pour récupérer le litre de glace.

— Comment ai-je pu mériter une sœur pareille ?

Lauren sourit.

— Je considère que tu as eu un gros coup de chance. Mais maintenant que tu m'as mis des idées de glace au caramel salé en tête, où est le fournisseur la plus proche ?

— On en achètera en chemin pour la plage. Mais tu n'es pas pressée de rentrer pour passer du temps avec Mack ?

— Elle est partie en mer avec Scott.

— Encore !

Jenna décrocha son bras de celui de Lauren et s'accroupit pour refaire ses lacets.

— C'est devenu une activité régulière ?

— Elle adore ça. Et il paraît qu'elle est douée. Elle a hérité du feeling de Scott pour la mer. D'ailleurs, elle est toujours fourrée au chantier naval pour l'aider.

— Et toi ? Tu le vois ?

— Il m'a prêté de l'argent. Donc je me sens tenue de l'informer régulièrement de l'avancement de mon activité.

— Quand je dis « tu le vois ? », cela signifie en termes clairs : est-ce que vous vous envoyez en l'air dans une torride frénésie de désir après vous être arraché sauvagement tous vos vêtements ?

— Évidemment que non.

Lauren se détourna pour se diriger vers la voiture.

— Attends-moi !

Jenna sprinta à sa suite.

— Pourquoi « évidemment » ?

— Ça fait tout juste six mois qu'Ed est mort.

Jenna s'immobilisa net.

— Lauren Stewart, c'est quoi ces conneries ?

— Je ne suis plus une Ste...

— Tu as favorisé mon évasion d'un cours de yoga et tu as menacé de me pousser du haut d'une falaise. Ce qui fait de toi une Stewart pure et dure. Donc ce que j'aimerais savoir, c'est pourquoi ma grande sœur qui n'a pas froid aux yeux, qui n'a jamais eu peur de rien ni de personne et qui a aimé le même homme quasiment toute sa vie, ne passe pas une bonne partie de ses journées à faire l'amour avec lui, dans toutes les positions du kamasoutra, sur toutes les surfaces planes disponibles. Qu'est-ce que ça peut faire que six mois seulement se soient écoulés ? Où est la règle qui édicte qu'on est obligée de rester malheureuse pendant une durée déterminée à l'avance ?

De l'autre côté du parking, un couple qui descendait d'une voiture leur jeta un regard à la dérobée.

Lauren roula des yeux.

— Tu pourrais essayer de parler un peu plus fort pour qu'on t'entende aussi de Nantucket ? Cela m'éviterait d'avoir à envoyer un communiqué. L'histoire du kamasutra sur toutes les surfaces planes disponibles risque de beaucoup plaire.

Mais Jenna ne se laissa pas détourner.

— Combien de temps comptes-tu prolonger ton vœu de chasteté ? Ed n'aurait pas voulu ça, laisse-moi te le dire.

— Ce n'est pas seulement ma culpabilité vis-à-vis d'Ed. Il faut aussi que je pense à Mack.

Tergiverser : éviter de donner une réponse directe ou de prendre une décision ferme.

— Mack ? Elle rayonne ! Ta fille est en meilleure forme que toi. Alors dis-moi la vérité. Quelle est la vraie raison pour laquelle tu le tiens à distance ? Parce que je suis sûre que ça vient de toi et pas de Scott.

Lauren s'immobilisa juste devant la voiture.

— Je crois que j'ai peur, en fait.

— Peur de quoi ?

Jenna avait du mal à respirer, tout à coup. C'était *Lauren* qui parlait ainsi ? Sa grande sœur qui ne reculait jamais devant aucun danger ? Sa sœur pour qui le mot « peur » avait longtemps été banni du vocabulaire ?

— Tu as peur de le perdre comme tu as perdu Ed ?

— Non. Enfin… Peut-être un peu.

Lauren se mordilla la lèvre.

— Mais c'est plus la crainte de retomber aussi radicalement amoureuse de lui que je l'ai jadis été. Ou peut-être que je n'ai jamais cessé de l'aimer, et que l'angoisse c'est par rapport à ce qui pourrait se produire après.

Jenna hésita.

— Tu veux dire le risque qu'il te quitte, comme il l'a fait par le passé ?

En voyant l'anxiété dans les yeux de sa sœur, elle se demanda si elle avait tort de l'encourager à renouer. Que se passerait-il si Lauren s'attachait de nouveau à Scott et qu'il la laissait tomber ?

Un pâle sourire effleura les lèvres de celle ci.

— Il y a de ça, oui. Je crois que mes capacités à encaisser les chocs émotionnels graves sont arrivées à épuisement.

Elle s'interrompit lorsque Jenna noua les bras autour d'elle.

— C'est en quel honneur, cet *abrazo* ?

Jenna la serra fort contre elle.

— Ça, c'est pour l'amour. La protection. Le courage.

Aimer, c'était forcément prendre des risques, non ? Et certains valaient la peine d'être courus.

— Tu te souviens quand tu m'entraînais dans toutes ces aventures, quand on était gamines ? Chaque fois, j'étais malade de terreur. J'essayais tout le temps de te persuader de renoncer, mais comme ça ne marchait pas, je finissais par te suivre quand même. Et je le faisais parce que c'était ma tâche désignée de prendre soin de toi. Tout comme tu me protégeais moi. Tu pouvais te fourrer dans toutes les embrouilles possibles, j'étais là pour toi. Et ça n'a pas changé. Je ne sais pas ce que l'avenir nous réserve. Personne ne peut savoir ce qui l'attend. Mais je serai avec toi quoi qu'il arrive. De ce point de vue, rien n'a changé. La seule différence par rapport à avant, c'est que maintenant je te pousse à prendre des risques au lieu d'essayer de te retenir. Tu te prives inutilement de ce qui pourrait te rendre heureuse, Lauren.

Et si Scott avait le malheur de faire souffrir de nouveau sa sœur, elle l'étranglerait à mains nues.

— Je te promets d'y réfléchir.

Jenna poussa sa sœur en direction de la voiture.

— Tu feras plus que réfléchir. Allez, monte vite là-dedans avant que cette prof de yoga au visage sévère et à la voix d'une exaspérante suavité vienne nous chercher pour nous ramener en cours de force. Et vu mes récents antécédents au volant, j'aime autant que ce soit toi qui conduises la voiture pendant notre fuite.

Chapitre 35

Lauren

Évoluer: passer par les stades graduels d'un processus dans une situation particulière ou sur une période de temps donnée.

Juin céda insensiblement la place à juillet, qui apporta avec lui le flot des foules vacancières. L'île attirait tout le monde : les artistes comme les présidents, les très riches comme les gens ordinaires. Certains venaient pour se montrer dans les cafés, les restaurants et les galeries d'Edgartown, d'autres pour la beauté des plages et des paysages.

Lauren dormait avec la fenêtre grande ouverte et glissait chaque soir dans le sommeil avec le bruit de l'océan dans la tête et la caresse d'une brise de mer sur le front.

En elle, la souffrance et la tristesse s'avançaient puis reculaient en alternance, au rythme calme des marées.

Par moments, elle était pleine d'énergie et de joie, à d'autres abattue et désolée. Mais elle se forçait à aller de l'avant.

Les matins, elle se concentrait sur Coastal Chic. Grâce au prêt consenti par Scott, elle avait pu prendre quelques clients et jusqu'à présent elle était satisfaite de ses résultats.

Elle avait d'ores et déjà la certitude qu'elle aurait de quoi travailler — et vivre — durant les mois d'hiver.

Son activité démarrait. Sa mère était heureuse et Mack croquait la vie à pleines dents.

De toute la famille, elle était la seule qui semblait avoir du mal à refaire entièrement surface.

Tantôt Ed lui manquait, tantôt c'était Scott. Puis elle se sentait coupable de penser à Scott alors que la perte d'Ed n'était pas encore surmontée.

Ses émotions étaient comme une voiture qui tournerait inlassablement autour du même rond-point, sans jamais s'arrêter et sans jamais prendre une vraie direction.

— Maman ?

Au son de la voix de Mack, Lauren leva les yeux de son écran.

— Monte ! Je suis au premier.

Comme sa mère ne se servait plus de son atelier, elle l'avait investi pour en faire son bureau. Elle continuait d'espérer que celle-ci se remettrait un jour à ses pinceaux. Mais pour le moment, elle semblait satisfaite de diriger ses pulsions créatives sur la conception de jardins et sur les murs de maison à peindre.

Lauren jeta un coup d'œil au bouquet d'hortensias bleus et mauves arrangé dans un joli pichet rustique qu'elle avait dégotté dans la boutique solidaire en allant aider sa mère à évacuer ses cartons.

Les pas de Mack résonnèrent dans l'escalier et sa fille apparut dans l'encadrement de la porte. Le soleil jouait dans ses cheveux balayés par le vent. Il ne restait plus trace des mèches roses depuis longtemps.

Mack était hors d'haleine.

— Tu es à la bourre ou tu as le temps de venir ?

Lauren fut aussitôt sur pied.

— Qu'est-ce qui s'est passé ? Il y a un problème ?

— Non, non. Scott veut juste nous emmener faire un tour à la voile. Il a quelque chose d'important à nous annoncer à toutes les deux.

Le cœur de Lauren se souleva dans sa poitrine comme le pont d'un bateau secoué par la tempête. *Scott partait.* Que pourrait-il vouloir leur annoncer d'autre ? Depuis que sa mère lui avait dit qu'il ne souhaitait plus acquérir la Captain's House, elle n'avait cessé de redouter ce moment. S'il tenait à les avoir sur son voilier pour faire son annonce, n'était-ce pas une façon de leur rappeler qu'il était une créature de la mer et qu'il avait besoin de l'océan pour se sentir vivre ?

Réussirait-elle à se montrer compréhensive, cette fois-ci, en sachant qu'il commençait à prendre une place majeure dans l'affection de Mack ?

— Scott veut nous parler là, maintenant, tout de suite ?

Jusque-là, il avait respecté sa demande et s'était abstenu de lui mettre la moindre pression, même si, chaque fois qu'ils se croisaient, il se passait quelque chose d'incandescent qui faisait disparaître le reste du monde.

— Oui, voilà. On devait faire une sortie en mer de toute façon, mais il a dit qu'il aimerait bien que tu sois là. C'est lui qui m'a emmenée ici. Il attend dehors dans le pick-up.

Lauren prit ses clés et son téléphone, et s'adressa mentalement un petit rappel : elle avait réussi à surmonter toutes les vacheries que la vie lui avait balancées dans la figure jusqu'ici. D'une façon ou d'une autre, elle gérerait ce nouveau coup du sort — quelle que doive être sa nature. *Faites que Scott n'ait pas décidé de partir.*

— J'envoie un texto à ta grand-mère pour lui dire qu'on rentrera tard ce soir.

— Elle est où, Grams ?

— Avec Alice.

Mack haussa les sourcils.

— Encore ! Et ça se passe comment, au fait ?

— Elles se voient, elles discutent. Je crois qu'elles sont en train de se rabibocher sérieusement, toutes les deux. Mais je n'ai pas demandé de détails. Ta grand-mère me racontera si elle en a envie.

— Donc, elles sont de nouveau BFF[1], toutes les deux ?

1. BFF : « Best Friends Forever », meilleures amies pour toujours.

— Je ne suis pas sûre qu'elles en soient déjà là, mais il y a de l'espoir, en tout cas.

Et c'était l'espoir, songea Lauren, qui maintenait le monde en marche. L'espoir que les choses s'arrangeraient, que la tristesse passerait, que la vie qu'on mènerait serait ardente, lumineuse et remplie d'amour. *L'espoir que les petites pousses fragiles de cette vie nouvelle ne se briseraient pas avant de trouver la force de grandir.*

Elle attrapa un sweat et un tube de crème solaire.

— C'est bon. On peut y aller.

— Tu aurais fait quoi, toi, si tu avais été à la place de Grams ?

— Je ne sais pas.

Lauren ferma le Sail Loft à clé.

— Je crois qu'on ne peut jamais être sûr de sa propre réaction, tant qu'on ne se trouve pas soi-même dans la situation en question. Cela paraît toujours simple de juger de l'extérieur. Mais quand c'est de notre vie qu'il s'agit, ça devient plus compliqué de trancher.

Ils auraient été nombreux, autour d'elle, à porter un regard critique sur Scott parce qu'il avait refusé d'assumer sa paternité. Mais elle avait compris ce qui motivait son acte. Elle le comprenait *lui*. C'était une des raisons pour lesquelles elle n'avait pas voulu divulguer l'identité du père de son bébé. Pour le protéger des jugements négatifs qui n'auraient pas manqué d'être émis.

Mais s'il levait l'ancre maintenant ? Comment réagirait-elle, cette fois-ci ?

Il était entré dans le cœur de sa fille. Réussirait-elle à lui pardonner s'il l'abandonnait une seconde fois ?

Mack patienta pendant qu'elle rangeait les clés dans son sac.

— Je sais qu'elle a cassé le code d'honneur entre filles et qu'on ne touche jamais au mec de sa meilleure amie, mais je l'aime assez, Alice, sinon.

— Pareil pour moi. Et Grams et elle ont un paquet de souvenirs en commun. Il y a la trahison d'un côté et des années d'amitié fidèle de l'autre. Pas simple.

Elles franchirent la grille ensemble et Mack grimpa d'un bond à bord du pick-up. Lauren suivit le mouvement avec un élan plus modéré. Elle nota la façon dont Scott tira sur la casquette de Mack. Il la taquina avec bonne humeur et ils débattirent pendant tout le trajet pour savoir si elle devait être autorisée à sortir en bateau sans lui et si c'était une bonne idée de prendre un second chien pour tenir compagnie à Capitaine.

— Un chiot, voilà ce qu'il lui faudrait.

Scott haussa un sourcil.

— Et tu en prendrais la responsabilité, de ce petit chien ?

Lauren écoutait, les nerfs tendus, analysant et interprétant chacune de ses paroles. Aurait-il ce genre de discussion avec Mack s'il avait l'intention de disparaître de la circulation pour une période prolongée ? Mack était fourrée avec lui presque en permanence. Elle avait même dormi une fois ou deux sur son bateau.

Ce qui avait fait un drôle d'effet à Lauren. Elle s'en était voulu de mal le vivre, car elle savait que sa fille adorait la mer. Et que celle-ci aimait son père biologique presque tout autant. Ce qui était une bonne chose. Elle ne pouvait que l'encourager à se rapprocher de Scott. Et se réjouir que ce dernier consacre tout ce temps à sa fille. Elle était *vraiment* contente, d'ailleurs. Alors pourquoi ce léger poids sur le cœur à chaque fois ?

Toujours à cause de la peur si profondément ancrée en elle que Scott décide soudain qu'il était mûr pour repartir ailleurs ? Ou était-elle en train de devenir le genre de mère intenable qui ne supportait pas que son enfant s'épanouisse ailleurs qu'avec elle ?

Scott coupa le contact et tourna la tête pour river son attention sur elle.

— Tu es bien silencieuse, aujourd'hui ? Ça va ?

— Oui, oui. Très bien.

À part qu'elle en avait assez d'être triste. Et anxieuse. La tristesse et l'anxiété formaient une combinaison toxique.

Sans cesser de la regarder, Scott caressa la tête de Capitaine.

— Tu as été très occupée, ces derniers temps. C'est à peine si j'ai eu l'occasion de te voir. Comment va Coastal Chic ?

— Plutôt bien.

Elle essaya de ne pas regarder les doigts de Scott. Lutta pour ne pas laisser remonter les souvenirs brûlants d'un après-midi de printemps, dans la cuisine du Sail Loft.

— Ça démarre très fort, en fait. On a même une cliente qui veut qu'on vienne jeter un coup d'œil sur son appartement à Manhattan. C'est très encourageant.

Manhattan. Elle ferait un saut à New York le temps d'un week-end. Mack serait en parfaite sécurité avec sa grand-mère. Et rien ne l'empêcherait de prolonger son séjour si nécessaire.

Pourtant, pour une raison qu'elle était incapable d'élucider, la perspective ne parvenait pas à l'enchanter.

Mack fit la moue.

— Parce que Coastal Chic fonctionne aussi à Manhattan ? Des coquillages et des motifs marins à Central Park ? Ça va faire biz, non ?

Lauren sourit.

— Je pense qu'on peut élargir et adapter notre concept s'il le faut. Coastal Chic peut se muer en City Chic pour l'occasion.

Scott garda la main posée sur la tête de son chien.

— Tu veux dire que tu espères t'installer et travailler à New York ? C'était ton rêve quand tu étais adolescente.

Mack parut horrifiée.

— *Maman ?* Tu voudrais qu'on aille vivre à New York ?

— Non, Mack. Aucun nouveau déménagement ne se profile. Si on accepte de faire la déco de cet appart à Manhattan, je ferai quelques allers et retours. Mais on reste basées ici. Maintenant qu'on a pris nos marques sur l'île, on ne bouge plus.

Rester au Vineyard ne représentait pas un sacrifice. Elle adorait l'île. Les habitants. L'océan. Comment avait-elle pu vivre aussi longtemps loin de la plage et des oiseaux ?

Avec un large sourire, Mack poussa sa portière.

— *Ouf !* Parce que moi, question changement, j'ai eu ma dose. Tout ce que je veux, c'est rester ici, prendre le thé avec

Grams, tester les nouvelles pâtisseries de Jenna, mettre ton site à jour, programmer un robot, voir mes potes et faire de la voile avec Scott.

Elle siffla Capitaine et sauta du pick-up.

Lauren s'apprêtait à suivre le mouvement mais Scott la retint en lui attrapant la main.

— Qu'est-ce qui ne va pas, Lauren ?

— Rien. Tout va bien. Je suis contente de faire un tour à la voile. Tu as prévu d'aller où ?

Il lui jeta un regard scrutateur puis finit par lui lâcher la main.

— Tu verras.

Refusant d'en dire plus, il chargea la glacière sur le bateau et ils grimpèrent tous à bord, chien compris. Mack allait et venait sur le voilier avec assurance, suivant les instructions de Scott. Ils communiquaient à demi-mot, et la calme efficacité de leur fonctionnement à deux témoignait d'une solide pratique commune.

Mack ajusta les voiles.

— Hé, m'man, tu savais qu'on pouvait faire tout le tour de Martha's Vineyard à la voile ? Ça fait 54,7 miles marins. Scott dit qu'on pourra se faire ça l'été prochain.

— Super.

Il comptait donc être sur l'île l'été prochain ? Mais quid des longs mois d'hiver dans l'intervalle ? Elle essaya de ne pas y penser. Pour le moment, sa fille paraissait heureuse et c'était bien.

Bien pour elle et bien pour Scott. Il avait besoin de cette relation, lui aussi. Elle était contente pour lui qu'il ait su prendre cette responsabilité sur ses épaules. C'était quelque chose d'entièrement nouveau pour lui d'assumer ce rôle de parent.

L'île était belle vue de la mer. Ils longeaient des falaises, contournaient des pointes, découvraient des phares et les majestueuses propriétés dressées sur le rivage dont certaines étaient grandes comme des hôtels. En temps normal, Lauren aurait adoré l'expérience, mais aujourd'hui elle avait l'esprit trop encombré de questions.

Lorsque Scott mit le cap sur une crique, Lauren reconnut aussitôt la plage.

Elle tourna vers lui un regard interrogateur et Scott sourit.

— Tu te souviens de cet endroit ?

Évidemment qu'elle se souvenait de cet endroit ! C'était leur plage.

Celle qu'ils s'étaient appropriée cet été-là. Celle où Mack avait été conçue.

La maison juste derrière avait été inhabitée à l'époque et ils s'étaient faufilés en douce chaque soir sur la plage privée attenante, libres de parler, de rire et de faire l'amour au clair de lune. Tout ce qu'elle avait appris sur lui, elle l'avait appris là, sur cette fine bande de sable doré. Et lui avait tout appris d'elle.

Si un lieu avait été capable de garder des secrets en mémoire, celui-ci aurait pu raconter tous les siens.

La nostalgie fut si forte soudain qu'elle en eut le cœur déchiré. Retrouver ces nuits insouciantes. Redevenir la femme libre qu'elle avait été. Le retrouver *lui*.

— Trop belle, la maison.

Mack se dévissa le cou pour mieux la regarder.

— La chambre en haut donne sur un balcon et il y a un escalier qui descend sur la plage. C'est cool, non ? C'est une maison de vacances ? Elle est à qui ?

— Pour l'instant, à personne, répondit Scott. Elle est à vendre.

Lauren essaya de ne pas penser à la bande d'inconnus qui pourrait s'installer là, arpentant leur plage, foulant leurs souvenirs.

— J'ai toujours aimé ce petit coin de l'île.

Même si elle gardait les yeux rivés sur la maison, elle sentait le regard de Scott posé sur elle.

— Je sais.

Elle se tourna vers lui et vit tous ses souvenirs se refléter dans ses yeux.

La voix rêveuse de Mack s'éleva à côté d'eux.

— Qui n'aimerait pas cette maison ? Elle est vraiment jolie.

Je dirais même que c'est la maison parfaite... Je me demande quel genre d'individu pourrait l'acheter ?

Le regard de Scott restait arrimé à celui de Lauren.

— Le genre d'individu qui aime l'océan mais qui a décidé qu'il voulait vivre sur le rivage, et non plus sur l'eau. Un gars qui a besoin d'espace, car même si pour l'instant il vit seul avec son chien, il espère que cela changera bientôt.

Elle était tellement sous le choc qu'il se tut un instant devant son expression stupéfaite.

— C'est un gars qui a fait une grosse connerie dans sa vie, mais qui croit aux secondes chances.

Le cœur de Lauren en oublia de battre.

— Tu as acheté la maison de notre plage, Scott ?

— Pas encore. Je voulais d'abord avoir ton opinion. Car je tiens à ce que tu l'aimes aussi. C'est pour ça que je vous ai emmenées ici. Pour m'assurer que ce lieu vous convient, à toutes les deux. C'est près de chez ta sœur et pas très loin du Sail Loft.

Il glissa une mèche de cheveux derrière l'oreille de Lauren.

— Qu'est-ce que tu en penses ?

Ce qu'elle en pensait ?

— Je croyais... Je croyais...

Elle chercha son regard, puis fixa ses lèvres. Elle aurait aimé voir aussi son cœur.

— Je croyais que tu allais me dire que tu ne tenais plus en place et que tu prenais la mer pour la durée de l'hiver. Je... je croyais que tu repartais.

Ses jambes tremblaient et elle se raccrocha à lui pour garder l'équilibre.

Scott émit une exclamation sourde et l'attira dans ses bras, cette fois sans se soucier de la présence de Mack.

— Je n'ai plus besoin de partir, Laurie.

Il la serrait fort contre lui en lui déposant de petits baisers dans les cheveux, sur la joue et finalement sur les lèvres.

— Plus jamais, chuchota-t-il contre sa bouche. Sauf si tu

me chasses. Et encore. Tu ne parviendrais probablement pas à me déloger.

Elle se sentait revenir à la vie sous ses mains et sous ses lèvres. Le passé et le présent se réunirent pour se fondre l'un en l'autre. Et son anxiété s'évanouit.

— Ho hé, du bateau ! Adolescente à bord !

La voix de Mack lui parvint à travers un nuage d'excitation et de désir.

— Il est déconseillé d'afficher son affection en public de façon trop démonstrative. Tu es censé attendre que je sois ailleurs pour embrasser ma mère, Rhodes.

Scott releva lentement la tête.

— Toi, d'abord, tu ne fais pas partie du public.

Tout en gardant un bras passé autour d'elle, il ouvrit l'autre à Mack.

— Tu es ma fille. Et j'ai l'intention d'embrasser ta mère très souvent, donc autant que tu t'y habitues tout de suite.

Mack marmonna de vagues menaces où il était question qu'elle aille s'établir de façon permanente au Sail Loft avec sa grand-mère, mais Lauren vit les yeux de sa fille s'embuer. Après une seconde d'hésitation, Mack se glissa à son tour dans le cercle de sécurité qu'offraient les bras de Scott.

— Si je comprends bien, ça veut dire que tu as l'intention de traîner définitivement dans les parages ?

Malgré le ton désinvolte de sa fille, Lauren perçut le sentiment d'insécurité sous-jacent et son cœur lui fit mal de nouveau. Un jour, peut-être, Mack cesserait de se sentir en permanence menacée de perdre d'un coup tout ce qu'elle aimait.

Scott dut entendre aussi son inquiétude car il hocha la tête.

— Je suis là pour de bon, Mack.

— Tu es sûr ? Parce que je peux être chiante comme tu n'en as même pas idée. À la première dispute, tu risques de changer d'avis et de t'enfuir à Nantucket à la nage.

Les yeux de Scott brillèrent.

— J'ai déjà eu un petit aperçu de ce que tu donnes en état de crise. A priori, ça devrait être gérable.

— On peut dire que ça tombe bien. Parce qu'il semblerait que j'aie dit à quelques potes que tu étais mon père, donc ça me casserait la baraque si tu te tirais maintenant.

Scott resserra son étreinte et Mack rougit d'émotion.

Ils restèrent ainsi bras dessus, bras dessous, tous les trois, les yeux rivés sur la petite plage et la maison juste au-dessus de la grève, bercés par le mouvement de l'eau sous leurs pieds.

Ce fut Mack qui rompit le silence la première.

— T'aurais envie qu'on vienne habiter ici avec toi, alors ?

— J'aimerais que vous veniez, oui. Je le souhaite et je l'espère. Mais je sais que c'est peut-être encore un peu tôt pour vous deux. Sachez en tout cas que la maison sera là lorsque vous serez prêtes. Elle et moi, nous vous attendrons le temps qu'il faudra. Que cela vous prenne une semaine, six mois ou dix ans, nous serons fidèles au poste, la maison, Capitaine et moi.

Lauren sentait la force de son bras passé autour d'elle.

Elle n'avait pas souhaité mettre fin à son mariage avec Ed, mais le destin avait voulu que leur union se brise quand même. Avoir survécu à la mort de son mari ne la rendait ni mauvaise ni coupable. Et elle savait qu'Ed l'aurait voulue heureuse.

Scott avait raison de penser qu'un peu de temps leur serait nécessaire, mais il n'aurait pas à les attendre très longtemps. Le temps, avait-elle découvert, était une denrée précieuse. Et le gaspiller pendant des mois ou des années ne rendrait pas la vie à Ed.

Mack frotta la tête contre la mâchoire de Scott.

— Est-ce que je vais t'appeler papa ? Ou ça va faire trop biz ?

— Tu peux m'appeler comme tu le sens, Mack.

— Cool. Et quand on viendra s'installer avec toi, on aura notre petit chien ?

Scott tourna les yeux vers Lauren.

— Elle ne lâche rien, hein ?

La tête lui tournait et ses émotions montaient, si proches de la surface qu'elle ne savait plus si elle riait ou pleurait, ou les deux en même temps.

— Mack ne renonce jamais. Bienvenue dans le monde de la parentalité. C'est une forme d'érosion, en fait. Petit à petit, avec le temps, tu t'uses, comme les rochers attaqués par le ressac.

Scott fit la grimace.

— C'est encourageant. Il faudra que tu partages tes secrets d'éducation avec moi, Lauren.

— Le secret d'une bonne éducation est simple, annonça Mack avec un petit sourire secourable. Il suffit de dire oui. Cela simplifie la vie à fond. Oui, Mack, bien sûr que tu peux te coucher tard, boire et consommer de la drogue. Amuse-toi. Tu veux une voiture ? Oui, Mack. Quelle marque et quel modèle ? Un nouvel ordi ? Super idée... Tu vois ? C'est très facile. Si je pose une question, la réponse est oui. Avec ce mot-clé, ça ira tout seul.

— C'est beau l'amour désintéressé.

Scott sourit. Ils restèrent côte à côte à regarder Mack traverser le bateau en courant pour empêcher Capitaine de se jeter à l'eau. Lorsque leur fille fut hors de portée de voix, Scott se tourna pour lui murmurer :

— Et toi ? Le moment est peut-être mal choisi — et n'hésite pas à me le dire si tu n'es pas encore prête à l'entendre — mais je t'aime, Laurie. J'aime tout de toi. Absolument tout. Comme avant.

Le moment n'aurait pas pu être mieux choisi, au contraire. Elle sentit qu'une page était tournée et que quelque chose en elle s'ouvrait de nouveau à la vie.

— Moi aussi, je t'aime.

Les bras de Scott la serrèrent plus fort.

— Rien ne nous presse, mon amour. On fera les choses à ton rythme, mais j'aurai un jour, dans pas très longtemps, une question à te poser. Tu crois que ta réponse sera oui ?

— Tu vas me demander si je veux un chiot ?

Il éclata de rire et elle joignit son rire au sien, la joue posée contre son torse.

Elle allait s'en sortir. Se retrouver. Aller bien, de nouveau. Peut-être pas d'un coup, tout de suite, mais petit à petit, avec du temps et de la patience, elle se reconstituerait, morceau par morceau.

Sa vie d'avant lui avait été arrachée, mais la promesse d'une vie nouvelle était là, miroitant devant elle. Avec une main tendue. Il y avait juste un petit pas à faire...

Chapitre 36

Sœurs

Lien : relation forte qui unit deux personnes entre elles.

— Je n'arrive pas à croire qu'on soit en train de faire ce truc de fou.

— Hé ! Tu voulais à tout prix que je redevienne aventureuse. Que je retrouve ma personnalité d'avant.

Elle prit la main de sa sœur et la tira vers la rambarde.

— Parce que tu veux que je saute, moi aussi ? Ah non. Moi je suis juste celle qui reste plantée sur le bord, prête à me porter à ton secours. Je suis ta bouée de sauvetage.

— Pas cette fois-ci. Aujourd'hui, on se lance ensemble.

— Et qui viendra nous sauver si ça tourne mal ?

— On se repêchera mutuellement.

Elle se jucha sur la rambarde en bois et se prépara mentalement pour le grand saut. C'était une tradition de l'île, mais elle avait cessé de la suivre depuis des années.

Tant de fois, elle s'était élancée sans s'inquiéter de ce qui l'attendait en dessous. Avec la naïve insouciance de la jeunesse, l'idée que l'aventure puisse mal tourner ne lui traversait même pas l'esprit, à l'époque. Jeune, on se croyait invincible.

Était-elle trop vieille pour ce genre d'exploit ?

Non. On n'était jamais trop vieille pour faire le grand saut, surtout lorsqu'on avait une personne de confiance à ses côtés.

Sa sœur se jucha à son tour sur la rambarde du pont et se cramponna à sa main.

— Les Dents de la mer, c'était juste un film pour faire peur, hein ?

Elle scruta les eaux opaques.

— Ça n'est jamais arrivé pour de bon ?

— Si un requin surgit, je te promets de le distraire.

— Comment ? En le tentant avec de la glace au caramel salé ?

— De la glace ? Tu rigoles ? Si un requin doit choisir entre la glace et toi, c'est sur toi qu'il se jette, mâchoire ouverte.

— C'est encourageant. De toutes les sœurs que je pouvais avoir, il a fallu que je tombe sur toi.

— Ça a été ton jour de chance de m'avoir, fillette.

— Euh... Tu es sûre ? Je n'arrive pas à croire que je me sois laissé entraîner dans ce traquenard. Ça veut dire que tu vas recommencer à m'embringuer dans les escapades les plus démentielles à la moindre opportunité ?

— Pas systématiquement, non. Mais ça pourrait arriver à l'occasion.

Une vague de remords la submergea.

— Tu n'es pas obligée de sauter si ça t'angoisse vraiment.

Elle sentit les doigts de sa sœur se resserrer sur les siens.

— Là où tu iras, j'irai. Nous sommes sœurs. Et les sœurs se soutiennent. Je suis liée à toi par une promesse à vie.

Une promesse que peu de gens se risqueraient à faire. C'était pourquoi elle remerciait le ciel d'avoir une sœur comme la sienne.

— Si on pouvait choisir la sœur qu'on veut, c'est toi que je prendrais. On saute à trois. Une... deux...

Remerciements

Ce livre a été très différent pour moi de ceux que j'écris d'ordinaire. Plus ambitieux, avec plus de personnages, plus de profondeur et de perspective. Je ne m'y serais probablement jamais risquée si je n'y avais pas été encouragée par mon merveilleux agent Susan Ginsburg et sans le soutien de Dianne Moggy, Susan Swinwood et Lisa Milton. Je leur suis reconnaissante pour la foi qu'elles ont eue en moi tout au long de ma carrière et pour leurs remarques éditoriales riches et pertinentes à mesure que j'avançais dans ce roman.

On entend souvent dire que tout livre, même de fiction, est toujours au moins en partie autobiographique. Mais une des grandes libertés qu'offre l'écriture, justement, c'est qu'elle nous permet d'inventer des familles et des problèmes qui sont entièrement différents des nôtres. Par chance pour moi, ma famille est beaucoup moins compliquée que celles que je fais exister dans mes livres. Mes proches m'offrent peu de matière première pour nourrir de juteuses histoires, mais je peux compter sur leur soutien affectueux et sans faille et ma gratitude à leur endroit est immense.

Rédiger le roman n'est qu'un début et c'est le travail collectif et soutenu, fourni par tous les membres des équipes de publication, qui aide chaque livre à trouver son public. À tous chez HSN aux USA et HG Stories au Royaume-Uni, merci pour ce que vous faites.

J'adresse un remerciement tout particulier à ma formidable relectrice Flo Nicoll, pour sa pertinence et la patience avec laquelle elle a lu les multiples versions préliminaires. Sans son extraordinaire compétence, ce roman n'aurait pas vu le jour. Nous travaillons ensemble depuis cinq ans et je m'estime très chanceuse. Aucun auteur ne pourrait espérer bénéficier d'une relecture plus brillante.

Pour mes amis non écrivains qui m'écoutent gentiment parler de personnages qui n'existent que dans ma tête et qui acceptent sans râler quand je dois reporter à plus tard un resto, une petite bouffe ou une rencontre programmée pour cause de délais urgents à tenir : un grand merci à vous.

À mes amies auteures, et tout spécialement Nicola Cornick, Jill Shalvis et RaeAnne Thayne. Sans vos joyeuses exhortations, votre compréhension et votre humour, je crois que je n'écrirais pas grand-chose. Votre présence dans ma vie fait que je ne vis jamais l'écriture comme un métier solitaire.

Enfin et surtout, merci à mes lectrices, qui sont nombreuses à m'avoir suivie à travers les différentes phases de ma carrière d'auteur. Tant d'entre vous prennent le temps de m'envoyer des messages et de rédiger des critiques et des comptes rendus, et je vous en suis éternellement reconnaissante. Sans vous, je ne ferais pas ce métier, donc merci de m'aider à faire de mon rêve une réalité. J'espère que vous prendrez plaisir à lire ce roman.

Découvrez les autes séries de

SARAH MORGAN

From New York with love

SÉRIE COUP DE FOUDRE À MANHATTAN

SÉRIE SNOW CRYSTAL

Composé et édité par HarperCollins France.

Achevé d'imprimer en mai 2019.

CPI
FIRMIN-DIDOT

à Mesnil-sur-l'Estrée (Eure)

Dépôt légal : juin 2019.

Pour limiter l'empreinte environnementale de ses livres, HarperCollins France s'engage à n'utiliser que du papier fabriqué à partir de bois provenant de forêts gérées durablement et de manière responsable.

Imprimé en France